당시별재집 4 - 칠언율시(七言律詩)__ 차례

당시별재집 권13 - 칠언율시(七言律詩)

9	심전기(沈佺期) 7수
18	두심언(杜審言) 1수
20	이교(李嶠) 1수
21	종초객(宗楚客) 1수
22	송지문(宋之問) 1수
24	소정(蘇頲) 3수
27	이옹(李邕) 1수
28	장열(張說) 1수
30	가증(賈曾) 1수
31	최호(崔顥) 2수
35	장악(張諤) 1수
36	조영(祖詠) 1수
37	최서(崔曙) 1수
39	이징(李憕) 1수
40	왕유(王維) 11수
55	맹호연(孟浩然) 1수
56	이기(李頎) 7수
64	고적(高適) 3수
67	잠삼(岑參) 6수
74	만초(萬楚) 1수
76	장위(張謂) 3수
79	이백(李白) 4수
84	두보(杜甫) 31수

당시별재집 권14 - 칠언율시(七言律詩)

121	두보(杜甫) 26수
150	장지화(張志和) 1수
151	도현(陶峴) 1수
153	원결(元結) 1수
154	유장경(劉長卿) 11수
167	전기(錢起) 5수

173 위응물(韋應物) 2수
176 황보염(皇甫冉) 4수
181 황보증(皇甫曾) 2수
183 이가우(李嘉祐) 2수
185 낭사원(郎士元) 1수
187 한굉(韓翃) 4수
191 진계(秦系) 1수
192 노륜(盧綸) 5수
198 두숙향(竇叔向) 1수
199 두상(竇常) 1수
201 주만(朱灣) 1수
202 대숙륜(戴叔倫) 1수
203 사공서(司空曙) 3수
206 이단(李端) 2수
208 장남사(張南史) 1수
210 유방평(劉方平) 1수
211 경위(耿湋) 1수
212 이익(李益) 2수
214 포용(鮑溶) 1수
216 무원형(武元衡) 2수
218 양거원(楊巨源) 3수

당시별재집 권15 – 칠언율시(七言律詩)

222 한유(韓愈) 4수
228 유종원(柳宗元) 5수
235 유우석(劉禹錫) 13수
252 백거이(白居易) 18수
273 원진(元稹) 6수
280 이덕유(李德裕) 1수
281 장적(張籍) 2수
283 가도(賈島) 1수
284 우승유(牛僧孺) 1수
286 주경여(朱慶餘) 1수

당시별재집 **4**

唐詩別裁集

칠언율시(七言律詩)

An Anthology of Tang Poems

엮은이 심덕잠(沈德潛, Shen Deqian, 1673~1769) : 청대 시인이자 시론가. 자는 확사(確士)이고 호는
귀우(歸愚)로 중국 소주(蘇州) 사람이다. 고향에서 교육자로 살다가 고령인 67세에 과거에 급제하여 건
륭제의 인정을 받은 후 고속으로 승진하여 예부시랑(禮部侍郞)에 이르렀다. 『당시별재집』 이외에 『고시
원』(古詩源, 1725), 『명시별재집』(明詩別裁集, 1734), 『청시별재집』(淸詩別裁集, 1761) 등을 편찬했고,
그 밖에 시론집인 『설시수어』(說詩晬語), 『두시우평』(杜詩偶評) 등을 펴냈다.

옮긴이 서성(徐盛, Seo, Sung) : 홍익대학교 산업디자인과와 고려대학교 중어중문학과를 졸업했다. 고
려대 중어중문학과에서 석사학위를, 북경대학 중문학과에서 박사학위를 받았다. 현재 열린사이버대학
교 교수로 재직 중이다. 펴낸 책으로는 『양한시집』, 『한 권으로 읽는 정통 중국문화』, 『중국문학의 즐거움』
(공저), 『삼국지, 그림으로 만나다』 등이 있고, 『그림 속의 그림』, 『대력십재자 시선』 등을 번역하였다.

당시별재집 唐詩別裁集 **4** - 칠언율시(七言律詩)

1판 1쇄 인쇄 2013년 6월 15일 **1판 1쇄 발행** 2013년 6월 25일

엮은이 심덕잠 옮긴이 서성 펴낸이 박성모 펴낸곳 소명출판
등록 제13-522호 **주소** 137-878 서울시 서초구 서초동 1621-18 (란빌딩 1층)
대표전화 (02) 585-7840 **팩시밀리** (02) 585-7848
이메일 somyong@korea.com **홈페이지** www.somyong.co.kr

ISBN 978-89-5626-892-7 94820 값 31,000원 ⓒ 한국연구재단, 2013
ISBN 978-89-5626-888-0 (전 6권)

이 번역도서는 2007년도 정부재원(교육인적자원부 학술연구조성사업비)으로 한국연구재단의 지원에 의하여 연구되었음.

심덕잠 엮음 | 서성 옮김

칠언율시 (七言律詩)

당시별재집 4

唐詩別裁集

소명출판

1. 이 책은 1975년 중화서국(中華書局)에서 영인한 청대 교충당(敎忠堂)의 1763년 간행본 『당시별재집』(唐詩別裁集)을 저본으로 하여 번역하였다.

2. 시 원문의 교감 및 심덕잠의 오류는 상해고적출판사(上海古籍出版社)에서 1979년에 간행한 표점본 『당시별재집』을 참고하였으며, 시인 및 제목과 관련된 착오는 학계에서 공인된 의견을 참고하여 해설에서 밝혔다.

3. 모든 시는 각 구마다 원시와 번역문을 함께 제시하는 방식으로 축구(逐句) 번역하였다. 주석은 각주로 처리하였으며, 심덕잠(沈德潛)의 주석은 '심주'(沈注)라 표시하여 각주에 넣었다. 작품에 대한 심덕잠의 평은 작품 말미에 '평석'이라 표시하여 붙였으며, 각 작품 끝에 번역자가 간단한 '해설'을 달았다.

4. 한자가 필요한 경우는 우리말 독음 뒤 괄호 안에 한자를 넣었으며, 이름과 지명 등 고유명사의 독음은 대부분 한국 한자음으로 달았다. 주요한 지명은 괄호 안에 현재의 지명을 적었다.

5. 시인에 대한 소개, 시인별 작품 목록, 원시 제목 색인은 별책부록으로 만들었다.

287 　왕건(王建) 1수
288 　두목(杜牧) 7수
297 　이상은(李商隱) 20수
330 　온정균(溫庭筠) 10수

당시별재집 권16 – 칠언율시(七言律詩)

343 　허혼(許渾) 9수
352 　이원(李遠) 2수
354 　옹도(雍陶) 1수
355 　항사(項斯) 1수
357 　설봉(薛逢) 4수
361 　조하(趙嘏) 2수
363 　사공도(司空圖) 2수
365 　이군옥(李群玉) 3수
369 　피일휴(皮日休) 1수
370 　유창(劉滄) 1수
371 　최각(崔珏) 1수
373 　이빈(李頻) 1수
374 　이산보(李山甫) 3수
377 　이함용(李咸用) 1수
378 　방간(方干) 2수
380 　내곡(來鵠) 1수
381 　고병(高騈) 1수
382 　장갈(章碣) 1수
384 　최도(崔塗) 1수
385 　이영(李郢) 3수
388 　정곡(鄭谷) 3수
392 　나은(羅隱) 7수
399 　최동(崔峒) 1수
400 　오융(吳融) 2수
402 　한악(韓偓) 3수
406 　위장(韋莊) 9수
415 　유위(劉威) 1수

416 진도옥(秦韜玉) 2수
418 조당(曹唐) 2수
420 장빈(張蠙) 2수
422 담용지(譚用之) 1수
424 장필(張泌) 2수
426 왕인유(王仁裕) 2수
428 심빈(沈彬) 2수

당시별재집 전체 차례

당시별재집 1─오언고시(五言古詩)
  당시별재집 권1
  당시별재집 권2
  당시별재집 권3
  당시별재집 권4

당시별재집 2─칠언고시(七言古詩)
  당시별재집 권5
  당시별재집 권6
  당시별재집 권7
  당시별재집 권8

당시별재집 3─오언율시(五言律詩)
  당시별재집 권9
  당시별재집 권10
  당시별재집 권11
  당시별재집 권12

당시별재집 4─칠언율시(七言律詩)
  당시별재집 권13
  당시별재집 권14
  당시별재집 권15
  당시별재집 권16

당시별재집 5─오언장율(五言長律)·오언절구(五言絕句)·
             칠언절구(七言絕句)
  당시별재집 권17
  당시별재집 권18
  당시별재집 권19
  당시별재집 권20

당시별재집 6-부록
 시인 소전
 시인별 작품 목록
 원시 제목 색인

당시별재집 권13

칠언율시(七言律詩)

심전기(沈佺期)

용지편(龍池篇)[1][2]

龍池躍龍龍已飛,[3]　　용지에서 용이 뛰어 용이 벌써 나시니

---

1)　심주:『신당서』「예악지」에 기록했다. "황제께서 융경방에 저택을 하사하셨는데 융경방의 남측이 연못으로 변하였다. 즉위 후 「용지악」을 지으셨는데, 요숭과 심전기 등이 지은 것을 합하니 악장 열 장이 되었다." 이는 제3장이다.(新書禮樂志 : "帝賜第隆慶坊, 坊南地變爲池, 卽位後作龍池樂, 姚崇、佺期等共作樂章十章." 此繫第三章.)
2)　龍池(용지) : 흥경지(興慶池). 현종이 즉위하기 전 융경방(隆慶坊)의 저택 동쪽에 오래된 우물이 있었는데 갑자기 물이 솟아 연못이 되었다. 그 속에서 가끔 황룡이 나타나곤 하였다. 현종이 즉위한 후 용지라 이름 붙였다.『당육전』(唐六典) 권7 참조.
3)　龍已飛(용이비) : 용이 벌써 날다. 현종이 즉위했음을 비유한다. 현종은 712년에 즉위했다.

龍德先天天不違.[4]　　성인의 덕이 천시를 알아 하늘에 거스르지 않으셔라

池開天漢分黃道,[5]　　연못에 은하수가 펼쳐지고 황도가 뚜렷하더니

龍向天門入紫微.[6]　　용이 하늘 문을 향하여 자미성으로 들어가더라

邸第樓臺多氣色,　　저택과 누대에 상서로운 기색 완연하고

君王鳧雁有光輝.[7]　　군왕과 신하들이 광휘로 빛났네

爲報寰中百川水,[8]　　이에 알리노라, 천하의 모든 강들이여

來朝此地莫東歸.　　동으로 흘러가지 말고 이곳으로 오소서

평석 경전의 말이 시에 들어갔고, 격식도 초발하다. 결말에서 만국이 내조한다는 뜻이 있다.(經語入詩, 體格亦復超拔, 一結有萬國來朝之意.)

해설 흥경궁 용지에서 황룡이 나왔다는 상서로운 일을 통하여 하늘이 내린 군주의 권위를 확인하고 왕조의 번영을 찬양하였다. 714년 용지(龍池)에 제사를 지낼 때, 우습유 채부(蔡孚)가 왕공 사대부들이 지은 '용지시'(龍池詩)를 모으니 모두 백삼십 편이 되었다. 태상시에서 이중 음률에 맞는 열 편을 추려 「용지편 악장」을 만들었다. 심전기의 위 시를 비롯하여 소정(蘇頲), 이예(李乂), 최일용(崔日用) 등의 작품이 뽑혔다. 제1, 2구에 대해 일부 학자들은 용(龍)자와 천(天)자가 반복하여 사용되었어도 번잡한

---

4)　先天(선천) : 천시보다 앞서 행하다. 선견지명을 가지고 행하다. 이 구는 『주역』 「건」(乾)괘에 나오는 "천시에 앞서 행하니 하늘이 사람이 거스르지 않고"(先天而天弗違)란 말을 환기한다.

5)　天漢(천한) : 은하수. ○黃道(황도) : 태양이 지구 주위를 일 년 동안 운행하는 궤적. 나아가 황제가 지나가는 길을 가리킨다.

6)　紫微(자미) : 자미원(紫微垣), 자궁(紫宮), 중원(中垣) 등이라고도 한다. 열다섯 개의 별로 이루어진 별자리로, 북두칠성의 동북에 벌려 마치 호위하는 형상이다. 그것이 하늘의 중심에 있는데 대응하여 지상의 중심에 있는 왕궁을 비유한다.

7)　鳧雁(부안) : 들오리와 기러기. 그 행렬이 가지런한 데서 일반적으로 시종들을 가리킨다.

8)　寰中(환중) : 우주. 천하. ○百川(백천) : 모든 강과 호수. 『서경』 「우공」(禹貢)에 나오는 "장강과 한수가 바다로 모여든다"(江漢朝宗於海)는 말이 있고, 전(傳)에 "모든 강과 호수가 바다를 마루로 삼는다"(百川以海爲宗)는 말이 있다.

느낌이 전혀 없다는 점에서 최호의 「황학루」가 이 시로부터 영향을 받았다고 보았다. 그 밖에도 구성이 엄밀하고 의미가 순통하여 뛰어난 시로 꼽힌다.

고의(古意)⁹⁾¹⁰⁾ [9)10)]

盧家少婦鬱金香,¹¹⁾	노씨 집안 젊은 아낙 울금향 거실에 사는데
海燕雙棲玳瑁梁.¹²⁾	대모 장식 서까래에 제비 한 쌍 집 지었네
九月寒砧催木葉,¹³⁾	음력 구월 다듬이 소리 낙엽을 재촉하고
十年征戍憶遼陽.¹⁴⁾	십 년 동안 수자리에 요양을 생각하네
白狼河北音書斷,¹⁵⁾¹⁶⁾	백랑하 북쪽에선 편지가 끊겼는데
丹鳳城南秋夜長.¹⁷⁾¹⁸⁾	장안성 남쪽엔 가을밤이 길고 기네

---

9) 심주: 『악부시집』에서는 제목을 「독불견」이라 하였다.(樂府作獨不見.)

10) 古意(고의) : 고대의 일을 빌려 지금의 뜻을 기탁함. 일종의 의고시(擬古詩)이다. 육조 이래 시의 제목으로 자주 보인다.

11) 盧家少婦(노가소부) : 노씨 집안의 젊은 아낙. 양 무제 소연(蕭衍, 464~549년)이 「황하의 물 노래」(河中之水歌)에서 "열다섯에 시집가 노씨 집안 아낙 되어, 열여섯에 아이 낳아 자(字)를 아후라 했네"(十五嫁爲盧家婦, 十六生兒字阿侯)라 노래한 이후, 후인들은 노가(盧家) 또는 노가부(盧家婦)란 말로 젊은 아낙을 대칭하곤 하였다. ○鬱金香(울금향) : 생강과에 속하는 여러해살이 초본식물인 울금으로 만든 향료. 이를 벽에 스미게 하여 실내에 향기가 나게 한다.

12) 海燕(해연) : 제비의 일종으로 광동성 바닷가에 살므로 월연(越燕)이라고도 한다. 몸이 작고 가슴이 자주색이며 실내에 집을 짓는다. ○玳瑁梁(대모량) : 바다거북 대모(玳瑁)의 껍질로 장식한 서까래.

13) 砧(침) : 다듬잇돌. 여기서는 다듬이질을 할 때 나는 다듬이 소리.

14) 遼陽(요양) : 지금의 요녕성 요하 동쪽 일대. 진대(秦代)에 요동군(遼東郡)을 설치하였고, 당대에 요주(遼州)로 개편하여 치소를 요양에 두었다.

15) 심주: 변새 밖.(塞外.)

16) 白狼河(백랑하) : 지금 요녕성 남부에 있는 대릉하(大凌河). 금주(錦州)를 지나 바다로 들어간다.

17) 심주: 장안.(長安.)

18) 丹鳳城(단봉성) : 장안을 가리킨다. 진 목공(秦穆公)의 딸 농옥(弄玉)이 소(簫)를 불자

誰爲含愁獨不見?[19] 　그 누가 남모르는 시름에 잠겼는가
更教明月照流黃.[20] 　더구나 명월이 휘장을 비추는데

평석 '노씨 집안 젊은 아낙'으로 흥을 일으켜, 부부가 서로 은정으로 살았음을 조각한 서까래 위의 제비 같았다고 말하였다. 그 다음에 이별에 대해 말하였다.(以'盧家少婦'起興, 言夫婦相守, 猶雕梁之燕也. 下就分離言.) ○『악부시집』에 "노씨 집안의 난실은 계수나무로 서까래 만들고, 방안에는 울금향에 소합향이라"라 했으니 분명 '울금향'이 맞을 것이다. 다른 판본에서는 '울금당'이라 했는데 옳지 않다.(樂府"盧家蘭室桂爲梁, 中有鬱金蘇合香."應是'鬱金香', 別本作'堂'者非.)

해설 출정나간 남편을 기다리는 아낙의 그리움을 묘사하였다. 한 쌍의 제비에서 시상을 시작하여 가을밤의 다듬이 소리와 달빛으로 고독한 심정을 이어나갔다. 특히 중간의 4구는 공간과 시간을 넘나드는 드넓은 의경으로 격식에 묶이지 않고 있어 아낙의 시름이 깊이 있게 전개되었다. 『악부시집』에는 「독불견」(獨不見)이란 제목으로 '잡곡가사' 속에 분류되었다. 그 밖에 다른 판본에서는 「고의-교지지 보궐에게 보임」(古意呈補闕喬知之)이라 되어 있어 우보궐 직책에 있었던 교지지에게 준 시임을 알 수 있다. 초당 때 칠언율시는 아직 모색기에 있었는데 이 시는 가장 초기에 출현한 완정한 칠언율시 작품으로 친다.

　봉황이 모여들었다는 전설에서 유래했다고 한다. 혹은 한 무제가 장안에 봉궐(鳳闕)을 지었으므로 장안을 봉성(鳳城)이라 부른다는 설도 있다.
19)　獨不見(독불견) : 출정 간 남편을 보지 못함. 혹은 아무도 아낙의 시름을 알 수 없다고 풀이할 수도 있다.
20)　流黃(유황) : 황갈색. 여기서는 여러 가지 색이 섞여 있는 명주로 만든 휘장. 한대 악부 「상봉의 노래」(相逢行)에서 "맏며느리는 비단을 짜고 있고, 둘째 며느리는 명주를 짜고 있네"(大婦織羅綺, 中婦織流黃.)라는 구절이 있다.

「입춘일 정원에서 놀며 봄을 맞아」에

삼가 화답하며(奉和立春遊苑迎春)[21][22]

東郊暫轉迎春仗,[23]　봄맞이 의장대가 동쪽 교외에서 돌아와

上苑初飛行慶杯.[24]　상원에서 상 내리고 축배를 함께 하네

風射蛟冰千片斷,　바람은 교룡 같은 얼음을 천 조각으로 나누고

氣衝魚鑰九關開.[25]　기운은 구중궁궐의 자물쇠를 풀리게 하네

林中覓草才生蕙,　숲 속에 풀을 찾아보니 혜초의 싹이 나고

殿裏爭花併是梅.　전각에서 꽃을 찾으니 여기저기 매화일세

歌吹銜恩歸路晩,　성은이 깃든 노래와 연주에 돌아가는 길 늦어

棲烏半下鳳城來.[26]　깃든 까마귀들이 장안성에 내려오네

해설 입춘 날 궁중의 행차를 그렸다. 710년 1월 8일 입춘일에 중종이 신하들과 정원에서 노닐다가 망춘궁(望春宮)에 이르러 비단으로 만든 꽃가지를 하나씩 나누어주었다. 중종이 시를 짓고, 이에 화답하여 최일용, 염조은, 위원단, 이적, 노장용, 마회소, 심전기 등이 시를 지었다. 이 시는 그 중 한 편이다.

---

21)　심주 : 초당 칠언율시는 내용이 많아도 적게 사용하고, 정이 많아도 간략하게 나타내었다. 시들이 하나같이 결말이 가볍고 조악한 폐단이 있으나 이는 풍기의 제한을 받았기 때문일 뿐이다. 후인들이 일률적으로 말살하니 공정하다고 할 수 없다.(初唐七律, 事多而寡用之, 情多而簡出之, 特每篇結句不無淺率之弊, 爲風氣所囿耳. 後人一槪抹煞, 如何平允.)

22)　奉和(봉화) : 귀인의 시에 화답하여 지음. ○ 立春(입춘) : 이십사절기 가운데 하나.

23)　東郊(동교) : 동쪽 교외. 봄맞이하는 곳.

24)　上苑(상원) : 금원(禁苑). 궁중의 정원. 망춘궁 옆에 상원이 있었다. ○ 行慶(행경) : 행상(行賞). 상을 내림. 『예기』 「월령」(月令)에 "입춘 날 천자가 삼공구경과 제후대부를 거느리고 동쪽 교외에서 봄맞이를 한다. 돌아와서는 조정에서 공경대부에게 상을 내린다"는 고대 의례를 기록하고 있다.

25)　魚鑰(어약) : 물고기 모양의 자물쇠. 물고기처럼 밤에도 눈을 감지 않고 지킨다는 뜻을 취하였다. ○ 九關(구관) : 구중궁궐. 궁궐을 가리킨다.

26)　鳳城(봉성) : 장안을 가리킨다. 위의 시 참조.

흥경지에서 시연하며 응제하다(興慶池侍宴應製)[27][28]

碧水澄潭映遠空,	옥빛 물 맑은 못에 먼 하늘이 비치는데
紫雲香駕御微風.	자줏빛 구름 열고 어가가 미풍을 끌고 가네
漢家城闕疑天上,	한나라의 궁궐은 천상세계인 듯하고
秦地山川似鏡中.	진 지방의 산천은 거울 속 같아
向浦廻舟萍已綠,	물가를 향해 배를 돌리니 부평이 벌써 푸르렀고
分林蔽殿槿初紅.[29]	숲을 나누고 전각을 가리며 무궁화가 막 붉었구나
古來徒羨橫汾賞,[30][31]	예부터 한 무제가 분하에서 지은 시문을 숭모했는데
今日宸遊聖藻雄.[32]	오늘 황제께서 노닐며 지으신 시문이 웅장하여라

해설 중종의 흥경지 유람을 호종하며 지은 시이다. 710년 4월 6일, 중종이 흥경지에서 유람할 때 칠언율시로 응제하였다. 현재 심전기를 비롯하여 소괴(蘇瓌), 이적(李適), 장열, 마회소 등의 작품 총 11수가 전한다.

---

27) 심주: 즉 용지이다. 이 시는 배를 띄우고 시연하며 지었다.(即龍池. 此侍宴泛舟而作.)
28) 興慶池(흥경지): 원래 장안 융경방(隆慶坊)에 위치한 이융기(李隆基)의 저택 근처에 있어 융경지(隆慶池)라고 했다. 이융기가 현종으로 즉위하면서 피휘하여 흥경지(興慶池)라 하였다. 그곳에 다시 흥경궁을 세우면서 연못을 용지라 하였다. ○ 應製(응제): 황제의 명령에 따라 시를 지음 또는 그 작품.
29) 槿(근): 무궁화. 꽃은 아침에 피어 저녁에 지지만 같은 나무에서 다른 꽃이 계속해서 피어난다. 일반적으로 개화 시기는 음력 오월부터 가을까지이다.
30) 심주: 즉 한 무제의 「추풍사」이다.(即漢武秋風辭.)
31) 橫汾(횡분): 분하(汾河)를 가로지르다. 『한 무제 이야기』(漢武故事)에 따르면 무제는 하동(河東, 지금의 산서성)에 가서 토지신인 후토(后土)에 제사지낸 후 분하(汾河)를 건너며 군신들과 즐거이 술을 마시고 「추풍사」(秋風辭)를 지었다. 그중 "누선(樓船)을 띄우고서 분하를 건너가나니, 강물을 가로지르며 흰 물결 일으키네"(泛樓船兮濟汾河, 橫中流兮揚素波.)라는 대목이 있다. 후세에 횡분(橫汾)은 일반적으로 제왕이 지은 작품을 가리킨다.
32) 宸遊(신유): 제왕의 행락. 여기서는 중종의 흥경지 행차. ○ 聖藻(성조): 제왕이 쓴 시문. 여기서는 중종이 쓴 시.

「초봄 태평공주 남장에 행차하다」에
삼가 화답하여 응제하다(奉和春初幸太平公主南莊應製)[33][34]

主家山第早春歸,[35]　　산에 있는 공주 별장 이른 봄에 찾아가니

御輦春遊繞翠微.[36]　　봄놀이 어연 행렬 푸른 산굽이를 돌아가네

買地鋪金曾作埒,[37]　　왕제(王濟)처럼 땅을 사 동전 깔아 담을 두르고

尋河取石舊支機.[38]　　장건(張騫)처럼 주은 돌이 직녀의 베를 고임돌이라

雲間樹色千花滿,　　구름 사이 나무는 천 가지 꽃으로 가득하고

竹裏泉聲百道飛.　　대숲 사이 냇물 소리 백 갈래로 날아가네

自有神仙鳴鳳曲,[39]　　절로 농옥(弄玉) 같은 공주의 명봉곡이 있으니

---

33) 심주 : 태평공주는 무측천의 소생으로 나중에 그 총애가 다른 딸들을 초월하였다. 예
종이 즉위하면서 공주의 권세가 천하를 흔들었다. 현종이 즉위한 후 공주가 역모를
꾀하다가 실패하여 사사받았다.(公主武后所生, 後愛之過於諸女. 睿宗卽位, 主權震天
下. 玄宗立, 主以謀逆賜死.)

34) 太平公主(태평공주) : 중종과 무측천 사이에 태어난 딸. 황가의 권세를 배경으로 방
종하고 교만하였으며, 모친과 같이 천하에 군림할 야심을 가졌다. 713년 모반을 하
였다가 평정된 후 사약을 받고 죽었다.

35) 主家(주가) : 공주의 저택. ○山第(산제) : 산에 있는 별장.

36) 翠微(취미) : 산기슭의 깊은 곳에 낀 파르스름한 기운. 『이아』(爾雅)에 "산의 정상 아
래를 취미라 한다"(山未及上, 翠微)고 했다.

37) 買地鋪金(매지포금) : 땅을 사서 동전을 깔다. 서진 왕제(王濟)는 명문 출신에 말과
수렵을 좋아하고 사치스러웠다. 비싼 낙양의 땅을 사들여 마장(馬場)으로 썼고 동전
을 엮어 땅에 깔고 담을 쌓았다. 당시 사람들이 이를 '금구(金溝)'라 불렀다.(濟好馬
射, 買地作埒, 編錢幣地竟埒. 時人號曰'金溝'.) 『세설신어』 「태치」(汰侈) 참조.

38) 支機(지기) : 베틀을 받치는 돌. 서한의 장건(張騫)이 황하의 근원을 찾으러 뗏목을
타고 갔다가 은하수까지 갔다 왔다는 전설에서 유래한 전고이다. 『형초세시기』(荊
楚歲時記) 참조. "장건이 황하의 근원을 찾다가 구한 돌 하나를 동방삭에게 보였다.
동방삭이 말하기를 '이 돌은 천상의 직녀의 베틀을 받치는 돌인데 어찌하여 여기에
있는가?'라고 물었다."(張騫尋河源, 得一石, 示東方朔, 朔曰:'此石是天上織女支機石,
何至於此?') 『태평어람』 권51 참조.

39) 鳴鳳曲(명봉곡) : 봉황이 우는 듯한 아름다운 음악. 『열선전』(列仙傳)에 의하면, 진
목공(秦穆公)의 딸 농옥(弄玉)은 피리를 잘 부는 소사(簫史)를 좋아하여 결혼했는데,
농옥도 몇 년 후 퉁소로 봉황의 울음을 낼 수 있게 되었고 봉황이 그 집의 지붕에
날아왔다. 나중에 두 사람은 봉황을 타고 날아갔다. 여기서는 농옥 역시 공주이므
로, 태평공주를 신선이 된 농옥에 비유하였다.

併將歌舞報恩暉.　　　더불어 노래와 춤으로 군왕의 은혜에 보답하네

해설 709년 2월 중종이 태평공주 남장에 행차한 모습을 그렸다. 당시 심전기를 비롯하여 이교, 소정, 송지문, 이예, 위사립(韋嗣立), 송옹(宋邕), 소승(邵昇) 등이 같은 제목으로 시를 지었다.

원외랑 두심언의 「대유령을 넘으며」에
멀리서 화답하며(遙同杜員外審言過嶺)[40]

天長地闊嶺頭分,　　　드넓은 하늘과 땅 대유령에서 나뉘는데
去國離家見白雲.[41]　장안을 멀리 떠나 흰 구름 보는구나
洛浦風光何所似?　　　낙양 포구 풍광은 무엇과 같은가?
崇山瘴癘不堪聞.[42]　숭산의 장독(瘴毒)은 차마 들을 수 없어라
南浮漲海人何處?[43]　남쪽 바다 떠가는 사람 어디로 가는가?
北望衡陽雁幾群.　　　북쪽으로 형양 보면 기러기는 몇이던가?
兩地江山萬餘里,[44]　장안과 환주 사이 만여 리가 되는데
何時重謁聖明君?　　　어지신 군왕의 얼굴 언제 다시 뵈올까?

평석 심전기는 환주로 유배되고 두심언은 봉주로 유배되어, 같은 시기에 각기 떨어져서 대유령을 넘을 때 지었다.(佺期流驩州, 審言流峰州, 南北分飛, 同時過嶺而作.) ○ '어지신 군왕'

---

40) 同(동) : 다른 사람의 작품에 화답하여 짓다.
41) 去國(거국) : 도성을 떠나다. 國(국)은 국도(國都).
42) 崇山(숭산) : 환주 남쪽에 있는 산. ○瘴癘(장려) : 습기가 많고 더운 중국 남방 지방에서 유행하는 악성 열병.
43) 漲海(장해) : 지금의 중국 남해.
44) 兩地(양지) : 환주와 낙양. 『구당서』「지리지」에 의하면 낙양에서 환주까지는 만천오백 리이다.

은 속되어 보인다. 그러나 유정의 시에 '장차 어지신 군왕께서 기다리시리'란 구가 있다.('聖明君'似俚, 然劉楨有'將須聖明君'句.)

해설 폄적되어 대유령을 넘을 때 같은 처지에 있는 두심언을 생각하며 지은 시이다. 705년 정월 장간지(張柬之) 등이 우림군을 이끌고 중종을 복위시킬 때 무측천의 비호를 받아 전횡하던 장역지(張易之)와 장창종(張昌宗) 형제가 종말을 고하면서 그들과 관련된 인물들이 좌천되었다. 2월 심전기는 환주(驩州, 지금의 월남)로 유배되어 대유령을 넘었고, 두심언은 선부원외랑(膳部員外郞)에서 봉주(峰州, 지금의 월남)로 유배되었다.

재차 도량에 들어간 일을 기록하며 응제하다(再入道場紀事應製)

南方歸去再生天,[45]	남방으로 돌아가 재생천에 태어나시니
內殿今年異昔年.	내전의 올해는 예년과 달라라
見闢乾坤新定位,[46]	하늘과 땅이 열리어 새로 자리가 정해졌고
看題日月更高懸.	해와 달을 올려 보니 더욱 높이 걸렸어라
行隨香輦登仙路,[47]	다니시면 어연을 타고 궁궐 길에 오르고
坐近鑪煙講法筵.[48]	앉으시면 향연 가까이서 불법을 강론하시네
自喜恩深陪侍從,	은혜가 깊어 시종하게 됨을 절로 기뻐하나니
兩朝長在聖人前.[49][50]	왕조가 이대에 걸쳐 부처 앞에 있어라

---

45) 南方(남방) : 불교에서 말하는 남방무구세계이자 용녀(龍女)가 성불하는 정토를 말한다. 『법화경』「제파품」(提婆品) 참조. 이 구는 헌종(憲宗)의 죽음을 말한다.

46) 見闢(견벽) 구 : 이 구는 목종(穆宗)의 즉위를 말한다.

47) 仙路(선로) : 궁중에 난 길.

48) 法筵(법연) : 승려가 불법을 강론하는 자리.

49) 심주 : 심전기가 유배 후 입궐하였기 때문에 이렇게 말했다. 응당 중종이 막 복위했을 때 지었을 것이다.(雲卿於流竄後召入, 故云. 應是中宗初復位時.)

50) 兩朝(양조) : 두 군주가 전후로 통치하다. 헌종과 목종을 가리킨다. 심덕잠은 중종이

해설 불법을 흥성시킨 두 왕을 예찬한 시이다. 호진형(胡震亨)의 『당음계첨』(唐音癸籤) 권32에서는 중당시기 석광선(釋廣宣)이 지은 것인데 심전기 시집에 잘못 섞여든 것이라 고증하였다. 이에 따르면 이 시는 헌종(憲宗)에 이어 목종(穆宗)이 불법을 진흥한 일을 기리는 시로 볼 수 있다.

두심언(杜審言)

봄날 도성에서 감회가 있어(春日京中有懷)

今年遊寓獨遊秦,[1]	올해의 객지생활 장안에만 있었는데
愁思看春不當春.[2]	고향 생각에 봄이 와도 봄을 몰라라
上林苑裏花徒發,[3]	상림원에 꽃들은 부질없이 피었고
細柳營前葉漫新.[4]	세류영 앞 버들은 저 홀로 푸르러
公子南橋應盡興,[5]	공자들은 남교에서 흥을 다해 놀 테고
將軍西第幾留賓.[6]	장군의 저택에선 빈객들 붙잡겠지

두 번에 걸쳐 제위에 오른 것으로 보았다. 여기서는 호진형(胡震亨)의 설을 취하였다.
1) 遊寓(유우) : 객지에서 머묾. ○秦(진) : 진 지방. 일반적으로 장안을 가리킨다.
2) 不當春(부당춘) : 봄으로 여기지 않다.
3) 上林苑(상림원) : 장안 근교에 있는 황가 원림. 지금의 서안시 서쪽 교외와 주지현 일대. 진대에 창건하였고 한 무제 때 확충하였다.
4) 細柳營(세류영) : 장안 주위에 세류(細柳)라는 지명은 두 곳으로, 하나는 함양시 서남에 위치한 위수(渭水)의 북안으로 한대의 명장 주아부(周亞夫)가 둔병했던 곳이다. 다른 하나는 장안의 서남 곤명지(昆明池) 남쪽에 위치한 세류원(細柳原)이다. 여기서는 전자를 가리킨다.
5) 南橋(남교) : 낙양의 성남에 있는 천진교(天津橋)를 가리킨다.
6) 將軍西第(장군서제) : 성 서쪽에 있는 장군의 저택. 동한 양기(梁冀)가 대장군이 되어 낙양성 서쪽에 저택을 세우자 마융(馬融)이 그를 위해 「대장군서제송」(大將軍西第頌)을 지었다. 일반적으로 호화로운 대저택을 가리킨다. ○留賓(유빈) : 더 놀다 가

寄語洛城風日道,[7] 바람 맑고 해 좋은 날 낙양으로 편지 보내니
明年春色倍還人. 내년의 봄 풍광은 두 배로 더 좋으리라

평석 언어가 새롭고 뛰어나다. 후인들이 익숙하게 음송하고 있어 깨닫지 못할 뿐이다.(造語新異, 以後人熟誦不覺耳.) ○ 내년 봄날에도 아마 사람이 돌아오지 못할 듯한데 이를 어찌할 것인가!(明年春色, 恐未還人, 奈何!)

해설 장안에 있으면서 낙양을 그리워한 시이다. 시인의 고향은 공현(鞏縣)으로 낙양과 가까웠고, 낙양승(洛陽丞)을 지낸 적도 있으며, 무측천이 주로 낙양에 거주했기 때문에 저작랑과 선부원외랑에 있을 때는 낙양에 있었다. 다만 무측천은 701~703년 사이에 장안에 있었을 뿐이다. 그러므로 이 시는 이 기간에 임시적으로 장안에 있을 때 낙양에 대한 그리움을 표현한 것으로 보인다. 제3, 4구가 장안의 모습을 봄이 와도 봄을 느끼지 못하는 시름 속에서 실제의 모습을 그렸다. 제5, 6구는 낙양의 자유롭고 호기 있는 유락을 상상으로 그리고 있어 변화의 폭이 크고 허실이 맞물려 있다. 구성이 엄정한 초기 칠율의 대표작이다.

라고 가려는 손님을 만류함. 한대 중엽 진준(陳遵)은 유협 기질이 강하여 술과 손님을 좋아하였는데, 연회를 열면 손님의 수레 비녀장을 우물 속에 던져 중간에 돌아가지 못하도록 하였다.
7) 洛城(낙성) : 낙양. 두심언의 고향은 낙양 부근 공현(鞏縣)이다.

이교(李嶠)

「초봄 태평공주 남장에 행차하다」에
삼가 화답하여 응제하다(奉和初春幸太平公主南莊應製)

主家山第接雲開,	공주의 산중 저택은 구름 속에 있으니
天子春遊動地來.	봄놀이 나온 천자 행차 땅을 흔들며 찾아가네
羽騎參差花外轉,[1]	구불구불 우림 행렬 꽃 숲 밖에서 돌아가고
霓旌搖曳日邊廻.[2]	펄럭이는 오색 깃발 태양 옆에서 꺾어지네
還將石溜調琴曲,	바위 사이 물소리로 거문고 가락 고르고
更取峰霞入酒杯.	봉우리 걸친 노을로 술잔 만들어 마시네
鸞輅已辭烏鵲渚,[3][4]	난새 새겨진 가마가 이미 오작교를 떠났어도
簫聲猶繞鳳皇臺.[5][6]	퉁소 소리는 아직도 봉황대에 가득하네

해설 709년 2월 중종이 산속의 태평공주 저택을 행차한 모습을 그렸다. 안정된 구성 속에 화려한 행차를 묘사하고, 신선과 관련된 비유로 제왕과 공주의 고귀함을 드러낸 전형적인 응제시이다.

---

1) 羽騎(우기) : 우림군의 기병.
2) 霓旌(예정) : 오색의 깃털을 꿰어 만든 깃발. 무지개의 기운과 유사하다 하여 이름 지어졌다. 고대 제왕의 의장 가운데 하나. ○ 日邊(일변) : 태양의 옆. 일반적으로 도성이나 제왕의 주위를 가리킨다.
3) 심주 : 직녀로 공주를 비유하였다.(以織女比公主.)
4) 鸞輅(난로) : 천자나 왕후가 타는 가마. ○ 烏鵲渚(오작저) : 견우와 직녀 전설에 나오는 오작교. 전설에서 직녀는 천제(天帝)의 딸이라고 했으므로 직녀로 곧잘 공주를 비유한다.
5) 심주 : 초당 때는 대구로 마무리를 짓는 경우가 많다.(初唐每多對結.)
6) 簫聲(소성) 구 : 소사와 농옥의 고사를 말한다. 심전기의 동일 제목의 작품 참조.

종초객(宗楚客)

「안락공주 산장에 행차하다」에
　　　　삼가 화답하여 응제하다(奉和幸安樂公主山莊應製)[1][2]

玉樓銀榜枕巖城,[3]　　　옥 누각 은 편액의 대저택은 성벽을 베고 있고
翠蓋紅旗列禁營.　　　비취 차양 붉은 깃발이 금군 군영에 벌렸어라
日影層巖圖畫色,[4]　　　바위에 비치는 햇빛은 그림 같은 색이요
風搖雜樹管絃聲.　　　잡목을 흔드는 바람 소리는 관현악의 소리라
水邊重閣舍飛動,　　　물가의 높은 누각은 날아갈 듯하고
雲裏孤峰類削成.　　　구름 속 외딴 봉우리는 깎아 만든 듯하네
幸睹八龍遊閬苑,[5]　　　뛰어난 준걸들이 낭원에서 노는 걸 목도하니
無勞萬里訪蓬瀛.[6]　　　만 리 멀리 봉래와 영주를 애써 갈 필요 없어라

평석 여덟 구가 모두 대구로 벽돌처럼 차곡차곡 채웠으므로 다른 사람의 작품보다 뛰어날

---

1)　심주 : 공주는 무측천의 딸이다.(公主亦武后女.)
2)　安樂公主(안락공주) : 중종과 위후(韋后) 사이에 태어난 딸. 총명하고 용모도 뛰어났다. 그녀가 태어나 성장할 때는 무측천이 주(周)를 세워 통치하는 기간으로, 중종이 방주(房州, 호북성)에 연금되어 있을 때였다. 705년(22세) 중종이 복위하면서 공주도 별도의 관부(官府)를 열 수 있게 되자 크게 득세하였다. 그녀는 관직을 매매하고 조정의 정치에 간여하였으며, 재상 이하 고관들을 지원하여 정치세력을 확대하였다. 또 대규모 토목공사를 일으키고 백성의 전답과 가옥을 점유하였다. 중종이 죽은 후 위후가 칭제를 하였으나 곧 임치왕 이융기가 일으킨 정변에 함께 희생되었다. 무측천의 딸이라고 본 심덕잠의 주석은 옳지 않다.
3)　銀榜(은방) : 은으로 만든 편액. 일반적으로 화려한 편액을 가리킨다.
4)　日影(일영) : 태양. 또는 햇빛. ○層巖(층암) : 높이 솟은 바위.
5)　八龍(팔룡) : 자질이 뛰어난 여덟 형제. 동한 순숙(荀淑)의 여덟 아들이 모두 이름이 높았기에 당시 사람들이 이들을 '팔룡'이라 불렀다. 여기서는 행차에 참가한 여러 사람들. ○閬苑(낭원) : 전설에 나오는 곤륜산 위 신선들이 거주하는 곳.
6)　蓬瀛(봉영) : 봉래와 영주. 전설에 나오는 신선이 거주하는 동해상의 섬.

수 있었다.(八句皆對, 能以譬實勝人.)

해설 709년 8월 중종이 안락공주 저택에 행차하였을 때의 모습을 그렸다. 현재 종초객의 시를 포함하여 같은 제목으로 지은 십오 인의 응제시가 남아있다. 당시 안락공주와 상관완아(上官婉兒)는 고관들의 뇌물을 받아 호화로운 저택을 다투어 지었다. 좌습유 신체부(辛替否)는 사찰을 흥성시키고 공주의 저택을 세우는 일이 "사람의 힘을 소모하고, 재물을 낭비하며, 백성의 집을 빼앗는 것"(竭人之力, 費人之財, 奪人之家.)이라고 상소하였다. 안락공주는 두 달 후인 709년 10월 금성방(金城坊)에 새로 지은 대저택으로 이사하였지만, 다음 해 이융기와 태평공주가 일으킨 무력 진압에 죽었다. 종초객 역시 안락공주의 붕당이었기에 정치적 생명을 같이 하였다.

송지문(宋之問)

숭산 석종에서 시연하며 응제하다(嵩山石淙侍宴應製)[1][2]

離宮秘苑勝瀛洲,[3]　　이궁과 비원이 영주(瀛洲)보다 더 뛰어나

---

1) 심주 : 이 시는 무후가 석종에 유람 갔을 때 지었다. 위로는 어제시가 있고, 아래로는 군신들의 화답시가 있어 적인걸, 송경, 장창종, 장역지가 나란히 이었다. 비석이 지금도 숭산에 남아있다.(此武后遊幸石淙而作也. 上有御詩, 下多諸臣和作, 狄人傑、宋璟、張昌宗、易之竝列, 今碑尚留嵩山.)

2) 石淙(석종) : 숭산 동쪽 산록에 있는 명소. 지금의 하남성 등봉(登封) 소재. 물줄기가 가파른 바위를 타고 내려와 못을 이루는 곳이다. 무측천은 무삼사(武三思)의 건의로 이곳에 삼양궁(三陽宮)을 지었는데, 정원이 동서 이십 리에 달하고, 연못과 정자가 지극히 기묘하고, 궁관(宮觀)과 누대가 장관을 이루었다고 한다.

別有仙人洞壑幽.[4]　　게다가 신선이 살고 있어 계곡이 그윽해라

巖邊樹色含風冷,　　　바위 옆 나무는 바람이 깃들어 시원하고

石上泉聲帶雨秋.　　　돌 위의 샘물 소리는 비 내리는 가을인 듯

鳥向歌筵來度曲,[5]　　가무가 펼치는 자리에 새들이 날아와 노래하고

雲依帳殿結爲樓.[6]　　장막 옆에는 구름이 일어나 누각을 만드네

微臣昔忝方明御,[7]　　미천한 소신이 방명 같은 마부가 되고자 하였더니

今日還陪八駿遊.[8]　　오늘은 팔준을 이끌고 나가는 유람을 모시게 되었어라

해설 700년 5월 무측천이 군신들과 숭산 석종에 행차한 모습을 그렸다. 무측천을 비롯하여, 태자 이현(李顯), 상왕 이단(李旦), 이교, 소미도, 요원숭(姚元崇) 등이 시를 지었다.

---

3)　瀛洲(영주) : 전설 속의 신선이 산다는 섬. 봉래, 방장과 함께 삼신산 가운데 하나이다.

4)　洞壑(동학) : 깊은 계곡. 동굴.

5)　度曲(탁곡) : 작곡하다. 여기서는 노래하다.

6)　帳殿(장전) : 왕이 출행하여 쉴 때 행궁 삼아 치는 장막.

7)　方明(방명) : 전설에 나오는 황제(黃帝)의 마부.

8)　八駿(팔준) : 주 목왕(周穆王)이 부리던 여덟 필의 준마. 『목천자전』에는 적기(赤驥), 도려(盜驪), 백의(白義), 유륜(踰輪), 산자(山子), 거황(渠黃), 화류(驊騮), 녹이(騄耳)라고 기록하였지만, 『습유기』(拾遺記) 등에서는 이름이 다르다. 일반적으로 준마 또는 황제의 수레 진용을 비유한다.

소정(蘇頲)

「봄날 망춘궁에 행차하다」에 삼가 화답하여 응제하다(奉和春日幸望春宮應製)[1]

東望望春春可憐,	동쪽으로 춘망궁을 바라보니 봄빛이 사랑스러워
更逢晴日柳含煙.	더구나 갠 날을 만났으니 버들 빛이 아롱지네
宮中下見南山盡,[2]	궁 안에 있으면 종남산이 다 내려다보이고
城上平臨北斗懸.[3][4]	성 위에 오르면 북두성이 수평으로 보여라
細草偏承廻輦處,	잔풀들은 빙 돌아가는 어연을 맞이하고
飛花故落舞筵前.	꽃들은 춤추는 대자리에 일부러 떨어지네
宸遊對此歡無極,[5]	제왕의 행락에 즐거움이 끝이 없어
鳥弄歌聲雜管絃.[6]	새들의 노랫소리 관현악에 뒤섞이네

해설 710년 3월 중종이 망춘궁에 행차할 때 창화한 시이다. 시종한 신하들이 같은 제목으로 쓴 총 14수의 시가 현재 남아있다. 망춘궁은 당시 궁중의 주요 행락 장소의 하나로, 현존하는 시문과 기록에 의하면 709년 7월과 710년 정월에도 군신 창화가 있었다.

---

1) 望春宮(망춘궁) : 장안의 금원(禁苑) 내에 있는 궁전. 장안성 동쪽의 산수(滻水) 강가에 소재했다.
2) 南山(남산) : 종남산. 지금의 섬서성 서안시 남쪽에 있는 산.
3) 심주 : 높고 험준한 뜻을 썼다. 언어가 특히 혼성하다.(寫高峻意, 語特渾成.)
4) 北斗(북두) : 북두성. 천자가 거주하는 궁전을 가리킨다.
5) 宸遊(신유) : 제왕의 행락. 여기서는 중종의 망춘궁 유람.
6) 弄(농) : 哢(농)과 같다. 지저귀다.

흥경지에서 시연하며 응제하다(興慶池侍宴應製)

降鶴池前廻步輦,[7]	학이 내려앉는 못 앞에 보련이 빙 돌아가고
棲鸞樹杪出行宮.	난새가 깃든 가지 아래 행궁으로 나서네
山光積翠遙疑逼,[8]	멀리서 산의 풍광은 초록이 쌓여 늘린 듯 보이고
水態含青近若空.[9]	가까이 물의 모습은 푸른빛이어서 하늘 같아라
直視天河垂象外,[10]	은하수를 바로 보니 밖으로 일월성신 늘어섰고
俯窺京室畫圖中.	궁중을 내려다보니 안의 세계는 그림속이로다
皇歡未使恩波極,	제왕의 즐거움에 은택은 끝없는데
日暮樓船更起風.[11]	저물녘 누선에 다시 순풍이 부는구나

해설 710년 4월 중종이 흥경지에 유람할 때 시종하며 지은 시이다. 『문원영화』(文苑英華)의 주석을 보면, 원래 제3, 4구는 "山光逼嶼疑無地, 水態迎帆若有風."이라 하여 이예(李乂)와 노종원(盧從願)의 칭찬을 받았으나 말구에 다시 風(풍)자로 압운하였기에, 반복을 피하기 위해 지금처럼 바꾸었다고 한다.

---

7) 步輦(보련) : 황제나 황후가 타는 가마. 초당시기 염립본(閻立本)이 그린 「보련도」(步輦圖)에서 당시의 모습을 볼 수 있다.
8) 積翠(적취) : 비췻빛이 중첩되다. 초목이 무성하다. 일반적으로 푸른 산을 가리킨다.
9) 水態(수태) : 물 위의 경치.
10) 垂象(수상) : 일월성신 등 천상이 길흉화복의 징조를 드러내다.
11) 심주 : 배를 띄우고 시연하였기 때문에 말구가 있다.(因泛舟侍宴, 故有末句.)

호현과 두릉 사이에서 호종하며, 형부상서 숙부, 최일용, 마회소께 삼가 드림(扈從鄠杜間, 奉呈刑部尙書舅、崔黃門、馬常侍)[12]

翠輦紅旗出帝京,[13]	비취 보련 붉은 깃발 장안성을 나서니
長楊鄠杜昔知名.[14]	예전에 이름 높은 호현과 두릉 사이 장양궁이로다
雲山一一看皆美,	구름과 산이 하나하나 모두 아름다운데
竹樹蕭蕭畵不成.[15]	대숲을 스치는 바람 소리는 그림 그리기 어려워라
羽騎將過持袂拂,	우림의 기병은 스치지 않으려 소매를 붙잡고 지나가고
香車欲度捲簾行.	향기로운 수레는 밖을 보려고 주렴 걷고 건너가네
漢家曾草巡遊賦,[16]	한대 양웅이 성제의 행락에 '장양부'를 지었다지만
何似今來應聖明?[17]	지금의 밝은 군주께 올린 시보다 어찌 같으리?

해설 중종의 장양궁 행차에 호종하며 지은 시이다. 비록 응제시는 아니지만 구성과 언어가 응제시의 형식을 채용하고 있어 전아하다.

---

12) 扈從(호종) : 군주의 행차에 따라나섬. ○ 鄠杜(호두) : 호현(鄠縣)과 두릉(杜陵). 호현은 지금의 서안시 서남에 있는 호현(戶縣)이고, 두릉은 서안시 남쪽 장안구 일대. ○ 崔黃門(최황문) : 최일용(崔日用). ○ 馬常侍(마상시) : 마회소(馬懷素).
13) 翠輦(취련) : 물총새 깃털로 장식한 황제가 타는 가마.
14) 長楊(장양) : 장양궁. 진한(秦漢)시기의 궁 이름. 지금의 섬서성 주지현 동남에 소재.
15) 심주 : 맑고 소활하다.(淸疎)
16) 漢家(한가) 구 : 한 성제(漢成帝)가 장양궁에 행차하여 호인(胡人)에게 수렵을 하게 하였을 때, 양웅이 「장양부」(長楊賦)를 지어 올린 일을 가리킨다.
17) 聖明(성명) : 천자의 뛰어난 덕. 여기에서 천자를 가리킨다.

이옹(李邕)

「초봄 태평공주 남장에 행차하다」에
삼가 화답하여 응제하다(奉和初春幸太平公主南莊應製)

傳聞銀漢支機石,1)	은하수의 베틀 고임돌이 있다고 들었으니
復見金輿出紫微.2)	다시 황궁을 나서는 금빛 가마를 보게 되는구나
織女橋邊烏鵲起,3)	직녀가 사는 다리에 까치가 일어서고
仙人樓上鳳皇飛.4)	신선이 있는 누대에선 봉황이 날아가네
流風入座飄歌扇,	자리로 불어오는 바람에 가녀의 부채가 나부끼고
瀑水當階濺舞衣.	계단 앞에서 흘러내린 폭포수가 춤추는 옷에 흘어지네
今日還同犯牛斗,5)	오늘 다시 한 번 견우성을 찾아왔으니
乘槎共泛海潮歸.6)	뗏목 타고 함께 바다 조수를 타고 돌아가리

평석 초당의 응제시는 아첨하고 칭찬하는 말이 많았는데, 특히 무측천과 중종 때는 천하가

---

1) 支機石(지기석) : 베틀을 받치는 돌. 본권 심전기의 같은 제목의 시 참조.
2) 金輿(금여) : 황금으로 만든 군주가 타는 가마. ○ 紫微(자미) : 왕궁. 본권 심전기의 「용지편」 참조.
3) 織女(직녀) 구 : 직녀는 천제(天帝)의 딸이므로, 직녀로 태평공주를 비유하였다. 본권 이교의 같은 제목의 시 참조.
4) 仙人(선인) 구 : 소사와 농옥의 전고를 말한다. 농옥은 진 목왕의 딸이므로, 그녀로 태평공주를 비유하였다. 본권 심전기의 같은 제목의 시 참조.
5) 今日(금일) 구 : 이 구는 잘 알려진 장화(張華)의 『박물지』(博物志) 권10에 나오는 전설을 말한다. 바닷가에 사는 사람이 매년 팔월이면 뗏목을 타고 은하수에 갔는데, 어느 곳에 이르니 직녀가 방안에서 베를 짜고 있고, 남자가 물가에서 소에게 물을 먹이고 있었다. 바닷가에서 온 사람이 이곳이 어느 곳인지 묻자 남자는 "촉군의 엄군평을 찾아가면 알 수 있을 것이오"라고 하였다. 이 사람이 돌아와 성도에 가서 물으니 엄군평은 "어느 해 어느 날 객성(客星)이 견우성(牽牛星)을 침범했는데 그대 말을 듣고 계산해보니 바로 그대가 은하수에 간 날이오"라고 하였다.
6) 심주 : 자신의 호종을 말하여 제1구와 호응시킨 것으로 중복이 아니다.(以己扈從言, 應起句, 非復也.)

더럽고 탁하였기 때문이다. 여러 시인들의 작품이 비슷하거니와 '칭송하되 교훈을 잊지 않는' 뜻이 없어 많이 뽑지 않았다. 그중 '쇠 중에 소리 나는 것' 몇 수를 취하여 하나의 형식으로 갖추어두고사 한다.(初唐應製多諛美之詞, 況當武后·中宗朝, 又天下穢濁時也. 衆手雷同, 初無頌不忘規之意, 故不能多錄, 取鐵中錚錚者幾章, 以備一體.)

해설 709년 2월 중종이 태평공주 저택에 행차한 모습을 그렸다. 본권에 같은 때 지은 심전기와 이교의 같은 제목의 시를 보면, 이들 시는 비교적 유사한 언어와 전고를 사용하고 있어 상당히 형식화되었음을 알 수 있다. 이들에서 응제시가 지닌 한계를 쉽게 알 수 있다.

장열(張說)

옹호산사(灉湖山寺)[1]

空山寂歷道心生,[2]	빈 산이 적막하여 도심(道心)이 일어나고
虛谷迢遙野鳥聲.[3]	빈 계곡 멀리서 새 소리 들려오네
禪室從來塵外賞,	선방에선 전부터 홍진 밖에 있었으니
香臺豈是世中情?[4]	분향대 앞에서 어찌 속세의 마음을 가지랴
雲間東嶺千重出,	구름 사이 동쪽 고개 겹겹이 나타나고

---

1) 灉湖(옹호) : 악주(岳州) 성 남쪽에 소재한 호수. 겨울에는 물이 고갈되므로 '건호'(乾湖)라고도 한다.
2) 寂歷(적력) : 적막하다. 또는 초목이 시들어 성긴 모양. ○道心(도심) : 진리를 깨달은 마음.
3) 迢遙(초요) : 먼 모양.
4) 香臺(향대) : 불전 앞의 분향대(焚香臺).

樹裏南湖一片明.　　　　숲 사이 남쪽 호수 한 빛으로 밝구나

若使巢由同此意,[5]　　　소부와 허유가 이러한 마음이 있기에

不將蘿薜易簪纓.[6]　　　새삼덩굴 옷 놔두고 갓끈을 매진 않으리

평석 소부와 허유는 응당 은거로 허명을 얻어 벼슬을 추구하는 '종남 첩경'의 무리를 가리킬 것이다. 그렇지 않다면 어찌 천하를 경시하면서 벼슬에 뜻을 둘 수 있겠는가? 여러 시평가의 해설은 온당하지 않다.(巢、由當指'終南捷徑'一輩人, 不然, 豈有輕視天下者而不能忘情於簪纓耶? 諸家解說未穩.)

해설 옹호가 보이는 산사에서 탈속의 정신을 표현하였다. 폄적되어 온 일이 사실은 섭섭하지만 강산의 아름다움을 얻은 것으로 위로하였다. 말미의 소부와 허유에 대한 심덕잠의 평석은 적절하지 못하다. 장열은 715년 4월부터 717년 3월까지 악주자사로 있었는데, 이 시기의 겨울에 지은 것으로 보인다. 시인의 시집에는 옹호와 관련된 시가 상당수 있다.

---

5) 巢由(소유) : 소부(巢父)와 허유(許由). 소부는 요 임금 시절의 사람으로, 나무 위에 둥지를 틀고 살았기에 소부(巢父)라 하였다. 요 임금이 일찍이 천하를 선양하려 했지만 거절하였다. 허유 역시 요 임금 때 사람으로, 요 임금이 천하를 양보하자 기산 아래로 도망가 밭을 일구었으며, 요 임금이 재차 그를 구주(九州)의 장(長)으로 삼으려 하자 영수(潁水)에 가서 귀를 씻었다고 한다.

6) 蘿薜(나벽) : 새삼 덩굴과 승검초. 모두 덩굴식물이다. 『초사』「산귀」(山鬼)에 "승검초로 옷 입고 새삼 덩굴로 띠 둘렀네"(被薜荔兮帶女羅)란 말이 있다. 후대에는 은사의 복장이나 거처를 비유한다. ○簪纓(잠영) : 비녀와 갓끈. 관리의 관식. 관직을 비유한다.

가증(賈曾)

「봄날 정원을 나가 둘러보다」에
삼가 화답하여 응령하다(奉和春日出苑矚目應令)[1][2]

銅龍曉闢問安廻,[3]	이른 아침 동용문 열고 문안하고 돌아와
金輅春遊博望開.[4][5]	금빛 가마 타고 박망원으로 봄놀이 나가네
渭水晴光搖草樹,	위수의 맑은 빛이 초목을 흔들고
終南佳氣入樓臺.	종남산의 좋은 기운 누대에 들어오네
招賢已從商山老,[6]	상산사호처럼 어진 사람 이미 불렀고
託乘還徵鄴下才.[7]	함께 나가 시문 지을 업하의 문인들 징초하였지
臣在東周獨留滯,[8]	소신은 낙양에서 혼자 머물고 있다가

---

1) 심주 : 진나라 법에 태자를 '령'이라 칭한다.(秦法, 太子稱令.)
2) 矚目(촉목) : 주의하여 보다. 주시하다. ○應令(응령) : 태자가 지은 시문에 화답한 작품. 위진 이래 신하가 제왕의 시문에 화답한 것을 '응조'(應詔)라 하고, 태자의 시문에 화답한 것을 '응령'(應令)이라 하고, 왕의 시문에 화답한 것을 '응교'(應教)라 했다.
3) 銅龍(동룡) : 동룡문. 한대 태자의 궁문 이름. 문루 위에 청동으로 만든 용이 있어 이름 붙여졌다. ○問安(문안) : 태자가 이른 아침 부황에게 문안을 묻는 일.
4) 심주 : 태자의 정원 이름이다.(太子苑名.)
5) 金輅(금로) : 금으로 장식한 가마. ○博望(박망) : 박망원(博望苑). 한 무제가 태자를 위해 건립한 정원. 서안시 교외에 소재했다. 『삼보황도』(三輔黃圖) 권4 참조.
6) 商山老(상산로) : 상산사호(商山四皓). 진대(秦代) 말기 상산에 은거하던 네 노인. 한 고조(漢高祖) 유방(劉邦)이 만년에 여태후(呂太后)가 낳은 태자 유영(劉盈, 나중에 惠帝가 됨)을 폐하고 총애하는 척부인(戚夫人)의 아들 유여의(劉如意)를 후계자로 삼으려 하였다. 그러나 여태후가 장량(張良)의 계책을 써서 '상산사호'(商山四皓)를 유영의 빈객으로 불러 보좌하게 하였다. 태자에게 이미 세력이 형성된 걸 본 유방은 태자를 바꿀 도리가 없었다. 일반적으로 태자를 보필하는 사람을 가리킨다.
7) 託乘(탁승) : 제왕의 고문으로 일하는 문인. 군주가 어가를 타고 행락을 나가면 문학 시종들이 뒤따르는 수레를 타고 가서 군주가 시문을 지을 때 고문을 담당한다. ○鄴下才(업하재) : 업하의 문인들. 동한 말기 건안 연간, 천하가 삼분될 때 조조는 업하(鄴下, 하북성 臨漳)를 본거지로 삼았는데, 이곳에서 왕찬, 유정, 완우 등 뛰어난 문인들이 조씨 부자와 어울리며 시문을 지었다.

忻逢睿藻日邊來.[9]　　장안에서 보내주신 높은 작품 기쁘게 받아드네

평석 제목이 정원을 나간다고 했지만 첫 구에서 먼저 문안을 말했으니 발단이 바르고 크다. (題本出苑, 而起句先說問安, 發端正大.)

해설 711년 봄, 태자 이융기가 「봄날 정원을 나가 둘러보며」(春日出苑遊矚)를 짓자 장열, 안원손(顔元孫)이 창화하였고, 당시 낙양에 있던 가증이 멀리서 화답하는 시를 지어 보냈다.

　　　　최호(崔顥)

황학루(黃鶴樓)[1)2)]

昔人已乘黃鶴去,[3]　　신선이 황학 타고 오래 전에 날아간 뒤

---

8)　東周(동주) : 낙양을 가리킨다. 주대는 장안 일대를 수도로 정한 서주와 낙양을 수도로 정한 동주로 나뉜다. 동주의 존속 기간은 기원전 770년부터 기원전 256년까지이다.
9)　睿藻(예조) : 왕이 지은 시문. 태자 이융기가 지은 시를 가리킨다. ○ 日邊(일변) : 태양의 옆. 일반적으로 도성이나 제왕의 주위를 비유한다.
1)　심주 : 무창에 있다.(在武昌.)
2)　黃鶴樓(황학루) : 호북성 무한시(武漢市) 무창 지구에 있는 누각. 장강 강가에 있어 장강과 한수를 부감할 수 있다. 삼국시대 223년(吳의 黃武 2년) 창건했다고 하며, 처음에는 황학기(黃鵠磯)에 세워졌으나 여러 차례 흥폐하였다. 육조(六朝) 이래의 기록과 송대 이래의 그림, 청말의 사진을 보면 황학루는 이중 처마가 날개를 펴듯 웅장하고 아름다워 '신선의 궁전'(仙宮) 같았다고 한다. 전설에 의하면 신선 왕자안(王子安)이 여기서 황학을 타고 지나갔다고 해서 이름 붙여졌다. 예전에는 사산(蛇山)의 기슭에 세워졌으나, 1884년 불탄 이래 1985년에 증축할 때는 사산의 정상에 세웠다. 원래는 3층 31.4미터 높이였는데 새로 지어진 누각은 20미터가 높아진 5층 51.4미터 높이가 되었다.

此地空餘黃鶴樓.　　이곳은 쓸쓸히 황학루만 남았구나

黃鶴一去不復返,　　한 번 떠난 황학은 다시 돌아오지 않고

白雲千載空悠悠.　　흰 구름만 유유히 천 년을 흘러갔네

晴川歷歷漢陽樹,　　한양의 나무들은 맑은 강에 비치고

芳草萋萋鸚鵡洲.4)　앵무주엔 무성히 봄풀이 우거졌네

日暮鄉關何處是?　　해 저무는 노을 속에 고향은 어디인가

煙波江上使人愁.5)　강 위의 물안개에 시름만 깊어가네

평석 의미가 형상에 앞서 일어나고, 정신이 언어의 밖에서 운행한다. 필법이 종횡으로 움직였으니 마침내 천고의 기이함을 이루었다.(意得象先, 神行語外, 縱筆寫法, 遂擅千古之奇.)

해설 황학루에서 바라본 경관과 감회를 그렸다. 백운(1구)－황학(2구)－황학(3구)－백운(4구)의 형식으로 어휘를 반복하고 있으며, 과거(1구)－현재(2구)－과거(3구)－현재(4구)의 구성으로 넓은 시공간의 폭을 넘나들고 있다. 유유(悠悠), 역력(歷歷), 처처(萋萋) 등 첩자를 사용했으며, '황학'을 세 번 썼고, 인(人), 거(去), 공(空)도 각각 두 번 사용하였다. 그럼에도 반복되는 느낌이 없는 것은 원래 민가풍의 가락이 율시의 형식으로 대체되면서

---

3) 昔人(석인) : 학을 타고 떠나간 신선. '황학루 전설'에 대해서는 신씨(辛氏) 이야기, 신선 비위(費禕) 설화, 자안(子安) 등선(登仙) 설화, 『술이기』(述異記) 설화 등이 있다. 가장 잘 알려진 이야기는 신씨(辛氏) 이야기이다. 신씨라는 사람이 원래 이곳에서 주막을 열고 술을 팔았는데 한 번은 도사에게 돈을 받지 않자, 그 도사가 귤껍질로 학을 그려놓고 떠나면서 박수를 치면 학이 내려와 춤춘다고 했다. 그 후 신씨는 도사의 방법을 따라 하니 손님이 많아져 많은 돈을 벌었다. 십 년이 지난 어느 날 도사가 다시 찾아와 피리 불어 황학을 불러내곤 이를 타고 날아가 버렸다 한다. 신씨는 여기에 황학루를 세웠다. 그러나 이 이야기는 송대 이후에 나왔고, 불경의 요소가 강해 후대에 지어진 것으로 보인다. 송대 이전에는 일반적으로 왕자안의 이야기와 연결 지어 보았다.

4) 鸚鵡洲(앵무주) : 당대에는 한양(漢陽) 서남의 장강 가운데 있었으나 나중에는 없어졌다. 동한 말기에 「앵무부」(鸚鵡賦)를 쓴 예형(禰衡)이 이곳에서 황조(黃祖)에게 살해되었기에 이름 붙여졌다.

5) 심주 : 말미는 옛일을 회고하며 고향을 생각하였다.(末因憑弔而懷鄕也.)

아직 생동성을 잃지 않았기 때문이다. 송대 엄우(嚴羽)는 『창랑시화』(滄浪詩話)에서 "당대 칠언율시 가운데 마땅히 최호의 「황학루」가 가장 뛰어나다"(唐人七言律詩, 當以崔顥「黃鶴樓」爲第一.)고 상찬하였다. 또 원대 신문방(辛文房)은 『당재자전』에서 이백(李白)이 이곳에서 시를 쓰려다가 "눈앞에 경관이 있어도 말하지 못하니, 최호의 시가 머리 위에 있구나"(眼前有景道不得, 崔顥題詩在上頭)라며 최호의 시에 압도되어 쓰지 못했다는 이야기를 전한다. 이백의 「금릉 봉황대에 올라」(登金陵鳳凰臺), 「앵무주」(鸚鵡洲)는 이를 모의하여 지은 작품이라는 설도 있다.

화음을 지나며(行經華陰)[6][7]

岧嶢太華俯咸京,[8]	드높은 화산이 장안을 굽어보니
天外三峰削不成.[9]	하늘 밖에 솟은 세 봉우리 깎아서도 만들 수 없어라
武帝祠前雲欲散,[10]	무제가 만든 사당 앞에 구름은 흩어지려 하고
仙人掌上雨初晴.[11]	거령신 손자국 위 빗줄기는 이제 막 그쳤어라

---

6) 심주 : 화산이 앞에 있으므로 현의 이름을 화음이라 했다.(因華山在前, 故縣名華陰.)

7) 華陰(화음) : 화산의 북면. 또는 화음현(華陰縣).

8) 岧嶢(초요) : 높고 험준한 모습. ○ 太華(태화) : 화산. 진령산맥의 동단에 있는 산으로 해발 약 2000미터. ○ 咸京(함경) : 진나라 수도 함양으로, 장안의 북쪽에 있다. 여기서는 장안을 가리킨다.

9) 심주 : 화산의 세 봉우리가 깎아 세운 듯한데, 여기서는 오히려 반대로 '깎아서도 만들 수 없어라'고 했으니 절묘하다.(太華三峰如削, 今反云'削不成', 妙.) ○ 세 봉우리는 부용봉, 명성봉, 옥녀봉을 말한다.(三峰謂芙蓉, 明星, 玉女.)

10) 武帝祠(무제사) : 한 무제가 세웠다는 사당. 『화산지』(華山志)에 "거령은 현원의 도를 얻어 원기와 함께 생겨났으며, 혼돈의 스승 구원조이다. 한 무제가 현내에 거령신의 손바닥 자국이 있는 것을 보고 특별히 거령신의 사당을 세웠다"(巨靈得玄元之道, 與元氣一時而生, 混沌之師九元祖也. 漢武帝觀仙掌於縣內, 特立巨靈神祠焉.)고 하였다.

11) 仙人掌(선인장) : 신선의 손바닥. 화산 동봉(東峰)의 석벽에 있다. 많이 알려진 전설에 따르면, 거령신은 황하의 신이다. 원래 화산과 수양산이 붙어 있었는데, 거령신이 손으로 화산을 밀고 발로 수양산을 차 황하가 바다로 흘러가게 했다고 한다. 이때 거령신의 손바닥 자국이 석벽에 남았다고 한다. '화산선장(華山仙掌)은 관중팔경

河山北枕秦關險,[12]　　강과 산은 북으로 험한 관산을 베고 있고

驛路西連漢畤平.[13)14]　역참과 길은 서쪽으로 제사 터와 이어졌네

借問路傍名利客,　　물노니 명리를 구하는 길옆의 나그네여

無如此處學長生?[15]　차라리 이곳에서 장생술을 배우는 게 어떠한가?

해설 화음을 지나며 바라본 경물과 유적을 묘사하고 오늘의 풍토를 권계하였다. 앞 6구에서 풍광과 고적을 묘사하고 말 2구에서 갑자기 질문하는 방식을 채용하여, 율시에서 일반적으로 이루어지는 기승전결 구성을 따르지 않고 있어 독특한 격식을 보인다. 시풍이 웅혼하고 광활하며 비유가 깊다.

(關中八景) 가운데 하나였다.

12) 秦關(진관) : 진 지방의 관산(關山). 진(秦)나라는 지금의 섬서성 지역으로 사방이 험한 관산으로 둘러싸여 있다.

13) 심주 : 한대 오제치는 기주 옹남현에 있었다. 치는 신령이 머무는 곳이다.(漢五帝時在岐州雍南縣. 時, 神靈所止也.)

14) 漢畤(한치) : 한대의 제왕이 천지와 오제에 제사하는 장소. 일반적으로 장안 교외에 높은 누대를 세워 제사하는데 이를 치(畤)라고 한다. 한대에 북치(北畤)가 있었고, 그 밖에 진대부터 사용되었던 옹오치(雍五畤), 서치(西畤), 휴치(畦畤) 등도 한대에 계속 남아 사용되었다. 이들은 모두 장안 부근 화산의 서쪽에 있었다.

15) 無如(무여) : 불여(不如)와 같다. ~만 못하다.

장악(張諤)

중양절(九日)[1]

秋天林下不知春,	가을의 숲 속이라 봄이 간 줄 몰랐는데
一種佳遊事也均.	하나의 좋은 명절 일마다 모두 조화롭구나
絳葉從朝飛著夜,	아침부터 밤까지 붉은 낙엽 날리고
黃花開日未成旬.[2]	노란 국화는 피어난 지 아직 열흘이 안 되었네
將曛陌樹頻驚馬,[3]	날 저무니 길가의 나무에 말이 자주 놀라고
半醉歸途數問人.	반쯤 취해 돌아가는 길에 사람들에게 자주 묻네
城遠登高倂九日,	"구월 구일 성에서 멀리 나와 등고했으니
茱萸凡作幾年新.[4]	수유는 지금까지 몇 번째나 붉었소?"

해설 중양절의 감흥을 쓴 시이다. 새롭고 특이한 발상은 없으나 한 구 한 구 안정되어 있고 생활을 잘 반영하여 지극히 자연스럽다. 장악의 시는

---

1) 九日(구일) : 구월 구일 중양절. 월과 일이 양수 가운데 가장 높은 수인 '아홉'이 겹치므로 '중양(重陽)'이라 하였다. 남북조 이래 산에 올라 빨간 수유 열매의 가지를 머리에 꽂고 국화주를 마시는 풍습이 있었다.

2) 黃花(황화) : 국화.

3) 曛(훈) : 날이 저물다.

4) 茱萸(수유) : 붉은 수유 열매. 중양절에 산에 올라 수유가지를 머리에 꽂는 풍속의 기원에 대해서는 양(梁) 오균(吳均)의 『속제해기』(續齊諧記)에서 찾을 수 있다. 여남의 환경(桓景)이 비장방(費長房)을 따라 공부하였는데, 하루는 비장방이 자네 집안에 재액이 있으니 급히 가서 수유를 따서 붉은 주머니에 넣고 산에 올라 국화주를 마시라고 하였다. 환경이 그의 말에 따라 가족들을 이끌고 산에 올랐다가 저녁에 돌아오니 집안의 닭과 개, 소와 양이 모두 죽어 있었다. 나중에 비장방에게 물으니 재액은 다른 것으로 대신할 수 있다고 하였다.(汝南桓景隨費長房遊學累年. 長房謂曰 : "九月九日汝家中當有災, 宜急去. 令家人各作絳囊, 盛茱萸以繫臂, 登高飮菊花酒, 此禍可除." 景如言, 齊家登山, 夕還, 見鷄犬牛羊一時暴死. 長房聞之曰 : "此可代也." 今世人九日登高飮酒, 婦人帶茱萸囊, 蓋始於此.) ○ 凡(범) : 모두. ○ 新(신) : 새로 붉은 수유 열매를 가리킨다.

「기왕의 자리에서 미인을 노래함」(岐王席上咏美人)과 같이 양진(梁陳) 궁체시와 같이 향염(香艶)한 시편들이 있는데 이 시는 그러한 지분기가 없이 청신하다.

조영(祖詠)

계문을 바라보며(望薊門)[1]

燕臺一去客心驚,[2]	연대(燕臺)를 찾아가니 나그네 마음 놀라
笳鼓喧喧漢將營.[3]	호가 소리 북 소리 시끄러운 한나라 군영
萬里寒光生積雪,	만 리 길게 쌓인 눈에 차가운 빛 떠돌고
三邊曙色動危旌.[4]	변경의 새벽빛이 높이 걸린 깃발을 흔들어라
沙場烽火連胡月,	사막의 봉화는 오랑캐 땅의 달까지 이어졌고
海畔雲山擁薊城.	바닷가 구름 낀 산은 계성을 둘러쌌네
少小雖非投筆吏,[5]	젊어서 비록 붓을 던지고 종군하진 못했어도
論功還欲請長纓.[6]	긴 끈으로 적장을 잡아와 공을 세우고 싶어라

---

1) 薊門(계문) : 계현(薊縣)의 성문. 당시의 범양군(范陽郡)에 속하며, 지금의 북경시 대흥현(大興縣) 서남에 소재했다.

2) 燕臺(연대) : 유주대(幽州臺) 또는 황금대라고도 한다. 연 소왕(燕昭王)이 곽외(郭隗)의 의견에 따라 하북성 역현(易縣)의 역수(易水) 동남에 쌓은 누대로, 그 위에 황금을 두고 천하의 재능 있는 인사를 청하였다고 한다.

3) 笳鼓(가고) : 호가와 북. 호가는 호인(胡人)이 부는 피리.

4) 三邊(삼변) : 변방지역을 통칭하는 말. 유주(幽州), 병주(幷州), 양주(涼州)를 가리키기도 한다. ○危旌(위정) : 높이 걸린 깃발.

5) 投筆吏(투필리) : 붓을 던진 관리. 관리생활을 그만 두고 무인이 되다. 동한 반초(班超)를 가리킨다. 반초는 원래 문서를 관리하던 말단 관리였는데 '붓을 던지고' 서역에 가서 공을 세웠다.

해설 변경에 있는 계문에서 가서 군영을 바라보며 군공을 세우고자 하는 정신을 담았다. 서두를 군영의 묘사로부터 시작하여 산천의 형세에 대한 언급으로 이어짐으로써 광활한 의경을 끌어내었으며, 말미에서 나라를 위해 보답하고자 하는 뜻을 나타내었다.

최서(崔曙)

중양절에 망선대에 올라—유 명부에게 드림(九日登望仙臺呈劉明府)[1][2]

漢文皇帝有高臺,[3]	한 문제가 만든 높은 누대
此日登臨曙色開.	중양절에 오르니 새벽빛이 열리누나
三晉雲山皆北向,[4]	삼진(三晉)의 모든 산들 북으로 향해 있고
二陵風雨自東來.[5]	효산(崤山)의 비바람 동에서 불어오네

---

6) 請長纓(청장영) : 긴 끈을 달라고 청하다. 서한의 종군(終軍)이 남월(南越)에 사신으로 갈 때 한 무제에게 "원컨대 긴 끈을 주시면 반드시 남월의 왕을 묶어 대궐 아래 데려 오겠습니다"(願受長纓, 必羈南越王而致之闕下)고 하였다. 『한서』「종군전」(終軍傳) 참조.

1) 심주 : 『신선전』에 기록했다. "하상공이 한 문제에게 『노자』를 전수하였는데, 나중에 하상공의 소재지를 찾을 수 없자 문제가 서산에 대를 세우고 제사를 지냈다.(神仙傳 : 河上公授漢文老子而失所在, 帝於西山築臺望之.)

2) 望仙臺(망선대) : 한 문제(漢文帝)가 세운 누대. 『태평환우기』 '하남도 섬주 섬현'조를 보면 "망선대는 현의 서남 십삼 리에 소재한다. 한 문제가 세워 하상공을 바라보려 했으나, 공이 이미 돌아가시자 이 대를 세워 제사를 지냈다."(河南道陝州陝縣 : 望仙臺在縣西南十三里, 漢文帝築以望河上公, 公旣上昇, 故築此臺以望祭之.)고 하였다. ○劉明府(유명부) : 미상. 명부는 현령.

3) 심주 : 우뚝 솟아났다.(聳拔.)

4) 三晉(삼진) : 삼진 지방. 춘추시대 진(晉)나라의 조씨(趙氏), 위씨(魏氏), 한씨(韓氏) 등 세 경(卿)이 진나라를 삼분하여 각기 나라를 세운 데서 만들어진 말. 지금의 산서성과 하남성 일대에 해당한다.

關門令尹誰能識.⁶⁾　　관령 윤희가 신선되어 어디 간지 누가 알리오?
河上仙翁去不回.⁷⁾　　강가의 하상공도 한 번 가선 돌아오지 않으니
且欲近尋彭澤宰,⁸⁾　　차라리 가까이 도연명과 같은 그대를 찾아가
陶然共醉菊花杯.　　국화주 들면서 도연히 취하리라

평석 하나의 기운으로 전환하고 마무리했으니 주제에 맞추어 법도가 있다.(一氣轉合, 就題有法.)

해설 중양절에 망선대에 오른 감개와 더불어 친구인 현령을 칭송하였다. 첫머리를 중양절이나 친구를 제재로 하여 시작하지 않고, 망선대를 통해 장수와 길상을 표시한 점이 뛰어나다. 제3, 4구는 자연스럽게 망선대에서 바라본 장대한 경관을 묘사하였고, 제5, 6구는 신선과 관련된 일을 언급하여 지리와 인사가 교착되고 공간과 시간이 어울리게 하였다. 말미에서 친구를 청하여 창음하자는 뜻을 나타내었다. 『당시삼백수』에 실려 널리 알려진 시이다.

---

5)　二陵(이릉) : 효산(崤山)의 남과 북 두 능선. 지금의 하남성 낙녕현(洛寧縣) 북 소재. 하남과 섬서를 오가는 길의 사이에 있다.
6)　關門令尹(관문영윤) : 함곡관을 지키는 관령(關令) 윤희(尹喜). 『사기』 「노장신한열전」에 보면, "(노자가) 주나라에 오래 살다가 주나라가 쇠미해지는 것을 보고 마침내 떠나게 되었다. 관문에 이르자 관령 윤희가 말했다. '그대 장차 은거하시게 되니 나를 위해 일부러라도 책을 써 주시기 바랍니다.' 이에 노자가 상하 편으로 책을 썼는데, 도덕의 뜻 오천여 글자를 말했다. 그곳을 떠난 후 어떻게 되었는지 아는 사람이 없었다."(居周久之, 見周之衰, 迺遂去. 至關, 關令尹喜曰 : '子將隱矣, 强爲我著書.' 於是老子著書上下篇, 言道德之意五千餘言而去, 莫知其所終.)
7)　河上仙翁(하상선옹) : 하상공(河上公). 『신선전』 권3을 보면, 서한시대 한 문제 때 강가에서 풀을 엮어 집을 짓고 살았기에 '하상공'이라 하였다. 문제가 『노자』를 읽다가 의문이 있으면 곧잘 물었다고 한다. 그가 지은 것으로 현존하는 『노자주』(老子注)는 『한서』 「예문지」에 저록되어 있지 않으므로 위진남북조 사람의 위탁으로 여겨진다.
8)　彭澤宰(팽택재) : 팽택을 다스리는 사람. 팽택령. 곧 도연명(陶淵明)을 가리킨다. 여기서는 같은 현령 직에 있는 유 명부를 비유한다.

이징(李憕)

임금이 지으신 「봉래궁에서 흥경궁으로 향하는 복도에서 봄비 속 봄날을 조망하며 봄을 즐거워하다」에 삼가 화답하여 응제하다(奉和聖製從蓬萊向興慶閣道中留春雨中春望之作應製)[1]

別館春還淑氣催,[2]　　행궁에 봄이 와 온화한 기운 가득한데
三宮路轉鳳皇臺.[3]　　세 궁전 연결된 길 굽어드니 봉황대에 이르네
雲飛北闕輕陰散,[4]　　구름 흐르는 북궐에 옅은 그늘 흩어지고
雨歇南山積翠來.[5]　　비 그친 종남산에 비췻빛이 짙어진다
御柳遙隨天仗發,[6]　　버들은 멀리 의장대를 따라가며 신록이 오르고
林花不待曉風開.　　숲 속의 꽃은 새벽바람 불기 전에 피어나네
已知聖澤深無限,　　임금의 은택이 이미 무한히 깊은 줄 알고 있는데
更喜年芳入睿才.[7]　　좋은 봄날 뛰어난 작품 내리시니 더욱 기뻐라

---

1) 聖製(성제) : 임금이 지은 시문. 여기서는 현종이 지은 시를 가리킨다. ○ 蓬萊(봉래) : 봉래궁. 궁 뒤에 봉래지(蓬萊池)가 있어 이름 붙여졌다. 원래 대명궁이었으나 662년 봉래궁이라 개명하였고, 701년에 다시 원래의 대명궁으로 복원하였다. ○ 興慶(흥경) : 흥경궁. 장안성의 동남편에 소재. ○ 閣道(각도) : 건물과 건물 사이를 연결한 회랑. 이층으로 되어 있어 복도(複道)라고도 한다. 당대에는 대명궁에서 곡강(曲江)까지 각도가 이어져 있었다. ○ 留春(유춘) : 봄을 붙잡다. 봄이 좋아 떠나지 못하게 잡고 싶을 정도로 봄을 아끼고 사랑하다.

2) 淑氣(숙기) : 봄날의 온화한 기운.

3) 三宮(삼궁) : 장안성의 대명궁, 태극궁, 흥경궁을 가리킨다. ○ 鳳皇臺(봉황대) : 진 목공(秦穆公)이 딸 농옥(弄玉)을 위해 지어준 누대. 본권 심전기 「초봄 태평공주 남장에 행차하다」에 삼가 화답하여 응제하다」의 제7구에 나오는 '명봉곡(鳴鳳曲) 주석 참조. 여기서는 장안성의 궁궐을 비유한다.

4) 北闕(북궐) : 장안성 북면에 있는 문루. 일반적으로 대신 등이 조견을 기다리거나 상서를 올리기 위해 기다리는 곳이다.

5) 南山(남산) : 종남산. 서안시 남쪽에 소재.

6) 天仗(천장) : 천자의 의장. 천자를 가리킨다.

7) 年芳(년방) : 아름다운 봄의 풍광. ○ 睿才(예재) : 지혜롭고 뛰어난 재능.

평석 제1구는 '봉래궁'이고, 제2구는 '흥경궁으로 향하고'이고, 제3, 4구는 '비 속'이고, 제5, 6구는 '봄날을 조망하다'이고, 결말에선 현종이 지은 시를 찬미하였다.(首句'蓬萊', 次句'向興慶', 三四'雨中', 五六'春望', 結美御製.)

해설 742년 봄날 현종이 봉래궁에서 흥경궁을 가는 도중에 지은 시에 화답하였다. 궁중에서 맞이하는 봄의 도래를 전아한 언어와 이미지로 형상화하고 군왕의 시작(詩作)을 칭송하였다. 당시 이징 이외에 묘진경(苗晉卿)과 왕유(王維)도 화답하여 시를 지었다.

왕유(王維)

임금이 지으신 「봉래궁에서 흥경궁으로 향하는 복도에서 봄비 속 봄날을 조망하며 봄을 즐거워하다」에 삼가 화답하여 응제하다(奉和聖製從蓬萊向興慶閣道中留春雨中春望之作應製)

渭水自縈秦塞曲,[1]	위수는 진 지방을 굽이굽이 감돌고
黃山舊繞漢宮斜.[2]	황록산은 황산궁 에워 안고 예처럼 비껴있네
鑾輿迴出千門柳,[3]	난여가 멀리 버들 늘어선 겹겹의 궁문을 나와

---

1) 渭水(위수) : 감숙성 위원현(渭源縣) 조서산(鳥鼠山)에서 발원하여 동으로 서안시 남쪽을 지나 동관(潼關) 부근에서 황하로 흘러든다. 오늘날에는 위하(渭河)라고 부르며, 황하의 최대 지류로 길이 818킬로미터이다. ○秦塞(진새) : 진나라 때 세워진 관새. 여기서는 진 나라 강역으로, 지금의 서안을 중심으로 한 섬서성 지역.

2) 黃山(황산) : 황록산(黃麓山)이라고도 한다. 섬서성 흥평시(興平市) 북쪽에 소재. 한 대에는 황산궁(黃山宮)이 있었다.

3) 鑾輿(난여) : 황제가 타는 가마. ○千門(천문) : 겹겹의 궁문.

閣道廻看上苑花.[4]　　복도를 지나가며 상림원의 꽃을 돌아보시네
雲裏帝城雙鳳闕,[5]　　구름 속 황성은 쌍봉궐이요
雨中春樹萬人家.[6]　　빗속에 봄 나무는 만백성 집이라
爲乘陽氣行時令,[7]　　이 행차는 봄기운에 승응하여 나선 순시이지
不是宸遊玩物華.[8]　　경치를 감상하는 놀이가 아니어라

평석 결말에서 '송찬 중의 권계'를 기탁했으니, 신하의 입언이 비로써 형식을 얻었다.(結意寓規於頌, 臣子立言, 方爲得體.) ○응제시는 응당 이 시를 제일로 쳐야 할 것이다.(應製詩應以此篇爲第一.)

해설 이 시 역시 이징의 시와 마찬가지로 742년 봄날 현종이 봉래궁에서 흥경궁을 가는 도중에 지은 시에 화답한 시이다. 이징의 시가 제3, 4구에서 원경을 잡은 후 제5, 6구에서 중경으로 시선을 돌린데 비해, 왕유는 제1, 2구에서 원경을 잡은 후 제3, 4구에서 근경을 묘사했다가, 다시 한 번 제5, 6구에서 중경으로 시선을 돌린 점이 다르다. 이러한 거리감의 변화로 장안성의 웅장한 모습은 보다 뚜렷이 드러났다. 말 2구는 당시 좌보궐(左補闕)로 있던 왕유의 직책에 어울리게 권계의 뜻을 완곡하게 드러냈다.

---

4)　上苑(상원) : 금원(禁苑). 궁중의 정원.
5)　雙鳳闕(쌍봉궐) : 궁중의 문 양쪽에 서있는 망루를 궐(闕)이라 하며, 일반적으로 한 쌍으로 되어 있기에 쌍궐이라 한다. 한대(漢代) 건장궁(建章宮)의 궐 지붕에 청동 봉황이 장식되었으므로 이런 이름이 붙여졌으며, 당대 대명궁에도 서봉궐(棲鳳闕)과 상란궐(翔鸞闕)이 있었다.
6)　심주 : 시 속에 그림이 있다.(詩中有畵.)
7)　陽氣(양기) : 온화한 봄기운. ○時令(시령) : 월령(月令)과 비슷한 뜻이다. 계절에 따라 제정한 농사에 관한 정령(政令).
8)　宸遊(신유) : 제왕의 행락. ○物華(물화) : 자연 풍광.

백관들에게 앵두를 하사하시다(敕賜百官櫻桃)[9]

芙蓉闕下會千官,[10]　　부용꽃 같은 궐문 아래 백관들이 모이니

紫禁朱櫻出上蘭.[11]　　황궁의 붉은 앵두 상란궁에서 나오네

才是寢園春薦後,[12]　　침원(寢園)의 봄 제사에 드린 후의 것이지

非關御苑鳥銜殘.[13]　　어원의 새들이 먹다 남은 게 아니라네

歸鞍競帶靑絲籠,[14][15]　　바구니에 담아서 돌아가는 안장에 다투어 차니

中使頻傾赤玉盤.[16][17]　　환관이 자주 붉은 옥 접시에 담아내왔네

飽食不須愁內熱,[18]　　실컷 먹어도 열이 날까 걱정할 필요 없으니

---

9) 敕(칙) : 황제의 명령.

10) 芙蓉闕(부용궐) : 연꽃 같은 궐루. 궁문 양옆의 궐루를 멀리서 보면 연꽃 같은 형상
이라 하여 이를 형용한 말.

11) 紫禁(자금) : 황궁. 하늘의 중심에 있는 별자리인 자미원(紫微垣)으로 지상의 중심인
황궁을 비유하고, 일반인의 출입을 금한다는 뜻을 모아 만든 어휘이다. ○上蘭(상
란) : 한대 상림원에 있었던 궁전.

12) 寢園(침원) : 선대 임금의 무덤. 원(園)은 임금의 무덤이란 뜻이며, 임금의 무덤에는
침전(寢殿)이 있으므로 침원이라 했다. ○春薦(춘천) : 봄철의 종묘 제사. 천(薦)은
제사 때 제물을 바치는 일. 당대 이작(李綽)의 『세시기』(歲時記)에 "4월 1일에 과수
원에서 앵두를 진상하면, 침원에 제물로 올린 후 백관의 등급에 따라 나누어 하사하
였다"(四月一日, 內園進櫻桃, 寢園薦訖, 頒賜百官各有差.)는 기록이 있다.

13) 鳥銜(조함) : 새가 먹다. 『여씨춘추』「仲夏記」에 "함도를 바치다"(羞以含桃)는 말이
있고, 이에 대해 고유(高誘)는 "함도를 진헌한다는 뜻이다. 앵두는 꾀꼬리가 먹으므
로 함도라 했다"(進含桃. 櫻桃, 鶯鳥所含食, 故言含桃.)고 주석하였다.

14) 심주 : 먼저 하사한 것.(先賜者.)

15) 靑絲籠(청사롱) : 청색 끈 걸이의 바구니. 한대 악부「길가의 뽕」(陌上桑)에 "파란 끈
으로 만든 바구니 걸이에, 계수나무 가지로 만든 바구니 고리"(靑絲爲籠系, 桂枝爲籠
鉤.)란 말에서 유래한 바구니의 미칭이다.

16) 심주 : 나중에 하사한 것.(後賜者.)

17) 中使(중사) : 궁중에서 파견한 사신. 일반적으로 환관을 가리킨다. ○赤玉盤(적옥반)
: 붉은 옥으로 만든 소반. 이 구는 『습유록』에 "한 명제가 달밤의 연회에서 군신들
에게 앵두를 하사하시며 붉은 옥 소반에 담게 하였다. 군신들이 달빛 아래 보고서는
빈 소반으로 여기니 명제가 웃었다."(漢明帝於月夜宴賜群臣櫻桃, 盛以赤瑛盤, 群臣
視之月下, 以爲空盤, 帝笑之.)는 고사를 환기한다.

18) 內熱(내열) : 신체의 열기. 앵두는 열을 나게 하고 기를 보하여 많이 먹어도 해가 없
다고 한다. 그러나 아이들이 많이 먹으면 열이 난다고 한다.

大官還有蔗漿寒.¹⁹⁾　　태관이 또 사탕수수 즙으로 열기를 식혀줄 터이니

평석 제1구는 하사의 이유이고, 제3, 4구는 신하에 대한 존중을 보였고, 결말에서 임금의 은혜가 끝없음을 보였다. 언어의 기세가 온화하며, 깊고 얕음이 적절하여, 두보의 「시골 사람이 붉은 앵두를 보내와서」와 함께 당시의 절창이다.(起句敕賜之由, 三四見敬禮臣下, 結見君恩無已. 詞氣雅和, 淺深合度, 與少陵野人送朱櫻詩, 均爲三唐絶唱.) ○『삼보황도』에 "상림원에 上蘭觀(상란관)이 있다"고 하였으므로 '上蘭'(상란)이라 쓴 판본은 바르지 않다.(三輔黃圖 : "上林有上蘭觀." 作'上蘭'者非.)

해설 753년 현종이 백관들에게 앵두를 나누어 준 일을 그렸다. 비록 궁중의 지극히 사소한 일을 제재로 하였으나, 이를 원만하고 생동감 있게 묘사하여 흥취 높은 시로 만들었다. 왕유의 비범한 솜씨가 발휘된 작품이다.

기왕에게 피서하도록
　　천자께서 구성궁을 빌려주심에 응교하다(敕借岐王九成宮避暑應敎)²⁰⁾

帝子遠辭丹鳳闕,²¹⁾　　제왕의 아들이 멀리 단봉궐을 나서니
天書遙借翠微宮.²²⁾　　천자께서 조서 내려 취미궁을 빌려주시었네

---

19)　大官(대관) : 태관(太官)이라고도 한다. 광록시(光祿寺) 소속의 관리로, 황제와 백관의 음식 및 궁중의 잔치를 담당한다. ○蔗漿(자장) : 사탕수수 즙.

20)　岐王(기왕) : 현종의 동생인 이범(李範). 권9 왕유의 「기왕을 따라 양씨 별장을 방문하여 응교하다」 참조. ○九成宮(구성궁) : 장안 서쪽 봉상부(鳳翔府) 인유현(麟遊縣, 지금의 섬서성 寶鷄市 麟遊縣)에 소재했던 궁. 원래 수 문제(隋文帝)가 세운 인수궁(仁壽宮)이었는데 631년 당 태종이 피서궁으로 만들고 구성궁이라 개명하였다.

21)　帝子(제자) : 제왕의 아들. 기왕을 가리킨다. 기왕은 예종의 아들이다. ○丹鳳闕(단봉궐) : 대명궁(大明宮) 남면에 있는 다섯 문 가운데 중간에 있는 문. 문 위에 궐루가 있으므로 단봉궐이라 하였다. 일반적으로 왕궁을 가리킨다.

隔窓雲霧生衣上,　　창을 열면 운무가 옷 위에서 일어나고
卷幔山泉入鏡中.　　휘장을 젖히면 샘물이 거울 속으로 흘러들어
林下水聲喧語笑,　　숲 아래 물소리는 사람이 웃고 떠드는 듯하고
巖間樹色隱房櫳.²³⁾　바위 사이 나무 색은 방과 창에 깃드는구나
仙家未必能勝此,　　신선의 세계가 이곳보다 더 나을 리 없으니
何事吹簫向碧空?²⁴⁾　무슨 일로 농옥처럼 하늘 향해 퉁소를 불리오?

해설 719년 왕유가 기왕을 따라 구성궁에 피서하러 갔을 때 지은 응교시이다. 자연과의 혼융한 세계를 전아하고 고귀한 이미지로 빚어 신선의 세계로 비유하였다. 특히 제3, 4구는 시각적 선명함이 두드러진 명구로 꼽힌다.

가지 사인의 「대명궁 아침 조회」에 화답하며(和賈至舍人早朝大明宮之作)²⁵⁾

絳幘鷄人報曉籌,²⁶⁾　　붉은 두건의 계인(鷄人)이 새벽 시각을 알리면

---

22)　天書(천서) : 군주가 내린 조서(詔書). ○翠微宮(취미궁) : 산속에 있는 행궁. 여기서는 구성궁을 가리킨다.

23)　房櫳(방롱) : 방과 창.

24)　吹簫(취소) : 퉁소를 불다. 『열선전』에 나오는 소사(簫史)와 농옥(弄玉)의 고사를 말한다. 본권 심전기 「'초봄 태평공주 남장에 행차하다'에 삼가 화답하여 응제하다」 참조.

25)　舍人(사인) : 중서사인(中書舍人). 황제의 조서를 기초하며, 관제상 육 인을 두도록 되어 있다. 품계는 정5품상. ○大明宮(대명궁) : 장안성의 정궁으로 성 동북부에 위치했다. 당의 정치 행정의 중심지. 634년 건립하여 영안궁(永安宮)이라 하였다가 다음 해 대명궁이라 개명했으며, 662년 고종이 확건하여 봉래궁이라 개명하였고, 701년에 원래의 대명궁이라 이름하였다. 당대 말기 896년 전란으로 파괴되었다.

26)　絳幘(강책) : 붉은 두건. 한대 궁중에선 닭을 기르지 않았으므로 위사(衛士)가 주작문 밖에서 닭 벼슬을 상징하는 붉은 두건을 쓰고 닭울음소리를 내어 새벽을 알렸다. ○鷄人(계인) : 주대(周代) 관직 이름으로, 제사에 닭을 제공하고, 큰 제사나 대규모 외국 빈객이 있을 때나 상례를 치를 때 새벽이 되면 큰 소리를 외쳐 백관들에게 시간을 알렸다. 후대에는 궁중에서 경루(更漏)와 시각 보고를 관장하였다. 여기서는 궁중에서 시각을 알리는 사람. ○籌(주) : 경주(更籌) 또는 경첨(更簽). 시각을 알릴 때 쓰는

尚衣方進翠雲裘. 27)　　상의가 비로소 취운구 가죽옷을 임금께 드리네

九天閶闔開宮殿, 28)　　구천의 궁전이 대문을 열어 제치니

萬國衣冠拜冕旒. 29)　　만국의 사신들이 면류관 쓴 황제를 배알하여라

日色才臨仙掌動, 30)　　햇빛이 비치니 비로소 청동 신선이 살아나는 듯하고

香煙欲傍袞龍浮. 31)　　향로 연기 피어나니 곤룡포에서 용이 꿈틀거린다

朝罷須裁五色詔, 32)　　조회가 끝나면 오색지(五色紙)에 조서를 써야하니

珮聲歸到鳳池頭. 33)　　패옥 소리 울리며 봉황지 옆 중서성에 돌아가누나

평석 '아침 조회' 창화시는 왕유의 작품이 바르고 크며, 잠삼의 작품이 밝고 빼어나 우열을 가리기 힘들다. 가지의 작품은 평범하고, 두보의 작품은 조회를 정면으로 묘사하지 않았으므로 선록하지 않아도 될 것이다(早朝倡和詩, 右丞正大, 嘉州明秀, 有魯衛之目. 賈作平平, 杜

죽패. 계인이 계단에 죽패를 던져 소리가 나도록 했다.

27) 尙衣(상의) : 관직 이름. 전중성(殿中省) 상의국(尙衣局) 속관으로 황제의 의복과 예관을 관리한다. ○ 翠雲裘(취운구) : 물총새 깃털로 짜 만든 구름 문양의 가죽옷.

28) 九天(구천) : 높은 하늘. 고대에는 하늘이 아홉 겹으로 되어 있다고 생각하였는데, 그중 가장 높은 하늘을 구천이라 하였다. 여기서는 황궁을 비유한다. ○ 閶闔(창합) : 천계에 있는 궁궐의 문. 여기서는 궁문.

29) 衣冠(의관) : 옷과 예관. 여기서는 백관. ○ 冕旒(면류) : 황제의 예관. 고대에는 천자와 고관이 썼다. 모자 위에 네모꼴의 평평한 면판(冕板)을 덮고, 앞뒤로 주옥을 매달아 늘어뜨리는데 이를 류(旒)라 한다. 주대에는 천자는 열두 줄, 제후는 아홉 줄, 상대부는 일곱 줄, 하대부는 다섯 줄로 규정하였다. 당대에도 이 제도가 남아 제왕은 백옥에 열두 줄, 1품은 청옥에 아홉 줄로 하였다. 여기서는 황제를 가리킨다.

30) 仙掌(선장) : 한 무제가 건장궁에 동으로 만들어 세운 신선. 손으로 승로반을 들고 천상의 감로(甘露)를 받는 형상이다. 여기서는 촛대를 들고 있는 신선 모양의 조형물로 보인다. 여기서 動(동)자도 조형물이 움직이는 것이 아니라 햇빛을 받아 살아나는 듯하다고 보아야 할 것이다.

31) 袞龍(곤룡) : 곤룡포. 권룡의(卷龍衣)라고도 한다. 곤(袞)은 천자의 예복으로 일반적으로 용 문양이 있으므로 곤룡이라고 하였다.

32) 裁(재) : 만들다. ○ 五色詔(오색조) : 오색의 종이에 쓴 조서. 『업중기』(鄴中記)에 후조(後趙)의 석호(石虎)는 오색지에 조서를 썼다고 한다. 여기서는 조서.

33) 珮聲(패성) : 패옥이 부딪히며 내는 소리. 당대에는 5품 이상 고관은 패옥을 찼다. ○ 鳳池(봉지) : 봉황지(鳳凰池). 중서성을 가리킨다. 위진남북조 이래 중서성은 황제와 가까이하며 기밀을 담당하므로 금원(禁苑)에 설치하였고, 봉지도 금원 안에 있었으므로, 봉지로 중서성을 대칭하게 되었다.

作無朝之正位, 不存可也.)

해설 대명궁에서 조회를 받는 모습을 그렸다. 758년 왕유는 가지와 함께 중서사인으로 조회에 참석하였으며, 가지가 먼저 시를 짓자 왕유가 이에 화답하여 위 시를 지었다. 이밖에 조회에 참석했던 두보와 잠삼도 화답 시를 남겼다. 시간의 흐름과 공간의 배치에 따라 통일성 있게 전개했으며, 기상이 넓고 전아하고 장중하다.

태상주부 위오랑의
「온천에서 바라보며」에 화답하며(和太常韋主簿五郎溫泉寓目)[34]

漢主離宮接露臺,[35]	한나라 황제의 이궁은 노대와 접해 있고
秦川一半夕陽開.[36]	진 지방 평원은 반이 석양에 펼쳐졌네
青山盡是朱旗繞,	청산에는 온통 붉은 깃발 덮이고
碧澗翻從玉殿來.	푸른 계곡엔 반대로 궁전이 자리했구나
新豐樹裏行人度,[37]	신풍의 나무 사이에 행인이 지나가고
小苑城邊獵騎回.	정원 딸린 성 옆에 사냥꾼이 말 타고 돌아오네

---

34) 太常主簿(태상주부) : 태상시(太常寺)의 속관. 품계는 종7품상. 인장과 장부를 관리한다. ○韋五郎(위오랑) : 미상. ○溫泉(온천) : 여산(驪山) 온천을 가리킨다. 지금의 섬서성 서안시 임동현 소재. 644년에 처음 지었고, 671년 온천궁이라 하였다가 747년 화청궁(華淸宮)이라 개명하였다. 현종은 737년부터 매년 10월 또는 11월에 온천궁에 행차하였다가 연말에 장안성으로 돌아갔다. ○寓目(우목) : 바라보다.

35) 漢主離宮(한주이궁) : 한나라 군주의 행궁. 화청궁을 가리킨다. 당대 시인들은 한나라로 당나라를 가리켰다. ○露臺(노대) : 영대(靈臺). 천문을 관찰하는 곳이다. 『한서』「문제기」(文帝紀)에 문제가 장인들을 불러 여산의 산정에 노대를 지었다고 기록하였다.

36) 秦川(진천) : 지금의 진령(秦嶺) 이북의 섬서성과 감숙성의 평원지대. 전국시대 진나라의 강역에 속하므로 이런 이름이 붙여졌다. 川(천)은 평원이란 뜻. 여기서는 장안 일대의 평원 지역.

37) 新豐(신풍) : 장안의 동쪽에 있던 위성 도시로, 지금의 섬서성 서안시 임동구 동쪽 지역.

聞道甘泉能獻賦,[38]　　듣자하니 양웅이 '감천부'를 바친 것처럼
懸知獨有子雲才.[39]　　오로지 그대만이 양웅의 재주임을 알겠어라

해설 화청궁을 둘러보고 지은 작품이다. 원경부터 시작하여 근경으로 이어진 조감법으로 화청궁을 그려내고 있으며, 말 2구에서 상대의 작품을 높이 그리고 있다. 특히 제1, 2구는 역대로 시평가들의 호평을 받았다.

변경을 나가며 지음(出塞作)

居延城外獵天驕,[40]　　거연성 밖에서는 흉노들이 사냥하니
白草連天野火燒.[41]　　하늘까지 잇닿은 백초에 들불이 번지네
暮雲空磧時驅馬,[42]　　저녁 구름 깔린 빈 사막에 때로 말 달리고
秋日平原好射雕.[43][44]　가을이라 평원에선 수리 쏘기도 좋아라

---

38) 聞道(문도) 구 : 양웅이 「감천부」(甘泉賦)를 바친 일을 가리킨다. 서한 성제(成帝) 때 어떤 사람이 양웅의 작품이 사마상여와 비슷하다고 말하자, 성제가 불러 승명전(承明殿)에 대조(待詔)하게 하였다. 양웅이 성제를 따라 감천궁에 다녀와선 「감천부」를 써서 바치자 성제가 크게 상찬하였다. 후대에는 일반적으로 군주에게 진상하여 크게 칭찬 받는 문장을 가리킨다.

39) 懸知(현지) : 예상하다. 미리 알다.

40) 居延(거연) : 서북 지역의 군사 중진(重鎭). 지금의 감숙성 장액 일대. ○天驕(천교) : 흉노족이 자신을 부르는 말. 일반적으로 서북의 민족 또는 그 왕을 가리킨다. '獵天驕'는 '天驕獵'의 도치.

41) 白草(백초) : 수크령 종류의 들풀. 속칭으로 낭미초(狼尾草)라고 한다. 건조한 지역의 산비탈이나 길가에 자란다.

42) 磧(적) : 사막. 원래 자갈밭이란 뜻이다.

43) 심주 : '흉노들이 사냥한다'를 받아서 말하였다.(頂獵天驕言.)

44) 射雕(사조) : 수리를 쏘다. 수리는 날쌔기 때문에 웬만한 명궁이 아니면 쏘아 맞히지 못한다. 수리 맞추기와 관련된 전고는 일반적으로 두 가지가 있다. 하나는 이광(李廣)과 관련된 전고이다. 한나라의 중귀인(中貴人)이 기병 수십을 데리고 흉노 세 명과 싸우는데, 흉노가 말 위에서 몸을 돌려 활을 쏘아 중귀인을 상처 입히자 중귀인이 도망쳐 이광에게 달려갔다. 이에 이광이 '이는 필시 수리를 쏜 사람일 것이다'(是必射雕者也)고 했다. 다른 하나는 북제(北齊)의 곡률광(斛律光)이 큰 수리의 목을 쏘

護羌校尉朝乘障,⁴⁵⁾　　호강교위는 아침에 보루에 오르고
破虜將軍夜度遼.⁴⁶⁾　　파로장군은 밤에 요하를 건너네
玉靶角弓珠勒馬,⁴⁷⁾　　보검과 각궁과 진주 굴레의 말
漢家將賜霍嫖姚.⁴⁸⁾　　한나라에서는 장차 곽거병에게 하사하리

평석 전반부는 변경에 경보가 있음을 말하고, 후반부는 장수에게 출병의 명령을 말하였으며, 결말에서 "줄 느슨한 붉은 활, 받아서 잘 보관해 두노라"의 뜻으로 마감했다.(上言疆場有警, 下言命將出師, 一結得"彤弓弨兮, 受言藏之"意.) ○ 구말에 '마'(馬)자를 두 번 썼으니 이는 병폐이다.(二'馬'字押脚, 亦是一病.)

해설 변경에 나가 군대의 형세를 둘러보고 지은 변새시이다. 왕유가 737년 가을 감찰어사로 양주에 갔을 때 지었다. 전반부는 이민족의 기세를, 후반부는 당군의 용맹을 나누어 묘사했는데, 쌍방을 비교하는 수법으로 강적을 두려워하지 않는 당군의 기개와 투지를 표현하였다. 특히 전반부는 원경을 잘 잡아내는 왕유의 특기가 발휘되었다.

아 잡자 승상부에 있던 형자고(邢子高)가 '수리를 쏜 명수'라는 뜻의 '사조수'(射雕手)라 칭송한 일이다.

45) 護羌校尉(호강교위) : 한 무제 때 설치한 무관직으로 서강(西羌)과 관련된 업무를 관장한다. 진 혜제(晉惠帝) 때 양주자사로 개명하였다. ○乘障(승장) : 성이나 보루에 올라 적을 막다.

46) 破虜將軍(파로장군) : 삼국시대 장군 명호 가운데 하나. 손견(孫堅)이 파로장군에 임명된 적이 있다. ○度遼(도료) : 요수(遼水)를 건너다. 한 소제(漢昭帝) 때 요동의 오환(烏桓)이 반기를 들자 범명우(范明友)를 도료장군(度遼將軍)으로 임명하여 출병시켰다.

47) 玉靶(옥파) : 옥을 상감해 새겨 넣은 칼자루. 보검. ○角弓(각궁) : 짐승의 뿔로 장식한 활. ○珠勒(주륵) : 주옥으로 장식한 굴레.

48) 霍嫖姚(곽표요) : 서한의 명장 표요교위(嫖姚校尉) 곽거병(霍去病). 한 무제 때 표요교위가 되어 대장군 위청(衛青)을 따라 출정하여 흉노를 격파하였다.

곽 급사에게 답하며(酬郭給事)[49]

洞門高閣靄餘輝,[50]	겹겹의 문 높은 누각에 남은 석양빛 어리는데
桃李陰陰柳絮飛.[51]	복숭아와 오얏나무 무성하고 버들개지 날려라
禁裏疎鐘官舍晚,	궁중의 성긴 종소리에 관아는 저물고
省中啼鳥吏人稀.[52]	문하성에 지저귀는 새에 관원은 드물어
晨搖玉珮趨金殿,[53]	새벽이면 패옥을 흔들며 전각 앞을 잰걸음치고
夕奉天書拜瑣闈.[54]	저녁에는 조서를 받들고 궁문에 절을 하네
强欲從君無那老,[55]	애써 그대를 따르려 하나 늙음을 어쩔 수 없어
將因臥病解朝衣.[56]	병으로 인하여 장차 조복을 벗으려 하노라

해설 늦봄의 궁중 모습과 곽 급사의 봉직 모습을 그렸다. 첫 2구에서는 궁중의 저녁 모습을 그리고, 제3, 4구는 저녁 숙직할 때의 궁궐 모습을 묘사했으며, 제5, 6구에서는 아침저녁으로 근면하게 복무하는 곽 급사의 모습을 그렸다. 말 2구에서는 자신의 은거에 대한 뜻을 비쳤다. 궁중의 모습을 전아하고 온후하게 그려낸 점이 돋보인다.

---

49) 郭給事(곽급사) : 미상. 급사(給事)는 급사중(給事中). 문하성 소속의 정5품상 품계로, 조칙과 주장을 심의하고 수정한다.
50) 洞門(동문) : 궁중이나 대저택의 겹겹이 마주선 높은 문. ○靄(애) : 번성하다. 많다.
51) 陰陰(음음) : 그늘이 져 어두운 모습.
52) 省中(성중) : 금중(禁中). 궁궐 안. 문하성 안을 가리키는 것으로 볼 수도 있다.
53) 玉珮(옥패) : 패옥. 당대에는 1품은 산현옥(山玄玉)을, 2품에서 5품까지는 수창옥(水蒼玉)을 찼다. ○趨(추) : 잰걸음으로 걷다.
54) 天書(천서) : 군주의 조서. ○瑣闈(쇄위) : 연속무늬로 투각한 궁중의 문. 일반적으로 궁전을 가리킨다.
55) 强(강) : 애써. 억지로. ○無那(무나) : 무내(無奈). 어찌할 수 없음.
56) 解朝衣(해조의) : 조복을 벗다. 관직을 그만 두다.

장맛비 내린 망천장에서 지음(積雨輞川莊作)[57]

積雨空林煙火遲,[58]　　장맛비 내린 빈 숲 속이라 불 지피기 더딘데

蒸藜炊黍餉東菑,[59]　　야채 국에 기장밥 지어 동쪽 밭에 새참 보내네

漠漠水田飛白鷺,[60][61]　드넓은 무논에는 하얀 해오라기 날고

陰陰夏木囀黃鸝,[62]　　우거진 여름 숲엔 노란 꾀꼬리 지저귀네

山中習靜觀朝槿,[63]　　산속에서 마음 닦으며 무궁화를 관조하고

松下清齋折露葵,[64]　　소나무 아래서 이슬 젖은 규채를 따서 먹는다네

野老與人爭席罷,[65]　　시골 늙은이는 남들과 자리다툼 그쳤거늘

海鷗何事更相疑?[66]　바다 갈매기는 무슨 일로 아직도 나를 의심하는가?

평석 속설에 의하면 "무논에는 하얀 해오라기 날고, 여름 숲엔 노란 꾀꼬리 지저귀네"는 이

---

57) 積雨(적우) : 구우(久雨). 장마. ○ 輞川莊(망천장) : 종남산 망천에 있는 왕유의 별장.
58) 煙火(연화) : 밥 짓는 불과 연기. ○ 遲(지) : 습기가 차 불이 천천히 타들어가다.
59) 蒸藜(증려) : 채소를 데치다. 려(藜)는 명아주로 잎은 식용하였지만, 여기서는 일반적인 야채를 가리킨다. ○ 黍(서) : 기장. ○ 餉(향) : 논밭에서 일하는 농부들에게 새참을 날라주다. ○ 東菑(동치) : 동쪽에 있는 개간한지 일 년이 된 밭. 양(梁) 심약(沈約)의 「교거부」(郊居賦)에 "동쪽 묵정밭에서 보습으로 이랑을 내고, 북쪽 밭에 새 도랑에 물을 댄다"(緯東菑之故耜, 浸北畝之新渠.)는 표현이 있다. 여기서는 전답.
60) 심주 : 무논의 넓음을 형용하였다.(狀水田之廣.)
61) 漠漠(막막) : 드넓은 모습.
62) 심주 : 여름 숲의 울창함을 형용하였다.(狀夏木之深.)
63) 習靜(습정) : 정좌나 좌선같이 조용히 심성을 수양함. ○ 朝槿(조근) : 아침 무궁화. 무궁화는 아침에 피고 저녁에 지므로 인생의 짧음을 비유하는 고정된 이미지로 쓰인다.
64) 清齋(청재) : 채식. 불가에서는 점심이 지나 먹지 않는 것을 재(齋)라 하고, 속세에서는 채식을 재(齋)라 한다. ○ 露葵(노규) : 이슬 묻은 규채(葵菜). 규채는 한국의 접시꽃과 유사하며 잎은 먹을 수 있다.
65) 爭席(쟁석) : 자리를 다투다.
66) 海鷗(해구) 구 : 『열자』「황제」(黃帝)에 나오는 '해객압구'(海客狎鷗) 이야기를 가리킨다. 바닷가에 살고 있는 어떤 사람이 갈매기를 좋아하였는데 매일 아침 바닷가에 가서 갈매기와 놀면 백 마리 이상이 날아들었다. 하루는 그 부친이 자신이 가지고 놀려고 하니 잡아오라고 말하였다. 다음날 그 사람이 바다에 나가니 갈매기들이 더 이상 가까이 오지 않았다.

가우의 시구로 왕유가 차용하였다고 한다. 그러나 이는 본 시구의 절묘함이 전적으로 '드넓음'과 '우거진'에 있음을 모르는 것으로, 앞 두 글자를 없애면 죽은 구가 되어 버린다. 더구나 왕유는 이가우보다 먼저 활동했으니, 어찌 왕유가 이가우를 차용했다고 말할 수 있겠는가?(俗說謂"水田飛白鷺, 夏木囀黃鸝", 乃李嘉祐句, 右丞襲用之. 不知本句之妙, 全在'漠漠''陰陰', 去上二字, 乃死句也. 況王在李前, 安得云王襲李耶?)

해설 장맛비가 내린 후의 망천장 모습을 그렸다. 산중의 조용한 풍광을 예찬하고 농가의 소박한 생활을 애정 깊게 묘사하였다. 이는 긴장된 관직생활과 번화한 도시의 소음을 잊으려는 의도의 반영으로 보인다. 담아하고 유적한 의경이 잘 드러났다.

침주로 폄적 가는 양 소부를 보내며(送楊少府貶郴州)[67]

明到衡山與洞庭,[68][69]   내일이면 형산과 동정호를 지날 터인데
若爲秋月聽猿聲?[70]   가을 달 아래 원숭이 울음을 어찌 견디랴?
愁看北渚三湘遠,[71]   북안에서 삼상(三湘)이 먼 걸 시름겹게 볼 것이고

---

67) 楊少府(양소부) : 미상. 소부는 현령의 별칭. ○郴州(침주) : 강남서도(江南西道)의 속주. 한대에는 계양군(桂陽郡)이었으며, 수대에 침주라 개명했다. 치소는 지금의 호남성 침주시.
68) 심주 : '명'(明)은 내일을 말한다.('明'謂明日.)
69) 明(명) : 명일. 내일. 여기서는 앞으로 조만간. ○衡山(형산) : 구루산(岣嶁山) 또는 곽산(霍山)이라고도 한다. 오악 가운데 하나로 남악이다. 호남성 중부 형산현(衡山縣)에 위치한다. 주봉 축융봉은 해발 1290미터. ○洞庭(동정) : 동정호. 중국에서 두 번째로 넓은 담수호로, 호남성의 북부, 장강의 중류에 소재한다. 형산과 동정호는 모두 북에서 침주로 가는 길목에 있다.
70) 若爲(약위) : 어찌 견딜 수 있겠는가.
71) 北渚(북저) : 상수(湘水)의 모래톱으로 추측된다. 원래 『구가』 「상부인」(湘夫人)에 "요 임금의 딸 상부인이 북안에 강림했으나, 희미한 모습에 나 상군을 근심스럽게 하네"(帝子降兮北渚, 目眇眇兮愁予.)에 나오는 장소로, 상수 일대를 대략 가리키는 것으로 사용되었다. ○三湘(삼상) : 원상(沅湘), 소상(瀟湘), 자상(資湘) 등 상수로 흘

惡說南風五兩輕.[72)73)] 남풍이 세게 거슬러 부는 걸 싫어한다고 말하리라
青草瘴時過夏口,[74)] 청초장(青草瘴)이 끼는 때에 하구를 지나
白頭浪裏出湓城.[75)] 일어나는 흰 물결 속 분성(湓城)을 나오리라
長沙不久留才子, 장사(長沙)는 인재를 오래 묶어둘 수 없을 테니
賈誼何須弔屈平?[76)] 가의(賈誼)같이 굴원을 애도할 필요 없으리

평석 북으로 돌아갈 수 없기에 오히려 남풍을 싫어한다고 했으니, 말이 절묘하고 뜻은 곡진하다.(不能北歸, 反惡南風, 語妙意曲.)

해설 멀리 벽지로 유배 가는 친구를 보내며 쓴 시이다. 제목에 나타난 '폄적'(貶)에 걸맞게 앞으로 닥칠 어려움을 걱정하고 조만간 되돌아오기를 바라며 위로하였다. 제3, 4구가 폄적 갈 때의 도정이라면, 제5, 6구는 장안으로 되돌아올 때의 경로를 설정하였다. 전편에 친구에 대한 관심과 염려가 배어 있다.

러드는 강을 말한다. 일반적으로 상수(湘水)와 동정호 일대를 가리킨다.

72) 심주 : 바람을 측량하는 깃털이다.(候風羽.)

73) 惡說(오설) : 미워하며 말하다. ○五兩輕(오량경) : 바람이 거세다. 오량은 풍력을 측정하는 기구로 오 량의 무게가 나가는 닭털을 장대 끝에 매달아 만든다. 바람이 세면 오량이 위로 가볍게 들린다.

74) 青草瘴(청초장) : 남방 지역의 봄과 여름 사이에 일어나는 장기(瘴氣). 『광주기』(廣州記)에 "지역에 장기가 많은데, 여름의 것은 청초장이라 하고 가을의 것은 황모장이라 한다"(地多瘴氣, 夏爲靑草瘴, 秋爲黃茅瘴.)고 하고, 『번우잡편』(番禺雜編)에서는 음력 이삼월의 것을 청초장이라 하는 등 여러 설이 있다. ○夏口(하구) : 호북성 무한시 한구(漢口). 한수(漢水)가 장강으로 들어가는 곳으로 장강의 북안이자 한수의 서쪽 지역이다.

75) 湓城(분성) : 지금의 강서성 구강시. 분수(湓水)가 장강으로 들어가는 곳이어서 생긴 지명이다.

76) 賈誼(가의) : 서한 초기의 정론가. 정세를 정확히 바라보는 뛰어난 식견과 정확하고 설득력 있는 문장력을 갖추었으나 대신들의 참훼를 받아 장사로 좌천되자, 동정호에 이르러 부를 지어 굴원을 추모하였다. ○屈平(굴평) : 굴원. 전국시대 초나라의 정치인이자 문인.

숭산으로 돌아가는 방 존사를 보내며(送方尊師歸嵩山)[77]

仙官欲住九龍潭,[78]	신선께서 구룡담에 머물고자 하시니
毛節朱幡倚石龕.[79]	부절과 붉은 기가 감실 앞에 기대어 있으리라
山壓天中半天上,	숭산은 천하의 중심에서 하늘 가운데까지 솟았고
洞穿江底出江南.[80][81]	구룡담은 강 밑으로 이어져 강남까지 이어졌다지
瀑布杉松常帶雨,	폭포에 삼나무와 소나무는 언제나 비에 젖고
夕陽彩翠忽成嵐.	석양에 비췻빛 산은 갑자기 남기를 띠리라
借問迎來雙白鶴,	묻노니 날아오는 한 쌍의 백학을 맞이하면
已曾衡岳送蘇耽?[82]	일찍이 형악에서 승천시킨 신선 소탐이 아니련가?

해설 산으로 돌아가는 도사를 보내며 지은 시이다. 제3, 4구는 특히 산과
못의 측량할 길 없는 모습을 통해 도사의 법력이 깊음을 환기하였다. 제
5, 6구도 다소 평범하지만 깊은 산의 변화와 동정을 잘 포착하였다.

---

77) 方尊師(방존사) : 미상. 존사는 도사에 대한 존칭. ○嵩山(숭산) : 하남성 등봉시(登封
市)에 소재한 명산. 오악 가운데 중악(中嶽)에 해당한다.

78) 仙官(선관) : 직위가 있는 신선. 여기서는 도사에 대한 존칭으로 쓰였다. ○九龍潭
(구룡담) : 숭산 태실산 동쪽 산록에 있는 못.

79) 毛節(모절) : 도사가 법력을 표시할 때 쓰는 부절. ○朱幡(주번) : 네모꼴로 길게 내려
뜨린 붉은 깃발. ○石龕(석감) : 석실. 석굴. 숭산은 태실산과 소실산으로 나누어져
있는데, 각기 석실이 있기 때문에 이름 붙여졌다.

80) 심주 : 기이한 경계는 이러한 기이한 구가 있어야 써낼 수 있다.(奇境非此奇句不能寫出.)

81) 洞穿(동천) 구 : 위진시대 필기(筆記)에 나오는 강바닥의 동굴이 바다까지 이어졌다
는 이야기를 환기한다.

82) 蘇耽(소탐) : 전설 중의 신선. 갈홍(葛洪)의 『신선전』에서는 '소선공'(蘇仙公)이라 하
였다. 한 문제 때 호남 침주(郴州) 사람으로 알려졌으며 어려서 효성이 지극하였는
데 어느 날 산에 올라가 신선이 되었다고 한다. 신선이 되어 어머니를 떠날 때 소탐
은 우물물과 귤잎을 따서 먹으면 병이 낫는다고 하였으며, 궤짝 하나를 주면서 필요
한 것이 있으면 두드리라고 하였다. 나중에 어머니가 궤짝을 열어보니 안에서 백학
두 마리가 날아갔고 궤짝은 더 이상 영험을 보이지 않게 되었다. 그와 관련된 또 다
른 백학 이야기가 있다. 어느 날, 하늘 서북쪽에 보라색 구름이 모이더니 수십 마리
백학이 소선공의 집으로 날아오더니 모두 소년으로 변하였다. 소선공이 이들을 맞
이하더니 어머니께 궤배하고 이들과 함께 하늘로 올랐다. 침주는 형산 가까이 있다.

봄날 배적과 신창리 여 일인을 찾았으나
만나지 못하고(春日與裴迪過新昌里訪呂逸人不遇)[83]

桃源一向絶風塵,[84]　　도화원은 줄곧 세속과 격절되어
柳市南頭訪隱淪.[85]　　유시(柳市) 남쪽으로 은자를 찾아가네
到門不敢題凡鳥,[86]　　문 앞에 '범조'(凡鳥)라 쓰지 못하겠는데
看竹何須問主人?[87]　　대숲을 감상하려 굳이 주인에게 물으랴?
城上靑山如屋裏,　　성벽 위의 청산이 집안에 들어온 듯하고
東家流水入西鄰.　　동쪽 인가의 시냇물이 서쪽 이웃으로 흘러라
閉戶著書多歲月,　　문 닫고 책 쓴 지도 여러 해라
種松皆作老龍鱗.　　심었던 소나무가 모두 늙은 용이 되었어라

---

83) 新昌里(신창리) : 장안성 동편 연흥문(延興門) 옆의 거리. ○呂逸人(여일인) : 미상.
　　일인(逸人)은 고사(高士) 또는 은거하는 사람.
84) 桃源(도원) : 도화원. 도원명의 「도화원기」에 나오는 세상과 격절된 마을. ○風塵(풍
　　진) : 바람과 먼지. 속세를 가리킨다.
85) 柳市(유시) : 한대 장안에 있었던 아홉 개 시장 가운데 하나. ○隱淪(은륜) : 숨고 잠
　　긴다는 뜻으로 은거 또는 은자를 가리킨다.
86) 題凡鳥(제범조) : '범조'라고 쓰다. 『세설신어』 「간오」(簡傲)에 나오는, 삼국시대 위
　　(魏)나라 여안(呂安)이 혜강(嵇康)을 찾아간 일을 말한다. "혜강과 여안이 친했는데,
　　매번 보고 싶으면 천 리라 할지라도 수레를 준비하라 명하고 찾아갔다. 나중에 여안
　　이 갔으나 마침 혜강이 부재중이었다. 혜강의 형 혜희(嵇喜)가 문에 나가 맞이하였
　　으나 여안은 들어가지 않았다. 대신 문 위에 '鳳'(봉)자라 쓰고 떠났다. 혜희는 무슨
　　뜻인지도 모르고 기뻐하였으나, 사실 '鳳' 자를 풀어쓰면 '凡鳥'(범조, 평범한 사람)가
　　되니 혜희를 조롱한 것이다."(嵇康與呂安善, 每一相思, 千里命駕. 安後來, 値康不在,
　　喜出戶延之, 不入. 題門上作鳳字而去. 喜不覺, 猶以爲忻故作. '鳳'字, 凡鳥也.) 이 구
　　는 성이 같은 여안(呂安)의 전고를 빌려 여 일인이 부재함과 동시에 그 집에 속인도
　　없음을 함께 말하고 있다.
87) 看竹(간죽) : 대를 감상하다. 동진 왕휘지(王徽之, 서예가 왕희지의 아들)의 전고로,
　　역시 『세설신어』 「간오」에 나온다. 왕휘지가 오중(吳中, 절강성 소주시)의 사대부
　　집에 좋은 대나무가 있다는 말을 듣고 찾아가 감상하였다. 주인이 청소를 해놓고 앉
　　기를 기다렸으나 왕휘지는 돌아보지도 않았다. 이에 주인이 문을 닫으려 하자 비로
　　소 왕휘지가 주인과 환담을 나누고 떠났다. 이 구는 주인이 없는 탓에 집 주위를 마
　　음껏 감상할 수 있음을 말하였다.

해설 은자를 찾아간 일을 제재로 삼았다. 전반부는 제목에서 말하듯 찾아갔으나 만나지 못한 일을 서술하였고, 제5, 6구에서 갑자기 사람이 아니라 그가 사는 곳을 묘사하는 것으로 전환하였고, 이어서 늙은 용 비늘 덮인 소나무로 인물의 높은 풍모를 환기하였다. 붓 가는 대로 쉽게 쓴 듯하나 구절마다 허투루 한 곳이 없으며, 깊고 그윽하며 청신한 가운데 변화 있는 시경을 만들었다.

맹호연(孟浩然)

안양성 성루에 올라(登安陽城樓)¹⁾²⁾

縣城南面漢江流,	현성의 남쪽으로 한수가 흐르는데
江漲開成南雍州.³⁾	강물이 불어나며 남옹수가 열리더라
才子乘春來騁望,⁴⁾	문인들은 봄을 맞아 사방을 둘러보러 나오고
群公暇日坐銷憂.⁵⁾	어른들은 한가한 날에 잠시 근심을 내려놓아라

1) 심주 : 성은 한중부 한음현에 있다. (城在漢中府漢陰縣.)
2) 安陽(안양) : 산남동도(山南東道) 양주(襄州) 안양현. 지금의 호북성 운현(鄖縣) 동쪽 50리 소재.
3) 南雍州(남옹주) : 지금의 호북성 양양(襄陽). 옹주는 원래 구주(九州)의 하나로 섬서성 중북부와 감숙성을 가리켰다. 섬서성 봉상현에 있는 옹산(雍山)과 옹수(雍水)에서 유래하였다. 그러나 서진 영가의 난(311년) 전후 흉노 등 북방 이민족들이 대거 중원에 침입하자 서진의 왕실과 귀족들이 남하하였고, 이에 양양에 남옹주를 설치하였다. 양(梁)나라 때도 '남옹주'를 설치했으나, 서위는 '양주'라 하였고, 수(隋)는 '양양군'이라 하였다.
4) 騁望(빙망) : 멀리 바라봄. 『구가』 「상부인」(湘夫人)에 "번초(蘋草) 위에 서서 멀리 바라보며, 가인(佳人)과의 기약 위해 황혼을 준비하네"(登白蘋兮騁望, 與佳期兮夕張.)라는 말이 있다.
5) 坐(좌) : 잠시. ○銷憂(소우) : 근심을 해소하다. 왕찬 「등루부」에 "이 누대에 올라 사

樓臺晚映靑山郭,　　누대는 푸른 산 옆에서 어두워지면서 가려지고

羅綺晴驕綠水洲.　　비단 옷은 녹색 강 모래톱에서 환하게 눈부시네

向夕波搖明月動,　　저녁 되어 물결이 밝은 달을 흔들면

更疑神女弄珠遊.[6]　　선녀가 노닐며 명주를 놀리는 듯하여라

해설 봄날 안양성에 올라 바라본 조망을 그렸다. 남쪽으로 한수와 양양이 멀리 보이고 가까이 모래톱에서는 귀인들이 노닐고 있다. 역사를 회고하거나 교훈을 환기하기보다는 한가한 풍광 속에 일말의 시름이 깃든 현실을 그렸다는 점에서 맹호연의 독보적인 시선을 알 수 있다.

이기(李頎)

평석 이기의 칠언율시는 본디 두보와 왕유에 비하기 어렵지만 편안하고 조화롭고 바른 소리이다. 명대 가정(嘉靖)·융경(隆慶) 연간의 전후 칠자들이 규범으로 받들었지만 배우기 어려워 그 표면만 흉내 내었기에 청대 모기령 태사의 비판을 불렀다. 그러나 천후 칠자를 비판하면서 이기를 아예 제외시켜버린다면 목이 메인다고 음식을 먹지 않는 것과 같지 않겠는가?(東川七律, 故難與少陵, 右丞比肩, 然自是安和正聲. 自明代嘉, 隆諸子奉爲圭臬, 又不善學之, 只存膚面, 宜招毛初晴太史之譏也. 然譏諸子而痛掃東川, 毋乃因噎而廢食乎?)

방을 들러보나니, 잠시 한가한 날에 근심을 해소한다"(登玆樓以四望兮, 聊暇日以銷憂)는 말이 있다.

6)　神女弄珠(신녀농주) : 정교보(鄭交甫)가 한고산에서 두 선녀를 만난 전설. 정교보가 한고대(漢皐臺) 아래에서 노닐 때 우연히 두 선녀를 만났는데, 그녀들이 계란처럼 큰 보옥을 두 개 차고 있었다. 정교보가 보옥이 좋다고 하자 두 선녀가 명주를 풀어 주었다. 정교보가 품에 안고 기뻐하며 열 걸음 걸어가다 다시 보니 보옥이 사라졌다. 뒤돌아보니 두 선녀도 보이지 않았다.

경성으로 가는 위만을 보내며(送魏萬之京)[1]

朝聞遊子唱離歌,	나그네의 이별 노래 아침에 듣나니
昨夜微霜初度河.[2]	어제 저녁 서리 속 그대 막 강을 건너왔지
鴻雁不堪愁裏聽,[3]	기러기 울음은 차마 듣지 못할 터인데
雲山況是客中過.	더구나 구름 낀 산을 나그네 되어 지나야 하리
關城曙色催寒近,[4]	동관의 새벽빛은 겨울을 재촉하고
御苑砧聲向晚多.	어원의 다듬이 소리 저녁 되면 잦아지리
莫見長安行樂處,	장안 가면 유락가엔 얼씬도 하지 말게
空令歲月易蹉跎.[5]	속절없이 세월만 헛 보내기 쉬우니

평석 결말은 면려하여 공을 세우라는 뜻으로, 장안을 행락지로 여겨 허송세월하고 이룬 일 없게 하지 않도록 하라는 말이다.(結意勉以立功, 若曰勿以長安爲行樂之地, 而蹉跎無成也.)

해설 장안으로 가는 후배를 보내며 쓴 송별시이다. 아마도 위만은 왕옥 산에서 내려와 낙양에 왔을 때 이기를 만난 것으로 보인다. 행적에 대한 사실적인 서술, 경관에 대한 서정적 묘사, 후배에 대한 깊은 관심 등이 하나로 어우러져 깊은 공명을 일으킨다.

---

1) 魏萬(위만) : 이름은 위호(魏顥). 760년에 과거에 급제하였다. 그 전에 주로 왕옥산(王屋山, 하남 濟源)에서 은거하였으며 스스로 왕옥산인이라 하였다. 754년 이백의 이름을 흠모하여 강남으로 내려갔다가 광릉에서 이백을 만났다. 이때 이백은 위만에게 자신의 시문을 편집하게 하였다. 이백이 쓴 「왕옥산으로 돌아가는 왕옥산인 위만을 보내며」(送王屋山人魏萬還王屋)란 시가 있다.
2) 심주 : '강을 건넌' 것은 사람이다.('度河'以人言.)
3) 鴻雁(홍안) 구 : 이 구는 남으로 돌아가는 기러기를 보고 서쪽으로 가는 자신의 행려를 한탄한다는 뜻이다.
4) 關城(관성) : 황하 이북에 있는 왕옥산에서 장안을 가려면, 먼저 황하를 건너고 동관을 지나야 한다.
5) 蹉跎(차타) : 발을 헛디뎌 넘어지다. 일반적으로 세월을 헛되이 보냄을 비유한다.

사훈원외랑 노상에게 부침(寄司勳盧員外)⁶⁾

流澌臘月下河陽,⁷⁾　　남월에 풀린 얼음 하양으로 내려가고
草色新年發建章.⁸⁾　　새해에 푸른 새싹 건양궁에 돋아나네
秦地立春傳太史,⁹⁾　　장안에선 태사가 입춘이라 전하는데
漢宮題柱憶仙郎.¹⁰⁾¹¹⁾　궁전에선 천자께서 기둥에 이름 쓰며 상서랑을 생각
　　　　　　　　　　　　하네

歸鴻欲度千門雪,　　　돌아가는 기러기 눈 쌓인 궁문을 넘어가려 하고
侍女新添五夜香.¹²⁾　시녀는 오경이 되자 다시 향을 사르리라
早晚薦雄文似者,¹³⁾　조만간 양웅의 문장 쓰는 그대를 추천할지니
故人今已賦長楊.¹⁴⁾　그대는 이미 「장양부」를 지었으리라

---

6) 司勳(사훈) : 상서성 이부(吏部)에 속한 관직. 사훈랑중과 사훈원외랑이 있으며, 관리
　들의 공훈을 담당한다. 사훈원외랑의 품계는 종6품상. ○ 盧員外(노원외) : 노상(盧象).

7) 流澌(유시) : 강이 풀릴 때 떠서 흐르는 얼음 조각. ○ 臘月(납월) : 음력 십이월. 주대
　에 한해를 마감하며 짐승을 잡아 조상께 차리는 제사를 '蠟'(랍)이라 한데서 유래했
　는데, 사냥한다는 뜻의 '獵'(렵)을 의미했다. 한대에는 제사 이름을 '臘'(랍)이라 고쳤
　다. ○ 河陽(하양) : 지금의 하남성 낙양시의 동북 황하 건너편에 있는 맹현(孟縣).

8) 建章(건장) : 건장궁. 한대의 궁궐. 여기서는 당 장안성의 궁전을 가리킨다.

9) 秦地(진지) 구 : 『예기』 「월령」에 따르면, 입춘 3일 전에 태사(太史, 사관)가 천자에
　게 "모일이 입춘이온데 성덕이 목(木)에 있습니다.(某日立春, 聖德在木.)고 말하면
　천자가 목욕재계를 하고, 입춘일 천자가 직접 삼공구경과 제후대부를 이끌고 동쪽
　교외에 나가 봄맞이를 한다고 기록하였다.

10) 심주 : 『삼보결록』(三輔決錄)에 기록했다. "전봉은 상서랑으로 조정에 들어가 상주하
　였다. 영제가 눈으로 전송하며 기둥에 적었다. '자장처럼 당당한 사람은 경조의 전랑이
　로다.'"(三輔錄 : "田鳳爲尙書郎, 入奏事, 靈帝目送之, 因題柱曰 : '堂堂乎張, 京兆田郎.'")

11) 漢宮題柱(한궁제주) : 한나라 궁전의 기둥에 글씨를 쓰다. ○ 仙郎(선랑) : 상서랑(尙
　書郎).

12) 심주 : 『한관의』에 기록했다. "상서랑이 숙직을 서면 여시사(여자 노비)가 이불과 옷
　을 안고 향로를 들고 대중으로 따라 들어간다."(漢官儀 : "尙書郎入直, 女侍史挈被
　服, 持香爐隨入臺中.)

13) 雄文(웅문) : 한대 문인 양웅(揚雄)의 문장. 이 구는 『한서』 「양웅전」에 나오는 "한
　성제 때 어떤 사람이 양웅의 문장이 사마상여와 비슷하다고 추천하였다"(孝成帝時,
　客有薦雄文似相如者.)는 말을 이용하였다.

14) 長楊(장양) : 양웅이 지은 「장양부」.

평석 다른 사람이 추천해주기를 바라면서, 거꾸로 자신의 능력을 점쳐본다.(望人薦引, 却能自占身分.)

해설 상서랑과 관련된 전고로 친구를 칭송하고 격려한 시이다. 말 2구는 양웅으로 시인 자신을 비유하면서 자신을 추천해 줄 것을 기대했다고 볼 수도 있을 것이다. 그러나 너무 노골적인 표현의 혐의가 있으므로, 오히려 양웅으로 노 원외를 비유하면서 다른 사람이 추천해주리라 격려하는 것으로 보는 것이 적절할 것이다.

선공의 산 연못가에 적다(題璿公山池)[15]

遠公遁跡廬山岑,[16]	혜원이 여산의 봉우리로 모습을 감추듯
開士幽居祇樹林.[17]	보살께서 기원정사로 은거하시었어라
片石孤峰窺色相,[18]	돌 한 조각 봉우리 하나에도 '색'을 보시고
清池皓月照禪心.[19]	맑은 못 밝은 달에 선정에 든 마음 비추어라
指揮如意天花落,[20]	여의를 흔들며 강론하실 땐 하늘에서 꽃을 뿌리고

15) 璿公(선공) : 성당시기에 활동한 고승. 북종선사 보적(普寂)의 제자. 윤주 강녕현 와관사(瓦棺寺)에서 활동하였다.
16) 遠公(원공) : 동진(東晉)의 고승 혜원(慧遠, 334~416년). ○ 遁跡(둔적) : 은거하다.
17) 開士(개사) : 보살(菩薩). 여기서는 승려에 대한 존칭. ○ 祇樹(지수) : 기수급고독원(祇樹給孤獨園)의 준말. 일반적으로 기원(祇園)이라고 한다. 인도 중부 마가다 사위국(舍衛國)의 태자와 수달(須達) 장자가 석가모니가 성불한 후 설법해주기를 바라며 함께 세운 절. 『현우경』「수달기정사품」(須達起精舍品) 참조. 일반적으로 사찰의 미칭으로 쓰인다.
18) 色相(색상) : 색상(色象). 불교에서 말하는 만물의 형태와 모습.
19) 禪心(선심) : 선정에 든 흔들림 없는 마음.
20) 如意(여의) : 승려들이 경전을 강할 때 쓰는 도구. 글이나 메모를 써두고 필요할 때 쉽게 볼 수 있다는 뜻을 취하여 '여의'라 하였다. 『석씨요람』 참조. ○ 天花落(천화락) : 불경 중에는 석가모니가 불법을 설할 때 하늘에서 만다라화를 뿌린다는 언급이 곧잘 보인다.

坐臥閑房春草深.　　한가한 방에서 앉거나 누우실 땐 봄풀이 짙어라

此外俗塵都不染,　　이들 외에 세속의 먼지는 전혀 물히지 않으시고

惟餘玄度得相尋.21)22)　오로지 허순 같은 사람만 찾아주시는구나

해설 선공이 거처하는 장소, 수련, 행동거지, 교제 등을 차례로 묘사하여, 선공의 생활과 정신의 경지를 그렸다. 이는 제4구에서 말하는 '선심'(禪心)으로 요약된다. 높고 깊은 선정의 경지를 자연 환경과 어울려 짜 만든 시로, 시인의 높은 식견이 함께 드러난다.

기무잠에게 부침(寄綦毋三)23)24)

新加大邑綬仍黃.25)　　새로이 큰 읍에 가도 인끈은 여전히 황색이라

近與單車去洛陽.26)　　얼마 전 단촐하게 수레 한 대로 낙양을 떠났었지

顧盼一過丞相府,　　승상부의 높은 사람으로부터 인정을 받고

風流三接令公香.27)　　순욱같이 고상한 사람으로부터 여러 번 총애를 받았지

---

21)　심주 : 허순의 자이다.(許詢字.)

22)　玄度(현도) : 허순(許詢). 현도는 허순의 자. 어려서 총명하고 문장에 뛰어나 신동이라 불리었다. 장성하여서는 풍도가 아름다워 사람들이 흠모하였다. 여기서는 시인 자신을 비유하였다.

23)　심주 : 이름은 잠이다.(名潛.)

24)　綦毋三(기무삼) : 기무잠. 배항(排行)이 셋째이므로 '삼'이라 하였다. 당대에는 성씨 다음에 배항을 붙여 부르는 경우가 많았다.

25)　大邑(대읍) : 경기(京畿) 지역의 현. 기무잠은 750년경 의수위(宜壽尉)가 되었다. 의수는 지금의 섬서성 주지(周至)현으로 경기 지역에 속한다. ○綬(수) : 인끈. 한대 현위는 인끈이 황색이었기에, 인끈이 황색이란 말은 현위가 되었다는 뜻이다.

26)　單車(단거) : 수레 한 대. 수종원 없이 홀로 간편한 차림으로 간다는 뜻.

27)　風流(풍류) : 총애를 받다. ○三接(삼접) : 하루에 세 번 접견함. 여기서는 여러 차례를 뜻한다. ○令公香(영공향) : 영군향(令君香)이라고도 한다. 동한 말기 상서령(尚書令) 순욱(荀彧)은 사람들이 순영군(荀令君)이라 불렀다. 기이한 향을 얻어 가지고 있었는데 다른 집에 가서 앉았다가 나오면 삼 일 동안 향기가 흩어지지 않았다고 한다. 『양양기』(襄陽記) 참조. 일반적으로 고상한 선비의 높은 풍도를 비유한다.

南川粳稻花侵縣,[28]　　　남쪽 강가의 메벼는 꽃이 흘러 현으로 넘어오고
西嶺雲霞色滿堂.　　　　서쪽 재에 노을 낄 땐 그 빛이 대청에 가득하리
共道進賢蒙上賞,[29]　　　어진 인재 추천하는 것이 최고의 상이라 하건만
看君幾歲作臺郞?[30]　　　보아하니 그대는 몇 년이나 낭관으로 머물고 있소?

해설 750년경 의수(宜壽) 현위로 부임한 기무잠에게 이기가 낙양에서 부친 시이다. 기무잠은 벼슬에 대한 뜻이 없기도 했지만 관운이 열리지 않아 만년이 되어서야 현위를 제수 받았다. 이기는 이러한 처지의 기무잠을 시종 안타까워하였다.

이회를 보내며(送李回)[31]

知君官屬大司農,[32]　　　그대는 대사농에 속해 있으니
詔幸驪山職事雄.　　　　주군의 여산 행차에 맡은 일이 뛰어나리라
歲發金錢供御府,[33]　　　한 해에 쓸 금전을 내어 어고(御庫)에 보내고
晝看仙液注離宮.[34][35]　　낮에는 온탕이 화청궁으로 흘러드는 걸 바라보리

---

28)　粳稻(갱도) : 메벼.
29)　進賢蒙上賞(진현몽상상) : 훌륭한 인재를 천거하면 최고의 상을 받는다. 한 고조 유방(劉邦)이 중국을 통일하고 공신을 가리는 자리에서 한 말이다. "내가 듣기로 '훌륭한 인재를 천거하면 최고의 상을 받는다'고 했소. 소하의 공이 비록 높으나 악천추군을 얻어 비로소 더욱 분명해졌소."(吾聞進賢受上賞. 蕭何功雖高, 得鄂君乃益明.) 『사기』「소상국세가」(蕭相國世家) 참조.
30)　臺郞(대랑) : 상서성 낭관(郞官).
31)　李回(이회) : 미상.
32)　大司農(대사농) : 사농시(司農寺)의 속관으로 창고를 관리하고 녹봉을 관장한다. 원래 진한 때에는 국가의 재정과 회계를 관리하는 주요 직위였으나 한말 이후 담당 임무가 점점 축소되었다.
33)　御府(어부) : 천자의 창고. 중국 각지에서 보내온 조세는 장안에서 대사농이 수납하여 관리했다.
34)　심주 : 제4구의 '선액'은 온천탕을 말한다.(四語'仙液'謂湯池.)

千巖曙雪旌門上,³⁶⁾　　봉우리의 새벽 눈이 깃발 세운 문 위에 날리고
十月寒花輦路中.³⁷⁾　　시월의 추운 꽃들이 어연 지나는 길에 피어있으리
不睹聲明與文物,³⁸⁾　　내가 예악과 제도를 보지 못한다면
自傷流滯去關東.　　객지생활 상심하며 관동을 떠났으리

해설 화청궁으로 직무를 수행하러 가는 친구 이회를 보내며 쓴 시이다.
앞 6구는 이회의 소속과 직무와 화청궁을 선망이 깃든 어조로 차례로 묘
사하고, 말 2구에서 자신의 처지를 아쉬워하였다. 시인 자신이 관계 진
출이 쉽지 않은 상황에서 은거 아닌 은거를 하고 있는 복잡한 심경이 엿
보인다.

영공 선방에서 묵으며 범패 소리를 듣다(宿瑩公禪房聞梵)³⁹⁾

花宮仙梵遠微微,⁴⁰⁾　　사찰의 독경 소리 멀어 희미한데
月隱高城鐘漏稀.⁴¹⁾　　달은 높은 성 뒤로 숨고 물시계 소리 잦아들어라
夜動霜林驚落葉,　　밤에는 서리 내린 숲에 낙엽이 뚝뚝 떨어지더니
曉聞天籟發清機.⁴²⁾　　새벽에는 천뢰의 소리가 맑은 마음 일으키네

---

35)　仙液(선액) : 온천수. ○ 離宮(이궁) : 온천궁. 747년 화청궁이라 개명하였다.
36)　旌門(정문) : 천자가 출행하면 장막으로 행궁을 만들고, 행궁 앞에 깃발을 세워 문으
　　로 삼는데, 이를 정문이라 한다.
37)　輦路(연로) : 왕의 가마가 지나가는 길.
38)　聲明與文物(성명여문물) : 예악과 전장제도. 『좌전』 '환공 2년'조에 "문(文)과 물(物)
　　로 이를 표시하고, 성(聲)과 명(明)으로 이를 나타낸다"(文物以紀之, 聲明以發之.)는
　　말이 있다.
39)　瑩公(영공) : 미상. ○ 梵(범) : 범음 또는 범패. 독경 소리 또는 불교 행사 때의 찬송
　　소리.
40)　花宮(화궁) : 절. 여러 불경에서 석가모니가 설법을 하면 하늘에서 꽃을 뿌린다고 기
　　록하였기에 사찰을 화궁이라 칭하였다. ○ 仙梵(선범) : 독경 소리.
41)　鐘漏(종루) : 물시계 소리. 밤의 시간을 오 경으로 나누고, 경은 오 점(點)으로 나누었
　　다. 경은 북소리로 알리고, 점은 종소리로 알렸다.

蕭條已入寒空靜,　　적막하여 이미 찬 하늘 고요 속으로 들어가고
颯沓仍隨秋雨飛.⁴³⁾⁴⁴⁾　　뱀비는 소리는 아직도 가을 빗소리처럼 흩날리네
始覺浮生無住著,⁴⁵⁾　　비로소 깨닫나니 부생이 의탁하는 곳 없음을
頓令心地欲皈依.⁴⁶⁾　　홀연히 마음이 불도에 귀의하고자 하네

해설 영공 선방에서 독경 소리를 들으며 쓴 시이다. 이기는 음악에 밝았
으며, 청각적 이미지를 시각적 이미지로 바꾸는데 뛰어났다. 이 시 역시
독경 소리를 듣는 장소와 과정을 서술하고 제5, 6구에서 소리 자체에 집
중하여 묘사하였다. 말미에서는 독경 소리와 불법의 이치를 결합하여 마
무리하였다.

노오의 옛집에 적다(題盧五舊居)⁴⁷⁾

物在人亡無見期,　　물건 있고 사람 없어 만날 기약 없는데
閑庭繫馬不勝悲.　　한가한 마당에 말 묶으니 슬픔을 이기지 못할레라
窓前綠竹生空地,　　창 앞의 푸른 대나무는 공지에서 자라고
門外青山似舊時.　　문밖의 청산은 예전과 변함없어라
悵望秋天鳴墜葉,⁴⁸⁾　　아득한 가을 하늘에 소리 내며 떨어지는 나뭇잎

---

42)　天籟(천뢰): 자연계의 소리. 여기서는 범음을 비유한다. ○清機(청기): 청정한 마음
　　의 발동.
43)　심주: 이 두 구는 범음을 묘사했다.(二語正寫梵音.)
44)　颯沓(삽답): 뒤섞이며 많은 모양. 여기서는 범음의 여운이 귀에 뱅뱅 돌며 끊이지
　　않음을 형용하였다.
45)　浮生(부생): 덧없는 인생. 『장자』「각의」(刻意)에 "사람의 삶은 물에 뜬 것과 같고,
　　사람의 죽음은 쉬는 것과 같다"(其生若浮, 其死若休.)는 말에서 유래했다. ○無住著
　　(무주착): 의탁할 곳이 없음.
46)　皈依(귀의): 귀의(歸依). 불도에 몸과 마음을 의지하다.
47)　盧五(노오): 미상. 노씨 성에 배항이 다섯째이다.
48)　悵望(창망): 슬퍼하며 멀리 바라보다.

攢岏枯柳宿寒鴟,⁴⁹⁾　　　드높이 마른 버들에 깃들어 자는 올빼미

憶君淚落東流水,　　　　그대 생각하며 흘린 눈물 강물처럼 흘러가니

歲歲花開知爲誰?　　　해마다 피는 꽃은 누구를 위해 피는가?

해설 작고한 친구의 집을 찾아가 친구를 회상하였다. 친구에 대한 우의
와 슬픔은 모두 그와 관련된 사물을 통해 드러나며 계절과 경물을 통해
일어난다. 두 사람의 깊은 정이 구절마다 배어있다.

고적(高適)

전 위현 소부 이채를 보내며(送前衛縣李寀少府)¹⁾

黃鳥翩翩楊柳垂,²⁾　　　늘어진 버들에 꾀꼬리 훨훨 나는데

春風送客使人悲.　　　　봄바람 속 나그네 보내니 그것이 구슬퍼라

怨別自驚千里外,　　　　헤어짐을 원망하니 천 리 멀리 떠나 놀라는 마음

論交却憶十年時.　　　　사귐을 생각하니 지난 십 년간 깊었던 우의

雲開汶水孤帆遠,³⁾⁴⁾　　구름 걷힌 문수 강에 그대 탄 외로운 돛폭 멀어지고

---

49)　攢岏(찬완) : 깎아지른 산봉우리. 여기서는 마른 버드나무의 형상을 비유하였다. ○鴟
　　(치) : 올빼미.

1)　衛縣(위현) : 하북도(河北道) 급군(汲郡)의 속현. 지금의 하남성 기현(淇縣). ○李寀
　　(이채) : 미상. ○少府(소부) : 현위(縣尉).

2)　黃鳥(황조) : 꾀꼬리. ○翩翩(편편) : 가볍고 빠르게 나는 모양.

3)　심주 : 소부가 가는 길이다.(少府之行.)

4)　汶水(문수) : 지금의 대문하(大汶河). 당대에는 지금보다 약간 남쪽에 있었다. 산동성
　　내무현(萊蕪縣) 동북 원산(原山)에서 발원하여 서남으로 태안현을 지나고 문상현(汶
　　上縣)을 거쳐 동평호(東平湖)와 운하로 들어간다.

路繞梁山匹馬遲.[5][6]　　　양산을 돌아가려니 내가 타고 가는 말이 느리기만 해
此地從來可乘興,　　　　이곳은 예전부터 흥에 겨워 함께 놀던 곳
留君不住益凄其.[7]　　　그대를 잡지 못하니 더욱 마음 처연하여라

평석 정이 깊지 않아도 절로 멀리 가고, 풍광이 아름답지 않아도 절로 좋은 것은 운(韻) 때문이다.(情不深而自遠, 景不麗而自佳, 韻使之也.)

해설 봄날 친구를 보내며 쓴 송별시이다. 이채는 위현의 현위 임기를 마치고 타지로 전근 가는 듯하다. 그래서 제목에 전(前)자를 썼다. 고적이 산동 동평(東平)에 있을 때인 746년 봄에 지었다.

협중으로 폄적 가는 이 소부와
장사로 폄적 가는 왕 소부를 보내며(送李少府貶峽中、王少府貶長沙)

嗟君此別意何如?　　　아아, 그대들 이곳을 떠나니 마음이 어떠한가?
駐馬銜杯問謫居.[8]　　말을 세우고 술잔 들며 폄적생활 위로하네
巫峽啼猿數行淚,[9][10]　무협에서 원숭이 울음 듣고 몇 줄기 눈물 흘리고
衡陽歸雁幾封書.[11][12]　형양에서 돌아가는 기러기에 몇 통의 편지 부치리

---

5)　심주 : 자신이 돌아가는 길이다.(自己之歸.)
6)　梁山(양산) : 산동성 동평호 서남에 소재.
7)　凄其(처기) : 찬바람이 부는 모양. 기(其)는 어조사.
8)　問(문) : 위문하다. ○ 謫居(적거) : 폄적지(貶謫地). 귀양살이.
9)　심주 : 협중.(峽中.)
10)　巫峽啼猿(무협제원) : 무협에서 우는 원숭이. 삼협 지방의 원숭이 울음은 슬프기로 유명하다.
11)　심주 : 장사.(長沙.)
12)　衡陽歸雁(형양귀안) : 형양에서 돌아오는 기러기. 호남성 형양에는 회안봉(回雁峰)이 있는데, 겨울이면 기러기가 이곳까지 날아갔다가 봄이 되면 다시 북으로 간다고 한다.

靑楓江上秋天遠,[13][14]　청풍포 강가에서는 가을 하늘 아득할 테고

白帝城邊古木疎.[15][16]　백제성 옆에서는 오래된 나무가 수척하리

聖代卽今多雨露,[17]　지금은 태평성대라 군왕의 은택이 깊어

暫時分手莫躊躇.　잠시 헤어질 뿐이니 가는 길 머뭇거리지 말게나

평석 네 개의 지명을 연이어 쓰는 것은 결국 율시에 적절한 것은 아니지만 제5, 6구는 혼융한 경계로 말했으므로 잘 지었다.(連用四地名, 究非律詩所宜, 五六渾言之, 斯善矣.)

해설 외지로 폄적 가는 두 사람을 보내며 쓴 시이다. 협중과 장사는 각각 '문학적 지리'가 뚜렷한 곳으로 두 지역의 대표적인 경관을 번갈아 쓰면서 이별 이후의 그리움을 표현하였다.

밤에 위 사사를 보내며(夜別韋司士)[18][19]

高館張燈酒復淸,　높은 관사에 등을 거니 술 빛도 맑은데

夜鐘殘月雁歸聲.　밤 종소리, 지는 달, 돌아가는 기러기 울음소리

只言啼鳥堪求侶,[20]　새가 우는 것은 벗을 찾는 거라고 하는데

無那春風欲送行.　봄바람에 사람 보냄을 어쩔 수 없구나

----

13)　심주 : 장사.(長沙.)

14)　靑楓江(청풍강) : 청풍포(靑楓浦). 호남성 유수(瀏水, 지금의 瀏陽河)에 있는 포구. 서쪽으로 흘러 장사로 들어간다.

15)　심주 : 협중.(峽中.)

16)　白帝城(백제성) : 지금의 중경시 봉절현(奉節縣)으로, 장강 삼협의 서쪽 종단에 소재.

17)　雨露(우로) : 비와 이슬. 만물을 윤택하게 한다는 뜻에서 황제의 은택을 비유한다.

18)　심주 : '성'(城)자 운을 받았다.(得城字.)

19)　韋司士(위사사) : 미상. 사사(司士)는 사사참군사(司士參軍事). 주(州)의 속관.

20)　只言(지언) 구 : 『시경』 「벌목」(伐木)의 "보건대 저 새조차 벗을 찾는 소리를 하는데, 하물며 사람이 벗을 찾지 않을까"(相彼鳥矣, 猶求友聲. 矧伊人矣, 不求友生.)란 구를 환기한다.

黃河曲裏沙爲岸,　　　　황하가 굽이지며 모래는 언덕이 되고
白馬津邊柳向城.21)　　　백마진 나루터에 버들은 성으로 이어졌네
莫怨他鄕暫離別,　　　　타향에서 잠시의 이별 원망하지 않나니
知君到處有逢迎.　　　　그대는 어디가든 환영 받음을 알기에

평석 이상은 모두 수답시에 가깝지만, 신운(神韻)이 있어 그렇게 느껴지지 않으니, 근체시는
신운이 중요한지 알겠다.(以上皆近酬應詩, 因神韻使人不覺, 知近體貴神韻也.)

해설 객지에서 위 사사와 헤어지며 쓴 시이다. 내용으로 보아 그 장소는
낙양 근처로 보인다. 제1구의 기세에 비해 제2구는 처연하고, 제3구의
청신함에 비해 제4구는 어조가 침울하다. 이러한 기복 속에 말 2구에서
상대를 위로하였다. 말미의 이러한 낙천성은 바로 앞의 시와 마찬가지로
성당시에 특징적으로 드러난다.

잠삼(岑參)

가지 사인의 「대명궁 아침 조회」에 화답하며(和賈至舍人早朝大明宮之作)1)

鷄鳴紫陌曙光寒,2)　　　닭 우는 도성 교외에 새벽 빛 차가운데
鶯囀皇州春色闌.3)　　　꾀꼬리 지저귀는 장안성에 봄빛이 짙어라

---

21) 白馬津(백마진) : 지금의 하남성 활현 동북 소재.
　1) 본권 왕유(王維)의 같은 제목의 시 참조.
　2) 紫陌(자맥) : 도성 교외의 길.
　3) 皇州(황주) : 황도(皇都). 장안. ○ 闌(란) : 늦다. 다하다.

金闕曉鐘開萬戶,⁴⁾ 금궐의 새벽 종소리에 온갖 궁문 열리고
玉階仙仗擁千官.⁵⁾ 옥 계단의 의장대가 백관을 호위하네
花迎劍佩星初落,⁶⁾ 검과 패옥 맞이하는 꽃들 위로 별들이 막 스러지고
柳拂旌旗露未乾. 깃발이 스쳐가는 버들잎에 이슬이 영롱해라
獨有鳳凰池上客,⁷⁾ 더구나 봉황지 연못가의 어르신
陽春一曲和皆難.⁸⁾ 지으신 「양춘」 곡은 화답하기 어려워

해설 대명궁에서 조회를 받는 모습을 그렸다. 조회하는 장면 자체보다는 궁궐 안팎의 봄날의 아침 광경을 그리는데 집중했으며, 이로써 생기 넘치고 장엄한 조회 장면을 드러내려고 하였다. 특히 제5, 6구가 뛰어나다. 758년 늦봄, 가지가 먼저 시를 지었고, 당시 우보궐로 재직하던 잠삼 등이 시를 지어 화답하였다.

---

4) 金闕(금궐) : 금으로 장식한 궁궐. 장안성을 가리킨다. ○ 萬戶(만호) : 만 개의 궁실.
5) 仙仗(선장) : 황제의 의장. 궁중의 길을 선로(仙路)라 하고, 궁중의 못 물을 선액(仙液)이라 하는 등, 황제 또는 궁궐과 관련된 사물에 선(仙)자를 붙이는 경우가 많다.
6) 劍佩(검패) : 검을 차고 패옥을 두르다. 5품 이상만이 패옥을 찼다. 고관의 차림을 말한다.
7) 鳳凰池(봉황지) : 중서성을 가리킨다.
8) 陽春(양춘) : 악곡 이름. 일반적으로 「백설」과 함께 뛰어나고 고상한 음악을 가리킨다. 송옥(宋玉)의 「대초왕문」(對楚王問)에 나온다. "초나라 수도 영(郢)에서 노래하는 사람이 있었는데, 처음에 「하리」와 「파인」을 부르니 수도에서 이어 부르며 화답하는 사람이 수천 명이었다. 「양아」와 「해로」를 부르니 수도에서 이어 부르며 화답하는 사람이 수백 명이었다. 「양춘」과 「백설」을 부르니 수도에서 이어 부르며 화답하는 사람이 수십 명이었다. (…중략…) 곡이 고상해질수록 화답하는 사람이 적어졌다."(客有歌於郢中者, 其始曰'下里''巴人', 國中屬而和者數千人. 其爲'陽阿''薤露', 國中屬而和者數百人. 其爲'陽春''白雪', 國中屬而和者數十人. (…중략…) 其曲彌高, 其和彌寡.) 여기서는 가지의 시를 가리킨다.

사부원외랑 왕씨의 「눈 내린 뒤의 아침 조회」에 화답하며(和祠部王員外雪後早朝卽事)⁹⁾

長安雪後似春歸,	장안이 눈 내리니 봄이 돌아온 듯해
積素凝華連曙輝.¹⁰⁾	쌓인 눈에 응결된 꽃 새벽 햇빛이 이어지네
色借玉珂迷曉騎,¹¹⁾	색은 옥 굴레와 같아 새벽 말을 미혹시키고
光添銀燭晃朝衣.	빛은 은촉에 더하여 조복에 번쩍인다
西山落月臨天仗,¹²⁾	서산의 달은 천자의 의장대 위에 떨어지고
北闕晴雲捧禁闈.¹³⁾	북궐의 구름은 궁문 뒤에서 개이네
聞道仙郎歌白雪,¹⁴⁾¹⁵⁾	듣자하니 왕 원외가 '백설'을 노래했다는데
由來此曲和人稀.	전부터 이 곡에는 창화한 자 드물었다지

해설 눈 그친 궁성을 그렸다. 특히 조회 무렵의 아침 광경을 온후하고 아름답게 그렸다. 비록 응제시는 아니지만 응제시가 지닌 특징을 두루 갖추었다.

---

9) 祠部(사부) : 예부에 소속된 기관으로 제사, 천문, 누각(漏刻), 국기(國忌), 묘휘(廟諱), 의약, 승적(僧籍) 등을 관리한다. ○王員外(왕원외) : 왕담(王紞). 왕유의 동생이다. ○卽事(즉사) : 눈앞의 사물이나 일을 제재로 한 시. 시 제목에 습관적으로 붙이는 경우가 많다.

10) 積素(적소) : 적설. 쌓인 눈. 이 어휘는 사혜련(謝惠連) 「설부」(雪賦)의 "쌓인 눈이 아직 녹지 않아, 빛나는 태양 아래 선명하다"(積素未虧, 白日朝鮮.)에서 유래했다. ○凝華(응화) : 빛의 응결.

11) 玉珂(옥가) : 말굴레에 매다는 패각으로 만든 장식물.

12) 심주 : 비유를 만들어 마치 보이는 듯하다.(作比似看.)

13) 禁闈(금위) : 궁문.

14) 심주 : 첫 머리와 호응한다.(關合.)

15) 白雪(백설) : 흰 눈을 가리키면서 동시에 악곡 이름도 환기한다. 바로 앞의 시 제8구 참조.

두 상공의 「익주로 향하며」에 삼가 화답하며(奉和杜相公發益州)[16][17]

相國臨戎別帝京,[18]	상공께서 군사를 이끌고 도성을 나서
擁旄持節遠橫行.[19]	모절과 부절 들고 멀리 내달려가시네
朝登劍閣雲隨馬,[20]	아침에 검각에 오르면 구름이 말 옆에 흐르고
夜渡巴江雨洗兵.[21]	밤에 파강(巴江)을 건널 때면 군사들이 비에 젖으리
山花萬朵迎征蓋,[22]	만 송이 산꽃이 수레를 맞이하고
川柳千條拂去旌.	천 갈래 강 버들에 깃발이 스쳐가리
暫到蜀城應計日,[23][24]	며칠 지나지 않아 성도가 평정되면
須知明主待持衡.[25]	밝은 군주께서 재상을 기다리심을 마땅히 알리라

---

16) 심주: 『구당서』에 기록했다. "최간이 곽영예를 죽이고 성도를 점령하자, 주상께서 두홍점더러 진압하라 명하였다."(唐書: "崔旰殺郭英乂, 據成都, 上命宰相杜鴻漸鎭撫之.")

17) 杜相公(두상공) : 두홍점(杜鴻漸). 자는 지선(之選). 764년 병부시랑에 재상이 되었고, 766년 재상으로 산남서도, 검남동도, 서천부원수, 검남서천절도사 등에 충원되어 촉 지방 반란을 평정하였다. 769년 졸. 상공은 재상. ○ 益州(익주) : 통행본에서는 益昌(익창)으로 되어 있다. 익창은 이주(利州) 익창군으로, 지금의 사천성 광원(廣元)이다. 발익주(發益州)는 '익주를 떠나며'이나 문맥으로 보아 두홍점이 익창에서 성도로 가므로 번역을 '익주로 향하며'로 고쳤다.

18) 相國(상국) : 재상. ○ 臨戎(임융) : 군대를 통솔하다.

19) 擁旄(옹모) : 모절(旄節, 소꼬리 또는 깃털 달린 신물)을 들다. ○ 持節(지절) : 부절을 들다. 부절은 군주의 명을 받아 일을 수행한다는 표시이자 증명으로, 대나무나 옥으로 만들었다. 모절과 부절은 같은 말로 부절의 상단에 깃털로 장식한 부분을 모(旄)라고 한다. 절도사 이상은 출사할 때 길 양옆으로 두 개를 들고 가므로 강조하여 묘사하였다.

20) 劍閣(검각) : 검문. 각도가 있기에 검각이라 부른다. 관중에서 촉 지방을 오가는 요도이다. ○ 雲隨馬(운수마) : 구름이 말을 따라간다. 산이 높음을 비유하였다.

21) 巴江(파강) : 사천성 남강현(南江縣) 북대파산(北大巴山)에서 발원하여 남쪽으로 파중현(巴中縣)을 거쳐 합천현(合川縣)에서 부강(涪江)으로 흘러드는 강. ○ 洗兵(세병) : 행군 중 비를 만나다.

22) 征蓋(정개) : 멀리 가는 수레. 개(蓋)는 차양으로 수레를 가리킨다. 당대 제도에는 5품 이상은 품계에 따라 수레에 차개를 덮었다.

23) 심주: 가까운 시일에 난을 평정하고 돌아오기를 바랐다.(計日定亂, 望其歸也.)

24) 蜀城(촉성) : 성도를 가리킨다. ○ 計日(계일) : 날짜를 세다. 짧은 시간을 나타낸다.

25) 持衡(지형) : 권력을 쥐다. 형(衡)은 북두칠성 중의 별 이름. 여기서는 재상 두홍점을 가리킨다.

해설 재상 두홍점의 시에 화답한 시이다. 765년 성도에서 검남서천병마사 최간(崔旰)이 절도사 곽영예(郭英乂)를 죽이고 성도성을 점령하는 난이 일어났다. 성도 주위의 주현에서 무관들이 최간을 토벌하려 군사를 일으켰고, 766년 초에는 동천절도사 장헌성(張獻誠)이 최간을 공격했으나 패하였다. 이에 조정에서는 재상 두홍점을 보내 평정하게 하였다. 두홍점의 진입에 대해 최간이 크게 저항하지 않았고, 역사서에 기록하였듯이 두홍점도 겁이 많고 담략이 적어 협상으로 일관하였으며, 성도에 입성하였어도 오히려 조정에 최간을 검남절도사로 추천하면서 사건을 종결지었다. 766년에 쓴 이 시는 평이한 언어와 균형잡힌 구성으로 두홍점의 진군을 서정적으로 그렸고 입공을 기원하였다.

중양일 자사의 연석에서 장수로 가는 위 중승을 삼가 전별하며(九日使君席奉餞衛中丞赴長水)[26]

節使橫行西出師,[27]	절도사 기개 높이 서쪽으로 출병하니
鳴弓摻甲羽林兒.[28]	우림군의 건아들이 활시위 울리고 갑옷을 입는구나
臺上霜風凌草木,[29]	어사대에서는 서릿발 같은 위엄에 초목도 떨었는데
軍中殺氣傍旌旗.	군중에서는 드높은 살기가 깃발에 어리어라
預知漢將宣威日,	내 미리 아노니, 장군이 위무를 떨치는 날
正是胡塵欲滅時.	바로 오랑캐의 전운이 걷히는 때

---

26) 衛中丞(위중승) : 위백옥(衛伯玉). 당시 신책군절도사로 어사중승을 겸직하였다. ○ 長水(장수) : 장수현. 지금의 하남성 낙녕현(洛寧縣).

27) 節使(절사) : 부절을 가진 사신. 여기서는 절도사. ○ 西(서) : 東(동)이라 된 판본도 있다. 장수현은 괵주의 동쪽에 있으므로 '東'이라 해야 옳다.

28) 摻甲(환갑) : 갑옷을 입고 투구를 쓰다. ○ 羽林兒(우림아) : 우림군의 건아. 위백옥은 759년 공을 세워 우림대장군이 되었다.

29) 臺(대) : 어사대(御史臺). 어사중승은 어사대에서 활동한다.

爲報使君多泛菊,[30)31)]　자사께 보답하려 국화주를 실컷 만들어

更將絃管醉東籬.[32)]　관현악 들으며 동쪽 울타리에서 취해보겠네

해설 안사의 난 말기인 761년 3월 사조의(史朝義)가 그의 부친 사사명(史思明)을 살해하고 황제를 참칭한 후 장안을 공격하려 하였다. 이에 신책군 절도사 위백옥이 섬주(陝州)를 공격하였다. 이 시는 그해 9월 위백옥이 괵주를 지날 때 잠삼이 지어준 것으로 보인다. 잠삼은 758년부터 괵주장사(長史)로 있었다.

초봄에 위수 서쪽 교외를 거닐며
─남전 장이 주부에게 드림(首春渭西郊行, 呈藍田張二主簿)[33)]

回風度雨渭城西,[34)]　바람 세차고 비 뿌리는 위성의 서쪽

細草新花踏作泥.　잔풀과 꽃이 사람 발길에 진흙이 되었어라

秦女峰頭雪未盡,[35)]　진녀봉 머리에는 눈이 아직 남았고

胡公陂上日初低.[36)]　호공피 언덕에는 해가 막 떠오르네

---

30) 심주 : 국화주로써 상황을 묘사하고 중양절의 뜻을 나타내었다.(泛菊以狀行色, 補九日意.)

31) 泛菊(범국) : 술에 국화꽃을 띄우다. 중양절에는 국화주를 마시는 풍속이 있다.

32) 東籬(동리) : 동쪽 울타리. 도연명의 「술을 마시며」 제5수에 "동쪽 울타리 아래에서 국화를 따고, 고개 들어 멀리 남산을 바라본다"(采菊東籬下, 悠然見南山.)는 말에서 나왔으며, 도연명이 중양절에 강주자사(江州刺史) 왕홍(王弘)이 보내준 술에 취했다는 고사를 환기한다.

33) 首春(수춘) : 맹춘(孟春)과 같다. 음력 정월. ○ 渭西(위서) : 위성(渭城, 지금의 함양시)의 서편. 장안을 가리킨다. ○ 張二主簿(장이주부) : 미상. 주부는 현의 문서를 담당한다.

34) 回風(회풍) : 돌개바람. ○ 度雨(탁우) : 비를 뿌리다.

35) 秦女峰(진녀봉) : 태백산을 가리키는 듯. 진녀는 진 목공의 딸 농옥. 섬서성 위남시(渭南市) 용미피(龍尾陂) 서쪽에도 진녀봉이란 곳이 있다.

36) 胡公陂(호공피) : 미상. 위서 지역의 지명. 일반적으로 호현(鄠縣)의 미피(渼陂)로 보

愁窺白髮羞微祿,　　백발을 근심스레 엿보니 박봉이 부끄럽고
悔別靑山憶舊溪.　　청산 떠난 걸 후회하니 고향 개울 그리워
聞道輞川多勝事,³⁷⁾　듣자니 망천에는 좋은 풍광 많다 하니
玉壺春酒正堪携.　　옥항아리 봄 술 들고 찾아갈 만하리라

평석 주부는 망천에 살고 있으므로 술을 들고 놀러가려 하였다.(主簿應居輞川, 故欲携酒往遊.)

해설 봄이 온 장안 교외를 묘사하였다. 새봄의 도래를 간명하게 그려내었으며 나이를 먹어가는 감회도 섞었다. 제5구를 보면 만년에 지은 작품으로 보인다.

늦봄에 괵주 동정에서 부풍 별장으로 돌아가는
이 사마를 보내며(暮春虢州東亭送李司馬歸扶風別廬)³⁸⁾

柳鶉鶯嬌花復殷,³⁹⁾　버들 속 꾀꼬리 울고 꽃이 다시 붉은데
紅亭綠酒送君還.　　역참에서 녹주(綠酒) 두고 돌아가는 그대 보내네
到來函谷愁中月,⁴⁰⁾　함곡관에 왔을 때는 근심으로 달을 보았는데
歸去磻溪夢裏山.⁴¹⁾⁴²⁾　반계로 돌아가는 지금은 꿈속의 산이라

기도 한다.

37)　輞川(망천) : 지금의 서안시 남전현(藍田縣) 동남에 소재한 작은 강. 종남산(終南山)
　　의 망곡(輞谷)에서 발원하여 파수(灞水)로 흘러든다. ○勝事(승사) : 마음에 드는 좋
　　은 일.
38)　虢州(괵주) : 치소는 지금의 하남성 영보시(靈寶市) 괵략진(虢略鎭). ○李司馬(이사
　　마) : 미상. 괵주의 사마. ○扶風(부풍) : 기주(岐州) 부풍군. 나중에 봉상부(鳳翔府)로
　　개명하였다. ○別廬(별려) : 별장.
39)　鶉(순) : 늘어지다. 아름답다. ○鶯嬌(앵교) : 꾀꼬리의 아름다운 지저귐 소리. ○殷
　　(은) : 붉다.
40)　函谷(함곡) : 함곡관. 지금의 하남성 영보시 동북에 세워진 관문으로, 동쪽의 효산(崤
　　山)과 서쪽의 동관(潼關) 사이에 위치했다.

簾前春色應須惜,　　주렴 앞의 봄빛을 응당 아껴야 하니

世上浮名好是閑.[43]　세상의 뜬 이름은 진실로 사소하더라

西望鄉關腸欲斷,　　서쪽으로 고향 바라보니 애간장이 끊어져

對君衫袖淚痕斑.[44]　그대 마주하니 소매가 눈물로 얼룩지누나

해설 고향으로 돌아가는 이 사마를 보내며 쓴 송별시이다. 이 사마는 마침 서쪽으로 장안을 지나 부풍으로 가게 되므로, 자신이 고향처럼 생각했던 장안을 거쳐 가는 셈이다. 이에 별다른 감회를 얹어 보내었다.

만초(萬楚)

총마(驄馬)[1)]

金絡青驄白玉鞍,[2)]　황금 굴레, 파란 총마, 백옥 말안장

長鞭紫陌野遊盤.[3)]　긴 채찍 아래 교외를 달리며 들에서 노니네

---

41) 심주 : '꿈속의 산'은 나그네가 꿈에 본 산인데, 지금 비로소 돌아간다고 말했다.('夢裏山', 言客中所夢之山, 今始得歸也.)

42) 磻溪(반계) : 섬서성 보계시(寶鷄市) 동남에 소재한 계곡. 진령에서 발원하여 위하로 흘러든다. 중간에 자천(玆泉)이 있는데 곧 서주 초기 강태공이 낚시했던 곳이다. 반계는 부풍 근처에 있으므로 이로써 이 사마의 은거지를 가리킨다.

43) 好是(호시) : 정말. ○ 閑(한) : 예사롭다. 보통이다.

44) 심주 : 사마는 돌아가지만 자신은 여전히 나그네이기 때문에 고향을 그리며 눈물을 흘렸다.(司馬歸而己爲客, 是以望鄉垂涕也.)

1) 驄馬(총마) : 청색과 흰색의 털이 뒤섞인 말. 악부(樂府) 횡취곡(橫吹曲)의 제목이기도 하다.

2) 金絡(금락) : 황금으로 장식한 굴레. 한악부 「닭은 울고」(鷄鳴)에 "말 머리에 감싸인 황금 굴레, 번쩍번쩍 휘황한 빛을 발하더라"(黃金絡馬頭, 頴頴何煌煌!)는 말이 있다.

3) 遊盤(유반) : 놀고 즐기다.

朝驅東道塵恒滅,　　　아침에 장안 동도에서 먼지 내며 달리면

暮到河源日未闌.　　　저녁에 황하 수원에 닿아도 해가 지지 않았더라

汗血每隨邊地苦,[4]　　매번 한혈마를 따라 변방의 괴로움 다 겪었으니

蹄傷不憚隴陰寒.[5]　　발굽이 갈라져도 농산의 추위를 두려워 않아라

君能一飮長城窟,[6]　　총마여, 그대 장성 아래 샘에서 물 한 번 마시면

爲盡天山行路難.[7]　　천산을 넘나드는 힘겨움을 다 이겨내리라

평석 두보의 말을 노래한 시의 수준을 거의 따라 잡을 만하다. 시평가들은 이 시를 제치고 「단옷날에 기녀를 보고」를 뽑는 경우가 많다. 그 시는 말구에 '오히려 오늘 바로 그대 집에서 죽으리라'고 하여 장수를 뜻하는 오색실과 호응시켰으니 교묘하긴 하지만 풍아스럽지 못하다는 허물이 있다.(幾可追步老杜詠馬詩. 諸家舍此, 只取五日觀妓, 謂末句'却令今日死君家', 與彩絲續命關合, 巧則巧矣, 詎非風雅之疵耶!)

해설 총마의 화려한 외양과 강인한 품성을 그린 영물시(詠物詩)이다. 제1구는 말의 외양을 그리고, 제3, 4구는 빠른 질주를 묘사하고, 후반부는 어려움을 두려워하지 않는 불굴의 정신을 그렸다. 이는 곧 말을 통해 고난을 이기고 공을 세우려는 열정과 분발을 노래하였다.

---

4) 汗血(한혈) : 한혈마(汗血馬). 서역에서 들어온 명마로, 달리면 갈기에서 피가 흘러나오기에 이름 붙여졌다.
5) 隴陰(농음) : 농산(隴山)의 북면. 농산은 중원과 서부 변경 사이의 주요 경계 지역이다.
6) 長城窟(장성굴) : 장성 아래 샘물이 나오는 굴. 한대 악부시 「장성 아래 샘에서 말에 물 먹이며」(飮馬長城窟行)를 가리킨다. 그 내용은 변방에 나간 수졸의 고통을 그렸다.
7) 行路難(행로난) : 악부의 이름. 그 가사는 세상사의 어려움과 이별의 슬픔을 내용으로 한다.

장위(張謂)

위 낭중과 헤어지며(別韋郎中)[1]

星軺計日赴岷峨,[2]	사신의 수레가 조만간 민산과 아미산에 이르면
雲樹連天阻笑歌.	하늘에 맞닿은 나무들에 웃음과 노래가 막히리
南入洞庭隨雁去,[3]	남으로 동정호에 들어가면 기러기 따라 가다가
西過巫峽聽猿多.[4]	서쪽으로 무협을 지나면 원숭이 울음 자주 듣겠지
崢嶸洲上飛黃葉,[5][6]	쟁영주 위에서는 누런 낙엽이 날리고
灩澦堆邊起白波.[7][8]	염여퇴 옆에서는 흰 포말이 일어나리
不醉郎中桑落酒,[9]	낭중이 따라주는 상락주에 취하지 않는다면
教人無奈別離何!	헤어지는 아쉬움을 어찌 달랠 수 있으리오!

평석 원본에서는 '飛黃葉'이라 되어있다. 다른 판본에서 '黃蝶'이라 된 것은 잘못이다.(原本
'飛黃葉', 別本作'黃蝶'誤.)

---

1) 심주 : 자신은 초 지방으로 가고 위 낭중은 촉 지방으로 가는 것이 분명하다. 때문에
   가운데 4구에서 나누어 썼다. 제3, 4구는 정을 썼고, 제5, 6구는 경치를 써서 중복되는
   것 같지 않다.(應是己適楚, 韋適蜀, 故中二聯分寫. 三四寫情, 五六寫景, 不嫌其復.)
2) 星軺(성초) : 사신이 타는 수레. 사신을 가리킨다. ○岷峨(민아) : 민산과 아미산. 촉
   지방을 가리킨다.
3) 심주 : 초 지방.(楚.)
4) 심주 : 촉 지방.(蜀.)
5) 심주 : 초 지방.(楚.)
6) 崢嶸洲(쟁영주) : 득승주(得勝洲)라고도 한다. 동진 유의(劉毅)가 환현(桓玄)을 쳐 이
   긴 곳으로, 지금의 호북성 황강(黃岡)에 있다.
7) 심주 : 촉 지방.(蜀.)
8) 灩澦堆(염여퇴) : 삼협 중 중경시 봉절현 구당협(瞿塘峽) 초입에 있는 암초. 겨울에는
   물이 얕아 모습이 드러나 보이지만 오월이 되면 물이 불어 잠기므로 행인들의 배가
   자주 부딪쳐 좌초되곤 하였다. 강의 통행을 위해 1958년에 폭파하여 지금은 없다.
9) 桑落酒(상락주) : 술 이름. 하동(河東, 산서 永濟) 출산의 명주.

해설 멀리 촉 지방으로 파견되는 친구를 보내며 쓴 시이다. 중간의 네 구에서 도중의 특징적인 풍광과 험로를 그림으로써 시름을 달래고 주의를 당부하는 마음을 새겨 넣었다.

공물을 운송하러 가는 두시어에게 농으로 지어서 드림(杜侍御送貢物戱贈)[10)

銅柱珠崖道路難,[11)	교지와 주애까지는 멀고 먼 어려운 길
伏波橫海舊登壇.[12)	복파장군과 횡해장군이 한때에 평정나간 곳
越人自貢珊瑚樹,[13)	예전에 남월 사람들이 스스로 산호를 진공했는데
漢使何勞獬豸冠?[14)	지금은 어이하여 해치관 쓴 어사를 보낸단 말인가?
疲馬山中愁日晩,	산속의 고된 말은 해 지기 전 달으려고 애쓰고
孤舟江上畏春寒.	강 위의 쪽배는 봄추위도 무릅쓰고 나아가겠지
由來此貨稱難得,	예부터 이 물건들은 얻기 어려운 것이라
多恐君王不忍看.	아마도 군주께서 차마 보려하지 않으리라

평석 『상서』「여오」에서 말한, 외국의 물건을 보배로 여기지 않는다는 뜻이다.(旅獒不寶遠物之意.) ○ 엄격하면서도 완곡하며 시어를 풍자하면서 군주를 풍자하였다.(亦嚴亦婉, 諷侍御兼以諷君.)

---

10) 杜侍御(두시어) : 미상. 시어는 어사대의 속관으로 시어사(종6품), 전중시어사(종7품), 감찰어사(정8품)를 통칭한다.

11) 銅柱(동주) : 동한 광무제 때 복파장군 마원(馬援)이 교지를 평정하고 세운 동으로 만든 기둥. ○珠崖(주애) : 朱崖라고 쓰기도 한다. 지금의 해남도 일대.

12) 伏波(복파) : 복파장군. 동한시기의 마원을 가리킨다. ○橫海(횡해) : 한대 장군 명호. 한 무제가 한열(韓說)을 횡해장군으로 임명하였다. ○登壇(등단) : 단에 올라 장수를 임명하다. 장수를 우대한다는 뜻이 들어 있다.

13) 越人(월인) : 오령(五嶺) 이남의 남방 사람. 월(越)은 한대의 백월(百越)로 지금의 절강과 광동 지방에 살았던 여러 민족을 말한다.

14) 獬豸冠(해치관) : 어사 등이 쓰는 모자. 해치는 전설상의 소 모양에 독각수로, 시비를 가리고 선악을 분별할 수 있으며, 뿔로 간사한 관리를 받아 죽일 수 있다고 한다.

해설 남방에 가서 공물을 가져오는 일에 대해 비판한 시이다. 제2구에서 마원과 한열은 변방을 안정시키기 위해 변방을 개척한 것이지 보물을 운송하기 위해 개척한 것이 아님을 암시하였다. 말 2구에서 시의 주제를 나타내었다. 신하로서 군주의 사치스러운 기호에 맞추기 위해 노력하는 것이 수치스럽다고 정면으로 간언하지 않고, 현명한 군주가 그러한 공물을 차마 원하지 않으리라고 측면으로 비판하였다. 장위가 담주자사로 있을 때 지은 것으로 보인다.

봄날 정원에서의 집안 연회(春園家宴)

南園春色正相宜,	남쪽 정원의 봄 풍광이 마침 좋은데
大婦同行少婦隨.	맏며느리 나서니 막내며느리 따라가네
竹裏登樓人不見,	대숲에 있는 누대에 올라도 사람 보이지 않고
花間覓路鳥先知.	꽃 사이로 이어진 길을 새들이 먼저 안다
櫻桃解結垂檐子,	앵두는 씨가 맺혀 처마 앞에 늘어지고
楊柳能低入戶枝.	버들은 가지를 뻗어 방문 아래로 내려 앉는다
山簡醉來歌一曲,[15]	산간(山簡)이 취해 돌아와 노래 한 곡 부르니
參差笑殺郢中兒.[16]	아마도 영(郢)의 가인(歌人)이 크게 웃어주리라

해설 봄날 대갓집 정원에서의 연회를 그렸다. 이는 부호들의 생활을 송

---

15) 山簡(산간) : 서진의 인물. 죽림칠현의 한 사람인 산도(山濤)의 아들. 진남장군(鎭南將軍)으로 양양에 진주할 때 어떤 일도 관여하지 않고 하루 종일 술을 마시고 놀았다. 당시 부호인 습씨(習氏)에게 아름다운 정원이 있었는데 매번 그곳에 갈 때마다 취하여 돌아온 일이 유명하다.

16) 參差(참치) : 대강. 거의. 아마도. ○郢中兒(영중아) : 영(郢)의 노래하는 사람. 송옥(宋玉)의 「대초왕문」(對楚王問)에 나오는 노래 잘 하는 사람. 본권 잠삼의 「가지 사인의 '대명궁 아침 조회'에 화답하며」 참조.

축하는 한대 악부시 「상봉의 노래」(相逢行)를 연상시킨다.

이백(李白)

금릉 봉황대에 올라(登金陵鳳凰臺)[1]

鳳凰臺上鳳凰遊,	봉황대 위에서 봉황들이 노닐더니
鳳去臺空江自流.	봉황 떠난 빈 누대에 강물만 흘렀어라
吳宮花草埋幽徑,[2]	오나라 궁궐엔 꽃과 풀이 길을 덮고
晉代衣冠成古丘.[3]	동진의 명문세족은 무덤 언덕이 되었지
三山半落青天外,[4]	삼산은 하늘 밖으로 반이 솟아올랐고
二水中分白鷺洲.[5]	진회하는 백로주에 두 갈래로 나뉘었네
總爲浮雲能蔽日,[6]	구름은 언제나 해를 가릴 수 있기에
長安不見使人愁!	장안이 보이지 않으면 어찌 근심스럽지 않으랴!

---

1) 金陵(금릉) : 지금의 강소성 남경시. ○鳳凰臺(봉황대) : 남경시 봉황산에 소재했던 누대.
2) 吳宮(오궁) : 삼국시대 오나라가 금릉에 도읍을 정하였다.
3) 晉代(진대) 구 : 동진도 금릉에 도읍을 정하였다. ○衣冠(의관) : 관복과 예관(禮冠). 여기서는 고관과 귀족을 가리킨다.
4) 三山(삼산) : 남경시 서남의 장강 강변에 있는 산. 봉우리 세 개가 남북으로 나란히 있어 이름 붙여졌다. ○半落(반락) : 삼산의 반이 구름에 가리어져 있음을 말한다.
5) 白鷺洲(백로주) : 장강 속에 있던 사주(沙洲). 백로가 많이 모여들기에 이름 붙여졌다. 남경시 동남쪽 수서문(水西門) 밖에 소재했으나, 지금은 육지와 연결되고 백로주 공원이 들어서 있다. 이 구는 진회하(秦淮河)가 장강으로 들어가기 전에 백로주가 가운데 있어 강을 둘로 나눈다는 뜻이다.
6) 浮雲(부운) : 간신을 비유한다. 육가(陸賈)의 『신어』(新語) 「신미편」(愼微篇)에 "간사한 신하가 현능한 사람을 가리는 것은 구름이 해와 달을 가리는 것과 같다"(邪臣之蔽賢, 猶浮雲之障日月也.)는 말이 있다.

평석 삼산과 이수는 보이나 장안이 보이지 않는 것은 구름에 가려서이다. 참훼와 기룡을 걱정하는 뜻이 있다.(三山二水可見, 而長安不見, 爲浮雲蔽也. 有憂讒畏譏意.) ○마음 가는 대로 지어 우연히 비슷해진 것이므로, 최호를 모방했다는 것은 아마도 옳지 않을 것이다.(從心所造, 偶然相似, 必謂模倣司勳, 恐屬未然.) ○강녕 북쪽 십이 리에 삼산이 이어져 있고, 성 서남에 백로주가 있다.(江寧北十二里有三山相接, 城西南有白鷺洲.) ○방산에서 합류하여 건강에 이르면 두 갈래로 나뉘는데 가운데 있는 모래톱이 백로주이다.(自方山合流至建康, 分爲二支, 中夾一洲名白鷺.)

해설 봉황대에 올라 역사를 회고하고 현실을 생각하였다. 첫 2구는 봉황대의 전설을 변함없이 흐르는 강의 영원성과 대비시켰다. 제3, 4구는 육조의 번화한 모습은 봉황처럼 한 번 가서는 다시 돌아오지 않는다고 회고하였다. 제5, 6구는 대자연의 장관을 그렸고, 말 2구는 나라에 대한 근심을 토로하였다. 『초계어은총화』나 『당시기사』를 보면 이백은 최호의 「황학루」를 무척 높이 평가하였고, 이와 겨뤄보기 위해 위 시를 지었다고 하였다. 최호의 작품과 비교할 때 이백은 제3, 4구에서 역사를 끌어들여 현실의 문제를 더욱 심각하게 드러낸 점이 두드러진다. 이백의 많지 않은 율시 가운데 한 편으로, 인구에 회자하는 걸작이다.

사명산에 돌아가는 하지장을 보내며 응제하다(送賀監歸四明應製)[7][8]

久辭榮祿遂初衣,[9]　　오래전부터 공명을 버리고 은거하려 했는데

---

7) 심주 : 사명산은 영파부 남쪽 백오십 리에 소재하며, 산 위에 바위 사이 뚫린 곳이 있어 일월성신이 보이므로 사명산이라 하였다.(四明山在寧波府南百五十里, 上有石窓, 通日月星辰, 故曰四明.)
8) 賀監(하감) : 하지장. 비서감을 역임했고 태자빈객까지 올랐다. ○四明(사명) : 사명산. 지금의 절강성 영파시(寧波市) 서남에 있는 산. 천태산(天台山)과 산맥이 이어져 있다. 주봉은 승현(嵊縣) 동북에 소재.

曾向長生說息機.[10] 　장생을 바라다면 이욕을 버려야 한다고 말씀하셨지

眞訣自從茅氏得,[11] 　불로의 비결을 삼모군(三茅君)에게서 얻고

恩波應許洞庭歸.[12] 　황제의 은택으로 태호로 돌아갈 수 있어라

瑤臺含霧星辰滿,[13] 　곤륜산의 안개 낀 요대 위 별들이 찬란하고

仙嶠浮空島嶼微. 　신선산도 공중에 뜬 듯 섬들이 희미하기만 해

借問欲棲珠樹鶴,[14] 　묻노니 신선 세계의 경수(瓊樹)에 깃들려는 학이여

何年却向帝城飛? 　어느 해 도성을 향해 다시 날아오시려오?

평석 다시 도성에 돌아오기를 바랐으나 이미지를 빌려 말했기에 상투적인 데 빠지지 않았다.(望其復來帝城, 借說便不入套.)

해설 744년 봄 하지장이 86세의 나이로 오랜 관직생활을 마치고 도사(道士)가 되겠다고 청하여 월 지방으로 돌아가자 현종이 장락파(長樂坡)에서 송별시를 써서 전별하였다. 이때 한림대초로 있던 이백도 현종의 명을 받아 위 시를 썼다.

---

9) 初衣(초의) : 초복(初服). 벼슬하기 전에 입었던 옷.

10) 息機(식기) : 욕심과 지혜 등 기심(機心)을 없애다.

11) 眞訣(진결) : 비결. 도교의 깊은 진리를 적은 글. ○茅氏(모씨) : 한대 모영(茅盈), 모충(茅衷), 모고(茅固) 형제. 이들을 합칭하여 삼모군(三茅君)이라 한다. 이들은 강소성 구용현(句容縣) 동남에 있는 구곡산(句曲山)에서 득도하여 신선이 되었다고 한다.

12) 洞庭(동정) : 태호(太湖)를 가리킨다. 『수경주』에 태호에는 섬이 세 개 있어 삼산호(三山湖)라고도 하며, 동정호라고도 한다고 했다. 『양주기』에 "태호는 일명 진택(震澤) 또는 동정(洞庭)이라 한다"고 하였다. 태호는 강소성과 절강성의 경계에 위치한다.

13) 瑤臺(요대) : 전설에서 곤륜산의 서왕모(西王母)가 살았다는 누각.

14) 珠樹(주수) : 전설에 나오는 기이한 나무. 『산해경』「해외남경」(海外南經)에 "세 그루 주수(珠樹)가 염화(厭火)의 북쪽에 있으며 적수(赤水) 위에서 자란다. 잣나무와 비슷하며 잎은 모두 구슬로 되어 있다"고 하였다.

중도 명부 형과 헤어지며(別中都明府兄)[15]

吾兄詩酒繼陶君,[16]	나의 족형은 시 잘 쓰고 술 좋아하기 도연명인데
試宰中都天下聞.	중도현을 잘 다스려 천하에 알려졌지
東樓喜奉連枝會,[17]	현성의 동루에서 형제의 정을 나누며 기뻐했더니
南陌愁爲落葉分.[18]	남으로 가는 길에서 낙엽처럼 헤어짐을 슬퍼하노라
城隅綠水明秋日,	성 옆의 푸른 물에 가을 해가 비쳐 빛나고
海上青山隔暮雲.	바다 위 파란 산이 저녁 구름 너머 있어라
取醉不辭留夜月,[19]	밤의 달을 붙들고 취하기를 사양하지 않노니
雁行中斷惜離群.[20]	기러기 행렬에서 떨어져 가는 이별이 아쉬워라

해설 중도현령으로 있는 친척 중의 형과 헤어지며 쓴 시이다. 아마도 746
년 노 지방을 떠나 월 지방으로 갈 때 쓴 시로 보인다. 그러므로 족형을
보내며 쓴 송별시가 아니라 자신이 떠나며 쓴 유별시(留別詩)이다. 헤어
지기 어려운 석별의 정을 비교적 완정한 칠언율시로 담았다.

---

15) 中都(중도) : 하남도 중도현. 지금의 산동성 문상현(汶上縣). ○明府兄(명부형) : 미
상. 명부는 현령.

16) 陶君(도군) : 도연명. 도연명도 한때 팽택령을 지냈으므로, 여기서 중도 명부를 비유
한다.

17) 連枝(연지) : 두 나무의 가지가 하나로 합쳐진 것. 형제자매를 비유한다. 한대 '이릉
소무 시' 연작 중의 「형제가 한 가지에 난 나뭇잎이라면」(骨肉緣枝葉)에 "더구나 나
는 연리지와 같이, 자네와 한 몸인 듯 친밀하다네"(況我連枝樹, 與子同一身.)라는 말
이 있다.

18) 南陌(남맥) : 남쪽으로 난 길. 이백은 노 지방에서 월 지방으로 가려하였기 때문에
이 말을 썼다.

19) 取醉(취취) : 술을 마시고 취함.

20) 雁行(안행) : 형제를 비유한다. 『예기』 「왕제」(王制)에 "아버지의 연배와 갈 때는 그
뒤를 따라가고, 형의 연배와 갈 때는 기러기처럼 나란히 걸어가고, 친구 사이에서는
서로 앞서 가지 않는다"(父之齒隨行, 兄之齒雁行, 朋友不相踰.)는 말이 있다.

앵무주(鸚鵡洲)²¹⁾²²⁾

鸚鵡來過吳江水,²³⁾	앵무가 일찍이 동오의 강가에 날아와
江上洲傳鸚鵡名.	강 속의 사주에 앵무주란 이름이 붙여졌지
鸚鵡西飛隴山去,²⁴⁾	앵무새는 서쪽으로 농산으로 돌아가고
芳洲之樹何青青?²⁵⁾	향초 많은 사주에는 초목만 푸르러라
煙開蘭葉香風暖,	안개 걷히어 난초 잎에 향기로운 바람 따뜻한데
岸夾桃花錦浪生.	강가의 복사꽃이 떨어져 강물이 비단으로 일렁여라
遷客此時徒極目,²⁶⁾	폄적되어 가는 나그네 부질없이 멀리 둘러보니
長洲孤月向誰明?	긴 모래섬 위의 달은 누굴 위해 저리 밝은가?

평석 고시의 필치로 율시를 짓는 것은 성당 시인에게 일반적이었다. 대력 연간 이후에는 이런 가락이 다시 연주되지 않았다.(以古筆爲律詩, 盛唐人每有之, 大曆後此調不復彈矣.)

해설 앵무주 주위의 아름다운 풍광을 그리고 유배된 자신의 고독한 심경을 나타냈다. 구성과 내용에서 이 시 역시 최호의 「황학루」와 유사하여,

---

21) 심주: 황조가 예형을 살해하여 강의 모래톱에 묻었는데, 예형이 「앵무부」를 지었기에 앵무라는 이름으로 삼각주의 이름을 지었다.(黃祖殺禰衡, 葬於江中之洲, 因衡賦鸚鵡, 故洲以是名.)

22) 鸚鵡洲(앵무주) : 지금의 호북성 무한시 한양 서남의 장강 가운데 있었던 삼각주. 동한 말기 강하태수(江夏太守) 황조(黃祖)의 큰 아들 황사(黃射)가 빈객들을 모아 놓고 모임을 가질 때 누군가 앵무를 헌상하는 자가 있어 예형(禰衡)이 즉석에서 「앵무부」(鸚鵡賦)를 지어 올렸기에 이름 붙여졌다. 명대에 수몰되어 지금은 볼 수 없다.

23) 吳江水(오강수) : 동오 지역의 장강. 앵무주가 있는 무한 일대의 장강을 가리킨다.

24) 隴山(농산) : 지금의 섬서성 농현(隴縣)과 감숙성 평량(平涼) 사이에 있는 높고 험준한 산. 섬서성과 감숙성의 경계를 이룬다. 앵무새는 농산에서 나왔다고 알려졌다. 예형의 「앵무부」에 "서역의 신령한 새로다"(惟西域之靈鳥兮)는 말이 있고, 『문선주』에서 "서역은 농산을 말하며 이 새가 나온 곳이다"(西域謂隴坻, 出此鳥也.)고 주석하였다.

25) 芳洲(방주) : 향초가 가득 자란 사주.

26) 遷客(천객) : 폄적되어 가는 사람. 시인 자신을 가리킨다. ○ 極目(극목) : 눈길이 닿는 데까지 바라봄.

역대 시평가들이 비교하는 경우가 많았다. 명말 왕부지는 최호의 시가 호랑이의 위세가 있다면 이백의 시는 봉황의 위엄이 있다고 평하였다.

두보(杜甫)

평석 두보의 칠언율시는 다른 시인이 이를 수 없는 것이 네 가지 있으니 박학다식, 큰 재능, 강한 기세, 격식의 변화 등이다. 오색이 현란하고 팔음이 조화로이 울리니 후인이 어떻게 비슷하게 따라갈 수 있겠는가?(杜七言律有不可及者四 : 學之博也, 才之大也, 氣之盛也, 格之變也. 五色藻績, 八音和鳴, 後人如何仿佛?) ○ 왕유의 칠언율시는 풍격이 가장 높고 깊은 운치가 있어 당대의 정종이다. 그러나 두보의 「가을의 감흥」, 「장수들」, 「영회 고적」 등의 시편을 만나면 뒤에서 눈을 휘둥그레 뜰 뿐이다. 두보는 왕유를 포함할 수 있지만, 왕유는 두보를 포함하지 못한다.(王摩詰七言律風格最高, 復饒遠韻, 爲唐代正宗. 然遇杜秋興、諸將、詠懷古跡等篇, 恐瞠乎其後, 以杜能包王, 王不能包杜也.) ○ 두보의 시 가운데 분방한 시 형식이 있는데 사실 송원대 시인들의 남상이며, 재능이 위대하니 하지 못하는 것이 없다. 그러나 두보를 배우려는 사람은 여기서 시작해서는 안된다.(中有疏宕一體, 實爲宋元人濫觴, 才大自無所不可也. 然學杜者, 不應從此種入.) ○ 유명한 시인의 시에는 적구할 수 있는 명구가 있는 바, 예컨대 '정자고'라 불리는 정곡, '최원앙'이란 불리는 최각, '조의루'라 불리는 조하 등이 그러하다. 두보의 시는 의론이 바르고 배치가 뛰어난 데도 오히려 적구할 만한 명구가 없다. 이 때문에 명대 고병은 두보를 홀로 대가의 자리에 올렸다.(凡名家詩有名句可採, 如鄭鷓鴣、崔鴛鴦、趙倚樓之類是也. 杜詩議論正, 器局高, 却無名句可採, 所以彦恢高氏獨列爲大家.)

장씨 은거처에 적다(題張氏隱居)[1]

春山無伴獨相求,	봄 산에 짝이 없어 일부러 그대를 찾으니
伐木丁丁山更幽.[2]	나무 치는 소리 쩡쩡하여 산이 더욱 고요하여라
澗道餘寒歷冰雪,	계곡 길옆 남은 추위에 굳은 빙설을 지나
石門斜日到林丘.	석문에 해 저물 때 숲 언덕에 이른다
不貪夜識金銀氣,[3]	탐심이 없으니 밤에 금과 은의 기운을 알아채고
遠害朝看麋鹿遊.	해칠 생각 없으니 아침에 사슴이 와서 노는 것 본다네
乘興杳然迷出處,[4]	흥이 일어 찾아와 아득히 돌아갈 길 모르는데
對君疑是泛虛舟.[5]	그대를 마주하니 빈 배를 타고 있는 듯하네

평석 제5구는 견식의 맑음을 말하고, 제6구는 견식의 넓음을 말했으니 지나치게 천착할 필요 없다.('不貪'句言其識之淸, '遠害'句言其識之曠, 不必穿鑿.)

해설 장씨의 은거지를 찾아가는 도정을 묘사하고 그의 넓은 성품을 찬미하였다. 전반부는 경치를, 후반부는 정감을 나타낸 구성이다. 청대 구조오(仇兆鰲)는 736년 두보가 산동 지역을 유력할 때 지은 것으로 보았다.

---

1) 심주 : 즉 장경이다.(卽張卿也.)
2) 丁丁(정정) : 의성어. 나무를 치는 소리. 『시경』 「벌목」에 "나무 찍는 소리 쩡쩡 울리는데"(伐木丁丁)란 말에서 나왔다.
3) 金銀氣(금은기) : 금과 은의 기운. 금이나 옥, 보검 등이 땅에 묻혀 있으면 그 기운이 땅 위로 올라와 새벽이나 밤에 볼 수 있다고 한다. 『지경도』(地鏡圖) 참조.
4) 杳然(묘연) : 아득하다. 깊고 그윽하다. ○出處(출처) : 벼슬살이와 은거. 진퇴. 『주역』 「계사」(繫辭)에 "군자의 도는 벼슬에 나갈 때가 있고 물러나 은거할 때가 있으며, 침묵할 때가 있고 말할 때가 있다"(君子之道, 或出或處, 或默或語.)는 말이 있다.
5) 虛舟(허주) : 사람이 없이 비어 있으면서 묶여있지 않는 배. 『장자』 「산목」에 "배를 타고 강을 건널 때 빈 배가 다가와서 내가 탄 배에 부딪치면 마음이 좁은 사람이라도 화를 내지 않는다"(方舟而濟於河, 有虛船來觸舟, 雖有偏心之人不怒.)는 말이 있다.

장안성 서쪽 호수에 배를 띄우고(城西陂泛舟)⁶⁾⁷⁾

青蛾皓齒在樓船,⁸⁾　　파란 아미 흰 치아의 가기들 누선에 앉아
橫笛短簫悲遠天.　　횡적과 퉁소 부니 먼 하늘에 구슬퍼라
春風自信牙檣動,⁹⁾　　봄바람에 상아 돛대가 한들거리고
遲日徐看錦纜牽.¹⁰⁾　　봄날에 천천히 끌리는 비단 닻줄을 바라보네
魚吹細浪搖歌扇,¹¹⁾　　물고기가 뿜는 물결에 얼비친 부채가 흔들리고
燕蹴飛花落舞筵.　　제비가 차는 꽃잎들이 춤추는 자리에 떨어지네
不有小舟能蕩槳,　　만일에 작은 배가 노를 저어 오가지 않는다면
百壺那送酒如泉?　　저 많은 단지의 샘물 같은 술을 어찌 가져오리오?

해설 봄날의 뱃놀이를 묘사하였다. 제3, 4구는 누선을 그리고, 제5, 6구는
가기를 표현하였다. 칠언율시의 형식이 아직 엄격하지 않지만, 헐겁고
자유로운 만큼 기상도 웅장하고 미려하다.

중양절 남전 최씨 별장(九日藍田崔氏莊)¹²⁾

老去悲秋強自寬,　　늙어지면 가을이 슬퍼 일부러 넓은 마음 먹는데

---

6) 심주 : 장안성 서쪽 호수는 곧 미피호이다.(城西陂卽渼陂.)
7) 西陂(서피) : 장안성 서쪽에 있는 미피호(渼陂湖)를 가리킨다. 장안 경조부 호현(鄠
　縣) 서쪽 오 리에 소재한 유람 명승지이다.
8) 青蛾(청아) : 청색 눈썹. ○皓齒(호치) : 하얀 이. 여기서는 아름다운 가기(歌妓)를 가
　리킨다. ○樓船(누선) : 누대가 있는 배.
9) 自信(자신) : 저절로 움직이도록 내버려두다. ○牙檣(아장) : 상아로 장식한 돛대.
10) 遲日(지일) : 봄날. ○錦纜(금람) : 비단으로 만든 닻줄.
11) 魚吹(어취) 구 : 『열자』 「탕문」(湯問)에 나오는 "호파가 거문고를 뜯자 새가 춤추고
　물고기가 뛰어올랐다"(瓠巴鼓琴而鳥舞魚躍)는 표현을 환기한다.
12) 崔氏(최씨) : 미상. 최계중(崔季重)으로 보는 현대 학자도 있다. 왕유의 내형(외삼촌
　의 아들)으로, 왕유의 망천장에 동서로 이웃하고 살았다.

興來今日盡君歡,　　흥이 일어나는 오늘은 그대들과 실컷 즐기는도다
羞將短髮還吹帽,[13][14]　슭이 적어진 머리라 맹가처럼 모자 날릴까 부끄러워
笑倩傍人爲正冠.[15]　웃으며 옆 사람에게 바로 씌워 달라 청하네
藍水遠從千澗落,[16]　남수는 먼 골짜기에서 천 갈래로 떨어져 흘러오고
玉山高竝兩峰寒.[17]　옥산은 높이 서서 화산의 두 봉우리와 함께 차겁구나
明年此會知誰健?　내년의 이 모임에 이들 중 누가 건장할 것인가?
醉把茱萸子細看.[18]　취하여 수유 열매 들고 자세히 바라보노라

해설 중양절을 맞은 감개를 썼다. 술로써 근심을 풀고 자신의 노년을 아쉬워하였다. 중간의 제5, 6구에서 갑자기 강건하고 생동적인 이미지를 내세워 전개에 파란을 일으켰으며, 말 2구에서 이러한 강건한 산세에 비하여 성쇠가 무상한 인간사를 대비시켰다. 758년 화주 사공참군으로 있을 때 남전에 가서 지은 것으로 보인다.

---

13) 심주 : 옛 전고를 활용하였다.(活用舊事.)
14) 短髮(단발) : 숱이 적어진 머리카락. 단(短)이 길이가 아닌 양석인 측면에서 '적다'는 뜻으로 쓰인 것은 두보의 「봄의 조망」(春望) 제7구 "흰머리 긁다보니 더욱 드물어져"(白頭搔更短)에서도 보인다. ○吹帽(취모) : 바람에 모자가 날림. 『진서』「맹가전」(孟嘉傳)에 나오는 전고이다. 진(晉)의 환온(桓溫)이 중양절에 연룡산(燕龍山)에 오를 때, 참모들이 모두 군복을 입고 함께 올랐다. 이때 바람이 불어와 맹가(孟嘉)의 모자가 날아갔지만 맹가는 깨닫지 못했다. 환온이 사람들에게 알려주지 못하게 하여 맹가가 어떻게 하는지 보려고 하였다. 한참 후 맹가가 측간에 가니 환온이 모자를 가져오게 하여 손성(孫盛)에게 희롱하는 글을 써서 맹가의 자리에 놓게 했다. 맹가가 돌아와 그 글을 보고 바로 뛰어난 답글을 지으니 주위 사람들이 모두 감탄하였다. 중양절과 관련된 미담으로 알려졌다.
15) 倩(천) : 청하다.
16) 藍水(남수) : 남계(藍溪)라고도 한다. 섬서성 상락시(商洛市) 서북의 진령에서 발원하여 서북으로 남전현을 지나 파수(灞水)로 흘러든다.
17) 玉山(옥산) : 남전산. 옥이 많이 나와 이름 붙여졌다. ○兩峰(양봉) : 화산 동북의 운대산(雲臺山)의 높은 두 봉우리를 가리킨다. 남전에서 화산은 멀지 않다.
18) 심주 : 수유는 술 이름이다. 술을 들고 남수와 옥산을 바라보니 차마 금방 떠나지 못하는 것이다. 만약 수유 열매를 본다고 말한다면 무슨 의미가 있겠는가!(茱萸, 酒名. 言把酒而看藍水、玉山, 不忍遽去也. 若云看茱萸, 有何意味!)

최씨 동산 초당(崔氏東山草堂)[19][20]

愛汝玉山草堂靜,	그대 옥산 초당의 조용함을 아끼나니
高秋爽氣相鮮新.	가을날 삽상한 기운 곱고도 새롭구나
有時自發鐘聲響,	때로 종과 경쇠 소리 절로 울려 나오고
落日更見漁樵人.	저물 무렵엔 어부와 나무꾼도 다시 만나네
盤剝白鴉谷口栗,[21]	소반에는 백아곡 어귀의 밤을 깎아두고
飯煮靑泥坊底芹.[22]	청니방 아래의 미나리를 끓여 밥을 내놓았네
何爲西莊王給事,[23]	어찌하여 서쪽 별장의 왕 급사는
柴門空閉鎖松筠?[24]	사립문 닫아걸고 공연히 소나무와 대나무를 가두었는가

평석 이 시는 고시의 격률로 만든 율시로 요체라 하는데, 우연히 한번 만들었다.(此以古爲律, 謂之拗體, 可偶一爲之.) ○ '芹'(근)운은 상평성 12文(문)운에 속하므로 응당 '蔯'(순)자여야 한다. 왕유의 망천장은 남전의 서쪽에 있으므로 '서쪽 별장'이라 하였다. 은거하라는 풍자의 뜻이 있는 듯하다.('芹'韻在十二文, 應是'蔯'字. 王維輞川在藍田之西, 故云'西莊'. 似有諷之歸來意.)

해설 초당 주위의 그윽한 산수와 주인의 환대를 그렸다. 중간 4구는 초당의 내외를 각각 뛰어나게 그려 두보 특유의 혼융한 시경을 만들었다. 말미에서 장안 수복 후 급사중이 된 왕유가 관직에 묶여 뜻대로 살 수

---

19) 심주 : 동산은 곧 남전산이다.(東山卽藍田山.)
20) 崔氏(최씨) : 위의 시 참조.
21) 白鴉谷(백아곡) : 골짜기 이름. 『장안지』에는 남전현 동남 이십 리에 소재하며, 밤이 많이 난다고 하였다.
22) 靑泥坊(청니방) : 청니성(靑泥城). 『장안지』에는 남전현 남 칠 리에 소재하며, 성 북쪽에 청니역(靑泥驛)이 있다고 하였다.
23) 西莊(서장) : 왕유의 망천 별장. 최씨의 별장 서쪽에 있으므로 서장이라 했다. ○ 王給事(왕급사) : 왕유. 급사중을 역임했다.
24) 松筠(송균) : 송죽. 소나무와 대나무.

없음을 비판한 것으로 보인다. 위의 시와 같은 시기인 758년경에 지은 것으로 보인다.

자신전에서 퇴조하며 즉흥적으로 짓다(紫宸殿退朝口號)[25][26]

戶外昭容[27]紫袖垂,[28]	전각 밖에서는 소용(昭容)이 자주색 소매 늘어뜨리고
雙瞻[29]御座引朝儀,[30]	백관을 이끌고 가니 두 줄로 어좌를 바라보네
香飄合殿春風轉,[31]	전각 안에는 온통 봄바람의 향기가 휘돌고
花覆千官淑景移.[32]	관리들 머리 위의 꽃들에 고운 풍광 흘러간다
晝漏稀聞高閣報,[33]	낮의 물시계소리 들리면 높은 누각에서 알려주고
天顔有喜近臣知.	천자의 얼굴이 기뻐하면 근신들이 알 수 있다네
宮中每出歸東省,[34]	궁에서 매번 퇴조하여 문하성에 돌아갈 때면
會送夔龍集鳳池.[35]	기룡(夔龍) 같은 현능한 재상을 봉황지로 전송하네

---

25) 심주 : 입에서 나오는 대로 읊은 것을 구호라 한다.(隨口行吟曰句號.)
26) 紫宸殿(자신전) : 당대 대명궁의 삼대전 가운데 하나.
27) 심주 : 내명부의 여성이다.(女官也.)
28) 昭容(소용) : 당 후궁 구빈(九嬪)의 하나로 품계는 정2품이다. 당의 제도에서 3품 이상은 자주색 옷을 입는다.
29) 심주 : 행렬을 나누었다.(分行也.)
30) 雙瞻御座(쌍첨어좌) : 신하들이 두 줄로 서서 어좌를 바라봄. ○ 朝儀(조의) : 조정의 의례. 여기서는 백관.
31) 合(합) : 전부.
32) 淑景(숙경) : 아름다운 풍광이나 시간. 여기서는 봄의 풍광.
33) 晝漏(주루) : 낮의 물시계. 『장안지』에 의하면 자신전의 남에는 선정전(宣政殿)이 있고, 선정전의 남에는 함원전(含元殿)이 있었다. 함원전 동남의 상란각(翔鸞閣)과 서남의 서봉각(棲鳳閣)에 물시계가 설치되어 있었다. 자신전에서는 두 누각에서 보고하는 시각을 알 수 있다.
34) 東省(동성) : 문하성. 좌습유는 문하성 소속이다.
35) 夔龍(기룡) : 기와 용. 순 임금의 현능한 두 신하로, 기는 악관(樂官)이고 용은 간관(諫官)이다. 여기서는 재상을 가리킨다. ○ 鳳池(봉지) : 봉황지(鳳凰池). 중서성을 가리킨다.

평석 자신전은 내전이기 때문에 읊은 것이 모두 궁중의 광경이며, 대명궁과 다르다.(紫宸乃內殿, 故所詠皆宮中之景, 與大明宮自別.)

해설 정궁에서 조회를 파하고 물러나올 때 입에 나오는 대로 읊은 시이다. 조회의 모습을 응제시의 시풍으로 썼다. 758년 봄 장안에서 좌습유로 있을 때 지었다.

곡강에서 비를 마주하고(曲江對雨)[36]

城上春雲覆苑牆,[37]	성 위의 봄 구름이 부용원을 덮고
江亭晚色靜年芳.[38]	강가 정자의 저녁 빛에 봄날이 고요해라
林花著雨燕脂濕,[39]	비를 맞은 숲 속의 꽃은 젖은 연지 같고
水荇牽風翠帶長.[40]	물속의 노랑어리연은 바람에 끌리는 푸른 띠 같아
龍武新軍深駐輦,[41]	용무군은 황상이 나오지 않아 가마와 함께 머물고
芙蓉別殿謾焚香.[42]	부용원 별전에선 향기만 부질없이 황상을 기다리는 구나
何時詔此金錢會?[43]	언제 다시 금전회 같은 은사를 내리시어

---

36) 曲江(곡강) : 장안 동남 교외에 소재했던 유람 명승지. 한 무제 때 만든 것으로 강이 굽이져 흘러서 이름 붙여졌다.

37) 苑(원) : 부용원. 황제의 행락지.

38) 年芳(년방) : 아름다운 봄빛.

39) 著雨(착우) : 빗방울이 붙다. ○ 燕脂(연지) : 胭脂(연지)라고도 쓴다. 화장하거나 그림 그릴 때 쓰는 선홍색의 안료.

40) 荇(행) : 노랑어리연꽃. 수생 식물로 잎이 수면에 붙고 여름에 담황색 꽃이 피며 부드러운 잎은 식용한다.

41) 龍武新軍(용무신군) : 궁정의 수비대인 좌우 우림군을 당 현종이 개편한 군대. 여기서는 현종의 가마가 있는 곳. ○ 深駐輦(심주련) : 깊이 들어가 가마를 멈추고 움직이지 않다. 성도에서 돌아온 이후 현종은 남궁에서 나오지 않았음을 말한다.

42) 芙蓉別殿(부용별전) : 곡강 부용원의 궁전. 별전은 편전. ○ 謾(만) : 부질없이. 공연히.

43) 金錢會(금전회) : 현종이 713년(개원 원년)에 승천문(承天門)에서 군신에게 잔치를 베

暫醉佳人錦瑟傍.[44]　　내 잠시 가인들의 금슬 연주에 취해볼 수 있을까?

평석 전반부는 비 오는 적막한 광경을 그렸고, 후반부는 남내의 처량함을 생각했으니, 황제를 잊지 않았다. 말미에서 금전회를 다시 보기 바랐으니 그리움이 무한하다.(前半寫雨景之寂靜, 後半懷南內之凄涼, 不忘上皇也. 末冀復見金錢之會, 無限低佪.) ○ 상황이 개편한 용무군이 협성에서 부용원까지 이어졌는데, 지금 '가마와 함께 머물고' '향기만 부질없이 기다리는구나'라 했으니 다시는 행차를 볼 수 없음을 말했다.(上皇改龍武軍, 從夾城達芙蓉園, 今云'深駐輦' '謾焚香', 見不復檢閱臨幸也.) ○ 개원 2년 승천문에서 백관에게 연회를 베풀며 측근에게 금전을 뿌리게 하여 백관이 다투어 줍게 하였다. 연회 때 태상 교방악이 있었으므로 '가인'이라 말했다.(開元二年, 宴百官於承天門, 令左右撒金錢, 賜之爭拾. 宴時太常敎坊樂具在, 故曰'佳人'.)

해설 곡강의 비 내리는 모습을 보고 성대했던 현종의 전성기를 회상하였다. 안사의 난으로 성도로 도망갔던 현종은 장안에 돌아온 후 흥경궁에 머물며 나오지 않았다. 시국도 혼란스럽고 전란도 아직 끝나지 않은 상황에서 이전의 성대했던 국운을 그리워하였다. 758년 봄 장안에서 지었다.

풀 때, 누각 아래에 금전을 뿌리고 중서성과 문하성 5품 이상과 기타 관서 3품 이상의 관리들에게 줍게 하였다.

44) 佳人錦瑟(가인금슬) : 개원 연간에 상사절(上巳節, 3월 3일)이면 군신들에게 잔치를 베풀고 곡강 산정(山亭)에서 현종이 교방(敎坊)의 음악과 춤을 하사한 일을 가리킨다.

태주사호로 폄적 가는 정건을 보내며―그가 늘그막에 적에 잡혀 벼슬함을 마음아파하며, 직접 송별할 수 없어 시로써 마음을 보이다(送鄭十八虔貶台州司戶, 傷其臨老陷賊之故, 闕爲面別, 情見於詩)[45]

鄭公樗散鬢成絲,[46]	선생은 머리가 희어져도 저산(樗散)과 같아
酒後常稱老畵師.	술을 마시면 곧잘 자신을 '늙은 화가'라 불렀지
萬里傷心嚴譴日,[47]	엄한 견책에 만 리 멀리 떠남이 가슴 아파
百年垂死中興時.	인생 백 년에 나라가 중흥할 때 죽음에 들어서네
蒼黃已就長途往,[48]	그대 황망히 이미 먼 길에 올랐는데
邂逅無端出餞遲.[49]	내 갑자기 일이 생겨 나가 전별하지 못했어라

---

45) 鄭十八虔(정십팔건) : 정건(685~764년). 성당시기에 활동한 저명한 문인이자 화가이다. 저작랑으로 있던 중 안사의 난으로 장안이 함락되자 수부랑중 직위를 받는다. 현종으로부터 '정건 삼절'(鄭虔三絶)이라 칭호를 들었으며, 현종이 국자감 안에 광문관(廣文館)을 설치하고 박사로 임명하였기에 '정광문'(鄭廣文)이라 불렸다. 두보와는 장안시기에 절친한 사이였다. ○台州(태주) : 치소는 지금의 절강성 임해시(臨海市). 621년 해주로 명명하였으나 경내에 천태산이 있어 다음 해에 태주로 개명하였다. 742년 임해군(臨海郡)으로 바꿨다가 758년 다시 태주로 복원하였다. ○司戶(사호) : 사호참군(司戶參軍). 민호(民戶)를 관리하는 관원이다. ○闕(궐) : 缺(결)과 같다. 하지 못하다. ○面別(면별) : 얼굴을 보고 헤어짐.

46) 樗散(저산) : 가죽나무와 산목. 쓸모없는 나무로 아무짝에도 쓸모없는 사람을 비유한다. 도가적 입장에서 보면 본성을 보전한 큰 인물을 가리킨다. 저목은 『장자』 「소요유」에 나온다. 혜자가 장자에게 말하기를 "난 큰 나무가 있는데 사람들이 '가죽나무'라 부르네. 큰 줄기는 울퉁불퉁하여 먹줄을 매길 수가 없고, 작은 가지는 말려 구부러져 자로 잴 수도 없네. 길에 세워 두어도 목수가 쳐다보지도 않는다네."("吾有大樹, 人謂之樗, 其大本擁腫而不中繩墨, 其小枝卷曲而不中規矩. 立之塗, 匠者不顧.") 또 산목은 『장자』 「인간세」에 나온다. "장석이 제나라로 가다가 곡원에 이르렀는데 사당의 상수리나무를 보았다. (…중략…) '산목이다. 그것으로 배를 만들면 가라앉을 것이요, 관을 만들면 빨리 썩을 것이요, 그릇을 만들면 빨리 부서질 것이요, 문을 만들면 진이 밸 것이요, 기둥을 만들면 좀이 먹을 것이다. 이것은 재료로 쓸 수 없는 나무이다. 아무짝에도 쓰지 못하기 때문에 이처럼 오래 산 것이다.'"(匠石之齊, 至於曲轅, 見櫟社樹 (…중략…) 曰 : '散木也, 以爲舟則沉, 以爲棺槨則速腐, 以爲器則速毀, 以爲門戶則液樠, 以爲柱則蠹. 是不材之木也, 無所可用, 故能若是之壽.'")

47) 嚴譴(엄견) : 엄하게 견책하다. 크게 징계하다.

48) 蒼黃(창황) : 蒼惶, 倉皇, 蒼遑 등으로도 쓴다. 바쁘고 경황없는 모습.

便與先生應永訣,　　설령 선생과 내가 다시 못 만난다 해도
九重泉路盡交期!⁽⁵⁰⁾　구중 황천에서 영원한 우정을 나누리라

평석 맑고 깨끗한 기운으로 곡절하게 제목의 뜻을 드러내었으니, 「관군이 하남과 하북을 수복했다는 소식을 듣고」와 같은 격식이다.(屈曲赴題, 淸空一氣, 與聞官軍收河南河北, 同是一格.)

해설 정건과의 헤어짐을 아쉬워한 작품이다. 정건은 일대의 명사이자 뛰어난 학자로 두보와 절친한 사이였다. 『자치통감』 권220에 보면, 757년 12월, 장안 함락 때 반군의 아래에서 관직을 했던 사람들은 6등급으로 나누어 치죄하였다. 정건은 3등급으로 폄적에 처해졌다. 당시 정건은 73세였고 두보는 46세였다. 두 사람은 다시 만나지 못했고 정건은 칠 년 후 폄적지에서 죽었다.

동짓날 마음을 달래며, 문하성과 중서성의 옛 관리와 친구들에게 삼가 부침(至日遣興, 奉寄北省舊閣老兩院故人)⁽⁵¹⁾

憶昨逍遙供奉班,⁽⁵²⁾　임금을 모시며 소요하던 예전을 생각하노니
去年今日侍龍顔.　　지난 해 바로 오늘 용안을 모시었지
麒麟不動爐煙上,⁽⁵³⁾　기린 모양 향로에서는 연기가 피어오르고
孔雀徐開扇影還.⁽⁵⁴⁾　공작 깃털 부채는 천천히 펼쳐진 후 들러섰지

---

49) 邂逅(해후) : 우연히. 갑자기. ○ 出餞(출전) : 전별하다.
50) 九重泉路(구중천로) : 구천(九泉). 죽은 후 넋이 돌아가는 곳. ○ 交期(교기) : 우의.
51) 至日(지일) : 동짓날. ○ 北省(북성) : 문하성과 중서성. ○ 閣老(각로) : 당대 양성(兩省)의 관원이 상대를 존칭하여 부르는 칭호. ○ 兩院(양원) : 양성(兩省). 문하성과 중서성.
52) 供奉(공봉) : 황제의 신변에서 근무하는 사람. 당의 직제 규정에 습유의 직책은 '모시며 풍간을 담당한다'(掌供奉諷諫)고 되어 있다.
53) 麒麟(기린) : 여기서는 기린 모양의 청동 향로.

玉几由來天北極,[55]   옥 안석의 황제는 여전히 하늘의 북극성 같고
朱衣只在殿中間.[56]   붉은 조복 백관은 오늘도 전각 안에 있으리라
孤城此日腸堪斷,[57]   오늘 외로운 화주성에서 애간장이 끊어질 듯한데
愁對寒雲雪滿山.   구름 아래 눈 덮인 산을 근심으로 바라보노라

평석 두보가 화주연으로 나갔으므로 이 시가 있게 되었다.(此公出爲華州掾, 故有此詩.) ○ 작년의 조회를 생각해보나 지금 참여할 수 없어 간절히 군주를 그리워하였다.(追憶去歲朝儀而今不得與, 惓惓有故主之思焉.)

해설 동짓날 동료들과 입조하던 때를 회상하고 지금의 궁핍함을 탄식하였다. 예전의 소요(逍遙)와 지금의 수대(愁對)를 비교해보면, 두보는 궁중에서의 생활에 깊은 자부와 애착을 가지고 있었음을 알 수 있다. 758년 11월 화주에서 지었다.

촉나라 재상(蜀相)[58]

丞相祠堂何處尋?[59]   승상의 사당을 어디에서 찾을까?

---

54) 孔雀(공작) : 여기서는 공작의 깃털로 만든 부채. 황제가 어좌에 오를 때는 좌우에서 부채를 펴 붙였다가, 앉은 후에는 부채를 좌우로 나누어 둘러싼 모양으로 만든다. ○ 還(환) : 環(환)과 같다. 두르다.

55) 玉几(옥궤) : 옥으로 만든 궤안. ○ 北極(북극) : 별 이름. 여기서는 천자의 자리.

56) 朱衣(주의) : 붉은 색의 조복. 당의 제도에서 동짓날 입조한 관원 중 6품 이상은 붉은 옷을 입었다.

57) 孤城(고성) : 두보가 있는 화주(華州)를 가리킨다.

58) 蜀相(촉상) : 촉한의 재상. 제갈량을 가리킨다. 221년 유비가 촉한의 제위에 오르면서 제갈량을 승상으로 임명하였다. 두보는 제갈량을 숭앙하였으며 제갈량과 관련된 시를 십삼 수 썼다. 두보가 이처럼 제갈량을 숭앙한 것은 전란을 입은 당 왕조를 구할 명신의 출현을 기대한 것과 관련있다.

59) 祠堂(사당) : 제갈량을 기리는 사당. 당대에는 무후묘(武侯廟)라 하였으나 지금은 무후사(武侯祠)라 부른다. 성도 시내에 있으며, 유비를 모신 소열묘(昭烈廟)의 옆에 나

錦官城外柏森森.[60]　　　성도 성 밖의 측백나무 울창한 곳이로다

映階碧草自春色,[61]　　　계단에 뒤덮인 파란 풀은 절로 봄빛이요

隔葉黃鸝空好音.[62]　　　잎 속의 꾀꼬리는 저 홀로 좋은 소리로다

三顧頻煩天下計,[63]　　　삼고초려에 천하삼분의 계책을 빈번히 물은데 대해

兩朝開濟老臣心.[64][65]　늙은 신하의 마음으로 이대에 걸쳐 창업하고 세상을
　　　　　　　　　　　　구했네

出師未捷身先死,[66]　　　군사를 이끌고 나가 이기지 못하고 먼저 죽으니

長使英雄淚滿襟![67]　　　오래도록 영웅으로 하여금 눈물을 흘리게 하네

　　란히 있다. ○ 何處尋(하처심) : 어디에서 찾을 것인가. 스스로 묻는 말로, 성도에 도
　　착하여 제갈 사당을 처음 방문하는 기대와 감회를 표현하였다.

60) 錦官城(금관성) : 원래 성도의 남쪽에 있던 작은 성으로 일반적으로 '서성'(西城)이라
　　부르던 곳이다. 여기서 촉의 명산인 비단을 관장하던 관청이 있었기 때문에 '비단을
　　관장하는 관서가 있는 성'이란 뜻으로 금관성이라 하였다. 이 성은 진(晉)의 환온(桓
　　溫)이 촉을 평정할 때 파괴되었다. 여기서는 성도(成都)를 가리킨다. ○ 柏(백) : 측백
　　나무. 송대 전황(田況)의 『유림공의』(儒林公議)에 의하면 제갈량이 손수 심은 것이
　　라 한다. ○ 森森(삼삼) : 수목이 울창하게 우거진 모양.

61) 自(자) : 저절로. 여기서는 '봄은 봄대로'라는 어감으로, 왕조의 변화나 영웅의 사멸과
　　관계없이 자연은 자기대로의 질서 속에 순환하는 모습을 강조하고 있다.

62) 空(공) : 부질없이. 하릴없이. 여기서는 듣는 사람이 없는데도 우짖는다는 뜻으로 두
　　보 이외에 다른 사람이 없음을 나타낸다.

63) 三顧(삼고) : 제갈량이 젊은 시절 융중(隆中, 지금의 호북성 襄樊市 서쪽. 일설에는
　　하남 南陽)에 은거하고 있을 때 형주(荊州)의 유표(劉表) 밑에 몸을 의지하고 있던
　　유비가 제갈량의 덕과 지략에 대한 소문을 듣고 그의 초막을 세 번 찾아가 출마하
　　기를 간청한 일. 이 구의 주어는 유비이지만 그 실제적인 묘사 대상은 제갈량이다.
　　○ 頻煩(빈번) : 頻繁과 같다. 자주 하다. 연이어 하다. 여기서는 부사어가 아니라 술
　　어로 쓰였다.

64) 심주 : 무후의 생애를 개괄하니 격앙되고 통쾌하다.(檃括武侯生平, 激昂痛快.)

65) 兩朝(양조) : 선주(先主) 유비와 후주(後主) 유선(劉禪) 2대에 걸쳐 이십여 년을 보필
　　한 일을 가리킨다. ○ 開濟(개제) : 창업과 구제.

66) 出師(출사) : 군대를 이끌고 나가다. 227년 제갈량이 위(魏)를 치러 갈 때 후주(後主)
　　에게 「출사표」(出師表)를 올렸다. 이후 234년 제갈량은 사마의(司馬懿)와 전투 중에
　　서안 서쪽의 오장원(五丈原, 섬서성 보계시 岐山縣)에서 병으로 죽었다.

67) 英雄(영웅) : 제갈량의 뜻을 이해하는 사람. 개인의 이익이 아닌 남을 위해 노력하고
　　희생하는 대장부로, 여기서는 두보를 포함하여 하는 말.

평석 북송 종택(宗澤)은 임종 때 말 두 구를 읊조렸다.(宗忠簡臨終誦此二語.) ○ '개제'는 창업 과 덕정을 말한 것으로, 두 군주에 걸친 일을 합하여 말하였다.('開濟'言開基濟美, 合兩朝言之.)

해설 760년 봄, 두보가 49세 때 성도에 이른 후 제갈량(諸葛亮, 181~234년) 을 모신 사당을 방문하여 지은 시이다. 제갈묘(諸葛廟)는 진(晉)나라 때 이 웅(李雄)이 성도(成都)에서 왕(王)을 참칭할 때 지은 후 역대로 증축되었다. 759년 가을 두보는 화주(華州)에서 진주(秦州)로 갔으나, 진주가 생각보다 척박하자 세 달만 체류한 후 11월에 다시 동곡(同谷, 감숙성 省成縣)으로 갔 다. 동곡에서도 일가족이 살기에 적합하지 않다고 판단한 두보는 12월에 성도(成都)를 향해 출발하여 다음 해인 760년 봄에 성도에 도착하여 완화 계(浣花溪) 옆에 완화초당(浣花草堂)을 지었다. 두보가 이처럼 여러 곳에 거 처를 옮긴 것은 가족과 함께 병란을 피해 기후가 좋고 물산이 풍부한 곳 에서 살기 위해서였다. 두보는 760년 봄부터 762년 여름까지 삼 년간 성 도(成都)에 있으면서 비교적 한가한 생활을 보냈다. 당대 시인들이 제갈 사당을 방문하여 남긴 시가 많은데, 잠삼(岑參)의 「선주 무후 사당」(先主武 侯廟), 이상은(李商隱)의 「무후 사당 고백」(武侯廟古柏) 등이 있다.

들에 사는 늙은이(野老)

野老籬前江岸廻,	촌 늙은이 집 울타리 앞에는 강물이 휘돌았으니
柴門不正逐江開.[68]	사립문이 바르지 않은 건 강을 따라 세웠기 때문
漁人網集澄潭下,[69]	어부는 그물을 맑은 못에 부리고
估客船隨返照來.[70]	장사치의 배는 석양 따라 돌아오누나

---

68) 심주 : 그림 같다.(如畵.)
69) 澄潭(징담) : 맑은 못. 백화담(百花潭)을 가리킨다. ○ 下(하) : 그물을 치다.
70) 估客(고객) : 상인. ○ 返照(반조) : 석양.

長路關心悲劍閣,[71] 중원까지 먼 길 가려면 검각이 제일 꺼려지는데

片雲何意傍琴臺?[72] 조각구름같이 나는 무슨 일로 금대(琴臺)에 와있는가?

王師未報收東郡,[73] 관군이 낙양 일대를 수복했단 소식 없으니

城闕秋生畫角哀.[74] 성궐의 호각 소리 가을바람 속에 구슬퍼라

평석 전반은 저녁 풍광을 그리고, 후반은 나그네의 마음을 썼으니, 꼭 이어질 필요는 없다. 두보의 시 가운데 우연히 이런 격식이 있다.(前寫晚景, 後寫旅情, 不必承接, 杜詩中偶有此格.)

해설 강가에 살면서 일어나는 고향 생각과 시국에 대한 근심을 읊었다. 전반부가 한가한 데 비해 후반부는 비량하다. 두보가 성도에 임시로 지내려 했던 점은 제5, 6구에서 명확하다. 다만 아직 전란이 끝나지 않아 관중으로 가기 어렵거니와 시국에 대한 걱정도 깊어간다. 760년 가을 성도 두보 초당에서 지었다.

강동에 부모를 뵈러 가는 한십사를 보내며(送韓十四江東覲省)[75]

兵戈不見老萊衣,[76] 전란으로 노래자 같은 효행을 볼 수 없으니

---

71) 長路(장로) : 여정이 긴 길. 중원과 촉 사이의 노정. ○關心(관심) : 마음이 쓰이다. 거리끼다. ○劍閣(검각) : 검문. 관중에서 촉 지방으로 가는 요도.

72) 琴臺(금대) : 서한 사마상여가 거문고를 연주했던 곳. 성도 완화계 북면 소재. 두보는 「금대」라는 시도 썼다.

73) 東郡(동군) : 도성 동쪽의 여러 주군(州郡). 759년 9월에 낙양, 제주, 여주, 정주, 활주 등이 사사명에 의해 함락된 후, 760년 6월 정주는 수복되었어도 다른 주군은 여전히 반군이 장악하고 있었다.

74) 城闕(성궐) : 성도를 가리킨다. 757년 성도를 남경(南京)으로 승격하였기에 '성궐'이라 하였다. ○畫角(화각) : 그림이 그려진 뿔 나팔. 군중에서 시간을 알리거나 신호를 보내는데 쓰이는 악기.

75) 覲省(근성) : 부모를 뵈러 감.

76) 老萊衣(노래의) : 노래자(老萊子)의 색동옷. 춘추시대 초나라의 노래자는 부모께 효도를 다하였는데, 나이 일흔이 되었어도 항상 오색 색동옷을 입고 어린 아이 짓을

歎息人間萬事非.　세상만사가 어그러졌음을 탄식하노라
我已無家尋弟妹,　나는 이미 동생들 찾아갈 집도 없는데
君今何處訪庭闈?[77]　그대는 지금 어디로 부모님 뵈러 가는가?
黃牛峽靜灘聲轉,[78]　그대 고요한 황우협 거센 여울 지날 터인데
白馬江寒樹影稀.[79)80]　나는 차가운 백마강 성긴 나무 옆에서 그댈 보내네
此別應須各努力,　이제 헤어지면 각기 노력해야 할 터
故鄕猶恐未同歸.　고향에는 아직도 함께 돌아가기는 어려울 듯하라

평석 전반은 강동으로의 성친을 말하고, 후반은 촉 강에서의 송별을 말했다.(前半言江東觀省, 後半言蜀江送別.)

해설 전란에 부모와 헤어진 슬픔을 묘사했다. 760년경 촉주(蜀州, 사천성 崇州市)에서 강동으로 가는 친구를 보내며 쓴 시이다. 내용으로 보아 한십사는 두보와 동향 사람으로 그 부모는 강동으로 피난 간 것으로 보인다.

하여 부모를 기쁘게 했다고 한다. 『열녀전』과 『고사전』 등에 나온다.
77) 庭闈(정위) : 부모가 사는 집. 여기서는 부모. 서진(西晉) 속석(束皙)의 「보망시」(補亡詩)에 "부모님을 자꾸만 생각하노니 마음이 편안하지 않아라"(眷戀庭闈, 心不遑安.)는 구절이 있다.
78) 黃牛峽(황우협) : 지금의 호북성 의창시 서쪽 장강 남안에 있는 협곡. 산 위에 늘어선 봉우리의 모습이 마치 신선이 소를 끌고 가는 모습이다. 그 아래 황우탄(黃牛灘)은 강물이 굽이 돌고 물살이 급하여 나무배로 강을 거슬러 여러 날을 올라도 여전히 황우산을 벗어나지 못하였다고 한다.
79) 심주 : '탄성'과 '수영'으로 이별의 정과 고향 생각을 그려 운치가 가득하다.('灘聲'樹影', 寫離情鄕思, 神致淋漓.)
80) 白馬江(백마강) : 지금의 사천성 숭주시(崇州市) 동북에 있는 강.

시골 사람이 붉은 앵두를 보내와서(野人送朱櫻)[81]

西蜀櫻桃也自紅,	서촉 땅 앵두도 절로 붉어
野人相贈滿筠籠.[82]	시골 사람이 바구니 가득 보내왔어라
數廻細寫愁仍破,[83]	여러 번 조심스레 옮기며 으깨질까 두려워
萬顆勻圓訝許同.[84]	알맹이 만 개가 둥글둥글 놀랍게도 같아라
憶昨賜霑門下省,[85][86]	생각하노니 문하성에 재직할 때 하사받고
退朝擎出大明宮.[87]	퇴조할 때 대명궁에서 받들고 나왔지
金盤玉箸無消息,[88]	금 소반 옥 젓가락 아득히 먼 일인데
此日嘗新任轉蓬.[89]	오늘은 쑥대처럼 떠돌며 새 앵두를 맛보네

평석 '역시 절로 붉어', '으깨질까 두려워', '놀랍게도 같아'는 모두 하사받은 앵두에 착상하여 써나갔다. 하반부는 곧장 흘러 내달려갔으니 격식이 독창적이다.('也自紅', '愁仍破', '訝許同', 俱對賜櫻桃著筆. 下半流走直下, 格法獨創.)

해설 시골 사람이 준 앵두를 보고 조정에서 받았던 앵두를 회상하며 쓴, 일종의 금석지감(今昔之感)을 나타낸 시이다. 당대에는 4월에 앵두를 종묘에 올린 후 백관들에게 나누어주었기에, 앵두 하사와 관련된 시가 여러 편 있다. 본권의 왕유가 지은 「백관들에게 앵두를 하사하시다」(勅賜百官櫻

---

81) 野人(야인) : 산야에 사는 사람.
82) 筠籠(균롱) : 대바구니.
83) 寫(사) : 옮기다.
84) 勻圓(균원) : 고르고 둥글다. ○訝(아) : 놀라다. ○許同(허동) : 이와 같다.
85) 심주 : 화제를 열다.(開筆.)
86) 賜霑(사점) : 승은을 입다. 여기서는 앵두를 하사받은 일을 가리킨다. ○門下省(문하성) : 주로 왕명을 심사하고 주장을 검토하는 곳으로 최고 권력 기관 가운데 하나. 두보는 문하성 소속의 좌습유로 근무했었다.
87) 大明宮(대명궁) : 장안성의 정궁으로 당의 정치 행정의 중심지.
88) 金盤玉箸(금반옥저) : 금 소반에 옥 젓가락. 앵두를 담고 옮길 때 쓰는 기구.
89) 심주 : 화제를 마무리하다.(闔筆.)

桃)와 함께 읽으면 참조가 되겠다.

남쪽 이웃(南鄰)[90)

錦里先生烏角巾,[91)	오각건을 쓴 금리선생
園收芋栗不全貧.[92)	텃밭에서 토란과 밤을 거두니 온전히 가난하진 않아라
慣看賓客兒童喜,	손님이 자주 찾아와 아이들이 기뻐하고
得食階除鳥雀馴.	먹이 얻은 섭돌의 새들도 날아가지 않는다네
秋水才深四五尺,[93)	가을 강물이 사오 척 정도 깊어졌을 때
野航恰受兩三人.[94)	시골 배도 두세 사람 타니 딱 맞는구나
白沙翠竹江村暮,	흰 모래와 비취 대숲에 강마을이 저물고
相送柴門月色新.	사립문에서 나를 보낼 때면 달빛이 새로워라

평석 전반부는 남쪽 이웃의 집에 간 일을 말하고, 후반부는 함께 배 타고 헤어진 일을 말했
다.(前半言造南鄰之居, 後半言同舟送別也.)

해설 남쪽에 사는 이웃 주 산인을 찾아가 함께 배를 타고 놀다가 달이
떠서야 돌아온 일을 서술했다. 두보는 이웃에 대한 관심이 많았으며 언
제나 그 시선이 따뜻하였다. 이 시 역시 지극히 소박한 언어와 자연스러

---

90) 南鄰(남린) : 두보의 성도 초당 남면에 사는 이웃. 시에서 말하는 금리선생. 다른 시
　　에서는 주 산인(朱山人)이라 하였다.
91) 錦里(금리) : 금관성(錦官城). 성도의 별칭. 진(晉) 상거(常璩)의 『화양국지』에 의하
　　면, 비단을 직조하여 다른 강에 씻으면 품질이 좋아지지 않는데 성도성 서남에 흐르
　　는 금강에 비단을 씻으면 빛깔이 고와진다(此江濯錦, 鮮於他水.)고 하여 '금리'라 하
　　였다고 한다. ○ 烏角巾(오각건) : 은사가 쓰는 네모꼴로 접힌 검은 두건.
92) 芋栗(우률) : 토란과 밤.
93) 심주 : 자연스럽다.(自然.)
94) 野航(야항) : 농가의 작은 배.

운 시풍으로 주 산인의 높은 풍모와 시인과의 친밀한 관계를 그려내었다. 760년경 성도에 있을 때 지은 것으로 보인다. 두보 시집에는 「남쪽 이웃 주 산인의 강가 정자를 찾아」(過南鄰朱山人水亭)란 시도 있다.

배적의 「촉주 동정에 올라 나그네를 보내며 이른 매화를 보고 생각하다」를 받고 화답하며(和裴迪登蜀州東亭送客逢早梅相憶見寄)

東閣官梅動詩興,[95]　　동쪽 정자의 매화가 그대의 시흥을 촉발했으니

還如何遜在揚州.[96]　　마치 하손이 양주에서 매화를 음영한 것과 같아라

此時對雪遙相憶,　　지금 눈을 마주한 채 멀리 있는 친구를 생각하니

送客逢春可自由?[97]　　봄이 와 객을 보내며 절로 흥취가 난 게 아닌가?

幸不折來傷歲暮,　　다행히 매화 꺾어 보내지 않아 노년을 슬퍼하지 않나니

若爲看去亂鄕愁?[98][99]　　보았더라면 어지러이 일어나는 향수를 어찌 감당했으랴?

江邊一樹垂垂發,[100]　　여기 내가 있는 강가 나무에도 점점 피어나니

朝夕催人自白頭.　　아침저녁으로 나의 흰머리가 늘어나도록 재촉하는구나

95) 東閣(동각) : 촉주 동정(東亭). ○官梅(관매) : 관아에서 심은 매화.

96) 何遜(하손) : 남조 양나라 시인(472?∼519?년). 시명이 높아 유효작(劉孝綽)과 함께 '하류'(何劉)라 일컬어졌다. 건안왕 소위(蕭偉)가 양주와 남서(南徐)의 도독이 되었을 때 하손을 기실(記室)로 임명하였고, 이 시기에 하손이 「이른 매화」(早梅)라는 시를 지었다. 여기서는 하손이 양주에서 매화를 음영한 것을 배적이 촉주에서 매화를 노래한 것에 비유하였다.

97) 逢春(봉춘) : 봄을 만나다. 촉 지방에서 매화가 필 때는 설날 전후이다. ○可(가) : 마침. 가자유(可自由)는 한가한 정취로 매화를 감상한 것이 아닌가 라는 뜻이다.

98) 심주 : 문맥의 변화가 무한하다.(無限曲折.)

99) 若爲(약위) : 어찌 견딜 수 있겠는가.

100) 江邊(강변) : 강가. 완화계 옆. ○垂垂(수수) : 점점.

해설 노년의 슬픔과 향수를 그렸다. 760년 가을 두보는 촉주(蜀州)와 신진(新津)에 가서 배적과 신진사 등을 유람하며 시를 지었다. 그해 연말 또는 다음 해 연초에 배적이 먼저 시를 지어 부쳐오자 이에 답시로 위의 시를 적어 보냈다.

손님이 오다(客至)[101][102]

舍南舍北皆春水,	초당의 남면과 북면이 모두 다 봄 강물이라
但見群鷗日日來.	다만 보이는 건 날마다 날아오는 갈매기 무리
花徑不曾緣客掃,	꽃길은 지금껏 손님 온다고 쓸어보지 않았는데
蓬門今始爲君開.[103]	쑥대 문을 오늘에야 그대 위해 처음 열어둔다네
盤飧市遠無兼味,[104]	반찬은 시장이 멀어 한 가지뿐이고
樽酒家貧只舊醅.[105]	술은 집이 가난해 묵은 것뿐이니
肯與鄰翁相對飲,	이웃집 노옹과 함께 마실 수 있다면
隔籬呼取盡餘杯.[106]	울 넘어 그를 불러 남은 술을 함께 하리

해설 생활의 담박한 소회와 손님을 좋아하는 심경을 그렸다. 언어는 일상에서 쓰는 말처럼 정취가 있고, 장면들은 하나하나 살아있는 듯 핍진하다. 생활의 분위기가 물씬 나고 인정미가 넘치는 것이 자연스럽고 친근하다. 두보의 명편이다.

---

101) 원주 : "최 명부가 찾아와 기뻐하다."(原注 : "喜崔明府相過.")
102) 客(객) : 최 명부를 가리킨다. 두보의 모친은 청하 최융(崔融)의 장녀이므로 최 명부는 외가의 친척으로 보인다. 명부는 현령의 별칭.
103) 蓬門(봉문) : 쑥대로 짜 만든 문으로, 가난한 사람의 거처를 말한다.
104) 盤飧(반손) : 소반에 올린 음식. ○兼味(겸미) : 중미(重味). 두 종류 이상의 채소.
105) 舊醅(구배) : 묵은 술. 배(醅)는 거르지 않은 술.
106) 呼取(호취) : 부르다.

빈객이 오다(賓至)

幽棲地僻經過少,	편벽한 곳에 살기에 찾아오는 이 적고
老病人扶再拜難.[107]	늙고 병들어 부축해도 다시 절하기 어려워
豈有文章驚海內?[108]	내 무슨 세상사람 놀래줄 시문이 있으리오?
漫勞車馬駐江干.[109]	부질없이 수레와 말을 강가에 머물게 하였구료
竟日淹留佳客坐,	종일 훌륭하신 손님께 앉으시라 붙드니
百年粗糲[110]腐儒餐.[111]	평생 고지식한 선비가 먹어온 현미뿐이오
不嫌野外無供給,	야외에서 대접 받을 게 없음이 싫지 않으시다면
乘興還來看藥欄.[112]	흥이 일어날 때 작약꽃 보러 다시 찾아오시길

해설 760년 봄 성도 초당이 낙성된 후 지은 것으로 보인다. 빈객은 아마도 두보의 명성을 듣고 찾아온 지위가 높은 사람인 듯하며, 평소 시문으로 친해진 사람이 아닌 듯하다. 그래서 언어와 표현이 지극히 겸손하며, 또 감정도 평담하다.

한스러운 이별(恨別)

洛城一別四千里,	낙양을 한 번 떠나오니 사천 리요
胡騎長驅五六年.[113]	오랑캐 기마병 날뛴 지 오륙 년이로다

---

107) 再拜(재배) : 두 번 절하다. 고대의 예절 가운데 하나로, 존중의 뜻에서 두 번 배례한다.
108) 심주 : 스스로 겸손하였지만 사실은 자임하였다.(自謙實自任也.)
109) 漫勞(만로) : 헛되이 수고하다. ○江干(강간) : 江岸(강안). 강가.
110) 심주 : 糲의 음은 辣이다.(糲音辣.)
111) 粗糲(조려) : 현미. ○腐儒(부유) : 고지식한 선비. 말이나 행동이 과거의 기준에 맞추느라 시대의 조류를 따르지 못하는 서생. 두보는 자신을 곧잘 '부유'라고 하였다.
112) 藥欄(약란) : 작약 화단 울타리. 일설에는 藥(약)을 곧 난(欄)으로 보고, 난간이라 풀이하기도 한다. 두보는 병이 많아 어디 가든 작약을 심었다. 여기서는 작약화.

草木變衰行劍外,[114]　초목이 시들 때 검문을 넘어온 후

兵戈阻絶老江邊.　창과 칼에 길이 막혀 강변에서 늙는구나

思家步月清宵立,　집 생각에 달 아래 걷다가 밤 내내 서 있고

憶弟看雲白日眠.　아우 생각에 구름 보다가 대낮에 졸았네

聞道河陽近乘勝,[115]　들건대 하양에서 근자에 승전하였다는데

司徒急爲破幽燕.[116]　이광필 장군께서 유주 땅을 치러 간다네

평석 두보의 지략은 이필의 건의와 같다. '사도'는 이광필이다.(見公將略與李泌建議同. '司徒', 李光弼也.) ○ 만약에 어떻게 그리하고 어떻게 생각하는지를 말한다면 정감은 쉬이 다 할 것이다. '달 아래 걷고' '구름을 본다'고 하면서 마음의 슬픔을 말하지 않은 점이 뛰어나다.(若說如何思, 如何憶, 情事易盡, '步月' '看雲', 有不言神傷之妙.)

해설 전란 속에 아우들을 그리워하였다. 제5, 6구는 밤에 뜬눈으로 서 있다가 낮에는 오히려 조는, 주야가 전도된 생활에서 노심초사하는 두보의 모습을 형상적으로 그렸다. 760년 여름 성도에서 지은 것으로 보인다.

---

113) 胡騎(호기) : 중국 서북 비한족의 기마병. 여기서는 안사의 난을 일으킨 반란군을 가리킨다. 755년부터 치면 오륙 년이 된다.

114) 草木變衰(초목변쇠) : 초목이 시들다. 가을을 의미한다. 두보가 촉 지방에 들어와 검각을 지날 때는 759년 겨울이었다. ○ 劍外(검외) : 검문의 남쪽. 검남(劍南).

115) 聞道(문도) 구 : 760년 4월 이광필(李光弼)이 군사를 이끌고 회주(懷州, 하남 沁陽)로 나아갔고, 하양 서저(西渚)에서 사사명을 크게 이기고 천오백여 명을 참수하였다. 하양(河陽)은 지금의 하남성 맹현(孟縣).

116) 司徒(사도) : 이광필을 가리킨다. 757년 검교사도(檢校司徒)가 되었다. ○ 幽燕(유연) : 유주와 연경. 지금의 북경을 중심으로 한 하북 일대. 759년 4월 사사명은 국호를 대연(大燕)이라 하고 황위에 올랐으며, 연호를 순천(順天)이라 하고, 범양(范陽)을 연경(燕京)이라 개칭하였다. 유연 지방은 곧 반란군의 근거지이다.

가을이 다가도록(秋盡)

秋盡東行且未廻,[117]	가을이 다가도록 동으로 와서 돌아가지 못하는데
茅齋寄在少城隈.[118]	성도의 작은 성 모퉁이에 붉은 띠풀 집을 생각하여라
籬邊老却陶潛菊,[119]	울타리 옆 도연명처럼 아끼는 국화는 시들었을 텐데
江上徒逢袁紹杯.[120][121]	부강 옆에서 부질없이 정현처럼 큰 환대를 받았네
雪嶺獨看西日落,[122]	설령(雪嶺)에 석양이 지는 걸 혼자 보나니
劍門猶阻北人來.[123]	검문이 아직 막혀 북쪽에서 사람이 오지 못하네
不辭萬里長爲客,	만 리 멀리 떠도는 나그네 신세 그만두지 않으니
懷抱何時得好開?	그 언제 나의 회포를 시원스레 풀 수 있을까?

해설 재주(梓州, 사천 三臺)에 갔을 때 초당의 식구들을 그리며 쓴 시이다. 762년 7월 엄무(嚴武)가 현종과 숙종의 교도사(橋道使, 장례위원장)로 소환되자 두보는 면주(綿州)까지 동행하여 송별하였다. 이때 성도 소윤(少尹, 부시장) 서지도(徐知道)가 엄무의 부재를 틈타 난을 일으키자 성도 일대는 혼란에 빠졌고, 귀로에 오른 두보는 성도로 돌아가지 못하고 재주(梓州)로 갔다. 성도에 있는 식솔들은 늦가을이 되어서야 구출해 재주로 데려왔다.

---

117) 東行(동행): 동쪽으로 재주(梓州)에 가다. ○ 未廻(미회): 성도로 아직 돌아가지 않다.
118) 少城(소성): 성도성의 서쪽에 있는 작은 성.
119) 陶潛菊(도잠국): 도연명이 좋아하던 국화.
120) 심주: 정현으로 자신을 비유하였다.(以鄭康成自比.)
121) 江上(강상): 강가. 재주를 가리킨다. 재주는 부강(涪江) 남안에 소재했다. ○ 袁紹杯(원소배): 원소의 술잔. 동한 말기 대장군 원소가 기주(冀州)를 통괄할 때 사신을 보내 대학자 정현(鄭玄)을 모시고 빈객들을 불러 크게 연회를 열었다. 가장 나중에 도착한 정현이 상좌에 올라 일 곡(斛, 십 말)의 술을 마셨다. 여기서는 두보가 정현과 같은 대접을 받았음을 말한다.
122) 雪嶺(설령): 설산 또는 서산이라고도 한다. 민산(岷山)의 주봉. 송주(松州) 가성현(嘉誠縣, 사천 松潘) 동쪽 소재.
123) 劍門(검문) 구: 이때 서지도(徐知道)가 이끄는 반군이 검문을 점령하였다.

들을 바라보며(野望)

西山白雪三城戍,[124]	흰 눈 덮인 서산에는 세 군데 성루의 군영이 있고
南浦清江萬里橋.[125]	맑은 금강의 남포에는 만리교가 걸쳐있다
海內風塵諸弟隔,	나라 안은 전란이 휘몰아쳐 아우들과 떨어지고
天涯涕淚一身遙.	내 한 몸 멀리 하늘 끝에서 눈물을 흘리네
惟將遲暮供多病,[126]	오로지 늙어가는 몸은 병마에 바쳐지고
未有涓埃答聖朝.[127]	어지신 임금께 드릴만한 미약한 공도 없어라
跨馬出郊時極目,	말을 타고 교외에 나가 멀리 바라보나니
不堪人事日蕭條.	세상의 일이 날로 쓸쓸해짐을 견디기 어려워라

평석 전반은 집을 생각하고, 후반은 나라를 생각했다.(前半思家, 後半思國.)

해설 성 밖의 들에 나와 둘러보며 집을 생각하고 나라를 걱정하였다. 제 1, 2구에서 고저 두 방면에서 원경을 그렸고, 제3, 4구에서 형제들과의 이산을 생각하였다. 제5, 6구에서 늙고 병들어 나라에 보답하지 못하는 안타까움을 토로했고, 말 2구에서 들을 바라보며 앞의 내용을 총괄하였 다. 762년에 쓴 것으로 보인다.

---

124) 西山(서산) : 위의 시에 나오는 설산. ○三城(삼성) : 송주, 유주(維州, 사천 理縣), 보 주(保州, 理縣 新保關) 3주. 티베트의 침입을 막기 위해 수자리를 세운 곳들이다.
125) 清江(청강) : 금강(錦江)을 가리킨다. 민강의 지류로, 사천성 관현(灌縣)에서 발원하 여 비현을 거쳐 성도 서남을 흐른다. ○萬里橋(만리교) : 성도성 남문 밖에 소재. 삼 국시대 촉한의 비위(費褘)가 사신으로 동오에 갈 때 전별 나온 제갈량에게 "만 리 먼 노정이 이 다리에서 시작하는군요"(萬里之行, 始於此橋.)라고 한 데서 이름이 유 래했다. 두보의 「미친 사내」(狂夫)에서도 "만리교 옆 초당 하나"(萬里橋西一草堂)라 는 말이 있다.
126) 遲暮(지모) : 늦은 저녁. 사람의 노년을 비유한다. 굴원의 「이소」(離騷)에 "초목이 시 들어 떨어짐을 생각하면, 미인이 늙으실까 두려워지네"(惟草木之零落兮, 恐美人之遲 暮)라는 말에서 나왔다. 당시 두보는 나이 51세였다.
127) 涓埃(연애) : 물방울과 먼지. 지극히 적은 것 또는 미약한 공헌을 비유한다.

관군이 하남과 하북을 수복했다는 소식을 듣고(聞官軍收河南河北)[128]

劍外忽傳收薊北,[129]	검각 남쪽에서 홀연히 하북을 수복했단 소식
初聞涕淚滿衣裳.	듣자마자 눈물에 옷이 다 젖었네
却看妻子愁何在,[130]	아내와 아이들 다시 보니 모든 근심 없어지고
漫卷詩書喜欲狂.[131]	책과 종이 제멋대로 말며 미칠 듯 기뻐하네
白日放歌須縱酒,	대낮에 노래하며 마음껏 술을 마셔야 하니
靑春作伴好還鄕.	이 좋은 봄날에 고향으로 돌아가기 좋을레라
卽從巴峽穿巫峽,[132]	파협에서 무협까지 배 타고 가면
便下襄陽向洛陽.[133]	곧 바로 양양에서 낙양으로 가리라

평석 하나의 기운으로 흘러내렸기에 구법과 자법의 흔적이 보이지 않는다.(一氣流注, 不見句法字法之迹.) ○ 대구로 매듭을 지은 것이 절로 말구가 되었으므로 마무리가 잘 되었다. 만약 다른 시인이 썼다면 중간에 대우를 넣었을 터이고 그러면 기력이 없었을 것이다.(對結自是落句, 故收得住. 若他人爲之, 仍是中間對偶, 便無氣力.)

해설 763년 봄 재주에서 지었다. 『구당서』를 보면 762년 10월 당 정부군은 대반격을 시작하여 낙양을 수복하였고, 하남의 여러 군현을 평정하였

---

128) 심주 : 하남과 하북이 수복되면서 안사의 난이 진정되기 시작하였다.(兩河俱收, 安史之亂始熄.)

129) 劍外(검외) : 검각 이남. 촉 지방을 말함. 당대에는 사천성 일대를 행정구역상 검남도(劍南道)라 하였다. ○ 薊北(계북) : 지금의 북경을 중심으로 한 하북성 북부. 즉 반군의 근거지인 범양(范陽) 일대.

130) 却看(각간) : 다시 보다.

131) 漫卷(만권) : 제멋대로 책을 말다. 고향으로 돌아갈 태세로 짐을 싸는 모습을 형용하였다.

132) 巴峽(파협) : 삼협 가운데 파현(巴縣, 중경시) 일대에 있는 협곡을 가리킨다. 자주(自注)에는 "나의 전원은 낙양에 있다"(余田園在東京)고 되어 있다.

133) 심주 : 돌아가는 일정을 예정하기를 『상서』 「우공」과 같이 '~에 배를 띄워', '~을 거쳐', '~을 따라', '~에 이르다'는 구법으로 하였다.(預計歸程, 如禹貢曰浮, 曰逾, 曰沿, 曰達句法.)

다. 11월 하북으로 진군하자 반군의 장수들이 항복하였다. 763년 1월 사조의(史朝義, 사사명의 아들)가 전투에 패하자 자살하였다. 이리하여 7년 3개월 동안 지속된 안사의 난은 끝이 났다. 두보는 재주에서 이 소식을 듣고 기뻐서 위 시를 썼다.

등고(登高)[134]

風急天高猿嘯哀,[135]	바람 세고 하늘 높고 원숭이 울음 애달픈데
渚淸沙白鳥飛廻.	맑은 물가 흰 모래 위 새들이 날아 돌아오네
無邊落木蕭蕭下,[136]	무수한 나뭇잎은 우수수 떨어지고
不盡長江滾滾來.[137]	끝없는 장강은 출렁출렁 흘러오네
萬里悲秋常作客,[138]	만 리 밖 타향 서글픈 가을에 언제나 나그네 되어
百年多病獨登臺.[139]	일평생 병 많은 몸으로 홀로 누대에 올라라
艱難苦恨繁霜鬢,[140]	고생과 고통에 귀밑머리 희어짐을 탄식하나니

---

134) 登高(등고) : 높은 곳에 오름. 이때 높은 곳은 꼭 산이 아니라 자신이 사는 곳 주위의 언덕이나 동산 혹은 누대 등일 수도 있다. 등고는 세시 풍속의 하나로, 음력 9월 9일 중양절에 높은 곳에 올라 국화주를 마시고 수유 열매를 꽂으며 액을 막고 건강을 기원하는 일을 가리킨다.

135) 심주 : 한 구에 의미 단락이 세 개로 되어 있다.(一句中三層.)

136) 無邊(무변) : 끝이 없음. 여기저기. ○ 落木(낙목) : 낙엽(落葉)과 같다. 떨어지는 잎. ○ 蕭蕭(소소) : 우수수. 잎이 떨어지는 소리.

137) 不盡(부진) : 밤낮을 쉬지 않다. 앞 구의 무변(無邊)이 무한한 공간을 표시한 것이라면 여기의 부진(不盡)은 무한한 시간을 나타낸다. ○ 滾滾(곤곤) : 출렁출렁. 넘실넘실. 물이 가득 차서 흐르는 모양.

138) 萬里(만리) : 만 리 멀리. 고향에서 만 리 멀리 떨어져 있다는 뜻. 대구의 구조를 보면 다음 구의 '百年'의 多病'과 마찬가지로 '萬里의 悲秋'로 풀이할 수도 있다.

139) 구 : '무변', '부진', '만리', '백년'의 구(句)도 마침 각 구 안에 의미 단락이 세 개씩이다.(好在'無邊'、'不盡'、'萬里'、'百年', 亦一句三層.)

140) 苦恨(고한) : 심하게 한탄하다. 크게 탄식하다. ○ 繁霜鬢(번상빈) : 번상(繁霜)의 빈(鬢). 된서리가 내린 살쩍. 백발을 말함. '상빈(霜鬢)'이 번(繁)하다'고 새기면 부적절하다.

潦倒新停濁酒杯.[141]　늙고 쇠약하여 탁주잔마저 들기 어려워라

평석 여덟 구가 모두 대구이며, 첫 2구는 대구이면서 압운을 하였으니, 격식이 기이하면서도 변화가 있다.(八句皆對, 起二句對擧之中仍復用韻, 格奇而變.) ○ 예전의 시평가가 두 련은 모두 앞 두 글자를 잘라낼 수 있다고 말했다. 그런데 "낙목소소하, 장강곤곤래"라 한다면 무슨 말이 되겠는가?(昔人謂兩聯俱可截去二字, 試思"落木蕭蕭下, 長江滾滾來", 成何語耶?)

해설 객지에서 중양절을 맞이하는 감회를 그렸다. 767년 기주(夔州)에서 지었다. 삼협을 배경으로 끝없이 펼쳐지는 가을 풍광과 쉼 없이 흘러오는 장강을 바라보며 한 생애를 통찰하고 늙고 병든 데서 우러나오는 아쉬움과 회한을 토로하였다. 절실한 감정이 광대한 풍광과 어우러져 깊은 울림을 일으킨다. 여덟 구가 모두 대구를 이루었지만 단조로운 느낌이 전혀 없으며, 특히 제3, 4구의 대구는 탁월하다. 두보 특유의 비장하고 창량한 풍격이 잘 드러난 명시이다.

형남에 가면서 이 검주와 편지로 헤어지며(將赴荊南寄別李劍州)[142]

使君高義驅今古,[143][144]　자사의 정의감은 고금을 통털어도 드높은데
寥落三年坐劍州.　쓸쓸히 삼 년 동안 검주에만 머물렀소

---

141) 潦倒(요도) : 낭패를 당하다. 낙백부진(落魄不振)한 모양. 노쇠한 모양. 풍지(馮至)의 『두보전』(杜甫傳)에 의하면 당시 두보는 학질, 폐병, 신경통, 당뇨병 등에 걸려 있었다. 그럼에도 이 시기의 이 년 동안 사백삼십여 편의 시를 썼다. ○ 新停(신정) : 최근에 그만 두다. 이후에도 술을 마시는 경우가 있었으므로 술을 아예 끊었다는 뜻이 아니다. 중양절에는 국화주를 마시는 풍습이 있는데 그조차 못하게 되었다는 뜻.
142) 荊南(형남) : 형주. ○ 李劍州(이검주) : 검주자사 이씨. 검주는 낭주(閬州) 서북에 소재했다.
143) 심주 : 고인과 나란히 달린다.(與古竝驅.)
144) 使君(사군) : 자사(刺史)의 별칭.

但見文翁能化俗,[145]	사람들은 문옹처럼 풍속을 순화시키는 능력만 보았지
焉知李廣未封侯.[146]	이광처럼 봉후를 받지 못함은 알지 못하는구려
路經灩澦雙蓬鬢,[147]	봉두난발의 나는 위험한 염여퇴를 지나
天入滄浪一釣舟.[148][149]	창랑수의 하늘을 낚싯배 하나로 들어가리라
戎馬相逢更何日?	전란 속 다시 만날 날 그 언제이련가?
春風廻首仲宣樓.[150][151]	봄바람 불 때면 당양의 누대에서 그대 쪽 돌아보리

해설 764년 정월 두보는 식솔을 이끌고 재주에서 낭주로 가 배를 구하여 삼협을 통해 형남으로 내려가려고 하였다. 이때 검주자사에게 편지로 작별을 알린 시이다. 자사의 뜻과 행위를 기리고 그의 불우를 아쉬워하였다. 두보는 이 시를 쓴지 얼마 지나지 않아 엄무가 성도윤으로 다시 성도에 부임한다는 소식을 받고 형남으로 가려는 계획을 취소하였다.

---

145) 文翁(문옹) : 서한 사람으로 경제(景帝) 말에 촉군(蜀郡) 태수가 되었다. 촉 지방이 편벽하고 만이(蠻夷)의 풍습이 있어 학교를 세우고 인재를 키워 파촉 지방을 개화시켰다.
146) 李廣(이광) : 서한의 명장. 평생 흉노와 칠십여 차례 싸우며 여러 차례 공을 세웠으나 작위를 받지 못하였다.
147) 灩澦(염여) : 염여퇴(灩澦堆). 중경시 봉절현 구당협(瞿塘峽) 초입에 있는 암초. 삼협을 지나가는 배가 자주 부딪쳐 좌초되었으며, 강의 통행을 위해 1958년에 폭파하여 지금은 없다.
148) 심주 : 형남으로 가는 길의 풍광을 미리 말하였다. 시구를 다듬고 글자를 다듬었다. (預道赴荊南之景. 煉句煉字.)
149) 滄浪(창랑) : 고대의 강 이름. 한수(漢水), 한수의 지류, 한수의 하류 등 여러 설이 있다. 여기서는 은거지의 뜻도 중의적으로 사용하였다.
150) 구 : 형남과 들어맞는다.(切荊南.)
151) 仲宣樓(중선루) : 삼국시대 왕찬(王粲)이 올라가 「등루부」(登樓賦)를 지은 누대. 중선은 왕찬의 자(字)이다. 일반적으로 학자들은 호북성 당양(當陽)의 성루로 본다.

성도 초당에 가면서, 도중에 시를 지어
먼저 엄 정공께 부침 5수(將赴成都草堂, 途中有作, 先寄嚴鄭公五首)[152]

제1수

得歸茅屋赴成都, 　모옥으로 돌아가려 성도로 가는 것은

直爲文翁再剖符.[153] 　특히나 문옹 같은 그대가 다시 지방관으로 부임하기 때문

但使閭閻還揖讓,[154] 　다만 민풍이 소박한 예의(禮儀)로 돌아가길 바랄 뿐이니

敢論松菊久荒蕪![155] 　어찌 초당의 송국이 오랫동안 황폐해졌음을 따질 것인가!

魚知丙穴由來美,[156] 　물고기는 병혈에서 나온 것이 예부터 맛있음을 알고

酒憶郫筒不用酤.[157] 　술은 살 필요 없이 마실 수 있는 비통주가 생각나네

五馬舊曾諳小徑,[158] 　자사여, 그대는 초당으로 오는 샛길이 전부터 익숙할 터

---

152) 嚴鄭公(엄정공) : 엄무(嚴武). 763년 정국공(鄭國公)에 봉해졌다.

153) 直爲(직위) : 특별히. ○文翁(문옹) : 위의 시 참조. ○剖符(부부) : 부절을 나누다. 분부(分符)라고도 한다. 군주가 제후나 공신에 봉해질 때 부절을 반으로 나누어 한쪽은 조정에 두고 한쪽은 가지고 나가 신물로 삼았다. 당대에는 동으로 만든 물고기 모양의 동어부(銅魚符)를 사용하였다. 주의 장관으로 부임한다는 뜻.

154) 閭閻(여염) : 마을 입구에 있는 문. 서민들이 사는 거리나 골목을 가리킨다. ○揖讓(읍양) : 읍례하고 양보하다. 예의로 교화시킴을 뜻한다.

155) 심주 : '다시 지방관으로 부임하다'는 말을 이었으며, 다만 풍속이 순박하게 돌아오기를 바라지 초당이 황폐해진 것은 논할 바 아니다고 말했다.(承'再剖符', 言但望風俗之還淳, 而草堂之荒蕪可不論也.)

156) 丙穴(병혈) : 지명. 한중(漢中) 면양현(沔陽縣) 북쪽 소재. 맛있는 물고기의 산지. 서진 좌사(左思)의 「촉도부」에 "좋은 물고기는 병혈에서 나오고, 좋은 나무는 포곡에 몰려있다"(嘉魚出於丙穴, 良木橫於褒谷.)는 말이 있다.

157) 郫筒(비통) : 비현에서 나는 죽통. 『화양풍속록』(華陽風俗錄)에 따르면, 성도의 비현(郫縣)에 비지(郫池)가 있고, 그 옆에 큰 대나무가 자란다. 사람들이 줄기를 파고 봄술을 넣은 후, 연뿌리실로 싸고, 파초 잎으로 덮어둔다. 향기가 숲 밖까지 나오면 이를 잘라 바친다. 속칭 비통주(郫筒酒)라 한다. ○酤(고) : 술을 사다.

158) 五馬(오마) : 한대 태수의 수레를 끄는 다섯 마리 말. 『송서』(宋書) 「예지」(禮志)의 주석에

幾回書札待潛夫.¹⁵⁹⁾ 몇 번이나 서찰을 보내 나를 기다리는가

제2수

處處靑江帶白蘋,	돌아가는 도중 푸른 강 곳곳에 네가래 자랐으니
故園猶得見殘春.	초당에 이르면 아직 남은 봄날 풍경 볼 수 있으리
雪山斥堠無兵馬,¹⁶⁰⁾	그대 오기에 척후가 깔린 설산에 적의 침입 없을 터이고
錦里逢迎有主人.¹⁶¹⁾	내가 가기에 이웃들 맞이하는 초당에 주인이 있게 되리
休怪兒童延俗客,¹⁶²⁾	아이들이 속객을 부른다고 탓하지 않고
不敎鵝鴨惱比鄰.¹⁶³⁾¹⁶⁴⁾	오리와 거위가 이웃에 폐 끼치지 않도록 관리하리라
習池未覺風流盡,¹⁶⁵⁾	습가지 같은 초당에 아직 풍류가 다하지 않았으니
況復荊州賞更新.¹⁶⁶⁾¹⁶⁷⁾	더구나 산간(山簡) 같은 그대가 다시 광림하시니!

는 "천자는 여섯 마리, 제후는 다섯 마리, 경은 네 마리, 대부는 세 마리, 사(士)는 두 마리, 보통사람(庶人)은 한 마리를 끈다"고 기록하였다. 여기서는 엄무를 가리킨다.

159) 潛夫(잠부) : 동한 왕부(王符)가 편찬한 『잠부론』(潛夫論). 왕부는 성품이 강직하고 세속과 어울리지 않아 뜻을 얻지 못하였다. 은거하며 저서에 몰두하였는데, 이름을 드러내지 않고 잠부(潛夫)로 이름을 삼았다. 여기서는 두보 자신을 비유하였다.

160) 雪山(설산) : 서산. 위의 「가을이 다가도록」(秋盡) 시 참조. ○斥堠(척후) : 斥候라고도 쓴다. 적군의 형편을 몰래 살핌. 또는 그 사람.

161) 錦里(금리) : 성도의 별칭. 위의 「남쪽 이웃」(南鄰) 시 참조.

162) 延(연) : 청하다. 부르다.

163) 심주 : 미리 예상하였다.(預擬.)

164) 比鄰(비린) : 가까운 이웃. 고대에는 나란히 있는 다섯 가호를 비(比)라 했다.

165) 習池(습지) : 양양성 남쪽에 있는 명승지. 동한 초기 시중(侍中)이었던 습욱(習郁)이 현산(峴山) 아래 양어지(養魚池)로 만들었다. 못 안에는 연꽃을 심고 낚시터를 만들었으며 못 주위에는 대와 나무를 심었다. 습가지(習家池), 습가당(習家塘)이라고도 한다. 여기서는 초당을 비유하였다.

166) 심주 : 산간으로 엄무를 비유하였다.(以山簡比鄭公.)

167) 荊州(형주) : 산간(山簡)을 가리킨다. 서진(西晉)의 정남장군 산간(山簡)이 형주와 상주(湘州) 등 네 개 주의 도독이 되었을 때 양양을 본부로 하였다. 여기서는 엄무를 비유하였다.

제3수

竹寒沙碧浣花溪,[168]	대숲이 서늘하고 모래가가 비췻빛인 완화계
橘刺藤梢咫尺迷.	귤나무 가시에 등나무 가지 얽혀 지척에서 길을 잃어
過客徑須愁出入,	손님은 출구와 입구를 찾지 못해 당황하고
居人不自解東西.[169]	살고 있는 사람은 동서가 어디인지 방향을 모른다네
書簽藥裹封蛛網,[170]	책갈피와 약낭이 거미줄에 덮여 있으니
野店山橋送馬蹄.[171]	시골 점포나 산중 다리에서 말 탄 그대 전송해야 하리
肯藉荒庭春草色,	그래도 황폐해진 정원에서 풀 깔고 앉아도 좋다면
先拚一飲醉如泥[172].	먼저 술잔을 기울여 코가 비뚤어지도록 마셔보세나

제4수

常苦沙崩損藥欄,[173]	모래 무너져 작약 울타리 손상됨이 항상 염려되더니
也從江檻落風湍.	강가 목책마저 바람 부는 여울에 힘쓸렸을까 걱정되네
新松恨不高千尺,[174]	새로 심은 소나무는 천 척 높이로 자라기 바라지만
惡竹應須斬萬竿.[175]	억센 대는 만 줄기 가지라 해도 낫으로 쳐내야 하리
生理只憑黃閤老,[176]	생계는 오로지 황문 합로 그대에게 의지해야 하고

---

168) 浣花溪(완화계) : 성도 서쪽 교외의 시내. 두보 초당이 있던 곳.
169) 심주 : '지척에서 길을 잃어'를 이어받았다.(承'咫尺迷'.)
170) 藥裹(약과) : 약낭. 약을 담는 주머니.
171) 심주 : 두보는 매번 이러한 교묘한 글자를 써서 섬세한 데로 들어간다.(公每下此等巧字而入於織.)
172) 醉如泥(취여니) : 고주망태가 되다. 이 표현은 당대 시가에 상용되는데 그 해석은 남송 오증(吳曾)의 수필집 『능개재만록』(能改齋漫錄)에 패관소설을 인용하며 처음 제시하였다. "남해에 사는 동물이 있는데, 뼈가 없고, 이름을 니(泥)라고 한다. 물속에서는 활동을 잘 하지만 물으로 나오면 취한 듯하다."(南海有蟲, 無骨, 名曰泥. 在水中則活, 失水則醉.)
173) 藥欄(약란) : 작약 화단의 난간. 두보의 「빈객이 오다」(賓至)에 나오는 화단을 말한다.
174) 新松(신송) : 새로 심은 소나무. 두보는 「소나무 네 그루」(四松)에서 초당에 삼 척 크기의 소나무를 심은 일을 서술했다.
175) 심주 : 군자를 돕고 소인을 누르는 뜻이 언외에 있다.(言外有扶君子抑小人意.)

衰顔欲付紫金丹.[177] 늙어가는 몸은 금단과 같은 약에 의존하고자 한다네
三年奔走空皮骨,[178] 삼 년 동안 분주히 다녔어도 헛되이 피골만 남아
信有人間行路難.[179] 진실로 인간 세상이 살기 어려움을 이제는 알겠노라

제5수

錦官城西生事微, 금관성 서쪽 초당은 생활이 보잘 것 없지만
烏皮几在還思歸.[180] 오피궤가 있기에 도리어 돌아가고 싶으이
昔去爲憂亂兵入,[181] 예전에는 반군들이 들이닥칠까 걱정되어 떠났는데
今來已恐鄰人非. 돌아가는 지금은 이웃들에 변고가 있었을까 염려되네
側身天地更懷古,[182] 천지 사이 웅크리고 사니 상고시대가 더욱 그립고
回首風塵甘息機.[183] 풍진이 어지러운 날들을 돌아보니 은거하고 싶어라
共說總戎雲鳥陣,[184] 총융께선 군진을 잘 운용한다고 사람들이 모두 말하니
不妨遊子荇荷衣.[185][186] 떠도는 내가 머물며 은자의 옷을 입어도 무방하리라

---

176) 生理(생리) : 생계. ○ 黃閣老(황합로) : 엄무를 가리킨다. 엄무는 황문시랑(黃門侍郎)
으로써 성도윤(成都尹)이 되었다. 황문시랑은 문하성에 속하며, 중서성과 문하성 관
원들은 서로를 합로(閣老)라고 불렀다.

177) 紫金丹(자금단) : 먹으면 장생한다고 방사들이 말하는 단약. 『운급칠첨』(雲笈七簽)
「금단부」(金丹部)에 자세하다.

178) 三年(삼년) : 두보가 재주와 낭주 일대를 오갔던 762년부터 764년까지의 기간. 엄무
와 헤어진 것도 762년 7월부터이다.

179) 行路難(행로난) : 악부의 이름. 그 가사는 주로 세상사의 어려움과 이별의 슬픔을 내
용으로 한다. 여기서는 악부 작품 이름과 인생 행로의 어려움이라는 두 가지 뜻이
중의적으로 쓰였다.

180) 烏皮几(오피궤) : 검은 가죽이 덮인 소탁자.

181) 亂兵(난병) : 서지도(徐知道)의 반군을 가리킨다.

182) 側身(측신) : 몸을 기울다. 몸을 옆으로 굽히다. 두렵고 불안함을 나타낸다.

183) 息機(식기) : 기심(機心)을 버리다. 여기서는 은거하다.

184) 總戎(총융) : 군사를 총괄하다. 통수권자. 당대에는 절도사를 '총융'이라 불렀다. 여기
서는 엄무를 가리킨다. ○雲鳥陣(운조진) : 병진(兵陣)을 가리킨다. 고대 병법에는
팔 진이 있었는데, 천진(天陣), 지진(地陣), 풍진(風陣), 운진(雲陣)을 사정(四正)이라
하고, 비룡진(飛龍陣), 익호진(翼虎陣), 조상진(鳥翔陣), 사반진(蛇蟠陣)을 사기(四奇)
라 하였다.

평석 5장을 통합해 지었으므로 한 편의 시로 본다.(五章通作一章看.)

해설 764년 2월 엄무는 성도윤 겸 검남절도사로 성도에 부임하였다. 이때 두보에게 여러 번 편지를 써서 불렀고, 두보는 성도로 돌아가는 도중에 이 연작시를 써서 감격과 감사의 뜻을 전하였다. 전체적으로 초당으로 돌아가는 기쁨과 새로운 삶에 대한 동경을 표현하였다. 제1수에서는 엄무의 서찰에 대해 언급했고, 제2수에서는 습가지와 같은 풍류를 말하였고, 제3수에서는 황량한 정원에서의 대작을 바랐고, 제4수에서는 생계와 늙어가는 몸을 호소하였고, 제5수에서는 은거를 기대하였다. 5수 가운데 제4수가 특히 뛰어나며, 기쁨과 감개가 뒤섞이고 회상과 전망이 어울려 깊은 감정이 드러났다.

누대에 올라(登樓)

花近高樓傷客心,	누대 주위 무성한 꽃들이 더욱 마음 아프게 해
萬方多難此登臨.[187]	온 나라에 어려움 많은 이때 높은 곳에 올라라
錦江春色來天地,	금강의 봄빛은 하늘과 땅에 가득하고
玉壘浮雲變古今.[188]	옥루산의 구름은 예나 지금이나 변화가 많구나
北極朝廷終不改,[189]	북극성 같은 조정은 흔들림 없으니

---

185) 심주 : 대구로 마무리 지었다.(對結.)
186) 荎荷衣(기하의) : 연잎으로 만든 옷. 『초사』 「이소」(離騷)에 "연잎을 엮어 윗옷을 만들고, 연꽃을 모아 치마를 만드네"(製荎荷以爲衣兮, 集芙蓉以爲裳.)란 구절이 있다. 품성의 고결함을 상징한다.
187) 심주 : 절묘한 것은 도치에 있으니, 만일 도치하지 않았다면 요즘 시인들의 시와 무엇이 다르겠는가.(妙在倒裝, 若一倒轉, 與近人詩何異.)
188) 玉壘(옥루) : 옥루산. 지금의 사천 이현(理縣) 동남에 소재. 그 동남 기슭은 티베트 병력이 오가는 요로로, 당대 초기 정관 연간에 관문을 설치했다. ○浮雲(부운) : 뜬구름. 여기서는 변화무쌍한 시국을 비유한다.
189) 北極(북극) : 북극성. 조정을 비유한다. 『논어』 「위정」(爲政)에 "도덕으로 나라를 다

西山寇盜莫相侵.[190][191] 서산의 도적들은 침범하지 말아라
可憐後主還祠廟,[192] 가련하게도 후주(後主)가 사당에 돌아와 있으니
日暮聊爲梁甫吟.[193] 저물녘 잠시 제갈량의 「양보음」을 읊노라

평석 세상에 제갈량이 있기를 바랐으니 그 포부가 얼마나 큰가?(望世有諸葛其人, 何等抱負?)
○ 기상이 웅위하여 우주를 덮을 만하니, 이는 두보의 시 가운데 최상의 작품이다.(氣象雄偉,
籠蓋宇宙, 此杜詩之最上者.) ○ 전겸익은 대종이 정원진과 어조은을 임명하여 몽진의 화를
입은 것을, 후주가 황호에게 국정을 맡긴 것에 비유했다고 말했다.(錢箋謂代宗任程元振、魚
朝恩, 致蒙塵之禍, 故以後主之任黃皓比之.)

해설 763년 1월 사조의가 자살함으로써 칠 년 삼 개월 동안 지속되던 안
사의 난이 끝났다. 그러나 난의 평정을 도왔던 회흘의 군대가 중원 곳곳
에서 분란을 일으키는가하면, 이런 와중에 티베트가 10월에 장안을 점거
하는 사태가 일어났고, 12월에 사천에서는 송주, 유주, 보주가 함락되어
불안한 정세가 계속되었다. 이 때문에 병란을 피해 재주, 낭주 일대를 피

스리면, 그 사람은 마치 북극성과 같이 일정한 자리에 있게 되어, 뭇 별들이 그를 향
해 도는 것과 같다."(爲政以德, 譬如北辰, 居其所而衆星拱之.)고 하였다.
190) 심주: 이 두 구는 전인이 말하기를 한 편의 「왕명론」에 맞먹는다고 했다.(二語前人
謂可抵一篇王命論.)
191) 西山寇盜(서산구도) : 서산의 도적. 티베트를 가리킨다. 티베트는 763년 10월에 장안
을 함락시켰다가 물러났으며, 12월에는 사천의 송주, 유주, 보주도 함락시켰다.
192) 後主(후주) : 유비의 아들 유선(劉禪). 262년 촉한이 망하여 유선이 낙양으로 인질로
잡혀갔다가 그곳에서 죽자 그 사당을 성도의 유비 사당 옆에 세웠다. 이 구에 대해
서는 해석이 분분하다. 청대 전겸익(錢謙益)은 후주가 환관 황호(黃皓)를 임용하여
국정을 망쳤듯이, 당시 대종(代宗)도 환관 정원진(程元振)과 어조은(魚朝恩) 등을 중
용하여 몽진의 화를 당했음을 풍자한 것으로 보았다.
193) 梁甫吟(양보음) : 동한 말기의 잡곡가사. 내용은 춘추시대 제나라의 재상 안영(晏嬰)
에 의해 억울하게 죽은 세 명의 용사를 애도하는 노래이다. 그 작자에 대해서는 『삼
국지』 중의 『촉서』에 "제갈량은 몸소 농사를 지으면서 「양보음」을 잘 하였다"는 글
귀가 있어 역대로 많은 사람들이 제갈량의 작품으로 보았다. 그러나 현대 학자들은
송대 곽무천(郭茂倩)의 의견에 따라 산동 지방의 민간에게 불리던 장송곡으로 본다.
청대 황생(黃生)은 두보 시 자체를 가리킨다고 보았다.

난 다니던 두보는 764년 1월 사천을 떠나려고 준비했고, 이 과정에 2월 엄무가 성도윤으로 부임한다는 소식을 듣게 된다. 3월 두보는 일 년 구 개월 만에 성도 초당에 돌아온다. 이 시는 이러한 상황 속에서 성안의 높은 누대에 올라 사방을 둘러보며 전란이 끝나지 않는 시절을 아파하고 제갈량과 같은 인재의 출현을 기대하였다. 자연의 거대한 기상과 혼란한 시국을 결합시키는 두보 특유의 구성이 발휘된 작품이다.

막부에서 숙직하며(宿府)

淸秋幕府井梧寒,[194]	맑은 가을 막부에는 오동나무 차가운데
獨宿江城蠟炬殘.	촛불이 다하도록 혼자 강가의 성에서 숙직하네
永夜角聲悲自語,	진 밤 호각 소리 홀로 호소하는 듯 슬프고
中天月色好誰看?[195]	중천의 달빛은 차마 볼 수 없도록 아름다와라
風塵荏苒音書絶,[196]	전란은 계속되어 편지는 끊어지고
關塞蕭條行路難.	관새는 쓸쓸하고 험하여 고향 가기 어려워라
已忍伶俜十年事,[197]	이미 고단하게 십 년을 떠돌았는데
强移棲息一枝安.[198]	가지에 옮겨 앉은 새처럼 잠시 깃들어 있노라

194) 井梧(정오) : 오동나무. 잎에 우물 정(井)자 모양의 잎맥이 있다고 해서 이름 붙여졌다.
195) 誰看(수간) : 누가 볼 것인가? 달은 가장 쉽게 고향 생각을 일으키므로 자신은 차마 바라볼 수 없다는 뜻.
196) 荏苒(임염) : 奄冉(엄염)이라고도 한다. 시나브로. 시간이 조금씩 흘러가는 모양.
197) 伶俜(영빙) : 외로운 모양. 떠도는 모양. ○ 十年(십년) : 안사의 난이 755년에 일어났으므로 이때까지의 십 년을 가리킨다.
198) 一枝安(일지안) : 가지 하나를 빌려 누리는 편안함. 『장자』「소요유」의 "뱁새가 깊은 숲 속에 둥지를 틀어도 나무 한 가지만 있으면 된다"(鷦鷯巢於深林, 不過一枝.)는 말에서 나왔다. 서진 장화(張華)의 「초료부」(鷦鷯賦)에도 "그 거처는 몸을 들이기 쉽고, 그 구하는 것은 채우기 쉽고, 숲에 둥지를 틀어도 나무 한 가지에 불과하며, 매번 먹는 것도 몇 알에 불과하다"(其居易容, 其求易給, 巢林不過一枝, 每食不過數粒.)는 말이 있다. 여기서는 절도사 엄무의 막부에서 참모가 된 일을 가리킨다.

해설 두보는 764년 6월 엄무의 추천으로 검교공부원외랑(檢校工部員外郎)이 되었다. 이 시는 이해 가을 막부에서 숙직하며 일어나는 감회를 적었다. 주로 동란의 시대에 대한 우려와 고향에 대한 그리움을 노래했다. 말 2구에서 비록 몸 둘 곳을 찾았지만 여전히 불안한 자신의 처지를 요약하였다. 두보는 이 시를 쓴 다음 해인 765년 3월에 병으로 사직하였고, 4월에는 엄무도 죽었다.

서각의 밤(閣夜)[199]

歲暮陰陽催短景,[200]	세모가 되면서 해와 달이 낮의 길이를 짧게 하더니
天涯霜雪霽寒宵.	하늘 끝 이곳 눈서리 그치고 밤은 차가워라
五更鼓角聲悲壯,	오경의 북과 호각 소리 비장하게 울리고
三峽星河影動搖.	삼협에 비친 별과 은하수가 물결에 흔들리네
野哭千家聞戰伐,[201]	전란의 소식에 들판의 수많은 집에서 곡소리요
夷歌幾處起漁樵.[202]	어부와 나무꾼이 몇 군데서 민요를 부르네
臥龍躍馬終黃土,[203]	제갈량과 공손술도 결국은 한 줌 흙으로 돌아갔으니
人事音書漫寂寥![204]	사람살이든 편지든 적막한들 어떠리

---

199) 심주 : 이 시는 서각의 밤중에 지었다.(此西閣夜中作.)

200) 陰陽(음양) : 일월(日月). ○ 短景(단경) : 짧은 해. 낮이 짧다. 일반적으로 시일이 얼마 남지 않은 연말이나 노년을 비유한다.

201) 戰伐(전벌) : 전란. 당시 촉 지방에서는 765년부터 혼전이 일어났다. 765년 성도에서 검남서천병마사 최간(崔旰)이 절도사 곽영예(郭英乂)를 죽이고 성도성을 점령하는 난이 일어났다. 성도 주위의 주현에서 무관들이 최간을 토벌하려 군사를 일으켰고, 766년 초에는 동천절도사 장헌성(張獻誠)이 최간을 공격했으나 패하였다.

202) 夷歌(이가) : 파동 지역에 사는 비한족들의 노래.

203) 臥龍(와룡) : 제갈량. 양양 융중에 은거하고 있을 때 사람들이 와룡이라 불렀다. ○ 躍馬(약마) : 공손술(公孫述)을 가리킨다. 기원 25년 4월 파촉에 할거하며 칭제하였다. 서진 좌사(左思)의 「촉도부」에 "공손술은 말을 일으켜 타고 칭제하였으며"(公孫躍馬而稱帝)란 말이 있다. 기주에는 제갈량과 공손술의 사당이 있다.

204) 人事(인사) : 여기서는 교제를 가리킨다. 당시 두보의 친한 친구였던 정건, 이백, 엄

평석 결말에선 현능하든 어리석든 모두 죽는다고 말했으니, 곧 눈앞의 일이든 먼 곳의 편지든 모두 적막에 부칠 뿐이다.(結言賢愚同盡, 則目前人事, 遠地音書, 亦付之寂寥而已.) ○「촉도부」에 "공손술은 말을 일으켜 타고 칭제하였으며"란 말이 있다. '와룡'과 '약마'는 기주에 사당이 있기에 언급하였다.(蜀都賦云: "公孫躍馬而稱帝." '臥龍' '躍馬', 因夔州祠廟而及之.)

해설 766년 겨울 기주 서각(西閣)에 살 때 지었다. 당시 촉 지방은 지역 반란이 일어나 불안하였고, 친한 친구들도 차례로 죽어 두보는 깊은 적막과 비애를 느꼈다. 늙고 나이 든 채 고향에 돌아가지 못하는데 보고 듣는 것이 쓸쓸한 것뿐이었다. 이를 광활한 우주와 고금의 역사 속에 바라보고 섬세한 구성 속에 짜 넣었다.

백제성 가장 높은 누대에서(白帝城最高樓)

城尖徑仄旌斾愁,[205]	성 꼭대기 비탈진 길 펄럭이는 깃발이 시름겨워
獨立縹緲之飛樓.[206]	아득히 우뚝 선 높은 누각으로 올라가노라
峽坼雲霾龍虎臥,[207]	펼쳐진 협곡은 구름 속에 용과 호랑이가 누운 듯
江清日抱黿鼉遊.[208]	맑은 강 햇빛은 노는 자라를 껴안은 듯
扶桑西枝對斷石,[209][210]	부상나무 가지는 서쪽으로 절벽에 마주하고
弱水東影隨長流.[211][212]	약수의 그림자는 동쪽으로 강물 따라 흘러가네

무, 고적 등이 차례로 죽었다. ○ 漫(만): 내버려두다.

[205] 旌斾愁(정패수): 높은 누각에 걸린 깃발이 시름을 자아낸다.
[206] 縹緲(표묘): 아득하다.
[207] 雲霾(운매): 구름과 안개.
[208] 黿鼉(원타): 자라와 악어.
[209] 심주: 동으로 서를 말하였다.(就東言西.)
[210] 扶桑(부상): 신화 속의 나무로, 태양이 떠오르는 곳에 있다. 굴원의 『초사』 「이소」에 "함지에서 말에게 물 먹이고, 부상에 말고삐를 매어두네"(飲余馬於咸池兮, 總余轡乎扶桑.)란 말이 있다.
[211] 심주: 서로 동을 말하였다.(就西言東.)

杖藜歎世者誰子?　　명아주 지팡이에 세상 탄식하는 자 누구인가
泣血迸空廻白頭.　　피눈물 공중에 흩뿌리면서 흰머리를 흔드노라

평석 구법은 고체이고 대우는 율체인데, 양자를 겸용하였다.(句法古體, 對法律體, 兩者兼用之.)

해설 높은 곳에 올라 시국을 걱정하며 아득한 심경을 적었다. 필세는 힘차게 비동하고, 언어는 고졸하면서 변화막측하다. 칠언율시라 하더라도 고체의 언어와 운율을 넣고 각 구에 요체(拗體)를 써서 두보 특유의 형식을 만들었다. 766년 기주(夔州)에서 지었다.

---

212) 弱水(약수) : 신화 속의 강으로 서쪽 끝의 곤륜산 아래에 있다.

당시별재집 권14

두보(杜甫)

가을의 감흥 8수(秋興八首)[1]

제1수

玉露凋傷楓樹林,	이슬에 단풍잎 시들어 떨어지는
巫山巫峽氣蕭森.	무산과 무협은 소슬하고 음산해라
江間波浪兼天湧,[2]	강의 파도는 하늘에 닿도록 솟구쳐 오르고

---

[1] 심주 : 반악의 작품에 「추흥부」가 있다. 가을이어서 흥취를 느끼는 것으로, 중점은 흥에 있지 가을에 있지 않다. 각 장에 자주 가을의 뜻이 나타난다.(潘岳有秋興賦, 言因秋而感興, 重在興不在秋也. 每章中時見秋意.)

[2] 江間(강간) : 무협을 가리킨다. ○兼天(겸천) : 연천(連天)과 같다. 하늘과 잇닿아 있다.

塞上風雲接地陰.³⁾　　요새 위의 바람과 구름은 대지를 어둡게 덮었어라
叢菊兩開他日⁴⁾淚,⁵⁾　두 해째 피어나는 국화꽃엔 지난날의 눈물이 흐르고
孤舟一繫故園⁶⁾心.⁷⁾　강가에 매어 있는 쪽배는 고향을 그리는 마음이로다
寒衣處處催刀尺,　　겨울옷 마름하느라 도처에서 칼과 자 분주한데
白帝城高急暮砧.　　백제성 높은 곳엔 저녁을 재촉하는 다듬이 소리

평석 나그네가 준비된 겨울옷이 없는 느낌이다.(客子無衣之感.) ○ 제1수는 여덟 수의 발단이
다. '고원심'(故園心)은 제4수의 '고국사'(故國思)와 희미하게 연결된다.(首章乃八章發端也.
'故園心'與四章'故國思'隱隱注射.)

제2수

夔府孤城落日斜,⁸⁾⁹⁾　기주의 외딴 성에 저녁 해가 떨어지면
每依北斗望京華.　　매번 북두성에 의지하여 장안 쪽 바라보네
聽猿實下三聲淚,¹⁰⁾　원숭이 울음소리에 진실로 눈물이 떨어지고
奉使虛隨八月槎.¹¹⁾¹²⁾　사신 따라 팔월에 뗏목 탔으나 은하수에 가지 못했지

---

3) 塞(새) : 험준한 요새. 여기서는 무산을 가리킨다.
4) 심주 : 지난날이란 뜻이다.(猶往日.)
5) 兩開(양개) : 두 번 피다. 성도를 떠나 두 번째 가을을 맞다. ○ 他日(타일) : 전일(前
　 日). 예전.
6) 심주 : 번천.(樊川.)
7) 故園心(고원심) : 고향을 그리는 마음. 두보는 장안 남쪽 교외의 번천에서 살았으며,
　 장안을 제2의 고향으로 생각했다.
8) 심주 : 기주의 저녁 경관이다.(夔州暮景.)
9) 夔府(기부) : 기주. 640년 기주에 도독부를 설치하였으므로 기주를 기부라고도 부른다.
10) 三聲淚(삼성루) : 애절한 원숭이 울음소리를 듣고 흘리는 눈물. 삼협의 강변에는 원
　 숭이가 많고 그들의 울음소리가 객수를 자아내기로 유명하다. 『수경주』「강수」(江
　 水)에 나오는 "파동의 삼협 가운데 무협이 가장 긴데, 원숭이 울음소리 세 마디에 눈
　 물로 옷을 적신다"(巴東三峽巫峽長, 猿鳴三聲淚沾裳.)에서 유래하였다. 이 구는 聽猿
　 三聲實下淚의 도치이다.
11) 심주 : 쪽배가 오래 매어있으니 뗏목을 탄 것과 비슷하다.(孤舟長繫, 有似乘槎.)
12) 八月槎(팔월사) : 팔월의 뗏목. 이 구는 사신과 관련된 두 가지 전고를 융합하여 말

畫省香爐違伏枕,¹³⁾¹⁴⁾ 병으로 눕게 되어 상서성에 숙직하러 못 갔는데
山樓粉堞隱悲笳.¹⁵⁾¹⁶⁾ 산성의 성가퀴에서 슬픈 호가 소리 은은해라
請看石上藤蘿月,¹⁷⁾ 저것 보게나, 바위 위 등나무 넝쿨에 걸린 달이
已映洲前蘆荻花. 섬 앞에 핀 갈대꽃을 환하게 비추는 것을

평석 '장안 쪽 바라보네'는 여덟 수의 주지로, 특히 이 시에서 잡아내었다. 몸은 기주에 묶여 있으나 마음은 도성을 그리워하는데, 바라보아도 보이지 않으니 마음이 어둡지 않을 수 없다.('望京華'八章之旨, 特於此章拈出. 身羈夔府, 心戀京華, 望而不見, 不能不爲之黯然也.)

제3수

千家山郭靜朝暉,¹⁸⁾ 산성의 온 집들이 아침빛에 조용한데
日日江樓坐翠微.¹⁹⁾ 날마다 강가 누각 파르스름한 산기운에 앉아본다
信宿漁人還泛泛,²⁰⁾ 밤을 샌 어옹은 다시 배를 띄우고

하고 있다. 하나는 장화(張華)의 『박물지』(博物志)에 나오는 바닷가 사람이 매년 팔월이면 뗏목을 타고 은하수를 방문한 이야기이며, 다른 하나는 『형초세시기』(荊楚歲時記)에 나오는 장건(張騫)이 조정의 명을 받고 황하의 근원을 찾으러 뗏목을 타고 갔다는 전설이다. 이 구는 두보가 엄무를 따라 조정에 봉직하러 갈 가능성이 있었는데, 그의 죽음으로 이룰 수 없음을 말한다.

13) 심주 : 도성을 말한다.(以京華言.)
14) 畫省(화성) : 상서성. 한대 상서성에 호분으로 칠하고 자주색으로 경계를 두고 고대 열사들의 모습을 그렸기에 '화성'이라 하였다. 분성(粉省) 또는 분서(粉署)라고도 한다. 두보가 임명된 검교공부원외랑은 상서성의 속관이다. ○香爐(향로) : 향로는 주로 숙직할 때 사용하였다. ○伏枕(복침) : 베개에 엎드리다. 병으로 눕다. 두보는 765년 3월 병으로 검교공부원외랑을 사직하였다.
15) 심주 : 기주를 말한다.(以夔府言.)
16) 山樓(산루) : 산의 누각. 여기서는 백제성의 성루. ○粉堞(분첩) : 성벽 위에 흰색으로 칠한 여장(女墻).
17) 심주 : 가까이로는 '바위 위'를 말하고, 멀리로는 '섬 앞'을 말했는데, 하구는 가상하여 그렸다.(近言'石上', 遠言'洲前', 下句虛擬之也.)
18) 심주 : 기주의 아침 풍경이다.(夔州朝景.)
19) 翠微(취미) : 산기슭의 깊은 곳에 낀 파르스름한 기운.
20) 信宿(신숙) : 연이틀 밤을 지내다.

清秋燕子故飛飛.[21] 맑은 가을 제비는 예전처럼 하늘을 날아다니네

匡衡抗疏功名薄,[22] 광형처럼 상소를 하였어도 공명은 얻지 못했고

劉向傳經心事違.[23)[24] 유향처럼 경전을 전하려 해도 바람은 이루어지지 않아

同學少年多不賤, 함께 공부한 동창들은 대부분 고관이 되어

五陵衣馬自輕肥.[25] 장안의 오릉에 살면서 비단 옷에 준마 타고 다니리

평석 이상은 기주에 착안하여 말했고, 이하는 장안에 착안하여 말했다. 여기가 여덟 수의 분계선이다. 어떤 사람은 말구의 '오릉'에서 '장안'이 시작된다고 했는데 이는 지나치게 섬세하게 본 것이다.(以上就夔府言, 以下就長安言, 此八詩分界處也. 或謂末句'五陵'逗起'長安', 此又失之於纖矣.)

제4수

聞道長安似弈棋,[26] 듣자하니 장안의 시국은 바둑판처럼 변화무쌍해

百年世事不勝悲. 백 년간의 세상일을 생각하니 슬프기 그지없네

---

21) 심주 : 제3, 4구는 자신의 표박을 비유하였다.(二句喩己之漂泊.)

22) 匡衡(광형) : 서한 경학가. 원제(元帝) 초기 장안 일대에 일식과 지진 등의 재해가 발생하자, 상소를 올려 궁실의 규모를 감하고, 사치스런 장식을 줄이고, 충성스럽고 바른 사람을 가까이하고, 간사하고 아첨하는 무리를 멀리하기를 권하였다. 그런 연후에 백성들이 도덕과 교화를 넓히고 양보와 인화의 풍기가 퍼지도록 해야 한다고 하였다. 광형의 상소는 원제의 칭찬을 받았으며, 이로 해서 벼슬이 광록대부, 태자소부까지 올랐다. 좌습유에 있던 두보는 상소로 방관(房琯)을 구하려 했기에 자신을 광형에 비유하였다. ○抗疏(항소) : 군주에게 직언하는 글을 올림. ○功名薄(공명박) : 공명이 없다. 두보의 상소가 오히려 조정의 배척을 받은 일을 가리킨다.

23) 심주 : 제5, 6구는 자신이 때를 만나지 못했음을 탄식하였다.(二句慨己之不遇.)

24) 劉向(유향) : 서한 경학가. 선제(漢宣帝)가 유향에게 석거각에서 오경을 강론하라고 하였고, 성제는 궁정에 비장된 오경을 교정하라고 하였다. 두보는 자신을 유향에 비하였다.

25) 五陵(오릉) : 한대 다섯 군주의 능묘. 모두 장안 근처 위수(渭水)의 북안에 소재한다. ○輕肥(경비) : 가벼운 가죽 옷과 살찐 말. 일반적으로 '비마경구'(肥馬輕裘)라고 하며, 호사스런 생활을 가리킨다.

26) 似弈棋(사혁기) : 장안의 정국이 바둑판의 형세처럼 변화무쌍하다는 뜻.

王侯第宅皆新主,　　왕후의 저택에는 주인이 바뀌었고
文武衣冠異昔時.　　조정의 문무 관원도 지난날과 다르겠지
直北[27]關山金鼓震,　북으로 관산에선 징과 북이 진동하고
征西[28]車馬羽書馳.[29]　서쪽의 군대에선 우서가 빗발치네
魚龍寂寞秋江冷,[30]　차가운 가을 강에 물고기와 용이 적막하니
故國平居有所思.[31][32]　장안의 한가한 시절 다시금 그리워라

평석 전반부는 조정의 변천을 가리켰고, 후반부는 변경의 침입을 가리켰다. 북으로 회흘이
염려되고 서쪽으로 티베트가 근심되는데 지난 일을 생각하니 금석지감을 이기지 못하였다.

(前半指朝廷之變遷, 後半指邊境之侵逼, 北憂回紇, 西患吐蕃, 追維往事, 不勝今昔之感.)

제5수

蓬萊宮闕對南山,[33]　봉래산 높은 궁궐 종남산과 마주하고
承露金莖霄漢間.[34]　승로반 구리 기둥은 은하수 위로 솟았어라
西望瑤池降王母.[35]　서쪽 요지를 바라보면 서왕모가 내려오고

27) 심주 : 회흘.(回紇.)
28) 심주 : 티베트.(吐蕃.)
29) 羽書(우서) : 군사용 긴급 문서. 문서 위에 새의 깃털을 꽂아 긴급을 표시하였다.
30) 심주 : 가을의 뜻을 짚었다.(點秋意.)
31) 심주 : 본 시를 마무리하면서 아래 4수를 열었다.(結本章以起下四章.)
32) 平居(평거) : 평소의 생활.
33) 蓬萊宮(봉래궁) : 장안성의 정궁인 대명궁. 634년 처음 축조한 때는 영안궁(永安宮)이
　　라 하였으나 다음 해 대명궁이라 개명했으며, 662년 고종이 확건하여 봉래궁이라 다
　　시 개명하였다. 701년부터 다시 대명궁이라 불렸다. ○ 南山(남산) : 종남산.
34) 承露金莖(승로금경) : 승로반(承露盤)을 떠받치는 구리 기둥. 한 무제가 건장궁에 세운
　　청동 신선의 형상으로, 손으로 승로반을 들고 천상의 감로(甘露)를 받는 모습이다.
35) 瑤池(요지) : 전설에서 서왕모(西王母)가 사는 곳. ○ 王母(왕모) : 서왕모. 신화 속에
　　나오는 여신으로, 신선들의 여왕에 해당하며, 장생불사의 약을 가진 것으로 알려졌
　　다. 『산해경』(山海經)에는 사람 얼굴, 호랑이 이빨, 표범 꼬리를 한 괴이한 형상으로
　　나오며, 『목천자전』(穆天子傳)에는 주 목왕(周穆王)을 불러 주연을 즐기는 이야기로
　　알려졌다. 또 『한 무제 이야기』(漢武故事)에서는 한 무제(漢武帝)를 찾아가 장생불

東來紫氣滿函關.³⁶⁾³⁷⁾ 동에서 일어난 보랏빛 기운은 함곡관에 가득하네
雲移雉尾開宮扇,³⁸⁾ 구름이 움직이듯 조회 때 치미선이 열리고
日繞龍鱗識聖顔.³⁹⁾⁴⁰⁾ 햇빛에 용 비늘이 반짝일 때 용안을 뵈었다네
一臥滄江驚歲晩,⁴¹⁾ 강가에 한 번 누웠더니 벌써 노년임에 놀라는데
幾回靑瑣點朝班.⁴²⁾⁴³⁾ 몇 번인가 청쇄문에서 조회 점호를 받았었지

평석 장안 전성기의 장려한 궁궐과 존엄한 조정을 되돌아보고, 말미에서 자신이 조정에서 나온 지 오래 되었음을 탄식하였다.(追思長安全盛時宮闕壯麗, 朝省尊嚴, 而末歎己之久違朝寧也.)

제6수

瞿唐峽口⁴⁴⁾曲江頭,⁴⁵⁾⁴⁶⁾ 　구당협 어구와 곡강의 연못가

──

　　사할 수 있는 복숭아인 반도(蟠桃)를 준다.
36) 심주 : 앞으로 남산을 마주하고, 서쪽으로 요지를 바라보며, 동으로 함곡관과 이어져 있으니, 궁궐의 기상이 드높음을 극단적으로 말한 것이지 비판의 뜻은 없다.(前對南山, 西眺瑤池, 東接函關, 極言宮闕氣象之盛, 無譏刺意.)
37) 東來紫氣(동래자기) : 동쪽에서 오는 보라색 기운. 『예문유취』 권78에서 인용한 『관령내전』(關令內傳)을 보면, 함곡관을 지키는 관령 윤희(尹喜)가 누대에 올라 사방을 둘러보니 동쪽 끝에서 보라색 기운이 오고 있어 "분명 성인이 지나가리라"고 말했다. 조금 후 과연 노자가 청우가 끄는 수레를 타고 함곡관을 지나갔다.
38) 雉尾(치미) : 꿩의 깃털로 만든 부채. ○開宮扇(개궁선) : 부채를 좌우로 열다. 조회 때 황제가 어좌에 오를 때 좌우에서 부채를 펴서 붙이고, 앉은 후에는 부채를 좌우로 여는 것을 말한다.
39) 심주 : 두보가 「삼대례부」를 진헌할 때의 일을 가리킨다.(指獻三大禮賦時事.)
40) 龍鱗(용린) : 용의 비늘. 황제의 옷에 수놓인 용 문양을 말한다.
41) 심주 : 기주를 가리키며 한 말이다.(指夔府言.)
42) 심주 : 입조를 오래 하지 않았음을 말한다.(言立朝無幾日.)
43) 靑瑣(청쇄) : 고대 궁문에 연속무늬로 투각하고 청색을 칠한 장식 부위. 화려한 건축이나 궁전을 가리킨다.
44) 심주 : 기주.(夔府.)
45) 심주 : 도성.(京華.)
46) 瞿唐峽(구당협) : 瞿塘峽(구당협)이라고도 쓴다. 삼협 가운데 가장 서쪽에 위치한 협곡이다. 중경시 봉절현 동쪽에 소재. ○曲江(곡강) : 장안 동남 교외에 소재했던 유람지. 한 무제 때 만든 것으로 강이 굽이져 흘러서 이름 붙여졌다. 강물은 오래 전

萬里風煙接素秋.　　　만 리에 걸친 안개바람이 두 가을을 잇는구나

花萼夾城通御氣,[47]　화악루에서 복도 따라 임금이 행차할 때

芙蓉小苑入邊愁.[48]　부용원 작은 정원에 변방의 근심이 들어왔지

珠簾繡柱圍黃鵠,　　주렴에 수놓인 기둥 주위를 황학이 모여들고

錦纜牙檣起白鷗.[49]　비단 닻줄에 상아 돛대 위로 갈매기 날아다녔지

廻首可憐歌舞地,　　애달파라, 돌아보면 곡강은 춤과 노래의 승경지

秦中自古帝王州.[50]　그래도 장안은 예부터 제왕의 땅인 것을!

평석 이 시는 장안이 함락된 이유를 서술하였다. '곡강으로 임금이 행차할 때'는 돈독하게 정치를 할 때이고, '정원에 변방의 시름이 들어올 때'는 소위 말하는 '어양의 북소리가 천지를 진동시키며 들려온' 때이다. 앞 구는 잘 다스려진 때이고 뒷 구는 어지러운 때이다. 다음으로 행락할 때를 서술하여 예부터 성쇠가 무상함을 보였는데, 언외로 무한한 감개가 있다. (此追敍長安失陷之由 : 城通御氣, 指敦倫勤政時; 苑入邊愁, 卽所云'漁陽鼙鼓動地來'. 上言治, 下言亂也. 下追敍遊幸之時, 見盛衰無常, 自古爲然, 言外無窮猛省.)

제7수

昆明池水漢時功,[51]　곤명지 호수는 한나라 때 이룩한 공적인데

─────────

　　　에 고갈되어 없어진 것을 최근에 복원하였다.

47) 花萼(화악) : 화악루. 본명은 화악상휘지루(花萼相暉之樓). 장안성 흥경궁 안에 있었다. ○ 夾城(협성) : 732년 대명궁에서 흥경궁을 거쳐 곡강 부용원까지 연이어 만든 복도를 말한다. ○ 御氣(어기) : 천자의 기운.

48) 芙蓉小苑(부용소원) : 곡강 가에 있는 황가 정원. ○ 邊愁(변수) : 안록산의 난이 일으킨 시름.

49) 錦纜牙檣(금람아장) : 비단 닻줄에 상아 장식의 돛대. 호화로운 배.

50) 심주 : "덕이 있으면 쉽게 흥할 것이고, 덕이 없으면 쉽게 망할 것이다"는 뜻을 보였다.(見"有德易以興, 無德易以亡"意.)

51) 昆明池(곤명지) : 지금의 서안시 서남 두문진(斗門鎭) 동남에 소재하였다. 한 무제가 곤명을 정벌하기 위해 주위 사십 리 크기의 호수를 만들었으며, 깃발을 꽂은 누선으로 수전(水戰)을 연습하게 하였다.

武帝旌旗在眼中.52)　　무제의 깃발이 눈앞에 펄럭이는 듯

織女機絲虛夜月,53)　　직녀의 석상은 베틀을 멈춘 채 달을 마주하고

石鯨鱗甲動秋風.54)　　돌로 만든 고래는 비늘이 가을바람에 움직이는 듯

波漂菰米沈雲黑,55)　　물결에 흔들리는 줄풀쌀은 검은 구름처럼 잠기고

露冷蓮房墜粉紅.56)　　이슬에 젖은 연밥 아래 분홍 꽃이 떨어지네

關塞極天惟鳥道,57)　　하늘에 닿는 기주의 산은 새들만 넘나드는데

江湖滿地一漁翁.58)　　드넓은 강호에 홀로 선 어옹이로다

평석 한나라를 빌려 당나라를 말하면서 쓸쓸한 모습을 극단적으로 서술하였다. 마무리에서는 몸이 험한 산길에 막혀 어옹과 같은 신세여서 장안에 갈 기일이 무망함을 보였다.(借漢喩唐, 極寫蒼凉景象. 結意身阻鳥道, 跡比漁翁, 見還京無期也.) ○ 중간의 전고는 「서경부」와 『서경잡기』중의 말을 이용하였다.(中間故實, 點化西京賦及西京雜記中語意.)

제8수

昆吾御宿自逶迤,59)　　곤오(昆吾)와 어숙(御宿) 지나는 길 구불구불한데

---

52) 武帝(무제) : 한 문제. 여기서는 현종을 비유하였다. 현종도 남조(南詔)를 정벌하기 위하여 곤명지에서 수전을 연습하였다.

53) 織女(직녀) : 곤명지에 있는 직녀 석상. 동진 조비(曹毗) 『지괴』(志怪)에 "곤명지에 석인을 둘 만들어 견우와 직녀를 본떠 동서에 두고 서로 마주 보게 하였다"는 기록이 있다. ○虛夜月(허야월) : 부질없이 달을 마주하다. 베를 짜지 않는다는 뜻.

54) 石鯨(석경) 구 : 『서경잡기』 권1에 "곤명지에 옥석을 깎아 고래를 만들었는데 매번 번개가 치고 비가 올 때면 우는 소리가 났고 지느러미와 꼬리가 모두 움직였다"는 기록이 있다.

55) 菰米(고미) : 줄풀쌀. 육곡의 하나. 수생 식물로 가을에 쌀알 같은 열매가 맺히는데 이를 가리킨다.

56) 蓮房(연방) : 연밥집. 연밥이 들어있는 송이. ○墜粉紅(추분홍) : 가을이 되어 떨어진 연꽃.

57) 關塞(관새) : 기주를 가리킨다. ○極天(극천) : 하늘에 닿음. 지극히 높음을 비유한다.

58) 심주 : 대구로 마무리 지었다.(對結.)

59) 昆吾(곤오) : 지명. 남전에 소재했다. ○御宿(어숙) : 시내 이름. 한 무제가 이곳에서 묵었기에 지어진 지명이다. 번천(樊川)에 소재했다. ○逶迤(위이) : 구불구불. 굽이

紫閣峰陰入渼陂.⁶⁰⁾   자각봉의 산 그림자 미피호에 잠겼었지

香稻啄餘鸚鵡粒,⁶¹⁾   앵무새가 쪼아 먹고도 넉넉한 들판의 나락

碧梧棲老鳳凰枝.⁶²⁾⁶³⁾   봉황이 늙도록 깃드는 벽오동 가지

佳人拾翠春相問,⁶⁴⁾⁶⁵⁾   미인들은 물총새 깃털 주워 서로에게 주고받고

仙侶同舟晚更移.⁶⁶⁾⁶⁷⁾   신선 같은 친구들은 배를 타고 늦도록 다녔었지

彩筆昔曾干氣象,⁶⁸⁾   빛나는 문필은 일찍이 기상이 하늘을 뚫었건만

白頭吟望苦低垂.   백발로 머리 들어 읊조리다 괴로이 다시 떨군다

평석 이 시는 교유를 서술하면서 말미에서 8장을 모아 마무리하였다. '고원심', '망경화'는 읊조리며 슬프게 멀리 바라볼 뿐이다.(此章追敍交遊, 一結竝收拾八章, 所謂 '故園心' '望京華'者, 一付之苦吟悵望而已.) ○ '무협'이라 하고, '기부'라 하고, '구당'이라 하고, '강루', '창강,'

굽이. 굽이지면서 먼 모양.

60) 紫閣峰(자각봉) : 종남산의 봉우리 가운데 하나. 자각봉, 백각봉, 황각봉 등 세 봉이 서로 모여 있으며 모두 규봉(圭峰)의 동쪽에 위치한다. ○ 渼陂(미피) : 미피호.

61) 香稻(향도) 구 : 鸚鵡啄餘香稻粒의 도치이다.

62) 심주 : 이 두 구는 모두 도치 구법이다.(二語倒裝句法.)

63) 碧梧(벽오) 구 : 鳳凰棲老碧梧枝의 도치이다.

64) 심주 : 장안성 서쪽 호수에서 배를 띄운 일이다.(城西泛舟事.)

65) 拾翠(습취) : 물총새 깃털의 머리 장식을 줍다. 일반적으로 미녀의 봄나들이를 가리 킨다. 삼국시대 조식(曹植)의 「낙신부(洛神賦)」에 "때로 명주를 찾고 때로 물총새 깃털 장식을 줍는다"(或采明珠, 或拾翠羽.)는 말이 있다. ○ 相問(상문) : 서로 예물을 주다.

66) 심주 : 잠삼 형제와 미피호에서 놀던 일이다.(與岑參兄弟遊渼陂事.)

67) 仙侶同舟(선려동주) : 두 신선이 한 배를 타다. 동한 때 곽태(郭泰)가 낙양에 놀러갔을 때 하남윤 이응(李膺)이 그를 높이 평가하며 친하게 되었다. 곽태가 고향으로 돌아가려 하자 명사들과 선비들이 황하 강가로 전송을 나갔는데 수레가 수천 량이나 되었다. 곽태와 이응이 배를 타고 강을 건넜는데, 사람들이 멀리서 바라보니 신선과 같았다. 친한 친구라는 뜻으로 쓰이는 '이곽동주'(李郭同舟)의 성어는 여기서 유래했다. 여기서는 두보가 잠삼 형제와 미피호에서 유람한 일을 가리킨다.

68) 彩筆(채필) : 오색필. 남조 양(梁)의 강엄(江淹)은 젊어서 꿈에 오색필을 받았는데 이후 시문 짓는 솜씨가 크게 나아졌다. 만년에 다시 꿈에 스스로 곽박(郭璞)이라고 하는 사람이 나타나 빌려준 붓을 가져가겠다고 하였다. 강엄은 품속에서 오색필(五色筆)을 꺼내 주었다. 이후 강엄은 뛰어난 글을 쓰지 못하였다. 『남사』(南史) 「강엄전」(江淹傳) 참조. 이 구는 두보가 754년 부를 지어 올린 일을 가리킨다.

'관새'라 한 것은 모두 몸이 있는 곳이다. '고국', '고원'이라 하고, '경화', '장안', '봉래', '곡강', '곤명', '자각'이라 한 것은 모두 마음속에 그리워하는 곳이다. 이는 8수를 연결하는 줄기이다.(曰'巫峽', 曰'夔府', 曰'瞿塘', 曰'江樓''滄江''關塞', 皆言身之所處; 曰'故國''故園', 曰'京華''長安''蓬萊''曲江''昆明''紫閣', 皆言心之所思, 此八詩中線索也.) ○ 고향을 생각하고 궁궐을 그리며 예전을 회고하고 지금을 슬퍼하였으니 두보의 생애가 모두 여기에 보인다. 그 재기의 위대함과 필력의 드높음은 하늘에 바람이 불고 바다에 파도가 치며 무쇠종과 대용이 울리는 것과 같아 그 경지를 따를 수 있는 게 없다.(懷鄕戀闕, 弔古傷今, 杜老生平, 具見於此. 其才氣之大, 筆力之高, 天風海濤, 金鐘大鏞, 莫能擬其所到.)

해설 766년 두보가 기주(夔州)에 있을 때 지은 연작시이다. 이 연작시는 각각이 독립되어 있으면서 동시에 연결성을 잃지 않는 뛰어난 작품군이다. 두보는 765년 5월 성도를 떠나 원래는 삼협을 지나 형주로 가려했으나 일단 운안과 기주에서 체류하기로 하였다. 당시 안사의 난은 끝났지만 정국은 여전히 티베트와 회흘의 공격에 불안한 때였다. 삼협의 웅혼하고 쓸쓸한 가을 경관에서 장안의 번화함을 회상하고 고금의 흥망성쇠를 돌이켜보았다. 비장한 격조에 깊고 넓은 의경을 전개한 역작들이다. 제1수는 가을에 일어나는 시흥을 써서 연작시의 서막으로 삼았다. 제2, 3수는 기주의 아침과 저녁 풍광에서 자신의 신세를 돌아보았다. 제4수는 장안의 현재 상황을 서술하였다. 제5수부터 제8수까지는 봉래궁, 곡강, 곤명지, 미피호의 풍광을 제재로 하여 이전의 번화를 회상하며 지금의 상황과 대비시켰다. 이렇게 함으로써 번성에서 쇠락으로 접어든 장안과 당왕조의 역사적 면모를 선명하게 각화하였다. 시인 자신의 불우와 연로에서 오는 탄식과 아쉬움은 언제나 군주와 국가와 궁궐에 대한 한없는 지향과 그리움에서 온다는 전통시대의 한계를 가지고 있다. 두보 후기 율시의 대표작 가운데 하나이다.

영회 고적 5수(詠懷古跡五首)

제1수

支離東北風塵際,[69]　　장안 주위 동북에서 전란으로 초췌했고

漂泊西南天地間.[70]　　성도 일대 서남에서 천지 사이를 떠돌았네

三峽樓臺淹日月,[71]　　삼협의 누대에서 오래 머물며

五溪衣服共雲山.[72]　　오계의 이민족과 구름 낀 산에서 함께 살아라

羯胡事主終無賴,[73][74]　오랑캐 주인 섬긴 일 끝내 믿을 수 없더니

詞客哀時且未還[75].　　문인으로 시절을 슬퍼하며 돌아가지 못했네

庾信平生最蕭瑟,[76]　　유신(庾信)의 일생은 누구보다 쓸쓸했지만

暮年詩賦動江關[77]　　만년의 시(詩)와 부(賦)는 세상을 진동시켰어라

---

69) 支離(지리): 찢어지고 흩어지다. 여기서는 떠돌다. 이 구는 안사의 난 때 겪었던 일들을 요약하였다. 두보는 장안이 함락되자 부주로 달아났고, 행재소로 가다가 포로로 잡혀 장안으로 압송되었으며, 다시 봉상으로 달아나 좌습유가 되었고, 방관을 변호하다가 배척된 후 부주로 가족을 만나러 갔고, 이후 화주로 좌천되었다. 얼마 후 벼슬을 그만 두고 진주(秦州)로 갔으며, 동곡(同谷)에서 지내다가 촉 지방으로 들어갔다.

70) 漂泊(표박) 구: 이 구는 촉 지방에서의 행적을 요약하였다. 성도에서 살다가 반란이 일어나자 재주, 낭주 등지로 피난 가 살았으며, 엄무가 재부임하자 다시 성도로 갔으며, 엄무가 죽자 성도를 떠나 운안과 기주로 옮겨 갔다.

71) 三峽(삼협): 기주를 가리킨다. ○樓臺(누대): 두보가 살았던 서각(西閣)을 가리킨다. ○淹日月(엄일월): 세월이 오래되다.

72) 五溪(오계): 지명. 지금의 호남성 서부와 귀주성 동부 일대. 오계는 웅계(雄溪), 만계(樠溪), 유계(酉溪), 무계(潕溪), 신계(辰溪) 등을 말한다. 이 지역은 기주와 함께 서남의 편벽 지역에 속한다. 여기서는 삼협 일대를 가리킨다.

73) 심주: 풍진(風塵.)

74) 羯胡(갈호): 흉노의 일족. 상당(上黨), 무향(武鄕), 갈실(羯室) 등지에 살았기에 갈호라고 하였다. 여기서는 유신 때의 북방 민족과 당대의 안록산을 중의적으로 가리킨다.

75) 심주: 표박.(漂泊.)

76) 庾信(유신): 남조 양(梁)나라 문인. 생졸년은 513~581년. 554년 서위(西魏)에 사신으로 간 사이 나라가 망해 서위에 그대로 머물렀다. 서위가 망하고 북주(北周)가 들어서자 표기대장군(驃騎大將軍), 개부의동삼사(開府儀同三司)를 역임하였다.

77) 暮年詩賦(모년시부): 만년에 지은 시와 부. 유신이 북주에서 지은 「애강남부」(哀江南賦) 등을 가리킨다. ○動江關(동강관): 중국을 놀라게 하다.

평석 「영회 고적」은 고적을 빌려 감개를 읊은 것이다. 제1수는 감개를 읊고 나머지 네 수는 고적를 읊는 거라고 한 것은 잘못이다.(詠懷古跡, 猶云借古跡以詠懷也. 謂首章詠懷、下四章 古跡者非.) ○ 이 시는 유신으로 자신을 비유한 것이지, 유신을 전적으로 읊은 것이 아니다. 제5, 6구는 자신과 유신의 일을 쌍관법으로 묘사하였다. 그 앞 구들은 두보 자신을 서술했다.(此章以庾信自況, 非專詠庾也. 五六語已與庾信雙關. 以上少陵自敍.)

제2수

搖落深知宋玉悲,[78]	초목이 떨어지매 송옥의 비애를 깊이 알겠나니
風流儒雅亦吾師.	풍류와 박식함이 또한 나의 스승이로다
悵望千秋一灑淚,	천 년이 지난 지금 창망히 눈물을 흘뿌리니
蕭條異代不同時.[79]	아쉬워라, 시대를 달리하여 태어났구나
江山故宅空文藻,[80]	강산의 고택엔 부질없이 아름다운 문장만 남았는데
雲雨荒臺豈夢思?[81]	고당의 운우에 대한 비유가 어찌 꿈속의 일이랴?
最是楚宮俱泯滅,[82]	정말로 고당은 초나라 궁전과 함께 없어졌으니
舟人指點到今疑.	뱃사공은 유적지를 가리킬 뿐 그 뜻은 몰라 하여라

---

78) 宋玉(송옥) : 전국시대 초나라의 문인. 생졸년은 기원전 301~240년. 그는 「구변」(九辯)에서 "슬퍼라, 가을이 다가옴은. 쓸쓸하여라, 초목이 떨어져 시들어감이"(悲哉! 秋之爲氣也, 蕭瑟兮草木搖落而變衰.)라 하여 가을의 조락을 빌려 자신의 신세를 서술하였다.

79) 심주 : 유수대.(流水對.)

80) 故宅(고택) : 송옥의 고택은 삼협 중의 귀주(歸州, 호북 秭歸)에 있다.

81) 雲雨(운우) : 초 회왕(楚懷王)이 무산에서 선녀 조운(朝雲)을 만난 일을 가리킨다. 초 회왕이 고당(高唐)에 놀러갔다가 꿈에 선녀를 만났는데, 그녀가 자신의 베개와 자리를 회왕에게 드리자 왕이 기뻐하며 승은을 내렸고, 떠날 때 그녀는 자신이 "아침에는 구름이 되고 저녁에는 비가 됩니다. 아침마다 저녁마다 양대의 아래에 있습니다"(旦爲朝雲, 暮爲行雨. 朝朝暮暮, 陽臺之下.)고 하면서 찾아오길 바랐다. 나중에 회왕은 여기에 조운을 모시는 사당을 짓게 하였다.

82) 楚宮(초궁) : 난대궁(蘭臺宮). 송옥의 「풍부」(風賦)에 의하면, 초 양왕(楚襄王)이 난대의 궁에 놀러 갈 때 송옥과 경차가 시종하였다. 바람이 시원하게 불어오자 왕이 옷깃을 열고 마주하며 "시원하구나! 이 바람은!"이라고 말하였다. 난대의 궁은 기주의 동쪽에 있었다.

평석 「고당부」를 말한 것은 가탁의 말로 음일과 미혹을 풍자한 것이지 정말로 그런 꿈을 꾸었던 것은 아니다.(謂高唐之賦, 乃假託之詞, 以諷淫惑, 非眞有夢也.) ○ 송옥을 그리는 것 역시 자신의 처지를 슬퍼한 것으로, 송옥은 비록 초나라 궁전과 함께 사라졌어도 그 작품은 남아 있음을 말했으니, 그 감개의 기탁이 깊다.(懷宋玉亦所以自傷, 言斯人雖往, 文藻猶存, 不與楚宮同其泯滅, 其寄慨深矣.)

제3수

群山萬壑赴荊門,[83]	모든 산들과 수많은 골짜기 형문으로 달려가는데
生長明妃尚有村.[84]	왕소군이 나고 자란 마을이 아직도 있어라
一去紫臺連朔漠,[85]	궁전을 한 번 떠나고 나니 북방 사막 끝없는데
獨留靑塚向黃昏.[86]	외롭게 남은 파란 '청총'만이 황혼 속에 저무는구나
畵圖省識[87]春風面,[88]	원제는 그림만으로 봄바람 같은 얼굴을 판단했으니

---

83) 荊門(형문) : 삼협에서 장강을 따라 동쪽으로 빠져 나가면 나오는 강가의 산. 지금의 호북성 의도현(宜都縣) 서북에 소재.

84) 明妃(명비) : 왕소군(王昭君). 서한 원제(元帝) 때 궁녀. 지금의 호북성 자귀(秭歸) 사람. 『방여승람』(方輿勝覽) 권58에 소군촌(昭君村)은 기주 동북 40리에 있다고 하였다.

85) 紫臺(자대) : 자궁(紫宮). 제왕이 거주하는 곳. 자(紫)는 신선이나 제왕과 관련된 사물에 붙일 때가 많다. ○ 朔漠(삭막) : 북방의 사막 지대. 흉노를 가리킨다. 기원전 33년 흉노의 왕 호한야(呼韓邪)가 한나라에 구혼하러 와서는 왕소군을 데려갔다.

86) 靑塚(청총) : 왕소군의 무덤. 왕소군은 흉노 지역에서 죽어 묻혔는데, 겨울이 되어도 무덤의 풀이 시들지 않아 그 무덤을 '청총'(靑塚)이라 하였다. 지금의 내몽골 후허하오터 소재.

87) 심주 : 대략 알다. 떠날 때 한 번 보고는 그 얼굴을 대략 알았다는 뜻이다.(猶略識. 臨去一見, 略識其面也.)

88) 畵圖(화도) 구 : 원제는 후궁에 미인이 많아 화공들이 그린 미인도를 보고 행차하였다고 한다. 이에 궁녀들이 화공들에게 뇌물을 주며 잘 그려달라고 하였는데, 왕소군은 뇌물을 주지 않자 추하게 그려져 황제를 만날 수 없었다. 흉노가 입조하여 미인을 구하자, 원제는 그림을 보고 왕소군을 낙점하였다. 왕소군이 떠나면서 알현할 때에야 후궁에서 가장 뛰어났음을 알게 되었다. 원제가 후회했으나 흉노에 이미 약속한 바여서 사람을 바꿀 수 없었다. 원제는 화공 모연수 등을 죽였다. 갈홍(葛洪)의 『서경잡기』(西京雜記) 권2 참조. ○ 省識(성식) : 살펴 알다. 판별하다. 성(省)은 찰(察)의 뜻으로 푼다. 심덕잠은 성(省)을 략(略)으로 새겼다. 이 구는 한 원제가 그림

環珮空歸月夜魂.[89]　　달밤에 혼령이 패옥 소리 울리며 부질없이 돌아가는
　　　　　　　　　　　구나
千載琵琶作胡語,　　　천 년이 지나도 비파가 호악을 연주하니
分明怨恨曲中論.[90][91]　곡에 남은 정한이 아직도 뚜렷하여라

평석 왕소군을 노래한 시 가운데 이 시가 절창이다. 나머지는 평범하다. 양빙의 '말에다 악
기 싣고 음산으로 향했네'란 시는 풍격이 이보다 아랫길이다.(詠昭君詩此爲絶唱. 餘皆平平.
至楊憑'馬駝絃管向陰山', 風斯下矣!)

제4수

蜀主窺吳幸三峽,[92]　　촉한의 군주가 동오를 치려 삼협으로 나갔다가
崩年亦在永安宮.[93]　　붕어하신 그 때에도 영안궁에 있었다네
翠華想像空山裏,[94]　　비취 깃털 장식 깃발 빈 산에 펄럭이는 듯
玉殿虛無野寺中.　　　드높은 궁궐은 아직도 들의 절에 서있는 듯
古廟杉松巢水鶴,　　　오래된 사당의 삼나무와 소나무에 학이 깃들고
歲時伏臘走村翁.[95]　　세시와 명절이면 촌로들이 달려가 제사하는구나
武侯祠屋常鄰近,　　　제갈량 사당도 언제나 이웃에 있어
一體君臣祭祀同.　　　생사를 같이 한 임금과 신하가 제사도 함께 받는구나

　　을 가지고 궁녀의 용모를 판별했음을 풍자하였다.
89)　環珮(환패) : 여인들이 차는 옥.
90)　심주 : 왕소군을 추모한 것을 가리킨다.(指弔明妃者.)
91)　曲中論(곡중론) : 음악으로 호소하다.
92)　蜀主(촉주) 구 : 촉한의 군주 유비가 동오를 정벌하러간 일을 가리킨다. 219년 동오
　　에서 형주의 관우를 죽이자 유비는 동오를 정벌하기 위해 221년 대군을 이끌고 성
　　도를 출발하였다. 유비는 백제성에 본영을 두고 강을 따라 동쪽으로 진군하였다.
93)　永安宮(영안궁) : 유비가 백제성에 세운 궁전. 222년 유비가 동오에 패전하여 백제성
　　에 후퇴하였을 때 세웠다. 유비는 다음 해 4월 이 궁전에서 죽었다.
94)　翠華(취화) : 물총새의 깃털로 장식한 깃발. 황제의 의장 가운데 하나.
95)　伏臘(복랍) : 여름의 복일(伏日)과 겨울의 납일(臘日). 고대에 제사를 지내는 날이다.

평석 '붕'(崩)이 하고 '취화'(翠華)라 했으니 분명 천자로 여긴 것이다. 조조에 대해서는 '영웅 할거'라 했으니 정통을 촉한에 주었음을 더욱 잘 알겠다. 남송의 주희(朱熹)와 장식(張栻) 이전에 두보가 벌써 이러한 관점을 가졌다. '촉주'라 한 것은 역사서의 호칭이기 때문이다.(曰 '崩', 曰'翠華', 明以天子待之也. 於魏武則曰'英雄割據', 益知以正統予蜀矣. 考亭·南軒以前, 少陵已持此論. 稱'蜀主', 因舊號也.)

제5수

諸葛大名垂宇宙.	제갈량의 위대한 이름 우주에 영원해
宗臣遺像肅清高,96)	촉한 중신의 초상 엄숙하고도 청고하여라
三分割據紆籌策.97)	천하삼분의 계책을 이룩하려 지략을 모았으니
萬古雲霄一羽毛,98)	만고의 구름 위에 한 마리 봉황과 같아라
伯仲之間見伊呂.99)100)	공의 우열로 치면 이윤과 여상과 비슷하고
指揮若定失蕭曹.101)	능숙한 군사 지휘는 소하와 조참보다 뛰어나네
運移漢祚終難復,	운수가 다해 한왕조를 끝내 부흥시키지 못했으니
志決身殲軍務勞.102)103)	군무를 다 하느라 뜻을 이루지 못하고 몸이 죽었어라

---

96) 宗臣(종신) : 사람들로부터 추앙을 받는 이름난 신하. 제갈량을 가리킨다.
97) 紆(우) : 굽다. 감돌다. 마음과 지략을 다하다.
98) 一羽毛(일우모) : 한 마리의 봉황. 하늘을 뚫고 오르는 독보적인 존재란 뜻.
99) 심주 : 논평하여 결론을 내렸다.(論斷.)
100) 伯仲(백중) : 형제 가운데 맏이와 둘째. 여기서는 우열을 가리기 어렵다. ○ 伊呂(이려) : 상 탕왕(商湯王)의 재상 이윤과 주 무왕(周武王)의 재상 여상. 모두 뛰어난 재능으로 국가의 초석을 다졌다.
101) 指揮若定(지휘약정) : 군사의 지휘가 이미 정해진 듯 태연하다. ○ 蕭曹(소조) : 한 고조(漢高祖) 유방의 참모로 개국공신이 된 소하(蕭何)와 조참(曹參).
102) 심주 : 제갈량이 「출사표」에서 말한 '삼가 몸이 부서지도록 힘쓰다'의 뜻이다.(所云'鞠躬盡瘁'.)
103) 志決身殲(지결신섬) : 제갈량의 「출사표」에 나오는 "삼가 몸이 부서지도록 힘쓸지니, 죽은 뒤에야 비로소 멈추리라"(鞠躬盡瘁, 死而後已.)는 뜻이다. ○ 軍務勞(군무로) : 제갈량의 사망 원인이 군무가 번잡한 데 있었던 점은 『삼국지』에서도 언급하였다. 제갈량이 오장원에 진을 치고 있을 때 사마의는 사신으로부터 제갈량이 식소사번(食少事煩, 일이 많은 대신 적게 먹는다)한다는 말을 듣고 과로로 사망하리라 예측

평석 '구름 위의 봉황'은 봉황이 높이 난다는 말로, 제갈량의 재능과 인품을 범인이 따라갈 수 없음을 형용한 것이다. 수대 왕통(王通)이 말하길 제갈량이 죽지 않았다면 아마도 예악이 흥성했을 것이라 했다. 곧 '소하와 조참보다 뛰어나다'는 뜻이다. 이는 최고의 의론이다. 후인들은 시에는 의론을 쓸 필요가 없다고 했는데 통달한 견해가 아니다.('雲霄羽毛', 猶鸞鳳高翔, 狀其才品之不可及也. 文中子謂諸葛武侯不死, 禮樂其有興乎? 卽'失蕭曹'之旨. 此議論之最高者. 後人謂詩不必著議論, 非通言也.)

해설 두보가 기주에 있으면서 삼협 일대의 고적을 둘러보고 지은 연작시로, 각각 유신, 송옥 고택, 소군촌, 영안궁, 무후사를 제재로 하였다. 이가운데 제2수와 제3수가 많이 알려졌다. 고적을 제재로 하였지만 그 초점은 이를 빌려 자신의 신세를 토로하고, 역사와 인생을 총체적으로 인식하는 데 두었으므로 일반적인 회고시와 다르다. 766년 가을 기주에서 지었다.

장수들 5수(諸將五首)

제1수

漢朝陵墓對南山,[104] 한나라 능묘가 종남산과 마주한 후
胡虜千秋尚入關.[105] 천 년 동안 외족이 소관을 침입했네

하였다.

104) 陵墓(능묘) : 황제와 제후의 무덤. ○ 南山(남산) : 종남산.

105) 胡虜(호로) : 중국의 서북방에 거주하는 비한족. 여기서는 티베트. ○ 關(관) : 소관(蕭關)을 가리킨다. 지금의 영하회족자치구 고원현(固原縣) 동남에 소재. 관중에서 북방으로 통하는 교통의 요지이다. 서한 문제(文帝) 때인 기원전 116년 흉노가 소관을 거쳐 들어와 궁중에 불을 질렀다. 763년 대종 때에도 티베트가 이십만 병력으로 소관을 넘어와 장안을 노략하여 대종이 섬주(陝州)로 피난갔다. 764년 당나라 장수 복고회은이 배반하여 회흘과 티베트 십만 병력을 이끌고 침입하였고, 765년 복고회은이 다시 회흘과 티베트 십만 병력을 이끌고 봉천까지 들어왔다. 서한부터 당대까지

昨日玉魚蒙葬地,[106]　어제는 옥어(玉魚)가 부장품으로 묻혔는데

早時金碗出人間.[107][108]　오늘은 금 주발이 무덤에서 나왔네

見愁汗馬西戎逼,[109]　한혈마 탄 서융이 도성을 핍박하여 근심스러운데

曾閃朱旗北斗殷.[110]　번득이는 적의 붉은 기치 북두까지 물들였다

多少材官守涇渭?[111]　얼마나 많은 군사들이 경수와 위수를 지키는가?

將軍且莫破愁顏.[112]　장수들이여, 잠시라도 긴장된 얼굴을 풀지 마시라

평석 이 시는 티베트의 침입을 장수들이 막지 못했기에 지은 것이다. 차마 꾸짖어 말할 수 없으므로 한나라를 빌려 말하였다.(此爲吐蕃內侵, 諸將不能御侮而作也. 不忍斥言, 故借漢爲比.)

　　　대략 천 년으로 보았다.

106) 玉魚(옥어) : 옥으로 깎아 만든 물고기. 능묘의 부장품. 당 위술(韋述)의 『양경신기』(兩京新記)에 의하면, 한 경제(漢景帝) 때인 기원전 154년 '오초칠국의 난'이 일어났는데, 초왕 유무(劉戊)는 주모자 가운데 하나였으나 그의 태자는 마침 도성에 가 있어 연좌되지 않았고 장안에서 죽었다. 염을 할 때 천자가 옥어 한 쌍을 부장품으로 하사하였다. 그때의 옥어가 고종 때 대명궁에 나타난 태자의 혼귀에 의해 발견되었다.

107) 심주 : 능묘가 발굴된 일을 말한다.(言陵墓之被發.)

108) 金碗(금완) : 금 주발. 능묘의 부장품. 『한 무제 이야기』에 보면, 무제가 죽은 후 호현(鄠縣)의 시장에 어떤 사람이 옥완(玉碗)을 팔았는데, 확인해 보니 무릉(茂陵)에 묻었던 명기(明器)였다. 『수신기』 권16에도 노충(盧充)이란 사람이 최씨의 딸과 결혼하였는데, 그 딸이 부장품인 금완(金碗)을 예물로 증정하는 대목이 있다. 여기서는 당 제왕의 능묘가 반군에 의해 도굴된 일을 가리킨다.

109) 見愁(현수) 구 : 765년 9월 티베트가 회흘과 연합하여 봉천(奉天)을 공격한 일을 가리킨다.

110) 殷(은) : 붉다.

111) 材官(재관) : 무졸. 낮은 직위의 무관. ○ 涇渭(경위) : 경수와 위수. 모두 장안 주위를 흐르는 강이다. 『자치통감』 765년 9월조를 보면, 곽자의(郭子儀)는 경양(涇陽)에, 이충신(李忠臣)은 동위교(東渭橋)에, 이광진(李光進)은 운양(雲陽, 장안 북쪽)에, 마린(馬璘)과 학정옥(郝庭玉)은 편교(便橋, 장안 동북)에, 이포옥(李抱玉)은 봉상(鳳翔)에, 이일월(李日越)은 주질(盩厔)에 각각 주둔하였다. 장안 부근은 대병력이 결집하여 긴장된 상황이었다.

112) 破愁顏(파수안) : 형세의 위급함을 잊고 잠시 향락을 취함. 『자치통감』 권223 '영태원년(765년)'조에 보면, 독고급(獨孤及)이 상소하였는데 "군사를 통솔하는 자의 저택이 거리까지 이어졌으며, 노비들조차 술과 고기에 빠져 있습니다"(擁兵者第館亘街陌, 奴婢厭酒肉.)는 대목이 나온다. 당시 장수들의 사치와 부패가 어느 정도인지 엿볼 수 있다.

제2수

韓公[113]本意築三城,[114]　　한국공 장인원이 수항성 세 곳을 설치한 본뜻은

擬絶天驕拔漢旌.[115]　　돌궐이 아군의 깃발을 뽑아 감을 막기 위해서였네

豈謂盡煩回紇馬,[116]　　어찌 알았으랴, 회흘의 병마를 수고롭게 하여

翻然遠救朔方兵?[117]　　반대로 멀리 우리 삭방군을 구해달라고 청했는가?

胡來不覺潼關隘,[118]　　안록산이 쳐들어오니 동관이 맥없이 허물어졌지만

龍起猶聞晉水淸.[119][120]　　용이 일어나 진수가 맑아진 일을 다시 보았네

獨使至尊憂社稷,[121]　　오로지 황제만이 사직을 걱정하시니

諸君何以答升平?　　장수들이여, 무엇으로 임금께 보답할 것인가?

평석 이 시는 회흘이 국경을 넘어온 데 대해 장수들이 나라의 걱정을 해소하지 못하기에 책망하여 말했다(此爲回紇入境, 責諸將不能分憂而言也.) ○ 수항성을 세운 것은 본래 외적을

---

113) 심주: 장인원.(張仁願.)

114) 韓公(한공): 장인원(張仁願), 한국공(韓國公)에 봉해졌다. 707년 돌궐이 서쪽으로 진격한 틈을 타 하북에 세 군데 수항성을 구축하여 돌궐이 남하하는 길을 모두 막았다. 이후 돌궐이 다시 음산을 내려와 방목하거나 노략하는 일이 없어졌다. 『구당서』「장인원전」 참조.

115) 天驕(천교): 흉노족이 자신을 부르는 말. 여기서는 외족. ○ 拔漢旌(발한정): 한나라 깃발을 뽑다. 비한족이 당나라를 공격하다.

116) 豈謂(기위): 기료(豈料). 어찌 생각했으랴? ○ 盡煩(진번): 번거로운 일을 다 하다. 고생을 많이 하다. ○ 回紇(회흘): 흉노족의 일파로 오늘날의 위구르족에 해당한다.

117) 翻然(번연): 반대로. 오히려. ○ 朔方兵(삭방병): 곽자의가 이끄는 군사. 삭방군은 원래 돌궐에 대비하여 만든 것인데, 돌궐 세력이 쇠퇴하면서 함께 약화되었다. 안사의 난이 일어날 때에는 회흘이 강성해져 있어, 회흘에게 구원을 청해 양경을 수복하였다. 두보는 장수들의 무능을 비판하였다.

118) 胡來(호래) 구: 안사의 반군이 동관을 함락한 일을 가리킨다. 당시 동관의 수장은 가서한(哥舒翰)이었다.

119) 심주: 목전의 일에 마음 아파하고 성세의 때를 추억하니, 용이 뛰고 호랑이가 누운 듯 문필이 종횡으로 변화무쌍하다.(感傷目前, 追憶盛時, 龍跳虎臥之筆.)

120) 龍起(용기) 구: 당 고조(唐高祖) 이연(李淵)이 진양(晉陽)에서 기병한 일로 광평왕(나중의 대종)이 장안과 낙양을 수복한 일을 비유하였다. 『책부원구』「제왕부」에 보면, 고조가 용문현에 머물 때 황하가 맑아졌다고 한다.

121) 至尊(지존): 대종(代宗)을 가리킨다.

막기 위해서인데 어찌하여 반대로 회흘에 의지하여 난을 평정하려 하는가? 이에 건국한 군주를 추모하여 장수들을 면려하였다.(築城本以御寇, 豈謂反賴回紇以平亂耶? 故追思開創之主, 以勸諸君.)

제3수

洛陽宮殿化爲烽,[122]	낙양성 궁궐이 두 번이나 봉홧불에 불탔으니
休道秦關百二重.[123]	동관이 난공불락의 견고한 성이라고 말하지 말게
滄海未全歸禹貢,[124]	동부 연안지역이 아직 모두 수복되지 않았고
薊門何處盡堯封?[125]	하북 북부 역시 어느 때 당의 영토로 귀속될 것인가?
朝廷袞職雖多預,[126]	절도사들이 삼공 등 요직을 겸하는 경우 많아도
天下軍儲不自供.[127]	각지의 군사들은 군량도 자급자족할 수 없다네
稍喜臨邊王相國,[128]	조금이나마 기쁜 것은 전방에 나간 왕진 재상이
肯銷金甲事春農.[129][130]	군비를 감소하기 위해 군사들에게 농경을 실시한 일

---

122) 洛陽(낙양) 구 : 낙양은 755년 안록산에 의해 훼손되었고, 759년 사조의에 의해 파괴되었다.

123) 秦關(진관) : 동관. ○百二(백이) : 백에 둘. 이만 명으로 적군 백만 명을 막다. ○重(중) : 견고하다.

124) 滄海(창해) : 하북과 하남의 연안 지방. 지금의 하북성과 산동성의 동부 지역. ○禹貢(우공) : 『상서』의 한 편. 구주의 산천과 물산을 기록하였다. 일반적으로 국경을 가리킨다.

125) 薊門(계문) : 지금의 북경시 일대. 하북 평원에서 동북 지방을 연결하는 교통의 요도이다. ○堯封(요봉) : 요 임금의 명을 받든 순 임금이 중국을 순시하여 십이 주로 나누고, 또 열두 개의 산 위에 흙을 쌓아 단을 만들고 제사를 지낸 일을 말한다. 일반적으로 중국의 강역을 가리킨다.

126) 袞職(곤직) : 삼공(三公). 또는 삼공의 직위. ○多預(다예) : 겸직하다. 당시 무장 및 절도사들은 중서령 또는 평장사 등의 직책을 겸직하는 경우가 많았다.

127) 天下(천하) 구 : 당 초기에는 부병제를 실시하여 사병들이 전답을 개간하여 군량을 자급하였다. 안사의 난이 일어나자 부병제가 파괴되어 군량은 모두 농민으로부터 받아야 했다. ○軍儲(군저) : 군수 물자.

128) 王相國(왕상국) : 왕진(王縉). 764년 하남부원수 이광필이 죽자, 왕진이 시중 겸 도통행사가 되었으며 연말에 하남부원수로 옮겼다.

129) 심주 : 그 사람이 다만 한 가지 일을 잘 하였기에 '조금이나마 기쁘다'고 하였다.(其人

평석 첫 부분에서 안록산과 사사명의 장안 함락을 상기하고, 이어서 하북의 잔여 세력을 가리켰다. 군수 물자가 조달되지 않은 일을 애달파하여 왕진을 들어 장수들을 면려했으니 그 말이 은미하다.(起追憶安史陷京, 下指河北餘孼, 因傷轉輸不繼, 而以王縉愧勵諸藩, 其言微矣!)

제4수

廻首扶桑銅柱標,[131]	고개를 돌려보니 남방에 구리 기둥 세운 곳
冥冥氛祲未全銷.[132]	어득한 전란의 기운 아직 걷히지 않았어라
越裳翡翠無消息,[133]	월상국의 물총새 깃털은 조공 소식이 없고
南海明珠久寂寥.[134]	남해현의 진주는 오랫동안 보내오지 않았구나
殊錫曾爲大司馬,[135]	환관들은 파격적인 대우로 대사마 같은 지휘관 되었고
總戎皆揷侍中貂.[136]	장수들은 하나같이 시중과 같은 높은 벼슬을 겸하였네

只此一事可嘉, 故曰'稍喜'.)

130) 事春農(사춘농) : 둔전제의 실시를 가리킨다. 왕진은 병졸을 휴식시키고 농경에 종사하여 군비를 줄이고자 하였다. 왕진이 둔전제를 실시한 일은 역사서에 기록되어 있지 않으니, 두보의 시가 역사 기록의 미비점을 보완하였다고 할 수 있다.

131) 扶桑(부상) : 남해 일대를 가리킨다. 당대 영남도(嶺南道) 우주(禺州)에 부상현(扶桑縣)이 있었다. ○ 銅柱(동주) : 동한 광무제 때 마원(馬援)이 교지를 평정하고 세운 동으로 만든 기둥. 현종 때에도 하리광(何履光)을 보내 남조(南詔)와 국경을 정하고 마원의 구리 기둥을 다시 세웠다.

132) 氛祲(분침) : 안개 기운. 재난이나 전란을 예시하는 요사스러운 기운. 당시 남조(南詔)는 당과의 관계를 끊고 티베트와 동맹하였다.

133) 越裳(월상) : 주대(周代)에 남방에 있었던 국가. 당대에는 안남도호부에 월상현이 있었다. 주대에는 월상에서 물총새 깃털을 조공하였다. 『일주서』(逸周書) 「왕회해」(王會解) 참조.

134) 南海(남해) : 영남도 광주(廣州)의 속현으로 진주의 출산지이다. 763년 환관 시박사(市舶使) 여태일(呂太一)이 광남절도사 장휴(張休)를 축출하고 약탈하니 현지인들이 조공을 거부하였다.

135) 殊錫(수석) : 파격적인 대우. ○ 大司馬(대사마) : 주대의 관직으로, 당대의 삼공 가운데 하나인 태위에 해당한다. 당시 장수들 가운데 곽자의와 이광필이 태위에 오른 적이 있지만, 환관들의 군사 요직 진출도 두드러졌다. 환관 이국보(李國輔)는 금군을 장악하고 병부상서가 되었으며, 환관 어조은(魚朝恩)은 천하관군용선무처치사로 신책군을 장악했으며, 환관 정원진(程元振)은 표기대장군이 되었다.

136) 總戎(총융) : 군사를 총괄하다. 통수권자. ○ 侍中(시중) : 문하성의 주관으로 좌상(左

炎風朔雪天王地,[137]　불타는 남방과 눈 내리는 북방이 모두 천자의 땅이니
只在忠良翊聖朝.[138]　오로지 충성스럽고 어진 장수만이 성군을 보좌하리

평석 남방이 다스려지지 않아 오래도록 공물이 오지 않지만, 장수들은 특별한 은총과 높은 벼슬을 가지고 있으면서도 나라를 안정시키지 못하므로, 충성스럽고 어진 장수에게 큰 기대를 걸었다.(言南方不靖, 貢獻久稀, 由諸將膺異寵, 擁高官, 而不盡撫綏之道耳, 故於忠良有厚望焉.)

제5수

錦江春色逐人來,　성도를 떠날 때 금강의 봄빛이 나를 따라 왔는데
巫峽淸秋萬壑哀.　무협의 맑은 가을 골짜기마다 슬픈 바람 소리구나
正憶往時嚴僕射,[139]　지금 예전의 상서좌복야 엄무를 생각하노니
共迎中使望鄕臺.[140][141]　망향대에서 파견 나온 중사를 함께 맞이하였지
主恩前後三持節,[142]　주상의 은전으로 전후 세 차례 부절 들고 부임하였고
軍令分明數擧杯.[143]　군령은 분명하고 여러 번 술잔 들고 시를 지었지

相)에 해당한다. 두 명이 편제되며 품계는 정2품. ○ 貂(초) : 貂尾(초미)로 담비 꼬리. 관의 장식으로, 시중은 왼쪽에 꽂고 상시는 오른쪽에 꽂았다.
137) 炎風朔雪(염풍삭설) : 불타는 바람과 북방의 눈. 남방과 북방을 가리킨다. ○ 天王(천왕) : 춘추시대 주나라 천자를 부르는 칭호. 이 구는 『시경』 「북산」에 나오는 "하늘 아래 왕의 땅이 아닌 곳이 없다"(普天之下, 莫非王土.)는 구절의 뜻과 유사하다.
138) 翊(익) : 보좌하다.
139) 嚴僕射(엄복야) : 엄무(嚴武). 죽은 후 상서좌복야에 추증되었다.
140) 심주 : 두보는 절도 막부의 관원이었으므로 '함께 맞이했다'고 하였다.(公爲幕佐, 故云'共迎'.)
141) 中使(중사) : 환관. 궁중에서 파견한 사신. ○望鄕臺(망향대) : 성도 북쪽에 있는 누대. 두보가 엄무의 막료로 있을 때 함께 망향대에서 중사를 영접한 적이 있다.
142) 主恩(주은) : 황제의 은전. ○ 持節(지절) : 부절을 들다. 사신이 임무를 수행하기 위해 도성을 나갈 때에는 반드시 증거로 삼을 부절을 소지하여야 한다. 여기서는 절도사로 나간다는 뜻. 엄무는 세 번 사신으로 나갔는데, 첫 번째는 어사중승으로 금주자사가 되어 갔다가 동천절도사가 되었으며, 두 번째는 성도윤 겸 검남절도사가 되었으며, 세 번째는 입조 후 황문시랑으로 검남절도사가 되었다.
143) 심주 : 맑은 노래 부르고 투호 놀이하는 기상이 있다.(有雅歌投壺氣象.)

西蜀地形天下險,　　서촉의 지형은 중국에서 가장 험하니
安危須仗出群材.　　안위를 보장하려면 반드시 뛰어난 인재가 나와야 하리

평석 엄무를 그리워하였다. 엄무 이후에 촉 지방을 다스린 절도사는 모두 적임자가 아님을 슬퍼하였다.(思嚴武, 傷武後之鎭蜀者皆非其人也.) ○다섯 수는 시사에 대한 의론으로 격한 감개가 철철 넘친다. 그러나 언어는 여전히 정중히 반복하여 당부하니, 소위 "말하는 사람은 죄가 없고, 듣는 사람은 경계로 삼는다"고 할 수 있다.(五章議論時事, 感慨淋漓, 而辭氣仍出以丁寧反覆, 所云 "言者無罪, 聞者足戒".)

해설 766년 기주에서 지은 연작 정론시(政論詩)이다. 안사의 난이 끝났어도 여전히 티베트와 회흘의 외환이 계속되고 지방 절도사의 횡포와 할거가 일어나는 불안한 정국 속에서, 두보는 당시 정세를 돌아보고 무장들의 실책을 비판하였다. 말투 속에 비분강개가 가득하고 사람을 깨우치는 안타까움이 깃들어 있다. 비록 전통적인 왕토(王土) 관념과 중국 위주의 화이관(華夷觀)에 제한되어 있지만, 당시의 시대 정신에 충실하며 의론 중에 강렬한 우국 정신이 깃들어 있어 깊은 울림을 남긴다.

밤(夜)

露下天高秋氣清,　　하늘 높고 이슬 떨어져 가을 기운 맑은데
空山獨夜旅魂驚.　　빈 산에 홀로 새는 밤 떠도는 혼백이 놀라라
疎燈自照孤帆宿,　　가물거리는 등불이 비추는 쪽배에서 잠자고
新月猶懸雙杵鳴.[144]　　초승달 걸린 하늘 아래 다듬이 소리 들리네
南菊再逢人臥病,[145]　　성도 떠나 두 번째 맞는 국화에 몸은 병들어 누워

---

144) 雙杵(쌍저) : 다듬이질을 할 때는 다듬잇돌을 가운데 두고 여인 둘이서 마주 앉아 두드린다. 고대에 그린 「도의도」(搗衣圖)에서 볼 수 있다.

北書不至雁無情.　　　북방 고향의 편지 없어 기러기가 무정하구나

步檐倚杖看牛斗,[146]　　지팡이 짚고 처마 아래 두성과 우성을 보나니

銀漢遙應接鳳城.[147]　은하수의 아래 저 먼 곳이 분명 장안성이리라

평석 「가을의 감흥」 제2수에 나오는 '매번 북두성에 의지하여 장안 쪽을 바라본다'의 뜻이다.(卽'每依北斗望京華'意.)

해설 가을밤 고향을 생각하며 지은 시이다. 상반부는 경관을 묘사하고 후반부는 자신의 정감을 드러냈다. 766년 가을 기주에서 지었다.

저녁에 돌아오며(暮歸)

霜黃碧梧白鶴棲,　　서리에 노랗게 물든 벽오동에 백학이 깃들고

城上擊柝復烏啼.[148]　성 위의 딱따기 치는 소리에 까마귀가 울어

客子入門月皎皎,　　나그네가 처소에 들어가니 달빛이 교교한데

誰家搗練風凄凄?[149]　어느 집의 다듬이소리 바람 속에 처연히 들려오나?

南渡桂水闕舟楫,[150]　남으로 계수(桂水)를 건너려 하나 배가 없고

北歸秦川多鼓鼙.[151]　북으로 장안으로 돌아가려 해도 전란으로 막혀

---

145) 南菊再逢(남국재봉) : 성도를 떠나 운안(雲安)에서 가을을 맞이하였고, 다시 기주에서 가을을 맞이하므로 이렇게 표현하였다.

146) 步檐(보첨) : 처마 아래 이어진 길. 회랑.

147) 鳳城(봉성) : 장안성.

148) 擊柝(격탁) : 밤에 딱따기를 치며 순라를 돌다.

149) 搗練(도련) : 삶아 뺀 비단을 다듬질하다.

150) 桂水(계수) : 광서장족자치구에 흐르는 강으로 서강(西江)의 지류. 상수(湘水)와 방향이 다를 뿐 수원이 같기 때문에 호남성 남부에 흐르는 계양현(桂陽縣), 침주시(郴州市), 계동현(桂東縣)에 있는 강도 계수라 한다.

151) 北歸(북귀) 구 : 768년 8월 티베트가 영주(靈州, 영하 靈武)와 빈주(邠州, 섬서 邠縣)를 공격하여 도성이 계엄에 들어갔다. ○秦川(진천) : 장안 남쪽 진령 기슭을 흐르는

年過半百不稱意,　　나이 오십이 넘도록 모든 일이 뜻 같지 않아
明日看雲還杖藜.　　내일도 구름 보며 지팡이 짚고 나서리라

해설 768년 가을 강릉(江陵, 호북성)에서 지었다. 두보는 장강을 따라 내려와 가을에 강릉에 도착했으며 아직 정착하지 않은 불안 속에 어디로 가야할지 모르는 객거의 심정을 읊었다. 당시 두보 나이 57세였다. 고체의 풍운이 강한 율시이다.

석양빛(返照)

楚王宮[152]北正黃昏,[153]　　초 왕궁 북쪽이 마침 어두워질 때
白帝城西過雨痕.　　백제성 서쪽에 빗방울이 스쳐가네
返照入江翻石壁,　　석양빛이 강물에 비치어 석벽이 번득이고
歸雲擁樹失山村.[154]　　돌아가는 구름이 숲을 감싸 산촌이 사라지네
衰年肺病惟高枕,　　노년에 폐병을 앓아 베개를 높이 베고
絶塞愁時早閉門.[155]　　절역에서 시국을 걱정하며 일찍 문을 닫아라
不可久留豺虎亂,[156]　　승냥이와 호랑이가 들끓어 오래 머물 수 없으니
南方實有未招魂.[157]　　남방엔 참으로 불러들이지 못한 혼이 있어라

───
　　강. 번천(樊川)이라고도 한다. 여기서는 장안 일대의 강.
152) 심주 : 무산의 옆에 있다.(在巫山傍.)
153) 楚王宮(초왕궁) : 난대궁. 위의 「영회 고적 5수」 제2수 중의 제7구 참조.
154) 심주 : 글자를 다듬었다.(煉字.)
155) 絶塞(절새) : 머나먼 변경 지방. 기주를 가리킨다. ○愁時(수시) : 시국을 걱정하다.
156) 豺虎亂(시호란) : 승냥이와 호랑이가 어지러이 다툰다. 지방 군벌들이 발호하는 현상을 비유하였다. 당시 두홍점이 촉 지방에 진주하고 있으면서 각지의 군벌들에 대해 방임하는 태도를 취했다. 기주에서도 768년 양자림(楊子琳)이 기주 별가 장충(張忠)을 살해하고 기주성을 점거하였는데, 두 해 전 이 시를 쓰던 당시에 벌써 조짐이 일어나고 있었다.
157) 招魂(초혼) : 지치고 힘든 자의 영혼을 불러 장수하게 하려는 의식. 여기서는 초사

평석 자신의 놀란 혼을 불러들여 북으로 돌아갈 수 없다.(己之驚魂, 不能招之北歸.)

해설 무산의 낙조와 떠도는 처지를 그렸다. 766년 가을 기주에서 지었다. 두보는 766년 봄부터 768년 봄까지 만 이 년 동안 기주(虁州)에 거주하였는데, 이 시기에 기주 경내에 있는 서각(西閣), 양서(瀼西), 동둔(東屯) 등지에 옮겨 다니며 살았다.

중양절(九日)

重陽獨酌杯中酒,	중양절에 혼자 술잔을 따르나니
抱病起登江上臺.	병든 몸 일으켜 강가의 누대에 오르네
竹葉於人旣無分,[158]	죽엽주는 나와 벌써 연분이 없고
菊花從此不須開.[159][160]	국화도 이제는 피어날 필요가 없어라
殊方日落玄猿哭,[161]	타향이라 해가 지니 검은 원숭이가 우는데
舊國霜前白雁來.[162]	고향에선 상강 전에 흰 기러기 날아왔지
弟妹蕭條各何在?	소식 없는 동생과 누이는 모두 어디에 있나?
干戈衰謝兩相催.[163]	전란과 노년이 나의 죽음을 재촉하는구나

중의 「초혼」. 역대로 이 작품은 동한 왕일(王逸)의 풀이에 따라 송옥(宋玉)이 굴원의 죽어가는 영혼을 부른 것으로 받아들였다.

[158] 竹葉(죽엽) : 술 이름. 죽엽주. ○ 無分(무분) : 연분이 없다. 함께 나눌 인연이 없다.

[159] 심주 : '혼자 술잔을 따른다'는 말을 설명한 것으로 동생과 누이와 함께 마시지 못함을 말하였다. '죽엽'과 '국화'는 대구이나 하나는 있고 하나는 없으니 진가대에 속한다.(卽注明'獨酌', 言弗與弟妹飮也. '竹葉'菊花'眞假對.)

[160] 菊花(국화) 구 : 형제자매가 없어 감상할 흥도 없으니 국화가 있을 이유가 없다는 뜻.

[161] 殊方(수방) : 이역. 기주를 가리킨다.

[162] 舊國(구국) : 고향. 장안을 가리킨다. 국(國)은 고장이란 뜻으로 쓰였다. ○ 白雁(백안) : 기러기와 비슷한 새로 크기는 기러기보다 작다. 늦가을에 오며, 이때 일반적으로 서리가 내리므로 북방 사람들은 '상신'(霜信)이라 부른다. 『몽계필담』 권24 참조.

[163] 干戈(간과) : 전쟁. 티베트의 침입을 말한다. 767년 티베트가 빈주(邠州)를 공격하여 도성이 계엄에 들어갔다.

해설 중양절을 혼자 보내며 형제자매를 생각한 시이다. 767년 9월 기주에서 지었다.

다시 오랑에게 보임(又呈吳郞)[164]

堂前撲棗任西鄰,[165]　　집 앞의 대추를 서쪽 이웃이 따더라도 내버려두게

無食無兒一婦人.　　먹을 것도 자식도 없는 아낙이라네

不爲困窮寧有此?[166]　　곤궁하지 않다면 어찌 그럴 텐가?

祇緣恐懼轉須親.[167]　　두려워할 터이니 더욱 친하게 대해주게나

卽防遠客雖多事,[168]　　멀리서 온 그대 보고 경계하며 심사가 많을 터인데

便插疏籬却任眞.[169][170]　　울타리까지 세워버리면 정말로 막는다고 생각하리

已訴徵求貧到骨,[171][172]　　관가에서 징수하여 뼈만 남았다고 호소했으니

正思戎馬淚盈巾.[173]　　전란까지 생각하면 눈물이 수건을 적신다네

평석 백성의 아픔을 함께 한다는 뜻이다. 그러면서도 용속함에 빠지지 않았다. 말미에서 강제 징수와 난리의 참상을 보이니 이른바 '그 말이 온후하고 부드럽다.'(痌瘝一體意, 却不涉庸腐. 末竝見誅求之酷, 亂離之慘, 所謂其言藹如者耶!)

---

164) 심주 : 시집에는 이 시 앞에 「오랑 사법에게 보내는 편지」란 시가 있다.(前有簡吳郞司法一首.)

165) 任(임) : 방임하다. 내버려두다.

166) 此(차) : 몰래 대추를 따는 일을 가리킨다.

167) 심주 : 자상하게 배려하는 정도가 여기에 이르렀다.(體貼曲折至此.)

168) 防(방) : 경계하는 마음. ○遠客(원객) : 오랑을 가리킨다. 오랑은 충주(忠州)에서 왔다.

169) 심주 : 아낙은 새로 온 주인에 대해 경계하여 본래 심사가 많을 터인데, 오랑이 울타리를 세우면 정말로 막는다고 생각할 것이다.(婦防遠客, 固爲多事, 吳揷疏籬, 未免任眞矣.)

170) 眞(진) : 사람에게 주는 인상이 정말로 서쪽 이웃을 방비하게 한다.

171) 심주 : 먹을 것이 없다.(無食.)

172) 徵求(징구) : 징수하다. 찾다. 세를 징수하다.

173) 심주 : 자식이 없다.(無兒.)

해설 767년 가을 기주에 있던 두보는 가을 벼 수확을 감독하기 위해 잠시 동둔(東屯)에 거주하였다. 이때 충주(忠州, 기주보다 장강 상류에 소재)의 사법참군으로 있는 친척 오랑(吳郞)이 식솔을 데리고 배를 타고 왔다. 동둔에 있던 두보는 탈것을 보내 오랑이 자기가 살던 양서(瀼西)의 고당(古堂)에 살게 하면서 편지 대신 시를 보냈다. 그리고 오랑에게 추가로 한 가지 일을 알려주려고 이 시를 써서 보냈다. 이웃의 아낙이 대추를 따더라도 내버려두라는 내용이다. 담백한 언어에 깊은 정을 담은 인자(仁者)의 말이다.

피리 연주(吹笛)

吹笛秋山風月清,	가을 산에 피리 소리 풍월이 맑은데
誰家巧作斷腸聲?	그 누가 애 끊는 소리 저리 잘 만드나?
風飄律呂相和切,[174]	바람에 나부끼는 율려는 서로 어울려 간절하고
月傍關山幾處明?[175][176]	달에 비친 관산이 밝지 않은 곳이 없구나
胡騎中宵堪北走,[177][178]	유곤처럼 오랑캐 기병을 북으로 달아나게 할 만하고

---

174) 律呂(율려) : 일정한 음 높이의 표준과 상응하는 명칭이 있는 음악의 체계. 여섯 가지 율과 여섯 가지 여로 이루어졌으며, 이를 합하여 십이율이라고도 한다. 십이율은 팔 도 안에 열두 개의 음이 들어가 있는데, 균등한 음폭으로 나뉘어 있지 않으며 반음이 많다. 이를 음의 높이 순으로 나열하면 황종(黃鐘), 대려(大呂), 태주(太簇), 협종(夾鐘), 고선(姑洗), 중려(仲呂), 유빈(蕤賓), 임종(林鐘), 이칙(夷則), 남려(南呂), 무사(無射), 응종(應鐘) 등이다. 이중 여섯 가지 율은 황종, 태주, 고선, 유빈, 이칙, 무사이며, 여섯 가지 여는 대려, 협종, 중려, 임종, 남려, 응종이다. 일반적으로 음률을 가리킨다.

175) 심주 : 제1구의 뜻을 제3, 4구에서 나누었다.(分頂.)

176) 關山(관산) : 관문과 산. 동시에 악부곡 「관산월」을 환기한다.

177) 심주 : 호가 소리로 피리 소리를 비유하였다.(借笳比笛.)

178) 胡騎(호기) 구 : 서진(西晉) 유곤(劉琨)이 음악으로 오랑캐의 포위를 푼 일을 가리킨다. 병주자사 유곤이 진양(晉陽)에서 오랑캐 기마병에게 여러 겹으로 포위당했는데 벗어날 방도가 없었다. 밤에 달이 떴을 때 누대에 올라 휘파람을 불었다. 적들이 듣

武陵一曲想南征.[179)180] 마원의 '무계는 깊어'처럼 남정을 생각나게 하네
故園楊柳今搖落,[181] 고향의 버들은 지금 시들어 떨어졌을 터인데
何得愁中却盡生?[182] 시름 속 그 어느 때 모두 푸르러질 것인가?

해설 밤에 피리 소리를 듣고 고향 생각을 하였다. 중간중간 음악과 관련된 전고를 활용하여 완성한 일종의 영물시(詠物詩)이다. 구성을 보면 제1구에서 '풍월'을 쓴 후, 제3구와 제4구에서 각각 '풍'과 '월'을 나누어 전개하는 방식을 썼다. 766년 가을 기주에서 지었다.

동지(冬至)

年年至日長爲客, 해마다 동지 때면 객지에 나그네로 있어
忽忽窮愁泥殺人.[183] 울적한 심사 깊은 시름 견디지 못할레라
江上形容吾獨老, 강가에 떠도는 내 모습은 점점 늙어가는데

고 모두 처연히 탄식하였다. 한밤에 다시 호가를 부니 적들이 훌쩍거리며 눈물을 흘렸다. 새벽에 다시 호가를 부니 적들이 포위를 풀고 달아났다.(在晉陽, 常爲胡騎所圍數重, 城中窘迫無計, 琨乃乘月登樓淸嘯, 賊聞之, 皆淒然長歎. 中夜奏胡笳, 賊又流涕噓欷, 有懷土之切. 向曉復吹之, 賊倂棄圍而走.)『진서』「유곤전」참조.

179) 심주 : 피리와 관련된 사실이다.(笛中實事.)

180) 武陵一曲(무릉일곡) : 동한 마원이 지었다는 「무계는 깊어」를 가리킨다. 서진 최표(崔豹)의 『고금주』(古今注)에 "「무계는 깊어」는 마원이 남정할 때 지었다. 마원의 문하에 원기생이란 자가 피리를 잘 불었는데, 마원이 노래를 짓고 원기생에게 피리로 연주하게 하였다."(武溪深, 馬援南征之所作也. 援門生爰寄生善吹笛, 援作歌, 令寄生吹笛以和之.)고 기록하며 가사를 실었다. "물결 넘실거리는 오계는 얼마나 깊은가. 새도 날아 건너지 못하고 짐승도 가까이 가지 못하니, 아아, 오계의 더운 독기는 얼마나 무서운가(滔滔五溪一何深, 鳥飛不度獸不敢臨. 嗟哉五溪多毒淫.)

181) 故園楊柳(고원양류) : 고향 동산의 버들. 여기서는 피리 곡 「절양류」(折楊柳)를 환기한다.

182) 심주 : 피리 곡 가운데 「절양류」가 있으므로 그 뜻을 이용하여 마무리를 하였다.(笛中有折楊柳曲, 故翻其意作結.)

183) 忽忽(홀홀) : 근심하는 모양. 실의한 모양. 울울(鬱鬱).

天涯風俗自相親.[184][185] 하늘 끝의 사람들은 저들끼리만 친하구나
杖藜雪後臨丹壑.[186] 눈 내린 뒤 지팡이 끌며 붉은 단풍산을 마주하는데
鳴玉朝來散紫宸.[187][188] 조회에 패옥소리 울리며 자신전을 물러났었지
心折此時無一寸.[189] 조정을 향한 마음은 산산이 부서져 지금 흔적도 없는데
路迷何處是三秦?[190] 길을 잃은 지금은 어느 쪽이 장안인지 알지 못해라!

해설 객지에서 동지의 감회를 읊었다. 두보는 759년 관직을 그만두고 진주에서 객거할 때부터 근 십 년을 계속 떠돌았다. 그의 고독과 적막이 성도를 떠나면서 더욱 깊어졌다. 767년 겨울 기주에서 지었다.

소한식날 배에서 지음(小寒食舟中作)[191]

佳辰强飮食猶寒.[192] 좋은 날이라 일부러 술 마시고 여직 찬밥을 먹으니
隱几蕭條帶鶡冠.[193] 안석에 기대어도 쓸쓸하여 갈관을 써보노라
春水船如天上坐.[194] 봄 강물에 뜬 배라 하늘 위에 앉은 듯하고

---

184) 심주 : 한 악부 「장성 아래 샘에서 말에 물 먹이며」(飲馬長城窟行)에 나오는 "귀가하면 사람들은 저들끼리만 친하니, 누구라서 저에게 위로를 하겠어요!"와 같은 의미이다.(所謂"入門各自媚, 誰肯相爲言".)
185) 天涯(천애) 구 : 기주 백성들이 저희들끼리 친하고 나와는 친하지 않다.
186) 丹壑(단학) : 낙엽으로 붉게 물든 계곡.
187) 심주 : 조정에 있을 때를 상기했다.(憶在朝.)
188) 鳴玉(명옥) : 걸을 때 허리에 찬 패옥이 부딪치며 나는 소리. ○ 紫宸(자신) : 대명궁에 있는 황제의 편전(便殿).
189) 心折(심절) : 심장이 부서지다.
190) 三秦(삼진) : 장안 주위의 관중(關中) 지역을 통칭하는 말. 항우가 진(秦)을 멸망시킨 후 관중을 옹(雍), 새(塞), 적(翟) 세 나라로 나누었으므로 삼진(三秦)이라 칭했다.
191) 심주 : 한식 다음날이 소한식이다. 제1수에서 자명하다.(寒食次日爲小寒食, 看首句自明.)
192) 佳辰(가신) : 좋은 날. 길일.
193) 鶡冠(갈관) : 은자가 쓰는 모자. 전국시대 초나라 갈관자(鶡冠子)가 깊은 산에 은거하면서 할단새의 깃털로 관을 만들어 쓴 데서 유래했다. 일반적으로 褐冠(갈관)이라 쓰기도 한다.

老年花似霧中看.　　　노년에 대하는 꽃은 안개 속에서 보는 듯하네
娟娟戲蝶過閑幔.¹⁹⁵⁾　하늘거리는 나비가 한가히 배의 휘장을 지나가고
片片輕鷗下急湍.¹⁹⁶⁾　너울거리는 가벼운 갈매기는 급한 여울을 내려가네
雲白山淸萬餘里,　　　만 리 멀리까지 구름 희고 산 맑은데
愁看直北是長安!　　　시름 찬 눈으로 바라보는 북쪽은 분명 장안이리라!

해설 한식 다음날을 배 위에서 보내며 감회를 적었다. 770년(59세) 봄 담주(潭州, 호남 장사시)에서 지었다. 두보는 담주에서는 주로 배 위에서 생활하였다. 자신의 감흥과 표박을 나비와 갈매기로 각각 비유한 듯하다. 제3, 4구는 역대로 전송(傳誦)되는 명구이다.

장지화(張志和)

어부(漁父)

八月九月蘆花飛,　　　팔월 구월 가을이라 갈대꽃 날리는데
南溪老人垂釣歸.¹⁾　남계의 노인이 낚시하고 돌아가네
秋山入簾翠滴滴,　　　주렴에 걸친 가을 산엔 비췻빛 물이 뚝뚝 떨어지고
野艇倚檻雲依依.　　　거룻배 난간에 기댄 구름은 머뭇거리며 흐르네

---

194) 春水(춘수) 구 : 비슷한 이미지로, 심전기 「조간편」(釣竿篇)에 "사람은 하늘 위에 앉은 듯하고, 물고기는 거울 속에 떠 있는 듯하다"(人疑天上坐, 魚似鏡中懸.)는 시구가 있다.
195) 娟娟(연연) : 하늘하늘. 부드럽게 움직이는 모양. ○ 閑幔(한만) : 배에 쳐 놓은 휘장.
196) 심주 : 제5, 6구는 자유롭게 왕래하는 모습으로, 장안으로 돌아가고 싶으나 갈 수 없음을 환기한다.(二語以往來自在, 反興欲歸長安而不得也.)
1) 南溪(남계) : 오흥(吳興) 성남의 초계(苕溪). 남계의 노인은 자신을 가리킨다.

却把漁竿尋小徑,　　　　다만 낚싯대를 들고 오솔길을 찾아가고

閑梳鶴髮對斜暉.　　　　비낀 노을 마주하여 한가히 학의 머리를 빗는구나

翻嫌四皓曾多事,[2]　　　오히려 상산의 사호가 일이 많았을 터인데

出爲儲皇定是非.[3]　　　어찌 태자를 위해 시비를 정하러 나왔으리오

해설 장지화의 「어부사」 5수는 초기 문인사(文人詞)의 명작으로 알려졌으며, 그중 '서새산 앞에 백로가 날고'(西塞山前白鷺飛)는 특히 유명하다. 이때의 서새산은 장강 강가에 있는 삼국시대 전장이 아니라 호주(湖州)에 있는 산으로 육우 등이 은거했던 곳이다. 시에 나오는 남계도 이 지역으로 보인다. 장지화는 숙종이 태자였을 때 그를 위해 책문을 내어 인정을 받았던 적이 있다. 말 2구에서 갑자기 궁중의 일을 언급한 것은 당시를 연상했기 때문인 듯하다.

도현(陶峴)

서새산 아래에서 배를 돌리며 지음(西塞山下廻舟作)[1]

匡廬舊業是誰主?[2]　　　여산(廬山)에 전해오는 가업은 누가 관장하고 있는가?

---

2) 四皓(사호) : 상산사호. 진대 말기 서한 초기 상산에 은거하던 네 노인. 한 고조 유방의 후계자 문제로 여태후와 척부인이 대립하게 되었을 때, 여태후가 장량의 계책을 써서 상산사호를 태자 유영(劉盈, 나중의 惠帝)의 빈객으로 불러 보좌하게 하였다.

3) 儲皇(저황) : 태자. 한 혜제(漢惠帝).

1) 西塞山(서새산) : 호북성 대야시(大冶市) 동쪽에 소재. 장강 중류에 있는 요새 가운데 하나이다. 삼국시대 이 일대는 동오의 방어 기지였는데, 동오의 강역에서는 서쪽의 변방에 해당하므로 서새(西塞)라는 이름을 붙였다.

2) 匡廬(광려) : 廬山(여산). 지금의 강서성 구강시(九江市) 남부에 소재. 북으로 장강과

吳越新居安此生.　나는 오월(吳越)에 돌아가 새 거처에서 살아가리
白髮數莖歸未得,　백발이 여러 가닥 나도록 돌아갈 수 없었는데
青山一望計還成.[3]　청림산 바라보며 계획을 곧 이루리라
鴉翻楓葉夕陽動,　까마귀가 단풍잎을 뒤채니 석양빛이 움직이고
鷺立蘆花秋水明.　백로가 갈대꽃 앞에 서 있으니 가을 강물이 환해라
從此舍舟何所詣?　이제부터 배를 버리고 어디로 갈 것인가?
酒旗歌扇正相迎.　술집의 가녀들이 마침 마중 나오네

해설 이 시와 관련된 고사는 『태평광기』 권420에 인용한 『감택요』(甘澤謠)에 기록되어 있다. 도현은 당시 천하에 잘 알려진 풍류가로 남해에 친척을 뵈러갔다가 고검(古劍), 옥환(玉環), 곤륜노 마가(摩訶)를 얻어, 이를 '삼보'(三寶)라 하였다. 마가는 물질을 잘하였기에 도현은 자주 고검과 옥환을 강물에 던져 마가보고 건져오라고 하였다. 일찍이 서새산에 갔을 때 길상불사에 배를 대었다. 강물이 깊고 검어 요괴가 있으리라 여기고 고검과 옥환을 던지고는 마가더러 건져오라고 하였다. 마가는 물속의 교룡과 싸우다 몸이 찢겨진 채 물위에 떠올랐다. 도현은 눈물을 흘리며 배를 돌렸고, 이 시를 지으며 다시는 강호를 유람하지 않겠다고 하였다.

닿아있고 동으로 파양호(鄱陽湖)와 면해있다. ○舊業(구업) : 조상이 남긴 재산이나 가업. 도현의 조상은 도연명으로, 심양 시상(柴桑, 강서 구강시 서남) 사람이며, 여산 아래 집이 있었다.
3) 青山(청산) : 청림산(青林山)이라고도 한다. 안휘성 당도현 동남 소재. 남조의 시인 사조(謝朓)가 산의 남면에 집을 지었기에 사공산(謝公山)이라고도 부른다. 이 구는 사조가 자신의 처지에 맞게 안전을 찾았듯이 곤산에 돌아가 살겠다는 뜻을 말했다. ○還(환) : 곧.

원결(元結)

귤정(橘井)[1]

靈橘無根井有泉,	영험한 귤나무는 뿌리 없고 우물에선 샘이 솟은 후
世間如夢又千年.[2]	세간은 꿈속같이 다시 천 년이 흘렀어라
鄕園不見重歸鶴,[3]	고향 동산엔 학이 다시 돌아오지 않는데
姓字今爲第幾仙?	그 이름은 지금 신선 중에 몇 째이련가?
風冷露壇人悄悄,[4]	바람 싸늘한 제단에는 사람들 근심스럽고
地閑荒徑草芊芊.[5]	한가한 터 황량한 길에는 풀만이 우거졌네
如何躡得蘇君跡,[6]	어떻게 하여야 소선공의 자취를 좇아

---

1) 橘井(귤정) : 소탐(蘇耽)의 우물. 갈홍(葛洪)의 『신선전』에 나오는 「소선공」(蘇仙公)과 관련 있다. 소선공(소탐)은 한 문제 때 계양(桂陽, 호남 郴州) 사람으로 어려서 효성이 지극하였는데 어느 날 산에 올라가 신선이 되었다. 몇 년 후 수십 마리 학이 소선공의 집 문으로 날아오더니 소년으로 변하였고 소선공이 고별 인사를 하였다. 이에 어머니가 울면서 네가 떠나면 나는 어떻게 사느냐고 말하였다. 소선공이 말하길 마당의 우물과 처마 옆의 귤나무가 어머니를 대신 봉양할 거라고 하였다. 다음 해 역병이 돌 때 우물물 한 되와 귤잎 하나를 따서 먹으면 한 사람의 병이 낫는다고 하였다. 또 궤짝 하나를 주면서 필요한 것이 있으면 두드리라고 하였으며 대신 열어보지 말라고 하였다. 다음 해 과연 역병이 돌았고 어머니는 우물물과 귤잎으로 사람들을 낫게 하였다. 여기에서 뜻이 유래하여 귤정은 일반적으로 의원이나 좋은 약을 가리킨다.
2) 千年(천년) : 한 문제부터 원결이 이 시를 쓸 때까지 약 팔백여 년으로 개략적인 수를 말했다.
3) 鄕園(향원) : 소선공의 고향인 계양을 가리킨다. ○重歸鶴(중귀학) : 다시 돌아온 학. 정령위(丁令威) 고사를 가리킨다. 요동 사람 정령위는 영허산(靈虛山)에서 도를 닦고 나중에 학이 되었다. 요동으로 돌아가면서 화표(華表) 위에 앉아 말하였다. "새가 있어 새가 있어 나는 정령위라는 새로다, 집 떠난 지 천 년 만에 지금 내가 돌아왔단다. 성곽은 의구한데 사람은 바뀌었네, 어찌하여 신선술 아니 배워 무덤이 총총하느냐!"(有鳥有鳥丁令威, 去家千年今來歸. 城郭如古人民非, 何不學仙塚累累.)『수신후기』권1 참조.
4) 悄悄(초초) : 근심하는 모습. 『시경』「백주」(柏舟)에 "근심스런 마음 초초한데"(憂心悄悄)라는 말이 있다.
5) 芊芊(천천) : 초목이 무성한 모양.

白日霓旌擁上天?[7]　　대낮에 무지개 깃발에 싸여 하늘에 오를까?

해설 소선공의 행적을 찬양하고 그와 같이 신선이 되고 싶은 바람을 적었다. 명대 『원차산집』(元次山集)에는 이 시가 없고, 다만 권말의 '습유'(拾遺) 부분에 실려 있다. 왕국유도 『원차산집』을 교감하면서 이 시는 원결의 시가 결코 아니라고 말하였다. 정치 현실에 관심이 깊고 사실주의 시풍이 강한 원결이 선도를 찬양하는 시를 썼을 리 없다고 보기 때문이다. 현대의 학자들도 대부분 이에 동의한다.

유장경(劉長卿)

평석 칠언율시는 유장경에 이르러 지극히 공교해지고 또 지극히 빼어나게 되었지만, 이전의 혼후하고 툭 튀어나온 기운은 남아있지 않게 되었다. 더 내려가 한굉과 황보염에서는 더 심해졌다. 이는 시대의 풍기가 그런 것이니 작자가 어찌 바꿀 수 있겠는가(七律至隨州, 工絶亦秀絶矣, 然前此渾厚兀臬之氣不存. 降而君平、茂政, 抑又甚焉. 風會使然, 豈作者莫能自主耶!)

장사에서 가의의 고택에 들러(長沙過賈誼宅)[1]

三年謫宦此棲遲,[2]　　삼 년의 폄적생활 여기서 지냈으니

---

6) 躡(섭): 밟다. 따르다. ○ 蘇君(소군): 소선공을 가리킨다.
7) 霓旌(예정): 제왕이 출행 때 쓰는 의장용 깃발 가운데 하나. 여기서는 무지개로 만든 신선의 깃발.
1) 賈誼宅(가의택):『수경주』「상수」(湘水)에 "상주(湘州) 성의 군(郡) 관청 서쪽에 도간(陶侃)의 사당이 있는데 예전의 가의 저택이라고 한다."는 말이 있다.

萬古惟留楚客悲.	초 지방에 유배 온 슬픔이 만고에 남았어라
秋草獨尋人去後,[3]	가을 풀 속에서 사람 떠난 흔적을 혼자 찾아보고
寒林空見日斜時.[4]	서늘한 숲에서 해가 기우는 걸 부질없이 바라보네
漢文有道恩猶薄,[5]	한 문제가 도량이 있다 해도 은혜가 적고
湘水無情弔豈知?[6]	상수는 무정히 흘러 애도한들 그 누가 알랴?
寂寂江山搖落處,	적막한 강산에 나뭇잎 떨어지는 곳
憐君何事到天涯!	가련하여라, 그대 무슨 일로 하늘 끝에 왔는가!

평석 가의의 폄적은 본래 폄훼에 의한 것인데, 여기서는 무슨 일로 왔냐고 말하였으니 그 깊은 마음이 끝이 없다.(誼之遷謫, 本因被讒, 今云何事而來, 含情不盡.)

해설 유장경이 두 번째 폄적되어 장사를 지나갈 때 가의를 생각하며 지은 시이다. 유장경은 처음에는 758년 소주(蘇州) 장주현(長洲縣) 현위에서 반주(潘州, 광동 茂名) 남파현(南巴縣) 현위로 좌천 결정이 났고, 두 번째는 참언에 의해 773부터 777년까지 회서악악전운유후에서 목주사마로 좌천되었다. 가의도 일찍이 방축된 굴원을 조문하였고, 지금의 유장경도 가의를 조문하고 있어, 문인들의 처지와 행적이 중첩된다. 비록 역사 속의 인물을 조문하는 것이지만, 반복되는 역사 속에 자신을 다른 인물들과

2) 三年謫宦(삼년적환) : 삼 년의 폄적. 가의는 정세를 정확히 바라보는 뛰어난 식견을 가지고 있었으나 주발(周勃)과 관영(灌嬰) 등 대신들의 참훼를 받았고, 좌천되어 삼 년을 지내게 되었다. 가의가 장사에 지낸 기간은 만 삼 년이다. ○ 樓遲(서지) : 쉬다. 살아가다.

3) 人去(인거) : 가의 「복조부」(鵩鳥賦)에 "들의 새가 방에 들어오니 주인이 떠나고자 한다"(野鳥入室兮主人將去)는 구절이 있다.

4) 日斜(일사) : 가의 「복조부」에 "경자일에 해가 기울 때 복조가 나의 집에 날아들었다"(庚子日斜兮鵩集予舍)는 구절이 있다.

5) 漢文(한문) : 한 문제. 역사적으로 한 문제는 뛰어난 군주로 평가되나 그는 시종 가의를 중용하지 않았다. 가의는 삼 년의 유배 이후 다시 중앙으로 소환되었고 다시 양왕(梁王)의 태부가 되었다.

6) 湘水(상수) 구 : 가의가 장사왕(長沙王)의 태부로 좌천되어 상강을 건너면서 「조굴원부」(弔屈原賦)를 지어 굴원을 애도하였다.

동일시함으로써 곧 자신을 위로하는 셈이 된다. 그러므로 제1구의 '삼년의 폄적생활'은 그것이 가의의 것인지 자신의 것인지 분명하지 않게 되고, 제2구의 '만고'도 자신의 모습까지 섞이게 되었다. 결국 내가 고인을 추모하는 것인지, 아니면 고인이 나를 안타깝게 여기는 것인지 모르게 되어 말구의 '군'(君)도 가의이자 동시에 자신을 가리키게 된다.

여간 고성에 올라(登餘干古城)[7]

孤城上與白雲齊,	높은 성벽은 흰 구름과 나란한데
萬古蕭條楚水西.[8]	초강의 서편에 만년에 걸쳐 쓸쓸하여라
官舍已空秋草沒,	관사는 이미 비어 가을 풀에 덮여 있고
女牆猶在夜烏啼.	담장은 아직 남았으나 밤 까마귀가 우는구나
平沙渺渺迷人遠,	평평한 강가의 모래톱 멀리까지 뻗어 있고
落日亭亭向客低.[9]	떨어지는 해 길게 나그네를 향해 낮아지는구나
飛鳥不知陵谷變,[10]	날아가는 새는 산천이 뒤바뀌었는지 모르고
朝來暮去弋陽溪.[11]	아침저녁으로 익양의 계곡을 오가는구나

해설 폐허가 된 여간 고성을 둘러보고 지은 시이다. 제1, 2구는 웅장한 이미지를 내세워 시각적인 충격과 정신적인 진동을 일으키는 성당시의

---

7) 餘干古城(여간고성) : 요주(饒州, 강서성) 여간현의 현성. 고대에 그 경내에 여수(餘水)와 한수(汗水)가 흘러 지명이 만들어졌다. 당대에 현의 소재지를 옮기면서 이전의 현성은 황폐하게 변했다.

8) 楚水西(초수서) : 여간성은 전국시대 월나라의 서쪽 변경으로 안인강(安仁江, 지금의 信江)의 서북에 위치했다.

9) 亭亭(정정) : 우뚝. 곧추 선 모습.

10) 陵谷變(능곡변) : 능선이 골짜기가 되고 골짜기가 능선이 되는 큰 변화. 『시경』「시월지교」(十月之交)에 "높은 언덕이 골짜기가 되고, 깊은 골짜기가 능선이 된다"(高岸爲谷, 深谷爲陵)는 말에서 유래했다.

11) 弋陽溪(익양계) : 여간현 서쪽에 있는 계곡.

유풍이 보인다. 제3, 4구는 근경을, 제5, 6구는 원경을 잡아 구성을 공정하게 만들었다. 말 2구는 약간 늘어진 어조로 창연한 감정과 비통한 심사를 풀어내면서 여운을 만들었다. 역사의 흔적과 산수의 모습이 섞여 있으면서, 동시에 제7구에서 인용된 『시경』의 「시월지교」가 '대부가 유왕(幽王)을 풍자했다'는 시편인 점을 상기하면, 이 시 역시 폐허가 된 성의 변천이 정치적 부패와 전란에 기인한 것임을 완곡하게 비판하는 듯하다. 761년 영남 반주 남파에서 유배를 마치고 북으로 가며 여간에 들렀을 때 지었다.

회녕군절도사 이 상공께 바침(獻淮寧軍節度李相公)¹²⁾

建牙吹角不聞喧.¹³⁾	대장기 세우고 호각 불면 무질서함이 없으니
三十登壇衆所尊.¹⁴⁾	서른부터 장수가 되어 사람들의 존중을 받아왔네
家散萬金酬士死.¹⁵⁾¹⁶⁾	만금의 가산을 털어 죽기로 맹세한 병사들에 나눠주고
身留一劍答君恩.¹⁷⁾¹⁸⁾	몸에는 검 한 자루 차고 임금의 은혜에 보답코자 한다

---

12) 淮寧軍(회녕군) : 원래 회서절도부였으나 779년 회녕군절도부로 바꼈다. ○李相公(이상공) : 이희렬(李希烈). 779년부터 786년까지 회녕군절도사로 임직했다. 781년 6월에 남평군왕(南平郡王)에 봉해졌고, 8월에 동평장사(同平章事)를 겸직했다.

13) 建牙(건아) : 아기(牙旗, 장군의 깃발)를 세우다. 장수의 출사를 가리킨다. ○吹角(취각) : 호각을 불다.

14) 登壇(등단) : 단에 올라 장수를 임명하다. 고대에는 제사, 회맹(會盟), 즉위, 장수 임명 등의 의식에 단을 만들어 거행하였다. 특히 유방(劉邦)이 한왕(漢王)일 때 특별히 단을 쌓아 한신(韓信)을 대장군에 임명한 일에서 유래하여, 무장을 대우하여 임명한다는 뜻으로 쓰인다.

15) 심주 : 재산을 가벼이 여김을 말했다.(言輕財.)

16) 家散萬金(가산만금) : 전국시대 조나라 공자 평원군(平原君)이 가산을 모두 털어 죽을 각오로 싸울 사람을 삼천 명 얻었다. 『사기』 「평원군전」 참조.

17) 심주 : 임금에 보답함을 말하였다.(言報主.)

18) 一劍(일검) : 전국시대 제나라 사람 풍환(馮驩, 풍원(馮諼)이라고도 함)이 맹상군의 문객이 되었는데 가난하여 있는 것이라곤 검 한 자루밖에 없는 일을 가리킨다. 그것도 자루를 새끼줄로 감싼 것이어서 사람들로부터 무시를 당하였다. 『사기』 「맹상군

漁陽老將多回席,[19)20)] 어양의 노장들이 윗자리를 내어주고
魯國諸生半在門.[21)] 노 지방의 유생 중 반은 문하에 있구나
白馬翩翩春草綠,[22)] 봄풀이 파랄 때 백마 타고 달리며
邵陵西去獵平原.[23)] 소릉을 서쪽으로 나가 평원에서 사냥하네

해설 나라를 보위하는 장수의 형상을 묘사하였다. 제1, 2구는 이 상공의 통솔력을 서술했고, 제3, 4구는 이 상공의 의기와 충성을 그렸고, 제5, 6구는 이 상공의 위엄을 문무 두 방면에 걸쳐 묘사했고, 말 2구에서 군사훈련을 묘사했다. 어느 정도 이상화되고 과장된 형상이란 점이 아쉽다. 제3, 4구는 명구로 친다. 782년경에 지었다.

엄사원과 헤어지며(贈別嚴士元)[24)]

春風倚棹闔閭城,[25)] 봄바람에 배를 타고 합려성에 이르니
水國春寒陰復晴. 수향에 봄이 찬데 흐린 날이 다시 갠다

　　전」 참조.
19) 심주 : 자리를 양보한다는 뜻과 같다.(猶避席.)
20) 漁陽(어양) : 군(郡) 이름. 계주(薊州). 어양군은 범양절도사의 관할지로, 안록산의 근거지이다. 안사의 난이 평정된 후 조정에서는 항복한 반군의 장수들을 다시 하북의 여러 중진의 절도사로 임명하였다. 어양노장(漁陽老將)은 이를 가리킨다. ○回席(회석) : 자리를 피하다.
21) 심주 : 선비들을 좋아한다는 말이다.(言好士.)
22) 翩翩(편편) : 가볍게 날거나 빠르게 달리는 모습.
23) 邵陵(소릉) : 춘추시대 제 환공이 제후의 군사를 이끌고 회맹을 맺은 곳. 고성은 채주(蔡州) 언성현(鄾城縣) 동쪽에 소재했다.
24) 嚴士元(엄사원) : 풍익(馮翊) 사람으로, 엄무(嚴武)와 종형제 사이이다. 천보 연간에는 영왕(永王) 이린(李璘)의 강릉 막부에 있었다. 나중에 우부원외랑, 국자사업(國子司業)을 역임했다.
25) 倚棹(의도) : 노를 기대다. 배를 정박하다. ○闔閭城(합려성) : 소주(蘇州)를 가리킨다. 춘추시대 오나라 도성은 원래 매리평허(梅里平墟, 강소 무석)에 있었으나, 오자서가 합려를 위해 소주를 도성으로 삼았다.

細雨濕衣看不見,　　가는 비가 옷을 적셔도 비는 보이지 않고
閑花落地聽無聲.　　꽃잎이 땅에 떨어져도 소리는 들리지 않아
日斜江上孤帆影,　　해 비낀 강 위에 외로운 돛폭 하나
草綠湖南萬里情.　　풀 푸른 태호 남쪽 만 리 길의 정
東道若逢相識問,[26]　나를 아는 자 만나면 그대 말해주게
青袍今已誤儒生.[27]　청색 도포 입은 현위는 유생의 길 그만두었다고

평석 제3, 4구는 흐리고 갠 경치를 나누어 썼을 뿐이다. 주석가들은 참언이 점점 심해지고 조정이 어진 인재를 버린 것을 비유한다고 했으나 원래 이런 뜻이 없었다.(三四只分寫陰晴之景, 注釋家謂比讒言之漸漬, 朝廷之棄賢, 初無此意.)

해설 엄사원과 헤어지면 쓴 송별시이다. 봄의 날씨와 풍경이 두드러지며, 가랑비와 지는 꽃의 묘사가 섬세하다. 이러한 묘사가 객관 사물을 재현하려는 데 목적이 있는 것이 아니라, 이별의 마음을 드러내는 수단으로 사용되었다는 점에서 풍경은 마음의 반영이고 마음의 형상이라 할 수 있다. 이런 점에서 경어(景語)와 정어(情語)는 연결되어 있음을 알 수 있다. 말 2구는 자신의 폄적을 자탄하는 말이라 보기도 하지만, 오히려 벼슬길에 오르게 된 일을 자신한다고 볼 수도 있다.

---

26) 東道(동도) : 동도주인(東道主人). 빈객을 맞이하는 주인. 춘추시대 정나라가 진나라의 사신을 맞이하면서 자신을 가리킨 데서 유래했다. 여기서는 엄사원을 가리킨다. ○ 相識(상식) : 작자를 아는 사람.
27) 青袍(청포) : 청색의 도포. 당대에는 8품과 9품의 관복은 청색이었으며, 현위도 청색 도포를 입었다. 당시 장주현 현위에 있는 유장경 자신을 가리킨다.

하구에서 앵무주에 이르러,
　악양을 바라보며 완 중승에게 부침(自夏口至鸚鵡洲望岳陽寄阮中丞)[28]

汀洲無浪復無煙,[29]	앵무주 모래섬에 물결도 안개도 없는데
楚客相思益渺然.	초 지방에 온 나그네 그대 생각 아득해라
漢口夕陽斜度鳥,[30]	한구의 석양에 새들이 비껴 날아오고
洞庭秋水遠連天.	동정호의 가을 물이 먼 하늘과 닿았어라
孤城背嶺寒吹角,[31]	한양성 뒤 산에서 차가운 호각 소리
獨樹臨江夜泊船.	강가에 홀로 선 나무에 밤배를 묶는다
賈誼上書憂漢室,[32]	가의의 상서는 한나라를 걱정했기 때문이니
長沙謫去古今憐.	장사로 폄적 간 일 고금에 걸쳐 애석해 하네

평석 직설적으로 드러내었다. 왕유는 "장사는 인재를 오래 묶어둘 수 없을 테니, 가의가 어찌 굴원을 애도할 필요 있으랴"고 했다.(直說淺露, 右丞則云: "長沙不久留才子, 賈誼何須弔屈平?")

해설 악양에 유배 간 완 중승을 그리며 쓴 시이다. 한양에서 악양까지는 멀지 않기에 장강을 따라 서쪽을 바라보며 가을의 풍경 속에 상대의 처지를 동정하였다. 제3, 4구는 날이 저물어 더 이상 갈 수 없는 안타까움을 말하였다. 이의 연장선에서 제5, 6구는 고적한 환경 속에 그리운 심경을 기탁할 수 있게 되었다. 말미에서 완 중승의 처지가 어떠한지 드러났다.

---

28) 夏口(하구) : 악주(鄂州)의 치소인 강하현(江夏縣)을 가리킨다. ○ 鸚鵡洲(앵무주) : 지금의 호북성 무한시 한양 서남의 장강 가운데 있었던 삼각주. ○ 阮中丞(완중승) : 미상. 판본에 따라 源中丞이나 元中丞이라 되어 있기도 하다. 현대 학자들은 담주자사와 어사중승을 역임한 원휴(源休)로 본다.
29) 汀洲(정주) : 강물 속의 작은 주도(洲島). 모래톱.
30) 漢口(한구) : 한수(漢水)가 장강으로 들어가는 곳.
31) 孤城(고성) : 한양성을 가리킨다. 성 근처에 대별산(大別山)이 있다.
32) 賈誼上書(가의상서) : 서한 초기 가의가 한 문제에게 「치안책」 등을 올렸다.

사냥을 관람하며, 회서 상공께 올림(觀校獵上淮西相公)³³⁾

龍驤校獵邵陵東,³⁴⁾	용양장군이 소릉의 동쪽으로 사냥을 나가시니
野火初燒楚澤空.³⁵⁾	들불이 초택의 하늘로 퍼지기 시작하는구나
師事黃公³⁶⁾千載後,³⁷⁾	장량처럼 천 년이 지나서 황석공에게 배우고
身騎白馬萬人中.³⁸⁾	공손찬처럼 백마 타고 수많은 병사 속에서 내달린다
笳隨晚吹迎邊草,	호가 소리 저녁에 퍼지니 변방의 풀들이 맞이하고
箭沒寒雲落塞鴻.	화살이 구름 속에 들어가더니 기러기가 떨어진다
三十擁旄誰不羨,³⁹⁾	나이 서른에 모절을 들었으니 누가 부러워 않으리
周郎少小立奇功.⁴⁰⁾	동오의 주유처럼 젊어서 뛰어난 공 세우셨네

해설 이희렬은 782년 가을 검교사공(檢校司空)이 추가되면서 치청(淄靑)절도사 이정기(李正己)를 토벌하라는 명을 받았다. 이에 삼만 군사를 이끌

---

33) 淮西相公(회서상공) : 이희렬. 위의 「회녕군절도사 이 상공께 바침」 참조.
34) 龍驤(용양) : 장군의 명호. 서진 초 왕준(王濬)이 용양장군에 임명되어 동오를 공격할 준비를 하였다. ○校獵(교렵) : 일정한 지역에 울타리를 둘러치고 짐승의 이동을 제한하고서 하는 사냥.
35) 楚澤(초택) : 초 지방의 호수와 소택지. 사마상여 「자허부」에 "신이 듣기에 초 지방에는 7개의 소택지가 있는데 그중 하나를 보았을 뿐 나머지는 보지 못했습니다"(臣聞 楚有七澤, 嘗見其一, 未睹其餘也.)는 말이 있다.
36) 심주 : 곧 황석공이다.(卽黃石公.)
37) 黃公(황공) : 황석공. 진(秦)나라 때의 은사로, 장량에게 병서 『태공병법』(太公兵法)을 주며, "이 책을 읽으면 왕의 군사(軍師)가 된다"고 말한 불가사의한 노인. 노인의 예언대로 십삼 년 후 장량이 한 고조를 따라 제북(濟北)을 지나갈 때, 곡성산(穀城山) 아래에서 황석(黃石)을 발견하였다. 장량은 사당을 만들고 이를 모셨다.
38) 白馬(백마) : 삼국시대 기도위(騎都尉) 공손찬(公孫瓚)은 항상 백마를 탔는데 오환이 두려워하였다. 『삼국지』 중의 『위서』 「공손찬전」 참조. 그 밖에 같은 책 「방덕전」에 보면 방덕(龐德)도 항상 백마를 탔는데 관우와 대전할 때 용감히 싸워 관우군이 두려워하면서 '백마장군'이라 불렀다.
39) 擁旄(옹모) : 모절(旄節, 소꼬리 또는 깃털 달린 신물)을 들다. 군대를 통솔하다.
40) 周郎(주랑) : 삼국시대 동오의 주유(周瑜). 나이 24세 때 건위중랑장이 되어 동오에선 모두 '주랑'이라 불렀다. 나중에 적벽대전에서 조조의 대군을 막는다. 여기서는 이희렬이 양숭의(梁崇義)를 격파한 일을 비유한다.

고 허주(許州)로 갔다. 이때 유장경도 이희렬을 따라 허주로 갔다. 일방적인 찬양의 어조가 강하여 시의 격이 떨어졌다.

원주로 부임하는 유 사군을 보내며(送柳使君赴袁州)⁴¹⁾⁴²⁾

宜陽出守新恩至,⁴³⁾	새로이 은총 입어 의양에 지방관으로 나가시니
京口因家始願違.⁴⁴⁾	경구의 집에 계신 부모님을 봉양할 수 없으리
五柳閉門高士去,⁴⁵⁾	다섯 버드나무 선 문 닫고 은자는 떠나가니
三苗按節遠人歸.⁴⁶⁾	삼묘 지방에 부절 들고 그대 멀리 돌아가리라
月明江路聞猿斷,	달 밝은 뱃길에선 원숭이 애 끊는 소리 들리고
花暗山城見吏稀.	겹겹이 꽃 핀 산성에는 아전도 별로 없으리라
惟有郡齋窓裏岫,	오로지 있는 것이라곤 군 관사 창문 속의 산봉우리
朝朝空對謝玄暉.⁴⁷⁾	아침마다 사조(謝朓) 같은 그대를 마주하리라

해설 지방관으로 출입하는 사람과 헤어지며 쓴 시이다. 전반부에서 한거

---

41) 심주 : 원주와 삼묘는 땅이 접해 있다.(袁州與三苗地接.)
42) 柳使君(유사군) : 777년 원주자사가 된 유혼(柳渾)으로 추정된다. 유장경은 774년부터 목주(睦州, 절강 건덕시)사마로 있었다. 유혼이 원주로 부임하다가 목주를 지날 때 유장경을 만난 것으로 보인다. ○ 袁州(원주) : 지금의 강서성 의춘.
43) 宜陽(의양) : 원주(袁州)를 가리킨다. 원래 의춘(宜春)이었으나 서진이 동오를 평정한 후 가후(賈后)의 이름을 피휘하기 위해 의양으로 개명했다.
44) 京口(경구) : 당대의 윤주(潤州)를 가리킨다. 지금의 강소성 진강시(鎭江市). 이 구를 보면 원주자사로 부득이 출입하게 되는데, 여기서는 부모님에 대한 봉양 때문으로 풀었다.
45) 五柳(오류) : 버드나무 다섯 그루. 도연명은 자신의 집 앞에 다섯 그루 버드나무를 심었으며, 스스로를 '오류선생'(五柳先生)이라고 하였다.
46) 三苗(삼묘) : 고대 국가 이름. 요, 순, 우 시대 중국 남방의 강대한 부족. 순 임금 때 삼위(三危)로 옮겼다. 그 강역은 동정호와 팽려호 사이로, 당대의 강주(江州), 악주(鄂州), 악주(岳州) 지역에 해당하다. 원주는 고대 삼묘 지역에 속한다.
47) 謝玄暉(사현휘) : 남조 시인 사조(謝朓, 464~499년). 일찍이 선성태수(宣城太守)를 지냈으며 오언시에 뛰어났다.

하던 경구에서 원주로 가는 내력을 잘 표현하였고, 후반부에서 원주로 가는 노정과 원주의 생활을 상상하였다. 말구를 보면 유 사군은 남조의 시인 사조(謝朓)와 같은 문인 기질의 관리로 보인다.

사신으로 안륙에 머물며 친구에게 부침(使次安陸寄友人)[48]

新年草色遠萋萋,	새해 들어 풀빛이 멀리까지 우거졌는데
久客將歸問路蹊.	객지를 떠도는 나그네 돌아가려고 길을 묻는다
暮雨不知湨口處,[49]	저녁 비에 운수 어구가 어딘지 모르겠는데
春風只到穆陵西.[50][51]	봄바람은 다만 목릉관 서쪽까지만 불어오는구나
孤城盡日空花落,	외로운 성에 해종일 꽃이 부질없이 지고
三戶無人自鳥啼.[52][53]	사람 적은 거리에 새만이 절로 지저귀누나
君在江南相憶否,	그대 강남에서 나를 생각하는지
門前五柳幾枝低?	문 앞에 다섯 그루 버드나무 몇 가지나 늘어졌는가?

해설 강남의 친구를 그리며 쓴 시이다. 시인은 환유생활로 일정한 거처가 없어 스스로 '구객'(久客)이라 하였다. 안사의 난이 지난 당시 지방의

---

48) 安陸(안륙) : 안주(安州)의 속현. 호북 동북부에 위치한다. 『원화군현도지』 권2에는 "성은 삼중이며 서쪽으로 운수를 배고 있다"(其城三重, 西枕湨水.)라 기록되어 있다.

49) 湨口(운구) : 운수가 면수(沔水)로 들어가는 곳.

50) 심주 : 이곳에는 봄이 늦게 온다고 말했으니, 땅이 편벽되기 때문이다.(言此處春光緩到, 因地偏也.)

51) 穆陵(목릉) : 목릉관. 안륙현의 동쪽에 소재하며, 광주(光州)와 황주(黃州) 사이에 있다. 당시 회수 일대에서 유전(劉展)이 장기간 난을 일으켰으므로 목릉관 동쪽은 봄이 와도 따뜻한 줄 모르겠다는 뜻이다. 심덕잠의 주석은 적절하지 못하다.

52) 심주 : 『사기』에 "초나라가 비록 세 가호만 남는다고 하더라도 진나라를 멸망시키는 것은 반드시 초나라이리라"고 했다.(史記 : "楚雖三戶, 亡秦必楚.")

53) 三戶(삼호) : 세 가호. 사람이 지극히 적음을 가리킨다. 안륙은 본래 초나라 강역이어서 '삼호'라는 말로 백성이 적음을 형용하였다.

정세가 불안하여 안주의 북쪽은 전란으로 소요 사태가 많았다. 그러므로 제4구에서 남쪽에서 불어오는 봄바람이 안주까지만 분다고 한 듯하다. 이러한 불안정한 시국에 제5, 6구와 같은 정적이 일말의 긴장을 만들어 낸다. 분주한 자신에 비추어 은거하는 친구를 대비시켰다.

장안으로 돌아가는 경 습유를 보내며(送耿拾遺歸上都)[54]

若爲天畔獨歸秦?[55]	하늘 끝에서 장안에는 홀로 어찌 돌아 갈 것인가?
對水看山欲暮春.	그곳에 가서 강과 산을 바라보면 늦봄이 되리
窮海別離無限路,[56]	바다 끝에서 헤어지면 끝없는 길
隔河征戰幾歸人?	강 건너 전란에 몇 사람이나 돌아왔나?
長安萬里傳雙淚,	장안 만 리에 두 줄기 눈물 전하니
建德[57]千峰寄一身.[58]	건덕의 수많은 산봉우리 속에 깃들어 살아가네
想到郵亭愁駐馬,	생각하니 역참에선 근심에 말을 멈출 터인데
不堪西望見風塵.	서쪽에서 일어나는 전란의 먼지 차마 보지 못하리라

평석 당시 분명 티베트의 난이 있었을 것이다. 때문에 '강 건너 전란'이나 '서쪽에서 일어나는 전란의 먼지'란 말이 있다.(時應値吐蕃之亂, 故有'隔河征戰''西望風塵'之語.)

해설 목주에서 장안으로 돌아가는 시인 경위(耿湋)를 보내며 쓴 시이다.

---

54) 耿拾遺(경습유) : 경위(耿湋). 773년에 좌습유가 되었으며, 774년에 강회괄도서사(江淮括圖書使)로 충임되어 강남에 도서를 구하러갔으며, 다음 해 봄에 목주(睦州, 절강 건덕시)에서 유장경을 만난 것으로 보인다. ○上都(상도) : 장안. 처음에는 경성(京城)이라 했고, 742년부터 서경(西京)이라 했다가, 762년부터 상도라 불렀다.
55) 天畔(천반) : 천애(天涯)와 같다. 하늘 끝.
56) 窮海(궁해) : 바다 끝 궁벽한 곳. 목주를 가리킨다.
57) 심주 : 지금의 엄주이다.(今嚴州.)
58) 建德(건덕) : 목주의 속현. 목주 치소 소재지.

장안까지 먼 거리를 반복하여 말함으로써 가는 자의 수고와 함께 벽지에서 지내는 자신의 처지를 드러내었다. 더구나 전란으로 서로의 안위를 더욱 걱정하니 보내는 마음도 더욱 깊어진다. 유장경이 목주사마로 있던 때는 777년 전후로 시에서 말하는 장강 이북의 전란은 번진의 난으로 보인다. 때문에 심덕잠이 장강 이북의 전란을 티베트의 난(763년)으로 본 것은 적절하지 않다.

서쪽으로 올라가는 창조참군 육례를 보내며(送陸澧倉曹西上)[59]

長安此去欲何依?	여기서 장안까지 무엇에 의지하며 가려나?
先達誰當薦陸機?[60]	선배로서 육기 같은 그대 추천할 수 없어 안타까워
日下鳳翔雙闕逈,[61]	봉황처럼 날아가더라도 도성의 쌍궐은 멀고
雪中人去二陵稀.[62]	눈 속에 효산(崤山)으로 가는 나그네 드물어라
舟從故里難移棹,[63]	배 타고 마을 떠나자니 노를 차마 젓기 어려워
家在寒塘獨掩扉.[64]	차가운 연못가의 집에선 사립문이 닫혀지리
臨水自傷流落久,[65]	강가에 서서 오랫동안 떠도는 자신을 슬퍼하니

59) 陸澧(육례) : 자는 탐원(探源). 형주종사, 감찰어사를 역임했고, 나중에 전중시어사가 되었다. ○倉曹(창조) : 주부(州府)의 창조참군(倉曹參軍). 조세, 관공서, 주방, 창고, 시장 등에 관한 업무를 관장한다.

60) 先達(선달) : 덕행과 학문이 있는 선배. ○陸機(육기) : 서진의 문인. 삼국시대 동오의 명장 육손의 손자이다. 동생 육운과 함께 '이륙'(二陸)이라 칭해졌으며, 장화의 추천을 받아 낙양에 올라가 활동하였다.

61) 日下(일하) : 도성을 말한다. 태양은 황제를 말하며, 황제가 있는 바로 아래라는 뜻을 채용하였다. ○雙闕(쌍궐) : 궁문의 양옆에 있는 망루.

62) 二陵(이릉) : 효산(崤山)의 두 능선. 지금의 하남성 낙녕현(洛寧縣) 북 소재. 낙양에서 장안으로 들어가려면 반드시 거쳐야 한다.

63) 故里(고리) : 고향 마을. 육례는 오군(吳郡) 가흥(嘉興) 사람이며, 집은 상주(常州) 강음(江陰)이다.

64) 심주 : 하반부는 자신을 말했다.(下半說自己.)

65) 流落(유락) : 객지에서 떠돌다. 곤궁하여 실의에 차다.

贈君空有淚沾衣.　　그대에게 줄 수 있는 건 옷에 적시는 눈물뿐

해설 강음에서 장안으로 가는 육례를 보내며 쓴 시이다. 정연한 구성 속에 추천하는 자 없는 상대를 안타깝게 생각하고 타향을 떠도는 자신을 슬퍼하였다. 일종의 나그네가 나그네를 보내는 '객중송객'(客中送客)의 정서이다. 유장경이 강음과 가까운 의흥(義興)에서 한거할 때 지은 것으로 보인다.

영우 화상의 고택에 적다(題靈祐和尙故居)[66]

歎逝翻悲有此身,	서거를 탄식하니 오히려 내 살아있음이 슬퍼
禪房寂寞見流塵.	선방은 적막히 먼지만 떠돌아
六時行徑空秋草,[67]	하루 종일 다니던 길엔 부질없는 가을 풀
幾日浮生哭故人.[68]	며칠간의 뜬 인생 고인을 슬퍼하여라
風竹自吟遙入磬,	바람에 서걱이는 대숲 소리 멀리 경쇠 소리에 섞이고
雨花隨淚共沾巾.[69]	비 맞은 꽃 따라 눈물 흘려 함께 수건을 적신다
殘經窓下依然在,	읽다 만 불경은 창 아래 그대로 있는데
憶得山中問許詢.[70]	산중에 허순 같은 그대 찾은 일 다시금 생각나는구나

66) 靈祐(영우) : 양주에서 활동한 승려. 유장경이 전운사판관으로 회남에 있을 때 교유하였다.
67) 六時(육시) : 하루 종일. 불교에서는 하루를 아침, 일중, 일몰, 초야, 중야, 후야 등 여섯 단락으로 나누는데 이를 6시라 한다.
68) 浮生(부생) : 덧없는 인생. 『장자』「각의」(刻意)에 "사람의 삶은 물에 뜬 것과 같고, 사람의 죽음은 쉬는 것과 같다"(其生若浮, 其死若休.)는 말에서 유래했다.
69) 雨花(우화) : 꽃이 비 오듯 떨어지다. 『능엄경』(楞嚴經)에 "이때 하늘에서 보련화가 떨어졌는데, 청, 황, 적, 백색이 서로 어지러이 섞여있었다"는 말이 있다. 또 강녕현 현성 남쪽에 우화대(雨花臺)가 있는데, 전설에 의하면 남조 양 무제(梁武帝) 때 운광법사가 여기서 불경을 강론하니 하늘이 감응하여 꽃이 비 오듯 떨어졌다고 한다.
70) 許詢(허순) : 동진의 문학가. 자는 현도(玄度)이며 고양(高陽, 하북 蠡縣) 사람이다.

평석 '고인을 슬퍼한다'도 마음 아픈데, '며칠간의 뜬 인생'이라 더욱 마음 아프다.('哭故人' 可傷矣, '幾日浮生', 尤爲可傷.)

해설 영우 화상은 유장경이 770년경 악악전운사 판관으로 양주에 갔을 때 방문했던 적이 있다. 약 십오 년이 지난 후 유장경이 다시 그곳을 방문하였을 때 영우 화상은 이미 작고한 뒤였기에 위 시를 지었다. 제1구와 제4구에서는 불교적 깨달음이 엿보인다.

전기(錢起)

이 원외의「온천궁 행차에 호종하며」에 화답하다(和李員外扈駕幸溫泉宮)[1]

未央月曉度疎鐘,[2]	미앙궁에 새벽 달빛 성긴 종소리 들리면
鳳輦時巡出九重.[3]	봉황 가마 타고 순수하러 구중궁궐 나가신다
雪霽山門迎瑞日,	눈 개인 산문은 상서로운 해 맞이하고
雲開水殿候飛龍.[4]	구름 걷힌 못가 궁전 비룡을 기다린다

당시 왕희지, 손작, 지돈 등과 함께 명사로 꼽혔다. 평생 벼슬을 하지 않고 산수를 좋아해 찾아다녔으며, 일찍이 난정의 모임에 참가했으며, 사안(謝安) 등과 유람하며 음영하였다. 현리(玄理)를 잘 분석하여 청담가의 좌장 가운데 하나로 활동하였다.

1) 李員外(이원외) : 미상. ○扈駕(호가) : 어가를 모시며 따름. ○溫泉宮(온천궁) : 장안 동쪽 교외의 여산 아래에 있는 이궁. 644년에 처음 지었고, 671년 온천궁이라 하였다가 747년에 화청궁(華清宮)이라 개명하였다.

2) 未央(미앙) : 한대 미앙궁. 당 궁성을 비유한다.

3) 鳳輦(봉련) : 제왕의 가마. ○時巡(시순) : 때에 맞춰 나가는 순수(巡狩). 현종은 즉위 후 거의 매년 온천궁에 행차하였고, 천보 원년부터는 매년 시월의 온천궁 행차는 정해진 행사였다.

4) 水殿(수전) 연못가의 전각. ○飛龍(비룡) : 나르는 용. 현종을 가리킨다.

輕寒不入宮中樹,[5] 가벼운 추위는 궁중의 나무에 깃들지 않는데
佳氣常浮仗外峰. 아름다운 기운은 언제나 의장 밖 봉우리에 감돌아
遙羨枚皐扈仙蹕,[6] 멀리서 부러워라, 매고 같은 그대 신선 행차 호종하니
偏承霄漢渥恩濃.[7] 하늘 같은 임금 맞이하며 은택이 깊어라

해설 현종의 온천궁 행차를 그렸다. 전아한 언어와 정교한 형식을 중시하는 응제시이다. 명대 왕세정(王世貞)은 전기와 유장경을 비교하면서 전기의 가장 뛰어난 구를 위 시의 제5, 6구로 보았다. 그러나 "제5구는 빼어나지만 지나치게 기교적이고, 제6구는 넉넉하지만 앞 구에 어울리지 않는다"(上句秀而過巧, 下句寬而不稱.)고 하였다.

도성의 배 사인에게(贈闕下裴舍人)[8]

二月黃鸝飛上林, 이월이라 꾀꼬리 상림원에 나는데
春城紫禁曉陰陰. 봄이 온 황성에 새벽이 희미해라
長樂鐘聲花外盡,[9][10] 장락궁 종소리가 꽃 숲까지 떨어지고
龍池柳色雨中深.[11][12] 용지의 버들 빛이 빗속에서 짙푸르다

----

 5) 심주: 입구(入句)보다 더 아름답다.(佳於偶句.)
 6) 枚皐(매고): 한 무제의 문학 고문. 매승의 아들. 무제가 감천궁, 옹주(雍州), 하동(河東), 태산 등지를 행차할 때 감흥이 일어나면 바로 매고에게 부를 짓게 하였다. 여기서는 이 원외를 비유한다. ○仙蹕(선필): 신선의 행차에서 길라잡이가 나서 사람의 통행을 금하여 길을 치움. 일반적으로 천자의 수레 또는 행차를 가리킨다.
 7) 霄漢(소한): 은하수. 여기서는 하늘같이 높은 제왕. ○渥恩(악은): 깊은 은택.
 8) 闕下(궐하): 궁궐 아래. 도성을 말한다. ○舍人(사인): 중서사인. 황제의 조서를 기초하므로 문학적 소양이 있어야 하며, 품계는 정5품상으로 고관에 속한다.
 9) 심주: 꽃 밖으로 나가지 않는다.(不出花外.)
10) 長樂(장락): 장락궁. 한대의 궁전. 여기서는 당대 궁을 가리킨다.
11) 심주: 은택을 입음이 특히 깊다.(蒙澤獨深.)
12) 龍池(용지): 장안궁 안의 흥경궁에 있는 연못. 심전기「용지편」참조.

陽和不散窮塗恨,[13] 　따뜻한 기운도 길 막힌 서러움 해소하지 못하니
霄漢常懸捧日心,[14] 　하늘에 항상 걸린 해를 두 손으로 받들고자 하네
獻賦十年猶未遇,[15] 　십 년 동안 부를 지어 올렸건만 아직 인정받지 못해
羞將白髮對華簪.[16][17] 　부끄럽게도 화잠 꽂은 관을 백발과 마주한다

평석 풍격이 이기(李頎)에 가깝다.(格近李東川.)

해설 자신을 발탁해 달라는 뜻을 실은 일종의 투증시(投贈詩) 또는 간알시(干謁詩)이다. 다만 상대를 칭찬하거나 자신을 지나치게 저자세로 낮추지 않고, 경물과 감정의 묘사를 통해 자신의 뜻을 드러냈다는 점에서 일반적인 간알시의 틀에서 벗어난 점이 돋보인다. 사실 전반부의 경물은 비록 장안의 봄을 노래했지만 모두 배 사인이 날마다 다니는 장소로 결국 배 사인에 대한 칭송과 다름 아니다. 그것이 전혀 흔적을 보이지 않는다는 점이 속되지도 않고 지극히 완곡하다. 전편에 걸쳐 특별히 조탁한 곳도 없으면서 화사하고 아름다운 이미지가 만들어졌고 언어와 표현이 적절하고 구성도 공정하다.

---

13) 陽和(양화) : 봄날의 온화한 기운.
14) 捧日(봉일) : 충심으로 제왕을 보좌하다. 삼국시대 "정욱(程昱)은 어렸을 때 꿈에 태산에 올라 두 손으로 해를 받았다."(昱少時常夢上泰山, 兩手捧日.)『삼국지』중의『위서』「정욱전」참조.
15) 獻賦(헌부) : 한 성제 때 양웅이「우렵부」와「장양부」등을 바쳤는데 급사황문랑(給事黃門郞)이란 낮은 직위에 머물렀다. 성제, 애제, 평제를 거치면서도 관직이 오르지 못하였다. 여기서는 여러 차례의 과거 응시를 말한다.
16) 심주 : 함축이 적다.(少含蓄.)
17) 華簪(화잠) : 화려한 비녀. 배 사인을 가리킨다.

한 무제의 사냥(漢武出獵)

漢家無事樂時雍,[18]　　　한나라 무사하여 태평시대 즐기는데
羽獵年年出九重.[19]　　　해마다 사냥하러 구중궁궐 나간다
玉帛不朝金闕路,[20]　　　금궐에는 옥과 비단 들고서 조회 오는 자 없는데
旌旗長繞彩霞峰.　　　깃발은 언제나 노을 진 봉우리 둘러싸았네
且貪原獸輕黃屋,[21]　　　게다가 황궁을 제쳐두고 들의 야수 탐하니
寧畏漁人犯白龍?[22]　　　어부가 백룡을 쐈던 일도 두려워 않는구나
薄暮方歸長樂觀,[23]　　　저물녘에 비로소 장락관으로 돌아오니

---

18) 時雍(시옹) : 시대가 태평하다.
19) 羽獵(우렵) : 제왕이 수렵하다. 羽(우)는 화살을 가리키며, 사졸들이 화살을 지고 따른다는 뜻이 들어 있다.
20) 玉帛(옥백) : 옥과 비단. 제후가 천자를 조견할 때 들고 가는 예물이다.『좌전』'애공 7년'조에 "우 임금이 도산에서 제후를 회합시킬 때, 옥과 비단을 들고 귀부하는 나라가 만 개나 되었습니다"(禹合諸侯於塗山, 執玉帛者萬國.)고 하였다. 두예(杜預) 주(注)에 "제후는 옥을 들고, 부용국 군주는 비단을 든다"(諸侯執玉, 附庸執帛.)고 하였다. ○ 金闕(금궐) : 금으로 장식한 궁궐. 당 궁전을 가리킨다.
21) 原獸(원수) : 들의 야수. ○ 黃屋(황옥) : 제왕이 타는 수레. 노란 비단을 차개의 안쪽에 대었기 때문에 황옥이라 했다. 여기서는 황궁을 가리킨다.
22) 漁人犯白龍(어인범백룡) : 어부가 백룡을 쏘다.『설원』「정간(正諫)」에 나오는 우화를 가리킨다. 춘추시대 오나라 왕이 백성들과 어울려 술을 마시려 하자 오자서가 간언하여 말하였다. "안됩니다. 예전에 백룡이 청령 연못에 내려와 물고기로 변하였는데 (송나라) 어부 예저가 그 눈을 쏘아 맞추었습니다. 백룡은 천제에게 하소연하였습니다. (…중략…) 이에 천제는 '물고기는 본디 사람들이 쏘아 잡을 수 있는 것이다. 이와 같다면 예저에게 무슨 죄가 있겠는가?'라고 하였습니다. 백룡은 천제의 귀한 가축이고 예저는 송나라의 미천한 신하입니다. 백룡이 모습을 바꾸지 않았다면 예저 또한 쏘지 않았을 것입니다. 지금 만승의 지위를 버리고 포의의 선비를 따라 술을 마시려 하시는데, 신은 혹여 예저와 같은 일이 있을까 두렵습니다." 왕이 이에 술을 마시지 않았다.(吳王欲從民飲酒, 伍子胥諫曰 : "不可. 昔白龍下清泠之淵, 化爲魚, 漁者豫且射中其目. 白龍上訴天帝. (…중략…) 天帝曰 : '魚固人之所射也, 若是, 豫且何罪? 夫白龍, 天帝貴畜也; 豫且, 宋國賤臣也. 白龍不化, 豫且不射. 今君棄萬乘之位而從布衣之士飲酒, 臣恐其有豫且之患矣." 王乃止.) 여기서는 제왕이 안위를 돌보지 않고 사냥에 탐닉함을 가리킨다.
23) 長樂觀(장락관) : 장락궁. 진시황이 세워 흥락궁(興樂宮)이라 했는데 그 위에 관우(觀宇)를 축조하여 여기서 기러기를 쏘았다. 한대에 확건하고 이름을 장락궁이라 하였

垂楊幾處綠煙濃?　　　버들 늘어선 곳 몇몇이나 녹음이 질푸렀나?

해설 한 무제의 사냥을 풍자한 시이다. 고대에는 제왕의 탐닉이 국가적
인 재앙으로 이어지는 경우가 많아 이를 경계하였다. 한 무제는 특히 사
냥을 좋아하였고 맹수를 직접 살해하는 일을 즐겼다. 사마상여는 「자허
부」와 「상림부」에서 이를 자세히 묘사하고 간언도 올렸다. 위 시는 이러
한 역사적인 일과 문학적인 전통을 제재로 하여 지은 영사시이다.

왕 원외의 「눈 그친 아침의 조회」에 화답하며(和王員外晴雪早朝)

紫微晴雪帶恩光,[24]	자미성에 눈 걷히니 은혜로운 빛이 눈부신데
繞仗偏隨鴛鷺行.[25]	둘러싼 의장대는 원앙 같은 신하의 행렬을 따르네
長信月留寧避曉,[26]	장신궁에 머문 달빛 새벽이 지나도 머물고
宜春花滿不飛香.[27]	의춘원에 꽃이 가득 피어도 향기가 없더라
獨看積素凝淸禁,[28]	쌓인 눈이 황궁에 엉겨있음이 뚜렷이 보이는데
已覺輕寒讓太陽.	가벼운 한기가 태양에 물러남을 이제는 알겠어라
題柱盛名兼絶唱,[29]	황제가 기둥에 새길 만큼 신임하고 또 시문도 절창이니

다. 지금의 서안시 장안구 서북에 소재했다.
24) 紫微(자미) : 자미궁. 북두칠성 근처의 별자리로, 지상의 황궁을 나타낸다.
25) 鴛鷺(원로) : 원앙과 백로. 이동할 때의 모습이 질서정연하여 품계에 따라 늘어선 군
　　신들을 비유한다.
26) 長信(장신) : 장신궁. 서한의 궁으로 주로 태후가 거주하였다. 여기서는 당 궁성을 가
　　리킨다.
27) 宜春(의춘) : 의춘원(宜春苑). 한대의 황가 정원. 여기서는 어원을 가리킨다.
28) 積素(적소) : 적설. 쌓인 눈. ○淸禁(청금) : 황궁. 궁중은 깨끗하고 엄숙하다는 뜻에
　　서 만들어진 어휘이다.
29) 題柱(제주) : 기둥에 글씨를 쓰다. 한 영제(漢靈帝) 때 상서랑 전봉(田鳳)은 용모가
　　단정하고 행동이 방정했다. 상주하고 갈 때는 영제가 눈으로 전송하며 기둥에 "자장
　　처럼 당당한 사람은, 경조의 전랑이로다"(堂堂乎張, 京兆田郎)라고 썼다. 조기(趙岐)
　　의 『삼보결록』(三輔決錄) 참조.

風流誰繼漢田郎?[30]　　그대 말고 그 누가 한나라 전봉의 풍류를 이어가리오?

평석 잠삼의 작품을 뒤쫓을 만하다. 아쉽게도 마무리가 평범하여 잠삼의 마무리보다 못하다.(可追隨嘉州作, 惜一結泛然, 不如岑詩關合.)

해설 눈이 그친 장안성의 초봄 모습을 그리고 왕 원외의 재능을 칭송하였다. 전아한 어휘와 부려한 이미지를 운용한 응제시의 일종이나, 음조가 밝고 뜻이 시원스러워 시인의 시풍이 잘 드러난 시이다. 제3구는 눈 내린 후의 하늘이 맑아 마치 새벽달이 머문 듯하고, 제4구는 눈이 내려 어원이 갑자기 눈꽃을 피운 모습을 착시의 수법으로 강조하고 있다.

산중에서 양 보궐의 방문을 받고(山中酬楊補闕見訪)[31]

日暖風恬種藥時,	해는 온화하고 바람 부드러워 작약을 심을 때라
紅泉翠壁薜蘿垂.	꽃잎 진 붉은 샘물과 비취 석벽에 벽라가 드리웠네
幽溪鹿過苔還靜,	그윽한 계곡에 사슴이 지나가도 이끼는 고요하고
深樹雲來鳥不知.[32]	깊은 숲에 구름이 다가와도 새들은 모르는구나
靑瑣同心多逸興,[33]	궁궐에 있는 친구는 흥취가 많아
春山載酒遠相隨.	봄 산으로 술동이 싣고 멀리 찾아왔으니
却慚身外牽纓冕,[34]	도리어 부끄러워라, 벼슬에 얽매여 있느라고

---

30) 漢田郎(한전랑) : 동한의 상서랑 전봉(田鳳). 여기서는 원외랑 왕씨를 비유한다.
31) 楊補闕(양보궐) : 미상. 황제에게 간언하는 관직으로 품계는 종7품이다.
32) 심주 : 가구이다.(佳句.)
33) 靑瑣(청쇄) : 고대 궁문에 연속무늬로 투각한 장식 부위로, 청색의 칠을 칠하였다. 일반적으로 조정이나 궁전을 가리킨다. ○同心(동심) : 뜻이 같은 친구. 『주역』「계사」(繫辭)에 "두 사람의 마음이 일치하면 그 예리함은 쇠를 자를 수 있고, 같은 마음으로 나누는 말은 그 향기가 난초와 같다"(二人同心, 其利斷金. 同心之言, 其趣如蘭.)는 말이 있다.

未信尊前倒接䍦.[35]　술에 취해 흰 두건 거꾸로 썼다는 풍류 믿지 않았음을

해설 산중생활의 즐거움을 노래하고 친구의 방문을 기뻐한 시이다. 전반부는 산중의 모습을 그리고, 후반부는 사람의 일을 묘사하는 전경후정(前景後情)의 구성을 취하였다. 제3, 4구에서는 왕유의 신운(神韻)이 엿보인다. 시인은 비록 산중에서 지내고 있지만 제7구에서 말하듯 반관반은(半官半隱)생활을 하고 있음을 알 수 있다.

위응물(韋應物)

공현에서 배로 황하에 들어가며, 부현의 막료들에게 부침(自鞏洛舟行入黃河卽事, 寄府縣僚友)[1]

夾水蒼山路向東,[2]　　강을 낀 푸른 산에 뱃길은 동으로 났는데
東南山豁大河通.　　동남으로 산이 열리면서 황하로 통하는구나
寒樹依微遠天外,[3]　　추운 날 나무들은 먼 하늘 밖에서 흐릿하고

---

34) 牽(견) : 연루되다. 구속되다. ○纓冕(영면) : 갓끈과 예관(禮冠). 관리 또는 벼슬을 가리킨다.

35) 倒接䍦(도접리) : 흰 두건을 거꾸로 쓰다. 서진(西晉) 때 산간(山簡)의 일을 가리킨다. 산간이 양양에 주둔하고 있을 때 자주 습가지(習家池)에 가서 술에 취하자, 양양의 아이들이 동요를 지었다. "산공은 어디로 가는가? 고양의 습가지로 간다네. 저녁이면 수레에 거꾸로 실려 돌아와도, 고주망태가 되어 아무것도 모르네. 준마는 탈 수 있다고 해도, 흰 두건은 거꾸로 썼네."(山公出何許, 往至高陽池. 日夕倒載歸, 酩酊無所知. 復能乘駿馬, 倒箸白接䍦.) 接䍦(접리)는 흰 두건이다.

1) 鞏(공) : 공현. 하남부의 속현. 지금의 하남 공현. ○洛(낙) : 낙수. ○府縣(부현) : 하남부와 낙양현.

2) 夾水(협수) : 강을 가운데 끼다. 공현은 사면이 산이고 가운데 낙수가 흘러간다.

夕陽明滅亂流中.　석양은 어지러이 흐르는 물결 위에 반짝인다
孤村幾歲臨伊岸.⁴⁾⁵⁾　외진 마을 몇 년 지났어도 이수 강가에 그대로 있는데
一雁初晴下朔風.　한 마리 기러기 막 갠 하늘에 남으로 날아간다
爲報洛橋遊宦侶.⁶⁾　낙양에서 벼슬하는 친구들에게 알리노니
扁舟不繫與心同.⁷⁾　매이지 않는 쪽배, 내 마음이 그와 같다네

평석 제3구는 그림이다. 제4구의 그림도 그려내기 쉬운 건 아니다.('寒樹'句畵本, '夕陽'句畵亦難到.) ○ '왜가리가 석양의 안개를 뚫고 날아가', '수면 위 돌개바람에 낙화가 모여들어', '비에 연잎 뒤집히고 원앙에 뿌려져' 등은 모두 명구이나, 일부러 공교로움을 추구하였기에 천연의 맛이 적다. 산과 강과 구름과 노을이 모두 그림이 되지만, 가리키고 둘러보며 자연스럽게 얻는 그것이 비로소 고인의 뛰어난 점이다.('鷺鶿飛破夕陽煙', '水面廻風聚落花', '芰荷翻雨潑鴛鴦', 同是名句, 然皆作意求工, 少天然之致矣. 山水雲霞, 皆成圖績, 持點顧盼, 自然得之, 才是古人佳處.)

해설 783년 위응물이 상서 비부원외랑에서 저주자사로 전입되었다. 장안을 떠나 배를 타고 공현을 거쳐 황하로 들어갈 때 이전에 낙양현승으로 지냈을 때의 막료들에게 부친 시이다. 말구를 보면, 자신은 능력 있는 자도 지혜로운 자도 아니어서 시류에 따라 흘러갈 뿐이라며 소극적인 태도를 보인다. 당시 군벌의 할거와 재정의 결핍으로 정치는 갈수록 악화되고 백성들은 갈수록 힘들어졌다. 이런 상황에서 자신의 기대와 노력이

---

3) 依微(의미) : 흐릿한 모양.
4) 심주 : 이수의 강가.(伊水之岸.)
5) 伊(이) : 이수(伊水). 낙양 동남을 흐르는 강.
6) 洛橋(낙교) : 낙양성 남쪽 낙수(洛水)에 있던 천진교(天津橋). 여기서는 낙양을 가리킨다.
7) 扁舟不繫(편주불계) : 매어있지 않은 쪽배. 구속 없는 자유로움을 의미한다. 『장자』 「열어구」(列禦寇)에 "재능 있는 사람은 수고롭고 지혜로운 사람은 근심이 많지만, 능력이 없는 사람은 구하는 것도 없다. 배부르면 노니니 마치 매이지 않는 배와 같다"(巧者勞而智者憂, 無能者無所求. 飽食而遨遊, 泛若不繫之舟.)는 말이 있다.

실현될 수 없음을 깨닫고 다소 낙담해진 듯하다. '난류'(亂流)는 시인의 마음의 투영이며, '고촌'(孤村)과 '일안'(一雁)도 위축된 자신의 모습을 반영한 것으로 보인다. 그러므로 보이는 풍경은 곧 마음의 모습이 된다.

이담에게 부침(寄李儋元錫)[8]

去年花裏逢君別,	작년에 꽃필 적에 그대 만났는데
今日花開又一年.	오늘 꽃 피니 다시 일 년이 되었구료
世事茫茫難自料,	세상일은 얼키설키 헤아리기 어려워
春愁黯黯獨成眠.[9]	암담히 시름겨워 홀로 봄잠을 자네
身多疾病思田里,[10]	병 많은 몸이라 전원을 그리워하고
邑有流亡愧俸錢.[11]	읍에는 도망자 많아 봉록 받기 부끄러워
聞道欲來相問訊,[12]	듣자하니 그대 방문한다는 소식 있었는데
西樓望月幾廻圓?[13]	그동안 서루에 보름달이 몇 번이나 둥글었나?

평석 제5, 6구는 진심을 저버리지 않는 말이다.(五六不負心語.)

해설 계절과 시사를 돌아보고 친구를 그리워하였다. 783년 저주자사로

---

8) 李儋元錫(이담원석) : 위응물의 친구인 이담. 자는 원석. 무위(武威, 감숙) 사람으로 박사(博士)와 어사(御史)를 역임하였고, 전중시어사까지 이르렀다. 위응물의 시집에는 그와 수창한 작품이 많다.

9) 黯黯(암암) : 어둡고 암담하다.

10) 思田里(사전리) : 전원과 향리를 그리워하다. 은거를 생각하다.

11) 邑(읍) : 소주(蘇州). ○流亡(유망) : 밖으로 도망간 사람. ○愧俸錢(괴봉전) : 지방관의 책임을 다 하지 못해 봉록 받기가 부끄럽다. 안사의 난 이후에 당의 균전법은 완전히 파괴되어 많은 사람들이 부역을 감당하지 못해 외지로 도망갔다.

12) 問訊(문신) : 방문하다.

13) 西樓(서루) : 관풍루(觀風樓)라고도 한다. 당대 시인 가운데 백거이도 소주 서루에 대해 언급한 적이 있다. 이 시는 소주자사로 있을 때 지은 작품으로 보인다.

부임하고, 그 다음 해에 지었다. 당시 장안에서는 783년 주차(朱泚)의 난이 일어나 덕종이 봉선으로 피난가고 소식도 두절되어 사태가 어떻게 전개되는지 모를 때였다. 제3, 4구는 이러한 복잡한 상황을 말하는 듯하다. 이 시가 널리 알려진 것은 제6구로, 나라가 어지럽고 백성들이 이산될 때 지방관으로서의 진퇴양난의 고충을 진솔하게 토로한 시구 때문이다. 이 구에 대해 북송 범중엄(范仲淹)은 "인자의 말"(仁者之言)이라 하였고, 주희(朱熹)는 "어질도다!"(賢矣)라고 칭찬하였다. 높은 이상과 깊은 인식이 있어야 이런 말을 할 수 있을 것이다.

황보염(皇甫冉)

단도현 현승 온씨의 「만세루에 올라」에 화답하며(同溫丹徒登萬歲樓)[1][2]

高樓獨上思依依,	높은 누대 홀로 오르니 심사 아득한데
極浦遙山合翠微.[3]	먼 포구와 물러앉은 산이 비췻빛으로 하나로다
江客不堪頻北望,	강가의 나그네 차마 북쪽을 바라보지 못하는데
塞鴻何事又南飛?	기러기는 무슨 일로 또 남으로 날아가나?
丹陽古渡寒煙積,	단양의 나루에는 차가운 안개 짙어지고
瓜步空洲遠樹稀.[4]	과보의 빈 모래섬엔 먼 나무숲이 희미하다

1) 심주 : 동진 왕공이 지었다.(晉王恭建.)
2) 溫丹徒(온단도) : 성이 온씨인 단도현령. ○ 萬歲樓(만세루) : 윤주성의 서남루(西南樓). 동진 왕공(王恭)이 확건하였다.
3) 極浦(극포) : 머나먼 포구.
4) 瓜步(과보) : 강소성 육합현(六合縣)에 소재한 과보산. 장강을 끼고 있는 곳으로 남북조시기에는 주요 군사 쟁탈지 가운데 하나였다. 450년 북위 태무제가 군사를 이끌고 이곳에 와 건강(建康, 남경시)을 위협하였다.

聞道王師猶轉戰,	듣자하니 관군은 아직도 전쟁 중이라 하니
誰能談笑解重圍?[5]	그 누가 사안(謝安)처럼 담소하는 중에 승리를 이끌
	겠는가?

해설 윤주 만세루에 올라 바라본 풍경과 일어나는 감회를 적었다. 제3, 4
구는 자신이 객지를 떠도는 상태임을 보여준다. 앞 6구에서 주로 서경을
보여주더니 말 2구에서 필획을 크게 바꾸었다. 그래도 눈에 보이는 과보
가 예전의 격전지였고, 가까운 건강(남경시)도 남조의 사안을 연상시키기
때문에 제5, 6구에서 이미 전환을 준비한 셈이다.

삼월 삼일 의흥이 현령의 뒷 정자에 배를 띄우고(三月三日義興李明府後亭泛舟)[6]

江南煙景復如何?[7]	강남의 풍광이 지금 다시 어떠한가?
聞道新亭更可過.	새로 지은 정자가 더욱 가볼 만하다 들었지
處處執蘭春浦綠,	푸른 봄 포구 여기저기에서 난초를 들고
萋萋藉草遠山多.[8]	우거진 풀 깔고 앉으니 먼 산이 많아라
壺觴須就陶彭澤,	술잔은 팽택령 도연명과 같은 이 명부에게 돌리니
風俗猶傳晉永和.[9]	풍속은 아직도 동진 때 난정의 수계와 같아라

---

5) 誰能(수능) : 사안(謝安)의 일을 가리킨다. 383년 전진(前秦)의 부견(符堅)이 군사 팔
   십여만을 이끌고 내려오자, 재상 사안이 동생 사석(謝石)을 정토대도독으로 임명하
   고, 조카 사현(謝玄)을 선봉으로 하여 회수를 서쪽으로 올라가도록 했다. 동진의 부
   대가 비수(淝水)에서 전진의 군사와 겨룬 후 수양(壽陽)을 수복하자 사석과 사현이
   건강에 승전보를 보냈다. 이때 사안은 마침 손님과 바둑을 두고 있었는데 승전보를
   받고도 태연히 바둑을 두었다.
6) 義興(의흥) : 상주(常州)의 속현으로 지금의 강소성 의흥시.
7) 煙景(연경) : 봄날의 아름다운 풍광.
8) 藉草(자초) : 풀을 깔고 앉다. 손작(孫綽)의 「유천태산부」(遊天台山賦)에 "우거진 잔풀을
   깔고 앉고, 낙락장송의 그늘에 든다"(藉萋萋之織草, 蔭落落之長松)는 말이 있다.
9) 晉永和(진영화) : 난정(蘭亭)의 수계(修禊)를 가리킨다. 동진 목제(穆帝) 영화(永和) 9

更使輕橈徐轉去,¹⁰⁾ 더구나 가벼운 배를 천천히 저어 돌아가야 하니

微風落日水增波. 한들 바람에 저녁 물결이 더욱 일어라

평석 '執蘭'(난초를 들다)은 곧『시경』「정풍」의 '秉蘭'(난초를 들다)이다. 이 두 글자는 정현의『모시전』에 보이는데, 상사일의 전고로 적절하다. 다른 판본에서는 '蘇蘭'이라 했는데 옳지 않다.('執蘭'卽鄭風'秉蘭'也. 二字見鄭箋, 于上巳爲典切, 他本作'蘇蘭'非.)

해설 봄 상사일에 현령과 뱃놀이를 한 감흥을 읊었다. 첫구의 의문문은 주의를 끌기 위해 던지는 일종의 반어법으로 시에서 자주 보인다. 의흥은 황보염이 무석위(無錫尉)로 있을 때 그의 별장이 있던 곳이다.

봄의 그리움(春思)

鶯啼燕語報新年, 꾀꼬리와 제비가 지저귀며 새 봄을 알리는데

馬邑龍堆路幾千?¹¹⁾ 마읍과 백룡퇴는 몇천 리 길이런가?

家住層城鄰漢苑,¹²⁾ 비록 궁궐 옆 높은 누대에 살아도

년(353년) 3월 3일, 왕희지, 사안, 손작 등 사십이 명이 회계 난정(蘭亭)에 모여 계제(禊祭)를 올리고 술을 마시고 시를 지은 일을 가리킨다.

10) 輕橈(경요) : 작은 노. 작은 배를 가리킨다.

11) 馬邑(마읍) : 삭주(朔州) 마읍군(馬邑郡). 치소는 지금의 산서 삭주시.『상서』「우공」(禹貢)에서 말하는 기주(冀州)의 성. 춘추시대는 북적(北狄)의 관할 지역이었고, 진대에는 안문군(雁門郡), 한대에는 안문의 마읍현이었다. ○龍堆(용퇴) : 백룡퇴(白龍堆). 지금의 신강 위구르자치구와 감숙성 등지에 남아 있는 흙 담.『한서』「흉노전」에 양웅의 간언이 실려 있다. "어찌 강거와 오손이 백룡퇴를 넘어 서쪽 변경을 노략할 수 있도록 하겠습니까!"(豈爲康居、烏孫能踰白龍堆而寇西邊哉!) 삼국시대 맹강(孟康)이 주석하기를 "용퇴는 흙으로 만든 용의 몸통으로, 머리는 없고 꼬리만 남은 모습이다. 높은 것은 이삼 장이요, 낮은 담은 한 장 남짓으로 모두 동북으로 향하며 비슷한데 서역에 있다"(龍堆形如土龍身, 無頭有尾, 高大者二三丈, 埤者丈餘, 皆東北向, 相似也, 在西域中.)

12) 層城(층성) : 높은 성. 때로 왕궁을 가리킨다.

心隨明月到胡天.　　　마음은 밝은 달을 따라 변경에 가고 싶어라
機中錦字論長恨,[13]　　베를 위 비단에 짠 글자는 깊은 정한 나타내는데
樓上花枝笑獨眠.　　　누대 밖 꽃가지는 혼자 잠자는 나를 비웃어라
爲問元戎竇車騎,[14]　 묻노니 거기장군 두헌이시여
何時反斾勒燕然?[15]　언제 연연산에 공을 새기고 개선하시나요?

평석 심전기의 '노씨 집안 젊은 아낙'에 버금간다. '혼자 잠자는 나를 비웃다'는 구가 공교하면서 섬세하니, 이 구가 없다면 심전기의 시와 자리를 다투기 어려울 것이다.('盧家少婦'之亞, 惟'笑獨眠'句工而近纖, 或難與沈詩爭席耳.)

해설 봄날에 아낙이 출정나간 남편을 그리는 시이다. 규원시(閨怨詩) 계열의 시로, 궁원시(宮怨詩) 또는 춘원시(春怨詩)라 부르기도 한다. 섬세한 언어와 정감 넘치는 시구를 공정한 구성 속에 짜 넣는 전통적인 시의 갈래 가운데 하나이다. 짧은 편폭 속에 규중과 변방을 세 번이나 왕복함으로써 절실하고 처연한 마음이 애절하게 드러났다.

---

13) 機中錦字(기중금자) : 베틀 중의 비단 글자. 북조의 전진(前秦)에서 진주자사(秦州刺史) 두도(竇滔)가 유사(流沙)로 옮겨졌을 때 그의 처 소혜(蘇蕙)가 비단으로 짜 만들어 보낸 회문시(廻文詩)를 말한다. 모두 팔백사십 자로 돌려가며 읽을 수 있는데 표현이 지극히 처연하고 완곡하였다. 『진서』「열녀전」참조. ○ 論(논) : 표현하다.
14) 爲問(위문) 구 : 동한 초기 거기장군 두헌(竇憲)이 군사를 이끌고 흉노를 공격하여, 왕과 삼천 명을 죽이고, 이십만여 명의 항복을 받은 후, 연연산(燕然山)에 올라 바위에 공적을 새기고 돌아온 일을 가리킨다. 연연산은 지금의 몽골인민공화국 경내에 있는 항아이산(杭愛山). ○ 元戎(원융) : 통수(統帥). 장군.
15) 反斾(반패) : 대장기를 들고 돌아오다. 개선하다.

요주로 부임하는 이 녹사를 보내며(送李錄事赴饒州)¹⁶⁾

北人南去雪紛紛,　　　북방 사람 남으로 떠나니 눈발 분분한데
雁叫汀洲不可聞.　　　모래섬에서 우는 기러기소리 차마 들을 수 없어라
積水長天隨遠客,　　　호수와 먼 하늘이 나그네를 따라 가고
荒城極浦足寒雲.　　　황량한 성과 포구에는 차가운 구름 많으리
山從建業千峰出,¹⁷⁾　산은 건업에서 수많은 봉우리로 이어지고
江至潯陽九派分.¹⁸⁾　강은 심양에 이르러 아홉 갈래로 나누어지리
借問督郵才弱冠,¹⁹⁾²⁰⁾　물어보니 독우는 나이 겨우 약관인데
府中年少不如君.　　　부중의 청년들이 그대만 못하리라

해설 젊은 사람을 떠나보내며 격려한 시이다. 시의 내용으로 보아 이 녹사는 아직 스물의 젊은 나이이며, 원래 북방 사람으로 건업을 거쳐 배를 타고 심양으로 가는 것으로 보인다.

---

16) 李錄事(이녹사) : 미상. 녹사는 녹사참군(錄事參軍)의 준말로 주군(州郡)에서 문서를 담당하고 부절과 관인을 관리하는 직책이다. ○ 饒州(요주) : 지금의 강서성 파양현(鄱陽縣).
17) 建業(건업) : 지금의 강소성 남경시. 전국시대에는 금릉(金陵)이라 하였으나, 진시황이 말릉(秣陵)으로 고쳤으며, 삼국시대 손권(孫權)이 건업(建業)이라 개명하였다.
18) 潯陽(심양) : 심양현(潯陽縣). 당대에는 강주(江州)에 속했다. 심수(潯水)의 북쪽에 있어 심양(潯陽)이라 하였다. 지금의 강서성 구강시(九江市). ○ 九派(구파) : 아홉 갈래의 강줄기. 『상서』「우공」(禹貢) 등에 나온다. 후대에 이에 대한 해석은 분분하나 일반적으로 장강 중하류의 아홉 개 지류를 가리킨다.
19) 심주 : 부중의 보좌 직책은 곧 녹사를 가리킨다.(府佐卽指錄事.)
20) 督郵(독우) : 한대의 관직. 군수를 보좌한다. 여기서는 이 녹사를 가리킨다. ○ 弱冠(약관) : 나이 스물이 된 남자. 고대에 남자는 나이 스물에 성인의 표시로 관을 썼는데, 아직 몸이 다 성장하지 않았기에 약관이라 하였다.

황보증(皇甫曾)

아침 조회 날 지인에게 부침(早朝日寄所知)

長安雪後見歸鴻,	장안에 눈 내린 뒤 날아가는 기러기 보이는데
紫禁朝天拜舞同.1)	황궁의 아침 조회 모두가 꿰배한다
曙色漸分雙闕下,	새벽빛은 쌍궐의 위아래를 점점 둘로 나누고
漏聲遙在百花中.	물시계 소리는 멀리 꽃밭 너머에서 들려온다
爐煙乍起開仙杖,2)	향로 연기 피어나니 임금의 의장이 나타나고
玉珮成行引上公.3)	옥패가 줄 지어 울리니 상공들이 들어선다
共荷發生同雨露,4)	모두가 함께 일어나 임금의 은택을 받으니
不應黃葉久從風.5)6)	그대는 낙엽처럼 오래 떠돌지 않아야 하리

평석 제3, 4구는 가지나 왕유 등에 뒤지지 않는다.(頷聯不讓賈、王諸公.)

해설 아침 조회 때 지인을 생각하였다. 조정의 관료들이 모두 영예롭게 임금의 은택을 입을 때 지인만은 낙엽처럼 가을바람에 날린다. 이는 제1구에서 북으로 돌아가는 '귀홍'(歸鴻)의 이미지와 이어진다. 지인은 아마도 북방으로 전직된 듯하다. 응제시의 내용과 형식을 변형시켜 지인의 낙백을 아쉬워하였다.

---

1) 朝天(조천) : 천자를 조견하다. ○拜舞(배무) : 절하고 춤추다. 천자를 알현하는 예절의 하나이다.
2) 仙杖(선장) : 황제의 의장.
3) 上公(상공) : 주대(周代) 관직에서 삼공(三公 : 太師, 太傅, 太保) 가운데 덕행이 있어 봉호(封號)가 추가된 사람. 여기서는 고관들을 가리킨다.
4) 荷(하) : 지다. 받다. ○發生(발생) : 일어나다. 자라다. ○雨露(우로) : 임금의 은택.
5) 심주 : 지인이 나와 벼슬하기를 바랐다.(望其出而仕也.)
6) 黃葉(황엽) : 누렇게 시든 나뭇잎. 지인을 비유한다.

가을 저녁 회계 상인에게 부침(秋夕寄懷契上人)[7]

已見槿花朝委露,[8]	무궁화가 아침 이슬에 시든 걸 벌써 보나니
獨悲孤鶴在人群.	사람 사이에 학 한 마리를 특히나 슬퍼하네
眞仙出世心無事,[9]	신선이 세상을 초탈하니 마음에 구속이 없어
靜夜名香手自焚.	고요한 밤에 향을 꺼내 손수 사르는구나
窓臨絶澗聞流水,	그대는 깊은 계곡 창가에서 흐르는 물소리 듣는데
客至孤峰掃白雲.	나그네는 외딴 봉우리 이르니 흰 구름 하나 없구나
更想淸晨誦經處,	더구나 맑은 새벽 독경하는 자리를 생각하니
獨看松上雪紛紛.	그대 홀로 소나무 위에 분분히 내리는 눈을 보리라

평석 결말은 후인에게 편한 길을 열어주었다.(結爲後人開便易一路.)

해설 회계 상인의 모습과 거처하는 환경을 노래했지만, 그 내용은 깨달음의 경지를 나타낸 오도시(悟道詩)이다. 제5, 6구와 제8구는 이러한 깨달음을 형상화한 이미지로 보인다. 독(獨)자와 고(孤)자가 각각 두 번씩 나타난 점이 눈에 뜨인다.

---

7) 懷契上人(회계상인) : 미상. '회소 상인'(懷素上人)이라 된 판본도 있다.
8) 槿花(근화) : 무궁화. 무궁화는 아침에 피고 저녁에 지므로 인생의 짧음을 비유하는 고정된 이미지로 쓰인다.
9) 眞仙(진선) : 신선. 여기서는 회계 상인을 가리킨다. ○出世(출세) : 태어나다, 인간 세상을 초탈하다, 출가하다 등 여러 가지 뜻이 있다.

이가우(李嘉祐)

늦봄 의양군 관사에 시름에 차 앉아, 홀연 유 시어의 시를 받고 이에 수답함(暮春宜陽郡齋愁坐, 忽枉劉七侍御詩, 因以酬答)[1]

子規夜夜啼櫧葉,[2]	두견새 밤마다 종가시나무 뒤에서 우는데
遠道逢春半是愁.	먼 곳에서 봄을 맞으니 마음의 반은 시름이로다
芳草伴人還易老,	향기로운 초목이 함께 해도 사람은 늙기 쉽고
落花隨水亦東流.	떨어지는 꽃이 물 따라 흘러도 강물은 동으로 흘러
山當晡睍常多雨,[3]	성가퀴를 마주한 산에서는 자주 비가 내리는데
地接瀟湘畏及秋.[4]	소수와 상수가 멀지 않은 곳이라 가을이 두려워라
唯羨君爲周柱史,[5]	오로지 기다리는 일은 그대가 시어사 되어
手持黃紙到滄洲.[6]	손에 조서를 들고 내 사는 창주에 들르는 일

해설 원주자사로 부임한 소회를 쓴 시이다. 마침 유 시어로부터 시를 받아 이에 대한 답으로 썼다. 이가우는 771~773년 사이에 원주자사를 지냈는데, 부임한 봄에 지은 것으로 보인다. 말미에서 유 시어의 승진과 방문을 기다리는 뜻을 나타내었다.

---

1) 宜陽(의양) : 원주(袁州)를 가리킨다. 원래 의춘(宜春)이었으나 서진이 동오를 평정한 후 가후(賈后)의 이름을 피휘하기 위해 의양으로 개명했다. 지금의 강서성 의춘시. ○ 郡齋(군재) : 군의 관사.
2) 子規(자규) : 두견새. ○ 櫧(저) : 종가시나무.
3) 晡睍(비예) : 성 위의 톱니바퀴 모양의 성가퀴.
4) 地接(지접) 구 : 원주의 치소는 지금의 강서성 의춘시로, 소수와 상수에 가깝다.
5) 周柱史(주주사) : 주대의 주하사(柱下史). 후세의 시어사(侍御史)에 해당한다.
6) 黃紙(황지) : 황칙(黃勅). 누런 종이에 쓴 조서. 『사물기원』(事物起原) 권2 참조. ○ 滄洲(창주) : 은사의 거처.

고소대에서 망정역에 가면서, 민가는 모두 텅 비고 봄 풍경에 시름이 더하여 창연히 짓다, 더불어 사촌동생 이서에게 부침(自蘇臺至望亭驛, 人家盡空, 春物增思, 悵然有作, 因寄從弟紓)[7]

南浦菰蒲覆白蘋,[8]	남포에 교백과 창포 나고 네가래가 덮이는데
東吳黎庶逐黃巾.[9]	동오의 백성들이 황건적처럼 농민군이 되어 떠났네
野棠自發空流水,	들녘에 해당화 피어도 강물은 부질없이 흐르고
江燕初歸不見人.	강가에 제비가 돌아와도 사람은 보이지 않아
遠樹依依如送客,	먼 나무는 아쉬워하며 나그네를 보내는 듯하고
平田漠漠獨傷春.[10]	평평한 논은 드넓은데 홀로 봄을 슬퍼하노라
那堪回首長洲苑,[11]	장주원을 어찌 차마 돌아 볼 수 있으랴
烽火年年報虜塵!	해마다 봉화 오르며 오랑캐 왔다고 하는데!

평석 남조 유송(劉宋) 원가 연간에 봄에 제비가 돌아왔어도 숲에 둥지를 틀었다고 했는데 이는 전란이 났기 때문이다. 제4구는 그러한 뜻을 썼다.(宋元嘉時, 春燕歸來, 巢於林木, 因亂後也. 四語用其意.)

해설 민란이 일어난 강남을 지나가며 시사를 슬퍼하였다. 아마도 이가우가 파양령(鄱陽令)에서 강음령(江陰令)이 된 763년 봄에 쓴 것으로 보인다.

---

7) 蘇臺(소대) : 고소대. 춘추시대 오나라 왕 합려가 세우고 부차가 증축한 궁전. 지금의 강소성 소주시 서남 고소산 위에 소재했다. 나중에 오 태자 우(友)가 불태웠다. ○望亭驛(망정역) : 원래 이름은 어정(御亭)으로, 동오의 손권이 세웠다. 당대에 개명하였다. 지금의 강소성 무석시 동남 소재. ○從弟紓(종제서) : 이서(李紓).

8) 菰蒲(고포) : 교백(茭白)과 창포. ○白蘋(백빈) : 네가래. 개구리밥처럼 생긴 수중 식물.

9) 黎庶(여서) : 백성. ○黃巾(황건) : 동한 말기 봉기한 농민군의 이름. 여기서는 762년 8월에 봉기한 원조(袁晁)의 군대를 비유한다. 원조의 군대는 절강 동부의 여러 주를 점령하였고, 가렴주구에 피폐해진 백성들이 많이 귀부하였으나, 다음 해 3월에 평정되었다.

10) 傷春(상춘) : 봄이 되어 만물이 변화하고 시간이 흐른 것에 대해 느끼는 슬픈 감정.

11) 長洲苑(장주원) : 춘추시대 오나라에 있던 정원. 지금의 강소성 오현(吳縣) 서남에 소재.

당시 조정에서는 762년부터 강회(江淮) 지구에 조세로 곡물과 비단을 징수하자 이를 견디지 못한 백성들이 난을 일으켰고, 태주(台州) 서리 원조(袁晁)를 중심으로 한 농민군은 소주와 상주까지 강동 10주를 점령하고 이십만 명으로 정부에 저항하였다. 조정에서는 이광필을 수장으로 한 정예군을 보내자 민란은 763년 3월에 진압되었다. 위의 시는 이러한 배경에 더하여 장안의 불안한 정세까지 생각하고, 이를 봄의 계절감과 연결하여 시국을 걱정하였다.

낭사원(郎士元)

전기의 「가을밤 영대사에 묵으며」를 받고(贈錢起秋夜宿靈臺寺見寄)[1]

石林精舍武溪東,[2]	무계의 동쪽에 있는 석림정사
夜扣禪扉謁遠公.[3]	혜원 같은 고승 뵈러 밤의 절문 두드린다
月在上方諸品靜,[4]	상방에 달 떠오르니 만물이 고요하고
心持半偈萬緣空.[5]	마음으로 '반게' 읊으니 온갖 인연 사라진다

---

1) 靈臺寺(영대사) : 화산 아래 있는 절. 지금의 섬서성 위남시(渭南市) 교남촌 동남 탑산 지구 소재했다. 절 안에는 석림과 측백나무가 있었다. 전기와 낭사원 이외에도 유우석과 가도(賈島)도 시를 남겼다.

2) 石林精舍(석림정사) : 지금의 호남성 신주(辰州)의 신계에 있는 강동사(江東寺). ○ 武溪(무계) : 지금의 호남성 서부의 신계(辰溪) 일대. 여기서는 영대사를 석림정사에 비유하였다.

3) 禪扉(선비) : 절의 문. ○ 遠公(원공) : 동진의 고승 혜원(慧遠). 여산 동림사(東林寺)에 거주하였다. 여기서는 절의 스님을 비유한다.

4) 上方(상방) : 절의 가장 높은 곳. ○ 諸品(제품) : 각종. 만물.

5) 半偈(반게) : 설산게(雪山偈)의 후반부 게인 '생멸멸이(生滅滅已), 적멸위락(寂滅爲樂)'. 석가가 전세에 설산에서 수행하는데 나찰이 '제행무상(諸行無常), 시생멸법(是

蒼苔古道行應遍,　　푸른 이끼 옛 길을 두루 다녔을 터이고

落木寒泉聽不窮.　　낙엽 진 찬 우물소리 끝없이 들으리

更憶雙峰最高頂,[6]　더욱이 쌍봉의 꼭대기를 생각했으니

此心期與故人同.　　그 마음 지향 하는 바 친구와 같아라

평석 앞 6구는 모두 전기를 가리킨다. 말미에서 함께 정상에 올라 놀고자 하였다. 말구의 '고인'은 낭사원 자신을 가리킨다.(前六語皆指仲文, 末更願同遊最高之頂. '故人',君胄自謂也.)

해설 전기의 「밤에 영대사에 묵으며 낭사원에게 부침」(夜宿靈臺寺寄郎士元)에 대한 수답시이다. 제1, 2구는 방문, 제3, 4구는 불법의 경계, 제5, 6구는 서경, 말 2구는 창화로 이루어졌다. 마지막 구는 전기가 "그대가 보고 듣는 바 내 마음과 같으리"(知君視聽我心同)에 대한 답으로 서술했다. 전체적으로 다소 부드럽고 의취(意趣)가 있으며, 산수에 대한 청신한 이미지가 있어, 중당 초기 '대력 시풍'이 보인다.

生滅法)'을 말하자 이를 듣고 기뻐하며 후반을 듣고자 하였다. 나찰이 말해주지 않자 석가가 자신의 몸을 그에게 주기로 약속하였고, 이에 나찰이 나머지 게를 말하였는데 곧 반게이다. 『열반경』「성행품」(聖行品) 참조. ○ 萬緣(만연) : 일체의 관계.

6) 雙峰(쌍봉) : 기주(蘄州) 황매(黃梅, 호북성 황매현)에 있는 산. 중국 불교 선종의 제4조 도신(道信)이 여기에서 삼십 여년을 수도했다. 여기서는 전기가 보낸 시의 제3구에 나오는 "아침에는 푸른 하늘 위의 쌍 봉우리를 바라보고"(朝瞻雙頂靑冥上)의 쌍정(雙頂)에 대한 것으로, 아마도 절에서 보이는 쌍 봉우리를 가리키는 듯하다.

한굉(韓翃)

선유관에 함께 적다(同題仙遊觀)¹⁾

仙臺下見五城樓,²⁾	신선의 누대에 올라 오성루(五城樓)를 내려다 보니
風物凄凄宿雨收.³⁾	지난 밤 비 걷힌 뒤라 풍광이 쓸쓸해라
山色遙連秦樹晚,	저녁이라 산 빛은 멀리 진 지방 숲으로 이어지고
砧聲近報漢宮秋.	다듬이소리는 한나라 궁중에 가을이 왔음을 알려준다
疎松影落空壇靜,	법단은 고요하여 성긴 소나무 그림자 떨어지고
細草春香小洞幽.	작은 동굴은 그윽하여 잔풀이 향기를 전해준다
何用別尋方外去,⁴⁾	무엇하러 달리 신선 세계 찾으러 가는가?
人間亦自有丹丘.⁵⁾	인간 세상에 절로 단구(丹丘)가 있는 것을

해설 선유관을 유람하고 지은 시이다. 앞 6구는 도관 안팎의 경관을 묘사했고, 말 2구에서 감상을 총괄하였다. 원경과 근경, 높은 곳과 낮은 곳을 대비시켜 도관의 환경을 그려내었으며, 주로 고요하고 한적한 이미지를 찾아내었다. 그러나 별다른 깊은 의미는 없다.

---

1) 仙遊觀(선유관) : 하남 숭산 소요곡(逍遙谷)에 있던 도관. 당 고종 때 도사 반사정(潘師正)이 건립하였다. 고종이 낙양에 행차하였을 때 그를 징초하였으며, 관리를 시켜 소요곡에 문을 내어 선유문(仙遊門)이라 하였다.
2) 五城樓(오성루) : 오성 십이루(五城十二樓). 신선의 거처. 『사기』「봉선서」와 『포박자』에 나온다. 여기서는 선유관을 가리킨다.
3) 風物(풍물) : 풍광과 경물. ○宿雨(숙우) : 전날 밤부터 아침까지 내리는 비.
4) 方外(방외) : 세상 밖. 여기서는 신선이 거주하는 곳.
5) 丹丘(단구) : 전설 속의 신선이 사는 지방. 밤낮으로 밝다고 한다. 『초사』「원유」(遠遊)에 "우인(羽人)을 따라 단구로 가서, 불사의 고향에 머무리라"(仍羽人於丹丘兮, 留不死之舊鄕.)는 말이 있다.

광주 절도사 막부에 부임하러 가는 유 평사를 보내며(送劉評事赴廣州使幕)[6]

征南官屬似君稀,[7]	정남장군 아래 그대 같은 사람 드물어
才子當今劉孝威.[8]	재능으로 치면 남조의 유효위라네
蠻府參軍趨傳舍,[9]	만부참군 학융같이 역참으로 달려가면
交州刺使拜行衣.[10]	교주자사가 행의를 준비해 주리라
前臨漲海無人過,[11]	남해에 이르면 찾아가는 사람도 없을 터인데
却望衡陽少雁飛.[12]	형양 쪽 돌아보면 날아가는 기러기도 드물리
爲報蒼梧雲影道,[13]	알리노니, 창오산의 구름 그림자 가득한 길로
明年早送客帆歸.	내년 일찍 그대 타고 돌아올 배 보내리라

해설 남방으로 부임하는 유 평사를 보내며 격려한 시이다. 상대를 유효
위와 학융에 비기는 것으로 보아 문인의 기풍에 해학도 있는 사람으로
보인다. 제5, 6구는 방문하는 사람도 적고 서신도 오가기 어려운 상황을

---

6) 劉評事(유평사) : 미상. 대리시(大理寺)의 속관으로 형옥(刑獄)을 담당한다. ○廣州使
幕(광주사막) : 영남절도사 막부.

7) 征南(정남) : 정남장군. 서진의 평동장군 두예(杜預)는 정남군사(征南軍司)를 겸직하
였고, 죽어서 정남대장군을 추증 받았다. 여기서는 784~787년 사이에 광주에 주둔
한 영남절도사 두우(杜佑)를 비유하는 듯하다.

8) 劉孝威(유효위) : 남조 양(梁)나라의 시인. 팽성 사람으로 중서자 겸 통사사인에 이르
렀다. 여기서는 유 평사를 비유한다.

9) 蠻府參軍(만부참군) : 동진의 학융(郝融)을 가리킨다. 『세설신어』 「배조」(排調)에 보
면 학융이 환온의 남만교위참군이 되고서 남만의 말을 써서 시를 짓는 대목이 나온
다. ○傳舍(전사) : 역참의 관사.

10) 交州(교주) : 영남절도사의 속주. 치소는 지금의 월남 하노이.

11) 漲海(창해) : 지금의 중국 남해.

12) 衡陽(형양) : 형주 형양현. 지금의 호남성 형양시. 현 남쪽에 있는 회안봉(回雁峰)은
형산 72봉 가운데 최고봉으로, 겨울이면 기러기가 이곳까지 날아와 더 남으로 내려
가지 않다가 봄이 되면 다시 북으로 간다고 한다.

13) 蒼梧(창오) : 구의산(九嶷山). 지금의 호남성 영원현(寧遠縣) 남쪽에 소재. 『예문유취』
에서 인용한 『귀장』(歸藏)에 "백운은 창오산에서 나와 대량(大梁)으로 들어간다"는
말이 있다.

말하였다. 말미에서 조속한 귀경을 당부하였다.

상원으로 돌아가는 냉조양을 보내며(送冷朝陽還上元)[14]

靑絲纜引木蘭船,[15]	푸른 닻줄 잡아당겨 목란나무 배를 준비하니
名遂身歸拜慶年.[16]	이름을 이룬 후 부모님 뵈러 돌아가는 길이라네
落日澄江烏榜外,[17]	검은 배 밖으로 맑은 강에 저녁 해 떨어지고
秋風疏柳白門前.[18]	백문 앞 성긴 버들에 가을바람 지나가리
橋通小市家林近,	다리로 통하는 저자는 고향집 숲과 가깝고
山帶平蕪野寺連.	산자락에 띠 두른 들엔 절들이 많다던데
別後剛逢寒食節,	헤어지면 이제 곧 한식절을 만날 터인데
共誰携手上東田?[19][20]	누구와 손잡고 동전루(東田樓)에 오르나?

해설 강남으로 떠나는 친구를 보내며 쓴 시이다. 769년 냉조양이 진사에 급제한 후 벼슬을 받지 않은 채 성친하러 내려가매 도성의 명사들이 전

---

14) 冷朝陽(냉조양): 강녕(江寧, 남경시) 사람으로 진사과에 급제한 후 벼슬이 감찰어사에 이르렀다. 오언율시에 뛰어났으며 시풍이 청월(淸越)하다는 평가를 받았다. 시인 소전 참조. ○上元(상원): 상원현. 강남도 윤주(潤州)의 속현으로, 지금의 남경시.
15) 木蘭船(목란선): 목련나무로 만든 배. 아름다운 배를 가리키는 관용어이다.
16) 拜慶(배경): 배가경(拜家慶). 귀가하여 부모를 뵘. 당대 시인들은 부모와 헤어진 후 다시 찾아가 뵙는 것을 '배가경'이라 하였다.
17) 烏榜(오방): 검은 색을 칠한 배. 방(榜)은 노를 말하며, 배를 가리킨다.
18) 白門(백문): 남조 유송(劉宋) 때의 도성 건강(建康, 당대의 江寧)의 선양문(宣陽門). 속칭으로 백문이라 하였으며, 이로써 건강을 가리켰다.
19) 심주: 동전은 상원에 있으며, 심약의 별장이 있던 곳이다.(東田在上元, 沈休文別業.)
20) 共誰(공수) 구: 사조(謝朓)의 「동전루에서 놀며」(遊東田)에 "울적하여 즐거운 일 없으매, 손잡고 나와 즐겨보네"(慼慼苦無悰, 携手共行樂.)란 구절을 환기한다. 동전(東田)은 동전루로, 남조 제 문혜태자(文惠太子)가 지금 남경의 종산 아래 세운 누대이다. 양나라 때 심약(沈約)이 여기에 별장을 두었다. 여기서는 냉조양의 거처를 가리킨다.

송하러 일시에 모였다. 이때 한굉뿐만 아니라 전기, 이단, 이가우 등도 시를 지어 전송하였다. 이 시는 청신하고 빼어난 언어로 강남의 풍광을 그려낸 점에서 널리 음송(吟誦)되었다. 오방(烏榜)과 백문(白門)의 대비가 독특하고, 다리에서 숲까지의 근경과 산에서 절까지의 원경이 시원스럽게 그려졌다. 외(外)와 전(前)의 위치가 선명하고, 통(通)과 대(帶)의 동사도 경관을 구체적이고 적절하게 짚어내어 시의 운치가 깊어졌다.

청주로 돌아가는 왕광보를 보내며,
더불어 저 시어에게 부침(送王光輔歸靑州, 兼寄儲侍御)[21]

幾回奏事建章宮,[22]	여러 차례 건장궁에 상주하였기에
聖主偏知漢將功.	성주께선 한나라 장수의 공을 잘 알고 있다지
身著紫衣趨闕下,[23]	자주색 관복을 몸에 걸치고 궐 아래를 걷더니
口銜丹詔出關東.[24]	붉은 조서를 입에 물고 이제 관동으로 나가는구나
蟬聲驛路秋山裏,	가을 산속 매미 소리 따가운 역참 길
草色河橋落照中.	낙조 속 풀빛 이어진 황하의 다리
遠憶故人滄海別,	멀리서 생각하노니, 바닷가로 떠나가는 친구여
當年好躍五花驄.[25]	한창때 오화마처럼 마음껏 뛰어오르게

---

21) 靑州(청주) : 치소는 지금의 산동성 익도(益都).
22) 建章宮(건장궁) : 한대 궁전. 당궁을 가리킨다.
23) 紫衣(자의) : 고관의 복식. 당대에는 3품 이상이 자주색 관복을 입었다.
24) 丹詔(단조) : 황제의 조서. 붉은 글씨로 쓰기 때문에 단조라 하였다. ○ 關東(관동) : 동관 또는 함곡관 동쪽 지역.
25) 五花驄(오화총) : 오화마(五花馬). 준마 가운데 갈기를 다섯 갈래로 땋은 말. 당대에는 변방에서 준마를 진상하면 상승국(尙乘局)에서 말의 몸에 '三花飛鳳(삼화비봉)'이란 낙인을 찍는다. 또 말의 갈기가 장식된 것을 숭상했는데, 세 갈래로 땋은 것은 '삼화마'라 하고, 다섯 갈래로 땋은 것을 '오화마'라 하였다. 『신당서』「백관서」권2 참조.

해설 청주로 가는 친구를 보내며 쓴 시이다. 시의 내용으로 보아 조정에서 고관을 지내다가 지방으로 출임하는 것으로 보인다. 총마(驄馬)에는 동한의 환전(桓典)과 같이 시어사를 가리키므로 절도사의 감찰관으로 나가는 듯하다. 격려하는 뜻에서 저 시어에게도 시를 보냈다.

진계(秦系)

모산 이 존사의 산거에 적다(題茅山李尊師山居)[1]

尊師百歲少如童,	백 살이 된 존사는 아이처럼 젊어
不到山中竟不逢.	산속에 들어가지 않으면 만날 수 없지
洗藥每臨新瀑水,	약초를 씻으러 자주 새로 불어난 폭포에 가고
步虛時上最高峰.[2]	허공을 걸으며 때때로 최고봉에 오른다
籬間五月留殘雪,	울타리에는 오월에도 잔설이 쌓여있고
石上千年破怪松.	바위 위에서 자란 천 년된 괴송이 바위를 깨뜨린다
此去人寰今遠近,[3]	여기서 인간 세상까지 지금 얼마나 되나?
回看雲壑一重重.	구름 낀 골짜기 돌아보니 겹겹이 산이로다

---

1) 茅山(모산) : 지금의 강소성 구용현(句容縣) 동남에 소재한 산. 산의 형세가 句(구)자처럼 굽이도는 모양이어서 원래 이름을 구곡산(句曲山)이라 하였다. 한대 모영(茅盈), 모충(茅衷), 모고(茅固) 형제가 이 산에서 득도하였기에 삼모군(三茅君)이라 하였고, 산 이름을 삼모산(三茅山) 또는 모산(茅山)이라 하였다. ○李尊師(이존사) : 미상. 존사는 도사에 대한 존칭.
2) 步虛(보허) : 도교에서 말하는 신선이 허공을 걸어 다니는 일.
3) 去(거) : 떨어지다. ○人寰(인환) : 인간 세상.

해설 깊은 산에 사는 이 존사를 그렸다. 그 경지는 백 살이 되었는데도 얼굴이 아이 같고 허공을 걷는다. 제5, 6구는 다소 과장되었지만 이 존사의 인품이나 도력(道力)의 크기를 형상화한 것으로 보인다. 시인이 만년에 모산(茅山)에 살 때 지은 것으로 보인다.

노륜(盧綸)

장안의 봄 조망(長安春望)

東風吹雨過靑山,	동풍이 비 뿌리며 푸른 산 지나가매
却望千門草色閑.[1]	천문만호 돌아보니 신록이 한가롭다
家在夢中何日到?	고향집은 꿈속에서 어느 날에 이르나?
春來江上幾人還?	봄이 온 강에는 몇 사람이 돌아갔나?
川原繚繞浮雲外,	강과 들은 구름 밖으로 휘돌아가고
宮闕參差落照間.	궁과 궐은 낙조를 배경으로 지붕을 마주해라
誰念爲儒逢世難,[2]	누가 생각이나 해주랴, 서생으로 난세를 만나
獨將衰鬢客秦關?[3][4]	귀밑머리 새어지도록 홀로 장안을 떠도는 것을

평석 부드럽고 한들거리니 풍치가 절로 이루어졌다.(夷猶綽約, 風致天成.) ○ 시는 한 구에

---

1) 千門(천문) : 천문만호(千門萬戶). 원래 『한서』 「무제기」에서 한대 건장궁의 수많은 문과 방을 형용하여 '천문만호'라 하였다. 여기서는 당 궁성을 가리킨다.
2) 逢世難(봉세난) : 난세를 만나다.
3) 심주 : 난리를 만난 뜻이다. 앞에서 모두 그 뜻을 품고 있으나 말미에 이르러 지적해 내었다.(遭亂意, 上皆蘊含, 至末點出.)
4) 秦關(진관) : 진 지방의 관새. 관중 지역을 말한다. 때로 함곡관이나 장안을 가리킨다.

백 가지 아리따움이 있음을 귀히 여기니 곧 대력십재자의 시이다. 또 한 구에 백 가지 정이 있음을 더욱 귀히 여기니 곧 두보와 왕유의 시이다.(詩貴一語百媚, 大曆十子是也; 尤貴一語百情, 少陵、摩詰是也.)

해설 어수선한 시국 속에서 고향을 그리워한 작품이다. 노륜의 고향은 하동으로 지금의 산서성 영제현(永濟縣)이다. 비록 장안에서 아주 멀다고 할 수 없어도 안사의 난 이후 티베트가 장안을 점령한다든지 절도사가 발호한다든지 하는 때여서 오가기도 쉽지 않았다. 제1, 2구는 고향 쪽에서 불어오는 바람을 맞이하다가 고개를 돌려 장안 궁궐을 바라보는 장면을 그리고, 제3, 4구는 '경구'(警句, 뛰어난 어구)로 망향의 정을 토로하였다. 제5, 6구는 다시 서경으로 고향과 장안을 각각 묘사한 듯하다. 말 2구는 고향 생각이라는 시의 주제를 요약하였다. 두보의 「봄의 조망」(春望)과 비교하면 묘사는 섬세해졌지만, 감정이 더 처연하고 사색에 젖은 듯하다. 이러한 특징이야말로 중당 초기 '대력십재자'의 특징적인 시풍이라 할 것이다.

지덕 연간에 도중에서 본 일을 쓰고, 돌아가 이간에게 부침(至德中途中書事, 却寄李僩)[5]

亂離無處不傷情,	난리에 슬프지 않은 곳이 없어
況復看碑對古城.	더구나 다시 비석을 보며 옛 성을 마주하네
路繞寒山人獨去,	추운 산 아래 굽이도는 길에 사람 홀로 가고
月臨秋水雁空驚.	가을 강 위로 뜬 달에 기러기 부질없이 놀란다
顔衰重喜歸鄕國,[6]	얼굴이 늙었으나 고향에 돌아가니 거듭 기쁘지만

---

5) 至德(지덕) : 당 숙종의 연호. 756~758년. ○ 書事(서사) : 본 일을 쓰다. ○ 却寄(각기) : 돌아가 편지를 부침. ○ 李僩(이간) : 미상.

身賤多慚問姓名.　　　　이름을 물어보니 천한 몸이 자주 부끄러워라
今日主人還共醉,　　　　오늘 주인이 그래도 함께 취하니
應憐世故一儒生.[7]　　　세상 풍파 만난 서생을 응당 동정해주리라

해설 고향으로 돌아가며 전란의 시대를 슬퍼하며 지은 시이다. 그러나 지덕 연간은 노륜이 열 살 전후 되는 때로 시의 내용과 부합하지 않는다. 아마도 '지덕중'(至德中)이란 말이 후세에 잘못 덧붙여진 것으로 보인다.

밤에 풍덕사에 투숙하며 액 상인을 뵙고(夜投豐德寺謁液上人)[8]

半夜中峰有磬聲,[9]　　　밤중에 산속에서 경쇠 소리 울려
偶逢樵者問山名.　　　　우연히 만난 나무꾼에게 산 이름 물어본다
上方月曉聞僧語,[10]　　상방에 달 뜬 새벽 스님의 말소리 듣고
下界林疎見客行.　　　　하계에 성긴 숲 사이 지나가는 나그네 본다
野鶴巢邊松最老,　　　　학이 둥지 친 소나무가 가장 오래 되었고
毒龍潛處水偏淸.[11]　　독룡이 숨어 있는 물이 그토록 맑다
願得遠公知姓字,[12]　　원컨대 혜원 같은 상인께서 나의 성명을 알아

----

6) 심주 : 앞의 시에서는 고향을 그려도 돌아갈 수 없었는데, 이 때에 비로소 돌아간다. (上一詩望鄕不還, 此時始還.)
7) 世故(세고) : 세상의 변란.
8) 豐德寺(풍덕사) : 종남산에 있는 절.
9) 半夜(반야) 구 : 절에서는 한 밤에 경쇠를 쳐 졸거나 자는 승려를 깨워 불경을 읽게 한다.
10) 上方(상방) : 절의 주지가 거주하는 방. 절이나 선계를 가리킨다. 때로 가장 높은 곳을 가리킨다.
11) 毒龍(독룡) : 흉악한 용. 악의 세력이나 망상을 의미하기도 한다. 『낙양가람기』 권5 「문의리」(聞義里)에도 독룡에 대한 기록이 있다. 서방의 불가의산(不可依山)은 여름이나 겨울이나 눈이 쌓인 아주 추운데, 산속에 연못이 있으며, 그 속에 살고 있는 독룡이 지나가는 행인을 잡아먹곤 하였다. 나중에 반타왕(盤陀王)이 주술을 배워 연못에 가니 용이 마침내 잘못을 뉘우쳤다. 이에 왕이 용을 파미르 고원으로 옮겼다.

焚香洗鉢過浮生. 향 사르고 바리때 씻으며 여생을 살게 해주시길

해설 산사에 들러 고승을 만나 불법에 귀의하고픈 마음을 나타내었다. 제1, 2구를 보면 절과 상인이 있는 줄 모르고 우연히 산에 갔다가 들르게 되었음을 알 수 있다. 제3, 4구는 절의 모습을 묘사한 것으로 볼 수도 있으나, 제3구에서 액 상인을 만나고 제4구에서 홍진 속의 수고로운 인생을 간파한 것으로 볼 수도 있겠다. 제5, 6구 역시 오래된 절의 모습을 근경에서 묘사한 것으로 볼 수도 있으나, 액 상인의 깊은 법력(法力)을 암시하는 것으로 보인다. 말 2구에서 불법에의 귀의를 희구하였다.

저녁에 악주에 묵으며(晚次鄂州)[13]

雲開遠見漢陽城,[14]	구름이 열리면 멀리 한양성이 보이지만
猶是孤帆一日程.[15]	그래도 쪽배로 하루 일정이라네
估客晝眠知浪靜,[16]	장사꾼들 낮잠 자니 물결이 자는 걸 알겠고
舟人夜語覺潮生.	뱃사람들 밤에 두런거리니 조수가 높아짐을 알겠네
三湘愁鬢逢秋色,[17]	상수(湘水)에서 시름 진 귀밑머리 가을 풍광 만나

---

12) 遠公(원공) : 동진의 명승 혜원(慧遠). 도가 철학을 잘 이용하여 반야학을 해석하였으며, 도안(道安)의 인정을 받았다. 중년 이후 여산 동림사에 거주하며 문인 명사들과 널리 사귀었다. ○ 知姓字(지성자) : 성과 자를 알다. 육조 혜능의 속성(俗姓)이 노룬과 같은 노씨이므로, 자신을 알아주기 바란다는 뜻으로 썼다.

13) 鄂州(악주) : 강남서도에 속한 주. 치소는 지금의 호북성 무한시 무창. 장강의 남안에 위치한다.

14) 漢陽(한양) : 악주의 속현. 한수의 북안. 지금의 호북성 무한시 한양. 장강의 북안에 위치한다.

15) 一日程(일일정) : 하루 일정. 한양에서 동쪽으로 악주까지는 칠 리 밖에 안 되지만 이 수로는 파도가 심하여 뱃사람들이 어려워하는 곳이어서 순풍이 불지 않으면 건너기 어렵기에 하루 일정이 걸린다고 하였다.

16) 估客(고객) : 행상.

17) 三湘(삼상) : 소상(瀟湘), 증상(烝湘), 원상(沅湘) 등 상수로 흘러드는 강을 말한다. 일

萬里歸心對月明,　만 리 멀리 고향 가는 마음 밝은 달 마주하노라
舊業已隨征戰盡,[18]　남은 가업은 이미 전란으로 다 사라졌으니
更堪江上鼓鼙聲![19]　어찌 다시 견디랴, 강 위에 울려오는 북소리를!

평석 제3, 4구를 읽으니 마치 몸이 강의 배에 있는 듯하다. 이를 보면 시는 풍광이 중요한 것이 아니다!(讀三四語, 如身在江舟間矣, 詩不貴景象耶!.)

해설 무한에서 장강을 건너 북방으로 가면서 고향을 그리워한 망향시이다. 노륜의 고향은 산서성 영제로 황하의 북쪽에 있다. 전반부는 하루를 기다려야 하는 상황에서 고향으로 빨리 달려가려는 초조한 마음을 그렸고, 후반부는 전란 속의 고향이 피폐하여 더욱 마음이 바빠지는 상황을 그렸다. 제5, 6구는 가산은 전란으로 탕진되고 몸은 객지에서 늙은 사람이 밝은 달 아래 고향을 그리는 모습이 선명하다. 제3, 4구는 배 안의 상황을 실감나게 그린 뛰어난 구이다.

창당의 「숭악에서 마도사를 찾으며」를 받고 답하며(酬暢當尋嵩岳麻道士見寄)[20]

聞逐樵夫閑看棋,[21]　나무꾼이 바둑 두는 신선 봤다기에 따라나서니

반적으로 상수(湘水)와 동정호 일대를 가리킨다.
18) 舊業(구업) : 이전부터 있던 집과 정원. 또는 조상이 남긴 가업.
19) 更堪(갱감) : 어찌 견디랴. ○鼓鼙(고비) : 큰 북과 작은 북. 군중에서 상용하는 악기. 전쟁을 가리킨다.
20) 暢當(창당) : 중당 때 활동한 시인. 시인 소전 참조. ○嵩岳(숭악) : 숭산. 숭고산(嵩高山)이라고도 한다.
21) 聞逐(문축) 구 : 남조 임방(任昉)의 『술이기』(述異記)에 나오는, 왕질(王質)이 산에 들어가 바둑 두는 걸 보다가 도끼 자루 썩는 줄 모른다는 이야기를 가리킨다. "신안군 석실산에 진나라 때 왕질이 벌목하였는데 산에서 동자 몇을 보았다. 그들은 바둑을 두며 노래하였는데 왕질이 듣게 되었다. 동자가 어떤 물건을 왕질에게 주었는데 대추씨 같았다. 왕질이 먹으니 배고픈 줄 몰랐다. 조금 후 동자가 말했다. '왜 안 내려

忽逢人世是秦時.[22]	어떤 사람이 인간 세상은 진나라 때라 말했다지
開雲種玉嫌山淺,[23]	구름을 헤치고 옥을 심으려니 산이 낮아 아쉽고
渡海傳書怪鶴遲.[24]	바다 건너 글을 전하려니 학이 느린 걸 탓하네
陰洞石幢微有字,[25]	동굴의 돌기등엔 희미하게 글자 새겨있고
古壇松樹半無枝.	오래된 법단의 소나무는 한쪽으로 가지가 없어라
煩君遠寄青囊籙,[26]	그대가 번거롭게도 멀리서 청낭록을 보내왔으니

가오? 왕질이 일어나 보니 도끼자루가 모두 썩어문드러져 있었다. 마을에 돌아가니 함께 지냈던 사람들이 없었다."(信安郡石室山, 晉時王質伐木, 至, 見童子數人棋而歌. 質因聽之. 童子以一物與質, 如棗核. 質含之, 不覺飢. 俄頃, 童子謂曰 " '何不去? 質起, 視斧柯盡爛. 既歸, 無復時人.) 여기서는 마 도사를 신선에 비유하였다. ○ 逐(축) : 따르다.

22) 忽逢(홀봉) 구 : 도연명의 「도화원기」에 나오는 마을 사람들의 말을 이용하였다. "선조들이 진나라 때의 난리를 피하여 처자와 읍인을 데리고 이 막힌 지역에 와서 다시 나가지 않아 마침내 외인들과 격절되었습니다."

23) 開雲(개운) : 구름을 열다. ○種玉(종옥) : 양백옹(楊伯雍)이 옥을 심어 벽옥을 길러낸 이야기를 가리킨다. 간보(干寶)의 『수신기』 권11에 나온다. 무종산(無終山)은 높이 80리로 물이 없었다. 양백옹이 물을 길러 비탈길 머리에서 행인들에게 마시게 하였다. 삼 년 후 어떤 사람이 와서 마시더니 자갈 한 되를 주면서 높고 좋은 돌밭에 가서 심으라고 하였다. "옥이 그 속에서 자랄 것이오." 양공이 아직 장가들지 않은 걸 보고 또 말했다. "그대는 나중에 분명 좋은 아내를 얻을 것이오." 말을 마치자 보이지 않았다. 이에 양공이 그 돌을 심었다. 몇 년 후 종종 가서 보니 돌 위에 작은 옥들이 자라 있었지만 사람들은 알지 못했다. 서씨가 있었는데 우북평의 큰 가문으로 그 딸의 품행이 좋았다. 사람들이 배필로 구했으나 대부분 허락하지 않았다. 양공이 시험 삼아 서씨에게 그 딸을 배필로 구했다. 서씨는 미친 놈이라 여기고 웃으며 말하기를 "흰 벽옥 한 쌍을 가져오면 응당 혼인을 허락하리다"고 하였다. 양공이 옥을 심은 밭에 가보니 흰 벽옥이 다섯 쌍이나 있어 이를 빙례로 삼았다. 서씨가 크게 놀라 마침내 딸을 양공에게 시집보냈다.(公汲水作義漿於坂頭, 行者皆飲之. 三年, 有一人就飲, 以一斗石子與之, 使至高平好地有石處種之, 云 : "玉當生其中." 楊公未娶, 又語云 : "汝後當得好婦." 語畢不見. 乃種其石. 數歲, 時時往視, 見玉子生石上, 人莫知也. 有徐氏者, 右北平著姓, 女甚有行, 時人求, 多不許. 公乃試求徐氏. 徐氏笑以爲狂, 因戲云 : "得白璧一雙來, 當聽爲婚." 公至所種玉田中, 得白璧五雙, 以聘. 徐氏大驚, 遂以女妻公.)

24) 渡海(도해) 구 : 정령위가 도술을 배워 신선이 된 후 학이 되어 요해(遼海)를 건넌 일을 말한다. 본권에 나오는 원결(元結)의 「귤정」 제3구 참조. 당대에는 도사가 학을 타고 다니는 이야기가 많았다. 여기서는 마 도사가 정령위보다 더 뛰어나다고 말하였다.

25) 石幢(석당) : 석주에 경문을 새긴 돌기둥.

願得相從一問師. 　　원컨대 함께 따르며 스승으로 삼고 싶어라

해설 마 도사의 높은 수양을 찬미하고 도교에 귀의하고픈 마음을 표현하
였다. 제3, 4구는 마 도사의 법력을 기존의 전고를 이용하여 그들보다 높
음을 과장하여 말하였다. 제5, 6구는 도관의 모습을 구체적이고 핍진하
게 묘사하였다.

두숙향(竇叔向)

여름 밤 외사촌형 집에서 묵으며 옛 애기를 나누다(夏夜宿表兄話舊)

夜合花開香滿庭,[1] 　　야합화 피어나니 정원에 향기 가득한데

夜深微雨醉初醒. 　　밤 깊어 보슬비에 취기가 막 깨어난다

遠書珍重何曾達, 　　멀리 보낸 소중한 편지 언제 받았는지 물어도 보는데

舊事凄涼不可聽. 　　옛 애기는 처량하여 들을 수 없어라

去日兒童皆長大, 　　어제의 아이들은 모두 다 자랐고

昔年親友半凋零. 　　예년의 친구들은 반은 이미 조락하였다지

明朝又是孤舟別, 　　내일 아침 또 다시 쪽배로 떠나가면

愁見河橋酒慢青.[2] 　　강가 다리 옆 술 차린 파란 휘장을 근심스레 바라보리

---

26) 青囊錄(청낭록) : 청낭서. 도술에 관한 책. 서진의 곽박(郭璞)이 도인으로부터 받은
　　책으로『진서』「곽박전」에 나온다. 곽공(郭公)이란 사람이 있었는데 하동에 객거하
　　였다. 점복에 정통하여 곽박이 그를 따르며 배웠다. 곽공이『청낭중서』(青囊中書) 9
　　권을 주니 곽박이 마침내 오행, 천문, 복서술(卜筮術) 등을 통효하게 되었다. 이후
　　곽박의 문인 조재가 일찍이 청낭서를 훔쳤으나 읽기도 전에 불타버렸다.
　1) 夜合花(야합화) : 새벽에 피었다가 밤에 꽃잎이 닫히므로 이름 붙여졌다.

해설 오랜만에 외사촌형을 찾아가 하룻밤을 자며 지난 얘기를 나눈 일을 제재로 쓴 시이다. 전란의 시대에 이별은 길어졌고 시간은 속절없이 흘러 어디서부터 이야기를 끌어내야 할지 모르는데, 보낸 편지를 받았는지 물어보기도 하고 두서없이 얘기를 꺼낸다. 수많은 얘기 중에서도 아이들이 모두 자란 반면 친구들은 이미 반이나 죽었다는 사실에서 인생의 진실이 무엇인지 갑자기 깨닫게 된다. 만났다는 기쁨에도 불구하고 내일이면 다시 헤어질 것을 생각하니 아쉽기만 하다. 생활 속의 일을 무릎을 대고 얘기하듯 평이하고 친숙한 언어로 담아내었기에 사람들의 공감을 얻었다.

두상(竇常)

무릉으로 부임하러 가며, 한식일 송자 나루에 묵으며,
먼저 원외랑 유우석에게 부침(之任武陵, 寒食日途次松滋渡, 先寄劉員外禹錫)[1]

杏花楡莢曉風前,[2]	살구꽃과 느릅나무 새벽바람에 나부끼는데
雲際離離上峽船.[3]	구름 끝에서 쓸쓸히 혼자 배에 오른다
江轉數程淹驛騎,[4]	강을 따라 돌아가면 역마가 머물러 있으니

---

2) 酒幌(주만) : 술집의 휘장.
1) 武陵(무릉) : 무릉군(武陵郡). 낭주(朗州). 621년 낭주라 하였다가, 742년 무릉군으로 개명하였고, 758년 낭주로 복원하였다. 지금의 호남성 상덕시(常德市). ○途次(도차) : 도중에 머물다. ○松滋渡(송자도) : 지금의 호북성 송자시 서북에 있던 나루.
2) 楡莢(유협) : 느릅나무 열매.
3) 離離(이리) : 여러 가지 뜻이 있으나, 여기서는 고독한 모양.
4) 淹(엄) : 오래 머물다.

楚曾三戶少人煙. [5]　　초 지방은 예부터 사람이 적다지
看春又過清明節,　　보아하니 봄은 또 청명절이 지나가고
算老重經癸巳年. [6]　　셈해보니 나이는 계사년을 두 번째 보내네
幸得枉山當郡舍, [7]　　다행히 왕산(枉山)이 군의 관사 앞에 있다면
在朝長詠卜居篇. [8]　　아침이면 길게 「복거」(卜居) 편을 읊으리라

해설 외직으로 낭주자사(朗州刺史)로 나갈 때인 813년(67세)에 지었다. 마침 한식일이어서 봄날의 감회도 빠지지 않았다. 두상과 유우석은 800년에 회남절도사 두우 밑에 같이 임직하면서 알게 되었다. 당시 두상은 798년부터 교서랑으로 있었고, 유우석은 이 년 후에 장서기로 들어갔다. 그때 두상의 나이 54세, 유우석의 나이 29세였다. 그 후 유우석은 805년 '영정 개혁'에 참가하여 실패하자 연주사마로 좌천되었다가 다시 낭주사마로 옮겨가 있었다. 두상은 지방을 떠돌다 811년에 중앙에 들어갔고 다시 외직을 시작하러 나가는 참이었다. 십삼 년이 흐른 이제 두 사람의 나이는 두상은 67세, 유우석은 42세였다. 낭주에서 두 사람이 자주 연석에 앉은 것은 말할 나위도 없다. 나중에 두상이 기주(夔州)자사를 맡은 (816~818년) 이후에 유우석 역시 맡았으니(821~824년) 두 사람의 사이는 여러 면에서 각별하다고 해야 할 것이다.

---

5) 三戶(삼호) : 세 가호. 사람이 지극히 적음을 형용한다.
6) 重經癸巳(중경계사) : 다시 계사년을 맞이하다. 이때는 813년(元和 8年)이므로 이전의 계사년은 육십 년 전인 753년(天寶 12年)이다. 다시 말해 환갑이 지났다는 뜻.
7) 枉山(왕산) : 덕산(德山) 또는 왕인산(枉人山)이라고도 한다. 지금의 호남성 상덕시 동남에 소재. ○ 郡舍(군사) : 주군(州郡)의 장이 거처하는 관사.
8) 卜居(복거) : 『초사』 「복거」(卜居). 북송 주희는 「복거」의 내용은 "당시의 사람을 연민하였다"(哀憫當世之人)고 보았다.

주만(朱灣)

동계 초당에서 은자 위구를 찾아(尋隱者韋九於東溪草堂)[1]

尋得仙源訪隱淪,[2]	신선의 거처를 찾아 은자를 방문하니
漸來深處漸無塵.[3]	깊숙이 들어갈수록 속세 기운 없어라
初行竹裏唯通馬,	대숲 속으로 막 들어가니 말만 갈 수 있는데
直到花間始見人.	꽃 사이에 이르니 비로소 사람이 보인다
四面雲山誰作主?	구름 덮인 사방의 산은 누가 주인인가?
數家煙火自爲鄰.[4]	몇몇 인가가 절로 이웃이 되는구나
路傍樵客何須問,	길옆의 나무꾼에 왜 은거하냐 묻나니
朝市如今不是秦.[5]	세상은 이미 지금 진나라가 아니라네

해설 깊은 계곡에 사는 은자를 찾은 감상을 적었다. 제3, 4구는 그윽한 환경을 그림처럼 그렸다. 은거는 일반적으로 난세 때 독선기신(獨善其身)을 위하여 부득이 하는 것인데, 이미 세상이 난세가 아닌데 어찌하여 은거하느냐고 묻고 있다. 말 2구는 은사를 속세로 불러내는 초은사(招隱士)의 뜻이 들어 있다.

---

1) 韋九(위구): 미상. 성이 위씨(韋氏)이고 배항이 아홉 번째인 사람. ○ 東溪(동계): 호주 귀안현(歸安縣, 절강 吳興) 동남에 있는 계곡.
2) 仙源(선원): 신선이 거처하는 곳. 『운급칠첨』(雲笈七籤)에 복지(福地)로 동선원(東仙源)과 서선원(西仙源)을 들고 있다. 여기서는 도사가 은거하는 곳. ○ 隱淪(은륜): 숨고 잠긴다는 뜻으로 은거 또는 은자를 가리킨다.
3) 無塵(무진): 먼지가 없다. 세속의 분위기가 없다.
4) 煙火(연화): 밥 짓는 연기. 사람이 사는 인가를 가리킨다.
5) 朝市(조시) 구: 도연명의 「도화원기」의 전고를 이용하였다. 조시(朝市)는 조정과 저자. 곧 인간 세상.

대숙륜(戴叔倫)

궁사(宮詞)

紫禁迢迢宮漏鳴,	궁성 안 멀리서 물시계 소리 울려오는데
夜深無語獨含情.	밤 깊이 말도 없이 홀로 있는 마음 사무쳐라
春風鸞鏡愁中影,[1]	봄바람에 거울 열면 시름 진 얼굴 돋아나
明月羊車夢裏聲[2]	명월에 양거(羊車) 오는 소리 꿈속에서 듣는다
塵暗玉階蟇跡斷,[3]	먼지 깔린 옥 계단에 신발 놓인 흔적 없고
香飄金屋篆煙淸.[4]	향기 날리는 금옥(金屋)에는 피어오르는 연기 맑아라
貞心一任蛾眉妒,[5]	미모에 받은 질투 곧은 마음에 맡겼으니
買賦何須問馬卿![6]	황금 주고 사마상여에게 부(賦)를 구할 필요 없으리

---

1) 鸞鏡(난경) : 난새 문양이 새겨진 거울.

2) 羊車(양거) : 궁중에서 사용되는 양이 끄는 작은 수레. 『진서』「후비전」(后妃傳)에 호귀빈(胡貴嬪)과 관련된 전고로 나온다. 진 무제(晉武帝)가 총애하는 비빈이 많아 어디로 갈지 몰랐다. 이에 양거를 타고 양이 가는 데로 가서 연침을 베풀었다. 이에 궁인들이 댓잎을 문에 꽂고 소금물을 땅에 뿌려 양거가 오도록 하였다.(常乘羊車, 恣其所之, 至便宴寢. 宮人乃取竹葉插戶, 以鹽汁灑地, 而引帝車.) 후세에 양거는 총애받는 궁인에 대한 전고로 쓰인다.

3) 蟇跡(기적) : 족적. 기(蟇)는 짚신으로 밟은 흔적.

4) 金屋(금옥) : 화려하고 아름다운 집. 『한 무제 이야기』에 의하면, 무제가 어렸을 때 장공주(長公主)가 그를 무릎에 앉혀놓고 각시를 얻고 싶은지 물었다. 어린 무제가 주위의 백여 명의 사람에 대해 고개를 젓자 장공주는 아교(阿嬌, 나중의 陳皇后)는 어떠냐고 물었다. 무제는 웃으며 "아교를 각시로 얻으면 당연히 금옥(金屋)에다 살게 하지"(若得阿嬌作婦, 當作金屋貯之)라 대답하였다. ○篆煙(전연) : 나선형의 향에서 올라가는 연기. 그 모양이 마치 전서의 형상과 같다는 뜻을 채용하였다.

5) 蛾眉妒(아미투) : 미모 때문에 질투를 받다. 이 어휘는 나중에 송대 사(詞)에 많이 사용되었다.

6) 買賦(매부) : 문학 작품인 부(賦)를 돈을 주고 사다. 한 무제가 위자부(衛子夫)를 총애하면서 아들이 없는 진 황후(陳皇后)가 총애를 잃게 되었고, 이를 질투하여 해치려 하다가 발각되어 장문궁에 살게 되었다. 이에 진 황후가 황금 백 근으로 청하자 사마상여가 「장문부」(長門賦)를 지었다. 무제가 이를 읽고 연민이 일어나 다시 행차

평석 궁사는 원망의 소리가 많지 않아야 정숙하고 단정함을 보존할 수 있다.(宮詞不多作怨聲, 能存貞正.)

해설 총애를 잃은 궁녀의 원망을 그린 궁원시(宮怨詩)이다. 제3, 4구는 궁인의 동작을, 제5, 6구는 궁인의 거처를 묘사하였다. 전아한 어휘와 전고로 궁녀의 내심을 함축적이고 완곡하게 시화하였다. 다른 한편, 문인들은 이러한 제재로 국사나 조정의 일에 대한 불만을 표현하거나, 남의 참언으로 군왕과의 소원해진 관계를 비유하기도 하였다. 말 2구에서 그러한 태도를 분명히 알 수 있다.

사공서(司空曙)

장안의 새벽 조망─정 보궐에게 부침(長安曉望寄程補闕)

迢遞山何擁帝京,[1]	드넓은 산하가 도성을 둘러싸고
參差宮殿接雲平.	중첩된 궁전들이 구름과 나란해라
風吹曉漏經長樂,[2]	바람에 끌리는 새벽 물시계소리 장락궁을 지나고
柳帶晴煙出禁城.	버들에 엉긴 맑은 기운 궁성을 나가는구나
天淨笙歌臨路發,	청징한 하늘 아래 길에는 생황 노래 울려 퍼지고
日高車馬隔塵行.	해 높은 때 거마는 먼지를 남기고 달린다

하였다. ○ 馬卿(마경) : 사마상여. 자가 장경(長卿)이므로, 사마장경을 줄여서 마경이라 하였다.
1) 迢遞(초체) : 먼 모양.
2) 長樂(장락) : 장락궁. 한대의 궁전. 한대 초기에는 여기서 조회를 하였으며, 혜제(惠帝) 이후 태후의 거처가 되었다.

獨有淺才甘未達,　　나 홀로 미천한 재주라 현달을 바라지 않는데
多慚名在魯諸生![3]　부끄럽게도 뛰어난 유생들과 이름을 함께 하네

평석 산하와 궁궐의 장려함을 극도로 형용함으로써 자신의 허명과 회재불우가 더욱 가슴
아프게 느껴진다.(極形山河宮闕之壯麗, 而己之虛名不遇, 盆覺可傷.)

해설 장안의 새벽을 응제시풍으로 썼다. 사공서가 766년경 과거에 급제
한 후 우습유로 있을 때 지은 것으로 보인다. 보궐은 중서성에서 우습유
의 상관이므로, 나중에 지방으로 좌천될 때 보낸 것일 수도 있다.

교서랑 이단의 작품을 받고 답하며(酬李端校書見贈)

綠槐垂穗乳烏飛,　　푸른 홰나무 이삭 드리우고 어린 까마귀 날아도
忽憶山中獨未歸.　　산중에서 돌아오지 않는 그대를 생각했었지
青鏡流年看髮變,　　파란 거울 속에 세월은 흘러 머리카락 세도록
白雲芳草與心違.　　구름과 초목 속의 은거는 뜻대로 못하였소
乍逢酒客春遊慣,　　자주 술친구를 만나 봄나들이 나가고
久別林僧夜坐稀.　　숲 속에서 스님과 밤에 앉은 지도 오래라오
昨日聞君到城闕,　　어제 들으니 그대가 도성에 왔다는데
莫將簪弁勝荷衣.[4]　비녀와 관모보다 연잎 옷 입는 은거가 나으리라

평석 제4구는 관직에 매어 '구름과 초목' 속에 은거하려는 뜻을 이룰 수 없었음을 말하였다.
말미에서 은거를 굳게 지키고 벼슬에 마음을 얽매이지 말라고 권하였다. 앞의 시와 함께 보

---

3) 魯諸生(노제생) : 학문이 뛰어난 유생들.
4) 簪弁(잠변) : 비녀와 예관. 관리의 복식. 관리를 지칭한다. ○ 荷衣(하의) : 연잎으로
　만든 옷. 은자의 의복.

면 두 가지 마음인데, 이미 관직을 얻은 후 벼슬살이가 무미함을 알았기 때문일 것이다.(四語言己繫於一官, 不能遂'白雲芳草'之心. 末勉其堅守初服, 勿榮情於簪弁也. 與前一首似兩種心事, 意旣得官後, 知宦途之無味耶?)

해설 친구에게 자신의 도성생활을 이야기하면서 은거를 권하는 내용이다. 이단은 젊어서 은거를 하였고, 과거에 급제하여 비서랑이 된 이후에도 은거하였던 것으로 보인다. 사공서는 자신의 생활을 간단히 요약하면서 벼슬하기보다는 차라리 은거를 택하는 것이 좋다고 말하고 있다. 자신 역시 은거에 대한 바람을 언제나 가지고 있음을 드러낸 것이라 할 수 있다.

장분의 「사면 후」를 받고 답하며(酬張芬赦後見贈)[5]

紫鳳朝銜五色書,[6]	자주색 봉황이 아침에 오색 조서를 내리니
陽春忽報網羅除.	따뜻한 봄날에 얽어맨 그물을 거두라 하셨네
已將心變寒灰後,	마음은 이미 차가운 잿더미가 된 후인데
豈料光生腐草餘?[7]	썩은 풀에서 빛이 다시 일어날 줄 어찌 알았으랴
建水風煙收客淚,[8]	건수(建水)의 바람에 나그네의 눈물을 거두고
杜陵花竹夢郊居.[9]	두릉(杜陵)의 꽃과 대숲에 살 곳을 꿈꾼다

---

5) 張芬(장분) : 대리평사를 역임하였고, 서천절도사 위고(韋皐) 막부에서 병부랑중이 되었다.
6) 五色書(오색서) : 조서. 오색의 종이에 쓴 조서. 후조(後趙)의 석호(石虎)가 오색지에 조서를 써서 나무 봉황에 물려 반포한데서 유래했다. 이 구는 황제가 대사면을 반포한 일을 가리킨다.
7) 光生腐草(광생부초) : 썩은 풀에서 빛이 나다. 고대에는 반딧불이 썩은 풀에서 생긴다고 생각하였다.
8) 建水(건수) : 농주(瀧州)의 속현. 지금의 광동성 나정시(羅定市) 남쪽. 아마도 장분이 유배된 곳으로 보인다.
9) 杜陵(두릉) : 장안 동남쪽 교외. 지금의 서안시 동남. 원래는 두원(杜原)인데 한 선제

勞君故有詩相贈,　　　수고스럽게도 그대가 시를 보내왔으니
欲報瓊瑤恨不如.[10]　경요(瓊瑤)로 보답하려 해도 부족하여 안타깝네

해설 친구의 사면을 기뻐한 시이다. 사공서와 장분은 788년(貞元 4년) 함께 위고(韋皐)의 서천절도사 막부에서 근무하였다. 당시 사공서는 수부랑중이었고, 장분은 병부랑중이었다. 이후 아마도 장분은 죄를 얻어 남방으로 좌천되었다가 사면을 받은 듯하다. 이를 알게 된 사공서가 위의 시를 지어 보냈다.

이단(李端)

회수의 포구에서 묵으며 사공서를 그리다(宿淮浦憶司空文明)

愁心一倍長離憂,[1]　　시름 찬 마음이 두 배로 깊어 언제나 근심했고
夜思千重戀舊遊.　　　밤이면 예 놀던 일 천 번이나 그리워했지
秦地故人成遠夢,[2]　　진 지방의 친구는 먼 꿈속에 있고
楚天涼雨在孤舟.[3]　　초 지방 찬비 속 나는 쪽배에 있어라

　　(漢宣帝)의 능묘가 생기면서 두릉이라 하였다.
10)　瓊瑤(경요) : 아름다운 옥. 상대의 선물에 보답하려고 하는 물건. 『시경』「모과」(木瓜)에 나오는 "나에게 복숭아를 주시니, 경요로 보답하네. 다만 보답만의 뜻이 아니라, 영원히 사랑함을 표시함일세"(投我以木桃, 報之以瓊瑤. 匪報也, 永以爲好也.)에서 유래했다.
1)　離憂(이우) : 근심하다. 우환을 만나다. 『사기』「굴원가생열전」(屈原賈生列傳)에서 굴원의 「이소」(離騷)에 대해 풀이하면서 그 제목의 뜻을 "'이소'는 근심을 만난다는 뜻이다"(離騷者, 離憂也.)고 해석하였다.
2)　심주 : 사공서.(文明.)
3)　심주 : 자신.(自己.)

諸溪近海潮皆應,　　바다에 가까운 계곡은 모두 조수를 따르고
獨樹邊淮葉盡流.　　회수 강가 외로운 나무 잎이 모두 떨어져 흘러라
別恨轉深何處寫?[4]　점점 깊어지는 이별의 한 어디에다 쏟을까?
前程惟有一登樓.[5][6]　가야할 노정에는 오로지 왕찬의 누대가 있을 뿐이네

해설 항주사마로 부임하는 도중에 친구 사공서를 그리며 지은 시이다.
이단은 어렸을 적부터 사공서와 친하였으며, 시집에도 주고받은 시가 많
다. 뿐만 아니라 두 사람의 시풍도 비슷하다. 첫 구에서 '시름 찬 마음이
두배'라는 것은 평소에 시름이 있는데 친구와의 이별로 시름이 그만큼
많아졌다는 뜻이다. 제5, 6구는 바다와 회수로 자신의 시름을 비유하였
다고 볼 수도 있고, 회수가 흘러 바다에 이르듯 자신도 곧 강남으로 간
다는 뜻을 형상화했다고 볼 수도 있다.

한가한 정원에서 보이는 대로, 고공원외랑 왕씨에게(閑園即事, 贈考功王員外)[7]

南陌晴雲稍變霞,　　남쪽 길 위 맑은 구름 조금씩 노을지고
東風動柳水紋斜.　　동풍에 버들이 흔들려 물에 비친 파문 일어난다
園林帶雪潛生草,　　눈 내린 정원에는 움튼 풀들이 덮여 있고
桃李雖春未有花.　　봄이라 해도 복숭아와 오얏은 아직 꽃이 안 피었다
幸接上賓登鄭驛,[8]　다행히 상빈을 맞이하여 정당시(鄭當時)와 같이 대하고

---

4) 寫(사) : 瀉(사)와 같다. 쏟아내다.
5) 심주 : 왕찬이 「등루부」를 지은 것과 같다.(如仲宣作登樓賦.)
6) 登樓(등루) : 누대에 오르다. 동한 말기 왕찬(王粲)이 형주의 유표에 의지하던 중 고
　향을 그리워하며 「등루부」(登樓賦)를 지은 일을 가리킨다.
7) 考功王員外(고공왕원외) : 대종(代宗) 때의 재상 왕진(王縉)의 아들. 이름은 미상. 관
　직이 고공원외랑에 이르렀다.
8) 鄭驛(정역) : 주인이 손님을 맞이하는 장소. 서한시대 정당시(鄭當時, 자는 莊)가 태
　자사인이었을 때 휴일이 되면 장안 교외에 역마를 두고 빈객을 접대하였다. 이후

羞爲長女似黃家.[9][10]　　　제나라 황씨처럼 겸손히 장녀가 못 낫다고 낮추어라

今朝一望還成暮,　　　　　오늘 아침 한 번 들러보고 다시 저물녘 되니

欲別芳菲戀歲華.[11]　　　향기로운 정원을 떠나려니 초목들이 사랑스러워라

해설 초봄의 정원에서의 만남을 아쉬워하였다. 이단의 시집에는 재상 왕진(王縉, 왕유의 동생)과 그의 아들 고공원외랑 왕씨와의 만남이 자주 나온다. 이단으로서는 일종의 사회적 배경이므로 그 말투는 언제나 친절하다. 이 시 역시 이러한 사교적인 활동의 산물이다.

장남사(張南史)

육승의 집에서 가을비 속에─운을 한정하여(陸勝宅秋雨中探韻)[1]

同人永日自相將,[2]　　　동인들이 모여 하루 종일 어울리니

'정장역'(鄭莊驛) 또는 '정역'이란 말로 빈객을 접대하는 장소를 의미하게 되었다.

9) 심주 : 자신이 때를 만나지 못하였음을 비유하였다.(喩己未遇.)

10) 黃家(황가) : 지나치게 겸손한 사람. 『윤문자』「대도」(大道)에 나오는 전고이다. 제나라에 황공(黃公)이란 사람이 있었는데 자신을 낮추기 좋아하였다. 두 딸이 있었는데 모두 국색이었지만, 그 미모에 대해서는 항상 겸손한 말로 추악하다고 폄훼하였다. 추악하다는 말이 널리 퍼져 해가 지나도록 나라에서 빙례를 청하는 사람이 하나 없었다.(齊有黃公者, 好謙卑, 有二女皆國色, 以其美也, 常謙辭毁之以爲醜惡, 醜惡之名遠布, 年過而一國無聘者.)

11) 歲華(세화) : 일년생 풀꽃. 풀은 일 년에 한 번 피고 지므로 세화(歲華)라고 하였다.

1) 陸勝(육승) : 미상. ○探韻(탐운) : 시를 지을 때 운을 한정하여 지음. 일반적으로 과거 시험에서 작시자의 능력을 보기 위해 운을 지정하거나 문인들의 모임에서 함께 시를 지을 때도 운을 한정한다. 이 시는 '양'(陽)자 운을 사용하였다.

2) 同人(동인) : 뜻이나 취미가 같은 사람. ○永日(영일) : 하루 종일. ○相將(상장) : 서로 어울리다. 함께 하다.

深竹閑園偶³⁾辟疆.⁴⁾　깊은 대숲 한가한 정원이 고벽강의 정원 같아라

已被秋風敎憶鱠,⁵⁾　이미 가을바람에 농어회가 생각나는데

更聞寒雨勸飛觴.⁶⁾　찬비 내리는 소리 들으며 술잔을 건네는구나

歸心莫問三江水,⁷⁾　고향 그리는 마음이라 차마 삼강(三江)을 묻지 못하고

旅服從沾九日霜.　행장은 하릴없이 중양절의 서리에 젖는다

醉裏欲尋騎馬路,　취하여 말 타고 가는 길 찾으려는데

蕭條是處有垂楊.　쓸쓸한 바로 그곳에 버드나무 있어라

평석 돌아갈 마음이 갑자기 동하나 빗소리 듣고 술잔을 건네며 여전히 객지에서 머무는 처지를 말하였다. 하반부는 상반부를 이으면서 전환하였다.(言歸心乍動, 然聞雨中飛觴, 則仍且淹留矣. 下承上作轉語.)

해설 가을비 속에 친구들과 어울리는 정경을 그렸다. '농어회'와 '삼강'(三江) 등의 어휘에서 강남의 고향에 대한 강한 그리움이 배어 있음을 알 수 있다. '고벽강의 정원'도 또한 강남을 환기한다. 비록 즐거운 자리이나 전체적으로 고향에 대한 그리움을 어쩌지 못함을 나타내었다.

---

3) 심주 : 나란하다.(並也.)

4) 偶(우) : 짝하다. 비슷하다. ○ 辟疆(벽강) : 동진의 고벽강(顧辟疆). 『세설신어』 「간오」(簡傲)에 좋은 정원을 가지고 있는 사람으로 나온다. 왕헌지(王獻之)가 회계에서 오군으로 가는 중 고벽강의 정원이 유명하다고 해서 보러갔다. 마침 고벽강은 정원에서 친구들과 잔치를 벌이고 있었다. 왕헌지는 정원을 돌아본 뒤 어디가 좋고 나쁜지 방약무인하게 지적하였다. 고벽강이 화가 나 그 하인들을 몰아내고 왕헌지까지 내보냈다. 그래도 왕헌지는 시종 태연하였다.

5) 憶鱠(억회) : 회를 기억하다. 서진의 오군(吳郡) 사람 장한(張翰)은 제왕(齊王, 司馬冏)의 동조연(東曹掾)으로 징초되었다. 당시 왕실에서는 권력 투쟁이 심하였으므로 낙양에 있던 장한은 가을바람이 불자 오 지방의 순채국(蓴羹)과 농어회(鱸魚膾)가 생각난다는 것을 빌미로 벼슬을 그만두고 고향으로 회 먹으러 돌아갔다.

6) 飛觴(비상) : 술잔을 들다.

7) 三江(삼강) : 삼강에 대해서는 여러 가지 설이 있다. 『국어』(國語) 「월어」(越語)의 구절에 대해 위소(韋昭)가 주석한 곳에서는 오월 지방을 둘러싸고 있는 송강(松江), 전당강(錢塘江), 포양강(浦陽江)을 가리켰다. 강동 일대를 말한다.

유방평(劉方平)

가을밤-황보염과 정풍에게 드림(秋夜呈皇甫冉、鄭豐)¹⁾

洛陽淸夜白雲歸,	낙양의 맑은 밤 흰 구름 걷히고
城裏長河列宿稀.²⁾	성 안의 은하수 별자리도 드물다
秋後見飛千里雁,	가을의 막바지라 천 리 가는 기러기 보이고
月中聞擣萬家衣.³⁾	달빛 아래 수많은 집 다듬이소리 들린다
長辭西雍靑門道,⁴⁾	오래 전 장안의 청문(靑門)을 나섰고
久別東吳黃鶴磯.⁵⁾	오랫동안 동오의 황학기를 떠나 있었지
借問客書何所寄?	묻노니 나의 편지는 어디로 부쳐야 하는가?
用心不啻兩鄕違.⁶⁾⁷⁾	마음 쓰는 건 다만 두 곳과 떨어져 있어서만 아니라네

평석 당시 낙양에 있었으므로 이미 장안을 떠났고 또 동오와 멀리 있다고 말했다.(時在洛陽, 故云已辭西雍, 又別東吳也.)

해설 늦가을 낙양에서 객지에 나간 두 친구가 빨리 돌아오기를 바라며 쓴 시이다. 친구 두 사람은 장안을 떠나 아마도 동오로 간 듯한데, 오래

---

1) 皇甫冉(황보염) : 중당 시인. 시인 소전 참조.
2) 長河(장하) : 은하수. ○列宿(열수) : 늘어선 별자리.
3) 심주 : 공교하면서 빼어나다.(工而秀.)
4) 西雍(서옹) : 서쪽에 있는 옹주(雍州)라는 뜻. 옹주는 구주(九州)의 하나이며 섬서성 일대를 말한다. 여기서는 장안을 가리킨다. ○靑門(청문) : 한 장안성 동남문. 원래 패성문(霸城門)이었는데 문의 색이 청색이어서 청성문(靑城門) 또는 청문(靑門)이라 하였다. 이 문은 이별하는 장소로 유명하였다.
5) 黃鶴磯(황학기) : 호북성 무한시 장강 남안 사산(蛇山) 서북에 있는 물가. 남조 포조(鮑照)가 쓴 「황학기에 올라」(登黃鶴磯)가 유명하다.
6) 심주 : 장안과 동오.(西雍、東吳.)
7) 不啻(부시) : 不只(부지)와 같다. 비단 ~만이 아니다.

지난 뒤라 지금은 어디에 있는지도 모르게 되었다. 그래서 어디로 편지를 부쳐야 할지도 모르게 되어, 마음이 걸리는 것은 연고가 있는 두 곳을 떠나온 것만 아니게 되었다. 정연하고 넉넉한 구성에 가을밤의 그리움을 잘 펼쳐놓았다.

경위(耿湋)

배 행군 중승께 올림(上裴行軍中丞)[1][2]

胡塵已滅天山外,	천산 밖으로 오랑캐를 몰아내신 후
閉閣陰陰日復曛.	어둡게 대문 닫으시니 해도 다시 저물어
櫪上驊騮嘶鼓角,[3]	구유에선 화류마가 북과 호각 소리에 우는데
門前老將識風雲.	문 앞에선 백전노장이 풍운을 감지하는구나
旌旗四面高秋見,	깃발들이 깊은 가을 사방 교외에서 드높고
絲竹千家靜夜聞.	집집마다 음악 소리 고요한 밤에 들려라
莫道古來多計策,	예부터 계책이 뛰어난 장수 많았다고 말하지 마소
功成唯有李將軍.[4]	공을 이룬 자는 오로지 이 장군 뿐이라오

해설 배도(裴度)를 칭송한 시이다. 제1구의 승전에 대비해 제2구의 어두운

1) 심주 : 즉 진공 배도이다.(卽晉公度.)
2) 裴行軍中丞(배행군중승) : 배도(裴度). 중당시대에 활동한 걸출한 정치가이자 문학가이다. 어사중승을 역임했다. 제목이 「상장의 노래」(上將行)라 된 판본도 있다.
3) 驊騮(화류) : 주 목왕(周穆王)이 몰았던 팔준(八駿)의 하나. 일반적으로 준마를 가리킨다.
4) 李將軍(이장군) : 한 무제 때 활약한 이광(李廣)을 가리킨다. 이광은 기동력이 뛰어나 여러 차례 흉노를 공격하여 이겼다.

분위기는 어울리지 않는데, 이에 대해 명대 말기 김성탄(金聖歎)은 공명이 하늘을 찌를 듯한 데도 오히려 공과 위엄을 드러내지 않는다는 뜻으로 보고 뛰어난 구라고 하였다. 제3, 4구는 준마와 노장을 각기 묘사하였다. 제5구는 교외를 방비함이요, 제6구는 내지의 잔치를 묘사하였다. 말2구는 이 장군과 같은 배 중승을 귀감 삼기 바라는 뜻을 보였다.

이익(李益)

동으로 돌아가는 가교서를 보내며, 진 상인에게 부침(送賈校書東歸, 寄振上人)[1]

北風吹雁數聲悲,	북풍에 기러기 우는 소리 슬픈데
況指前林是別時.	더구나 앞 숲을 가리키며 헤어지는구나
秋草不堪頻送遠,	가을 풀이 우거져 멀리 가는 사람 차마 자주 보내지 못하는데
白雲何處更相期?[2]	떠도는 구름이 어느 곳에서 다시 만나랴?
山隨匹馬行看暮,	산은 필마를 따라 가니 다니며 노을을 바라보고
路入寒城去獨遲.	길은 추운 성으로 들어가니 일정이 특히 늦으리라
爲向東州故人道:[3]	동쪽에 사는 친구에게 말하노니

---

1) 賈校書(가교서) : 가엄(賈弇). 장락(長樂, 하북 冀縣) 사람이다. 762년경 월주(越州)에 숙부 포방(鮑防)에 의탁하였고, 포방과 엄유(嚴維) 등 수십 명이 연창한 시회에 참가하였다. 767년 진사에 급제하여 교서랑이 되었지만 곧 죽었다. ○振上人(진상인) : 법진(法振). 천보(天寶)와 대력(大曆) 연간(766~779년)에 강남에서 활동한 시승(詩僧). 시인 왕창령, 황보염, 한굉, 이익 등과 교유하였다.
2) 白雲(백운) : 흰 구름이 낀 곳. 은거지를 가리킨다. 왕유의 「송별」 참조. 여기서는 구름처럼 떠돈다는 의미를 중의적으로 사용하였다.
3) 東州故人(동주고인) : 동쪽 지방의 주에서 사는 친구. 진 상인을 가리킨다.

江淹已擬惠休詩.[4]　　강엄(江淹)처럼 나도 이미 탕혜휴의 시를 본떠 지었
　　　　　　　　　　　　다네

해설 친구를 보내며 쓴 시이다. 아마도 진 상인과 함께 가 교서를 보낸
장면을 쓴 듯하다. 때문에 제3구는 가 교서에 대해 말하면서, 제4구는 진
상인을 염두에 두고 하는 말로 보인다. 제5, 6구는 다시 떠나가는 가 교
서의 행정을 말하고, 말 2구는 진 상인의 송별시에 자신도 시를 지었노
라고 말하였다. 세 사람의 만남과 헤어짐이 한 편 속에 어우러졌다.

염주에서 호아음마천을 지나며(鹽州過胡兒飮馬泉)[5]

綠楊著水草如煙,　　　푸른 버들 물 위에 늘어지고 초목이 무성한
舊是胡兒飮馬泉.　　　이곳이 바로 북방족이 말에 물 먹이던 호아음마천
幾處吹笳明月夜,　　　달 밝은 밤 여기저기 호가 소리 들리는데
何人倚劍白雲天?[6][7]　그 누가 흰 구름 높이 큰 칼 차고 있는가

---

4) 江淹(강엄) : 남조 양(梁)나라 시인. ○ 惠休(혜휴) : 탕혜휴(湯惠休). 남조 송(宋)나라
　시인. 일찍이 승려였기에 '혜휴 상인'이라 부른다. 송 효무제가 환속을 명하였으며,
　벼슬은 양주종사사(揚州從事史)에 이르렀다. 강엄이 지은 「혜휴 상인의 '이별의 원
　망'을 모의하여」(擬休上人別怨)가 있다. 여기서는 강엄으로 자신에 비하고, 혜휴로
　진 상인을 비유하였다.
5) 염주(鹽州) : 서위(西魏) 때 설치된 지명. 치소는 오원(五原). ○胡兒飮馬泉(호아음마
　천) : 벽제천(鸊鵜泉)이라고도 한다. 시인의 자주(自注)에 "벽제천은 풍주성의 북쪽에
　있으며, 호인들이 여기에서 말에 물 먹인다"(鸊鵜泉在豐州城北, 胡人飮馬於此)고 하
　였다. 제목이 다른 판본에는 「오원에서 호아음마천을 지나며」(過五原胡兒飮馬泉)라
　되어 있다. 오원은 한대 군(郡) 이름으로, 당대에는 풍주(豐州)라 하였다. 치소는 지
　금의 내몽골 임하현(臨河縣) 동북.
6) 심주 : 변방을 방비한 사람이 없음을 말하였으니, 구가 특히 함축적이다.(言備邊無人,
　句特含蘊.)
7) 倚劍白雲天(의검백운천) : 송옥(宋玉)의 「대언부」(大言賦)에 나오는 "네모진 땅을 수
　레로 삼고, 둥근 하늘을 차개로 삼으니, 하늘 밖에 세워진 장검이 번쩍인다"(方地爲
　車, 圓天爲蓋, 長劍耿耿倚天外.)는 말을 활용하였다.

從來凍合關山路,　　겨울에 얼어붙은 변경의 길들이
今日分流漢使前.[8]　지금은 사신으로 가는 내 앞에서 녹아 흐르네
莫遣行人照容鬢,[9]　행인에게 얼굴을 비춰보라 말하지 말게
恐驚憔悴入新年.　　새해인데도 늙어가는 얼굴을 보게 될까 두려우니

해설 봄이 온 변방의 음마천을 지나며 일어나는 감회를 썼다. 음마천이 있는 오원(五原)은 시인의 고향인 농서(隴西)와도 멀지 않는, 섬서성 북부와 내몽골의 경계 지역으로, 당시 당과 티베트가 자주 쟁탈하는 지역이었다. 특히 시인은 유주절도사 유제(劉濟)의 막부에서 오래 있었고, 정원(貞元) 연간 초기에 상군(上郡)과 오원(五原) 지역에 사오 년 지냈기에 변방의 상황에 대해 잘 알고 있는 터였다. 제4구는 변경을 보위할 영웅의 도래를 기다리는 듯하다. 변새의 바람에 얼굴은 주름에 덮여가도 뜻한 바를 이루지 못한 안타까운 심정을 강조하였다.

　　　　　포용(鮑溶)

채주 평정 후 하양절도사 판관 마관을
　　　기쁘게 만나 이야기하고 헤어지며(蔡平喜遇河陽馬判官寬話別)[1]

從事東軍正四年,[2]　　동으로 종군하여 참전한 지 만 4년

---

8) 分流(분류) : 봄이 되어 얼음이 녹으면서 물이 흐름.
9) 行人(행인) : 행인. 여기서는 시인 자신.
1) 蔡平(채평) : 채주를 평정하다. 관군이 817년 겨울 회서절도사 오원제(吳元濟)의 반군을 채주(지금의 하남 汝南)에서 평정하였다. ○河陽(하양) : 하양절도사. 치소는 지금의 하남성 맹현.

相逢且喜偃兵前,[3)4)]	싸움이 끝날 때 서로 만나 기쁘기 그지없어
看尋狡兔翻三窟,[5)]	교활한 토끼를 찾아 굴 셋을 모두 파 뒤집고
見射妖星落九天.[6)]	요망한 별을 쏘아 구천에서 떨어뜨렸네
江上柳營廻鼓角,[7)]	강 위의 군영에선 회군하는 호각 소리
河陽花府望神仙.[8)9)]	꽃 가득한 하양에는 신선 같은 그대 모습
秋風蕭颯醉中別,[10)]	솔솔 부는 가을바람 속 취하여 헤어지니
白馬嘶霜雁叫煙.	백마는 서리에 울고 기러기는 안개 속에 우네

해설 친구와 만났다가 헤어지며 쓴 시이자, 동시에 관군의 회서 평정을 찬미한 시이다. 첫 2구는 친구와의 만남과 난의 평정이라는 두 가지 기쁜 일을 선명하게 서술하였다. 제3, 4구는 채주 평정을 간결하게 요약하였다. 제5, 6구는 만남을 그리고, 말 2구는 이별을 그렸다. 중당시기의 역사적인 전역(戰役)을 배경으로 두 사람의 만남과 헤어짐이 지극히 인상적으로 그려졌다.

---

2) 四年(사년) : 당 관군이 회서에 병력을 보내 대응한 것이 4년간이라는 뜻.

3) 심주 : 채주 평정.(蔡平.)

4) 偃兵(언병) : 병기를 눕히다. 곧 싸움을 그치다. 여기서는 회서를 평정하다.

5) 狡兔(교토) : 오원제를 가리킨다. 『전국책』 「제책」(齊策)에 나오는 "영리한 토끼는 굴을 세 개 파 놓고 산다"는 뜻의 '교토삼굴'(狡兔三窟)의 전고를 활용하였다. 풍훤이 맹상군을 설득하며 말하였다. "교활한 토끼는 굴 셋이 있어야 겨우 그 죽음을 면합니다. 지금 경께서는 굴 하나를 뚫었을 뿐이니 아직 베개를 높이 베고 근심 없이 잘 수 없습니다. 경을 위해 다시 굴 두 개를 뚫어드리지요."(狡兔有三窟, 僅得免其死耳; 今君有一窟, 未得高枕而臥也; 請爲君復鑿二窟.)

6) 妖星(요성) : 재난을 가져오는 불길한 별. 오원제를 가리킨다.

7) 柳營(유영) : 군영. 한대 명장 주아부(周亞夫)가 장안 주위의 세류(細柳)에 주둔하면서 군기를 엄명히 하였기에, 군영을 세류영 또는 유영이라 하게 되었다. 문제는 주아부를 '진정한 장군'(眞將軍)이라 하였다. 경제 때는 태위로 임명되어 '오초칠국의 난'을 평정하였다. ○ 廻鼓角(회고각) : 회군하다.

8) 심주 : 마 판관을 만나다.(遇馬判官.)

9) 河陽花府(하양화부) : 서진의 반악(潘岳)이 하양령이 되었을 때 현의 경내에 온통 오얏꽃과 복사꽃을 심어, 사람들이 '하양은 온통 꽃'(河陽一縣花)이라고 한 데서 유래하였다. ○ 神仙(신선) : 마관 판관을 가리킨다.

10) 심주 : 이야기하고 헤어지다.(話別.)

무원형(武元衡)

조정으로 돌아가는 장육 간의를 보내며(送張六諫議歸朝)1)

詔書前日下丹霄,2)	며칠 전 조서가 조정에서 내려왔으니
頭戴儒冠脫皁貂.3)	담비 가죽 옷을 벗고 유생의 관 쓰는구나
笛怨柳營煙漠漠,4)	피리 소리도 원망하는지 군영에 운무가 아득하고
雲愁江館雨蕭蕭.	구름도 아쉬운지 강가 관사에 비가 쓸쓸히 내리네
鴛鴻得路爭先翥,5)	길을 찾은 봉황처럼 먼저 날아오르고
松柏凌寒獨後凋.6)7)	추위를 이긴 송백처럼 홀로 시들지 않으리
歸去朝端如有問,8)	조정으로 돌아가서 혹여 누가 물거들랑
玉門關外老班超.9)	옥문관 밖에는 늙은 반초 장군 있다 하게

---

1) 張六(장육) : 장정일(張正一). 중당 때 활동한 정치가이다. 관찰판관, 조산대부, 검교
상서호부랑중 겸 시어사, 효기위 등을 역임하였다. ○ 諫議(간의) : 간의대부. 문하성
에 소속되며 황제를 시종하고 간언을 맡는다. 품계는 정5품상. 788년부터 문하성과
중서성에 좌우 4인씩 두고 품계를 정4품으로 올렸다. 806년부터 좌우라는 말을 없앴
다가 842년에 다시 붙였다.

2) 丹霄(단소) : 붉은 노을이 낀 하늘. 일반적으로 조정이나 도읍을 가리킨다.

3) 皁貂(조초) : 검은 담비 가죽으로 만든 옷.

4) 柳營(유영) : 위의 포용(鮑溶) 시 제5구 참조.

5) 鴛鴻(원홍) : 원추(鵷鷯, 봉황)와 기러기. 현인을 비유한다. 또는 동료를 가리킨다.

6) 심주 : 올바름으로 권계하였다.(規之以正.)

7) 松柏(송백) 구 : 『논어』「자한」(子罕)에 나오는 "한 해가 추워진 연후에야 소나무와
측백나무가 다른 나무보다 나중에 시듦을 안다"(歲寒然後知松柏之後彫也)는 말을
이용하였다.

8) 朝端(조단) : 조정 신하의 우두머리인 재상. 여기서는 조정의 사람들을 가리킨다.

9) 玉門關(옥문관) : 당 강역의 서쪽에 있는 관문. 지금의 감숙성 돈황시 서북에 소재.
○班超(반초) : 동한시기 장수이자 외교가. 한 명제(漢明帝) 때 서역으로 출사하여
삼십일 년간 서역을 경영하면서 오십여 개 나라를 귀순하게 하였다. 여기서는 자신
을 가리킨다.

해설 입조하는 사람을 보내며 쓴 송별시이다. 상대가 고관이다 보니 정연한 구성에 비교적 장중한 분위기가 든다. 말구로 보아 작자가 검남서천절도사로 있을 때 지었음을 알 수 있다.

형남 엄 사공의 시를 받고 답하며(酬嚴司空荊南見寄)[10]

金貂再入三公府,[11]　　담비 모자 쓰고 다시 삼공의 관청에 들어가더니

玉帳連封萬戶侯.[12]　　옥 휘장 친 장수가 만호의 작위를 받더라

簾卷青山巫峽曉,　　주렴에 비친 청산을 걷으니 무협의 새벽이요

煙開碧樹渚宮秋.[13]　　안개가 물힌 푸른 숲이 나타나니 저궁의 가을이라

劉琨坐嘯風清塞,[14]　　유곤처럼 앉아 휘파람으로 변새의 바람을 맑게 하고

謝朓題詩月滿樓.[15]　　사조처럼 시를 지으면 달이 누대에 가득하리라

白雪調高歌不得,[16]　　가락이 드높은 「백설」을 따라 노래하지 못하니

---

10) 嚴司空(엄사공) : 엄수(嚴綬). 811~814년 사이에 검교시공, 강릉윤, 형남절도사를 역임하였다.

11) 金貂(금초) : 황금 매미 장식에 담비 꼬리. 한대 이래 황제의 좌우에서 시종하는 신하의 관식. 원래 한대에는 시중과 중상시, 그리고 무관의 예관에 황금 매미 문양에 담비꼬리를 장식하였다. 전국시대 조 혜문왕(趙惠文王)이 처음 만들어 혜문관(惠文冠)이라 부르기도 한다. 시문에서는 일반적으로 고관을 가리킨다. 당대에는 시중, 중서령, 좌우산기상시는 진현관(進賢冠)을 쓰며, 여기에 황금 고리에 매미 문양, 담비 꼬리가 장식된다. ○三公(삼공) : 태위(太尉), 사도(司徒), 사공(司空)을 통칭한 말. 엄수는 태원부윤(801년), 하동절도사, 부풍군공(806년), 검교사공 추가, 상서우복야(809년)를 역임하였다.

12) 玉帳(옥장) : 옥으로 장식된 휘장. 장수의 휘장으로, 옥같이 견고하다는 의미를 취하였다. ○萬戶侯(만호후) : 식읍 만호의 후. 엄수가 811년에 정국공(鄭國公)에 봉해진 일을 가리킨다.

13) 渚宮(저궁) : 춘추시대 초나라의 별궁. 지금의 호북성 강릉현에 소재했다.

14) 劉琨(유곤) 구 : 서진 때 병주자사 유곤이 음악으로 오랑캐의 포위를 푼 일을 가리킨다. 본권 두보의 「피리 연주」(吹笛) 제5구 참조. 嘯(소)는 휘파람.

15) 謝朓(사조) : 남조의 시인.

16) 白雪(백설) : 뛰어난 악곡의 이름. 전국시대 초나라의 고아한 음악인 「백설」(白雪)을 말한다. 여기서는 엄수가 보내준 시 작품을 가리킨다.

美人南望翠蛾愁.　　남쪽을 바라보는 미인의 푸른 아미 근심스러워

해설 안부 인사차 보내온 시에 답한 시이다. 상대는 무장에 문인의 소양
도 상당히 있는 사람으로 그려졌다. 말구의 미인은 남쪽의 형남을 바라
보며 시를 보내는 작자 자신을 가리킨다.

양거원(楊巨源)

장 장군에게(贈張將軍)

關西諸將揖容光,[1]	관서의 장수들이 빛나는 풍채에 예를 갖추니
獨立營門劍有霜.	영문에 우뚝 서면 검에 광망이 빛나더라
知愛魯連歸海上,[2]	노중련을 아껴 바닷가에서 돌아오게 했으니
肯令王翦在頻陽![3]	어찌 왕전을 고향 땅 빈양에 물러나 있게 하랴!
天晴紅幟當山滿,	하늘 아래 붉은 기치 산 앞에 가득하고
日暮清笳入塞長.[4]	해 저물녘 높은 호가 소리 변경에 길게 퍼진다
年少功高人共羨,	젊어서 공이 높아 모든 이 부러워하는데

---

1) 容光(용광) : 용모와 풍채.
2) 魯連(노련) : 노중련(魯仲連). 전국시대 제(齊)나라 사람으로 어렸을 때부터 지략이
   뛰어나 '천리구'(千里駒)라 불렸다. 제나라를 도와 연나라를 이겼으며, 공을 이루고
   도 작위를 받지 않고 바닷가로 은거하였다.
3) 肯(긍) : 어찌. ○ 王翦(왕전) : 전국시대 진나라의 장수. 그의 아들 왕분(王賁)과 함께
   진시황이 육국을 멸망시키는데 최대의 공을 세웠다. 빈양(頻陽, 섬서 富平) 사람으
   로 나중에 공을 이룬 후 칭병하고 고향 빈양으로 돌아갔다. 여기서는 장 장군을 왕
   전에 비하면서 황제가 줄곧 중용하였음을 말하였다.
4) 清笳(청가) : 맑고 높은 호가 소리.

漢家壇樹月蒼蒼.[5]   한나라 단 옆의 나무는 달 아래 질푸르러라

평석 정신과 골격이 모두 왕성하다.(神骨俱王.) ○ 당시 사람을 쓰는 일이 시급한데도, 분명 빈양에 있는 왕전 같은 사람을 쓰지 않음을 말하였다. 어찌 장군이 은거의 뜻이 있었기 때문에 이처럼 말했겠는가?(言當時急於用人, 必不令如王翦之在頻陽也. 豈將軍有歸隱之志, 故云爾耶?)

해설 장 장군을 칭송한 시이다. 제1구는 간접적으로, 제2는 직접적으로 그의 모습을 개괄하여 형상화하였다. 제3, 4구는 당시 사람이 필요한 때로 뛰어난 인재를 중용한다는 뜻으로 은거하려는 장 장군을 만류하는 듯하다. 제5, 6구는 병영의 모습을 그리고, 말 2구에서는 아직 젊은 때라 장래가 창창하다고 격려하였다.

후 대부의 「가을 산야에서 출정군이 돌아오는 걸 보며」에

화답하며(和侯大夫秋原山觀征人回)[6]

兩河戰罷萬方淸,[7]   하북 하남에 전란이 끝나니 온 나라가 평화로워
原上軍回識久營.   언덕 위에 돌아온 군인들 옛 군영으로 찾아간다
立馬望雲秋塞靜,   말 세우고 구름 바라보니 가을 변경이 고요하고
射雕臨水晚天晴.   수리 쏘고 강가에 나서니 저녁 하늘이 맑아라
戍閑部伍分岐路,   수자리가 한가하매 병사들이 각지로 흩어지고
地遠家鄉寄旆旌.   땅이 멀리 있으매 고향으로 승전보를 부친다

---

5) 壇(단) : 장수를 임명하는 단. 한 고조 유방이 단을 세워 한신을 대장에 임명한 데서 유래했다.
6) 侯大夫(후대부) : 후씨 성의 어사대부. 절도사로 보인다. 절도사는 일반적으로 어사대부를 겸직한다. ○ 征人(정인) : 출정 나간 사람.
7) 兩河(양하) : 하남도와 하북도. 안사의 난 후 번진 할거가 집중된 지역이다.

聖代止戈資廟略,[8]　　　성명한 시대라 원대한 책략으로 전쟁을 그쳤으니

諸侯不復更長征.[9]　　　제후들은 다시 멀리 정벌 나갈 필요 없으리

해설 전란의 종식을 기뻐한 시이다. 제1구부터 기쁨을 이기지 못하는 흥분된 감정을 표현하였다. 말미에서는 전란이 일어나지 않도록 미리 준비해줄 것을 경계하였다. 중당시기에는 절도사의 발호와 이의 토벌을 제재로 한 시가 많이 나왔는데 이 시는 그중 뛰어난 작품 가운데 하나이다.

숭산 용담사로 조사를 안장하러 가는
담공을 보내며(送澹公歸嵩山龍潭寺葬本師)[10]

野煙秋水蒼茫遠,　　　들의 안개와 가을 강물이 창망히 먼데

禪境眞機去住閑.[11]　　　선종의 세계에서 진기(眞機)의 가고 옴이 한가롭구나

雙樹爲家思舊壑,[12]　　　사라수를 집으로 삼았으니 옛 골짜기를 그리워하고

千花成塔禮寒山.　　　수많은 꽃으로 탑을 쌓고 차가운 산에 예배하리

洞宮曾向龍邊宿,[13]　　　깊숙한 동굴은 일찍이 용이 깃들어 살았고

雲徑應從鳥外還.　　　구름 덮인 길은 날아가는 새 너머 이어졌으리

莫戀本師金骨地,[14]　　　조사의 사리를 뿌린 곳 연연하지 마소

---

8) 廟略(묘략): 나라를 안정시키는 웅대한 계책.

9) 諸侯(제후): 여기서는 각 번진의 장수들.

10) 澹公(담공): 澹然(담연, 淡然이라 쓰기도 한다.) 속명은 제갈각(諸葛珏). ○龍潭寺(용담사): 숭산 태실산 소재. ○本師(본사): 조사. 스승.

11) 眞機(진기): 불교에서 말하는 진실된 본성.

12) 雙樹(쌍수): 쌍림(雙林). 사라쌍수. 석가모니가 인도 구시나가라의 강가에서 죽을 때 두 그루가 한 쌍이 되어 자라는 사라수. 절을 가리키기도 한다.

13) 洞宮(동궁): 절을 가리킨다. 숭산 태실산 동쪽에 구룡담이 있는데 물이 깊어 못 속에 용이 산다는 전설이 있다.

14) 金骨(금골): 승려의 사리.

空門無處復無關.[15)16)] 불문에선 원래 오는 곳도 가는 곳도 없으니

해설 스님의 입적을 슬퍼한 시이다. 그러나 선종에서는 진정한 본성이란 가고 옴이 한가롭기에 삶과 죽음도 감정이 개일 될 필요가 없다. 다만 제3, 4구에서와 같이 '그리워하고'(思) '예배할'(禮) 뿐이다. 이러한 생각은 말 2구에서 반복됨으로써 슬픔을 참고 불도의 깊은 진리를 체득하는 듯하다.

---

15) 심주 : 한 층 더 올랐다.(更上一層.)
16) 空門(공문) : 불문(佛門). 불법. ○ 無處(무처) : 고정된 장소가 없음. ○ 無關(무관) : 빗장이 없음. 어디든 열려 있음.

한유(韓愈)

고부랑중 노사 형의「원일 아침 조회에 돌아와」에
삼가 화답하며(奉和庫部盧四兄曹長元日朝廻)[1][2]

天仗宵嚴建羽旄,[3]   어둠 속에 북을 치니 의장대 깃발이 세워지고

---

[1] 심주 : 노사는 이름은 정이다.(盧名汀.)

[2] 庫部(고부) : 병부 소속의 관서로 병기와 의장을 관장한다. ○ 盧四(노사) : 노정(盧汀). 785년 진사 급제. 우부랑중 등을 거쳐 중서사인, 급사중에 이르렀다. 한유의 손위 처남이다. ○ 曹長(조장) : 상서성에서 승과 낭중이 서로를 부를 때 쓰는 호칭.

[3] 天仗(천장) : 황제의 의장. 원일의 조회에서는 다섯 가지 조회 의장 가운데 공봉장(供奉仗)과 산수장(散手仗)이 대전에 선다. ○ 嚴(엄) : 북을 쳐 경계하다. 천자가 나올 때는 칠 각(刻) 이전에 북을 한 번 쳐 일 엄(嚴)을 알리고, 오 각 이전에 북을 두 번 쳐 이 엄을 알리고, 이 각 전에 북을 세 번 쳐 삼 엄을 알렸다. 이때 근위대들이 순

春雲送色曉鷄號, 봄 구름이 밝아지자 새벽닭이 우는구나
金爐香動螭頭暗,⁴⁾ 황금 향로 연기 풀려 교룡 머리에 감기고
玉珮聲來雉尾高,⁵⁾ 옥패소리 울려오더니 치미선(雉尾扇)이 높이 선다
戎服上趨承北極,⁶⁾ 금오장군 총총 걸어 북극성께 아뢰고
儒冠列侍映東曹.⁷⁾ 문신들이 늘어서니 동조(東曹)가 환하여라
太平時節身難遇, 태평 시절인데도 때를 못 만났을 뿐이니
郎署何須歎二毛!⁸⁾ 낭관께서 어찌하여 반백임을 탄식하리오?

해설 궁정의 조회를 받으며 노사를 격려하였다. 응제시의 형식으로 전아한 어휘로 기품 있는 조회를 묘사하였다. 말 2구에서 시의 주제를 전달하였다. 815년(元和 10년) 당시 한유는 고공랑중이고, 노정은 고부랑중이어서 함께 조정에 있었다. 노정은 한유의 손위 처남이었다.

서에 따라 대전이나 정원에 들어선다. ○建羽旄(건우모) : 의장을 진열하다.

4) 螭頭(이두) : 교룡의 머리. 고대의 제기(祭器), 비액(碑額), 전주(殿柱), 전계(殿階) 위에 조각한 교룡의 머리. 여기서는 대명궁 함원전의 좌우에 있는 용미도(龍尾道)라는 계단의 난간 기둥 위에 조각되어 있는 교룡의 머리를 가리킨다.

5) 雉尾(치미) : 치미선. 꿩의 깃털을 모아 만든 부채.

6) 戎服(융복) : 군복. 장수를 가리킨다. 황제가 어좌에 앉으면 부채가 열리고, 좌우금오장군 1인이 좌우 내외가 평안함을 알린다. ○北極(북극) : 어좌를 가리킨다.

7) 東曹(동조) : 동상(東廂) 또는 동렬(東列)이라고도 한다. 문신의 행렬. 조회 때 문반은 동문에서 들어가고 무반은 서문에서 들어간다.

8) 郎署(낭서) : 숙위(宿衛)를 관장하던 한대 관서. 이 구는 서한 때 낭관으로 나이를 먹은 안사(顔駟)의 전고를 가리킨다. 한 무제가 한번은 낭서에 행차하였다가 덥수룩한 눈썹에 백발을 한 안사를 보고 물었다. '노장은 언제 낭관이 되었소?' 이에 안사가 대답했다. '소신은 문제 때 낭이 되었으나 문제께서 문을 좋아하셨으나 저는 무를 좋아하였습니다. 경제 때에는 주상께서 미모를 좋아하셨으나 저는 추했습니다. 폐하께서 즉위하시어서는 젊은이를 좋아하셨으나 저는 이미 늙었습니다. 삼대에 모두 때를 만나지 못해 낭관으로 늙었습니다.' 이에 무제가 그를 회계도위(會稽都尉)로 임명하였다. 『한 무제 이야기』 참조. ○二毛(이모) : 머리가 반백이 됨.

진공께서 도적을 깨뜨리고 돌아와 재차 재상에 임명되시고, 시를 지어 병영의 빈객들에게 보이시니, 한유가 삼가 화답함(晉公破賊回, 重拜臺司, 以詩示幕中賓客, 愈奉和)[9]

南伐旋師太華東,[10]　　남으로 토벌 갔다 개선하여 화산의 동편에 이르니

天書夜到冊元功.[11]　　천자 조서 밤에 이르러 높은 작위 봉하였네

將軍舊壓三司貴,[12]　　장군으로는 한대의 삼사(三司) 위 자리를 압도하고

相國新兼五等崇.[13]　　재상으로는 새로이 오등(五等) 작위 중 최고를 겸했 어라

鵷鷺欲歸仙仗裏,[14]　　원추새 같은 문신들은 궁중으로 돌아가고

熊羆還入禁營中.[15]　　곰과 같은 무인들은 금군으로 돌아가

長慚典午[16]非材職,[17]　　전부터 재주 없어 행군사마가 부끄러웠는데

得就閑官卽至公.　　지극한 공정함으로 낮은 직위도 보살펴 주시네

해설 배도를 칭송한 시이다. 4년에 걸쳐 조정에 반기를 들었던 회서절도

---

9) 晉公(진공) : 배도(裴度). 회서절도사 오원제의 반군을 채주에서 평정한 공으로 817년 12월 진국공(晉國公)이 추가되었다. ○臺司(대사) : 삼공 등 대신을 말한다.

10) 太華東(태화동) : 화산의 동쪽. 도림(桃林)을 가리킨다.

11) 天書(천서) : 황제의 조서. ○冊(책) : 황제의 조서. 특히 작위를 내리거나 천지신명께 제사할 때 고하는 글을 가리킨다. ○元功(원공) : 큰 공. 공신.

12) 三司(삼사) : 삼공(三公). 한대에는 삼공의 위에 대사마대장군을 두어, 위청과 곽광 등이 여기에 이르렀다.

13) 五等崇(오등숭) : 배도가 봉해진 진국공은 공후백자남(公侯伯子男) 5등급 가운데 가 장 높은 작위이다.

14) 鵷鷺(원로) : 원추새와 해오라기. 원추새는 신화 중의 봉황과 비슷한 새. 두 새는 모 두 질서 있게 날아가는 습성이 있다. 여기서는 배도 막부 중의 문관들을 가리킨다.

15) 熊羆(웅비) : 곰. 비(羆)는 일반 곰보다 큰 곰. 여기서는 배도가 출정할 때 호위하는 신책군을 가리킨다.

16) 심주 : 사마를 뜻하는 은어이다 한유 자신을 말한다.(司馬隱語, 公自謂.)

17) 典午(전오) : 한유는 당시 어사중승으로 배도 막부에 행군사마(行軍司馬)로 충원되었 기에 자신을 가리킨다.

사 오원제를 평정하고 장안으로 회군할 때인 817년(元和 12년) 12월, 동관의 동쪽에 있는 도림(桃林, 하남 靈寶)을 지날 때 쓴 시이다. 말구에서는 자신이 형부시랑(刑部侍郞)에 임명된 일에 감사를 표하고 있다.

좌천되어 남관에 이르러, 질손 한상에게 보임(左遷至藍關, 示侄孫湘)[18][19]

一封朝奏九重天,[20]	아침에 상소문을 구중궁궐에 올렸더니
夕貶潮陽路八千.[21]	저녁에 팔천 리 조양으로 폄적되어 떠나네
欲爲聖明除弊事,[22]	밝으신 군왕 위해 폐단을 없애려 했을 뿐
肯將衰朽惜殘年![23]	쇠약한 몸에 남은 목숨 어찌 애석해 하랴!
雲橫秦嶺家何在?[24]	구름이 가로 걸린 진령에 내가 묵을 곳은 어디인가?
雪擁藍關馬不前.	찬 눈 덮인 남관에 말조차 가려 하지 않네
知汝遠來應有意,	멀리서 네 왔으니 분명 생각한 바 있으려니
好收吾骨瘴江邊.[25]	장독이 흐르는 강가에서 나의 뼈를 수습해주게

해설 819년(元和 14년) 정월 법문사(法門寺)에 석가의 손가락 사리가 들어오

---

18) 심주 : 한상의 자는 청부이다.(湘字淸夫.)
19) 藍關(남관) : 남전관(藍田關). 요관(嶢關)이라고도 한다. 장안 남쪽 남전현 동남에 있는 관문. 고대에는 관중을 나서 남행할 때 거쳐 가는 주요한 관문이었다. ○ 湘(상) : 한상(韓湘). 한유의 조카 한노성(韓老成)의 장자. 823년 진사과에 급제하였고, 벼슬은 대리승(大理丞)에 이르렀다.
20) 一封(일봉) : 한 통의 상소문. 한유의 「불골을 논하는 표」(論佛骨表)를 가리킨다.
21) 潮陽(조양) : 영남도(嶺南道)에 속한 조주(潮州). 조주는 당시 조양군(潮陽郡)이라고도 하였다. 치소는 지금의 광동성 산두시(汕頭市) 조양현. ○ 八千(팔천) : 팔천 리. 조주는 장안에서 팔천 리 떨어져 있다.
22) 聖明(성명) : 성스럽고 밝은 덕. 여기서는 헌종을 가리킨다. ○ 弊事(폐사) : 정치상의 폐단. 불골을 영접한 일을 가리킨다.
23) 衰朽(쇠후) : 쇠약하고 병든 몸.
24) 秦嶺(진령) : 종남산.
25) 瘴江(장강) : 영남 지방의 장기가 가득한 강. 조주를 가리킨다.

자 헌종이 환관을 시켜 불골을 영접하여 궁중에 사흘간 안치한 후 여러 절에 보내게 하였다. 이에 왕공대부는 물론 백성들도 일을 폐하고 시주 하러 몰려들었다. 한유는 「불골을 논하는 표」를 올려 그 폐해를 적극 개 진하였다. 이에 "헌종이 크게 노하여 하루 걸러서 재상과 신하들에게 상 소문을 보이고는 극형에 처하려 하였다."(憲宗怒甚. 間一日, 出疏以示宰臣, 將 加極法.) 배도(裴度)와 최군(崔群) 등이 극력 옹호하여 조주자사(潮州刺史)로 좌천되었다. 이 시는 도성을 떠나 남관을 지날 때 지었다. 내심의 울분과 알 수 없는 전도에 대한 불안을 나타내었다. 당시 한유는 52세였다.

술자리에서 양양 이 상공께 올림(酒中留上襄陽李相公)²⁶⁾²⁷⁾

濁水汙泥淸路塵,²⁸⁾　　흙탕 속 진흙과 길 위의 먼지는 신분이 달라
還曾同制掌絲綸.²⁹⁾　　그런데도 일찍이 함께 조서를 기초하였소
眼穿長訝雙魚斷,³⁰⁾　　바랐으나 편지가 끊겨 오래도록 의아했는데

---

26) 심주 : 즉 이봉길이다. 헌종이 이봉길의 정무를 파하고 검남절도사로 보냈다. 목종이
즉위하자 양주자사 및 산남동도절도사로 옮겼다.(卽李逢吉. 憲宗罷逢吉政事, 出爲劍
南節度使. 穆宗立, 移襄州刺史、山南東道節度使.)

27) 李相公(이상공) : 이봉길(李逢吉). 816년 2월부터 817년 9월까지 문하시랑에 재상이
되었다. 당시 회서의 반란에 대해 배도의 토벌을 반대하며 적극적으로 유화책을 주
장하였으므로 검남동천절도사로 좌천되었다. 820년 목종이 즉위하여 산남동도절도
사 및 양주(襄州)자사로 옮겼다.

28) 濁水(탁수 구) : 이 구에서 탁수오니(濁水汙泥)는 한유 자신을, 청로진(淸路塵)은 이
봉길을 비유한다. 조식(曹植)의 「칠애시」(七哀詩)에 나오는 여인과 남자 사이를 먼
지와 진흙으로 비유한 일을 환기한다. "그대는 한길의 먼지같이 높고, 천첩은 흙탕
물의 진흙처럼 낮지요. 본디 하나이나 뜨고 가라앉음이 다르니, 만남은 어느 때 이
루어지는가요?"(君若淸路塵, 妾若濁水泥. 浮沈各異勢, 會合何時諧?)

29) 制(제) : 문서를 기초하다. 814년 이봉길이 중서사인이었을 때 한유는 고공랑중이었
고, 816년 한유가 중서사인이 되었을 때 이봉길은 재상으로, 이들 시기에 두 사람은
함께 근무했다. ○絲綸(사륜) : 황제의 조서. 『예기』 「치의」(緇衣)에 "왕의 말은 처음
에는 실과 같으나 나중에는 밧줄과 같아진다"(王言如絲, 其出如綸.)는 말에서 유래
했다.

耳熱何辭數爵頻!³¹⁾　　귓불이 붉어져도 어찌 술잔을 사양하리오
銀燭未銷窓送曙,　　　은촉이 아직 녹지 않았는데 창밖은 새벽이요
金釵半醉座添春.³²⁾　　금비녀 미인이 반쯤 취하니 좌중이 더욱 흥겨워
知公不久歸鈞軸,³³⁾　　공께선 오래지 않아 재상으로 돌아가시려니
應許閑官寄病身.　　　응당 병든 몸이 낮은 관직 맡도록 허락해주소서

평석 강직한 한유가 갑자기 이처럼 맑고 아름다운 구를 지었으니, 마치 송경(宋璟)이 '매화'를 읊어도 쇠처럼 굳은 절개에는 변함이 없는 것과 같다.(公之嶽嶽而忽作此明麗之句, 如廣平之賦梅花, 不碍心似鐵也.)

해설 820년 12월 국자좨주로 임명받고 원주(袁州)에서 소환되어 상경하다가 양양을 지날 때 썼다. 당시 이봉길(李逢吉)은 중앙에서 좌천되어 있다가 양주자사로 있을 때였다. 한유와 이봉길의 사이는 평소 그다지 좋지 않았지만, 여기서는 한유가 자신을 낮추어 어려움을 피하는 처세의 태도를 보였다. 과연 2년 후인 822년(長慶 2년) 이봉길은 다시 병부상서로 입각하였고 곧 재상이 되어 배도의 자리를 대신하였다.

---

30)　雙魚(쌍어) : 편지. 한대 고시 「장성 아래 샘에서 말에 물 먹이며」(飲馬長城窟行)에 "먼 곳에서 온 손님이, 나에게 쌍잉어 모양의 편지함을 주어서, 어린 종을 시켜 잉어를 갈랐더니, 뱃속에서 비단 편지 나왔지요"(客從遠方來, 遺我雙鯉魚. 呼兒烹鯉魚, 中有尺素書.)란 말이 있다.
31)　耳熱(이열) : 귀에서 열이 나다. 술을 실컷 마시다.
32)　金釵(금채) : 금비녀. 여인들이 머리에 꽂는 두 가닥이 맞물려 있는 장식물. 여기서는 시녀.
33)　鈞軸(균축) : 도기로 만든 수레바퀴와 수레 축. 국가의 중임 또는 중임을 맡은 사람을 가리킨다. 여기서는 재상.

유종원(柳宗元)

유주 성루에 올라―장주, 정주, 봉주, 연주
네 자사에게 부침(登柳州城樓, 寄漳、汀、封、連四州刺史)[1]

城上高樓接大荒,[2]　　　성 위의 높은 누대는 황량한 변방에 접해 있어

海天愁思正茫茫.[3][4]　　하늘 끝에 선 나의 근심은 참으로 끝이 없어라

驚風亂颭芙蓉水,[5]　　　세찬 바람에 연꽃 핀 연못 어지러운 파문 일어나고

密雨斜侵薜荔牆.[6]　　　촘촘한 빗줄기는 넝쿨 오른 담장을 비스듬히 때린다

嶺樹重遮千里目,　　　　능선의 나무는 겹겹이 천 리 밖 조망을 가로막고

江流曲似九迴腸.[7]　　　유강의 강물은 굽이굽이 창자가 휘돌아가는 듯해라

共來百越文身地,[8]　　　다 같이 백월 땅 문신 새기는 지역에 왔건만

---

1)　심주 : 장주자사는 한태이고, 정주자사는 한엽이고, 봉주자사는 진겸이고, 연주자사
　　는 유우석이다.(韓泰漳州, 韓曄汀州, 陳謙封州, 劉禹錫連州.)

2)　大荒(대황) : 고대 중국인들은 육지의 주위를 바다라고 생각하였고, 그 밖의 세계를
　　대황이라고 하였다. 『산해경』에 이에 대한 묘사가 자세하다.

3)　심주 : 성 위에 올라가니 온갖 상념이 모여든다.(從登城起, 有百端交集之感.)

4)　海天(해천) : 하늘 끝. 유주(柳州)를 가리킨다. 海天愁思(해천추사)는 "하늘 끝에 와
　　있다는 근심"이라 풀 수도 있고, "하늘과 바다같이 많은 근심"이라 풀이할 수도 있는
　　데 여기서는 전자로 한다. ○茫茫(망망) : 망망하다. 아득하다.

5)　颭(점) : 물결이 일다. ○芙蓉(부용) : 연꽃.

6)　密雨(밀우) : 촘촘히 내리는 비. ○薜荔(벽려) : 승검초와 새삼 덩굴. 나무나 담장을
　　타고 자라는 상록 식물. 담쟁이넝쿨과 비슷하다.

7)　江流(강류) : 유주를 둘러싸고 U자형으로 흐르는 유강(柳江). 유강은 귀주성 독산현
　　(獨山縣) 동쪽에서 발원한 것으로, 동쪽으로 흘러 광서성으로 들어가는 것은 융강
　　(融江)이 되고 남쪽으로 흘러가는 것은 유강이 되며 최후에는 주강(珠江)으로 합류
　　함. ○九迴腸(구회장) : 슬픔이나 분노로 인해 하루에 아홉 번이나 돌아가는 창자.
　　사마천(司馬遷)의 「임안에게 보내는 편지」(報任安書)에 "창자가 하루에 아홉 번 돌
　　아간다"(腸一日而九迴)라는 말이 있다. 여기서는 유강의 모습이자 자신의 침울함을
　　묘사하였다.

8)　百越(백월) : 현재의 복건, 광동, 광서 각 성에서 북방한족을 쫓아낸 남방의 민족을
　　총칭함. 종족이 많기 때문에 백월(百越) 혹은 제월(諸越)이라고 하지만, 한족의 입장

猶自音書滯一鄕.　　그래도 편지조차 각자의 땅에 머물러 통하지 않는구나

평석 '세찬 바람'과 '촘촘한 빗줄기'는 말은 여기 있으나 뜻은 다른 곳에 있다. 「영남 강행」의 '사공 벌레'와 '태풍 구름'도 마찬가지이다.('驚風''密雨', 言在此而意不在此. 嶺南江行詩中 '射工''颶母'亦然.)

해설 805년 1월 덕종(德宗)이 병으로 죽은 후 태자 이송(李誦)이 즉위하였는데 곧 순종(順宗)이다. 순종은 왕비(王伾)와 왕숙문(王叔文)을 한림집사(翰林執事)로 임명하고, 위집의(韋執誼)를 재상으로 임용하였다. 왕비와 왕숙문, 즉 세칭 이왕(二王)은 유우석과 유종원 등 청년 관료들과 연합하여 혁신파를 이루었고, 궁시(宮市) 폐지, 감세, 환관 세력 타격 등 개혁을 단행하였다. 그러나 이왕 등이 의지한 순종은 말도 잘 못하는 백치였고, 혁신파의 세력은 약했으며, 병권을 잃지 않으려는 환관의 저항이 거세게 일어났다. 환관들의 압력 아래 동년 8월 순종은 제위를 헌종(憲宗)에게 선양해야 했으며 왕숙문 등 주요 혁신파들은 모두 폄적됨으로써 개혁은 반년여 만에 좌절되었다. 805년 8월 헌종이 즉위하면서 연호를 영정(永貞)이라 했으므로 이 사건을 '영정 개혁'이라 한다. 또 유우석과 유종원 등 여덟 명의 청년 관료들은 지방의 사마(司馬) 직으로 좌천되었으므로 '이왕 팔사마(二王八司馬)의 변'이라고도 한다. 팔사마는 유종원과 유우석 이외에 위집의(韋執誼), 한태(韓泰), 진겸(陳謙), 한엽(韓曄), 능준(凌准), 정이(程異) 등이다. 이왕 가운데 왕비는 폄적지에서 병사했고, 왕숙문은 다음 해에 사사를 받았다. 팔사마 가운데 능준과 위집의는 폄적지에서 죽었고, 정이는 다른 곳에 전출되었다. 나머지 다섯 명은 815년 1월 도성에

에서 만든 말로 경시하는 뜻이 있다. ○文身(문신) : 남방 사람들은 머리를 짧게 자르고 몸에 문신을 새기는 풍속이 있었다. 그들의 이러한 풍속은 바다에서 물고기를 잡아 생계를 유지하는 데서 말미암은 것으로, 교룡(蛟龍)처럼 문신하여 물속에 들어가면 물속의 용이 침해하지 않는다는 믿었다.

소환되었다가 다시 더 먼 변방으로 좌천되었다. 유종원은 유주(柳州, 광서 柳州市)로, 한태는 장주(漳州, 복건성 漳州市)로, 한엽은 정주(汀州, 복건성 長汀縣)로, 진겸은 봉주(封州, 광동성 封開縣)로, 유우석은 연주(連州, 광동성 連縣)로 각각 자사(刺史)의 직책으로 좌천되었다. 유종원은 3월 장안을 출발하여 6월 27일에 유주에 도착하였다. 이때 성벽에 올라 일어나는 감회를 네 명의 자사에게 보냈다.

아우 유종일과 헤어지며(別舍弟宗一)[9]

零落殘魂倍黯然,	영락하여 다시 헤어지니 마음이 배로 아파
雙垂別淚越江邊.[10]	둘이서 유강 강가에서 이별의 눈물 떨어뜨리네
一身去國六千里,[11]	이 몸 도성을 떠나 육천 리
萬死投荒十二年.[12]	만 번 죽으며 황벽한 곳 십이 년
桂嶺瘴來雲似墨,[13][14]	계령에 장기(瘴氣)가 퍼지니 구름은 먹과 같지만
洞庭春盡水如天.[15]	동정호에 봄이 다 가면 물빛은 하늘과 같으리
欲知此後相思夢,	이제 알겠나니, 이후에 그대를 그리는 꿈은
長在荊門郢樹煙.[16]	오래도록 형문(荊門)과 영주(郢州)의 숲가에 있으리

9) 舍弟(사제): 집안의 동생. 유종원의 사촌동생. 유종원에게는 친형제가 없고 사촌동생으로 유종일(柳宗一), 유종직(柳宗直), 유종현(柳宗玄)이 있었다.
10) 越江(월강): 유주는 고대에 남월(南越) 지역이었으므로 월강이라 했다. 유강(柳江)을 가리킨다.
11) 去國(거국): 도성을 떠나다. 國(국)은 국도(國都).
12) 十二年(십이년): 유종원은 805년(永貞 원년) 영주로 좌천되고 815년(元和 10년) 수도로 소환되었다가 같은 해 7월 다시 유주자사로 나갔다. 이 시를 쓰는 816년까지 12년이 되었다.
13) 심주: 자신은 유주에 남아있다.(自己留柳.)
14) 桂嶺(계령): 하주(賀州) 계령현(桂嶺縣) 동쪽 소재. 지금의 광서장족자치구 하현(賀縣) 동북. 여기서는 유주 부근의 산을 가리킨다.
15) 심주: 동생은 초 지방으로 간다.(弟之楚.)
16) 荊門(형문): 형주. ○郢(영): 초나라의 도읍지로 지금의 호북성 형주 강릉현(江陵縣) 서북.

해설 유종원이 815년 유주로 폄적될 때 사촌동생 가운데 유종일과 유종직이 따라갔는데 유종직은 곧 병으로 죽었다. 다음 해인 816년 유종일이 강릉으로 돌아갈 때 유종원이 위 시를 지어 주었다. 제3, 4구는 자신의 폄적을 거리와 시간으로 간결하게 표현해내었다. 제5구는 자신이 있는 유주를, 제6구는 동생이 가는 형주를 각각 묘사하였다.

영남 강행(嶺南江行)[17]

瘴江南去入雲煙,　　　　장독(瘴毒) 낀 강은 남으로 흘러 구름 속에 들어가고
望盡黃茆是海邊.[18]　　　바라보는 누런 띠풀 그 끝이 바로 바닷가로다
山腹雨晴添象跡,[19]　　　산 중턱에 비 개이니 흰 구름은 코끼리 같고
潭心日暖長蛟涎.[20]　　　연못 가운데 해가 따뜻하니 교룡이 침 흘리네
射工巧伺遊人影,[21]　　　사공 벌레는 침 쏘려고 지나가는 사람 살피고
颶母偏驚旅客船.[22]　　　태풍 구름 일어나니 객선의 사람들 놀라는구나

---

17) 嶺(영) : 오령. 지금의 강서성과 광동성의 경계에 있다. 유주는 영남동도(嶺南東道)에 속했다. ○江(강) : 계림 이남의 낙청강(洛淸江)으로 보인다.

18) 黃茆(황묘) : 황모(黃茅). 누런 띠풀.

19) 象跡(상적) : 코끼리의 흔적. 상주(象州)의 치소에 있는 서루에서는 산을 마주볼 수 있는데, 비가 개이면 산 중턱에서 갑자기 흰 구름이 마치 흰 코끼리 같은 모습으로 일어난다고 한다. 남송 주거비(周去非)의 『영외대답』(嶺外代答) 참조.

20) 蛟涎(교연) : 교룡이 침을 흘리다. 북송 팽승(彭乘)의 『묵객휘서』(墨客揮犀)에는 물에 사는 교룡에 대해 기록하였다. 그 머리는 호랑이와 같고 몸은 뱀과 같으며 우는 소리는 소와 같다. 큰 놈은 수 장(丈)이고 대부분 계곡이나 못 속의 석굴에 산다. 사람을 만나면 먼저 비린 침을 바른 후, 물속으로 데려가 겨드랑이로부터 피를 빨아먹는다.

21) 射工(사공) : 전설에 나오는 강남의 강물에서 자라는 독충. 길이는 한두 치이며, 입에 활 모양의 침으로 사람을 쏜다. 맞으면 종기가 나며 죽을 수도 있다. 『박물지』 참조. ○巧伺(교사) : 잘 엿보다.

22) 颶母(구모) : 태풍을 몰고 올 전조로 보이는 채색 구름. 모양은 무지개와 비슷하다. 당 유순(劉恂)의 『영표녹이』(嶺表錄異)에 "남해의 여름과 가을 사이 간혹 구름이 어두워지면 무지개와 같은 무리가 보이는데 길이가 육칠 척 된다. 얼마 후 태풍이 반드시 일어나므로 이를 '구모'라 부른다."(南海秋夏間, 或雲物慘然, 則見其暈如虹, 長

從此憂來非一事,　　이제부터 근심은 한 가지만 아니니

豈容華髮待流年!　　어찌 센 머리카락으로 세월만 기다리리오!

평석 중간의 4구는 모두 풍토의 색다름을 썼으며, 깊고 얕은 정도를 가리지 않았다.(中二聯
俱寫風土之異, 不分淺深.)

해설 815년 유주자사로 부임하면서 오령을 넘은 후 지었다. 이때의 행정
은 먼저 계림에 들렀다가 다시 유주로 갔기 때문에 비교적 넓은 지역의
색다른 풍광과 풍속을 그렸다. 말 2구는 앞으로 분발하겠다는 뜻이지만,
반어법으로 새긴다면 위험한 일이 많은 유주에서 오래 살기 어렵겠다는
우려를 표현한 것으로 볼 수도 있다.

형주자사 노씨의 편지를 받고 시를 써서 부침(得盧衡州書, 因以詩寄)[23]

臨蒸且莫歎炎方,[24]　　임증(臨蒸)이 무더운 곳이라 탄식하지 말게

爲報秋來雁幾行.　　가을이라 기러기가 몇 줄이라도 있지 않은가

林邑東廻山似戟,[25]　　동으로 돌아가는 임읍은 산들이 창날같이 솟았고

牂牁南下水如湯,[26]　　남으로 내려오는 장가강은 끓는 듯 뜨거워

蒹葭淅瀝含秋霧,[27]　　갈대는 서걱거리며 가을 안개에 싸여있고

六七尺. 比候則颶風必發, 故呼爲颶母.)

[23]　盧衡州(노형주) : 미상. 성이 노씨인 형주자사.

[24]　臨蒸(임증) : 형주 치소 형양의 본래 지명. 732년부터 형양으로 불렸다. ○ 炎方(염방)
　　: 남방의 무더운 지역.

[25]　林邑(임읍) : 고대 국가 이름. 지금의 월남 중남부에 소재. 여기서는 유주 동부 일대
　　이민족 거주 지역을 가리킨다.

[26]　牂牁(장가) : 牂柯(장가)라 쓰기도 한다. 강 이름. 지금의 귀주성 소재. 서한 때 야랑
　　(夜郞)이란 나라가 이 강가에 있었다. 여기서는 유주로 흘러오는 강을 가리킨다.

[27]　蒹葭(겸가) : 갈대. ○ 淅瀝(석력) : 의성어. 서걱서걱. 바람 부는 소리.

橘柚玲瓏透夕陽.　　굴과 유자는 알알이 열려 석양빛이 뚫고가네

非是白蘋洲畔客,[28]　네가래 핀 모래톱의 유운(柳惲) 같은 나그네가 아니지만

還將遠意問瀟湘.[29]　그래도 소상에 있는 그대에게 안부를 묻노라

해설 유주의 자연 환경을 묘사한 시이다. 노 형주는 형주가 무덥다고 하지만 그래도 유주보다 북쪽에 있어 기러기도 날아오지만, 자신이 있는 유주는 임읍과 장가의 사이로 더욱 먼 남방이라고 했다. 중간의 4구는 유주의 모습을 그림과 같이 묘사했는데, 특히 제3, 4구는 형상성이 뛰어나다. 말미에서는 성씨가 같은 유운을 제시하면서 역시 올바른 정치를 폈으나 폄적된 처지를 완곡하게 빗대는 듯하다.

유주 마을 사람들(柳州峒氓)[30]

郡城南下接通津,[31]　유주 성 남쪽은 나루터로 통하는데

異服殊音不可親.　　옷도 다르고 말도 사투리라 친해지기 어려워라

青篛裹鹽歸峒客,[32]　파란 대 껍질에 소금을 싸서 동굴로 돌아가고

綠荷包飯趁墟人.[33]　녹색 연잎으로 밥을 싸서 시장으로 달려가네

---

28) 白蘋洲(백빈주) : 네가래 핀 모래톱. 이 구는 남조 양(梁) 유운(柳惲)이 오흥태수(吳興太守)였을 때 지은 「강남곡」(江南曲)의 "모래톱에서 네가래를 캐는, 해 저무는 강남의 봄. 동정호에 돌아가는 나그네, 소상에서 친구를 만나네"(汀洲採白蘋, 日落江南春. 洞庭有歸客, 瀟湘逢故人.)를 환기하였다.

29) 問瀟湘(문소상) : 소상에 묻다. 소상 강가에 있는 사람에게 묻다. 곧 노 형주에게 묻다.

30) 峒(동) : 묘족(苗族)이나 동족(僮族)이 사는 마을. ○氓(맹) : 길들이지 않은 백성. 야민(野民).

31) 通津(통진) : 길이 잘 통하는 나루터. 유주의 성은 심강(潯江) 북안에 있어, 성 남면은 곧 심강의 나루터이다.

32) 篛(약) : 대 껍질.

33) 趁墟(진허) : 시장에 가다. 영남 사람들은 시장을 허(墟)라 하였다.

鵝毛禦臘縫山罽,³⁴⁾　　거위 털로 한기를 막으며 산중의 담요를 꿰매고
鷄骨占年拜水神.³⁵⁾　　닭 뼈로 한 해 농사 점치며 강의 신에게 제사하네
愁向公庭問重譯,　　　관아에서 통역인에게 묻는 것이 번거러워
欲投章甫作文身.³⁶⁾　　장보관을 버리고 문신을 새기며 살아볼까 하노라

해설 유주에 사는 이민족들의 삶에 대해 묘사한 시이다. 중간 4구는 이
민족의 풍물을 잘 표현한 명구로 꼽힌다. 유종원은 영주시기에는 지역의
풍토와 민속에 대해 거리감을 가지고 있었으나 유주에서는 백성들과 친
해지려 하였다. 물론 여기에는 때로 폄적된 자의 울분이 섞여 참담하고
망망한 감정의 깊이를 보이기도 한다. 앞에서 나온 다른 시들을 포함하
여 유종원은 영남 지역의 풍모와 풍습을 묘사하는데 뛰어났다. 당대 시
인 가운데 잠삼이 서역의 경관을 표현하는데 뛰어났고, 두보가 촉 지방
의 풍광을 시 속에 잘 담아냈었고, 고황이 화동 지방의 민속을 잘 그렸
다고 할 수 있다. 다만 이들 시인들은 칠언절구나 칠언고시로 자유롭게
표현한 데 비해, 유종원은 고아하고 화사한 칠언율시를 사용했다는 점이
눈에 뜨인다. 특히 이민족의 풍속을 흥밋거리나 괴이한 이국취미로 떨어
뜨리지 않았다는 점에서 유종원 시의 돈후한 특성이 잘 발휘되었다.

---

34)　禦臘(어랍): 납월의 추위를 막다. 납(臘)은 주대에 해를 마치며 올린 제사로, 한대에
　　는 12월에 거행하였다. ○ 罽(계): 이불이나 담요 종류. 동민들은 거위 털로 이불을
　　만들어 추위를 막았다.
35)　鷄骨(계골): 닭 뼈. 고대 백월 지역에서는 닭 뼈로 점을 쳤다. ○ 占年(점년): 한 해
　　의 농사가 잘 될지 점을 침.
36)　章甫(장보): 주대의 예관. 유생이 쓰는 관. 이 구는 『장자』 「소요유」에 "송나라 사람
　　이 장보관을 사가지고 백월 지역에 갔다. 백월 사람들은 단발에 문신하고 있어 모자
　　가 쓸모 없었다."(宋人資章甫, 適諸越. 越人短髮文身, 無所用之.)는 말을 환기한다.

유우석(劉禹錫)

평석 대력 연간 이후의 시에서 유우석이 유장경보다 높다. 백거이와 창화하였기에 '유백'이라 병칭하였다. 사실 유우석은 풍격으로 뛰어나고 백거이는 정감으로 뛰어나, 각자가 일가를 이루었으나 서로 닮지 않았다.(大曆後詩, 夢得高於文房. 與白傅唱和, 故稱劉白. 實劉以風格勝, 白以近情勝, 各自成家, 不相背也.)

송자 나루에서 삼협을 바라보며(松滋渡望峽中)[1]

渡頭輕雨灑寒梅,	나루에는 가는 비가 겨울 매화에 뿌리고
雲際溶溶雪水來. [2][3]	구름 끝에서 넘실넘실 눈 녹은 물 내려온다
夢渚草長迷楚望, [4][5]	운몽택에 풀 우거져 초나라 산천 끝이 없고
夷陵土黑有秦灰. [6]	이릉의 흙 검은 것은 진나라 때 잿더미라
巴人淚應猿聲落,	파인들은 원승이 울음소리에 눈물을 흘리고
蜀客船從鳥道廻. [7][8]	촉으로 가는 배는 벼랑을 돌아서 가네
十二碧峰何處所? [9]	무산의 십이봉은 어디에 있는가?

---

1) 松滋渡(송자도) : 송자 나루. 지금의 호북성 송자시 북쪽 소재. ○峽中(협중) : 협주(峽州)를 가리킨다. 치소는 지금의 호북성 의창시(宜昌市).
2) 심주 : 삼협을 바라보다.(望峽中.)
3) 溶溶(용용) : 강물이 넘실대는 모양.
4) 심주 : 『좌전』에 기록했다. "강수, 한수, 저수(沮水), 장수는 초나라가 제사를 지내는 대상이다."(左傳 : "江、漢、雎、漳, 楚之望也.)
5) 夢渚(몽저) : 운몽택(雲夢澤)의 물가. ○楚望(초망) : 초 지방의 산천. 초나라 강역.
6) 夷陵(이릉) : 원래 초나라 선왕의 능묘였으나, 나중에 현 이름이 되었다. 지금의 호북성 의창시. 『사기』 「백기열전」에 "백기(白起)가 초나라를 공격하여 영도를 함락하였으며 이릉을 불살랐다"(白起攻楚, 拔郢, 燒夷陵.)는 기록이 있다.
7) 심주 : 정면으로 삼협을 바라본 일을 썼다. 경발하다.(正寫望峽, 警拔.)
8) 鳥道(조도) : 새만이 날아서 넘어갈 수 있는 험난한 산길.
9) 十二碧峰(십이벽봉) : 무산 십이봉. 삼협 가운데 무협의 남북에 소재한 열두 봉우리

永安宮外是荒臺.[10]　　영안궁 바깥에는 황량한 누대가 있으리라

해설 삼협의 초입에서 역사와 전설을 회고한 일종의 회고시이다. 드넓은
운몽택과 험준한 삼협을 배경으로 곳곳에서 역사의 흔적을 찾고 흥망과
성쇠를 생각하였다. 말 2구는 전국시대 초나라는 물론 삼국시대 궁전도
폐허가 되었음을 상기하였다. 822년 초에 기주(夔州)로 부임하러 가는 도
중에 지었다.

신라 책립사로 충원되어 떠나는 원 중승을 보내며(送源中丞充新羅冊立使)[11]

相門才子稱華簪,[12]　　재상 집안의 재인이라 높은 관이 어울려
持節東行捧德音.[13]　　부절 들고 동으로 가 덕음(德音)을 들어라
身帶霜威辭鳳闕,[14][15]　몸으로는 서릿발 같은 위엄으로 봉궐을 떠나
口傳天語到鷄林.[16][17]　입으로는 천자의 말을 계림에 전하리
煙開鼇背千尋碧,[18]　　안개가 걷히면 자라 등이 천 길이나 푸르고

　　　로 그중 신녀봉이 가장 뛰어나다.
10) 永安宮(영안궁) : 유비가 백제성에 세운 궁전. 지금의 사천성 중경시 봉절현 소재.
　　222년 유비가 동오에 패전하여 백제성에 후퇴하였을 때 세웠다. 유비는 다음 해 4월
　　이 궁전에서 죽었다. ○ 荒臺(황대) : 양대(陽臺). 무산현 현성 서쪽의 고도산(高都山)
　　에 소재. 초 회왕(懷王)이 무산 선녀를 만난 곳.
11) 源中丞(원중승) : 원적(源寂). 당시 태자좌유덕 겸 어사중승이었다. 어사중승은 어사
　　대의 부장관으로 품계는 정5품상. 현종 때 재상이었던 원건요(源乾曜)의 손자.
12) 華簪(화잠) : 화려한 비녀. 고관을 말한다.
13) 德音(덕음) : 제왕의 조서. 시혜와 관용을 내린다는 뜻이 들어 있다.
14) 심주 : 중승.(中丞.)
15) 霜威(상위) : 서릿발 같은 위엄. 어사중승은 불법을 규찰하고 탄핵하므로 이런 표현
　　을 썼다.
16) 심주 : 신라.(新羅.)
17) 天語(천어) : 천자의 말. ○ 鷄林(계림) : 신라. 경주. 탈해왕 때부터 일정한 기간 동안
　　불렸다. 신라 왕의 시조 김알지가 닭 울음소리가 들리는 숲에서 나왔다는 전설에서
　　유래한다.

日浴鯨波萬頃金. [19]　해가 잠기면 고래만한 물결 만 이랑이 금빛이리

想見扶桑受恩處, [20]　보고 싶어라, 부상국 사람들 은덕 받는 곳

一時西拜盡傾心.　일시에 서쪽 우러르며 모두가 마음 기울이리

해설 831년 신라로 떠나는 사신을 보내며 쓴 시이다. 원 중승의 재능을 높이고, 신라의 풍물을 환기하면서, 당의 국세를 떨치고 덕화를 전하기를 바라는 내용으로 이루어졌다. 제5, 6구가 뛰어나다. 신라 헌덕왕(41대, 김언승)이 죽고 흥덕왕(42대, 김경휘)이 왕위에 오른 것은 826년이었다. 이로부터 5년 후에 조문과 책봉을 겸하여 사신을 보낸 셈이다.

서새산 회고(西塞山懷古)[21]

王濬樓船下益州, [22]　왕준의 전함이 익주를 출발하니

---

18) 鼇背(오배) : 전설에 나오는 거대한 자라의 등. 발해의 동쪽 수만 리 밖에 바다가 없는 깊은 계곡 '귀허'(歸墟)가 있고 이곳으로 모든 물줄기가 모여드는데, 그곳에는 신선이 사는 대여(岱興), 원교(員嶠), 방호(方壺), 영주(瀛洲), 봉래(蓬萊) 등 서로 이어져 있지 않은 다섯 산이 조수가 흐르는 대로 위아래로 움직였다. 천제가 이를 보고 서극(西極)으로 떠내려갈까 걱정하여 해신 우강(禺强)을 시켜 거대한 자라(巨鼇) 열다섯 마리에게 머리를 들어 이고 있게 하였다. 세 번 번갈아 육만 년에 한 번 교대하도록 하였다. 이에 다섯 산이 높이 솟아 움직이지 않게 되었다. 그러자 용백의 나라(龍伯之國)에 사는 거인이 몇 걸음 떼지 않고도 다섯 산에 와서는 한 번 낚시질에 여섯 마리의 거대한 자라를 낚아 등에 지고 자기 나라에 돌아가 버렸다. 이에 대여(岱興)와 원교(員嶠) 두 산은 북극으로 흘러가다가 대해에 가라앉았고 집을 잃은 신선이 일억 이상이 되었다. 『열자』 「탕문」(湯問) 참조. 『초사』 「천문」(天問)에도 "거대한 자라가 산을 이고 발을 저으니 어찌 안정될 수 있었나?"(鼇戴山抃, 何以安之?)는 구절이 있다.
19) 鯨波(경파) : 고래가 일으키는 거대한 파도.
20) 扶桑(부상) : 전설 속의 나라 이름. 『양서』 「부상국전」(扶桑國傳)에 "부상은 대한국(大漢國) 동쪽 이만여 리에 있다. 땅은 중국의 동쪽에 있는데, 그곳에 부상 나무가 많아서 이름 지어졌다."(扶桑在大漢國東二萬餘里, 地在中國之東. 其土多扶桑木, 故以爲名.) 여기서는 신라를 가리킨다.
21) 西塞山(서새산) : 호북성 대야시(大冶市) 동쪽에 소재. 장강 중류에 있는 요새이다.
22) 王濬(왕준) : 서진(西晉)의 익주자사(益州刺史). ○益州(익주) : 지금의 사천성 일대.

金陵王氣黯然收. 23)24)　　금릉의 오나라 국운이 어둡게 변하였다

千尋鐵鎖沈江底, 25)　　천 길 길이 쇠사슬이 강바닥에 가라앉자

一片降旛出石頭. 26)27)　　한 조각 항복 깃발 석두성에 내걸렸네

人世幾回傷往事,　　인간 세상 흥망성쇠 그 얼마나 많았던가

山形依舊枕寒流.　　청산은 예와 같이 찬 강물을 베고 있네

從今四海爲家日, 28)29)　　지금은 사해가 한 집안 같이 되었으니

故壘蕭蕭蘆荻秋. 30)　　서새산엔 쓸쓸히 갈대들만 가을빛이네

평석 당시 유우석과 원진, 위초객, 백거이가 모두 「금릉 회고」를 지었는데, 유우석이 완성하고 나자 백거이가 말하기를 "네 사람이 검은 용을 찾아 헤매는데 그대가 이미 여의주를 얻었고 나머지는 비늘이나 발톱밖에 못 얻었소"라 하였다. 이에 시 짓기를 그만두었다.(時夢得

서진 때 성도(成都)에 치소를 두었다. 이 구는 진 무제(晉武帝)가 왕준을 시켜 동오를 친 사실을 말한다. 왕준은 대형 선박을 만들었는데, 배 위에는 나무로 성벽을 두르고 누각을 세웠으며 한 척에 이천여 명이 탈 수 있었다. 280년에 왕준은 성도를 출발하여 동오로 향하였다. 下益州(하익주)는 익주(益州)에서 내려가다.

23) 심주: 첫머리는 황학이 높이 올라 천지간의 모습을 보는 듯하다.(起手如黃鵠高擧, 見天地方員.)

24) 金陵(금릉): 지금의 남경으로 당시 동오의 도읍지였다. 고대에는 망기술(望氣術)이 있었는데, 초 위왕(楚威王)이 이곳에 제왕이 태어난다는 왕기(王氣)가 있음을 보고, 금을 묻어 이를 진압하였기에 금릉(金陵)이라 하였다. 진(秦)이 중국을 통일한 후 망기(望氣)를 하던 사람이 남경 지역에 천자(天子)의 기운이 있다고 하자, 진시황이 땅을 파 언덕을 끊게 했으며 금릉(金陵)을 말릉(秣陵)이라 불렀다. 이후 삼국시대 손권(孫權)이 동오의 수도로 정하면서 건업(建業)이라 하였다.

25) 千尋(천심): 심(尋)은 길이의 단위로 여덟 자에 해당한다. ○鐵鎖(철쇄): 쇠사슬. 당시 오나라는 강을 가로 질러 쇠사슬을 쳤고 강 속에 한 길 길이의 철퇴를 세워 진(晉)의 배를 막았으나 왕준은 뗏목을 먼저 보낸 후 화공으로 이들을 녹였다.

26) 심주: 흐름식 구성이다. 지리적 이점이 기댈 만하지 못함을 보였다.(流走. 見地利不足恃.)

27) 降旛(항번): 항복의 깃발. ○石頭(석두): 석두성. 지금의 강소성 남경시 청량산 소재. 남경성을 가리킨다.

28) 심주: 천하 삼분의 국면과 다르다.(別於三分割據.)

29) 從今(종금): 지금부터. 지금. ○四海爲家(사해위가): 사방이 한 집이 되듯 국가가 통일되다.

30) 故壘(고루): 옛 보루. 즉 서새산을 가리킨다. ○蘆荻(노적): 갈대와 억새.

與元微之、韋楚客、白樂天各賦金陵懷古, 夢得詩成, 樂天覺之曰 : "四人探驪龍, 子已獲珠, 餘皆鱗爪矣." 遂罷唱.)

해설 동오의 흥망을 소재로 한 영사시이다. 역사와 풍경과 감회가 어우러지고, 웅장함과 참담함이 한 편 속에 기복을 이룬 명편이다. 다른 한편으로 시의 의도를 중당(中唐) 이래의 번진 할거 상황을 비유한 것으로 볼 수 있는데, 일정한 지역에 할거한다고 하더라도 야심만으론 오래 가진 못함을 경계하고 있다. 824년 유우석이 기주(夔州)에서 안휘의 화주(和州) 자사로 부임해 갈 때, 호북성의 황석현(黃石縣)을 지나다 험준한 서새산을 보고 느낀 감회를 읊은 시이다.

절서로 부임하는 이 복야를 삼가 보내며(奉送浙西李僕射赴鎭)[31]

建節東行是舊遊,[32]   부절을 세우고 동으로 가니 곧 예 놀던 곳이라
歡聲喜氣滿吳州.[33]   기쁜 소리 즐거운 기운이 오 지방에 가득하리
郡人重得黃丞相,[34]   군의 사람들은 황패 승상께서 다시 온다고 기뻐하고
童子爭迎郭細侯.[35)36] 동자들은 다투어 곽급 같은 목민관을 맞이하리

31) 浙西(절서) : 방진(方鎭) 이름. 치소는 윤주. 지금의 강소성 진강시. ○李僕射(이복야) : 이덕유(李德裕). 만당의 정치가. 834년 11월 검교상서좌복야 겸 윤주자사 겸 진해군절도사 겸 절서관찰사가 되었다.
32) 建節(건절) : 부절을 세우다. 사신으로 명령을 받아 나갈 때는 반드시 부절을 세워 신물로 삼아야 한다. 절도사는 깃발 한 쌍과 부절 한 쌍을 들고 나갔다. ○舊遊(구유) : 예전에 놀던 곳. 이덕유는 822~829년 사이에도 절서관찰사를 역임했었다.
33) 吳州(오주) : 오 지방. 절서절도사의 관할 지역은 소주, 상주, 호주, 항주 등으로 춘추시대 오나라의 강역이다.
34) 黃丞相(황승상) : 황패(黃霸). 서한의 행정가. 청렴한 관리로 이름이 높았으며, 특히 영천태수(潁川太守)로서의 치적이 뛰어났다. 나중에 재상에 이르렀다.
35) 심주 : 곽급의 자는 세후이다.(郭伋字細侯.)
36) 郭細侯(곽세후) : 곽급(郭伋). 동한의 행정가. 자는 세후(細侯). 믿음을 중시한 관리로 이름 높다. 병주목(幷州牧)이 되어 서하군(西河郡)으로 순시하러 갔는데 아이들 수

詔下初辭溫室樹,³⁷⁾ 조서가 내려 이제 막 궁궐의 온실전을 떠났으니

夢中先到景陽樓.³⁸⁾³⁹⁾ 꿈속에서 먼저 경양루에 이르리라

自憐不識平津閣,⁴⁰⁾ 아쉽게도 공손홍처럼 현인을 아끼시는지 몰랐는지라

遙望旌旗汝水頭.⁴¹⁾ 멀리서 여수(汝水) 강가의 깃발들을 바라보네

평석 분명 절서에 다시 진주하는 것이다. 그러기에 '예 놀던 곳'이란 말과 '황패 승상' 등의
말을 했다.(應是重鎭浙西, 故云'舊遊' 及'黃丞相'等語.)

해설 834년 이덕유가 절서관찰사로 부임 도중 여주에 들렀을 때 유우석
이 쓴 것으로 보인다. 당시 유우석은 여주자사(汝州刺史)로 있었다. 제3, 4
구의 대구가 온당하고 교묘하게 잘 지어졌다.

이른봄눈을마주하고, 예주 원낭중에게 삼가 부침(早春對雪, 奉寄澧州元郎中)⁴²⁾

新賜魚書墨未乾,⁴³⁾ 막 내려온 어부(魚符)와 칙서 아직 먹이 마르지 않아

백 명이 죽마를 타고 길가에 나와 환영하였다. 아이들과 다음에 올 때를 약속하고서
는 실제 하루 전에 당도하게 되자 야외에서 묵고 정해진 날에 성으로 들어갔다.

37) 溫室樹(온실수) : 온실전의 나무. 온실전은 한 무제가 지은 궁전으로 겨울에도 따뜻
했다. 서한 공광(孔光)은 주도면밀하고 신중하였으며 형제처자와 이야기할 때도 조
정의 정사는 꺼내지 않았다. 어떤 이가 온실전 안의 나무는 어떤 것이 있느냐고 묻
자 대답하지 않고 화제를 다른 데로 돌렸다. 『한서』 「공광전」 참조. 온실수는 황궁
과 가까운 곳 또는 기밀을 담당하는 고위직을 가리킨다.

38) 심주 : 군주를 잊지 않음을 말했다.(言其不忘君也.)

39) 景陽樓(경양루) : 윤주 상원현(上元縣)에 있던 누각. 지금의 남경시 소재. 남조시대에
경양루에 종을 두어 시간을 알렸다.

40) 平津閣(평진각) : 서한 평진후(平津侯) 공손홍(公孫弘)이 세운 누각. 공손홍이 평진후
에 봉해졌을 때 그가 현인을 초빙하기 위해 세운 객관을 평진각이라 하였다. 이덕유
가 재상이었을 때 유우석은 소주에 있었으므로 '알지 못한다'(不識)고 하였다.

41) 汝水(여수) : 하남성 노산현(魯山縣)에서 발원하여 여주 치소 양현(梁縣)을 지난다.

42) 澧州(예주) : 치소는 지금의 호남성 예현(澧縣) 동남. ○ 元郎中(원낭중) : 미상. 예주
에 새로 부임한 자사로 보인다.

賢人暫屈遠人安.　　　어진 사람이 잠시 굽히니 변방의 백성이 편안해
朝驅旌旆行時令,⁴⁴⁾　아침에는 깃발을 앞세우고 권농 순시 나가고
夜見星辰憶舊官.⁴⁵⁾⁴⁶⁾　저녁에는 별을 보며 지난 낭관 때 생각하네
梅蕊覆階鈴閣暖,⁴⁷⁾⁴⁸⁾　매화 꽃 뒤덮인 층계에 관청이 따뜻하고
雪花當戶戟枝寒.⁴⁹⁾　문 앞에 날리는 눈꽃에 문극(門戟)이 차가와라
寧知楚客思公子,⁵⁰⁾　어찌 알랴, 초 지방 나그네가 그대를 그리는 줄
北望長吟澧有蘭.⁵¹⁾⁵²⁾　북쪽을 바라보며 '예수 강가의 난초'를 읊조림을

해설 예주자사로 새로 부임한 원 낭중을 칭송하였다. 814년 봄 낭주사마
로 있을 때 지었다. 이때는 낭주로 폄적된 지 십 년 째 되는 때로 당시에
지은 시에서 원 낭중이 자주 등장하였다. 제5, 6구는 초봄이 된 자사의
관아를 서정적으로 그려 원 낭중에 대한 정회를 표현하였다.

---

43) 魚書(어서) : 자사가 임명될 때 수여하는 신불인 어부(魚符)와 칙시.
44) 行時令(행시령) : 행춘(行春). 태수가 봄철에 관할 주현을 순시하면서 농잠을 권장하
　는 일.
45) 심주 : 낭관은 위로 열수와 상응한다.(郎官上應列宿.)
46) 舊官(구관) : 상서성 낭관. 낭관은 별들과 상응한다는 생각 때문에 성랑(星郎)이라고
　도 한다. 이 구에서도 밤에 별을 보니 낭관이 생각난다고 하였다.
47) 심주 : 하반부에서 '눈을 마주하고'를 표현했다.(下半點對雪.)
48) 鈴閣(영각) : 장수 또는 주군의 장관이 업무를 보는 곳. 관서 밖에 방울을 달아 물을
　일이 있으면 설렁줄을 잡아당겨 불렀다.
49) 戟枝(극지) : 문극(門戟). 관청이나 관사의 대문 앞 양측에 의장으로 거꾸로 세우는 창.
　당대에 상주(上州)는 열두 개를 세우고, 중주(中州)와 하주(下州)는 열 개를 세웠다.
50) 楚客(초객) : 초 지방의 나그네. 자신을 가리킨다. ○公子(공자) : 원 낭중을 가리킨다.
51) 심주 : 예주를 돌아보며 마무리했다.(顧澧州作結.)
52) 北望(북망) : 예주는 낭주의 북쪽에 있으므로, 낭주사마로 있는 유우석은 북쪽을 보
　게 된다. ○澧有蘭(예유란) : 예수 강가에 핀 난초. 예수는 호남성 상식현(桑植縣)에
　서 발원하여 예현을 지나고 잠수(涔水)와 합류하여 동정호로 들어간다. 이 구는『구
　가』(九歌) 「상부인」(湘夫人)에 "원수에는 구릿대, 예수에는 난초, 공자를 그리워하나
　감히 말하지 못하네"(沅有茝兮醴有蘭, 思公子兮未敢言.)란 말을 활용하였다.(醴는 澧
　와 같다.)

한수성에서의 봄의 조망(漢壽城春望)[53][54]

漢壽城邊野草春,	한수 현성 성가에 들풀은 봄빛인데
荒祠古墓對荊榛.	사당과 옛 무덤이 가시덤불에 덮였어라
田中牧竪燒芻狗,[55]	밭에서는 목동들이 개 제웅을 태우고
陌上行人看石麟.[56]	길에서는 행인들이 돌 기린을 바라보네
華表半空經霹靂,[57]	하늘에 솟은 화표(華表)는 벼락을 견디고
碑文才見滿埃塵.[58]	먼지 덮인 비문은 글자가 겨우 보이네
不知何日東瀛變,[59]	알 수 없어라, 그 어느 날 동해가 뽕밭으로 변하고
此地還成要路津?	이곳도 내왕이 빈번한 나루터가 될까?

해설 봄이 온 한수성을 둘러보고 지은 회고시이다. 제목에서 '봄의 조망'
이라 했지만 제1구에서 들을 둘러볼 뿐, 오히려 황량한 사당과 옛 무덤
에 퇴락한 화표와 비문이 주요한 형상으로 등장한다. 제3, 4구는 지극히
자연스러운 장면을 포착하였으나 이 역시 역사의 부산물로 보인다. 말 2

---

53) 심주 : 예전에 형주자사 치소로 그 아래에 오자서 사당과 초왕의 무덤이 있다.(古荊
州刺史治亭, 其下有子胥廟兼楚王故墳.)

54) 漢壽(한수) : 동한 때의 현 이름. 지금의 호남성 상덕시 동북 소재. 일찍이 형주자사
의 치소가 된 적도 있다.

55) 牧竪(목수) : 목동. ○ 芻狗(추구) : 짚으로 만든 개. 제사 때 쓰는 것으로 제사 후에는
버린다. 『노자』에 "천지는 어질지 않으며 만물을 추구로 여긴다. 성인은 어질지 않
으며 백성을 추구로 여긴다."(天地不仁, 以萬物爲芻狗; 聖人不仁, 以百姓爲芻狗.)란
말이 있다.

56) 石麟(석린) : 돌 기린. 한대 공경의 묘에는 돌 기린을 세웠다.

57) 華表(화표) : 고대에 궁전, 사당, 능묘 따위의 앞에 세운 석주.

58) 才見(재견) : 겨우 식별하다.

59) 東瀛(동영) : 동해. 이 구는 갈홍(葛洪)의 『신선전』(神仙傳)에 나오는 '상전벽해' 고사
를 환기한다. 선녀 마고(麻姑)가 신선 왕방평(王方平)에게 말했다. "곁에서 모신 이
래로 동해가 세 번 뽕나무밭으로 바뀌는 걸 보았는데, 봉래산으로 가는 중 바닷물이
얕아져 예전의 반밖에 되지 않았습니다. 다시 언덕이 될까요?' 왕방평이 말했다. "동
해에 다시 흙먼지가 일어날 것이네." (麻姑謂王方平曰 : "自接待以來, 見東海三變爲桑
田, 向到蓬萊, 水乃淺於往者略半也. 豈復爲陵乎?' 王方平 : "東海行復揚塵耳.")

구에서 한수성의 쓸쓸한 풍광을 자신의 영락한 처지와 교착시키면서 언젠가는 전혀 다른 모습으로 바뀔 수 있으리란 기대를 갖는다. 낭주(朗州)에 있을 때 지었다.

형주 가는 길 회고(荊州道懷古)

南國山川舊帝畿,[60]	남국의 산천은 옛 제왕의 도읍지
宋臺梁館尚依稀.[61]	유송의 누대 양나라의 궁관 아직도 남아있어라
馬嘶古道行人歇,	말이 우는 옛 길에선 행인들이 쉬고 있고
麥秀空城野雉飛.[62]	보리 꽃이 피는 빈 성엔 꿩이 날고 있어
風吹落葉塡宮井,	낙엽이 바람에 날리어 궁궐 우물에 쌓이고
火入荒陵化寶衣.[63]	능묘에 들불이 들어가 진귀한 옷이 타버렸네
徒使詞臣庾開府,[64]	부질없이 대시인 유신(庾信)으로 하여금
咸陽終日苦思歸.[65]	함양에서 종일토록 고향 생각만 하게 했어라

---

60) 舊帝畿(구제기) : 옛 제왕의 도읍지. 552년 남조 양 원제(梁元帝) 소역(蕭繹)이 즉위하면서 수도를 강릉(江陵)으로 정하고 연호를 승성(承聖)이라 하였다. 그러나 이 년 후인 554년 서위(西魏)의 공격으로 항복하였다.

61) 宋臺梁館(송대양관) : 유송(劉宋)의 누대와 양의 궁관. 남조시기의 궁궐과 누대. ○依稀(의희) : 흐릿하다.

62) 麥秀(맥수) : 보리 꽃. 상나라가 망한 후 주왕(紂王)의 숙부 기자(箕子)가 상의 도읍지 은허를 지나다가 무너진 궁실에 벼와 기장이 자란 것을 보고 「보리 꽃」(麥秀)이란 시를 지어 슬퍼한 일을 가리킨다. "보리 꽃 까끄라기 뾰쪽하고, 벼와 기장 기름졌구나. 저 완고한 동자여, 나와 친하지 않았어라"(麥秀漸漸兮, 禾黍油油兮. 彼狡童兮, 不與我好兮.) 『사기』 「송미자세가」 참조.

63) 荒陵(황릉) : 황폐한 능묘. 양 원제의 능묘를 가리킨다. 강릉현 현성 동문 밖에 있었다. ○寶衣(보의) : 무덤에 묻힌 의복.

64) 庾開府(유개부) : 유신(庾信). 남조 양나라 시인이나 554년 서위(西魏)로 사신으로 간 사이 나라가 망해 서위에 그대로 머물렀다. 서위가 망하고 북주(北周)가 들어서자 표기대장군(驃騎大將軍), 개부의동삼사(開府儀同三司)에 이르렀다. 북조에 있으면서도 남조를 그리워하여 여러 작품을 남겼다.

65) 咸陽(함양) 구 : 유신은 「애강남부」(哀江南賦)의 말미에서 "어찌 알랴, 파릉에서 밤에

해설 형주 강릉성을 둘러보고 지은 회고시이다. 형주는 전국시대 초나라의 수도이자 남조 양 원제가 수도로 정한 곳이기도 한다. 시인은 폄적되어 가는 도중에 눈앞에 보이는 풍경에서 역사의 흔적을 찾고, 동시에 자신의 영락을 되돌아보았다. 더구나 유신의 경우를 자신의 처지와 연결하여 돌아가고 싶은 심정을 강하게 호소하였다. 전편에 감상의 정조가 강하다. 814년 연말에 도성으로 소환되었다가 815년 3월 연주로 다시 폄적되어 가는 도중에 지은 것으로 보인다.

가을바람 소리를 처음 들으며(始聞秋風)

昔看黃菊與君別,[66]	예전에 노란 국화 보며 그대와 헤어졌는데
今聽玄蟬我却回.[67]	지금 검은 매미울음 들으며 나 바람은 돌아왔노라
五夜颼颼枕前覺,[68]	오경에 부는 너 바람 소리에 베개에서 깨어나
一年形狀鏡中來.[69]	일 년간 시든 내 모습을 거울 속에서 바라보네
馬思邊草拳毛動,[70]	말은 변새의 풀을 생각하면 곱슬 털이 떨리고
雕眄靑雲倦眼開.	수리는 푸른 구름을 보면 게으른 눈이 떠진다네
天地肅淸堪四望,	천지가 삽상하여 사방을 볼 수 있으니
爲君扶病上高臺.[71]	그대를 위해 병든 몸 끌며 높은 누대 오르노라

사냥 나선 자는 그래도 이전의 이광 장군이었듯이, 나 역시 양나라 신하인 것을. 함양에서 머물러 있는 사람은 비단 양나라의 왕족들만은 아니라네."(豈知灞陵夜獵, 猶是故時將軍. 咸陽布衣, 非獨思歸王子.)라고 자신의 고향에 대한 그리움을 표현하였다.

66) 君(군) : 그대. 가을바람이 시인을 가리키며 부르는 말이다.
67) 我(아) : 가을바람.
68) 五夜(오야) : 오경. ○ 颼颼(수류) : 바람 소리.
69) 一年(일년) : 가을이 가고 다시 가을이 오기까지 일 년을 말한다.
70) 拳毛(권모) : 곱슬 털. 휘감긴 털.
71) 君(군) : 가을바람. ○扶病(부병) : 병든 몸을 지지하다.

평석 '그대'가 누구를 말하는지 알 수 없다. 하반부는 뛰어난 기상이 불쑥 일어나니, 두보가 붓을 잡아도 이보다 더 낫지는 않을 것이다.('君'字未知所謂. 下半首英氣勃發, 少陵操管, 不過如是.)

해설 가을의 도래를 노래한 시이다. 첫 2구는 바람이 시인을 부르는 방식으로 전개했으며, 제3, 4구부터는 시인이 바람에게 말을 건네는 형식을 채용하였다. 시인은 늙어가지만 바람은 예전과 같이 선선하게 다가온다. 이에 시인은 분발하는 마음을 일으켜 말과 수리처럼 장대한 정신을 세우고 사방을 둘러보려고 누대에 오른다. 이는 조조가 말한 "천리마가 늙어 말구유에 있어도, 그 마음은 천 리를 달리고 싶어 하고, 열사가 나이 들어 노년이 되어도, 웅대한 마음은 누그러들지 않네"(老驥伏櫪, 志在千里. 烈士暮年, 壯心不已.)라는 말과 다름 아니다. 시인의 강인한 정신과 웅건한 기상이 깃든 작품이다.

형주자사 여온의 죽음에 곡하며,
이때 나는 폄적지에 있었다(哭呂衡州, 時予方謫居)[72][73]

一夜霜風凋玉芝,[74]	하룻밤 서릿바람에 옥 영지가 시들어 떨어지니
蒼生望絶士林悲.	백성들은 절망하고 선비들은 슬퍼 우는구나
空懷濟世安人略,[75]	세상을 건지고 백성을 편안케 할 책략도 부질없어

---

72) 심주 : 여온.(呂溫.)

73) 呂衡州(여형주) : 여온(呂溫). 811년 8월 형주자사로 임지에서 죽었다. 41세. 당시 유우석은 낭주에 폄적되어 있었다.

74) 玉芝(옥지) : 지초(芝草)의 일종으로 백지(白芝)라고도 한다. 소나무 등 침엽수에 자라는 버섯 종류로 색깔이 하얗기 때문에 옥지라고 한다. 여기서는 여온의 높은 품덕을 비유한다.

75) 安人(안인) : 안민(安民). 당 태종 이세민(李世民)의 이름을 피휘하기 위해서 '인'자를 썼다.

不見男婚女嫁時.⁷⁶⁾   아들딸이 시집 장가가는 것도 보지 못하였네

遺草一函歸太史.⁷⁷⁾   남은 원고 한 상자는 사관(史官)에게 돌아가고

孤墳三尺近要離.⁷⁸⁾   외로운 무덤은 요리(要離)의 고분과 가까이 하였구나

朔方徂歲行當滿,⁷⁹⁾   삭방에서 해를 보낸 채옹처럼 나도 기한이 차리니

欲爲君刊第二碑.⁸⁰⁾⁸¹⁾   그러면 그대를 위해 두 번째 비석을 새기리라

해설 친구 여온의 죽음을 슬퍼한 시이다. 내용의 진지함 때문에 비단 친
구가 재능과 담식이 있어서가 아니라, 세상의 모든 재능 있고 담식 있는
사람의 죽음을 애통해 한 것으로 보인다. 당시 원진도 "아이들도 저자에
서 울부짖고, 늙은이들도 비정에서 곡하네"(兒童喧巷市, 羸老哭碑堂.)라 하
였고, 유종원도 "형악에서 천주봉이 무너졌고, 선비들은 초췌해져 서로
만나 운다네"(衡嶽新摧天柱峰, 士林憔悴泣相逢.)라 하였다.

---

76) 男婚女嫁(남혼녀가) : 아들이 장가가고 딸이 시집가다.

77) 遺草(유초) : 남긴 원고. 『구당서』에서는 여온의 문장이 "좌구명과 반고의 기풍이 있
다"(有丘明、班固之風)고 평하였다. ○ 太史(태사) : 사관. 역사기록관.

78) 要離(요리) : 춘추시대 오나라 자객. 오나라 공자 광(光, 나중의 합려)의 명을 받아 위
(衛)로 달아난 오왕 요(僚)의 아들 경기(慶忌)를 암살하고 강릉에 돌아와 요리 자신
도 자결하였다. 후한 양홍(梁鴻)이 오 지방에 가서 부호 고백통(皐伯通)의 집에 기거
하면서 살다 죽자 고백통 등이 요리의 무덤 옆에 장지를 구하였다. 여기서는 요리의
기개를 비유한다고 보거나 또는 양홍의 의기를 비유한다고 해석할 수 있다.

79) 朔方徂歲(삭방사세) : 삭방에서 해를 넘기다. 여기서는 동한 채옹(蔡邕)의 전고를 이
용하였다. 채옹이 조정의 실책에 대해 자주 상소를 올리자 환관들이 질시하여 낙양
의 옥에 가두었다. 황제의 조서로 사형을 면하고 가솔과 함께 삭방으로 보내졌다.
다음 해 마침 대사면이 있어 본군으로 돌아올 수 있었다. 여기서는 채옹으로 유우석
자신을 비유하였다. ○ 行(행) : 장차.

80) 심주 : 앞서 현산에 '타루비'가 있다.(先有峴山墮淚碑.)

81) 第二碑(제이비) : 두 번째 비석. 다른 사람이 비문을 썼어도 자신이 새로이 쓰겠다는
뜻으로 풀 수도 있다.

다시 연주자사를 수여받고,
형양에 이르러 유 유주자사와 헤어지며(再授連州, 至衡陽酬柳柳州贈別)[82]

去國十年同赴召,[83]	도성 떠나 십 년 후 함께 소환되었더니
渡湘千里又分歧.	상수를 넘어 천 리 길 다시 나뉘는구나
重臨事異黃丞相,[84][85]	나는 처지가 다르나 임지에 다시 온 황패와 같고
三黜名慚柳士師.[86]	그대는 명성은 낮으나 세 번 파면된 유하혜와 같아라
歸目併隨回雁盡,[87][88]	돌아보는 눈으로 북으로 가는 기러기 따라 끝없고
愁腸正遇斷猿時.	시름 찬 마음은 마침 애 끊는 원숭이 소리 들을 때라
桂江東過連山下,[89]	계림의 강물은 동으로 연산 아래를 흐르니
相望長吟有所思.[90]	그대 쪽 바라보며 그리운 사람 오래 읊으리라

---

82) 連州(연주) : 계양군(桂陽郡)이라고도 한다. 지금의 광동성 연현(連縣). ○柳柳州(유 유주) : 유주자사 유종원.

83) 去國(거국) : 도성을 떠남. ○同赴召(동부소) : 함께 장안으로 소환되다.

84) 심주 : 다시 수여받다.(再授.)

85) 黃丞相(황승상) : 서한의 황패. 승상이 되기 전에 두 번 영천 태수가 되었다. 유우석 역시 두 번 연수로 가게 되어 비슷한 처지이지만, 황패가 한 선제(漢宣帝)의 신임을 받고 임지도 중원인데 비해, 유우석은 헌종의 내침을 받고 멀리 변방으로 좌천된 점이 다르다.

86) 三黜(삼출) : 세 번 파면되다. 유우석은 연주, 낭주, 연주 등 세 번에 걸쳐 폄적되었다. ○柳士師(유사사) : 유하혜(柳下惠). 본명은 전금(展禽). 춘추시대 노나라 사람. 『논어』「미자」(微子)에 관련된 기록이 있다. "유하혜는 옥리(獄吏)로 세 번 파면되었다. 사람들이 말하기를 '그대는 왜 나라를 떠나지 않는 것이오?' 이에 유하혜가 대답했다. '정도를 바르게 하고 사람을 섬긴다면 어느 나라에 가더라도 세 번 파면될 것이오만, 정도를 굽혀 사람을 섬긴다면 굳이 조국을 떠날 필요가 없을 것이오.'"(柳下惠爲士師, 三黜. 人曰 : "子未可以去乎?" 曰 : "直道而事人, 焉往而不三黜? 枉道而事人, 何必去父母之邦?"). 여기서는 유종원을 비유한다. 유종원 역시 소주(邵州)자사, 영주 사마, 유주자사로 세 번 축출되었다.

87) 심주 : 형양에 이르러 북쪽을 바라본다.(至衡陽而北望也.)

88) 歸目(귀목) : 돌아갈 곳을 바라봄. ○回雁(회안) : 북으로 돌아가는 기러기. 형양에는 회안봉이 있어 기러기들이 여기까지 왔다가 봄이 되면 북으로 다시 돌아간다고 한다.

89) 桂江(계강) : 지금의 광서 계림에 있는 이강(漓江). ○連山(연산) : 연산군(連山郡). 연주를 연산군이라고도 한다.

90) 有所思(유소사) : 「그리운 사람」. 한대 악부시의 하나. 여기서는 그 제목의 뜻으로 그

평석 유종원과 같이 소환되어 유종원은 유주로, 유우석은 파주로 가게 되었다. 유종원은 파주는 사람이 살 곳이 못 된다며 자신이 대신 파주로 가길 원한다고 했다. 대신들이 주상에 이를 알려 파주를 연주로 바꾸었다.(與子厚同召, 柳得柳州, 劉得播州. 子厚謂播州非人所居, 願以柳易播. 大臣爲上言之, 乃改授連州.)

해설 유우석과 유종원은 영정 개혁의 실패로 함께 십 년간 폄적되었다가 815년 재주를 아낀다는 뜻에서 장안으로 소환되었다. 그러나 조정에서 이를 반대하는 의견이 많아 관직만 올린 채 다시 지방으로 좌천시켰다. 유우석은 연주자사로, 유종원은 유주자사로 나가면서 생사의 동지가 된 두 사람은 함께 남행하다가 호남 형양에서 헤어지게 되었다. 두 사람의 처지와 그동안의 경과를 전반부에서 곡진하게 서술하였고, 후반부에서 헤어지는 장면과 이후의 그리움을 토로하였다.

소주로 부임하면서 백낙천과 헤어지며(赴蘇州酬別樂天)

吳郡魚書下紫宸, [91]	소주자사 어부(魚符)가 자신전에서 내려오니
長安廐吏送朱輪. [92]	장안의 마부가 붉은 마차 보내왔네
二南風化承遺愛, [93]	그대는 '이남'(二南)의 교화로 백성의 추모를 받았고

리움을 나타내었다.

91) 吳郡(오군) : 소주를 가리킨다. ○紫宸(자신) : 자신전. 당대 대명궁 안의 선정전(宣政殿) 북쪽에 있는 황제의 편전.

92) 長安廐吏(장안구리) : 장안의 마부. ○朱輪(주륜) : 붉은 바퀴의 수레. 한대에는 태수 및 이천 석 이상의 관리는 주륜을 탈 수 있다. 이 구는 『한서』 「주매신전」에 나오는, 서한 주매신(朱買臣)이 회계태수가 되었을 때 "장안의 마부가 사마거를 몰고 와 영접하자, 주매신이 마침내 연락 마차를 타고 갔다"(長安廐吏乘駟馬車來迎, 買臣遂乘傳去.)는 내용을 환기한다.

93) 二南(이남) : 『시경』의 「주남」(周南)과 「소남」(召南)에 나오는 이십오 편의 시. 주공(周公)과 소공(召公)의 관할 지구에서 만들어진 시들로, 모두 왕업과 교화의 기본을 말하고 있다. ○遺愛(유애) : 후세에 남은 사람들로부터 추모를 받는 덕행이나 은혜.

八詠聲名躡後塵.[94]　「팔영」(八詠)을 노래한 명성은 후진이 뒤따르네

梁氏夫妻爲寄客,[95]　양홍(梁鴻) 부부가 객거한 곳이요

陸家兄弟是州民.[96]　육기(陸機) 형제가 백성이었던 곳

江城春日追隨處,[97]　봄날 강가의 성에 그대와 있었던 자리에선

共憶東歸舊主人.[98]　낙양에 돌아간 옛 주인을 생각하리라

평석 제5, 6구는 아름다운 이야기라 할 만하다.(頸聯可云佳話.)

해설 831년 겨울 유우석이 소주자사로 부임하러 갈 때 낙양을 지나면서 지었다.(당시 백거이는 하남윤(河南尹)으로 있었다) 소주는 백거이가 825년부터 다음 해까지 자사로 있었고, 당시 유우석도 안휘 화주에 있었기에 두 사람은 교류가 있었다. 또 백거이가 소주를 떠날 때는 유우석이 그 덕정을 칭송하기도 하였다. 이러한 연고지에 부임하기에 제3, 4구는 백거이의 치적과 풍모를 그려 넣게 되었고, 말미에서도 이를 통해 그리움을 더욱 깊이 드러낼 수 있었다.

백거이가 베푼 덕정으로 소주 백성들이 추모하는 일을 가리킨다.
94) 八詠(팔영) : 남조시대 심약(沈約)이 절강성 금화(金華)에 있는 누대에 올라 지은 8수의 시. 심약은 한때 동양태수(東陽太守)를 지냈으므로 여기서는 백거이를 가리킨다.
95) 梁氏夫妻(양씨부처) : 동한의 양홍(梁鴻)과 그의 처 맹광(孟光). 이들은 오 지방에 가서 부호 고백통의 집 처마 밑에 기거하였다. 고백통의 집은 소주 고교(皐橋) 옆에 있었다.
96) 陸家兄弟(육가형제) : 서진의 육기와 육운 형제. 둘 다 시문이 뛰어나 '이륙'(二陸)이라 병칭되었다.
97) 江城(강성) : 강가의 성. 소주를 가리킨다.
98) 東歸(동귀) : 東都(동도)라 되어 있는 판본이 옳다. 낙양. ○舊主人(구주인) : 백거이를 가리킨다.

백낙천의 「양주 연석에서 바로 만나」를 받고 답하며(酬樂天揚州初逢席上見贈)

巴山楚水凄凉地,[99]	파산(巴山)과 초수(楚水) 쓸쓸한 곳에서
二十三年棄置身.[100]	이십삼 년 이 몸이 버려졌어라
懷舊空吟聞笛賦,[101]	옛날을 그리며 하릴없이 향수(向秀)처럼 부(賦)를 짓고
到鄉翻似爛柯人.[102]	고향에 돌아와도 도끼자루 썩은 왕질(王質) 같구나
沈舟側畔千帆過,	가라앉은 배 옆으로 수많은 배 지나가고
病樹前頭萬木春.	병든 나무 앞에서 온갖 나무가 봄빛이라
今日聽君歌一曲,	오늘에야 그대 노래 한 곡조 들으며
暫憑杯酒長精神.[103]	잠시 술잔에 의지하여 정신을 진작한다

평석 제5, 6구는 사람의 일은 고르지 않아도 자연은 이와 같지 않음을 보였다! 이 뜻을 깨달으면 평생 불평의 마음이 없다.('沈舟'二語, 見人事不齊, 造化亦無如之何! 悟得此旨, 終身無不平之心矣.)

해설 자신의 후반생을 돌아본 시이다. 826년 가을 유우석이 화주자사를

---

99) 巴山楚水(파산초수) : 파산과 초 지방 강물. 자신이 임직했던 기주(夔州)는 파산에 해당하고, 낭주(朗州)와 화주(和州)는 초수에 해당한다.

100) 二十三年(이십삼년) : 유우석이 805년 폄적된 이래 826년까지 이십이 년이 되었다. 그러나 평측을 맞추기 위해 이십삼이라 하였다. 또는 연말이어서 다음 해 낙양에 도착할 때까지를 계산에 넣어서 말할 수도 있다.

101) 聞笛賦(문적부) : 피리 소리를 듣고 부를 짓다. 삼국시대 향수(向秀)가 친구 혜강(嵇康)이 살해된 후 그의 옛집을 지나가다 「사구부」(思舊賦)를 지은 일을 가리킨다. 그 서문에 "이웃에서 누군가 피리를 불었는데 소리가 드높았다. 예전에 함께 잔치하고 놀 때의 좋은 시간을 생각하고, 소리에 마음이 움직여 탄식하였다"(隣人有吹笛者, 發聲寥亮, 追思曩昔遊宴之好, 感音而歎.)고 하였다. 이 구는 지난날의 친구가 거의 없음을 말한다.

102) 爛柯人(난가인) : 도끼 자루가 썩은 사람. 『술이기』(述異記)에 나오는 왕질(王質)이 산에 들어가 신선이 바둑 두는 걸 보다가 도끼 자루 썩는 줄 몰랐다는 이야기를 가리킨다. 권14에 나오는 노륜의 「창당의 '숭악에서 마 도사를 찾으며'를 받고 수답하다」 참조. 여기서는 오랜 폄적생활을 겪은 뒤 느끼는 격세지감을 말한다.

103) 長精神(장정신) : 정신을 진작하다.

마치고 북으로 돌아갈 때 백거이 역시 소주자사를 마쳤을 때로 두 사람은 양주에서 만났다. 백거이의 시에 대한 답의 형식을 빌렸지만, 그동안의 삶에 대한 감회와 앞으로 일어날 세상일에 대한 희망을 적었다. 제5, 6구는 자신의 처지에 갇히지 않는 대국적 시선으로 인류와 세계의 발전을 바라본 것으로, 철학적 의미를 담은 명구이다.

형부시랑 백씨가 장기 병가를 청한 후, 태자빈객으로 낙양 분사가 되매, 시로써 증별하다(刑部白侍郎謝病長告, 改賓客分司, 以詩贈別)[104]

鼎食華軒到眼前,[105]	늘어선 솥의 음식과 화려한 수레가 눈앞에 있는데
拂衣高坐豈徒然![106]	옷자락 떨치고 앉음이 어찌 헛된 일이오!
九霄路上辭朝客,[107]	구중궁궐 가는 길에 조회 가는 관직을 그만 두고
四皓叢中作少年.[108]	태자 모시는 상산사호 가운데 젊은이로 끼었어라
他日臥龍終得雨,	다른 날 와룡이 결국 비를 만날 터이니
今朝放鶴且沖天.[109]	오늘은 학을 놓아 하늘 높이 날게 하리
洛陽舊有衡茅在,[110]	낙양에는 전부터 형문에 띠풀 집 있었으니

104) 白侍郎(백시랑) : 백거이. ○長告(장고) : 장기 휴가를 청하다. ○賓客(빈객) : 태자빈객. ○分司(분사) : 조정의 기구와 관리가 배도(陪都)인 낙양에 설치된 것을 말한다.

105) 鼎食(정식) : 솥을 벌려 놓고 음식을 먹다. 권문세족의 호사스런 생활을 말한다. ○華軒(화헌) : 화려한 수레.

106) 拂衣(불의) : 옷을 털다. 결연한 마음을 나타내거나 벼슬을 버리고 떠나는 행위를 표시한다.

107) 九霄(구소) : 가장 높은 하늘. 조정을 가리킨다.

108) 四皓(사호) : 상산사호. 진대(秦代) 말기 상산에 은거하던 네 노인. 한 초기에 여후가 영입하여 태자를 보좌하게 하였다. 역시 네 명으로 구성된 태자빈객을 비유한다.

109) 沖天(충천) : 衝天(충천). 하늘을 찌를 듯 높이 솟아오름. 『사기』「골계열전」에 "이 새는 날지 않으면 모르거니와 한번 날 것 같으면 장차 하늘을 찌를 것이다."(此鳥不飛卽已, 一飛衝天)는 구절이 있다.

110) 衡茅(형모) : 막대기로 가로막은 문과 띠풀로 엮은 집. 누추한 집. 유우석의 조적(祖籍)은 낙양이다.

亦擬抽身伴地仙. [111][112] 나 역시 몸을 빼내어 지선(地仙)과 함께 하리

해설 828년 12월 백거이는 백일 병가를 요청하여 다음 해 3월 말까지 휴가를 가졌고, 형부시랑을 마치고 태자빈객으로 동도에 분사하게 되자 유우석이 이 시를 지어주었다. 당시는 우리(牛李) 당쟁이 심화되기 시작할 때로 백거이는 당쟁에 휘말리게 될까 염려하여 한직으로 나갔다. 백거이의 용퇴를 칭송하면서 후일을 기약하였다.

백거이(白居易)

향로봉 아래 새 집터를 마련하여 초당이 완성되자
우연히 동쪽 벽에 적다(香爐峰下新卜山居, 草堂初成, 偶題東壁)

五架三間新草堂, [1]　　도리 다섯을 얹은 세 칸짜리 새 초당
石階桂柱竹編墻.　　돌계단에 계수기등 대나무로 울타리 엮었지
南檐納日冬天暖, [2]　　남향 처마는 햇빛을 받아 겨울에 따뜻하고
北戶迎風夏月涼.　　북향 문은 바람을 맞아 여름에 시원하지
灑砌飛泉常有點,　　계단에 물이 뿌려져 언제나 몇 점 흩어져 있고
拂窓斜竹不成行.　　창문을 스치는 대나무는 열 짓지 않고 서 있어

---

111) 심주 : 자신도 벼슬을 떠나 은거하고 싶음을 말했다.(言己亦欲告歸.)
112) 地仙(지선) : 인간 세상에 사는 신선. 백거이가 한직인 태자빈객에 임명된 것을 비유한다.
1) 五架三間(오가삼간) : 각 간에 다섯 개의 도리를 얹은 삼 간 집. 당대에는 6, 7품 이하의 관원의 집은 삼간오가를 초과할 수 없었다. 『당회요』권31 참조.
2) 納日(납일) : 햇빛을 받아들임.

| 來春更葺東廂屋,[3] | 다음 봄에는 다시 동상(東廂)을 엮을 터인데 |
| 紙閣蘆簾著孟光.[4] | 종이 창문 갈대 발에 맹광 같은 아내를 두리라 |

해설 817년(46세) 3월 강주(江州, 강서성 구강시)에서 지었다. 이때는 815년부터 강주사마로 좌천되어 있는 때로, 시인의 관심이 사회와 정치에서 개인적 수양으로 점점 옮겨갔으며, 작품도 한적시와 감상시가 많아진 때이다. 향로봉 아래에 전해 가을부터 짓던 초당이 완성되어 여러 친구들을 불러 낙성식을 가졌고, 이를 「초당기」로 기록하였다. 자연스러운 어휘와 정연한 구성으로 초당의 운치와 주인의 소탈한 마음을 나타내었다.

비서랑 양거원에게(贈楊秘書巨源)[5][6]

早聞'一箭取遼城',	일찍이 '화살 하나로 요양성을 취하리'를 들었는데
相識雖新有故情.	최근에 만났으나 전부터 알고 온 듯 친하네
淸句三朝誰是敵?[7]	절묘한 시는 세 군주에 걸쳐 대적할 자 없고
白鬚四海半爲兄.	흰 수염이라 전국에서 반은 형으로 모시네
貧家薙草時時入,[8]	가난한 집안에 풀이 자라 베어도 다시 자라고
瘦馬尋花處處行.	비루먹은 말 타고 꽃을 찾아 도처에 다니네

---

3) 葺(즙) : 지붕을 이다. 여기서는 집을 짓다.
4) 紙閣(지각) : 종이를 창과 벽에 붙인 방. 일반적으로 누추한 집을 가리킨다. ○孟光(맹광) : 동한시대 양홍(梁鴻)의 아내. 거안제미(擧案齊眉)로 양홍을 섬긴 일로 유명하다. 일반적으로 현명한 아내로 비유된다. 여기서는 맹광을 통해 관직에 나가지 않고 은거한 양홍을 환기하여, 자신의 뜻을 말하고 있다.
5) 자주 : "양거원이 일찍이 남에게 증여한 시에서 '칼 세 자루 꿈으로 익주자사가 되고, 화살 하나로 요양성을 취하리'라 하였는데 이 시로 이름을 얻었다."(自注 : "楊嘗有贈人詩云 : '三刀夢益州, 一箭取遼城', 由是得名.")
6) 楊秘書(양비서) : 양거원. 814년 비서랑이 되었다. 시인 소전 참조.
7) 三朝(삼조) : 세 군주. 덕종, 순종, 헌종을 가리킨다.
8) 薙草(치초) : 풀을 베다.

不用更教詩過好,　　시를 더 이상 잘 지을 필요 없으니

折君官職是聲名.　　승진이 안 되는 것은 바로 시명이 높기 때문이므로

해설 양거원에게 준 시이다. 양거원은 당시 교우가 넓어 주요한 시인들과 거의 모두 창화하였다. 장적(張籍)도 "예전에 시명이 장안을 진동하고"(詩名往日動長安)라 했다. 이 시 역시 양거원의 시작이 뛰어나는데 초점을 맞추고 그의 소탈한 생활과 인품을 묘사하였다. 815년경에 지었다.

양십이가 새로 성랑이 되었단 소식을 듣고
멀리서 시로 축하하며(聞楊十二新拜省郎, 遙以詩賀)[9]

文昌新入有光輝,[10]　　그대 새로 들어가면 상서성이 더욱 빛날 터

紫界宮墻白粉圍.[11]　　궁궐의 높은 담이 흰 색으로 둘러있으리

曉日鷄人傳漏箭,[12]　　새벽이면 계인(鷄人)이 시간을 알리고

春風侍女護朝衣.[13]　　봄바람 속 시녀들이 조복을 훈염하리

雪飄歌曲高難和,[14]　　「백설」과 같은 그대 시는 고상하여 화답하기 어렵고

----

9)　楊十二(양십이) : 양거원. 당시 상서성 우부원외랑이 되었다. ○ 省郎(성랑) : 상서성의 낭관.

10)　文昌(문창) : 상서성의 별칭. 당대 초기인 684년, 상서성을 문창대(文昌臺)로 개명한 적이 있다.

11)　紫界(자계) : 황궁을 가리킨다. 궁중과 관련된 글자에 '자'(紫)자를 붙이는 경우가 많다. ○粉圍(분위) : 상서성을 가리킨다.

12)　鷄人(계인) : 주대(周代) 관직 이름으로, 제사에 닭을 제공하고, 큰 제사나 대규모 외국 빈객이 있을 때나 상례를 치를 때 새벽이 되면 큰 소리를 외쳐 백관들에게 시간을 알렸다. 후대에는 궁중에서 경루(更漏) 관리 및 시각 보고를 관장하였다. 여기서는 궁중에서 시각을 알리는 사람. ○漏箭(누전) : 물시계 안의 시각을 가리키는 침. 여기서는 시간을 뜻한다.

13)　春風(춘풍) 구 : 한대에는 상서랑이 숙직을 서면 여시사(女侍史, 여자 노비) 두 명을 딸려 향로를 관리하고 의복을 훈염하도록 하였다.

14)　雪飄(설표) : 전국시대 초나라의 노래 「백설」(白雪)은 워낙 고상한 음악이라 화답하

鶴拂煙霄老慣飛.　　학이 하늘을 스치듯 나이 먹도록 영달하리
官職聲名俱入手,　　관직과 시명이 다 같이 높기는 드문데
近來詩客似君稀.　　근래에 그대 같은 시인은 무척이나 드물다네

평석 앞의 시에서 '승진이 안 되는 것은 바로 시명이 높기 때문이므로'라 하였으므로 말 2
구로 풀어냈다.(前有'折君官職是詩名'句, 故用末二句以解之.)

해설 양거원의 승진을 축하한 시이다. 제3, 4구는 낭관이 숙직 설 때의
상황을 그렸고, 제5, 6구는 시작을 칭송하고 승진을 기원하였다. 말 2구
는 앞의 시에서 시명과 영달은 양립하기 어려운 것이라 했는데, 그대는
두 가지 모두를 취한 경우라고 말하였다. 818년에 썼다.

는 사람이 적었다는 고사를 가리킨다. 여기서는 양거원의 시가 뛰어나 자신이 화답
하기 어렵다는 뜻이다.

하남에서 난리가 나고 관중이 기근이 들어 형제들이 이산하여 각지에 흩어졌다. 달을 보고 느낀 바가 있어 잠시 그 감회를 써서 부량 큰형과 오잠 칠형과 오강 십오형에게 부치고, 아울러 부리와 하규의 동생들에게 보임(自河南經亂, 關內阻飢, 兄弟離散, 各在一方. 因望月有感, 聊書所懷, 寄上浮梁大兄, 於潛七兄, 烏江十五兄, 兼示符離及下邽弟妹)[15]

時難年荒世業空,[16]	난리에 기근 들고 가업도 없어졌는데
弟兄羈旅各西東.	형제들은 객지에 나뉘어 있구나
田園寥落干戈後,	전란이 지나가 전원은 황폐하고
骨肉流離道路中.	골육은 흩어져 길 위에 있어라
弔影分爲千里雁,[17]	혼자서 떨어져 천 리 가는 기러기
辭根散作九秋蓬.[18]	뿌리 뽑혀 흩어진 늦가을의 쑥대
共看明月應垂淚,	밝은 달 바라보면 모두가 눈물 흘리며
一夜鄕心五處同.	온밤내 고향 그리는 마음 다섯 곳이 같으리라

해설 전란과 기근으로 이산된 형제들을 그리워하였다. 백거이는 하남 정

---

15) 河南(하남) : 하남도(河南道). 799년(貞元 15년) 2월 선무절도사 동진(董晉)이 죽자 부하가 반란을 일으켰고, 3월에는 창의절도사 오소성(吳少誠)이 반란을 일으켰다. ○關內(관내) : 관내도(關內道). 지금의 섬서성 중부와 북부 및 감숙성 동부. 798년과 799년에 장안 일대에 가뭄이 들었다. ○阻飢(조기) : 백성들이 기아에 힘들어하다. ○浮梁大兄(부량대형) : 백거이의 큰형 백유문(白幼文). 797년 봄 요주(饒州) 부량현(浮梁縣, 강서성 경덕진) 주부가 되었다. ○於潛七兄(오잠칠형) : 숙부 백계강(白季康)의 장자로 당시 항주 오잠현(절강성 臨安) 현위로 있었다. ○烏江十五兄(오강십오형) : 종형 백일(白逸). 당시 오강(안휘성 和縣) 주부로 있었다. ○符離(부리) : 지금의 안휘성 숙현(宿縣). ○下邽(하규) : 지금의 섬서성 위남현(渭南縣). 백거이의 선대 묘소 소재지.
16) 世業(세업) : 조상이 남긴 산업.
17) 弔影(조영) : 자신의 몸과 그림자만이 서로를 위로한다는 뜻으로 고독한 모습을 의미한다. ○雁(안) : 기러기. 형제를 비유한다.
18) 九秋蓬(구추봉) : 늦가을의 쑥대머리. 또는 가을 구십 일의 쑥대머리. 떠도는 처지를 비유한다.

주 신정현(新鄭縣)에서 자랐으므로 하남을 고향으로 여겼다. 그곳에 번진의 난이 미치고 기황까지 드는 때, 객지에 흩어져 있는 형제들의 안부가 더욱 절실하였다. 당시의 시대상과 연결되어 한 가족의 상황이 어떠한지 잘 보여주는 시이다. 800년 백거이가 장안에서 지은 것으로 보인다.

양 상서의 「재상에서 물러나와 영안방 물가 정자에서 놀며, 아울러 양 시랑을 불러 동행하다」에 화답하며(和楊尚書罷相後暇遊永安水亭, 兼招本曹楊侍郎同行)[19]

道行無喜退無憂,[20]	세상에 쓰여도 기뻐 않고, 물러나도 근심 없어
舒卷如雲得自由.	말고 펴기 자유롭기가 구름과 같아라
良冶動時爲哲匠,[21]	주물을 달굴 때는 뛰어난 장인 같더니
巨川濟了作虛舟.[22][23]	큰 내를 건넌 후에는 빈 배같이 무심하여라
竹亭陰合偏宜夏,	그늘 덮인 대숲 정자는 특히 여름철에 좋고
水檻風凉不待秋.	물가의 난간은 가을이 아니어도 바람이 서늘해라
遙愛翩翩雙紫鳳,[24]	멀리서 부러워하나니, 훨훨 나는 한 쌍의 자주 봉황이

---

19) 楊尚書(양상서) : 양사복(楊嗣復). 840년 5월 재상에서 물러나와 이부상서가 되었다. ○永安(영안) : 영안방(永安坊). 장안의 거리 이름. 그곳에는 절강서도관찰사 설평(薛苹)의 가묘(家廟)와 수정(水亭)이 있었다. ○楊侍郎(양시랑) : 양여사(楊汝士). 당시 이부시랑이었다.

20) 道行(도행) : 세상에 쓰임. 올바른 도리가 행해짐.

21) 良冶(양야) : 뛰어난 야금 장인. 여기서는 야금 주조로 국가 통치를 비유하였다. ○哲匠(철장) : 뛰어난 신하.

22) 심주 : 시구가 중요한 이치를 얻었다.(句得大體.)

23) 巨川(거천) 구 : 강을 건너는데 배가 필요하듯 나라를 통치하는데 뛰어난 사람이 필요하다는 비유를 사용하였다. 『상서』 「열명」(說命)에 "만일 큰 내를 건너려면 내가 그대를 배와 노로 삼을 것이요"(若濟巨川, 用汝作舟楫.)라는 말이 있다. ○虛舟(허주) : 묶여있지 않는 배. 욕심과 아집 없이 드넓은 마음을 비유한다.

24) 雙紫鳳(쌍자봉) : 한 쌍의 자주색 봉황. 양사복과 양여사를 가리킨다.

入同官署出同遊.　　관아도 함께 가고 나갈 때도 함께 노는 걸

평석 제목에 따라 순조롭게 썼으며, 제4구가 특히 입론이 공교롭다.(隨題順寫, 第四語尤工於
立言.)

해설 양 상서를 예찬한 시이다. 전반부는 양 상서의 재능과 풍모를 그리
고, 후반부는 영안방 물가 정자와 그곳에서 노니는 두 사람을 그렸다.
840년에 지었다.

곽 도사를 찾아갔으나 만나지 못하고(尋郭道士不遇)[25]

郡中乞假來相訪,[26]	군(郡)에서 휴가 얻어 찾아왔더니
洞裏朝元去不逢.[27]	동중(洞中) 신선 참배하러 가 만나지 못했네
看院只留雙白鶴,[28]	정원을 지키는 건 한 쌍의 백학
入門唯見一靑松.	문에 들어서 보이는 건 한 그루 청송
藥爐有火丹應伏,[29]	약 화로에는 불이 있어 단약이 뜸을 들이고
雲碓無人水自舂.[30]	돌방아는 사람 없어도 물에 절로 찧고 있어
欲問參同契中事,[31]	'주역참동계'의 내용을 물으러 왔는데
更期何日得從容?	어느 때 다시 와서 한가히 말을 나눌까?

---

25) 郭道士(곽도사) : 곽허주(郭虛舟).
26) 郡(군) : 강주를 말한다. ○乞假(걸가) : 휴가를 청하다.
27) 朝元(조원) : 도교 신도가 태상현원황제(太上玄元皇帝)인 노자를 참배하는 일. 신선
　　을 알현함.
28) 看院(간원) : 정원을 지키다.
29) 伏(복) : 복화(伏火). 도가에서 연단할 때 화로의 온도를 낮추는 일.
30) 雲碓(운대) : 돌방아. 여산의 돌에는 운모가 많아, 이런 돌로 만든 방아를 속칭 '운대'
　　라 하였다.
31) 參同契(참동계) : 『주역참동계』(周易參同契). 동한 위백양(魏伯陽)이 저술했다. 『주역』
　　의 형식을 빌려 도가의 연단술을 논한 책. 일반적으로 도가 단경(丹經)의 시조로 본다.

해설 곽 도사는 백거이가 강주에 있을 때 사귄 곽허주(郭虛舟)로 연단술을 하고 바둑과 거문고에 뛰어났다. 두 사람은 우의가 깊어 밤새 술을 마시고 바둑을 두는 경우도 많았다. 이 시는 어느 날 곽 도사를 찾아갔으나 만나지 못한 채 집을 돌아보고 가며 쓴 시이다. 백학과 청송은 곧 부재하는 주인을 가리키는 대응물로 쓰였다. 818년 강주사마로 있을 때 지었다.

원팔과 이웃에 살고 싶어 먼저 이 시를 주다(欲與元八卜鄰, 先有是贈)[32]

平生心迹最相親,	평소의 마음으론 가장 친하여
欲隱墻東不爲身.[33]	벼슬을 버리고 함께 은거하고 싶어라
明月好同三徑夜,[34]	달 밝은 밤에는 세 가닥 오솔길 걷기 좋고
綠楊宜作兩家春.[35]	가운데 선 푸른 버들은 두 집에 봄을 주리
每因暫出猶思伴,	잠깐의 외출 때마다 동무를 할 수 있으니
豈得安居不擇鄰?	편안히 살아가려면 이웃을 가려야 하리
何獨終身數相見,[36]	비단 우리들만 평생 자주 만날 뿐 아니라
子孫長作隔墻人.	우리들 자손까지도 담을 두고 이웃으로 사자꾸나

---

32) 元八(원팔) : 원종간(元宗簡). 하남 낙양 사람으로 진사과에 급제하였다. 감찰어사, 금부원외랑, 경조소윤을 역임하였다. 822년 몰.

33) 墻東(은장동) : 담 동쪽. 은거처를 가리킨다. 동한 왕군공(王君公)이 세상의 분란을 피해 벼슬을 그만 두려 하였다. 그러나 산중에서 은거하면 청고한 모습 때문에 다시 벼슬을 할 수 있으므로 차라리 소를 파는 것이 낫다고 생각하였다. 당시 사람들이 '담 동쪽으로 세상을 피한 왕군공'(避世墻東王君公)이라 하였다.

34) 三徑(삼경) : 세 가닥 오솔길. 서한 말기 장후(蔣詡)가 왕망(王莽)의 출사 권유를 거절하고 두릉(杜陵)에 은거하며, 가시나무로 문을 막고 나가지 않으면서, 집안에 오솔길을 세 개 만들어 구중(求仲)과 양중(羊仲) 두 사람하고만 왕래한 일을 가리킨다.

35) 綠楊(녹양) 구 : 남조 제나라의 상서랑 육혜효(陸慧曉)는 장융(張融)과 이웃이 되었는데, 중간에 연못이 있고 버드나무 두 그루가 있었다고 한다. 『남사』 「육혜효전」 참조.

36) 數(삭) : 자주.

평석 '두 집'의 뜻이 말마다 끼어 있으니, 한 걸음 들어가면 한 걸음 더 멀리 간다.(兩家意語語夾寫, 一步深是一步.)

해설 친구와 이웃해 살기를 바라며 지은 시이다. 비록 이웃에 관한 시이지만 친구 원팔과의 깊은 우의를 전제하였으며 이를 드러내는 셈이 되었다. 제3, 4구는 이웃 사이의 화목한 관계를 이상적으로 잘 표현하였다. 후반부는 이웃이 되어 좋은 점을 점증법으로 표현하였다.

여항 명승(餘杭形勝)[37]

餘杭形勝四方無,	여항의 명승은 비길 곳 없어
州傍青山縣枕湖.	항주 옆은 청산이요 여항은 호수를 베고 누워있어
繞郭荷花三十里,	성곽 둘러 연꽃이 삼십 리
拂城松樹一千株.[38]	성벽을 스치는 소나무 천 그루
夢兒亭古傳名謝,[39][40]	오래된 몽아정엔 사령운의 이름이 전해오고
教伎樓新道姓蘇.[41][42]	새로 선 교기루엔 가기가 소소소와 같은 성씨라네

37) 餘杭(여항) : 항주 여항현. 지금의 항주시 여항구(餘杭區). ○ 形勝(형성) : 산천이 수려함.

38) 拂城(불성) 구 : 당대 개원 연간에 항주자사 원인경(袁仁敬)이 행춘교에서 영은사까지 길 좌우에 각각 삼 열씩 소나무를 심었는데, 후인들이 이를 '구리송경(九里松徑)'이라 하였다.

39) 심주 : 영은산 위에 몽사정이 있는데, 곧 두명보가 사령운 꿈을 꾼 곳으로, 객아정이라고도 한다.(靈隱山上有夢謝亭, 卽杜明甫夢謝靈運之所, 因名客兒亭.)

40) 夢兒亭(몽아정) : 몽사정(夢謝亭) 또는 객아정(客兒亭)이라고도 한다. 항주성 서쪽 사십 리 영은산 기슭에 있는 정자. 동진 두명(杜明) 선사가 시인 사령운을 위해 지었다. 사령운이 어렸을 때 그 부친이 자식의 성장을 걱정하여 두명에게 맡기려 하였다. 두명이 밤에 동남에서 현인이 온다는 꿈을 꾸더니 다음 날 과연 사령운이 왔다. 이에 이 정자를 지었다고 한다. 명대 전여성(田汝成)의 『서호유람지』 참조.

41) 심주 : 소소소는 전당 사람이다.(蘇小小, 錢唐人也.)

42) 蘇(소) : 소소소(蘇小小). 남조 제(齊)나라 때 전당(錢塘)의 명기(名妓). 서호 호숫가에

獨有使君年太老,[43]　　오로지 태수만이 나이가 너무 들어

風光不稱白髭鬚.　　풍광과 흰 수염이 어울리지 않는구료

해설 항주의 명승을 노래하였다. 제3, 4구는 자연 명승을 그렸고, 제5, 6구는 인문 명승을 그렸다. 항주자사로 있을 때인 823년경에 지은 것으로 보인다.

전당호 봄나들이(錢塘湖春行)[44]

孤山寺北賈亭西,[45]　　북쪽에는 고산사(孤山寺), 서편에는 가정(賈亭)

水面初平雲脚低.[46]　　수면이 불어 잔잔해지니 구름 낮게 내려오누나

幾處早鶯爭暖樹,　　여기저기 이른 꾀꼬리 나무에 다투어 지저귀고

誰家新燕啄春泥?[47]　　누구 집에 새로 온 제비인지 봄 진흙을 물어오네

亂花漸欲迷人眼,　　어지러운 꽃들은 점점 사람의 눈을 미혹시키고

淺草才能沒馬蹄.　　막 자란 풀은 말발굽을 덮을 정도이구나

最愛湖東行不足,　　가장 좋아하는 호수 동편은 다녀도 부족하니

綠楊陰裏白沙堤.[48]　　그곳은 바로 푸른 버들 그늘진 백사제라네

는 소소소 무덤이 있다.

43) 使君(사군) : 태수. 여기서는 항주자사인 백거이 자신을 가리킨다. 당시 백거이는 52세였다.

44) 錢塘湖(전당호) : 서호.

45) 孤山寺(고산사) : 남조 진 문제(陳文帝) 때 창건하였으며 처음에는 승복사(承福寺)라 하였다. 고산은 서호 북부에 위치하며 후호(後湖)와 외호(外湖) 중간에 있는 작은 산. 다른 산과 연결되지 않고 독립되어 있기에 고산이라 하였다. ○賈亭(가정) : 가공정(賈公亭). 서호에 있는 정자로, 정원(貞元) 연간(785~804년)에 항주자사 가전(賈全)이 세웠다.

46) 雲脚(운각) : 흐르는 구름. 운각저(雲脚低)는 비가 오기 전이나 온 후 구름이 낮게 내려온 현상을 말한다.

47) 심주 : 지극히 빼어나다.(秀絕.)

48) 白沙堤(백사제) : 서호의 백제(白堤). 단교제(斷橋堤) 또는 십금당(十錦塘)이라고도

평석 지금의 백제는 곧 백사제로 백거이 당시에 이미 있었던 것으로 백거이가 축조한 것이 아니다. 호구의 백공제야말로 백거이가 자사로 있을 때 축조했다.(今之白堤卽白沙堤, 白公時已有之, 非白公築之. 虎丘白公堤, 公爲刺史時所築.)

해설 이른 봄의 생기 넘치는 서호를 그렸다. 고산사와 가정이란 구체적인 지점에서 시작하여 호면을 조망한 후, 근경으로 꾀꼬리와 제비를 묘사하고, 꽃과 풀의 변화를 언급한 후, 마지막으로 동북편에 있는 백사제로 귀결하였다. 비록 서호를 그렸지만 이를 통해 봄과 생명에 대한 열정과 고무를 일깨운 작품이다. 항주자사로 있을 때인 823년경에 지은 것으로 보인다.

서호에서 저녁에 돌아오며 고산사를 돌아보고, 여러 손님에게 주다(西湖晩歸, 回望孤山寺, 贈諸客)

柳湖松島蓮花寺,[49]	버드나무 선 호수, 소나무 우거진 섬, 연꽃 핀 절
晚動歸橈出道場.	저녁이 되어서야 노를 저어 도량을 나오네
盧橘子低山雨重,[50]	귤은 산에 내린 비에 젖어 낮게 매달려 있고
棕櫚葉戰水風涼.[51]	종려나무 잎은 호수 바람에 차가이 떨리네
煙波澹蕩搖空碧,	드넓은 안개 낀 파도 비췻빛 하늘을 흔들고
樓閣參差倚夕陽.[52]	지붕을 마주한 누각들 석양빛에 서 있네

한다. 백거이가 항주에 부임하기 전에 이미 있던 제방으로, 후세에 잘못 와전되어 백거이가 지은 것으로 알려졌다.

49) 柳湖(유호) : 버드나무 많은 호수. 서호는 호수를 둘러가며 버드나무가 심어져 있다. ○松島(송도) : 소나무가 많은 섬. 고산을 가리킨다. ○蓮花寺(연화사) : 고산사. 여름에는 연꽃이 많이 핀다.
50) 盧橘(노귤) : 남방에서 나는 귤의 일종.
51) 棕櫚(종려) : 종려나무. ○戰(전) : 떨다.
52) 심주 : 고산 주위의 풍경으로, 유명한 화가라 해도 이렇게 그리지 못한다.(孤山一路

到岸請君回首望,　　그대들이여, 호숫가에 이르러 돌아보게나
蓬萊宮在海中央.[53][54]　봉래궁 같은 고산사가 호수 중앙에 있으니

평석 백거이가 항주자사로 있을 때 호수를 오가며 연석을 열고 시를 지으니 예술인들은 그의 시를 중시 여겼다. 그러나 여러 업적을 이룬 것에 대해서는 모르고 있으니, 석함 갑문을 세우고, 서호를 준설하고, 세 읍의 밭을 윤택하게 했으니 그 공로가 한이 없다. 어찌 시인으로만 한정지을 것인가(白傅刺杭時, 往來湖上, 宴飮賦詩, 藝林知重其詩. 不知諸務就理, 卽建石函一事, 灑西湖之水, 潤三邑之田, 其功未有涯量也. 烏得以詩人槪之!)

해설 저녁의 서호 고산사를 그렸다. 첫 2구에서 호수에서 고산사로 갔다가 다시 배를 타고 나오며 자유롭게 흔들리며 돌아오는 흥취를 표현하였다. 제3, 4구는 고산사 주위에 있는 귤과 종려나무를 근경으로 사실적으로 그렸다. 이에 비해 제5, 6구는 배를 타고 돌아오며 바라본 고산사를 원경으로 추상화시켜 그렸다. 시선을 자유롭게 이동시키며 인상적인 장면을 뽑아내는 백거이의 칠언율시 특징이 잘 나타난 시이다.

서호에서 두고 떠나며(西湖留別)

征途行色慘風煙,[55]　　떠나는 심사가 안개 바람 속에 참담한데
祖帳離聲咽管弦.[56]　　전별 자리 이별 노래 악기들이 흐느낀다
翠黛不須留五馬,[57]　　짙푸른 산천도 내가 탄 수레를 붙잡지 못하고

風景, 卽名畫家亦不能到.)
53)　심주 : 비유이다.(比也.)
54)　蓬萊(봉래) : 전설 중의 동해에 있다는 신선이 사는 섬. 여기서는 고산사를 비유하며, 또 고산사 안에는 봉래각(蓬萊閣)이 있다.
55)　行色(행색) : 행려가 출발하기 전후의 상황과 기운.
56)　祖帳(조장) : 길을 떠나는 사람을 보내기 위해 길가에 친 휘장. ○離聲(이성) : 이별의 노래.

皇恩只許住三年.　　황은도 삼 년만 이곳에 머물게 허락했어라
綠藤陰下鋪歌席,　　푸른 등나무 그늘 아래 노래 자리를 펼치고
紅藕花中泊妓船.[58]　붉은 연꽃 가운데 가기들 탄 배를 댄다
處處回頭盡堪戀,　　여기저기 돌아보아도 모두 미련이 남는데
就中難別是湖邊.　　그중에서 가장 떠나기 어려운 곳이 호변이로다

해설 824년(53세) 항주자사 임기를 마치고 서호를 떠나며 지은 시이다. 당시 관직의 임기는 일반적으로 삼 년이므로 백거이 역시 삼 년간의 임기를 마치고 서호를 떠났다.

무구사 가는 길의 연석에서 기녀들을 두고 떠나며(武丘寺路宴留別諸妓)[59]

銀泥裙映錦障泥,[60]　비단 말다래에 오른 기녀들의 은색 치마
畫舸停橈馬簇蹄.[61]　화려한 배가 정박하고 말들이 몰려든다
清管曲終鸚鵡語,[62]　맑고 높은 연주가 그치니 앵무새가 말하고
紅旗影動駊騟[63]嘶.[64]　붉은 깃발 움직이니 명마 박한이 운다
漸消醉色朱顔淺,　　취기가 점점 가시어 얼굴이 하얘지매

---

57) 翠黛(취대): 비취색과 눈썹먹색. 흑록색의 산수. ○五馬(오마): 자사(刺史)의 수레. 한대 태수는 다섯 마리 말이 끄는 수레를 탔다. 여기서는 항주자사인 백거이 자신을 가리킨다.

58) 紅藕(홍우): 홍련(紅蓮). 우(藕)는 연뿌리.

59) 武丘寺(무구사): 호구사(虎丘寺). 소주 호구산에 있는 절.

60) 銀泥裙(은니군): 은색 치마. 은니(銀泥)는 은분으로 만든 안료. ○障泥(장니): 말다래. 말을 탄 사람의 옷에 흙이 튀지 않도록 등자와 말 옆구리 사이에 드리운 가죽 같은 것.

61) 畫舸(화가): 그림이 그려진 화려한 배. ○馬簇蹄(마주제): 말의 발굽이 모이다. 말들이 몰려들다. 즉 배웅하러 나온 사람들이 많음을 가리킨다.

62) 清管(청관): 맑고 높은 관악기 연주 소리.

63) 騟주: 음은 박한이며, 말 이름이다.(晉薄韓, 馬名.)

64) 駊騟(박한): 티베트에서 생산되는 큰 말.

欲語離情翠黛低.　　　이별의 아쉬움 말하려니 기녀들이 고개 떨군다
莫忘使君吟詠處,　　　잊지 말게나, 사군인 내가 즐거이 찾아가 노래한
女墳湖北武丘西.[65]　　북쪽의 여분호(女墳湖)와 서쪽의 무구(武丘)를

해설 소주를 떠나며 기녀들에게 남긴 시이다. 첫 2구에서 이별의 장면을
화려하게 묘사하여 주의를 끌었다. 이는 다음 2구에도 음악과 깃발로 이
어졌다. 후반부에서 이별의 장면과 정회를 표현하였다. 826년 9월 백거
이가 소주자사 임기를 마치고 낙양으로 떠날 때 지은 시이다.

검주로 놀러가는 소 처사를 보내며(送蕭處士遊黔南)[66]

能文好飲老蕭郎,　　　시문 잘 짓고 술 좋아하는 소 처사
身似浮雲鬢似霜.　　　몸은 구름처럼 정처 없고 살쩍은 서리같이 희어
生計抛來詩是業,　　　생계는 모르는 채 시 짓는 게 곧 업이고
家園忘却酒爲鄕.　　　고향은 잊어버렸으니 술 취하면 곧 고향이라
江從巴峽初成字,[67]　　강은 파협에서 '巴'자 모양으로 휘돌아 가기 시작하고
猿過巫陽始斷腸.　　　원숭이는 무산을 지나면 애절하게 울기 시작하리
不醉黔中爭去得,[68]　　술에 취하지 않으면 어떻게 검중에 갈 수 있으리오?
磨圍山月正蒼蒼.[69]　　마위산(磨圍山) 위에 뜬 달이 마침 창창하리라

해설 검중에 가는 소 처사를 보내며 쓴 송별시이다. 전반부는 주로 소 처

---

65) 女墳湖(여분호) : 소주 서북에 있는 호수. 근처에 오나라 왕 합려의 딸들이 묻힌 무
　　덤이 있어 이름 붙여졌다.
66) 黔南(검남) : 검주(黔州). 당시 검중관찰사 치소가 있었다.
67) 江從(강종) 구 : 장강이 파협(巴峽)에서 구부러져 '파(巴)'자 모양으로 흐르는 것을 말
　　한다. ○巴峽(파협) : 무산에서 파동 사이의 협곡. 지금의 중경시에서 무산 사이.
68) 黔中(검중) : 검주(黔州). 치소는 지금의 사천성 팽수(彭水).
69) 磨圍山(마위산) : 팽수현 서쪽에 있는 산. ○迷茫(미망) : 어둡고 아득한 모양.

사의 풍모와 처세를 그렸고, 후반부에서는 도중의 산천과 검중의 달빛을 그렸다. 소탈한 묘사 속에 깊은 우의를 실었다. 충주자사로 있던 819년 경에 지은 것으로 보인다.

산으로 돌아가는 왕십팔을 보내며,
　　　　　선유사에 기제하다(送王十八歸山, 寄題仙遊寺)[70]

曾於太白峰前住,[71]	일찍이 태백봉 앞에서 살았고
數到仙遊寺裏來.	자주 선유사로 놀러 갔었지
黑水澄時潭底出,	절의 흑수가 맑을 때는 연못 바닥이 보이고
白雲破處洞門開.	흰 구름이 열리는 곳에 동굴이 있었지
林間暖酒燒紅葉,	숲 사이에 붉은 낙엽 태워 술을 데우고
石上題詩掃綠苔.	돌 위에 푸른 이끼 쓸어내 시를 적었지
惆悵舊遊無復到,	안타까워라, 예 놀던 곳 다시 갈 수 없으니
菊花時節羨君廻!	국화 피는 시절에 돌아가는 그대가 부러워라

해설 선유사에서의 추억을 회상한 시이다. 제5, 6구는 인구에 회자하는 명구이다. 백거이는 806년부터 주질현 현위로 일 년여 있었다. 이때 선유사에 은거하는 왕질부(王質夫)와 절친하게 지냈다. 당시 그 쓴 시 39수 가운데 왕질부에 대한 시가 13수였다. 이후 백거이는 장안에서 집현교리 (807년)와 좌습유(808년)를 역임하고 경조호조(810년)가 되었다. 아마도 이

---

70) 王十八(왕십팔) : 왕질부(王質夫). 백거이의 친구로, 주질(盩厔)현 현성 남쪽의 선유사 장미간(薔薇澗)에서 오랫동안 은거하였다. 「장한가」는 백거이, 왕질부, 진홍(陳鴻)이 선유사에 놀면서 처음 화제가 나왔고, 왕질부가 백거이에게 시로 짓기를 권하여 만들어졌다. ○ 寄題(기제) : 어떤 장소에 내걸어둘 시를 시인이 다른 장소에서 써서 부치는 일. ○ 仙遊寺(선유사) : 경조부의 속현인 주질현(섬서 周至)에 있는 절.
71) 太白峰(태백봉) : 태백산. 진령의 주봉. 지금의 섬서성 미현(眉縣) 남쪽에 소재.

시기에 장안에 온 왕질부를 만났고, 다시 선유사로 돌아가는 그를 보내
며 이 시를 쓴 것으로 보인다.

팔월 십오일 밤 궁중에서 혼자 숙직하며,
달을 보고 원진을 생각하다(八月十五日夜禁中獨直, 對月憶元九)

銀臺金闕夕沈沈,[72]	은대문(銀臺門)과 금궐이 점점 어두워지는데
獨宿相思在翰林.	홀로 한림원에서 숙직하며 그리워하노라
三五夜中新月色,[73][74]	삼오야 새로 등근 달빛은
二千里外故人心.[75]	이천 리 밖 친구를 그리는 마음
渚宮東面煙波冷,[76]	저궁의 동쪽에선 안개가 차가울 터인데
浴殿西頭鐘漏深.[77]	욕당전 서쪽에선 물시계 소리 깊어가누나
猶恐清光不同見,	맑은 달빛 그대가 못 볼까 걱정되나니
江陵卑濕足秋陰.[78]	강릉은 낮고 습하여 흐린 때 많으므로

해설 팔월 보름날 밤 한림원에서 숙직하면서 원진(元稹)을 그리워하였다.
전편이 진지한 감정을 담으면서 그 정서가 맑고 깨끗하며, 제3, 4구는 의
미가 깊으면서 대구가 지극히 공정하다. 원진은 810년 강릉 사조(士曹)로

---

72) 銀臺(은대) : 장안 대명궁의 우은대문(右銀臺門). 한림원은 이 문의 북쪽에 있다. 한
   림원을 나가려면 이 문을 남쪽으로 나가야 한다.
73) 심주 : 중추.(中秋.)
74) 新月(신월) : 음력 십오일에 새로 둥그러진 달. 초승달이란 뜻이 아니다.
75) 심주 : 원진을 생각하다.(憶元.)
76) 渚宮(저궁) : 춘추시대 초나라의 별궁. 지금의 호북성 강릉현에 소재했다. 일반적으
   로 강릉을 가리킨다.
77) 浴殿(욕전) : 욕당전(欲堂殿). 장안 대명궁에 있다. 당대에 황제가 곧잘 여기에서 문
   인 학사를 만났다. ○鐘漏(종루) : 종과 물시계. 시간을 가리킨다.
78) 卑濕(비습) : 지세가 낮고 습하다. ○秋陰(추음) : 가을의 흐린 날씨.

좌천되었으므로 이 시기에 지은 것으로 보인다. 일본에서는 초기 한시선집 「화한낭영집」(和漢朗詠集)과 소설 「겐지 모노가타리」 등에 인용되어 잘 알려졌다.

이 연사의 초대를 받고 답하며(酬贈李鍊師見招)[79]

幾年司諫直承明,[80]	몇 년간 간관(諫官)으로 승명려에 숙직하였는데
今日求眞禮上淸.[81]	오늘 신선을 찾아와 상청(上淸)에 예배를 하네
曾犯龍鱗容不死,[82]	일찍이 역린을 범하여 죽을 뻔하였으니
欲騎鶴背覓長生.[83][84]	이제는 학을 타고 날아가며 장생하고 싶어라
劉綱有婦仙同得,[85]	유강(劉綱)처럼 아내도 함께 선도를 얻으려 하고
伯道無兒累更輕.[86]	등유(鄧攸)처럼 아들이 없으니 묶인 바도 없어라
若許移家相近住,	만약 집을 이사해 근처에 살도록 허락해준다면

---

79) 鍊師(연사) : 덕망이 높고 수련이 뛰어난 도사. 일반적으로 도사에 대한 존칭으로 쓰인다.

80) 司諫(사간) : 간관(諫官). 백거이 자신이 좌습유를 역임한 일을 말한다. ○承明(승명) : 승명려(承明廬). 서한 때 시종하는 신하들이 거주하는 곳.

81) 求眞(구진) : 도사를 찾음. ○上淸(상청) : 도교에서 하늘을 뜻하는 삼청(三淸) 가운데 하나로, 영보도군(靈寶道君)이 거주하는 신선 세계. 여기서는 도관.

82) 犯龍鱗(범용린) : 역린(逆鱗). 용의 목 아래 한 자 크기의 거꾸로 난 비늘이 있는데 이를 건들면 노하여 건든 사람을 죽인다고 한다. 『한비자』「세난」(說難)에서는 이 이야기로 신하가 군주의 심기를 범하는 일을 비유하였다.

83) 심주 : 두 구는 합쳐서 보아야 비로소 절묘하다.(二語合看方妙.)

84) 騎鶴(기학) : 학을 타고 날아가다. 왕자교 등 신선이 학을 타고 날아간 이야기를 환기한다. 당대에는 이러한 이야기가 많았다.

85) 劉綱(유강) : 삼국시대 동오의 유강은 상우령(上虞令)으로 백성을 위해 정치를 펼쳤고, 나중에 그의 처 번운교(樊雲翹)와 함께 사명산에 살다가 신선이 되었다고 한다.

86) 伯道(백도) : 서진 말기 하동태수 등유(鄧攸). 자가 백도(伯道)이다. 영가의 난 때 피난 가던 중 자신의 아들과 동생의 아들을 모두 보전하기 어려워 하나만 데려가야 했다. 이때 자신의 아들은 버리고 일찍 죽은 동생을 위해 그의 아들을 선택해 데리고 갔다. 백거이 역시 아들이 없었다.

便驅鷄犬上層城.[87]　　　닭과 개까지 몰아 도관에 참배하러 가리라

해설 도교에 귀의할 뜻을 보인 시이다. 신선술에 대한 지향을 조정에서의 일과 대응시키고 있어, 정치적 좌절에 대한 보상임을 알 수 있다. 강주사마로 있을 때인 817년경에 지은 것으로 보인다.

은 협률에게 부침(寄殷協律)[88][89]

五歲優遊同過日,[90]　　　오 년 동안 한가하게 함께 날을 보냈는데
一朝消散似浮雲.　　　하루아침에 구름처럼 흩어져버렸네
琴詩酒伴皆抛我,　　　거문고, 시, 술의 친구들 모두 나를 버렸으니
雪月花時最憶君.　　　눈, 달, 꽃의 시간에 그대가 가장 생각나네
幾度聽鷄歌白日,[91]　　　몇 번이던가, 「황계가」 듣고 「백일가」 노래하고
亦曾騎馬詠紅裙.[92]　　　게다가 말 타고 온 기녀를 노래했음이
吳娘暮雨蕭蕭曲,[93]　　　오이낭의 노래 "저녁 비 쓸쓸한데 그대는 돌아오지

---

87) 驅鷄犬(구계견) : 닭과 개를 몰고 가다. 서한 회남왕 유안(劉安)과 문객들이 약을 먹고 승천하였는데, 개와 닭들도 마당에 던져진 약그릇을 핥고 쪼아 먹어 함께 날아갔다고 한다. 『신선전』과 『논형』 「도허」(道虛) 참조. ○ 層城(층성) : 전설 속의 곤륜산 위에 있다는 성. 신선의 거처.

88) 자주 : "강남의 예전에 놀던 곳을 서술했다."(自注 : "多敍江南舊遊.")

89) 殷協律(은협률) : 은요번(殷堯藩). 소주 가흥(嘉興) 사람. 시문을 잘 하고 산수를 좋아하여 "하루라도 산수를 보지 않으면 가슴 속에 먼지가 쌓여 술로 씻어내야 한다"고 말하였다. 위응물, 마대, 심아지, 요합, 옹도, 허혼 등과 친하였다. 814년 과거에 급제한 후 영락현(永樂縣) 현령, 복주(福州)종사, 시어사 등을 역임하였다.

90) 五歲(오세) : 오 년. 항주자사와 소주자사의 임기를 합한 햇수를 말한다. ○ 優遊(우유) : 편안하고 한가롭게 지냄.

91) 幾度(기도) 구 : 악부 잡가요사. 「계명가」와 「백일가」를 말한다.

92) 자주 : 내가 항주에 있을 때 지은 노래 가운데 "「황계가」와 「백일가」를 들었네"가 있고, 또 "붉은 치마 입고 말 탄 사람은 누구인가?"란 구절이 있다.(自注 : 予在杭州日, 有歌云 : "聽唱黃鷄與白日", 又云 : "著紅騎馬是何人?")

93) 吳娘(오낭) : 항주의 가기 오이낭(吳二娘). 그녀가 쓴 「장상사」가 유명하다.

않네"도

自別蘇州更不聞.[94]　　소주를 떠나온 후로는 다시 들을 수 없어라

평석 아름답고 멋진 일을 추억하는데, 오히려 처량하게 느껴진다.(追憶佳冶, 轉覺凄凉.)

해설 은요번에게 부친 시로, 항주와 소주에 있을 때의 노래 부르고 시와 술을 즐기던 시절을 회상하였다. 거문고, 시, 술은 백거이가 「북창 삼우」(北窓三友)에서 말한 '세 친구'로 눈, 달, 꽃과 절묘하게 대구를 만들었다. 백거이가 소주자사를 마친 때는 826년 연말이므로 이 이후에 지은 것으로 보인다.

대화 9년 11월 21일 사건에 유감이 있어 지음(九年十一月二十一日感事而作)[95][96]

禍福茫茫不可期,　　화와 복은 아득하여 기약할 수 없고
大都早退似先知.[97]　　아마도 일찍 물러남이 선견지명 같아라
當君白首同歸日,[98][99]　　그대들이 '백발이 되어 함께 돌아간' 날

---

94)　자주 : 「강남 오이낭곡」에 "저녁 비 쓸쓸한데 그대는 돌아오지 않네"가 있다.(又注 : 「江南吳二娘曲」云 : "暮雨蕭蕭郎不歸.")
95)　심주 : 그날 혼자 향산사에 놀러갔다.(其日獨遊香山寺.)
96)　事(사) : 감로지변(甘露之變)을 가리킨다.
97)　大都(대도) : 대개. 아마.
98)　심주 : "백발이 되어 함께 돌아가세"는 반악과 석숭이 형장에서 한 말이다.('白首同所歸', 潘岳與石崇臨刑時語.)
99)　白首同歸(백수동귀) : 왕애(王涯) 등 재상이 같은 날 피살된 일을 가리킨다. 이 구는 『세설신어』 「구극」(仇隙)에 나오는 반악(潘岳)과 석숭(石崇)이 같은 날 살해된 일을 환기한다. 반악이 평소 친했던 석숭에게 준 시에 "금석같이 믿음 깊은 친구를 찾노니, 백발이 되어서도 함께 돌아가세"(投分寄石友, 白首同所歸.)라는 구절이 있다. 나중에 손수(孫秀)에 의해 함께 체포되어 형장에 끌려갈 때, 석숭이 "반악, 자네도 이

是我靑山獨往時.　　　나는 청산에서 홀로 자유롭게 다녔네

顧索素琴應不暇,[100]　헤강처럼 거문고 찾기에는 분명 겨를이 없었을 터

憶牽黃犬定難追.[101]　이사처럼 황견 끌고 사냥한 일 생각하기도 어려웠을 터

麒麟作脯龍爲醢,[102]　기린이 육포가 되고 용이 젓갈이 되었으니

何似泥中曳尾龜![103]　어찌 진흙 속에 꼬리 끌며 장수하는 거북만 하겠는가

평석 『동파지림』에서 말했다. "백거이는 왕애의 폄훼를 받아 강주사마로 좌천되었고, 감로

지변이 났을 때 백거이는 장안에 있었고 마침 향산사에 놀러갔다. '백발이 되어 함께 돌아

간' 2구에 대해 모르는 사람은 행운이라고 생각한다. 그러나 백거이가 어찌 다른 사람의 화

를 행운으로 여기겠는가? 아마도 슬퍼한 것이리라."(東坡志林云 : "樂天爲王涯所讒, 謫江州司

馬. 甘露之禍, 樂天在洛, 適遊香山寺, 有'白首同歸'二句, 不知者以爲幸之也. 樂天豈幸人之禍者

哉? 蓋悲之也.") ○ 청대 왕입명이 말했다. "대화 9년(835년) 감로지변이 났을 때 이훈, 정주,

서원여, 왕애, 가칙 등이 모두 살해되었다. 시의 '함께 돌아간' 구를 음미해 본다면 이는 본

디 사건에 대해 말한 것으로 왕애만 가리킨 것이 아니다. 백거이는 소주에서 돌아와 직위가

점점 높아졌는데, 사태의 기미를 보고 물러나고 환관의 화를 일찍 예상한 사람이니 어찌하

렇게 되었는가?'라고 물었다. 이에 반악이 "'백발이 되어서도 함께 돌아가세'인 셈이
네."라 대답하였다.

100) 顧索(고색) 구 : 삼국시대 혜강(嵇康)이 사마소(司馬昭)에 의해 형장에서 살해될 때
거문고를 달라고 하여 「광릉산」(廣陵散)을 연주한 일을 가리킨다. 『진서』 「혜강전」
참조.

101) 憶牽(억견) 구 : 진나라 재상 이사(李斯)가 조고(趙高)에게 참훼를 당해 형장에서 살
해될 때 그 아들을 돌아보며 다시는 황견을 이끌고 상채(上蔡)의 동문을 나가 사냥
을 할 수 없게 됨을 슬퍼한 일을 가리킨다. 『사기』 「이사열전」 참조.

102) 脯(포) : 말린 고기. ○ 醢(해) : 젓갈. 고대 전적에 기린이나 용을 잡아 음식을 만든
기록이 있다. 『신선전』 「마고」를 보면, 신선 왕방평(王方平)이 기린 고기로 포를 만
들어 마고(麻姑)를 대접하였다. 또 『좌전』 '소공 29년'조에 보면, 하대(夏代)에 암컷
용이 죽었는데 용을 기르던 사람이 젓갈을 만들어 왕이 먹도록 바쳤다고 한다.

103) 曳尾龜(예미귀) : 꼬리를 끄는 거북. 비천하지만 천수를 누리는 사람을 비유한다. 『장
자』 「추수」에 장자가 초나라 왕이 출사를 권하며 대부를 보내자 이를 거절하며 거
북을 비유하여 말하였다. "거북이 진흙 속에서 꼬리를 끌고 다니더라도 살기를 바라
겠는가, 아니면 유골이 고귀하게 되기를 바라 죽겠는가?(寧其死爲留骨而貴乎? 寧其
生而曳尾於塗中乎?)

여 왕애를 비난하겠는가? 하물며 백거이의 폄적도 본디 환관을 미워해 시작되었고, 환관에 아부한 자가 만든 것인데, 어찌하여 환관이 사대부를 주멸한 것을 즐거워하겠는가! 행과 불행에 대한 말은 송대 장돈에서 나왔으니, 아마도 소인의 마음으로 군자의 도량을 잰 것이리라.(汪立名曰 : "太和九年甘露事, 李訓·鄭注·舒元輿·王涯·賈飱皆被害, 味詩中'同歸'句, 本就事而言, 不專指王涯也. 公自蘇州召還, 秩位漸崇, 見機引退, 宦官之禍, 早計及者, 何至追撼王涯? 況公之遷謫, 本由宦官惡之, 附宦官者成之, 豈反以宦官誅夷士大夫爲快! 幸禍之說, 出於章惇, 蓋以小人心度君子腹耳.)

해설 당은 헌종(재위 805~820년) 때 '원화 중흥'을 이루었으나 헌종이 환관에게 살해된 이후 권력의 중심은 환관에게 넘어갔다. 이후 목종(재위 820~824년)이 환관에 의해 옹립되었으나 단약으로 죽었고, 경종(재위 825~827년)도 환관에 의해 살해되었다. 환관이 옹립하여 재위에 오른 문종(재위 827~840년) 때에는 문인관료와 환관 사이에 권력 투쟁이 가열되었다. 문종은 재상 이훈(李訓)과 봉상절도사 정주(鄭注) 등을 기용하여 환관을 주멸하려고 하였다. 835년 이훈이 환관들에게 '감로'를 참관한다는 명목으로 모아놓고 몰살시키려 하였으나, 환관 구사량(仇士良)이 복병이 있는 것을 발견하고는 대전에 들어가 문종을 압박하여 조신들을 대대적으로 살해하였다. 이훈이 살해되었을 뿐만 아니라 모의를 하지도 않은 왕애(王涯), 가칙(賈飱), 서원여(舒元輿) 등도 멸족의 화를 당하였다. 이 '감로지변'은 문인들에게 타격이 컸으나, 다른 문인들과 마찬가지로 백거이 역시 불만을 나타냈을 뿐 감히 대항하지 못하고 사태의 추이를 바라보기만 했을 뿐이었다. 이 시를 통해 정치적 대재앙에 대한 공포가 어떠했는지 알 수 있다.

원진(元稹)

엄 동자에게(贈嚴童子)[1]

衛瓘諸孫衛玠珍,[2]	위관(衛瓘)의 손자 가운데 위개(衛玠)가 보배이니
可憐雛鳳好靑春.[3]	사랑스러워라, 어린 봉황이 좋은 봄을 타는구나
解拈玉葉排新句,[4]	편전지를 풀어 펼쳐 새 시구를 늘어놓으니
認得金環識舊身.[5][6]	금 고리 찾아내어 전생을 증거한 양호(羊祜)같아라
十歲佩觿嬌稚子,[7]	열 살짜리 옥휴(玉觿) 찬 빼어난 어린아이

---

1) 자주 : "엄 사공(즉 嚴綬)의 손자는 열 살에 시를 지을 수 있었는데, 기발한 구절이 있으며, 시의 제재도 성인의 기풍이 있다."(自注 : "嚴司空孫, 十歲能賦詩, 有奇句, 詩題有成人風.")

2) 衛瓘(위관) : 삼국시대 위(魏)나라에서 정위장군과 진서장군을 역임했고. 촉한 공격 시 종회의 명령으로 등애를 체포하였고, 종회가 모반하자 병사를 이끌고 종회를 진압하고 또 등애 부자도 죽였다. 서진 때 청주자사, 유주자사, 정동장군, 사공, 상서령을 역임했다. ○衛玠(위개) : 위관의 손자로, 젊어서부터 풍모가 뛰어났으며 자라서 현리에 능하여 "위개가 현리를 말하면 왕징(王澄)이 쓰러진다"(衛君談道, 平子絶倒.)는 말이 생길 정도였다. 당시 중흥 명사의 첫째로 왕승(王承)과 위개를 꼽았다. 『진서』 「위관전」 참조.

3) 雛鳳(추봉) : 어린 봉황. 삼국시대 동오의 육운(陸雲)은 여섯 살부터 글을 지어, 상서 민홍(閔鴻)이 보고는 "이 아이는 준마가 아니라면 봉추가 되겠군"(此兒若非龍駒, 當是鳳雛.)이라 말하였다. 『진서』 「육운전」 참조.

4) 玉葉(옥엽) : 좋은 편지지.

5) 심주 : 양호의 일을 이용하였다.(用羊祜事.)

6) 舊身(구신) : 전신. 불교에서 말하는 전생. 서진 때의 '양호식환(羊祜識環) 고사를 가리킨다. 양호가 다섯 살이었을 때 갑자기 유모에게 자신이 갖고 놀던 금 고리를 달라고 하였다. 유모가 "너에게 그런 물건이 없었어"라고 말하였다. 그러자 양호가 이웃집 이씨의 동쪽 담장 아래 뽕나무 사이에서 금 고리를 찾아왔다. 이씨가 놀라며 "이는 내 죽은 아이가 잃어버린 물건이야!" 유모가 전후 이야기를 해주자 이씨가 슬퍼하였다. 당시 사람들은 기이하게 생각하며 이씨의 아들이 양호의 전생이라고 말하였다. 『진서』 「양호전」 참조.

7) 觿(휴) : 뿔송곳. 원뿔꼴의 옥으로 만들어 장식용으로 차고 다니며, 묶인 끈을 풀 때 사용한다.

八行飛札老成人.8)　　여덟 줄 날아갈 듯 빨리 쓴 편지는 노련한 어른이라

楊公莫訝淸無業,9)　　청빈한 양진(楊震)이 가업도 없는 거 놀라지 마소

家有驪珠不復貧.10)　　집안에 보배로운 구슬 있어 다른 욕심 없으니

해설 어린 나이에 글재주가 뛰어난 엄 동자를 예찬한 시이다. 여러 전고
를 인용하여 신동의 재주를 상찬하였고 그 부친과 집안까지 칭송하였다.
강릉사조로 임직할 때 지은 것으로 보인다.

주 관사를 백거이에게 자랑하며(以州宅夸於樂天)11)

州城廻繞拂雲堆.12)　　둘러쳐진 주(州)의 성벽이 구름까지 닿아

鏡水稽山滿眼來.13)　　경호와 회계산이 한눈에 들어온다

---

8)　八行(팔항) : 편지. 동한 마융(馬融)의 「두장(竇章)에게 주는 편지」에서 "편지는 비록
　　두 장이나, 한 장에 여덟 줄, 각 줄은 일곱 자입니다"(書雖兩紙, 紙八行, 行七字.)는
　　말에서 유래했다. ○ 飛札(비찰) : 글씨가 날아갈 듯 빨리 쓴 편지.

9)　楊公(양공) : 동한 양진(楊震). 명문 출신에 청렴한 관리로 이름 높았다. 관직은 태위
　　에 이르렀다. 뇌물은 받지 않았으며 개일적인 일로 부탁하거나 예물을 주고 받지 않
　　았다. 자식들도 평민과 마찬가지로 채식을 하고 수레를 타지 않고 걸어 다녔으며 생
　　활도 소박하였다. 친구들이 후손을 위해 사업을 마련해두어야 한다는 말에 청백리
　　자손이라는 유산이야말로 가장 큰 것이라 하였다. 또 '모야각금'(暮夜却金) 고사로도
　　유명하다. 양진이 형주자사를 마치고 동래태수로 부임하는 도중에 그가 예전에 추
　　천했던 왕밀(王密)이 밤에 찾아와 백은을 주었다. 양진이 받지 않자 왕밀이 밤이라
　　보는 사람이 없지 않느냐고 말했다. 이에 "하늘이 알고, 땅이 알고, 내가 알고, 네가
　　아는데 어찌 아는 사람이 없다고 하느냐?"며 거절하였다. 이 일로 후인들은 그를 '사
　　지선생'(四知先生)이라 불렀다. 『후한서』 「양진전」 참조.

10)　驪珠(여주) : 전설에서 말하는, 깊은 연못에 사는 용의 턱밑에서 가져왔다는 구슬. 일
　　반적으로 세상에 드문 인재를 비유한다.

11)　州宅(주택) : 주(州) 관사(官舍).

12)　拂雲(불운) : 구름이 스치다. 지극히 높음을 형용한다. 월주의 주 관사는 용산(龍山)
　　위에 있었다.

13)　鏡水(경수) : 경호. 회계와 산음 사이에 소재했다. 호수 주위 길이가 삼백십 리이다.
　　○ 稽山(계산) : 회계산.

四面常時對屏障,　사방으로 언제나 병풍을 마주하고
一家終日在樓臺.　하루 종일 한 사람이 누대에 있어라
星河似向簷前落,　은하수가 처마 앞으로 떨어지는 듯
鼓角驚從地底廻.　호각 소리 땅 밑에서 돌아오는 듯
我是玉皇香案吏,[14]　나는 본디 옥황상제의 향안리(香案吏)이니
謫居猶得住蓬萊.[15]　인간에 귀양살이 왔어도 오히려 봉래산에서 사네

평석 주 관사는 곧 월왕대로 와룡산 위에 있다. 백성의 성곽은 모두 그 아래 있으므로 '호각 소리 땅 밑에서 돌아오는 듯'이란 구가 있게 되었다.(州宅卽越王臺, 在臥龍山上, 人民城郭, 俱在其下, 故有'鼓角驚從地底廻'句.)

해설 월주의 풍광을 예찬한 시이다. 주의 관사 자체를 노래하는 것이 아니라 높은 지대에 지어져 호수와 산을 조망할 수 있는 그 환경에 초점을 맞추었다. 말 2구는 아름다운 풍경을 형용할 때 자주 인용된다. 823년 원진이 절동관찰사로 나간 월주는 마침 백거이가 임직하고 있는 항주의 옆이었다. 두 사람은 시로 자주 수창하였는데 이 시는 그중 하나이다.

다시 주 관사의 아침저녁 경관을 자랑하며, 아울러 보내준 시 말구에 답함(重夸州宅旦暮景色, 兼酬前篇末句)[16]

仙都難畵亦難書,　선계는 그리기도 어렵지만 쓰기도 어려워
暫合登臨不合居.　잠시 오르기에 좋으나 살기엔 맞지 않는다지
繞郭煙爐新雨後,　비 내린 후 성곽을 두르는 푸른 안개

---

14)　玉皇(옥황):옥황대제. 도교에서 말하는 천제. ○香案吏(향안리):제왕 곁에서 시종하는 관리.
15)　蓬萊(봉래):동해에 있다는 신선이 사는 섬. 여기서는 월주(越州)의 용산를 비유한다.

滿山樓閣上燈初.　　온 산의 누각에 켜지기 시작하는 등불

人聲曉動千門闢,　　새벽이면 천개의 문이 열리며 목소리 수런대고

湖色宵涵萬象虛.　　밤이면 만상이 비어지며 호수 빛이 출렁인다네

爲問西州羅刹岸,¹⁷⁾　묻노니 서쪽에 있는 항주의 전당강 나찰기에선

濤頭衝突近何如?　　파도에 사람들 다친다던데 요즘은 어떠한가?

평석 절강은 나찰강이라고도 한다. 말 2구는 백거이를 비웃은 것이다. 백거이 작품에 「비웃음을 해명하다」는 시가 있다.(浙江亦名羅刹江. 末二語嘲樂天也. 樂天有解嘲詩.)

해설 앞의 시에 이은 월주 예찬이다. 앞의 시에 대해 백거이가 항주를 칭찬하는 시를 보내오자 원진이 다시 이 시를 써서 월주가 더 낫다고 말하고 있다. 중간 4구에서 주로 아침과 저녁 광경을 묘사했으며, 그 형상성은 앞의 시보다 뛰어나다.

백거이에게 부침(寄樂天)

榮辱升沈影與身,　　영예와 굴욕, 오르고 내림은 몸과 그림자처럼 붙어있어

世情誰是舊雷陳?¹⁸⁾　지금 세태에 그 누가 뇌의와 진중 같은 친구 있는가

---

16)　前篇(전편) : 백거이가 쓴 「원진의 '월주 주 관사를 자랑함'에 답하며」(答微之夸越州州宅)를 가리킨다. 말미에 "그대가 마음속으로 강남의 여러 군을 세어보면 알리라, 항주를 제외하곤 모두가 항주보다 못하다는 것을"(知君暗數江南郡, 除却餘杭總不如.)이라 되어 있다.

17)　西州(서주) : 항주를 가리킨다. 월주의 서쪽에 있다. ○ 羅刹岸(나찰안) : 진강석(鎭江石) 또는 나찰기(羅刹磯)라고도 한다. 큰 바위가 강을 가로질러 솟아있어 상선이 이곳을 지나다가 파도에 전복되는 경우가 많았다. 지금의 항주시 전당강에 있었으나 오대(五代) 때 잠겼다. 나찰은 불교에서 악귀라는 뜻.

18)　雷陳(뇌진) : 동한의 뇌의(雷義)와 진중(陳重). 두 사람은 교분이 절친하였다. 군에서 진중을 효렴으로 천거하자 진중이 뇌의에게 양보하였다. 군에서 뇌의를 무재(茂才)로 천거하자 뇌의가 진중에게 양보하였는데, 자사가 이를 듣지 않자 뇌의는 머리를

惟應鮑叔猶憐我,[19]	오로지 포숙아 같은 그대만이 나를 가여이 여겨
自保曾參不殺人.[20]	절로 증삼(曾參)이 사람을 죽이지 않았다고 믿어주네
山入白樓沙苑暮,[21]	내가 있는 산은 백루에서 이어져 사원(沙苑)이 저무는데
潮生滄海野塘春.	그대 있는 조수가 일어나는 바닷가 연못에 봄이 왔으리
老逢佳景惟惆悵,	늙어서 아름다운 경관 만나도 서글플 뿐이어서
兩地各傷何限神.	그대와 나 두 곳에서 마음이 아프기 그지없네

평석 이 시는 재난을 당한 적이 있는 원진의 걱정에 찬 말이다.(此微之傷弓之言.)

해설 정치적 역경 속에서 친구를 그리워한 시이다. 원진이 822년 재상에서 물러나 동주(同州)에 좌천되었을 때 지었다. 정계의 기복 심한 풍랑 속에서 부침할 때 친한 지인을 찾아 위로받고자 하는 마음이 뚜렷하다. 당시 백거이는 항주자사로 부임하였다.

슬픈 마음을 풀어내다(遣悲懷)[22]

謝公最小偏憐女,[23]	사안이 유독 편애한 가장 어린 딸

풀고 미친 척 하며 달아나 응하지 않았다. 향리에서는 "아교와 칠이 잘 붙는다고 하나 뇌의와 진중만 못하다"(膠漆自謂堅, 不如雷與陳.)는 말이 생겼다. 결국 삼부(三府)에서는 두 사람을 동시에 발탁하였다.

19) 鮑叔(포숙) : 춘추시대 포숙아(鮑叔牙). 관중과 절친하여 관포지교(管鮑之交)로 잘 알려진 사람이다. 여기서는 백거이를 비유한다.

20) 曾參(증삼) : 공자의 제자로 효도로 유명하다. 그 모친이 증삼이 사람을 죽였다는 말을 세 사람으로부터 듣고는 진실이라 믿고 베틀에서 북을 던지고 달아났다고 한다.

21) 白樓(백루) : 지금의 산서성 남부 포주(蒲州). ○沙苑(사원) : 지금의 섬서성 대려현(大荔縣) 남쪽 위수와 낙수 사이. 이구는 자신이 있는 동주를 가리킨다.

22) 심주 : 3수 가운데 1수이다.(三首存一.)

23) 謝公(사공) : 사안(謝安). 동진의 재상. 질녀 사도온(謝道韞)을 아꼈다. 여기서는 시인

自嫁黔婁百事乖.²⁴⁾　검루 같은 나에게 시집와선 온갖 일이 어그러져졌지

顧我無衣搜藎²⁵⁾篋,²⁶⁾　나에게 입을 옷 없으면 짚 바구니 열어 찾아보고

泥他沽酒拔金釵.²⁷⁾　그녀에게 술을 보채면 금비녀를 뽑아 술을 사왔지

野蔬充膳甘長藿,²⁸⁾　채소로 차린 반찬에 콩잎도 달게 여겼고

落葉添薪仰古槐.　낙엽을 땔감으로 쓰려고 홰나무를 올려 바라보았지

今日俸錢過十萬,²⁹⁾　이제는 봉급이 십만이 넘는데

與君營奠復營齋.³⁰⁾　오로지 그대 위해 제사올리고 스님께 천도를 비네

해설 죽은 아내를 애도한 시이다. 원진의 아내 위총(韋叢)은 원진보다 4살 아래로 809년에 죽었다. 이때 나이 27세. 당시 원진(31세)은 도망시(悼亡詩)를 많이 지었지만, 이 시는 말미의 내용으로 보아 그가 고관이 된 이후에 지은 것으로 보인다. 중간 4구는 곧 '온갖 일이 어그러진' 내용으로, 가난한 생활 속의 진지하고 따뜻한 감정이 녹아 있다. 제7구는 이제 봉록이 많아졌지만, 오히려 함께 부귀를 누릴 수 없고, 다만 제물을 차리고 영혼을 천도하는 일로 자신의 마음을 표현할 수밖에 없음을 말하였다. 중국도망시 가운데 가장 뛰어난 시로 꼽힌다.

의 장인 위하경(韋夏卿)을 가리킨다. 위하경 역시 관직이 태자소보에 이르렀고, 사후에 좌복야에 추증되었으므로 사안에 비겼다. ○ 偏憐(편련) : 편애하다.

24)　黔婁(검루) : 춘추시대 제나라 은사. 제나라 왕이 직접 찾아와 출사를 권했으나 달아났으며 안빈낙도 하며 살았다. 죽었을 때 이불이 짧아 시체를 전부 덮지 못하자 어떤 사람이 비스듬히 덮자고 하였다. 그 아내가 "비스듬하면서 남는 것보다 바르면서 부족한 것이 낫다"고 거절하였다. 『고사전』참조. 여기서는 원진 자신을 비유한다. 원진은 출신이 한미하였고, 결혼 후에도 하남현위가 되기도 하였다.

25)　심주 : 풀이름이다.(草名.)

26)　藎篋(신협) : 조개풀로 짜 만든 상자.

27)　泥(니) : 완곡하게 청하다. 보채다.

28)　藿(곽) : 콩잎.

29)　심주 : 당대에는 봉록이 높음을 알 수 있다.(見唐代俸錢之厚.)

30)　營奠(영전) : 제물을 차리고 제례를 거행하다. ○ 營齋(영재) : 음식을 차려 스님께 공양하다. 여기서는 스님을 불러 영혼을 천도시키다.

백거이의 「이른 봄」을 받고 화답하며(和樂天早春見寄)

雨香雲澹覺微和,	빗줄기 향기롭고 구름 엷어 날이 풀어졌는데
誰送春聲入櫂歌?	그 누가 봄 소리를 뱃노래에 실었보내나?
萱近北堂穿土早,[31]	북당 가까이 훤초가 흙을 뚫고 일찍 나오고
柳偏東面受風多.[32]	동편으로 쏠리는 버드나무 바람을 많이 받는구나
湖添水色消殘雪,	호수에 물빛이 진해지면서 잔설이 녹고
江送潮頭涌漫波.	강물은 조수를 보내 물이 많이 붙었네
同愛新年不同賞,	새해를 맞이해도 함께 감상할 수 없어
無由縮地欲如何?[33]	축지법 부릴 방도 없으니 이를 어찌 할거나?

해설 봄날을 맞이하면서 친구를 그린 시이다. 824년 초봄 절동관찰사로 있을 때 지었다. 백거이가 먼저 「이른 봄 원진을 생각하며」(早春憶微之)를 보냈고, 원진이 이에 대한 답으로 위 시를 보냈다.

---

31) 萱(훤) : 훤초. 나리꽃. 나리꽃은 아름다워 사람의 근심을 잊게 한다는 뜻으로 '망우 초'(忘憂草)라고도 부른다. 그 시적 용례는 『시경』「백혜」(伯兮)의 "어떻게 훤초를 얻어, 북당에 심어볼까"(焉得諼草, 言樹之背.)라는 말에서 시작되었다. 이로부터 후 세에는 깊은 근심을 표현하는데 쓰였다.

32) 심주 : 새로운 구이다.(新句.)

33) 縮地(축지) : 전설에 의하면 한대 신선 비장방(費長房)은 축지술이 있어 먼 거리도 짧은 시간에 오갈 수 있었다고 한다. 『신선전』 권5 참조.

이덕유(李德裕)

영남으로 가는 길(嶺南道中)[1]

嶺水爭分路轉迷,	고갯마루 물길이 다투어 나뉘니 길을 못찾겠는데
桃榔椰葉暗蠻溪.[2]	광랑 나무 야자 잎에 남방의 계곡이 덮였어라
愁衝毒霧逢蛇草,[3]	장독 퍼진 안개에 뱀독 묻은 풀 만날까 걱정이고
畏落沙蟲避燕泥.[4]	제비집 진흙에 있는 모래에 벌레 떨어질까 두려워
五月畲田收火米,[5]	오월이라 화전에서 화미를 거두고
三更津吏報潮鷄.[6]	삼경에 나루터 관리가 조수가 일어난다 보고하네
不堪腸斷思鄉處,	고향 생각에 애 끊는 곳 견디기 어려운데
紅槿花中越鳥啼.[7]	붉은 무궁화 꽃 속에 남방의 월조가 우는구나

평석 당시 백민중 무리에 의해 배제되어 조주사마로 폄적되었고 다시 애주사호로 폄적되었
으므로, 제3, 4구는 쌍관의 의미이다. 이는 유종원 시에 나오는 '사공 벌레'와 '태풍 구름'과
같다.(時爲白敏中輩排擠, 貶潮州司馬, 又貶崖州司戶, 故三四語雙關, 猶柳州詩之'射工''颶母'也.)

---

1) 嶺南(영남) : 오령 이남. 지금의 광동성, 광서, 해남도 등지.
2) 桃榔(광랑) : 남방에서 자라는 상록 교목. 열매를 광랑자(桃榔子)라고 한다. ○椰(야)
   : 야자수.
3) 蛇草(사초) : 뱀이 물어 독이 있는 풀.
4) 沙蟲(사충) : 모래 벌레. 남방의 사물이지만 소인이란 뜻도 중의적으로 표현하였다.
   『태평어람』 권74에서 인용한 『포박자』에 "주 목왕(周穆王)이 남정할 때 군대가 모두
   변신했는데, 군자는 원숭이와 학이 되고, 소인은 벌레와 모래가 되었다"(周穆王南征,
   一軍盡化, 君子爲猿爲鶴, 小人爲蟲爲沙.)는 말이 있다.
5) 畲田(여전) : 잡초를 불살라 일군 밭. ○火米(화미) : 남방에서 오월에 거둔 쌀.
6) 潮鷄(조계) : 조수가 밀려오면 우는 닭. 석계(石鷄)라고도 한다.
7) 紅槿花(홍근화) : 붉은 무궁화. 영남의 붉은 무궁화는 정월부터 십이월까지 항상 피
   며, 가을과 겨울에는 약간 작다. ○越鳥(월조) : 남월 지방의 새. 한대 '고시십구수'에
   "북방에서 온 말은 북풍을 그리워하고, 남방에서 온 새는 남쪽가지에 둥지를 틉니
   다"(胡馬依北風, 越鳥巢南枝.)는 말이 있어, 고향을 그리워하는 뜻으로 사용한다.

해설 848년 낙양에서 조주(潮州, 광동성 潮安)로 좌천되어 가는 도중에 지었다. 특히 달라진 기후와 풍경을 보고 감개를 쏟아내었다. 이역의 생소한 식물 속에 길을 찾기 어렵다는 것은 심리적인 풍경을 표현한 것이고, 독무(毒霧), 사초(蛇草), 사충(沙蟲) 등으로 자신이 다른 사람들로부터 받은 무고와 폄훼를 비유하였다.

장적(張籍)

소주 백이십이 사군에게 부침(寄蘇州白二十二使君)[1]

三朝出入紫微臣,[2]	세 군주를 거치며 조정을 드나들었는데
頭白金章未老身.[3]	백발에 금인을 찼어도 몸은 아직 늙지 않았어라
登第早年同座主,[4]	예전에 같은 고시관 아래 과거에 급제했는데
蒞官今日是州民.[5]	이번에는 내 지방의 지방관으로 부임하누나
閶門柳色煙中遠,[6]	소주성 성문의 버들 빛 안개 속에 멀리 보이고

---

1) 白二十二(백이십이) : 백거이. 동일 증조부 아래의 형제들 차례를 나타내는 항제(行第)가 스물두 번째라는 뜻.

2) 三朝(삼조) : 삼대 군주. 백거이는 덕종, 순종, 헌종, 목종, 경종 등 5대 군주를 거쳤다. 3은 허수로 많음을 가리킨다. ○ 紫微(자미) : 중서성. 개원 연간에 중서성을 자미성이라 개명한 적이 있다. 백거이는 목종 때 중서사인이 되었다.

3) 金章(금장) : 금으로 만든 관인(官印). 한대에 열후, 장군, 삼공은 금인을 사용하였다. 여기서는 고관.

4) 座主(좌주) : 진사들이 고시관을 부르는 말. 장적과 백거이는 과거에 응시한 과가 다르지만 좌주는 모두 고영(高郢)이었다.

5) 州民(주민) : 주의 백성. 장적은 소주 사람으로, 백거이가 소주자사로 부임하므로 자신을 그 주의 백성이라 자칭하였다.

6) 閶門(창문) : 소주 성의 서문.

茂苑鶯聲雨後新.⁷⁾　무원의 꾀꼬리 소리 비 그친 후 새로우리
此處吟詩向山寺.⁸⁾　이곳에서 읊은 시를 한산사 쪽으로 보내니
知君忘却曲江春.⁹⁾¹⁰⁾　아마도 그대는 곡강의 봄을 잊었나 보구려

해설 소주의 백거이에게 보낸 시이다. 백거이는 825년 3월 소주자사에
임명되어 5월에 현지에 부임하였다. 장적이 826년 주객낭중으로 있을 때
지은 것으로 보인다.

봉상으로 부임하는 이 복야를 보내며(送李僕射赴鎭鳳翔)¹¹⁾

由來勳業屬英雄.　　전부터 공훈을 쌓아 영웅이 되었는데
兄弟連營列位同.¹²⁾　형제가 병영을 나란히 하며 높은 자리에 올랐어라
先入賊城擒首惡.¹³⁾　먼저 도적의 성에 들어가 수장을 사로잡고
盡封管庫讓元功.¹⁴⁾¹⁵⁾　창고를 다 봉하고 큰 공을 양보했네

---

7)　茂苑(무원) : 고대 정원의 이름으로 장주원(長洲苑)이라고도 한다. 소주 장주현 서남
　　70리로, 지금의 강소성 오현(吳縣) 태호 북쪽에 소재. 좌사(左思)의 「오도부」(吳都
　　賦)에 나온다.
8)　山寺(산사) : 소주 한산사.
9)　심주 : 불만의 뜻이 있다.(有不滿意.)
10)　曲江(곡강) : 장안 동남 교외에 소재했던 유람 명승지.
11)　李僕射(이복야) : 이소(李愬, 773~821년). 816년 당수등(唐隨鄧)절도사로 군사를 이끌
　　고 회서 반군 오원제를 공격하였다. 817년 12월 채주를 함락하여 오원제를 생포한
　　공으로, 818년 검교상서좌복야, 산남동도절도사가 되었고, 양국공(凉國公)에 봉해졌
　　다. 5월에 봉상농우절도사가 되었다. ○ 봉상(鳳翔) : 봉상부. 치소는 지금의 섬서성
　　봉상.
12)　兄弟(형제) : 이소의 형 이원(李願)과 이헌(李憲), 동생 이청(李聽)은 모두 장수로 절
　　도사에 임명되었다. ○ 連營(연영) : 병영이 이어져 있음.
13)　심주 : 눈 내린 밤에 오원제를 생포했다.(雪夜擒吳元濟.)
14)　심주 : 공을 배도에게 양보했다.(讓功於裴度.)
15)　元功(원공) : 큰 공 또는 공신. 여기서는 배도(裴度)를 가리킨다. 당시 배도는 재상으
　　로 회서 토벌의 총사령관이었다.

旌幢獨繼家聲外,¹⁶⁾　　깃발로 혼자 가문의 명성을 이었고
竹帛新添國史中.¹⁷⁾　　죽간에 새로이 역사의 내용을 채웠어라
天子欲收秦隴地,¹⁸⁾　　천자께서 진주와 농주 땅을 수복하시려
故敎移鎭右扶風.¹⁹⁾　　일부러 우부풍으로 진을 옮겨 지키라 하셨네

해설 봉상부로 가는 이소(李愬)를 보내며 쓴 시이다. 818년 장적이 국자감 광문관 조교로 있을 때 지었다. 주로 이소의 공적을 중심으로 그의 부친과 형제를 아우르며 칭송하였고, 말미에서 봉상으로 가게 된 연유를 언급하였다.

가도(賈島)

조주의 한유에게 부침(寄韓潮州愈)¹⁾

此心曾與木蘭舟,²⁾　　이 마음은 일찍이 목란 나무 배를 타고
直到天南潮水頭.³⁾　　곧 바로 하늘 남쪽 조수의 강가로 갔었지

---

16)　旌幢(정당) : 깃발. 여기서는 군대를 통솔하다. ○家聲(가성) : 가문의 명성. 이소의
　　부친 이성(李晟)은 덕종 때 명장이다.
17)　竹帛(죽백) : 죽간과 백견. 역사서. 고대에는 종이가 없어 여기에 역사를 기록하였다.
18)　秦隴(진농) : 진주(秦州)와 농주(隴州). 진주의 치소는 지금의 감숙성 천수로, 763년
　　(寶應 2년)에 티베트 강역으로 들어갔다. 하서와 농우 등지는 안사의 난 후에 여러
　　곳에서 티베트의 공격을 받았다.
19)　右扶風(우부풍) : 서한 때 삼보(三輔) 가운데 하나로 장안 서쪽의 위성도시. 여기서는
　　봉상부를 가리킨다.
 1)　潮州(조주) : 영남도 속주. 지금의 광동성 조주시.
 2)　木蘭舟(목란주) : 목란 나무로 만든 배. 배의 미칭으로, 따뜻한 축복의 이미지를 붙였다.
 3)　심주 : 첫머리가 초연하다.(起超.)

隔嶺篇章來華岳,[4]	오령 너머 보내온 글 화산(華山)으로 날아오고
出關書信過瀧流,[5][6]	남전관을 넘어간 내 편지 농수(瀧水)를 건너리
峰懸驛路殘雲斷,	고개에 걸린 역참길이 흩어진 구름을 끊고 이어지며
海浸城根老樹秋.	바닷물이 치는 성벽에 오래된 가을 나무 서 있으리
一夕瘴煙風卷盡,	하루 저녁에 장기(瘴氣)가 바람에 다 걷히고 나면
月明初上浪西樓.[7]	밝은 달 떠올라 바닷가 누대를 환히 비추어 주리라

해설 조주로 좌천된 한유에게 부친 시이다. 한유는 헌종이 불골을 영접
하는 걸 반대하다가 819년 영남도 조주자사(潮州刺史)로 좌천되었다. 첫 2
구에서 높은 기세로 중심 어휘인 '차심'(此心)을 제시하였으며, 제3, 4구
에서 두 사람의 서신 왕래를 묘사하였다. 제5, 6구는 역경에도 굴하지 않
는 한유의 견강한 풍모를 형상화하였으며, 말 2구는 한유의 억울함이 언
젠가는 씻어져 그 충정이 드러날 것임을 말하였다.

우승유(牛僧孺)

연석에서 유우석에게(席上贈劉夢得)

粉署爲郎四十春,[1]　　　상서성에 낭관(郎官)이 되고서 사십 년

---

4) 심주 : 한유의 편지가 왔음을 말했다.(言韓之來書.)
5) 심주 : 자신이 편지 부친 일을 말하였다.(言己之寄書.)
6) 瀧流(농류) : 농수(瀧水). 지금의 광동성 무수(武水).
7) 浪西樓(낭서루) : 조주는 바다의 서쪽에 있으므로 '파도의 서쪽에 있는 누대'라 하였다.
1) 粉署(분서) : 상서성. 한대에는 상서성 담벽을 호분으로 칠하고 자주색으로 경계를
　두고 고대 열사들의 모습을 그렸다. 이 때문에 상서성을 '화성'(畵省)이라고도 한다.
　○郎(랑) : 낭관. 유우석은 22세(793년) 때 진사과에 급제한 후 감찰어사를 지냈고,

今來名輩更無人.　　지금까지 그대같이 명망 있는 연배는 다시없어라
休論世上升沈事,　　세상의 승진과 좌천의 일 논하지 말고
且闘樽前見在身.　　술동이 앞 지금의 몸에 대해 힘을 모으자
珠玉會應成咳唾,[2]　침을 뱉으면 주옥이 되듯 모든 시문이 뛰어나고
山川猶覺露精神.[3]　글이 있어 비로소 산천은 만물의 정기를 드러내는구나
莫嫌恃酒輕言語,　　술을 빌려 하는 말이라고 가볍다 여기지 마오
曾把文章謁後塵.[4]　일찍이 문장을 들고 후진으로 찾아뵈었소

평석 우승유가 과거 보러 갈 때 시문을 증정하였다. 유우석이 손님들 앞에서 시권을 펼치고 그 시문을 고쳐주었다. 이십 년이 지나 유우석은 여주로 가고, 우승유는 회남에 진주하니, 길을 돌아 이틀을 자면서 술을 마시고 시를 지었다. 이때 유우석은 비로소 왕년에 시문을 고쳐준 일이 생각났다.(僧孺赴擧時, 嘗投贄於劉, 劉對客展卷, 塗竄其文. 歷二十年, 劉轉汝州, 牛鎮淮南, 枉道信宿, 酒酣賦詩, 劉方悟往年塗竄事.)

해설 유우석을 격려한 시이다. 유우석의 생애와 두 사람의 관계가 짧은 한 편의 시 속에 고스란히 담아졌다. 우승유는 유우석보다 8살 연하로, 834년 당시 재상에서 물러나 회남절도사로 양주에 진주하고 있었다. 유우석은 소주에서 여주자사로 부임하면서 양주를 지나갈 때 만난 듯하다. 이 시에 대해 화답한 유우석의 시가 남아있다.

　　왕숙문 개혁파의 골간으로 개혁이 실패하자 장기간 폄적되었으며, 나중에 연주, 화주 등지의 자사로 나갔다. 이 시를 받을 때(834년)까지 약 사십 년이 되었다.
[2]　珠玉(주옥) 구: 뱉은 침이 구슬이 된다는 뜻의 '해타성주'(咳唾成珠)를 말한다. 『장자』 「추수」에 "그대는 저 침을 보지 못하는가? 한 번 뿜어져 나오면 큰 것은 구슬과 같고 작은 것은 안개와 같은 것을."(子不見夫唾者乎? 噴則大者如珠, 小者如霧.)이라는 구절이 있다. 유우석의 시문이 뛰어남을 가리킨다.
[3]　山川(산천) 구: 유우석의 시문으로 인해 산천의 모습이 새로워진다는 말로, 산천의 풍광을 잘 묘사한다는 뜻. 『예기』 「빙의」(聘義)에 "만물의 정기가 산과 강에 나타난다"(精神見於山川)는 말이 있다. ○ 精神(정신): 만물의 정기(精氣).
[4]　曾把(증파) 구: 자신이 일찍이 시문을 들고 유우석을 뵈었던 일을 가리킨다.

주경여(朱慶餘)

남호(南湖)[1][2]

湖上微風小檻涼,[3]　　　호수의 미풍이 작은 배에 서늘하고
翻翻菱荇滿廻塘.[4]　　　너울거리는 마름풀 굽이지는 물가에 가득해
野船著岸偎春草,[5]　　　떠있는 배는 기슭에 다가가 봄풀을 사랑하고
水鳥帶波飛夕陽.　　　물새는 파도를 타고 석양 속을 날아간다
蘆葉有聲疑露雨,　　　갈대 잎이 후두둑거려 비가 내린가 했고
浪花無際似瀟湘.　　　물결에 이는 포말이 끝없어 상수(湘水)인 듯하여라
飄然蓬艇東歸客,[6]　　　표연히 오봉선을 타고 동으로 돌아온 나그네
盡日相看憶楚鄉.　　　하루 종일 둘러보며 초 지방을 생각하누나

해설 봄이 온 경호를 노래하였다. 시인이 호남성을 떠돌다가 오월 지방에 돌아온 듯한 어감이며, 그래서 강남의 풍광을 상수의 풍광으로 비기고 있다. 배 안에서 시선을 확장하고 있는 것이 특징이다.

---

1) 심주 : 온정균의 작품이라 된 판본도 있다.(一作溫庭筠作.)
2) 南湖(남호) : 경호 또는 감호(鑒湖)라고도 한다. 성의 남쪽에 있어 남호라 하였다. 지금의 절강성 소흥시 소재.
3) 檻(함) : 사방에 판을 댄 배.
4) 菱荇(능행) : 마름과 노랑어리연꽃. 둘 다 물속에 사는 식물이다. 마름은 여름에 흰 꽃이 피고 뿌리는 양쪽이 뾰쪽한데 식용한다. 노랑어리연꽃은 잎이 수면에 붙고 여름에 담황색 꽃이 피는데 부드러운 잎은 식용한다.
5) 偎(외) : 가깝다. 친압하다.
6) 蓬艇(봉정) : 쑥대처럼 떠도는 나그네가 탄 배. 篷艇(봉정)이라 된 판본도 있다. 강남의 오봉선(烏篷船)을 말하는 것으로 보인다.

왕건(王建)

왕 추밀에게(贈王樞密)[1]

三朝行坐鎭相隨,[2]	세 군주와 함께 생활하며 온종일 같이 보냈으니
今上春宮見長時.[3]	지금의 황제께서 동궁이실 때도 성장을 지켜보았지
脫下御衣偏得著,	어의를 벗어 굳이 입으라 걸쳐주셨고
進來龍馬每敎騎.	명마가 들어오면 그때마다 말을 부렸지
長承密旨歸家少,	오래도록 유지를 받들며 집에 돌아가는 때 적었고
獨奏邊機出殿遲.[4]	혼자 변방의 기밀을 아뢰며 전각을 늦게 나오곤 했지
不是當家頻向說,	그대가 나에게 자주 말하지 않았다면
九重爭得外人知?[5]	구중궁궐의 일을 어찌 외인인 내가 알 수 있으리오?

평석 왕건이 환관 왕수징과 술을 마시다 한 환제와 영제가 환관의 화를 일으킨 일을 말하자, 왕수징이 이를 불안히 여겨 왕건의 「궁사」일백 수로 위에 알려야겠다며 "궁중의 일을 네가 어찌 감히 말하느냐"고 하였다. 왕건이 이 시를 지어 그 화에서 벗어났다.(建與宦官王守澄, 酒中語及漢桓靈任中官之禍, 守澄憾之, 欲以建所作宮詞百首上聞, 曰: "禁掖事汝何敢言!" 建賦此詩以贈, 乃脫其禍.)

해설 왕수징은 같은 가문 사람으로 왕건을 동생이라 부르며 서로 친하게

---

1) 王樞密(왕추밀) : 왕수징(王守澄). 헌종이 방사 유필(柳泌)이 지은 약을 먹고 심장이 발작하자 왕수징은 내상시 진홍지(陳弘志)와 모의하여 헌종을 시해하고 목종을 세웠다. 얼마 후 왕수징은 군정을 담당하는 추밀사가 되었다.
2) 三朝(삼조) : 세 군주. 덕종, 순종, 헌종을 말한다. ○ 鎭(진) : 온종일.
3) 今上(금상) : 목종(穆宗)를 가리킨다. ○ 春宮(춘궁) : 동궁. 태자가 거처하는 곳.
4) 邊機(변기) : 변경의 국방에 관한 기밀.
5) 爭得(쟁득) : 어찌 능히 할 수 있겠는가.

지냈다. 왕건의 '궁사'가 궁중의 구체적인 일들을 제재로 생동적으로 써 궁원시의 새로운 경지를 개척한 것도 왕수징으로부터 궁중의 일을 들어서였다. 이를 불안히 여긴 왕수징이 궁중의 일을 어떻게 알았는지 밝혀야겠다고 하였다. 이에 왕건이 그대가 아니면 누가 말했겠냐며 이 시를 지어 주었다. 겉으로는 공손하게 왕수징을 칭송하고 있지만 실제로는 제왕과 하루 종일 같이 지내며 어의를 입고 용마를 타는 등 제왕을 친압하였음을 드러내었으며, 말미에서 더 많은 사실도 알고 있음도 암시하였다. 이에 왕수징은 더 이상 왕건을 추궁하지 않았다고 한다.

두목(杜牧)

평석 만당시는 유약하고 부드러운 시풍이 많은데 두목이 억세고 힘 있는 시풍으로 바로 잡았다. 사람들이 '소두'라 칭하여 두보와 구별하였다. 또 이상은과 병칭하여 당시 '이두'라고 하였다.(晩唐詩多柔靡, 牧之以拗峭矯之. 人謂之小杜, 以別於少陵. 配以義山, 時亦稱李杜.)

감로사 북헌에 기제하다(寄題甘露寺北軒)[1]

曾上蓬萊宮裏行,[2]	일찍이 봉래궁에 올라 거닐었는데
北軒闌檻最留情.	북헌의 난간이 가장 마음에 남더라

---

1) 甘露寺(감로사) : 삼국시대 동오의 감로(甘露) 연간에 지었다는 절. 만당 건부(乾符) 연간에 파괴되었다가 송대에 지금의 강소성 진강시 북고산 위에 옮겨지었다. ○ 軒(헌) : 창이나 난간이 있는 회랑.
2) 蓬萊宮(봉래궁) : 신선이 사는 봉래산의 궁전. 여기서는 감로사.

孤高堪弄桓伊笛,³⁾　드높아 환이(桓伊)처럼 피리를 연주할 수 있고

縹緲宜聞子晉笙.⁴⁾　아득하여 왕자교(王子喬)의 생황 소리 듣기 좋은 곳

天接海門秋水色,⁵⁾　하늘은 바다와 이어져 가을 물빛이고

煙籠隋苑暮鐘聲.⁶⁾　안개는 수나라 정원 감싸고 저녁 종소리 퍼져

他年會著荷衣去,⁷⁾　다음에 연잎으로 옷 만들어 입고 은거한다면

不向山僧道姓名.　산의 스님에게 성명을 말할 필요 없으리

해설 감로사 북헌 주위의 경관을 찬미하였다. 시인은 아마도 타지에 있으면서 감로사를 그리워하였고, 이에 시를 지어 그곳에 적어달라고 부친 것으로 보인다. 중간 4구가 뛰어나며, 제6구의 수나라의 흥망이 주는 창상지감이 말미에서 은거에 대한 바람으로 가볍게 연결되었다.

---

3) 桓伊(환이) : 동진의 장수이자 정치가. 비수지전 때 공을 세워 우군장군이 되었다. 음악에 정통했으며 피리의 명수로 알려졌다. 『세설신어』에 유명한 일화가 전한다. 왕휘지(王徽之)가 남경에 갔을 때 청계 옆에 배를 대었는데 마침 환이가 강가를 지나갔다. 두 사람은 모르는 사이였는데 마침 배 안에서 저 사람이 환이라고 하였다. 이에 왕휘지가 사람을 보내 환이에게 "피리를 잘 분다고 하는데 나를 위해 한 번 연주해 주오"라고 말하였다. 당시 환이는 이미 고관이 되었을 때이나 풍도가 있어 바로 수레에서 내려 호상(胡床)에 쭈그리고 세 번(三弄, 같은 곡을 다른 음휘에서 3번 중복함) 연주하였다. 곡이 끝나자 환이는 수레를 타고 떠났고 두 사람은 말 한 마디 나누지 않았다.

4) 縹緲(표묘) : 멀고 희미한 모양. ○子晉(자진) : 왕자진(王子晉). 왕자교(王子喬)라 하기도 한다. 주 영왕의 태자. 생황을 잘 불어 봉황의 울음을 내었으며, 이수(伊水)와 낙수(洛水) 유역에서 노닐었다. 도사 부구공(浮丘公)을 따라 숭산에 들어가 삼십여 년을 수련하여 신선이 되었다.

5) 海門(해문) : 해구(海口). 장강이 바다로 들어가는 곳. 윤주(潤州)의 장강을 말한다.

6) 隋苑(수원) : 수 양제 때 만든 상림원. 서원(西苑)이라고도 한다. 지금의 강소성 양주시 서북에 소재했다.

7) 荷衣(하의) : 연잎으로 만든 옷. 은사의 복장.

청운관에 적다(題靑雲館)[8][9]

虯蟠千仞劇羊腸,[10]	규룡처럼 천 길 서리 틀고 양장판보다 굽이돌아
天府由來百二強.[11]	하늘이 내린 땅 예부터 요새로다
四皓有芝輕漢祖,[12]	상산사호는 〈자지가〉 부르며 한 고조를 경시했고
張儀無地與懷王.[13]	장의는 초 회왕에게 이곳 땅을 떼어주지 않았지
雲連帳影蘿陰合,	구름에 이어진 휘장 그림자 송라 그늘과 합해지고
枕繞泉聲客夢涼.	베개 옆 샘물 소리 나그네 꿈이 차가와라
深處會容高尚者,	산 속 깊은 곳은 고상한 은자 깃들기 좋아
水苗三頃百株桑.[14]	무논 세 이랑에 뽕나무 백 그루면 족하리라

해설 청운관에서 상주(商州)의 풍광을 보고 지은 시이다. 상주는 장안의 동남편 진령의 동단에 위치한 곳으로 한대 초기 사호가 살았던 곳으로 유명하다. 상산은 칠반십이쟁(七盤十二緈)이라 불리는 깊은 계곡이 있는 곳으로 시의 처음에서 이미지를 잡고 이를 이어 말미에서 마무리하였다.

---

8) **심주** : 상오에 있다.(在商於)
9) **靑雲館**(청운관) : 상주(商州) 상락현(商洛縣) 소재. 지금의 섬서성 상락시(商洛市) 상 남현(商南縣) 청운진(靑雲鎭) 소재.
10) **虯蟠**(규반) : 규룡처럼 서리 튼다. 여기서는 굽이지는 산길을 형용한다. ○ **劇羊腸**(극 양장) : 양장판(羊腸坂)보다 더 굽이돌다.
11) **天府**(천부) : 토지가 비옥하고 물산이 풍요로운 지역. 관중을 가리킨다. ○**百二**(백 이) : 백에 이. 이만 명으로 적군 백만 명을 막다.
12) **四皓**(사호) : 상산사호. 진(秦)의 폭정을 피해 상주(商州) 상락산(商洛山)에 들어가 '자지가'(紫芝歌)를 불렀다. 가사 중에 "빛나는 자주색 영지로, 굶주림을 면할 수 있 지"(燁燁紫芝, 可以療飢.)라는 말이 있다. 한 고조가 그 명성을 듣고 불렀으나 가지 않았다.
13) **張儀**(장의) : 전국시대 위나라 모사. 소진의 주선으로 진나라를 위해 벼슬하면서 연 횡책을 주장하였다. 초나라에 사신으로 가 상오(商於) 육백 리를 할양하겠다는 거짓 조건으로 초 회왕(楚懷王)을 속여 초나라와 제나라가 단교하게 만들었다. 나중에 상 오의 땅을 할양하지 않았다.
14) **水苗**(수묘) : 수도(水稻). 벼. 『촉서』「제갈량전」에 "성도에 뽕나무 팔백 그루와 척박 한 밭 십오 경이 있다"(成都有桑八百株, 薄田十五頃.)는 말이 있다.

장호 처사의 시를 받고 장구 4운으로 답하며(酬張祜處士見寄長句四韻)

七子論詩誰似公?[15]   건안칠자 시를 논한다면 누가 그대와 비슷할까?

曹劉須在指揮中.[16]   조식과 유정같이 그들의 우두머리가 되리라

薦衡昔日知文擧,[17]   예형을 추천한 공융같은 사람이 예전에 있었지만

乞火無人作觟通.[18]   괴통처럼 불을 빌려 추천해주는 사람 없어라

北極樓臺長入夢,[19]   북극의 누대가 오래도록 꿈에 드나드는데

西江波浪遠呑空.[20]   서강의 파도가 멀리 하늘을 삼키는구나

可憐'故國三千里',[21]   가련하여라, 그대의 시「고국 삼천 리」

---

15) 七子(칠자) : 건안칠자. 동한 말기 건안 연간에 활동한 일곱 명의 문인. 공융(孔融), 진림(陳琳), 왕찬(王粲), 서간(徐幹), 완우(阮瑀), 응창(應瑒), 유정(劉楨) 등이다.

16) 曹劉(조유) : 조식(曹植)과 유정(劉楨). 동한 말기 건안 연간에 오언시의 대표 시인이다.

17) 衡(형) : 예형(禰衡).「앵무부」를 지었다. ○文擧(문거) : 공융. 자가 문거이다. 공융은 예형의 문재를 깊이 아껴 헌제에게 추천하였다. 장호는 원화 장경 연간에 영호초(令狐楚)의 인정을 받았으며, 영호초가 목종에게 추천하면서 장호의 시 삼백 편을 첨부하여 올렸다. 당시 원진이 궁중에서 득세할 때로 목종이 장호의 시문이 어떤지 물었다. 이에 원진이 폐하의 풍교를 변질시킬까 걱정된다고 말하자 목종이 장호를 기용하지 않았다.

18) 乞火(걸화) : 불을 빌림. 이 말의 유래는 서한 괴통(蒯通)이 재상 조참(曹參)에게 처사 양석군(梁石君)과 동곽 선생을 발탁해 달라고 추천하면서 인용한 이야기에서 나왔다. "마을의 며느리가 밤에 고기가 없어지자 시어머니는 며느리가 훔쳐 먹었다고 생각하고는 화를 내며 며느리를 내쫓았다. 며느리가 새벽에 떠나면서 평소 친하게 지내던 아낙들에게 일어난 일을 말하고는 작별인사를 하였다. 한 마을 아낙이 말했다. '천천히 가소. 내가 지금 자네 집의 시어머니가 자네를 불러들이도록 할 터이니까.' 그리고는 삼마 횃대를 가지고 고기를 잃어버렸다는 시어머니에게 가서 불을 빌려달라며 말했다. '어젯밤에 우리 집 개 두 마리가 어디서 고기를 가져오더니 다투어 먹다가 서로 싸우다 죽었소. 불 좀 빌려주시면 개들을 태워야겠소.' 고기를 잃어버렸다는 시어머니가 급히 달려가 그 며느리를 불렀다." ("里婦夜亡肉, 姑以爲盜, 怒而逐之. 婦晨去, 過所善諸母, 語以事而謝之. 里母曰:'女安行. 我今令而家追女矣.' 卽束縕請火於亡肉家, 曰:'昨暮夜, 犬得肉, 爭斗相殺, 請火治之,' 亡肉家遽追呼其婦.") 여기에서 '속온청화'(束縕請火), 즉 '삼마 횃대로 불을 빌리다'는 성어가 만들어졌고, '남의 도움을 청하다'는 뜻이 생겼다. 나아가 분규를 해결하거나 추천하는 사람을 가리킨다.

19) 北極(북극) : 북극성. 조정을 비유한다.

20) 西江(서강) : 장강이 삼협을 빠져나온 부분.

虛唱歌詞滿六宮![22)   노래에 실린 가사가 부질없이 육궁에 가득하네

평석 '불을 빌림'은 괴통이 조참에게 동곽선생과 양석군을 발탁해주기를 청하며 사용한 말로『한서』「괴통전」에 나오며, 어진 이를 추천한다는 말이다. 당시 영호초가 장호의 시 삼백 편을 들고 상주할 때 장호가 장안에 올라가 있었다. 주상이 원진에게 물으니 원진이 "장호는 조충서를 쓰는 보잘 것 없는 기예를 가지고 있는데, 장부라면 부끄러워서 하지 않는 것으로, 만약 발탁하면 폐하의 풍교를 변질시킬까 걱정됩니다"라 대답하였다. 장호는 이에 돌아갔다. 제3, 4구는 바로 이 일을 가리킨다.('乞火', 用蒯通說曹參請東郭先生、梁石君事, 見漢書蒯通傳, 謂薦賢也. 時令狐楚以張祜詩三百篇隨狀表進, 祜至京, 上問元稹, 稹曰: "雕蟲小技, 獎激之恐變陛下風敎." 祜乃罷歸. 三四語正指其事.)

해설 장호의 재능을 상찬하며 그의 불우를 안타까워하였다. 장호는 다방면에 재능이 뛰어났으나 성격이 강직하여 남에게 굽힐 줄 몰랐으며, 평생 여러 곳을 떠돌아다니며 명사를 사귀었으나 관직을 얻지 못하였다. 845년 장호(52세)가 지주자사(池州刺史)로 있는 두목(43세)을 찾아 갔을 때 두 사람은 함께 산을 오르고 국화를 감상하며, 신세를 아쉬워하고 술을 마시고 시를 수창하였다.

---

21) 故國三千里(고국삼천리): 장호의 「궁사」에 나오는 구. "고향은 삼천 리, 깊은 궁에서 이십 년. '하만자' 한 가락에, 두 줄기 눈물 임금 앞에 떨어진다"(故國三千里, 深宮二十年. 一聲河滿子, 雙淚落君前.)
22) 六宮(육궁): 후비(后妃)가 거처하는 후궁.

주작대로 서쪽(街西)[23][24]

碧池新漲浴嬌鴉,	비췻빛 연못에 물이 불어 까마귀들 목욕하는
分鎖長安富貴家.	장안의 부호들은 집마다 문이 닫혀있어라
遊騎偶同人鬪酒,[25]	말 타고 행락 가다 어쩌다가 술내기 하고
名園相倚杏交花.	잇닿은 정원에는 살구꽃이 담장 넘어 엇갈려 피었다
銀鞍騕褭嘶宛馬,[26]	은 안장 얹은 요뇨(騕褭)에 대완마가 울고
繡鞅瓏瓏走鈿車.[27]	선명하게 수놓인 뱃대끈 찬 말이 전거를 끈다
一曲將軍何處笛,[28]	환이 장군은 어디에서 피리 한 곡을 부나
連雲芳樹日初斜.	구름이 이어진 봄 나무에 해가 막 기울기 시작한다

평석 '잇닿은' 구는 백거이의 '가운데 선 푸른 버들은 두 집에 봄을 주리'보다 더 절묘하다. ('名園'句比'綠楊宜作兩家春'尤妙.)

해설 장안 부호들의 화려한 주택과 봄나들이를 그렸다. 제2구는 거대한 저택이 집집마다 문을 닫은 채 외부인의 출입을 금하는 광경을 그렸고, 제4구 역시 담을 이어 길게 뻗힌 정원의 모습을 그렸다. 제3구는 말 타고 행락 가는 사람의 호기를 그렸고, 제5, 6구는 주로 행렬의 화려함을

---

23) 심주: 『수 삼례도』에 기록했다. "장안현은 주작대가의 서쪽 오십사 방과 서시를 다 스리는데 공후와 귀척의 저택이 많다."(隋三禮圖: "長安領街西五十四坊及西市, 多公侯貴戚之第.)

24) 街西(가서): 장안의 주작문 앞 남북 거리를 경계로 동쪽은 만년현(萬年縣)이고 서쪽은 장안현(長安縣)이었다. 장안현이 거리 서쪽에 있다고 해서 가서(街西)라 했다.

25) 鬪酒(투주): 누가 주량이 많은지 내기하다.

26) 騕褭(요뇨): 고대의 준마 이름. 주둥이는 붉고 몸은 검으며, 하루에 오천 리를 간다고 한다. ○ 宛馬(완마): 대완국(大宛國, 지금의 우즈베키스탄 페르가나에 소재했던 고대 국가)의 명마. 한혈마.

27) 鞅(앙): 뱃대끈. 말 가슴에 걸어 안장에 매는 가죽 띠. ○ 瓏瓏(총롱): 맑고 깨끗한 모양. ○ 鈿車(전거): 꽃모양의 수나 조각으로 장식한 수레. 여인들이 탄다.

28) 將軍(장군): 환이 장군. 앞에 나온 두목의 「감로사 북헌에 기제하다」 제3구 참조.

명마와 수레를 통해 드러냈다. 말구에서 '해가 막 기울기 시작한다'고 한
것은, 아직 한낮이지만 모르는 사이 부호들의 기세가 꺾이기 시작하여
결국 가련해질 것이라는 풍자의 뜻이 깃들어 있다.

종릉의 예 놀던 곳을 그리다(懷鍾陵舊遊)[29]

滕閣中春綺席開,[30]	등왕각에 봄이 와 비단 자리 펼치면
柘枝蠻鼓殷晴雷.[31]	자지곡(柘枝曲) 북소리는 맑은 하늘 천둥소리라
垂樓萬幕青雲合,	누대에 드리운 수많은 휘장은 구름이 둘러싼 듯하고
破浪千帆陣馬來.	부서지는 물결 위 온갖 배들은 말들이 몰려오는 듯
未掘雙龍牛斗氣,[32]	용 두 마리 변한 검에 우성과 두성 사이 기운 어리고
高懸一榻棟梁材.[33]	뛰어난 인재 찾아오면 높이 걸린 걸상 내렸었지
連巴控越知何有?[34]	파(巴) 지방에 이어지고 월(越) 지방을 누르는 이곳은

29) 鍾陵(종릉) : 홍주(洪州) 치소. 지금의 강서 남창시. 당시 강서관찰사 치소였다. 두목
    은 일찍이 심전사(沈傳師) 막부에 있었다.
30) 滕閣(등각) : 등왕각. 지금의 강서성 남창시 소재. 당대 초기 등왕(滕王) 이원영(李元
    嬰)이 홍주 도독으로 있을 때 건립했다.
31) 柘枝(자지) : 악곡 이름. 춤 이름으로도 쓰인다. ○蠻鼓(만고) : 중국 밖에서 전래된
    북. ○殷(은) : 천둥소리.
32) 牛斗氣(우두기) : 이십팔수(二十八宿) 중의 우성(牛星)과 두성(斗星) 사이의 기운. 서
    진 때 하늘의 두성과 우성 사이에 자줏빛 기운이 자주 비치었다. 뇌환(雷煥)이 이걸
    보고 상서 장화(張華)에게 강서 지방 풍성(豐城, 지금의 강서성 풍성현)에서 보검의
    기운이 하늘에 비쳐서라고 하였다. 이에 장화가 뇌환을 풍성으로 보내니 뇌환이 용
    천(龍泉)과 태아(太阿) 두 보검을 얻었다. 두 사람이 한 자루씩 가졌는데, 장화가 죽
    은 후 가지고 있는 보검을 잃어버렸다. 나중에 뇌환의 아들이 보검을 가지고 연평진
    을 지날 때 검이 강물 속으로 들어갔고, 길이가 여러 길이 되는 용 두 마리에서 빛
    이 비쳐 나오는 게 보였다. 『진서』 「장화전」(張華傳) 참조.
33) 高懸(고현) 구 : 동한 때 활동한 서치(徐稚)는 남창 사람이었다. 진번(陳蕃)이 남창태
    수로 부임했을 때 빈객을 전혀 만나지 않았지만, 오직 서치가 오면 걸상 하나를 펴
    고 맞이하였으며, 서치가 떠나면 걸상을 다시 걸었다. 『후한서』 「서치전」 참조.
34) 連巴控越(연파공월) : 파(巴)는 사천성 동부 일대이며, 월(越)은 절강성 일대. 왕발(王
    勃)의 「등왕각 서문」(滕王閣序)에 "형만을 누르고 구월을 끌어당기다"(控蠻荊而引甌

珠翠沈檀處處堆.³⁵⁾　　주옥과 비취와 침향목이 도처에 쌓여있더라

해설 남창을 예찬한 시이다. 남창은 등왕각으로 잘 알려진 곳으로, 풍광과 역사 인물을 회상하고, 지리적 특징과 물산의 풍부함까지 언급하였다. 마치 한 편의 부를 압축하여 시로 나타낸 듯하다.

중양절에 제산에 등고하며(九日齊山登高)³⁶⁾

江涵秋影雁初飛,　　강물에 가을 풍광 어리고 기러기 막 날아가는데
與客携壺上翠微.³⁷⁾　　손님과 술병 들고 푸른 산에 올라간다
塵世難逢開口笑,³⁸⁾　　홍진 세상에 웃는 일 드문데
菊花須揷滿頭歸.³⁹⁾　　머리 가득 국화꽃 꽂고 집에 돌아가야 하리
但將酩酊酬佳節,⁴⁰⁾　　오로지 실컷 취함으로써 명절을 대해야겠으니
不用登臨恨落暉.　　높은 곳에 올라 떨어지는 해를 아쉬워할 필요 없으리
古往今來只如此,　　예부터 지금까지 인생은 원래 짧은 것

越)는 말이 있다.
35) 沈檀(침단) : 침향목과 박달나무. 모두 향목이다.
36) 齊山(제산) : 지주 성 동남에 소재. 지금의 안휘성 귀지(貴池) 동편.
37) 翠微(취미) : 산의 푸른 기운. 여기서는 산.
38) 塵世(진세) 구 :『장자』「도척」(盜跖)에 유사한 말이 있다. "사람의 수명은 오래 살면 백 년, 중간은 팔십 년, 못하면 육십 년인데, 그것도 병들고 죽고 걱정하는 일 빼면, 그중 입을 벌리고 웃는 것은 한 달에 사오일에 불과할 뿐이다."(人上壽百歲, 中壽八十, 下壽六十, 除病瘦死喪憂患, 其中開口而笑者, 一月之中不過四五日而已矣.)
39) 菊花(국화) 구 : 도연명의 일화를 환기한다. 도연명이 일찍이 구월 구일 중양절에 술이 없었는데, 집 주위의 국화 밭에서 손에 가득 국화를 땄다. 그 옆에 앉아 오래도록 멀리 바라보고 있었는데, 흰 옷 입은 사람이 왔다. 알고보니 왕홍이 술을 보내왔다. 곧 술을 따라 마시고 취해서 돌아갔다.(陶潛嘗九月九日無酒, 宅邊菊叢中摘菊盈把, 坐其側, 久望, 見白衣至, 乃王弘送酒也. 卽便就酌, 醉而後歸.)『속진양추』(續晉陽秋) 참조.
40) 酩酊(명정) : 술에 크게 취함.

牛山何必獨霑衣![41]　　어찌하여 제 경공처럼 우산에 올라 눈물 흘리랴!

평석 말 두 구는 제산과 관련하여 썼으니, 평범한 마무리가 아니다.(末二句影切齊山, 非泛然下筆.)

해설 중양절의 감회를 읊었다. 인생의 이치를 깨친 사람의 통달로 근심과 비애를 털어보려고 하였다. 특히 제3구와 말 2구에서 그러한 의도를 알 수 있다. 그러나 시인의 표면적인 호탕함과는 달리 깊은 근심은 쉽게 털어지지 않은 듯하다. 두목은 844년 9월 지주자사로 부임한 후, 846년 9월 목주자사로 옮길 때까지 만 이 년간 지주에 있었다. 이 시는 이때 지은 것으로, 이 시에 대한 장호의 화답시가 있는 것으로 보아 제2구의 '손님'(客)은 장호인 것으로 보이며, 두목의 시름은 자신의 인생에 대한 울결과 함께 장호의 불우도 묶여 있는 것으로 생각할 수 있다.

일찍 돌아가는 기러기(早雁)

金河秋半虜弦開,[42]	금하(金河)에 가을이 와 오랑캐들 활을 쏘니
雲外驚飛四散哀.	구름 밖 사방으로 놀라 날아가누나
仙掌月明孤影過,[43]	달 밝은 밤 금동 선인 위로 외그림자 지나가고
長門燈暗數聲來.[44]	등불 어두운 장문궁에 울음소리 몇 점 떨어지네

---

41) 牛山(우산) : 지금의 산동성 치박시 동편 소재. 춘추시대 제 경공(齊景公)이 우산에 놀러 갔다가 북쪽으로 도성을 바라보다가 나라에 대한 미련과 죽음에 대한 두려운 감정이 생겨 울며 말하였다. "어찌할 것인가, 눈물을 줄줄 흘리며 이곳을 떠나 죽을 터인데!"(若何滂滂去此而死乎!)『안씨춘추』「간상」(諫上) 참조.

42) 金河(금하) : 칙륵천(敕勒川)이라고도 한다. 지금의 대흑하(大黑河). 내몽골자치구 중부 후허하오터시 남부에 소재. 고대에는 북방으로 통하는 교통의 요도이자 군사적 요충지였다. ○秋半(추반) : 가을의 중간. 음력 팔월.

43) 仙掌(선장) : 서한 장안 건장궁에 있던 승로반. 아래에 금동선인이 손바닥을 벌려 받치고 있다.

44) 長門(장문) : 서한의 궁 이름. 한 무제 때 총애를 잃은 진황후(陳皇后)가 살던 곳이다.

須知胡騎紛紛在,	오랑캐 기마병이 어지러이 퍼져 있으니
豈逐春風——廻?	봄바람이 분다 해도 어찌 하나하나 돌아갈 수 있으랴
莫厭瀟湘少人處,	상수의 사람 드문 곳 싫어하지 말게나
水多菰米岸莓苔. [45]	물가에는 줄풀이요 언덕에 매태가 많으니

해설 전란으로 피난 가는 사람들을 기러기로 비유한 시이다. 842년 8월 회골이 남진하였는데 마침 기러기가 남으로 내려가는 계절로, 아마도 이를 제재로 한 듯하다. 제3, 4구에서 궁중을 배경으로 한 것은 백성들이 이산되어도 위정자들은 모른 체 한다는 점을 풍자하는 듯하다. 제5, 6구는 북방은 이미 오랑캐가 점령하고 있어 백성들이 고향으로 돌아갈 수 없음을 비유하였다. 전편에 걸쳐 우의(寓意)가 깊고 적절하며, 인용과 묘사가 잘 어우러져 시사에 대한 관심과 백성에 대한 깊은 동정을 잘 나타내었다.

이상은(李商隱)

평석 이상은의 근체시는 의미가 완곡하고 풍유가 뛰어나며, 중간에 돈좌 침착한 구성은 두보를 잇고 있으므로 응당 대종(大宗)을 이룬다. 후인들이 온정균과 묶어 '온리'로 병칭하는데, 그 농려한 시풍이 비슷함을 취했을 뿐이지 사실은 각각의 풍골이 크게 다르다.(義山近體, 辭績重重, 長于諷諭, 中有頓挫沈著可接武少陵者, 故應爲一大宗. 後人以溫李並稱, 只取其穠麗相似, 其實風骨各殊也.)

---

45) 菰米(고미) : 줄풀쌀. ○ 莓苔(매태) : 여러 종류가 있다. 흔한 것으로는 장미과 식물로 하얀 꽃에 붉은 열매가 열린다. 식용한다. 줄풀쌀과 매태는 새들이 먹을 수 있다.

마외(馬嵬)[1][2]

海外徒聞更九州,[3]	바다 밖에 다시 구주가 있다고 부질없이 들었는데
他生未卜此生休.[4][5]	내세의 인연은 모르나 이승의 인연은 다했어라
空聞虎旅傳宵柝,[6]	금군이 밤중에 딱따기 치는 소리 헛되이 들려오나
無復鷄人報曉籌.[7]	새벽 시간을 알리는 계인(鷄人)은 이곳에 다시없어라
此日六軍同駐馬,[8]	이날 육군(六軍)은 모두 말을 멈추고 양씨를 죽이라

---

1) 심주: 서안부 흥평현 서쪽에 있다.(在西安府興平縣西.)

2) 馬嵬(마외): 마외파. 지금의 섬서성 흥평시(興平市) 서쪽 소재. 『구당서』「후비열전」
의 기록은 다음과 같다. 동관이 함락되자 어가를 따라 마외에 이르렀다. 금군의 대
장 진현례가 태자에게 몰래 보고하고는 양국충 부자를 주살하였다. 그래도 사군이
흩어지지 않자 현종이 고력사를 보내 진현례에게 물으니 "도적이 아직 있습니다"고
했는데, 양귀비를 가리키는 듯했다. 고력사가 재차 상주하니 현종도 어쩔 수 없어
양귀비와 영결의 말을 하였다. 이에 마침내 불당에서 목매 죽었다. 나이 38세였다.
마외역 서쪽 길가에 묻었다.(及潼關失守, 從幸至馬嵬, 禁軍大將陳玄禮密啓太子, 誅
國忠父子. 旣而四軍不散, 玄宗遣力士宣問, 對曰: "賊本尙在", 蓋指貴妃也. 力士復奏,
帝不獲已, 與妃訣, 遂縊死於佛室. 時年三十八, 瘞於驛西道側.)

3) 海外(해외) 구: 고대에는 중국을 구주로 나누어 생각하였다. 전국시대 음양오행가
추연(鄒衍)은 구주를 적현신주(赤縣神州)라 부르고, 이 신주 밖에 신주와 같은 것이
모두 아홉 개 더 있으며, 그 밖은 소해(小海)가 둘러싸고 있다고 하였다. 소해가 둘
러싸고 있는 구주를 총괄하여 주(州)라 하였고, 이와 같은 주가 모두 아홉 개 있으
며, 그 밖은 대영해(大瀛海)가 둘러싸고 있다고 하였다. 여기서는 전설상의 선경을
가리킨다.

4) 심주: 「장한가전」에 나오는 일을 사용했다.(用長恨傳中事.)

5) 他生(타생) 구: 현종이 양귀비가 죽은 후 방사를 시켜 그 영혼을 찾은 일을 가리킨
다. 진홍(陳鴻)의 「장한가전」(長恨歌傳)에 따르면 방사는 바다 밖 봉래선산에서 양
귀비를 찾았으며 그 비녀를 신물로 가져왔다. 또 방사가 떠날 때 양귀비가 말하길
천보 10년(751년) 여산 화청지에서 그녀가 현종과 '세세토록 부부가 되기를 바란다'
(願世世爲夫婦)는 맹세를 하였다고 했다.

6) 虎旅(호려): 호분씨(虎賁氏)와 여분씨(旅賁氏). 궁중과 군주의 호위를 담당한다. ○宵
柝(소탁): 밤의 순라 때 치는 딱따기 소리.

7) 鷄人(계인): 궁중에서 새벽에 시간을 알리는 사람. 궁중에선 닭을 기르지 않으므로
닭 대신 시간을 알린다는 뜻에서 계인이라 했다. ○籌(주): 경주(更籌) 또는 경첨(更
籤). 계인이 계단에 죽패를 던져 시각을 알렸다.

8) 此日(차일): 이날. 현종의 행차가 마외에서 묵는 날. 756년 6월 14일. 이날 금군은 출
발 명령에 따르지 않고, 양씨 자매와 양국충을 죽이기를 요구했다.

했는데

當時七夕笑牽牛.⁹⁾　　오 년 전 칠석에는 일 년에 한 번 만나는 견우를 비웃
　　　　　　　　　　　　었어라

如何四紀爲天子,¹⁰⁾　어이하여 사십여 년 동안 현종 옆에 있으면서

不及盧家有莫愁?¹¹⁾　노씨 집안의 막수(莫愁)보다 못하게 되었는가?

평석 제5, 6구는 도치법으로 만약 순서대로 서술했다면 평범해졌을 것이다.(五六語逆挽法,
若順說便平.) ○ 말미에서 사십여 년 동안의 천자가 민간의 부부보다 못하다고 말한 것은 풍
자로 보인다.(末言四紀天子不及民間夫婦, 蓋譏之也.)

해설 마외역에서 죽은 양귀비를 제재로 한 시이다. 안사의 난이 일어나
756년 6월 현종이 촉 지방으로 도망갈 때 마외역에서 금군이 양국충과
양귀비를 죽이기를 요구하자, 현종은 어쩔 수 없이 이들을 죽였다. 이는
시인들이 즐겨 다루는 제재이나 이상은은 8구를 각 2구씩 모두 이전의
일과 마외의 일을 대비시켜 궁중의 일을 풍자한 면에서 다른 시와 다르
다. '공'(空)과 '무'(無) 등 허사를 운용하여 시공을 확장하고 의미를 순통
시키는 기법이 두드러진다.

9) 當時(당시) : 751년 7월 7일. 현종과 양귀비는 칠석날 세세토록 부부가 되기를 바라
는 맹서를 하였다. 천상의 견우와 직녀는 일 년에 한 번 만나지만, 자신들은 영원히
변함없이 지낼 것이므로 '견우를 웃었다'(笑牽牛)고 하였다.

10) 四紀(사기) : 사십팔 년. 일 기는 목성이 태양을 한 번 도는 십이 년. 현종은 재위 기
간이 사십오 년이므로 대략 말하여 사기라 하였다.

11) 盧家莫愁(노가막수) : 노씨 집안에 시집간 막수. 양 무제 소연(蕭衍)이 「황하의 물 노
래」(河中之水歌)에서 "황하의 물이 동으로 흐르니, 낙양의 여인 이름 막수라 하네.
(…중략…) 열다섯에 시집가 노씨 집안 아낙 되어, 열여섯에 아이 낳아 자(字)를 아
후라 했네"(河中之水向東流, 洛陽女兒名莫愁. (…중략…) 十五嫁爲盧家婦, 十六生兒
字阿侯.)라 노래한 이후, 후인들은 노가(盧家) 또는 노가부(盧家婦)란 말로 젊은 아
낙을 대칭하곤 하였다. 여기서는 일반적으로 민간의 여자를 가리키면서, 동시에 '근
심이 없다'는 막수(莫愁)의 의미도 중의적으로 사용하였다.

다시 성녀사에 들러(重過聖女祠)[12][13]

白石巖扉碧蘚滋,	흰 돌 바위 문에 푸른 이끼 가득한데
上清淪謫得歸遲.[14]	상청(上清)에서 귀양 온 성녀는 돌아가지 못했어라
一春夢雨常飄瓦,[15]	봄 내내 안개비가 항상 기와에 스치고
盡日靈風不滿旗.[16]	진종일 신령스런 바람 미약하여 깃발을 펴지 못하네
蕚綠華來無定所,[17]	선녀 악록화(蕚綠華)는 오고 가는 곳이 일정하지 않았고
杜蘭香去未移時.[18]	선녀 두란향(杜蘭香)은 승천한 지 얼마 되지 않았네
玉郎會此通仙籍,[19]	옥랑이 이곳에서 선적에 이름을 올려주었으니

12) 심주 : 『수경주』에 기록했다. "무도 진강산 현애 옆 절벽 위에 여인의 상이 있는데, 위는 붉은 색이고 아래는 흰 색으로 세상 사람들이 성녀신이라 불렀다.(水經注 : "武都秦岡山懸崖之側, 列壁之上, 有婦人像, 上赤下白, 世名之曰聖女神.)

13) 聖女祠(성녀사) : 두 가지 설이 있다. ① 무도(武都, 감숙 무도현) 진강산(秦岡山) 절벽 옆에 있는 여인 모습의 신상. 이 성녀신을 모시는 사당은 촉 지방을 오가는 요도인 진창(陳倉, 보계)과 대산관 사이에 있다. ② 청대 기윤(紀昀) 등의 설로 여도사가 기거하는 도관으로 보는 관점이다.

14) 上清(상청) : 도교에서 하늘을 뜻하는 삼청(三清) 가운데 하나로, 영보도군(靈寶道君)이 거주하는 신선 세계. ○淪謫(윤적) : 폄적되어 가다. 내쳐지다.

15) 夢雨(몽우) : 부슬부슬 내리는 가는 비. 『설문해자』에 "몽은 어둡다(夢, 不明也)는 풀이가 있다. 이 구는 무산 신녀의 이야기도 환기한다.

16) 靈風(영풍) : 신령스러운 바람.

17) 蕚綠華(악록화) : 선녀 이름. 남조 도홍경(陶弘景)의 『진고』(眞誥)에 의하면, 스스로 남산인(南山人)이라 하며, 나이 스물 정도에 청색 옷을 입고, 얼굴의 이목구비가 지극히 뚜렷하였다. 진 목제(晉穆帝) 승평 3년(359년) 11월 10일 밤에 양권(羊權)의 집에 강림하였으며, 이후 왕래하였는데 한 달에 여섯 번 양권의 집에 들렀고, 양권에게 시해(尸解) 약을 주었다.

18) 杜蘭香(두란향) : 선녀 이름. 여러 곳에 기록이 있다. 『용성선록』(墉城仙錄)에 의하면, 한두 살 때 상강(湘江)에 버려졌는데 어부가 데려가 길렀으며, 장성한 후 하늘에서 동자 신선들이 내려와 함께 승천하였다. 떠나기 전에 두란향이 어부에게 말하길 자신은 원래 선녀로 천상에서 잘못을 범하여 인간 세계로 귀양 왔다고 말했다. 나중에 동정호 포산(包山) 장석(張碩)의 집에 강림하였다. ○未移時(미이시) : 얼마 지나지 않아.

19) 玉郎(옥랑) : 신선의 명부를 관장하는 관리. "삼청 구궁에는 모두 관리들이 있는데, 가장 높은 것이 도군(道君)이고, 다음이 진인(眞人), 진공(眞公), 진경(眞卿)이다. 그

憶向天階問紫芝.[20]　천궁의 계단에서 영지를 캐던 일 기억하리라

평석 성녀는 모습이 비슷하여 지어진 이름이지 그러한 신령이 있어서가 아니다. 그러기에 악록화와 두란향에 비유하였다.(聖女以形似得名, 非果有其神, 故以萼綠華、杜蘭香比之.)

해설 성녀사를 들러 보고 느낀 바를 썼다. 시의 중심은 제2구의 '귀양 와 돌아가지 못하는' 감개이며, 이는 시인의 처지를 상징하는 것으로 볼 수 있다. 제3, 4구는 표묘하고 몽환적인 선계의 모습을 묘사한 명구로, 일반적인 유선시와 달리 인생의 체험이나 정치적 우의와 연결되어 있다는 점에서 독특한 시적 경계를 확장하였다. 악록화와 두란향을 이끌어 낸 것은 성녀의 처지가 그들보다 못함을 대비시키기 위한 것으로 풀이된다. 말미는 이상은 칠언율시의 말미에서 흔히 나오는 회상의 형식을 채용하여, 이전 선계에서의 자유로운 생활을 상상함으로써 지금의 곤궁한 상황을 강조하였다. 표묘하고 몽롱한 의경을 배경으로, 몽환적인 이미지로 현실과 내심을 드러냈다는 점에서 이상은 '무제시'(無題詩)와 같은 계열의 시로 본다.

수나라 궁전(隋宮)[21]

紫泉宮殿鎖煙霞,[22][23]　자천(紫泉) 남쪽 장안성은 안개와 노을에 웅장한데

중에는 어사(御史), 옥랑(玉郞)도 있는데 낮은 관직이 아주 많다." 『등진은결』(登眞隱訣) 참조. ○ 仙籍(선적) : 신선의 이름이 적힌 명부. 통선적(通仙籍)은 이름을 선적에 올려 선계에 오를 자격을 얻는 일.

20) 天階(천계) : 천궁의 계단. ○ 問(문) : 구하다. ○ 紫芝(자지) : 도교에서 말하는 영지의 일종. 신선들이 먹는다. 시평가들은 837년 영호도의 도움으로 과거에 급제한 일을 가리킨다고 해석하기도 한다.

21) 隋宮(수궁) : 수나라 때 양제가 양주에 세운 강도궁(江都宮), 현복궁(顯福宮), 임강궁(臨江宮) 등의 궁전.

欲取蕪城作帝家.[24]　　여기에 더하여 광릉의 무성을 도성으로 삼으려 하였네

玉璽不緣歸日角.[25][26]　옥새가 천자 이연에게 돌아가지 않았더라면

錦帆應是到天涯.[27]　　비단 돛 단 용주는 분명 중국 곳곳을 다녔으리라

於今腐草無螢火.[28]　지금은 썩은 풀에서 반딧불도 나오지 않지만

終古垂楊有暮鴉.[29]　예부터 수양버들에 저녁 까마귀만 있어라

地下若逢陳後主,[30]　지하에서 만약 진 후주(陳後主)를 만난다면

---

22) 심주 : 당 고조의 이름이 이연(李淵)이므로 피휘하여 '연'(淵)을 '천'(泉)이라 하였다. (唐祖諱淵, 故曰'泉'.)

23) 紫泉(자천) : 자연(紫淵). 한대 장안의 상림원 북쪽에 있는 강. 서한 사마상여 「상림부」의 "단수가 그 남으로 지나가고, 자연이 그 북쪽에 흘러간다"(丹水更其南, 紫淵徑其北.)는 구에서 보인다. 당 고조(唐高祖) 이연(李淵)의 이름을 피휘하기 위해 연(淵)자를 천(泉)자로 바꾸었다. 여기서는 장안.

24) 蕪城(무성) : 광릉. 수나라 때의 강도(江都). 즉 지금의 강소성 양주시. 유송의 시인 포조가 광릉의 고성이 황폐한 것을 보고 「무성부」(蕪城賦)를 썼기에 나중에 무성이 광릉성의 별칭이 되었다. ○帝家(제가) : 제도(帝都). 도성.

25) 심주 : 후한 광무제는 코가 크고 이마가 둥글게 튀어나온 상인데, 여기서는 이를 빌려 당 황제를 비유하였다.(漢祖降準日角, 此借言唐帝.)

26) 日角(일각) : 이마의 가운데가 융기하여 태양처럼 된 모습. 고대 관상가는 제왕의 상이라 보았다. 여기서는 이연(李淵)을 가리킨다.

27) 錦帆(금범) : 비단으로 만든 돛. 수 양제가 용주를 타고 남방을 순유할 때 화려한 궁금(宮錦)으로 돛폭을 만들었다. 수 양제는 616년에 세 번째 강도로 순유를 갔으며, 이 년 후 피살되었다.

28) 於今(어금) 구 : 고대인은 반디가 썩은 풀에서 만들어진다고 생각하였다. 수 양제가 616년 낙양 경화궁(景華宮)에서 반디를 수 곡(斛) 채워 밤에 나가 놀 때 방출하여 산과 계곡을 비추게 하였다. 또 양주에는 방형원(放螢苑)이 있는데 양제가 반디를 방출한 곳이라고 한다.

29) 終古(종고) : 예부터. 오래도록. ○垂楊(수양) : 수제(隋堤) 위에 심어진 수양버들. 수 양제는 통제거(通濟渠)와 한구(邗溝, 汴口)에서 장강까지의 구간)를 개통하고 천삼백 리 둑 위에 버들을 심었다.

30) 陳後主(진후주) : 남조 진나라의 마지막 황제 진숙보(陳叔寶). 역사상으로 망국의 군주로 알려졌다. 이 구는 『수유록』(隋遺錄)에 나오는 양제가 꿈에서 진 후주를 만난 일을 환기한다. 수 양제가 강도의 오공(吳公)의 저택에서 놀다가 혼몽한 가운데 불현듯 꿈에서 진 후주를 만났다. 무희 수십 명 가운데 특히 한 여인이 더욱 아름다웠다. 양제가 자주 눈길을 주니 후주가 "장여화(張麗華, 후주의 총비)라오"라고 말하였다. 이에 양제가 장여화에게 「옥수후정화」를 추기를 청하자 천천히 일어나 한 곡을 추었다. 후주가 양제에게 묻기를 "용주 놀이가 즐겁소? 전하께선 처음에는 요순의 정치보다 더 뛰어나다고 했는데, 지금은 이러한 일락에 빠지시니 예전에 무슨 죄를

豈宜重問後庭花?[31]　어찌 다시 장여화에게 '옥수후정화'를 청하리오?

평석 천명이 만약 당나라로 돌아가지 않았더라면 행락이 강도에 그쳤겠는가? 용필이 민활하다. 후인들은 전고를 나열하는데 그치므로 상투적으로 변한다. 말미에서 망국의 화가 후주보다 더하니, 나중에 혼백이 서로 만나면 어찌 '후정화' 노래로 위로할 수 있을 것이냐고 말했다.(言天命若不歸唐, 遊幸豈止江都而已? 用筆靈活. 後人只鋪敍故實, 所以板滯也. 末言亡國之禍, 甚於後主, 他時魂魄相遇, 豈應重以後庭花爲問乎?)

해설 수 양제의 황음과 망국을 풍자한 영사시(詠史詩)이다. 단순히 역사적 사실을 늘어놓지 않고, 도치와 가정의 수법을 사용하여 변화를 주었다. 반디를 모으고 버들을 심는 간단한 일을 나라의 흥망과 연결시켜 그 풍자와 우의를 깊이 하였으며, 말미에서 사후의 일까지 끌어들여 그 비참과 몽매를 비판하였다. 매 구가 범용하지 않은 구성으로 대가의 풍모를 보인다.

그리 깊이 지었소?'라고 하였다. 양제가 갑자기 깨어나 소리치고 나니, 망연자실할 뿐 아무것도 보이지 않았다.

31) 後庭花(후정화) : 진 후주 진숙보(陳叔寶)가 지은 무곡(舞曲) 「옥수후정화」(玉樹後庭花). 진 후주는 정사는 돌보지 않고 날마다 주연과 가무에 빠지다가 결국 나라를 망하게 하였다. 『수서』(隋書) 「오행지」(五行志)에 다음과 같은 기록이 있다. "정명(禎明) 연간(587~589년) 초에 후주는 새 노래를 지었는데 가사가 무척 애절하였다. 후궁의 미녀들이 익혀 부르게 하였다. 그 가사에 '옥 같은 나무가 후정에 피었는데, 피어난 꽃이 오래 가지 못하여라'(玉樹後庭花, 花開不復久)가 있었는데 당시 사람들이 가참(歌讖, 노래로 지어진 징조)이라고 하였다." 진나라는 정명 3년(589)에 장강을 건너온 수나라 군대에 의해 멸망하였다. 『구당서』(舊唐書) 「음악지」(音樂志)에선 「옥수후정화」는 길가는 사람들이 듣고 울지 않는 사람이 없을 정도로 애절한 음악으로 '망국의 음악(亡國之音)이라고 하였다.

두 공부 시풍으로, 촉에서 연석을 떠나며(杜工部蜀中離席)[32][33]

人生何處不離群,	사람이 살아가며 어디라고 이별이 없으랴만
世路干戈惜暫分.	세상이 전란 속이라 잠시의 헤어짐도 아쉬워
雪嶺未歸天外使,[34]	설령(雪嶺)에는 아직 조정의 사신이 돌아가지 않았고
松州猶駐殿前軍.[35]	송주(松州)에는 전전군(殿前軍)이 여전히 주둔하고 있다네
座中醉客延醒客,[36]	좌중의 취객들이 깨어있는 객에 술을 권하는데
江上晴雲雜雨雲.	강 위의 맑은 구름에 비와 구름이 섞여드는구나
美酒成都堪送老,	성도에는 맛있는 술 있어 늙어가기도 즐거워
當墟仍是卓文君.[37]	더구나 술집 주인은 탁문군과 같은 미인이라네

해설 이별의 연석에서 헤어지기 아쉬운 마음을 나타내었지만, 사실은 나라의 정세를 걱정하였다. 정세의 긴박함은 제3, 4구에 제시하였다. 설령과 송주는 모두 변방으로 티베트와 대치하고 있는 곳이다. 후반부는 성도를 예찬하는 듯하지만, 사실은 제6구와 같이 변화무쌍한 시국의 변화에도 사람들은 모두 취해 서로에게 술을 권하고 미인들과 어울려 있는

---

32) 심주 : 응당 두보를 모의하였다.(應是擬杜.)

33) 杜工部(두공부) : 두보. 두보의 시풍으로 시를 짓는다는 뜻으로 그 이름을 제목 앞에 붙였다.

34) 雪嶺(설령) : 설산. 송주(松州) 가성현(嘉城縣) 동쪽 팔십 리. 이곳은 당, 티베트, 당항족이 쟁탈하는 지역이다. ○ 使(사) : 사신.

35) 松州(송주) : 지금의 사천성 송반현(松潘縣). ○ 殿前軍(전전군) : 본래 신책군을 가리키나, 당 중엽 이후 지방 절도사가 조정의 후대를 받기 위해 자신의 군대를 신책군에 편입해주기를 요청하여 편성된 군대이다.

36) 延(연) : 청하다. 술을 권하다.

37) 墟(당로) : 술청. 술항아리를 높이기 위해 흙이나 벽돌을 돋우어 만든 대. 일반적으로 주인이 그 옆에 앉는데 이를 당로(當墟)라고 한다. ○ 仍是(잉시) : 또 있다. ○ 卓文君(탁문군) : 사마상여의 처. 재주와 미모를 겸비한 여인으로, 사마상여와 성도로 사랑의 도피 행각을 벌였다가 다시 고향에 돌아가 술집을 열고 직접 술청 옆에 앉아 술을 팔았다. 여기서는 미인을 가리킨다.

모습을 풍자하였다. 이상은은 851년부터 재주(梓州, 사천 三臺) 동천절도사 유중영(柳仲郢) 아래에서 당서기를 지냈으며, 852년 정월 성도에 출장을 가서 일을 마치고 다시 재주(梓州)로 돌아가며 이 시를 지었다.

2월 2일(二月二日)[38]

二月二日江上行,	이월 이일 강가를 걸노니
東風日暖聞吹笙.	동풍에 날이 따뜻해 생황 소리 들린다
花鬚柳眼各無賴,[39]	꽃 수술에 버들잎 저마다 미울 정도로 예쁘고
紫蝶黃蜂俱有情.	자주 나비 노란 벌이 모두가 정이 가네
萬里憶歸元亮井,[40]	만 리 멀리서 도연명의 우물처럼 전원을 생각하며
三年從事亞夫營.[41]	삼 년 동안 주아부 같은 장수 아래 임직하였네
新灘莫悟遊人意,	새로 물이 불은 여울은 나그네의 마음을 모르는지
更作風檐夜雨聲.	바람 부는 처마에 밤비 소리 들려주누나

해설 촉 지방에서 답청일을 맞아 객지에서 지내는 처지를 돌아보았다. 한편의 짤막한 여행기와 같으며, 그 내용은 객지생활에 고향을 그리지만, 그 행문은 경쾌하고 밝다. 853년 봄에 지었다.

---

38) 二月二日(이월이일) : 촉 지방의 풍속으로 2월 2일은 답청일(踏靑日)이다.

39) 花鬚(화수) : 꽃의 수술이 수염처럼 길다는 뜻. ○柳眼(유안) : 버들잎이 싹트기 시작하면 눈처럼 옆으로 길다는 뜻. ○無賴(무뢰) : 막되 먹은 행동이나 성품을 뜻하나, 겉으로는 미워하나 사실은 아끼고 좋아한다는 뜻도 있다.

40) 元亮(원량) : 도연명. 원량은 자(字). 도연명의 「전원에 돌아와 살며」(歸園田居) 제4수에 "우물과 부엌은 흔적이 남아있고, 뽕과 대는 그루터기만 남았어라"(井竈有遺處, 桑竹殘朽株.)는 구절이 있다.

41) 從事(종사) : 동천절도사 막부에서 임직하는 일을 가리킨다. ○亞夫營(아부영) : 서한 주아부(周亞夫)의 병영. 주아부는 장안 근처 세류(細柳)에 주둔하면서 군기를 엄정히 하였다.

남조(南朝)

玄武湖[42]中玉漏催,[43]　　현무호에서 물시계가 시간을 재촉하여 도착하면

鷄鳴埭口繡襦回.[44][45]　　계명태 어구에 수놓인 저고리 입은 궁녀들이 나와 있
　　　　　　　　　　　　더라

誰言瓊樹[46]朝朝見,[47]　　누가 말하랴, 진 후주의 '경옥 나무 아침마다 본다'는
　　　　　　　　　　　　구절이

不及金蓮[48]步步來?[49]　　제 동혼후의 '금련이 걸음마다 생긴다'보다 못하다고

敵國軍營漂木柹,[50][51]　　적국의 군영에서 나무 조각 떠내려 오니

---

42) 심주 : 남조 유송의 원가 연간에 굴착하였다.(宋元嘉時開.)

43) 玄武湖(현무호) : 지금의 남경시 현무문 밖에 소재. 남조 때는 호면이 훨씬 넓었다. 송 문제(宋文帝) 때 본격적으로 준설하여, 이후 남조 제왕들의 유락지가 되었다. 진나라를 멸망시킨 수 문제(隋文帝)는 남경성을 없애면서 현무호도 함께 매몰시켰다. 지금의 모습은 명대 초기 도읍을 세우면서 만들어졌다.

44) 심주 : 제 무제가 호수 북쪽의 갑문에 행차하였다.(齊武帝幸湖北埭.)

45) 鷄鳴埭(계명태) : 제 무제(齊武帝)는 자주 궁녀들을 데리고 낭야성으로 행락을 떠났는데, 새벽 일찍 나서 호수의 북쪽 보에 도착할 때는 닭이 울었다. 그래서 계명태라 하였다. 태(埭)는 갑문 또는 보. ○繡襦(수유) : 수놓인 저고리. 여기서는 궁녀. ○回(회) : 다시 오다.

46) 심주 : 후주가 새로 만든 곡이다.(後主新制曲.)

47) 瓊樹朝朝見(경수조조견) : 진 후주가 염사를 지었는데 그 내용은 대부분 장귀비와 공귀빈의 용모를 찬미하는 것이었다. 예컨대 「옥수후정화」에 '벽옥 같은 달은 밤마다 밤마다 둥글고, 경옥 같은 나무는 아침마다 아침마다 새로워라'(壁月夜夜滿, 瓊樹朝朝新.) 등이다.

48) 심주 : 남조 제 반비의 일이다.(齊潘妃事.)

49) 金蓮步步來(금련보보래) : 제 동혼후(東昏侯)가 반비(潘妃)를 총애한 일. 동혼후는 금을 가공하여 연꽃 모양을 만들어 바닥에 깔고는 총애하는 반비를 그 위로 걷게 하면서 말하였다. "이것이 '걸음마다 연꽃이 핀다'는 것이다."(此步步生蓮花也) 동혼후는 양 무제에게 살해되었다. 이 두 구는 진 후주가 제 동혼후보다 더 황음함을 의문구로 만들어 강조하여, 조대가 갈수록 이러한 풍기가 심해졌음을 말하였다.

50) 심주 : 수 문제가 진을 정벌한 일이다.(隋文帝伐陳事.)

51) 敵國(적국) : 수나라. ○木柹(목시) : 나무 조각. 이구는 수 문제가 전함을 만든 일을 가리킨다. 수 문제가 진나라를 치기 위하여 사람을 시켜 대형 함선을 만들게 하였는데, 어떤 사람이 진나라가 알지 못하도록 비밀리에 진행할 것을 건의하였다. 이에 문제가 말했다. "나는 장차 드러내놓고 하늘의 징벌을 시행할 것이니, 가릴 게 무엇

前朝神廟鎖煙煤. [52)53)]　조종을 모시는 종묘는 먼지로 덮였어라

滿宮學士皆顔色, [54)55)]　궁궐 가득 여학사는 모두 미인인데

江令當年只費才. [56)57)]　상서령 강총은 그 당시 재주만 허비했구료

평석 제목은 남조를 개괄하여 말했지만, 주된 뜻은 진 후주에 있다. '현무호'와 '계명태'는 비록 이전 왕조의 일이지만, '물시계가 시간을 재촉하고' '수놓인 저고리 입은 궁녀들이 나와 있'는 것은 이미 진 후주의 행락이 밤낮이 없음을 말했다. 제3, 4구는 진 후주가 동혼후보다 못하다고 하여 동혼후 때 더욱 성했음을 보였다. 제5, 6구는 적군을 방비하지 못하고 하늘의 재앙을 두려워하지 않으면서 나라가 망하지 않기를 바란 것이 어찌 가능하겠느냐고 말했다.(題槪說南朝, 而主意在陳後主. '玄武湖'鷄鳴埭'雖前朝事, 而'玉漏催'繡襦回'已言後主 遊幸無明無夜也. 三四誰言後主不及東昏, 見盛於東昏也. 五六見不防敵患, 不畏天災, 欲國之不 亡, 其可得乎!)

해설 남조 군주들의 황음과 실정(失政)을 풍자하였다. 각 구마다 역사적 사실과 연관되어 있으면서도 적절한 의론을 끼워넣어 나열되는 느낌이 없으며, 말미까지 망국의 사실을 적시하지 않은 채 행락만을 묘사함으로써 백척간두에 걸린 나라의 운명을 더욱 긴장감 있게 드러내었다.

이 있단 말인가? 나무 조각을 강에 버려서 만약 저들이 허물을 고칠 수 있다면 내 바랄 게 없겠네!"'(吾將顯行天誅, 何密之有? 使投柎於江, 若彼能改, 吾又何求!)

52) 심주 : 대황불사가 불에 탔다.(火焚大皇佛寺.)

53) 前朝神廟(전조신묘) : 진나라 황가의 종묘. 심덕잠은 신묘를 절로 보았으나 취하지 않는다. ○煙煤(연매) : 먼지. 진나라 종묘에 덮인 먼지.

54) 심주 : 여학사이다.(女學士.)

55) 學士(학사) : 여학사(女學士)를 가리킨다. 진 후주는 시문을 할 줄 아는 궁인을 '여학사'라 부르고, 귀인과 압객(狎客)과 함께 시를 짓게 하였다. 그들이 지은 시 가운데 염려한 것은 곡의 가사로 사용하였다.

56) 심주 : 강총이 여러 비빈과 여학사들과 함께 시를 짓다.(江總與諸嬪妃女學士共賦詩.)

57) 江令(강령) : 강총(江總). 양진(梁陳)시기의 문인. 진나라 때 상서령을 지내면서 정무는 돌보지 않고 매일 후주와 후정에서 잔치하였다.

주필역(籌筆驛)[58]

猿鳥猶疑畏簡書,[59]	원숭이와 새는 아직도 군령을 두려워하고
風雲常爲護儲胥.[60]	바람과 구름은 언제나 보루가 되어 방비하네
徒令上將揮神筆,[61]	상장군 제갈량이 신필을 휘두른 것도 부질없이
終見降王走傳車.[62]	결국은 항복하여 전거를 타고 가는 후주를 보았어라
管樂有才眞不忝,[63]	관중과 악의가 재주 있다 해도 그보다 나았지만
關張無命復何如?[64][65]	관우와 장비가 일찍 죽었으니 또 어찌할 도리 없었지
他年錦里經祠廟,[66]	이전에 금관성의 무후사를 들러 추념할 때
梁父吟成恨有餘.[67]	「양보음」을 지으니 안타까운 한이 끝이 없었어라

---

58) 籌筆驛(주필역) : 이주(利州) 면곡현(綿谷縣) 북쪽에 있는 역. 지금의 사천성 광원시 북쪽 조천령(朝天嶺) 소재. 사천과 섬서 사이에 있는 교통의 요지이다. 제갈량이 군사를 이끌고 위나라를 치러 갈 때 이곳에서 주둔하여 작전을 계획하였다고 한다.

59) 簡書(간서) : 죽간에 쓴 글. 여기서는 군사 명령서.

60) 儲胥(저서) : 군대가 주둔하는 곳에 방비용으로 쳐 놓는 목책이나 울타리.

61) 上將(상장) : 주장. 제갈량을 가리킨다.

62) 降王(항왕) : 촉한의 후주 유선. ○傳車(전거) : 역참에 있는 장거리 이동용 수레. 263년 사마소가 보낸 등애와 종회에 의해 촉한이 망하자 후주는 가족들과 낙양으로 압송되었다.

63) 管樂(관악) : 관중(管仲)과 악의(樂毅). 관중은 춘추시대 정치가로 제 환공을 도와 패업을 이루게 하였다. 악의는 전국시대 전략가로 연 소왕을 도와 제나라를 이겼다. 제갈량은 출사하기 전 자신을 곧잘 관중과 악의에 비하였다. ○忝(첨) : 더럽히다. 부끄럽다.

64) 심주 : 대구가 살아있다.(對活.)

65) 關張(관장) : 관우와 장비. 촉한의 뛰어난 장수들이다. ○無命(무명) : 명줄이 짧다. 관우는 형주에서 동오의 습격을 받아 죽었고, 장비는 동오를 치러가려고 할 때 부장들에게 피살되었다.

66) 錦里(금리) : 금관성. 성도의 성남에 무후사가 있는 곳.

67) 梁父(양보) : 양보음(梁甫吟). 동한 말기의 잡곡가사. 내용은 춘추시대 제나라 안영에게 억울하게 죽은 세 명의 용사를 애도하는 노래이다. 그 작자에 대해서는 『촉서』에 "제갈량은 몸소 농사를 지으면서 「양보음」을 잘 하였다"는 글귀에 따라 역대로 많은 사람들의 제갈량의 작품으로 보았다. 여기서는 이상은 자신이 쓴 시를 가리킨다. 851년 이상은은 무후사를 방문하여 「무후 사당의 오래된 측백나무」(武侯廟古柏)를 지었다.

평석 면주 면곡현 북쪽은 무후가 일찍이 군사를 주둔하며 전략을 짜던 곳이다. 두보를 이어 받았기에 정신이 가득하고 기세가 시원스러우며, 수식이 궁하지 않다.(綿州綿谷縣北, 武侯嘗 駐軍籌畫於此. 瓣香在老杜, 故能神完氣足, 邊幅不窘.)

해설 주필역에서 제갈량을 추모하였다. 재주는 관중과 악의보다 뛰어났 지만, 관우와 장비가 일찍 죽고 어리석은 후주를 만나 결국 뜻을 이루지 못했음을 아쉬워하였다. 재주가 있는 사람의 비극적인 운명을 애도함으 로써 자신의 처지와 동일시하는 듯하다. 그런 뜻에서 말구의 양보음은 곧 제갈량의 노래이자 자신의 노래이며, 그 '한' 역시 제갈량의 것이자 자신의 것으로 보았다. 이상은 후기의 대표작으로 두보의 침울돈좌한 칠 언율시의 풍모를 이어받았다.

구성궁(九成宮)[68)69)]

十二層城閬苑西,[70)]　　열두 개의 층성(層城)이 낭원(閬苑)의 서쪽에 있어

---

68) 심주 : 본래 수 인수궁으로 장안에서 삼백 리 떨어져 있다. 당 정관 연간에 개수하여 피서 행궁으로 사용하였다.(本隋仁壽宮, 去京三百里, 唐貞觀中修之以避暑.)

69) 九成宮(구성궁) : 장안 서쪽 봉상부(鳳翔府) 인유현(麟遊縣, 지금의 섬서성 寶雞市 麟遊縣)에 소재한 궁. 원래 수 문제(隋文帝)가 세운 인수궁(仁壽宮)이었는데 631년 당 태종이 피서궁으로 만들고 구성궁이라 개명하였다.

70) 十二層城(십이층성) : 열두 개의 층성. 층성은 곤륜산에 있다는 높은 성. 『회남자』에 서는 "곤륜산에는 아홉 겹의 층성이 있다"(崑崙山有層城九重)고 했고, 『한서』「교사 기」에서는 "오성 십이루"(五城十二樓)라 했고, 『습유기』「곤륜산」에서는 "옆에는 요 대 열두 개가 있고, 각각 넓이 천 걸음으로 모두 무색의 옥으로 대를 만들었다"(傍有 瑤臺十二, 各廣千步, 皆無色玉爲臺基.)고 했을 뿐, 정확히 '십이 성'이란 말이 없다. 그러나 이상은의 시에서 십이 층, 십이 루, 십이 성, 십이 대 등 '십이'란 숫자가 많이 쓰이고 대부분 신선이 거주하는 곳으로 등장한다. 당대에는 도교가 성행했고, 이상 은도 자를 선옥양(仙玉陽)이라고 할 정도로 도교 서적과 여도사생활에 익숙한 것으 로 보아, 별도의 근거가 있는 것으로 보인다. ○ 閬苑(낭원) : 낭풍지원(閬風之苑). 전 설에서 곤륜산 위 신선들이 거주하는 곳. 여기서는 경성.

平時避暑拂虹霓.⁷¹⁾⁷²⁾ 태평 시절 피서 가니 궁궐이 무지개에 닿았어라

雲隨夏后雙龍尾,⁷³⁾⁷⁴⁾ 구름은 하나라 왕 계(啓)가 탄 쌍룡의 꼬리에서 일어
나고

風逐周王八馬蹄.⁷⁵⁾ 바람은 주 목왕(周穆王)이 모는 여덟 준마의 발굽을
따르네

吳岳曉光連翠巘,⁷⁶⁾ 오산(吳山)의 새벽빛에 푸른 산봉우리 이어지고

甘泉晚景上丹梯.⁷⁷⁾ 감천궁의 저녁에 붉은 계단을 오른다

荔枝盧橘沾恩幸,⁷⁸⁾ 여지와 노귤은 천자의 은총을 입어

鸞鵲天書濕紫泥.⁷⁹⁾ 난새 같은 글씨의 조서에 자주색 봉인이 물린다

해설 현종의 구성궁 행락을 그린 시이다. 구성궁의 장려한 모습을 그린
후, 제왕의 피서 행차를 구름과 바람을 헤치고 가는 용과 말로 비유하였
다. 제5, 6구는 구성궁을 두고 동서에 있는 오산과 감천의 새벽과 저녁
풍광을 그렸다. 말미에서는 여지와 노귤을 공물로 얻기 위해 천자의 조

---

71) 심주 : 높음을 형용하였다.(形其高.)

72) 平時(평시) : 태평한 시대.

73) 심주 : 하후 계의 전고이다. 『산해경』에 보인다.(后啓事, 見山海經.)

74) 夏后雙龍(하후쌍룡) : 하후 계(夏后啓)가 쌍용을 타고 다녔다는 전설을 환기한다. 『산
해경』「해외서경」에 "대락의 들, 하후 계가 여기에서 구대(말 이름)를 춤추게 하고,
쌍용을 탔다."(大樂之野, 夏后啓於此儛九代, 乘兩龍.)는 말이 있다.

75) 周王八馬(주왕팔마) : 주 목왕(周穆王)이 여덟 필의 준마를 타고 서쪽으로 곤륜산에
가서 서왕모를 만났다는 전설을 환기한다. 『목천자전』(穆天子傳) 참조.

76) 吳岳(오악) : 산 이름. 오산(吳山)이라고도 한다. 지금의 섬서성 농현 서남에 소재.

77) 甘泉(감천) : 감천궁. 지금의 섬서성 순화(淳化) 서북 감천산에 소재했다. 진나라에서
임광궁(林光宮)이라 하였으나, 한 무제가 확건하고 피서지로 썼다.

78) 荔枝(여지) : 남방에서 나는 과일. 과육이 달고 향기로우며, 양귀비가 좋아한 것으로
유명하다. ○ 盧橘(노귤) : 껍질이 두꺼운 귤의 일종. 사마상여의 「상림부」(上林賦)에
"노귤이 여름에 익고"(盧橘夏熟)라는 말이 있다.

79) 鸞鵲(난작) : 아름답고 뛰어난 서예. 남조 양(梁) 유견오(庾肩吾)의 『서품』(書品) 서문
에서 "파도처럼 굽이치면 떨어지는 거울의 난새요, 나무처럼 단정하면 조릉의 까치
라"(波廻墮鏡之鸞, 楷顧雕陵之鵲)고 한 데서 유래했다. ○ 天書(천서) : 천자가 내린
조서(詔書). ○ 紫泥(자니) : 군주가 편지를 봉할 때 쓰는 자주색 도장 인주.

서를 내린다고 하였다. 역대 시평가 가운데는 인재를 찾지 않고 국사를 돌보지 않는 현종을 풍자하였으며, 때를 만나지 못한 시인 자신의 불우지감을 나타냈다고 보는 사람도 있다. 그러나 풍호(馮浩)와 기윤(紀昀) 등 다수 시평가들은 정관 연간 태종 때의 태평성세를 그리워하는 것으로 풀이하였다.

다시 느낀 바가 있어(重有感)[80]

玉帳牙旗得上遊,[81]	옥 휘장에 깃발 세우고 상류에 있으니
安危須共主君憂.	위난의 때 모름지기 군주와 우환을 같이 해야 하리
竇融表已來關右,[82]	두융(竇融)이 올린 표문 이미 농우에서 왔으니
陶侃軍宜次石頭.[83]	도간(陶侃)의 군대는 응당 석두성으로 나가야 하리
豈有蛟龍愁失水?[84]	어찌 교룡이 서리 를 강물을 잃을까 근심해야 하는가?
更無鷹隼與高秋.[85]	참새 같은 간신을 척결할 송골매가 없어서이라

---

80) 심주 : 감로지변에 대한 감회이다. 이전에 장율로 2수를 썼으므로 여기서 '다시'라고 하였다.(感甘露之變也. 前有長律二首, 故云'重'.)

81) 玉帳(옥장) : 옥으로 장식된 휘장. 장수의 휘장으로 옥같이 견고하다는 의미를 취하였다. ○牙旗(아기) : 깃대 위에 상아 장식을 붙인 큰 깃발. 대장의 깃발로 쓰거나 의장용으로 사용한다. ○上遊(상유) : 강물의 상류. 여기서는 지리적으로 유리한 위치.

82) 竇融(두융) : 서한 말기 하서대장군으로 할거했다가 동한 초기 광무제에 귀순한 무장. 광무제가 농서를 통일할 의도가 있는 것을 보고, 천수의 군벌 외효(隗囂)에게 편지를 보내 귀순을 권유하였다. 외효가 거절하자 군마를 정돈하고 광무제에게 상소하여 토벌할 날짜를 청하였다. ○關右(관우) : 농우(隴右). 함곡관의 서쪽. 두융의 할거 지역. 여기서는 두융으로 유종간(劉從諫)을 비유하였다.

83) 陶侃(도간) : 동진의 장수. 327년 소준(蘇峻)이 반란을 일으키자 도성 건강(建康, 남경시)이 위기에 처하였다. 형주자사 도간이 토벌군의 맹주로 군사를 이끌고 석두성 아래에 갔고, 그곳에서 소준을 참수하였다. ○宜(의) : 의당. 응당.

84) 豈有(기유) 구 : 황제가 권력을 잃다.

85) 更無(갱무) : 전혀 없다. ○鷹隼(응준) : 매와 송골매. 『좌전』 '문공 18년'조에 "그 군주에 무례한 자가 있으면 마치 송골매가 참새를 치는 것과 같이 주멸해야 한다'(見無禮於其君者, 誅之, 如鷹鸇之逐鳥雀也.)라는 말이 있다. ○與(여) : 擧(거)와 통한다. 날다.

畫號夜哭兼幽顯,⁸⁶⁾⁸⁷⁾ 귀신과 사람이 다함께 밤낮으로 울부짖고 곡하니

早晚星關雪涕收.⁸⁸⁾ 그 언제 궁궐을 일소하여 눈물을 닦아줄 수 있을까?

평석 이훈 사변에 환관이 대신들을 주멸하니, 당시 왕무원은 경원절도사로 있었으므로 상류에 있는 사람이 응당 군주와 근심을 같이해야 한다고 말했다. 소의절도사 유종간이 왕애 등이 무슨 죄가 있느냐고 상소하자 구사량이 두려워하였기에 '두융이 올린 표문 이미 농우에서 왔으니'라 말했다. 왕무원은 경원에 있으니 의당 군사를 출병해야 하므로 '도간의 군대는 응당 석두성으로 나가야 하리'라 말하였다. 임금이 환관에게 통제당하는 것은 교룡이 물을 떠나 있는 것과 같으니, 절도사가 정의를 따르지 않으면 누가 가을에 송골매가 될 것인가? 밤낮으로 울부짖으며 귀신과 사람이 함께 분노하는데 여전히 군사를 가지고 상류에 있는 사람에게 희망을 걸고 있다. 왕무원은 이상은의 장인이므로 대의로 견책하고 있으니 작자가 정의를 견지하고 있음을 볼 수 있다.(李訓事變, 宦官族誅大臣, 時王茂元爲涇原節度使, 故曰上游當與君分憂也. 昭義節度使劉從諫上疏問王涯等何罪, 仇士良懼, 故云'竇融表已來關右'也. 茂元在涇原, 宜出兵相助, 故云'陶侃軍宜次石頭'也. 至尊制於中人, 是猶蛟龍失水, 節度不能仗義, 誰爲鷹隼當秋? 晝號夜哭, 神人共憤, 仍有望於擁兵上游者耳. 茂元、義山妻父, 以大義責之, 見作者之持正.)

해설 835년 조정에서 감로지변이 일어나 관리와 문인들이 대거 살해당한 다음 해 이상은은 「느낀 바가 있어」(有感) 2수를 지었다. 836년 2월과 3월, 소의군절도사 유종간(劉從諫)이 두 차례 표를 올려, 왕애 등이 무고하게 살해되었으며 구사량 등 환관들의 죄악상을 폭로하며 군왕의 주위를 청소하겠다고 하였다. 이를 본 이상은이 위 시를 지었다. 감로지변을 제재로 다시 시를 지었으므로 「다시 느낀 바가 있어」라 제목을 붙였다. 제

---

86) 심주 : 마치 춘추시대 초나라 신포서가 진나라 조정에 가서 눈물로 원조를 호소한 것과 같다.(如申包胥秦廷之哭.)

87) 幽顯(유현) : 저승과 이승.

88) 早晚(조만) : 언제. ○星關(성관) : 궁금(宮禁). 황제가 거처하는 곳. ○雪涕(설체) : 눈물을 닦다.

3, 4구에서 두융과 도간으로 유종간을 비유하면서, 실제 행동으로 환관들을 제거해 줄 것을 절박하게 바랐다. 이는 말미에서 더욱 두드러져 무장들의 분발을 촉구하였다. 시사에 대해 의견을 내고 강렬한 감개를 쏟아 붙는 점에서 두보의 「장수들」(諸將)과 맥락을 같이 한다.

무릉(茂陵)[89]

漢家天馬出蒲梢,[90][91]	한나라에 천리마 포초(蒲梢)가 나왔으니
苜蓿榴花遍近郊.[92]	개자리와 석류꽃이 장안 근교에 퍼졌어라
內苑只知含鳳觜,[93][94]	내원에서는 아교를 붙이며 사냥하는데 여념 없고
屬車無復揷雞翹.[95][96]	남의 눈을 가리려 수레에는 난새 깃발도 달지 않았어라
玉桃偸得憐方朔,[97][98]	장생불사 선도를 가져온 동방삭을 아끼고

---

89) 茂陵(무릉) : 한 무제의 능묘. 서안시 서북 흥평시(興平市) 소재.

90) 심주 : 전쟁을 좋아하다.(勤兵.)

91) 蒲梢(포초) : 천리마의 이름. 한 무제 때 대완을 공격하여 얻은 천리마로, 기원전 101년에 무제가 시를 지었다. "천마가 왔나니 서쪽 끝에서, 만 리를 지나 덕정에 귀화했네. 신령한 위엄으로 외국을 항복시키니, 사막을 지나 이민족이 복속하였네."(天馬來兮從西極, 經萬里兮歸有德. 承靈威兮降外國, 涉流沙兮四夷服.) 『사기』 「악지」(樂志) 참조.

92) 苜蓿(목숙) : 개자리. 말이 잘 먹는 풀로, 원래 서역에서 자랐는데 한대에 중국에 들어왔다. ○ 榴花(유화) : 석류화. 한 무제 때 장건(張騫)이 서역에서 돌아오면서 석류(安石榴), 호두(胡桃), 포도(蒲桃)를 가져왔다. 『박물지』 참조.

93) 심주 : 사냥하다.(射獵.)

94) 內苑(내원) : 궁내의 정원. ○ 鳳觜(봉자) : 봉황의 부리. 전설에 따르면, 신선이 봉황의 부리와 기린의 뿔을 끓여 아교를 만든다고 한다. 이 아교로 끊어진 활시위나 부러진 검을 붙일 수 있어 '연금니'(連金泥)라고도 부른다. 무제가 화림원에서 호랑이를 쏘다가 시위가 끊어졌는데, 서역국 사신이 이 아교를 입김으로 풀어 시위를 이어 붙였다고 한다. 『십주기』(十洲記) 참조.

95) 심주 : 암행을 나가다.(微行.)

96) 屬車(속거) : 제왕이 출행할 때 뒤따르는 수레. 한대 이래 제왕의 대가(大駕)에는 속거가 팔십일 승, 법가(法駕)에는 삼십육 승이 세 열로 따른다고 한다. ○ 雞翹(계교) : 속거 앞에는 새털을 엮어 만든 난새 깃발을 꽂아 표지로 삼는데 이를 속칭 '계교'라 한다.

金屋修成貯阿嬌.⁹⁹⁾¹⁰⁰⁾ 금옥(金屋)을 만들어 아교(阿嬌)를 살게 하였지
誰料蘇卿老歸國,¹⁰¹⁾ 누가 알았으랴, 소무가 흉노에서 억류되어 돌아왔을
때는
茂陵松柏雨蕭蕭? 무릉의 우거진 송백에 빗소리만 우수수 들릴 줄을

해설 표면상으로는 한 무제를 그렸지만 실제로는 당 무종(唐武宗, 재위 840
~846년)을 비유하였다. 이상은은 자주 한 무제로 당 무종을 비유하였으
며, 실제로 두 제왕은 여러 면에서 유사한 점이 많았다. 무종 역시 당대
말기에 국운을 일으키는데 일정한 공헌을 하였다. 그러나 사냥을 좋아하
고, 신선술에 탐닉하고, 여색에 빠진 점에서 완곡한 비판을 보인다. 말 2
구에서 갑작스런 전환으로 소무를 자신에게 비유하여 아쉬움을 나타내
었다. 말미의 내용으로 보아 무종이 죽은 후 쓴 것으로 보인다.

---

97) 심주 : 신선술을 구하다.(求仙.)
98) 玉桃(옥도) : 먹으면 장생불사한다는 선도. ○ 方朔(방삭) : 동방삭. 『박물지』에 의하
면 서왕모가 한 무제에게 선도를 주었는데 동방삭이 창문으로 몰래 엿보았다고 한
다. 이에 서왕모가 "문틈으로 보는 이 아이가 세 번이나 와서 내 복숭아를 훔쳤지"라
고 말하였다. 이 구는 도사가 왕에게 장생불사약을 만들어주는 일을 비유하였다. 당
무종은 도사 조귀진(趙歸眞)을 총애하였고, 그로부터 직접 법록을 받았으며, 이후
불사약에 중독되어 죽었다.
99) 심주 : 여색을 좋아하다.(重色.)
100) 阿嬌(아교) : 한 무제의 진황후(陳皇后)의 아명. 무제가 어렸을 때 장공주(長公主)가
그를 무릎에 앉혀놓고 각시를 얻고 싶은지 물었다. 장공주는 주위의 백여 명의 사람
에 대해 고개를 젓는 무제에게 아교(阿嬌)는 어떠냐고 물었다. 이에 무제가 웃으며
"아교를 각시로 얻으면 당연히 금옥(金屋)에 살게 하지"(若得阿嬌作婦, 當作金屋貯
之.)라 대답하였다. 『한 무제 이야기』(漢武故事) 참조. 한 무제가 진황후를 총애하였
듯이, 당 무종도 왕재인(王才人)을 총애하였고 그녀를 황후로 세우려 하였다. 무종
이 사냥을 나가면 왕재인도 반드시 군복을 입고 따라 나섰다.
101) 蘇卿(소경) : 소무(蘇武). 자가 자경(子卿)이다. 한 무제 때인 기원전 100년 흉노에 사신으
로 나가 억류되었다가 십구 년 후 소제(昭帝) 때 돌아왔다. 소무가 한 무제를 만나지
못하였듯, 이상은이 무종의 인정을 받지 못하였음을 아쉬워하는 것으로 보인다.

전 울주 계필 사군에게(贈前蔚州契苾使君)[102][103]

何年部落到陰陵?[104]	어느 해에 부족을 이끌고 음산으로 왔는가?
三世勤王國史稱.[105]	조손 삼대 왕을 위해 헌신한 일 역사가 칭찬하네
夜卷牙旗千帳雪,	천 폭의 눈이 쌓인 밤 깃발을 감아쥐고 돌격하고
朝飛羽騎一河冰.[106]	얼어붙은 아침 강을 기병 이끌고 날 듯이 건넜지
蕃兒襁負來青塚,[107][108]	청총에서는 오랑캐 남아들이 아이 업고 나오고
狄女壺漿出白登.[109]	백등산에서는 오랑캐 여인이 물병 들고 맞이하리
日晚鷩鵜泉畔獵,[110]	해 저물면 벽제천 옆에서 사냥할 터인데
路人遙識郅都鷹.[111]	길가의 사람들이 멀리서 질도의 창응을 알아보리라

---

102) 심주 : 계필하력은 외족의 수장으로, 당대 초기에 귀순하여 공을 세운 신하이다. 사
군은 그 후예이다.(契苾何力係外酋來歸, 爲唐初功臣, 使君其後也.)

103) 蔚州(울주) : 치소는 지금의 산서성 영구현(靈丘縣). ○ 契苾(계필) : 복성(複姓). 원래
는 민족 이름으로 칙륵부의 하나였다. 수당 때 언기(焉耆) 서북에 거주하다가, 632년
족장 계필하력(契苾何力)이 당에 귀순하여 감숙성으로 이거하였다. 계필 사군은 계
필통(契苾通)을 가리킨다. ○ 使君(사군) : 자사.

104) 陰陵(음릉) : 음산(陰山). 내몽골자치구의 남부에 있는 산맥으로 홍안령에서 영하(寧
夏)에 걸쳐 있다. 계필하력의 아들 계필명(契苾明)이 계전도(鷄田道, 영하 靈武) 대
총관이 되었을 때 음산 일대로 이동한 것으로 보인다.

105) 三世(삼세) : 조부부터 손자까지의 삼대. ○ 勤王(근왕) : 왕을 위해 힘을 다하다.

106) 羽騎(우기) : 우서(羽書)를 전달하는 기병.

107) 심주 : 사군을 맞이하는 사람들.(使君招來者.)

108) 蕃兒(번아) : 중국 서북부에 사는 비한족의 남자. ○ 襁負(강부) : 포대기에 아이를 업
다. ○ 青塚(청총) : 왕소군 묘. 내몽골 후허하오터 남쪽 소재.

109) 狄女(적녀) : 중국 서북부에 사는 비한족의 여자. ○ 壺漿(호장) : 단사호장(簞食壺漿).
광주리의 밥과 물병의 물. 백성들이 밥과 물을 들고 나와 자신을 지키는 군대를 환
영하다. 『맹자』「양혜왕」 참조. ○ 白登(백등) : 백등산. 산서성 대동시(大同市) 동쪽
에 소재.

110) 鷩鵜泉(벽제천) : 지금의 내몽골 임하현(臨河縣) 동북에 있는 샘. 호아음마천(胡兒飲
馬泉).

111) 郅都(질도) : 서한 문제와 경제시기에 활동한 관리. 대담하고 경직하며 직간하는 것
으로 잘 알려졌다. 법을 집행함에 있어 백성이든 귀족이든 엄하게 대하였기에 '창
응'(蒼鷹)이란 별명을 얻었다. 경제 때 안문태수가 되어 부임하니 흉노가 감히 접근
하지 못했다. 여기서는 계필통을 비유한다. 『사기』「혹리열전」 참조.

해설 출정하는 계필통(契苾通)을 보내며 쓴 시이다. 842년 9월 회골이 침입하자 은주자사 하청조(何淸朝)와 울주자사 계필통을 천덕(天德, 내몽골 우라터)으로 보내어 막게 하였다. 계필 부족이 당대 초기 귀순한 이래 '근왕'(勤王)을 한 일을 기리고, 신속한 작전 능력을 칭찬하였다. 후반부는 출정한 이후 이민족의 환영을 받고, 흉노가 질도(郅都)를 두려워하듯 회골이 계필통을 두려워할 것이라며 격려하였다.

수나라 군대의 동정(隨師東)[112]

東征日調萬黃金,[113]	동쪽 정벌로 날마다 황금 만 일(鎰)을 조달하니
幾竭中原買鬪心.	중원의 물자를 소모하여 병사의 투지를 샀어라
軍令未聞誅馬謖,[114]	군령은 마속(馬謖)을 베었다는 말 듣지 못했고
捷書惟是報孫歆.[115][116]	승전보는 오로지 손흠(孫歆)을 잡았다는 거짓 보고라
但須鸑鷟巢阿閣,[117]	다만 봉황이 궁월에 깃들기만 한다면
豈假鴟鴞在泮林?[118]	어찌 올빼미가 반궁의 숲에 있을 수 있으리오?

---

112) 심주: 이 시는 수나라의 동정을 빌려 시사를 풍자하였다.(此借隨東征之役, 以諷時事.) ○ '隋'는 고본에서는 '隨'라 되어 있다. 수 문제가 辵을 빼어 '隋'로 만들었다.('隋'古本作隨, 文帝去辵作隋.)

113) 東征(동정): 횡해절도사 이동첩(李同捷)에 대한 토벌.

114) 馬謖(마속): 삼국시대 촉한의 장수. 228년 제갈량이 북벌할 때 마속을 선봉에 내보냈으나, 군령을 어긴 탓에 가정(街亭) 전투에서 패배하였다. 이에 제갈량이 '읍참마속'하였다.

115) 심주: 진(晉)이 동오를 평정하면서 손흠(孫歆)의 수급을 이미 가지고 있다고 말했는데, 동오를 평정하고 나니 손흠이 아직 생존해 있었다.(平吳之役, 言已得歆頭, 吳平歆尙在.)

116) 孫歆(손흠): 삼국시대 동오의 무장. 280년 진(晉)이 동오를 공격할 때 왕준(王濬)이 전공을 거짓 보고하면서 손흠의 수급을 가지고 있다고 하였다. 나중에 두예(杜預)가 손흠을 포로로 잡아 낙양으로 보내 사실의 진상이 밝혀졌다.

117) 鸑鷟(악작): 봉황. ○ 阿閣(아각): 사면이 모두 처마가 있는 누각. 여기서는 궁전. 봉황이 궁궐에 깃든다는 말은 현신이 조정에 있다는 의미이다.

118) 鴟鴞(치효): 올빼미. ○ 泮林(반림): 반궁(泮宮, 국자감) 옆의 숲. 『시경』「반수」(泮

可惜前朝玄菟郡,[119]　　안타까워라, 한대의 현도군 자리
積骸成莽陣雲深![120]　　해골이 덤불같이 쌓이고 전운이 깊어감을

평석 제3구는 군령이 시행되지 않음을 말했고, 제4구는 거짓 보고에 큰 상을 내림을 말했고, 제5, 6구는 군주가 덕을 닦으면 어진 사람이 조정에 가득하니 먼 곳의 사람이 복종하길 바랄 필요가 없음을 말했다.(三語言軍令不行, 四語言虛聲激賞, 五六言人主修德, 則賢士滿朝, 不必借遠人之服也.)

해설 수나라의 고구려 공격을 제재로 한 시이다. 수 양제의 세 차례에 걸친 고구려 침략은 시작부터 잘못되었고 군령이 서지 않았고 거짓 승전보가 난무했음을 지적하였다. 제5, 6구는 이 시의 의론 부분으로 이러한 패전이 조정에 현능한 인물이 없음에서 비롯되었음을 지적하였다. 역대 시평가들은 이 시를 당 정부군의 동정을 풍자한 시로 해석한다. 826년 횡해(橫海, 하북성 滄縣)절도사 이전략(李全略)이 죽자, 그의 아들 이동첩(李同捷)이 스스로 유후에 오르고 조정의 명령도 받지 않았다. 다음 해 827년 8월 조정에서는 각 도(道)의 절도사에게 토벌을 명하였으나 지지부진하다가 3년이 지난 830년이 되어서야 겨우 평정되었다. 청대 풍호(馮浩)는 봉황의 부재를 재상 배도(裴度)와 같은 인물이 장기적으로 집권하지 못한 것으로 보았다. 결국 시인은 당대 말기 군벌의 발호로 인해 야기된 군기의 해이와 중원의 물자 고갈 등의 상황이 수나라 말기와 같음을 염려하였다.

　　水)에 "저 훨훨 나는 올빼미, 반궁 옆의 숲에 내려앉네"(翩彼飛鴞, 集于泮林.)란 구절이 있고, "저 깨달은 회수의 오랑캐들, 보배를 바치러 왔어라"(憬彼淮夷, 來獻其琛.)는 구절이 있다. 여기서는 번진이 할거함을 말한다.
119)　玄菟郡(현도군) : 한 무제 때인 기원전 108년에 세워진 군으로, 그 위치는 요동으로 추정된다. 313년 고구려에 병합되었다.
120)　莽(망) : 우거진 풀.

곡강(曲江)¹²¹⁾¹²²⁾

望斷平時翠輦過,¹²³⁾	바라보아도 예전의 비취 보련 보이질 않고
空聞子夜鬼悲歌.	부질없이 한밤중에 귀신의 슬픈 노래 듣는구나
金輿不返傾城色,¹²⁴⁾	금 가마 탄 경국지색들 다시 돌아오지 않고
玉殿猶分下苑波. ¹²⁵⁾	전각에선 지금도 곡강(曲江)으로 물길 나뉘어 흘러라
死憶華亭聞唳鶴,¹²⁶⁾	죽을 때는 화정(華亭)에서 학 울음소리 떠올리고
老憂王室泣銅駝.¹²⁷⁾¹²⁸⁾	늙어서는 왕실을 염려하여 청동 낙타 앞에서 울었어라
天荒地變心雖折,¹²⁹⁾	하늘이 막히고 땅이 뒤집혀 비록 마음이 부서져도
若比傷春意未多.¹³⁰⁾	나라가 기울어가는 슬픔보다는 그래도 나으리라

---

121) 심주 : 이 시는 현종 때의 곡강을 빌려 문종 때의 시사를 풍자하였다.(此借玄宗時曲
江以諷文宗時事.) ○정주가 말하기를 관중의 재난은 의당 토목공사로 진압해야 한
다며 곤명지와 곡강을 준설하였다. 11월에 감로지변으로 중지되었다. 이에 「곡강」
을 제목으로 하였다.(鄭注言秦中有災, 宜興土工壓之, 乃浚昆明池與曲江. 十一月, 以
甘露變而止. 故以曲江爲題.)

122) 曲江(곡강) : 장안 동남 교외 소재했던 유람 명승지. 안사의 난 이후 황폐해졌다.

123) 望斷(망단) : 멀리 바라보아도 보이지 않음. ○翠輦(취련) : 물총새 깃털로 장식한 황
제가 타는 가마.

124) 傾城色(경성색) : 경국지색. 미인. 황제의 행락을 시종하던 비빈들.

125) 下苑(하원) : 곡강.

126) 華亭(화정) : 화정현. 지금의 상해시 송강현. 서진 육기(陸機)가 환관 맹구(孟玖)의 참
훼로 형장에서 죽게 되자 "화정의 학 울음을 어찌 다시 들을 수 있겠나?"(華亭鶴唳,
豈可復聞乎?)며 탄식하였다. 『세설신어』「우회」(尤悔) 참조. 이 구는 감로지변으로
죽은 문신들을 언급하였다. ○唳鶴(여학) : 우는 학.

127) 심주 : 정주와 왕애 등을 말하며, 원한을 갚아줄 사람이 있기를 바랐다.(謂鄭注、王
涯諸人, 望雪寃有人.)

128) 泣銅駝(읍동타) : 서진이 멸망하기 전 색정(索靖)이 천하가 장차 난리에 빠질 것을
예감하고 낙양 궁문 앞의 청동 낙타 앞에서 탄식하며 "너를 가시덤불 속에서 보겠구
나!"(會見汝在荊棘中耳!)고 하였다. 『진서』「색정전」 참조.

129) 天荒地變(천황지변) : 하늘이 닫히고 땅이 뒤집히다. 자연계의 거대한 변화. 여기서
는 감로지변으로 일어난 비통한 일들.

130) 傷春(상춘) : 봄이 되어 만물이 변화하고 시간이 흐른 것에 대해 느끼는 슬픈 감정.
이상은 시에서 '상춘'은 단순히 봄에 대한 것을 넘어서, 기울어가는 국가의 운명에
대해 슬픔을 가리키는 경우가 많다.

해설 장안의 곡강을 빌려 시사를 탄식하였다. 시사에 대해서는 역대 시평가들의 여러 가지 해석이 있지만, 가장 설득력 있는 것으로는 감로지변이다. 835년 봄 정주(鄭注)가 도성에 재화를 없애려면 토목을 일으켜야 한다고 건의하였다. 마침 문종도 두보의 「강가를 슬퍼함」(哀江頭)를 읽고 현종 때에는 곡강 주위에 행궁과 전각이 있었음을 알고는 태평 시절을 회복하고자 정주의 건의를 받아들였다. 이리하여 신책군이 곡강을 준설하고 공경대부들에게 강가에 누각을 세우는 것을 허락하였다. 또 10월에는 곡강의 정자에서 군신들을 불러 잔치를 열기도 하였다. 그러나 감로지변으로 12월에 곡강의 토목 공사는 전면 중단되었다. 시인은 이런 점에서 곡강이라는 장소를 통해 격변하는 시대의 전후 상황을 비교할 수 있었다. 특히 감로지변 자체에 대한 서술과 비판에 그치는 것이 아니라, 이로 인해 일어나게 될 역사의 추세를 파악하고 드러냈다는 점에서 일반적인 영사시를 크게 넘어섰다.

유분의 죽음에 곡하다(哭劉蕡)[131]

上帝深宮閉九閽,[132]	상제(上帝)는 깊은 궁궐 아홉 겹 문 안에 있으며
巫咸不下問銜冤.[133][134]	무함(巫咸)더러 원한을 물어보라 내려 보내지도 않았지
黃陵別後春濤隔,[135]	황릉에서 헤어진 후 봄 파도를 두고 떨어져 있었는데

---

131) 劉蕡(유분) : 만당시기의 문인. 826년 진사과 급제. 828년 현량방정과에 응시하면서 대책에서 환관의 전정(專政)을 통렬히 비판하였지만, 고시관들이 환관의 미움을 살까 싶어 합격시키지 않았다. 영호초와 우승유가 종사로 징초하였다. 비서랑이 되었지만 환관의 무고로 유주사호참군으로 폄적되었다.

132) 九閽(구혼) : 천궁의 구중 궁문. 천제가 거처하는 천궁에는 문이 아홉 개가 있다고 한다. 궁궐 또는 조정을 가리킨다.

133) 심주 : 상제가 무함더러 원한을 해결하라 보내지도 않았으니, 사람으로부터 곤경을 당하고 하늘로부터도 재난을 당하였다.(上帝不遣巫咸問冤, 言旣厄於人, 並厄於天也.)

134) 巫咸(무함) : 전설에 나오는 천제의 사신 무양(巫陽). ○ 銜冤(함원) : 원한을 품다.

135) 黃陵(황릉) : 황릉산. 지금의 호남성 상음현(湘陰縣) 소재. 상수가 동정호로 들어가는

湓浦書來秋雨翻.[136] 분포에서 부고가 날아드는 지금 가을비 흩날리네
只有安仁能作誄,[137] 오로지 반악(潘岳)만이 뇌문을 지을 수 있으나
何曾宋玉解招魂?[138] 일찍이 송옥(宋玉)도 굴원의 혼을 불러오지 못했어라
平生風義兼師友,[139] 평소의 풍모와 절기는 스승이자 친구였으나
不敢同君哭寢門.[140][141] 내 감히 스승으로 여겨 내실 안에서 곡을 하노라

해설 친구 유분의 죽음을 애도한 시이다. 억울하게 폄적되어 타향에서
객사한 데 대해 깊은 애도를 표시하고, 어두운 정치 환경에 대해서도 항
의를 나타내었다. 유분은 환관에 대해 강렬히 비판하였기에 그들의 무고
를 당해 유주사호참군으로 폄적되었다가 죽었다. 이 시는 대략 848년 봄
이상은이 계관관찰사 장서기를 마치고 북으로 가다가 호남 황릉에서 유
분을 만난 후, 다음 해 849년 가을 장안에서 그의 부고를 듣고 지은 4수
가운데 한 수이다.

곳으로, 산 아래는 순 임금의 두 비인 아황과 여영이 묻힌 곳으로 황릉묘(黃陵廟)가
있다.
136) 湓浦(분포) : 강주(江州). 지금의 강서성 구강시. 이곳에서 분수가 장강으로 들어간다.
137) 安仁(안인) : 서진의 문인 반악(潘岳). 자가 안인(安仁)이다. 애뢰문(哀誄文)에 뛰어났
다. ○誄(뢰) : 뇌문. 죽은 자의 생전의 행장을 서술하여 상례 중에 읽는 문장. 반악
을 시인 자신에 비하였다.
138) 宋玉(송옥) : 전국시대 초나라의 문인. 동한 왕일(王逸)은 「초혼」에 대해 송옥(宋玉)
이 굴원의 죽어가는 영혼을 부르기 위해 지은 것이라 하였다. 송옥을 시인 자신에
비하였다. ○解(해) : 이해하다.
139) 風義(풍의) : 풍모와 절기. ○兼師友(겸사우) : 스승이자 친구이다.
140) 심주 : 공자가 말했다. "스승이라면 나는 내실 앞에서 곡하지만, 친구라면 나는 내실
밖에서 곡한다."(孔子曰 : "師, 吾哭諸寢; 朋友, 吾哭諸寢門之外.")
141) 同君(동군) : 그대와 같은 지위이다. 친구 관계이다. ○寢門(침문) : 내실의 문. 『예기』
「단궁」(檀弓)에서 공자가 "스승이라면 나는 내실 앞에서 곡하지만, 친구라면 나는
내실 밖에서 곡한다"고 말했다. 스승이 친구보다 중요하다는 의미이다. 영호초와 우
승유가 유분을 사우(師友)로 여겼으며, 이상은 역시 유분의 사람됨을 존중하여 스승
으로 여기므로 내실 안에서 곡을 한다는 뜻이다.

안정성루(安定城樓)¹⁴²⁾¹⁴³⁾

迢遞高城百尺樓,¹⁴⁴⁾	드높이 솟은 성벽 위에 백 척의 누각
綠楊枝外盡汀洲.¹⁴⁵⁾	푸른 버들가지 너머로는 물가가 끝없어라
賈生年少虛垂涕,¹⁴⁶⁾	가의(賈誼)는 젊어서 정치를 위해 헛되이 눈물 흘렸고
王粲春來更遠遊.¹⁴⁷⁾	왕찬(王粲)은 봄이 되어 더욱 먼 곳으로 놀러갔어라
永憶江湖歸白髮,¹⁴⁸⁾	오래 전부터 백발이 되면 강호에 은거하려 했으니
欲廻天地入扁舟.¹⁴⁹⁾¹⁵⁰⁾	하늘과 땅을 바로잡아 놓은 후에 쪽배 타고 떠나리
不知腐鼠成滋味,¹⁵¹⁾	알지 못하겠노라, 올빼미는 썩은 쥐가 맛있다고 하면서

---

142) 심주 : 영호씨에 배척당하고 지었다.(爲令狐氏所擯而作.)

143) 安定(안정) : 안정군. 경주(涇州). 지금의 감숙성 경천현(涇川縣) 북쪽 소재. 당대 경원절도사 소재지.

144) 迢遞(초체) : 높은 모양.

145) 汀(정) : 물가의 평지.

146) 賈生(가생) : 가의(賈誼). 서한 초기의 정론가. 젊어서 제자백가에 정통하였다. 문제(文帝)에게 올린 「정사를 진술한 소」(陳政事疏)에서 당시 정세에 대해 "통곡할만한 것이 하나이고, 눈물을 흘릴만한 것이 둘이고, 장탄식할만한 것이 여섯"(可爲痛哭者一, 可爲流涕者二, 可爲長太息者六.)이라고 하였다. 문제는 본래 가의를 공경에 임명하려고 하였으나 일부 대신들이 반대하여 그만 두었다. 시인은 자신에게 나라를 바로잡을 재주가 있으나 고관들이 알아주지 못하여 임용되지 못하였다며, 가의로 자신을 비유하였다.

147) 王粲(왕찬) : 동한 말기 문인. 건안칠자 가운데 한 사람. 장안이 난리에 빠지자 형주에 가서 유표(劉表)에게 십오 년간 의지하였다. 이때 유명한 「등루부」(登樓賦)를 지었는데 "비록 진실로 아름답다고 하더라도 나의 고향은 아니니 어찌 오래 머물기 족하리오"(雖信美而非吾土兮, 曾何足以少留.)라는 말이 있다. 시인은 자신이 도성을 떠나 멀리 경주에 왔다는 점에서, 왕찬으로 자신을 비유하였다.

148) 永憶(영억) : 오래도록 생각하다. 줄곧 바라다. ○江湖(강호) : 조정과 상대되는 말로 재야 또는 은거지를 말한다.

149) 심주 : 어찌 두보보다 못하다고 하겠는가!(何減少陵!)

150) 廻天地(회천지) : 하늘과 땅을 돌려 바로 잡다. 정치상 큰 업적을 세우다. ○入扁舟(입편주) : 쪽배를 타다. 춘추시대 말기 월나라 범려(范蠡)가 월왕 구천을 도와 오나라를 멸망시킨 후 배를 타고 은거한 일을 환기한다.

151) 腐鼠(부서) : 썩은 쥐. 『장자』「추수」(秋水)에 나오는 전고이다. 장자가 위(魏)의 재상 혜시(惠施)를 찾아갔을 때, 혜시가 자신의 자리를 빼앗으러 오는 줄 알고 사흘 밤낮으로 장자를 찾았다. 장자가 스스로 나타나 남방에 있는 원추(鵷鶵, 봉황의 일종)를

猜意鵷雛竟未休.[152] 고상한 원추새를 시기하고 의심하길 그치지 않으니

평석 자신이 강호에서 여생을 보내리라 오래 전에 생각했지만, 뜻은 천지를 바꾸어놓고 쪽배 타고 은거하려 함을 말하였다. 자신의 뜻을 모르는 사람들은 마치 올빼미가 썩은 쥐를 좋아하면서 원추새를 의심하니 이 또한 탄식할 만하지 않은가!(言己長憶江湖以終老, 但志欲挽回天地, 乃入扁舟耳. 時人不知己志, 以鴟鴞嗜腐鼠而疑鵷鶵, 不亦重可歎乎!)

해설 이상은은 837년 진사과에 급제하였다. 다음 해 838년(약 27세)에 박학굉사과에 응시하여 시험에는 합격했으나 고관에 의해 배척되어 낙선하였다. 이해에 경원절도사 왕무원(王茂元)의 초빙으로 그곳으로 가 막료가 되었다. 이 시는 당시 경주성에 올라 둘러보고 일어나는 감회를 쓴 시이다. 용속하고 부패한 정치 환경 속에 솟아오른 청년의 높은 이상과 우국 정신이 잘 그려졌다. 제5, 6구는 특히 이 시의 중심으로, 왕안석(王安石)은 두보의 시보다 못하지 않다고 상찬하였다.

빌어 자신의 뜻을 말하였다. "원추는 남해에서 출발하여 북해로 날아가는데, 오동나무가 아니면 깃들지 않고, 대나무 열매가 아니면 먹지 않고, 예천(醴泉)의 물이 아니면 마시지 않는다. 그런데 올빼미가 썩은 쥐를 가지고 있다가 원추가 지나가자 올려다보며 '꽉!' 소리 질렀다고 한다. 지금 그대는 위나라 때문에 나에게 '꽉!' 소리를 지른 것인가?'(夫鵷鶵, 發於南海而飛於北海, 非梧桐不止, 非練實不食, 非醴泉不飲. 於是鴟得腐鼠, 鵷鶵過之, 仰而視之曰: "嚇!" 今子欲以子之梁國而嚇我邪?) 썩은 쥐는 관직과 녹봉을 비유한다. ○ 成滋味(성자미) : 맛있다고 생각하다.
152) 猜意(시의) : 시기하고 의심하다.

민산(井絡)[153]

井絡天彭一掌中,[154]	민산(岷山)과 천팽산(天彭山)도 손바닥 안에 있으니
漫誇天設劍爲峰?[155]	검문(劍門)이 천험의 요새라고 자랑하지 말게나
陣圖[156]東聚夔江石,[157][158]	동으로는 기주의 강가에 바위 모아 쌓은 팔진도가 있고
邊柝西懸雪嶺松.[159][160]	서쪽으론 설산의 소나무에 딱따기 소리 높이 들린다
堪歎故君成杜宇,[161]	개탄스럽게도 고대의 군주 망제도 두견새가 되었는데
可能先主是眞龍?[162]	촉한의 유비가 어찌 중국을 통일할 천자가 되겠는가?

---

153) 井絡(정락) : 민산(岷山)을 가리킨다. 정(井)은 별자리 정수(井宿, 쌍둥이자리)를 가리키며, 락(絡)은 정수의 범위를 말한다. 고대 중국에서는 천상의 별자리를 지상과 대응시켜 이를 분야(分野)라 하였는데, 정락의 분야는 민산(岷山)이며, 넓게 잡아 촉 지방이다. 좌사(左思)의 「촉도부」에 "민산의 정기는 위로 올라가 정락이 된다"(岷山之精, 上爲井絡.)는 말이 있다.

154) 天彭(천팽) : 천팽산. 사천성 관현(灌縣) 소재. 두 봉우리가 궐문같이 마주 보고 있어, 천팽문(天彭門) 또는 천팽궐(天彭闕)이라고도 한다.

155) 劍爲峰(검위봉) : 검과 같이 높이 솟은 봉우리. 대검산과 소검산을 말한다. 검문산(劍門山)의 주봉은 대검산으로 검각현 북쪽에 소재한다. 『원화군현도지』에는 "그 산의 깎아지른 절벽은 천 장이며, 아래로는 깎인 계곡을 내려다보며, 비각을 만들어 행려자들이 통행한다"고 하였다.

156) 심주 : 팔진도.(八陣圖.)

157) 심주 : 동천.(東川.)

158) 陣圖(진도) : 제갈량이 어복현(魚腹縣, 사천성 봉절현) 강가에 돌을 모아 만들었다고 하는 팔진도. ○ 夔江(기강) : 기주의 강.

159) 심주 : 서천.(西川.)

160) 邊柝(변탁) : 변경 지방의 군중에서 나는 딱따기 소리. ○ 雪嶺(설령) : 설산 또는 서산이라고도 한다. 민산(岷山)의 주봉. 송주(松州) 가성현(嘉誠縣 사천 松潘) 동쪽 소재.

161) 杜宇(두우) : 주대 말기 촉나라의 군주. 망제(望帝)라 부른다. 나중에 죽어 혼백이 두견새가 되었다. 여기서는 두견새.

162) 可能(가능) : 어찌 할 수 있으리오? ○ 先主(선주) : 삼국시대 촉한의 선주 유비(劉備). ○ 眞龍(진룡) : 중국을 통일한 황제.

將來爲報奸雄輩,[163]　　이러한 전례로 할거의 야심이 있는 간웅에게 알
　　　　　　　　　　　리노니

莫向金牛[164]訪舊蹤.[165]　　금우도를 넘어 옛 할거자의 자취를 따르지 말게나

평석 대대로 제위를 지키며 황족이라 해도 성공하지 못하였는데 하물며 간웅이 할거함에 있어서랴? 유벽 같은 무리를 말한다.(言世守及帝冑且不能成功, 況奸雄割據乎? 如劉闢輩是也.)

해설 안사의 난 이후 촉 지방은 지방 군벌들이 자주 반란을 일으켰다. 지형적으로 험난한 산과 삼협으로 둘러싸여 있기 때문에 어느 지역보다도 중앙 정부의 힘이 쉽게 미칠 수 없어 독립되기 쉬운 조건을 가지고 있었다. 역사적으로도 삼국시대 촉한이 웅거하였고, 십육국시대에도 지방정부가 쉽게 들어서는 등 전례가 있고, 헌종 초기인 805년에도 유벽(劉闢)이 반란을 일으켰다. 시인은 이러한 역사적 전례를 통해 촉 지방이 지닌 지리적 요소에 주목하여 그 위험성을 경고하는 듯하다. 제3, 4구는 비록 천험의 지역이라 해도 촉의 동서에서 전란이 자주 있었음을 환기하였다.

163) 將來(장래) : 이것을 가지고. ○ 報(보) : 알리다. ○ 奸雄(간웅) : 촉 지방에 할거하려는 야심을 가진 사람.
164) 심주 : 현 이름이다.(縣名.)
165) 金牛(금우) : 금우도(金牛道). 지금의 섬서성 면현(勉縣)에서 서남으로 칠반령을 넘어, 사천성 경내의 조천역을 지나 대검관(大劍關)에 이르는 길. 고대에는 중원에서 촉 지방으로 들어가는 요도였다. 전설에 의하면, 진 혜왕(秦惠王)이 촉나라를 공격하려고 하는데 들어가는 길을 알 수 없었다. 이에 다섯 마리 석우(石牛)를 만들고 금덩이를 소꼬리 아래 매달고는 금똥을 누는 천우(天牛)라고 하였다. 촉나라 사람들이 이를 진짜로 믿고 석우를 운반하기 위해 다섯 명의 장사를 파견하여 길을 열었다. 장의(張儀)가 이 길을 거슬러 촉나라를 공격할 수 있었다. ○ 訪舊蹤(방구종) : 할거한 자의 자취를 따르다.

청년(少年)

外戚平羌第一功,[166]	외척으로 서강을 평정하여 가장 높은 공 세운 집안에서
生年二十有重封.[167]	나이 스물에 두 번째 작위를 받았어라
直登宣室螭頭上,[168]	선실의 교룡 머리 위로 곧장 올라가고
橫過甘泉豹尾中.[169]	감천궁의 천자 수레를 가로질러 다녔네
別館覺來雲雨夢,[170]	별관에서 깨어나니 운우(雲雨)의 꿈속이고
後門歸去蕙蘭叢.[171]	뒷문으로 들어가니 난초의 꽃 속이라
灞陵夜獵隨田竇,[172]	전분과 두영을 따라 파릉의 밤 사냥에 빠졌으니
不識寒郊自轉蓬.	추운 교외에 뒹구는 쑥대를 어찌 알아보리오?

평석 교만한 태도에 여색에 탐닉하는 등 여러 가지 일을 동시에 언급하니, 이 시는 분명 구체적으로 가리키는 바가 있을 것이다.(驕姿色荒, 兼而有之, 此詩應有所指.)

해설 외척 신분으로 작위를 물려받은 청년 공자의 교만(제3, 4구)과 황음

---

166) 外戚(외척) : 제왕의 모족과 처족. ○平羌(평강) : 서강(西羌)을 평정하다.
167) 重封(중봉) : 원래의 작위 위에 또 하나의 작위를 받다.
168) 宣室(선실) : 한대 미앙궁의 선실전. 일반적으로 제왕이 집무하는 정전을 가리킨다. ○螭頭(이두) : 전각 계단의 기둥 위에 조각된 교룡의 머리.
169) 甘泉(감천) : 한대 감천궁. ○豹尾(표미) : 표범의 꼬리. 황제의 대가(大駕) 81승 가운데 마지막 수레에 표범 꼬리를 건다. 일반적으로 황제를 수행하는 수레인 속거(屬車)를 가리킨다.
170) 雲雨夢(운우몽) : 남녀가 교합하는 꿈. 송옥이 묘사한 초 회왕과 무산 선녀의 만남에서 유래했다.
171) 蕙蘭叢(혜란총) : 혜초꽃과 난초꽃이 핀 꽃밭. 여기서는 미인들.
172) 灞陵夜獵(파릉야렵) : 파릉의 밤 사냥. 서한 때 이광 장군이 은퇴하여 지낼 때 남전산에서 사냥을 하였다. 일찍이 다른 사람과 밭에서 술을 마시고 돌아가는 길에 역참에 이르니 수위가 소리치며 이광을 제지하였다. 이광이 "이전의 이장군이오"라고 했더니 수위가 "지금의 장군도 야행을 나갈 수 없는데, 이전의 장군이 어찌 되겠소!"(今將軍尙不得夜行, 何故也.)라고 하였다. ○田竇(전두) : 무안후(武安侯) 전분(田蚡)과 위기후(魏其侯) 두영(竇嬰). 모두 외척이다. 한 무제 초기 두영은 승상으로, 전분은 태위로 임명되었다.

(제5, 6구)을 그렸다. 일차적인 대상에 대해 동한 초기 마원(馬援)의 아들 마방(馬防)이라는 설이 있고, 그 풍자 대상으로는 곽자의(郭子儀)의 후손, 영호도(令狐綯), 무종 때의 오방소아(五坊小兒) 등 여러 가지 설이 있으나, 모두 적실히 들어맞지 않는 면이 있다. 현대 학자들은 일반적인 의미에서 공을 세운 외척 집안의 자제가 방자하고 황음하며 사냥에 몰두하면서 빈한한 선비의 처지는 알지 못함을 비판한 것으로 보고 있다.

왕십이 형과 한첨 원외랑이 방문하고는, 간단히 마시자고 초청하였다. 당시 나는 아내가 죽은 지 얼마 안 되어 가지 않았기에 이 시를 부치다(王十二兄與畏之員外相訪, 見招小飮. 時予以悼亡日近, 不去, 因寄)[173][174]

謝傅門庭舊末行,[175]	사안(謝安)의 높은 가문 그 끝자리에 끼었으니
今朝歌管屬檀郎.[176]	오늘의 노래와 연주는 사위 한첨(韓瞻)을 위한 것이라
更無人處簾垂地,	사람 인적 전혀 없어 주렴만 땅에 드리우고
欲拂塵時簟竟床.[177][178]	먼지 떨려 바라보니 대자리만 침상에 깔려 있어

173) 심주 : 왕십이는 왕무원의 아들이다. 외지는 이상은의 동서이다.(王十二, 茂元之子. 畏之, 義山僚婿也.)

174) 王十二(왕십이) : 장인 왕무원의 아들. 이상은의 큰처남. ○ 畏之(외지) : 이상은의 동서 한첨(韓瞻, 韓偓의 부친)의 자(字). 당시 상서성의 원외랑이었다.

175) 謝傅(사부) : 사안(謝安). 동진의 재상으로, 죽은 후 태부(太傅)가 추증되었다. 여기서는 장인 왕무원을 가리킨다. 사안의 질녀 사도온(謝道韞)이 왕응지(王凝之)에 시집 갔는데, 왕응지가 사씨 가문의 사람들보다 못하다고 생각하고는 말했다. "한 가문 안에 숙부로 사안(謝安)과 사만(謝萬)이 있고, 종형제로는 사소(謝韶), 사랑(謝朗), 사현(謝玄), 사천(謝川)이 있는데, 생각지도 않게 하늘과 땅 차이로 왕응지가 있어요!"(一門叔父, 則有阿大·中郎. 群從兄弟, 則有封·胡·遏·末, 不意天壤之中, 乃有王郎!)『세설신어』「현원」(賢媛) 참조. 여기서는 시인이 왕씨 집안에 장가가서 그 말석에 끼게 되었다며 겸손해 하는 말.

176) 檀郎(단랑) : 서진의 문인 반악(潘岳)의 아명이 단노(檀奴)로, 후인들이 단랑이라 불렀다. 당대 시인들은 사위를 '단랑'이라 불렀다. 여기서는 한첨을 가리킨다.

177) 심주 : 반악의 「도망시」에 '긴 대자리만 침상 위에 텅 빈 채 깔렸어라'는 구가 있다.

稽氏幼男猶可憫,[179]　　혜강의 어린 아들은 아직도 가엽기만 하고

左家嬌女豈能忘?[180]　　좌사의 예쁜 딸은 어미를 내내 잊지 못하네

秋霖腹疾俱難遣,[181]　　가을장마에 설사가 나고 마음마저 풀기 어려운데

萬里西風夜正長.　　만 리 멀리 서풍에 밤이 마침 길어라

해설 이상은은 경원절도사 왕무원 막부에 들어가 그의 딸과 결혼하였다. 그후 14년이 지난 851년(약 40세) 아내 왕씨가 죽었을 때 큰처남 왕십이와 동서 한첨이 위로 차 찾아왔다. 왕십이는 또 집으로 초대하였다. 이상은은 당일 가지 못하여 이 시를 썼다. 제3, 4구는 아내가 없는 적막한 빈방의 모습을 묘사하였고, 제5, 6구는 남아있는 아이들을 연민에 차 바라보고 있다. 평이한 묘사 속에 진지한 감정이 담겨있다.

눈물(淚)

永巷長年怨綺羅,[182]　　영항(永巷)에 오래 갇힌 궁녀는 적막을 원망하고

(潘岳悼亡詩 : '長簟竟床空.')

178) 竟(경) : 가득하다. 이 구는 반악의 「도망시」에 나오는 "잠 못 들어 뒤척이다 침석을 돌아보니, 긴 대자리만 침상 위에 텅 빈 채 깔렸어라. 침상이 비니 먼지만 쌓이고, 방이 비었으니 슬픈 바람만 불어오누나"(展轉盼枕席, 長簟竟床空. 床空委清塵, 室虛來悲風.)를 이용하였다.

179) 稽氏幼男(계씨유남) : 삼국시대 위나라 혜강의 아들 혜소(稽紹). 혜강의 처가 죽었을 때 혜소는 열 살이었다. 여기서는 이상은이 「교아시」(驕兒詩)에서 말한 아들 곤사(袞師).

180) 左家嬌女(좌가교녀) : 좌사(左思)의 딸. 좌사는 「교녀시」(嬌女詩)에서 자신의 딸에 대해 자세히 묘사했다. 여기서는 이상은의 딸 아자(阿姉).

181) 腹疾(복질) : 장마 때문에 일어나는 설사병. 『좌전』'소공 원년'조에 "비가 오래 내려 복통으로 설사하다"(雨淫腹疾)는 말이 있다. 여기서는 내심의 고통을 비유한다.

182) 永巷(영항) : 궁중의 깊은 골목. 한대에 죄를 지은 비빈이나 궁녀를 감금하는 곳. 한대 초기 여후(呂后)가 척 부인을 영항(永巷)에 가둔 일이 유명하다. ○怨綺羅(원기라) : 비단 옷을 입었으나 군주와 가까이 할 수 없는 처지를 원망하다.

離情終日思風波.　　　헤어진 아낙은 온종일 풍파 속의 남편을 생각해

湘江竹上痕無限,[183][184]　상강(湘江)의 대나무엔 눈물 흔적 끝이 없고

峴首碑前灑幾多?[185][186]　현산(峴山) 위의 비석 앞엔 얼마나 많이 뿌려졌나?

人去紫臺秋入塞,[187][188]　자대를 떠난 왕소군은 가을날 변경을 넘어가고

兵殘楚帳夜聞歌,[189][190]　싸움에 패한 초나라 군막에선 밤에 사면초가 들리네

朝來灞水橋邊問,[191]　아침 되어 파수의 다리 가에 나가 물어보네

未抵青袍送玉珂.[192]　그 모두가 고관을 보내는 선비보다 덜 슬프다네

평석 옛 사람의 눈물로 송별의 눈물을 형용하니, 주제가 결미에서 전환되었다.(以古人之淚, 形送別之淚, 主意轉在一結.)

해설 눈물을 제재로 한 시이다. 인간 세상의 가장 슬픈 일들을 나열하였다. 8구 가운데 6구는 차례로 깊은 궁에 갇힌 궁인의 눈물, 멀리 원정나간 남편을 기다리는 아낙의 눈물, 순 임금의 죽음을 슬퍼하는 두 비(妃)

---

183) 심주 : 순의 두 비를 말한다.(二妃.)

184) 湘江(상강) 구 : 순 임금이 창오산에서 죽자, 두 비 아황과 여영이 상강까지 가서 곡을 하다가 눈물이 대나무에 떨어져 반죽(斑竹)이 된 전설을 가리킨다.

185) 심주 : 양호의 타루비를 말한다.(羊公墮淚碑.)

186) 峴首碑(현수비) : 서진의 명장 양호(羊祜)를 기려 양양 사람들이 현산(峴山) 위에 세운 비. 백성들이 양호의 은덕을 생각하며 그 비문을 보고 울지 않은 사람이 없었다고 한다.

187) 심주 : 왕 소군을 말한다.(明妃.)

188) 紫臺(자대) : 자궁(紫宮). 제왕이 거주하는 곳. 여기서는 한대 장안궁. 이 구는 한 원제(漢元帝) 때 궁녀 왕소군이 흉노 왕 호한야에게 시집간 일을 가리킨다.

189) 심주 : 항우를 말한다.(項籍.)

190) 兵殘(병잔) 구 : 항우가 해하에서 유방의 군사에 포위되었을 때, 밤에 한나라 군사들이 부르는 초나라 노래에 대세가 기울었음을 알고 눈물을 흘린 일을 가리킨다.

191) 灞水橋(파수교) : 파교(灞橋). 장안성 동남편에 있는 다리. 도성을 떠나는 사람과의 이별의 장소로 유명하다.

192) 青袍(청포) : 청색의 도포. 당대에는 8품과 9품 등 하급 관리들이 청포를 입었다. 빈한한 선비를 가리킨다. ○玉珂(옥가) : 말굴레에 매다는 패각으로 만든 장식물. 여기서는 고관(高官)을 가리킨다.

의 눈물, 지방관의 은덕을 기리며 흘리는 백성의 눈물, 이역으로 시집가는 왕소군의 눈물 등이다. 이를 주이존(朱彝尊)은 실총(失寵), 억원(憶遠), 감서(感逝), 회덕(懷德), 비추(悲秋), 상패(傷敗)라고 하였다. 이들 6가지 눈물은 남조 강엄(江淹)의 「별부」(別賦)나 「한부」(恨賦)와 마찬가지로 나열의 수법으로 이루어졌으나, 이 시는 말 2구에서 급격한 전환을 보이며 주제를 드러내었다. 즉, 권세 높은 고관이나 귀족을 보내며 흘리는 한사(寒士)의 눈물은 앞의 6가지 눈물보다 더 상심스럽고 슬프다는 것이다. 시인이 오랫동안 체험한 하급 지식인이 받는, 냉대와 배척에서 오는 굴욕감과 정신적 고통을 표현하였다.

송옥(宋玉)[193]

何事荊臺百萬家,[194]	어찌하여 형주 사람 백만 명 중에서
惟敎宋玉擅才華?	오로지 송옥만이 재주를 다 차지하였나?
楚辭已不饒唐勒,[195][196]	'초사'가 이미 당륵보다 뛰어난데
風賦何曾讓景差?[197][198]	'풍부'가 어찌 경차보다 못할손가!
落日渚宮供觀閣,[199]	해 저무는 저궁은 장엄한 관각을 보여주고

193) 宋玉(송옥) : 전국시대 초나라의 문인. 굴원의 제자.
194) 荊臺(형대) : 초나라의 유명한 누대. 지금의 호북성 감리현(監利縣) 북쪽에 소재했다. 여기서는 강릉현.
195) 심주 : 초 양왕이 송옥과 당륵에게 명하여 「대언부」를 짓게 하였는데, 송옥이 더 잘 지었다. (襄王命玉與唐勒爲大言賦, 玉賦善.)
196) 唐勒(당륵) : 전국시대 초나라의 문인. 『사기』 「굴원열전」에 "굴원이 죽은 후 초나라에는 송옥, 당륵, 경차의 무리가 있었는데 모두 글을 좋아하고 부(賦)로 칭찬받았다"(屈原旣死之後, 楚有宋玉·唐勒·景差之徒者, 皆好辭而以賦見稱.)고 하였다.
197) 심주 : 「풍부」는 『문선』에 보인다.(風賦見文選.)
198) 風賦(풍부) : 전국시대 사부 작품. 작가에 대해서는 이설이 있으나 『문선』에서는 송옥으로 기록하였다. 대왕의 웅풍(雄風)과 백성의 자풍(雌風)을 대비하여, 자연계의 바람이 사회적 신분에 따라 결정된다고 하였다.
199) 渚宮(저궁) : 춘추시대 초나라의 별궁. 지금의 호북성 강릉현에 소재했다. 남조 양 원제

開年雲夢送煙花.²⁰⁰⁾　봄날의 운몽택은 아름다운 경관을 펼치네
可憐庾信尋荒徑,²⁰¹⁾　부러워라, 유신은 황폐한 송옥의 집에서 살며
猶得三朝托後車.²⁰²⁾²⁰³⁾　세 왕조를 거치면서도 문학 시종으로 지냈어라

해설 송옥의 재주와 처지를 부러워하였다. 말 2구는 송옥의 은덕이 후세까지 미쳤음을 유신의 예를 들어 말하였다. 송옥에 대한 전적인 예찬은 반대로 자신의 불우를 드러내기 위한 것으로 볼 수 있다. 이상은은 절도사 노홍지(盧弘止)가 자신을 굴원과 송옥에 비긴 것을 자부한 데서(回看屈宋由年輩) 알 수 있듯이, 송옥과 비슷한 재능인데도 그 처지는 세 군주를 거치며 막부에 의탁하는데 그친 점을 크게 슬퍼하였다.

온정균(溫庭筠)

평석 『세설신어』에서 "정이 시문에서 생겨나고, 시문이 정에서 생겨난다"고 하였다. 정이 적으면서 시문이 많은 것이 만당시의 병이다. 이 뜻으로 온정균의 시를 취사선택하면 진정

(梁元帝)가 552년 강릉에서 즉위하고 궁궐을 확건하면서 저궁의 유지는 인멸되었다.
200) 開年(개년) : 한해의 시작. 봄. ○ 雲夢(운몽) : 운몽택. 고대의 거대한 습지로, 호북성의 장강 남북에 걸쳐 분포되어 있었다.
201) 庾信(유신) : 남조 양(梁)나라의 문인. 548년 후경(侯景)의 난이 일어나자 간문제(簡文帝)의 명을 받아 군사를 이끌고 나갔는데, 후경의 군사가 다가오자 싸우지도 않고 강릉(江陵)으로 달아났다. 강릉에서는 송옥의 옛집에서 살았다.
202) 심주 : 유신은 난리 후 송옥의 고택에서 살았다. 유신은 양, 서위, 북주를 모두 거쳤다.(庾信亂後居宋玉古宅, 梁, 魏, 周, 信皆經歷.)
203) 三朝(삼조) : 세 왕조. 양, 서위, 북주를 가리킨다. 양나라에서의 양 무제, 간문제, 양원제를 가리킨다는 설도 있다. ○ 後車(후거) : 시종이 타는 차. 조비(曹丕)의 「오질에게 주는 편지」(與吳質書)에 "종자들은 호가 소리 울리며 길을 열고, 문인들은 후거를 타고 오네"(從者鳴笳以啓路, 文學托乘於後車.)란 말이 있다.

한 시가 나온다.(語曰: "情生於文, 文生於情." 情不足而文多, 晚唐詩所以病也. 得此意以去取溫

詩, 則眞詩出矣.)

마외역(馬嵬驛)[1]

穆滿曾爲物外遊,[2][3]	주 목왕이 일찍이 세상 밖으로 나가 놀면서
六龍經此暫淹留.[4]	여섯 필의 말이 이곳에서 잠시 머물렀어라
返魂無驗靑煙滅,[5]	죽은 자를 살린다는 향기도 효험 없이 연기로 사라지고
埋血空成碧草愁.[6]	피 묻은 곳엔 부질없이 푸른 풀이 덮였어라
香輦却歸長樂殿,[7]	궁녀들의 가마는 여전히 장락궁으로 돌아가고
曉鐘還下景陽樓.[8]	저녁 종소리는 아직도 경양루에서 울려오는데
甘泉不得重相見,[9]	감천궁에서 혼을 불러도 다시 만날 수 없으니

---

1) 馬嵬驛(마외역) : 마외파. 지금의 섬서성 흥평현. 안사의 난이 일어나 동관이 함락되
   자 현종은 양국충, 양귀비 자매 등과 촉으로 도망갔다. 756년 6월 장안 교외의 마외
   역에 이르자 수행하던 군사들이 양국충 부자를 죽이고 양귀비도 죽일 것을 주장하
   였다. 현종은 어쩔 수 없이 양귀비를 교사시켰다. 이상은의 「마외」 참조.
2) 심주 : 주 목왕으로 현종을 비유하였다.(借穆王比玄宗.)
3) 穆滿(목만) : 주 목왕(周穆王). 이름은 희만(姬滿). 서주시대의 비교적 업적을 이룬 군
   주이다. 현종을 가리킨다. ○物外(물외) : 세속의 바깥. 주목왕이 세상을 유력하다
   서쪽으로 가서 서왕모를 만난 전설이 있다. 여기서는 당 현종이 촉 지방으로 도망간
   일을 가리킨다.
4) 六龍(육룡) : 여섯 필의 말. 천자의 어가. 길이 8척이 되는 말을 용이라 했다.
5) 返魂(반혼) : 반혼수. 전설에 나오는 나무로 단풍나무와 비슷하며, 죽은 자가 맡으면
   부활한다고 한다. 『십주기』(十洲記) 참조.
6) 埋血(매혈) : 피를 묻다. 주나라 대부 장홍(萇弘)이 참소를 당하여 촉으로 유배되자
   충정이 알려지지 못한 데 대해 억울해 하며 배를 갈라 죽었다. 『장자』「외물」(外物)
   에 "장홍이 촉에서 죽었는데, 그 피를 묻었더니 삼 년 지나 벽옥이 되었다"(萇弘死於
   蜀, 藏其血, 三年化而爲碧.)는 말이 있다. 여기서는 양귀비의 죽음을 말한다.
7) 長樂殿(장락전) : 장락궁. 한대의 궁전.
8) 景陽樓(경양루) : 윤주 상원현(上元縣)에 있던 궁루. 남조 제 무제(齊武帝)가 궁이 깊
   어 단문의 고루 소리가 들리지 않자 경양루에 종을 두어 시간을 알렸다.
9) 甘泉(감천) : 감천궁. 한대 궁 이름. 한 무제는 이부인이 죽자 그 형상을 그려 감천궁

誰道文成是故侯![10]　그 누가 문성장군 소옹(少翁)을 영험하다 하리오!

평석 전체가 가탁한 말이니, 영고시의 또 다른 형식을 열었다.(通體俱屬借言, 詠古詩另開一體.)

해설 현종과 양귀비의 일을 제재로 하였다. 제목을 마외역이라 하였지만 주로 양귀비 사후 현종의 적막과 환혼 의식에 초점을 맞추었고, 그 주지는 현종의 미련이 모두 부질없음을 풍자한 데 있다. 이 시는 특히 주 목왕, 한 무제, 소옹 등 전대의 인물과 장락궁과 경양루 등 전대의 누각을 빌려 근세의 인물을 노래했다는 점에서 두드러진다.

이 징군의 옛집을 지나며(經李徵君故居)[11]

露濃煙重草萋萋,	흠뻑 내린 이슬에 안개 짙고 풀 우거졌는데
樹映闌干柳拂堤.	나무에 난간 덮이고 버들은 둑에 늘어졌어라
一院落花無客醉,	정원 가득 꽃이 지는데 취한 나그네 없고
五更殘月有鶯啼.[12]	오경의 지는 달에 꾀꼬리 소리 있어라
芳筵想像情難盡,[13]	술자리 회상하니 정이 사라지지 않고

───

에 두게 하였다. 또 방사가 그 영혼을 부를 수 있다고 하자 이를 믿었다. 방사가 밤에 등불을 켜고 휘장을 설치하고는, 무제를 다른 휘장에 있게 하여 멀리서 보게 하였다. 이러한 면은 「장한가전」에 나오는 현종의 행위와 유사하다.

10) 文成(문성): 한대 문성장군 명호를 받은 방사 소옹(少翁). 소옹이 '귀신방'(鬼神方)으로 죽은 왕부인을 불러 무제에게 보이게 하였고, 이 공로로 문성장군에 봉해졌다. 그러나 한 해 후 이 방술이 점점 약해져 혼령이 오지 않게 되자 살해되었다. ○故侯(고후): 예전의 고관.

11) 徵君(징군): 징사(徵士). 조정에서 징초하였으나 응하지 않은 은사. 여기서는 이우(李羽)로, 온정균 시에 이 처사(李處士), 이우 처사, 이십사(李十四) 처사 등으로 자주 나온다. 두성(杜城)에 살았으며 온정균과 친밀하였다.

12) 五更(오경): 새벽의 시간. ○殘月(잔월): 지는 달.

13) 想像(상상): 회상하다. 그리다.

故榭荒涼路已迷.[14]　　황량한 정자에는 오솔길이 보이지 않는구나

風景宛然人自改,　　　풍경은 그대로인데 사람만이 바뀌어

却經門巷馬頻嘶.　　　문 앞 골목을 나오니 말이 자주 울어라

해설 친구 이우(李羽)의 옛집을 찾아가 친구를 추념한 시이다. 온정균의
문집에 이우에 대한 시는 모두 8수로, 두 사람은 장안 남쪽의 두호(杜鄠)
에 살면서 가까이 지냈다. 전반부는 고인의 옛집을 묘사했고 후반부는 추
도의 뜻을 나타냈다. 제3, 4구가 평이한 가운데 깊은 정을 잘 나타내었다.

진림의 무덤에 들러(過陳琳墓)[15][16]

曾於青史見遺文,[17]　　일찍이 청사(青史)에 남긴 글을 읽었는데

今日飄蓬過此墳.　　　오늘 떠도는 신세로 여기 무덤을 들르네

詞客有靈應識我,[18]　　그대가 혼령이 있으면 응당 나를 알 터이니

霸才無主始憐君.[19][20]　패왕의 자질 없는 원소 아래 있던 그대가 안타까워

---

14) 榭(사) : 높은 토대나 수면 위에 올린 목조 건물.

15) 심주 : 무덤은 하비에 있다.(墓在下邳.)

16) 陳琳(진림) : 동한 말기 문학가. 건안칠자(建安七子) 가운데 한 사람. 처음에는 원소
(袁紹) 아래 장서기(掌書記)로 있었고 조조를 토격하는 격문을 쓰기도 하였으나, 나
중에 원소가 패하자 조조(曹操) 아래에 들어가 군모좨주(軍謀祭酒)가 되었다. 그 무
덤은 지금의 강소성 비현(邳縣)에 소재한다.

17) 遺文(유문) : 진림이 남긴 시문. 진림의 「원소를 위해 쓴 예주자사 유비 토격문」은
『후한서』「원소전」과 『삼국지』「원소전」에 있고, 「지방 군사 소집을 하진에게 간언
함」은 『후한서』「하진전」에 실려있다.

18) 詞客(사객) : 문인. 진림을 가리킨다.

19) 심주 : 자신을 슬퍼하는 뜻을 삽입하였다.(揷入自己憑弔.)

20) 霸才(패재) : 뛰어난 재주를 가진 사람. 웅재(雄才). 기재(奇才). 패재가 누구냐에 대
해서는 역대로 해석이 분분하여, 많은 시평가들이 조조나 원소로 보았지만, 기윤(紀
昀)은 시인 자신으로 보았다. 기윤의 의미로 새기면 "뛰어난 재주 있어도 알아주는
군주 없으매 그대의 처지 알겠고"의 뜻이 될 것이다. 여기서는 심덕잠의 의견에 따
라 원소로 본다. ○ 無主(무주) : 이상적인 군주를 만나지 못함. ○ 憐(련) : 부러워하다.

石麟埋沒藏春草,　　　돌 기린은 매몰되어 봄풀에 덮였을 터이고
銅雀荒涼對暮雲. 21)22)　동작대는 황량한 채 저녁 구름을 마주 하리
莫怪臨風倍惆悵,　　　바람을 맞으며 슬픔이 더해짐은 이상타 여기지 말게
欲將書劍學從軍. 23)24)　학문과 무예 두 방면에서 그대를 배워 종군하고 싶어라

평석 원소는 패왕이 될 만한 자가 아니어서 군주가 될 수 없음을 말하였다. 때를 만나지 못
하였음을 슬퍼하는 뜻이 있다.(言袁紹非霸才, 不堪爲主也. 有傷其生不逢時意.)

해설 진림의 무덤을 지나며 그의 처지와 업적을 칭송하고, 동시에 군주
를 잘 만나지 못한 불운과 회재불우를 아쉬워하였다. 이는 결국 작가 자
신의 영락과 불우를 말하는 것과 다름 아니다.

소무 사당(蘇武廟) 25)

蘇武魂銷漢使前, 26)　　한나라 사신 찾아오니 소무(蘇武)는 기뻐 놀랐으니
古祠高樹兩茫然. 27)　　낡은 사당 높은 나무가 오래도 되었구나
雲邊雁斷胡天月, 28)　　달이 뜬 오랑캐 하늘에선 구름 가의 기러기 끊어지고

---

21) 심주 : 조조 역시 동작대가 황량해지는 것을 막지 못했다. 대구가 살아있다.(魏武亦
難保其荒臺矣. 對活.)
22) 銅雀(동작) : 동작대. 조조가 원소를 물리치고 210년 업(鄴, 지금의 하북성 臨漳縣)에
세운 궁전. 주 건물 꼭대기에 날개를 편 동작(봉황)을 세웠기에 동작대라 이름 지었다.
23) 심주 : 자신과 진림의 종적이 비슷하다.(己與琳踪迹相似.)
24) 將(장) : 들다. 이 구는 진림처럼 군대에 들어가 나를 알아주는 자를 만나 뜻을 펼치
고자 한다는 뜻이다.
25) 蘇武(소무) : 서한의 명신. 한 무제 때인 기원전 100년 흉노에 사신으로 나갔다가 억류
되어 귀순할 것을 강요받았으나 굴하지 않고 바이칼호 부근에서 방목하면서 지냈다.
십구 년이 지난 후 소제(昭帝) 때 한나라가 흉노와 화친하게 되면서 귀국할 수 있었다.
26) 魂銷(혼소) : 영혼이 육체를 떠나 사라짐. 지극한 슬픔이나 극도의 기쁨을 형용한다.
○漢使(한사) : 한 소제(漢昭帝)가 흉노로 파견한 사신.
27) 茫然(망연) : 아득하다. 시간이 오랜 모양.

隴上羊歸塞草煙.[29]   풀이 우거진 변방의 언덕 위로 양을 끌고 내려갔지

回日樓臺非甲帳,[30]   돌아온 날 궁중의 누대에는 무제의 갑장(甲帳)도 없
                  는데

去時冠劍是丁年.[31]   떠날 때의 관 쓰고 검 찬 모습은 장년이었지

茂陵不見封侯印,[32]   무릉에는 작위를 내리는 관인이 보이지 않으니

空向秋波哭逝川.[33]   부질없이 가을 물결 바라보며 지난 세월 곡하여라

평석 제5, 6구는 이상은의 '이날 육군은 모두 말을 멈추고 양씨를 죽이라 했는데'의 한 연과 마찬가지로 모두 도치법에 속하는데, 율시에서 이러한 용법을 쓰면 상투적인 데서 벗어난 다.(五六與'此日六軍同駐馬'一聯, 俱屬逆挽法, 律詩得此, 化板滯爲跳脫矣.)

해설 소무 사당에서 그의 생애를 돌아보고 추모한 영사시이다. 제3, 4구 는 소무가 흉노 지역에서 장기간 지내던 생활을 그렸고, 제5, 6구는 출사 때와 환국 때의 모습을 대비시켰다. 특히 '갑장'(甲帳)과 '정년'(丁年)으로 뛰어난 대구를 만든 데서 알 수 있듯 중간 4구는 공정하면서도 유창하 다. 온정균의 조상인 온언박(溫彦博)도 돌궐과 싸우다 패하여 음산에 간

28) 雁斷(안단) : 편지가 끊어짐.
29) 隴上(농상) : 언덕 위. 구릉 지대.
30) 심주 : 『한 무제 이야기』에 기록했다. "유리, 주옥, 명월주, 야광주 등 세상의 진귀한 보석으로 장식한 휘장은 갑장이고, 그 다음 등급의 휘장은 을장이다. 갑장에는 신을 모시고, 을장에는 자신(한 무제)이 거주한다.(漢武故事 : "以琉璃珠玉, 明月夜光, 錯雜 天下珍寶爲甲帳, 其次爲乙帳. 甲以居神, 乙以自居.)
31) 冠劍(관검) : 관을 쓰고 검을 차다. 관리의 장속. ○丁年(정년) : 성년. 장년. 한대에는 20~56세를 정남(丁男)이라 하였다.
32) 茂陵(무릉) : 한 무제의 능묘. 여기서는 무제. ○封侯印(봉후인) : 작위에 봉하는 인 장. 소무는 귀환 후 전속국이라는 낮은 직위를 받았다. 다음 해 그의 아들이 모반에 가담해 살해되었고, 모반한 상관걸, 상홍양과도 친교가 있어 연좌될 뻔 하였으나 곽 광의 도움으로 면직만 되었다. 이후 선제를 세우는데 공이 있어 관내후(關內侯)에 봉해졌다.
33) 逝川(서천) : 흘러간 강물. 『논어』 「자한」(子罕)에 "공자가 시내 위에서 탄식하였다. '흘러가는 시간이 강물과 같구나! 밤낮으로 쉼 없이 가는구나"(子在川上, 日 : '逝者如 斯夫! 不舍晝夜.')는 말이 있다. 여기서는 죽은 무제 또는 지나간 세월을 가리킨다.

힌 적이 있는데 국가의 기밀을 누설하지 않고 견디다가 당 태종 때 환국
하였다. 이러한 유사한 경력으로 소무의 생애를 바라보는 시인의 심정은
더욱 각별하였을 것으로 보인다.

오장원을 지나며(經五丈原)[34][35]

鐵馬雲雕共絶塵,[36]	철마와 깃발이 땅도 안 딛고 내달리고
柳營高壓漢宮春.[37]	세류영이 드높이 장안성을 압도했어라
天淸殺氣屯關右,[38]	맑은 하늘 아래 살기가 오장원 일대에 모여들고
夜半妖星照渭濱.[39]	야반삼경에 요성(妖星)이 위수 강가를 비추었어라
下國臥龍空寤主,[40][41]	소국의 와룡은 부질없이 주군을 깨우치려 했으니
中原逐鹿不由人.[42][43]	중원의 축록은 하늘에 달려 있었어라

---

34) 심주: 봉상부 미현에 소재한다. 무후가 위나라를 정벌할 때 이곳에 군대를 주둔하였
다.(在鳳翔府郿縣, 武侯伐魏, 屯兵於此.)

35) 五丈原(오장원) : 삼국시대 제갈량이 사마의와 싸우다 죽은 곳으로 잘 알려졌다. 지
금의 섬서성 보계시 기산현(岐山縣) 소재. 남쪽은 진령이고 북쪽은 위수(渭水)로, 팔
백 리 진천(秦川)의 서단에 위치한다.

36) 鐵馬(철마) : 철갑을 두른 전마. 또는 강력한 군대. ○雲雕(운조) : 곰과 호랑이가 그
려진 운기(雲旗)와 수리가 그려진 조기(雕旗). 이 어휘를 '공중의 수리'라고 해석할
수도 있다.

37) 柳營(유영) : 세류영(細柳營). 서한 주아부(周亞夫)가 장안 근처 세류(細柳)에 주둔하
였던 병영. 군기가 엄정한 것으로 유명하다. 여기서는 제갈량의 병영. ○漢宮(한궁)
: 장안성.

38) 關右(관우) : 함곡관의 서쪽. 오장원 일대를 말한다.

39) 妖星(요성) : 재난을 예고하는 별. 『진양추』(晉陽秋)에 의하면, 제갈량이 죽을 때 '붉
고 모난'(赤而芒角) 별이 동북에서 서남으로 흐르다가 제갈량의 병영에 떨어졌다고
한다.

40) 심주: 전후 출사표를 말한다.(出師二表是也.)

41) 下國(하국) : 중원의 대국에 비해 작은 지방의 제후국이나 소국. 여기서는 촉한(蜀漢).
○臥龍(와룡) : 제갈량. 서서(徐庶)가 유비에게 제갈량을 추천하면서 제갈량을 은거
하고 있는 준걸이란 뜻으로 와룡이라 하였다. ○寤主(오주) : 군주를 깨닫게 하다.

42) 심주: 하늘의 뜻은 알 수 없다.(天意不可知.)

象床寶帳無言語,[44]　　상아 침상 비단 휘장의 후주는 계책 하나 없어
從此譙周是老臣.[45][46]　　이로부터 초주(譙周)가 원로 되어 정책을 결정했다네

해설 오장원을 지나며 제갈량을 추모한 영사시이다. 제갈량은 사마의와 석달 너머 대치하다가 234년 이곳에서 죽었다. 전반부는 사경(寫景)으로 사건의 맥락을 연결하였으며, 후반부는 역사에 대한 의론을 펼쳤다. 말미에서는 초주와 대비하여 제갈량의 국궁진췌(鞠躬盡瘁)를 더욱 강조하는 듯하다. 당대 말기 국력이 쇠퇴하는 가운데 온정균은 역사적 제재에 일정한 관심을 보였다. 전반적으로 제갈량의 죽음에 대해 안타까워하며 추앙의 마음을 표현하였지만, 제6구에서 말하듯 역사의 추세는 '사람에게 달려 있지 않다'(不由人)는 숙명 의식도 엿볼 수 있다.

촉 지방 장수에게(贈蜀將)

十年分散劍關秋,[47]　　십 년 전 가을에 검문관에서 헤어진 후
萬事皆隨錦水流.[48]　　온갖 일이 모두 다 금강(錦江) 따라 흘렀어라
志氣已曾明漢節,[49]　　의지는 이미 한나라에 충성할 뜻을 밝혔건만
功名猶自滯吳鉤.[50]　　공명은 아직도 오구를 찬 변방 장수로 남았구나
雕邊認箭寒雲重,[51]　　질고 차가운 구름에 화살 쏘니 수리 맞아 떨어지고

---

43) 逐鹿(축록) : 중원의 대권을 쟁탈하다. ○不由人(불유인) : 사람에게 달려 있지 않다.
44) 象床寶帳(상상보장) : 상아 침상과 비단 휘장. 후주 유선을 말한다.
45) 심주 : 꾸짖고 있지만 통렬한 욕과 같다.(誚之比於痛罵.)
46) 譙周(초주) : 촉한의 대신. 제갈량이 죽은 후 국가의 주요한 정책을 결정하였다. 위의 장수 등애(鄧艾)가 촉한을 공격하였을 때, 초주가 후주에게 항복을 권유하였다.
47) 劍關(검관) : 검문관. 당대 검문현(劍門縣) 소재. 지금의 사천성 검각현(劍閣縣) 동북.
48) 錦水(금수) : 금강. 민강의 지류로, 성도 서남을 흐르는 강.
49) 漢節(한절) : 한나라 천자가 수여한 부절. 여기서는 변방 장수의 사명.
50) 吳鉤(오구) : 원래는 오나라에서 만든 휘어진 검. 일반적으로 날카로운 검을 말한다.
51) 雕邊認箭(조변인전) : 떨어진 수리에 자신이 쏜 화살이 꽂혀있음을 보다.

馬上聽笳塞草愁.　　말 위에서 호가 소리 들으니 변방의 풀도 시름겨운 듯
今日逢君倍惆悵,　　오늘 그대 만나니 슬픔이 배가 되는 듯
灌嬰韓信盡封侯. 52)53)　관영과 한신이 모두 작위에 봉해졌으니

평석 서한 이채는 하등인이면서 후작이 되었으니 하물며 관영과 한신에 있어서랴!(李蔡下中
人且侯, 況灌嬰、韓信乎?)

해설 공을 세웠으나 상을 받지 못한 장수를 위로한 시이다. 현대 학자들
은 829년 남조(南詔)가 성도를 점령했을 때 공을 세운 것으로 추정하며,
이후 십 년이 지나 다시 만나 이 시를 준 것으로 본다.

연못가의 칠석(池塘七夕)

月出西南露氣秋, 54)　　서남 하늘에 달 떠오르고 이슬 내리는 초가을
綺寮河漢在針樓. 55)　　비단 같은 은하수가 침루(針樓) 위에 펼쳐지네

---

52) 심주 : 공을 세웠으나 작위를 받지 못한 일이 이광과 같음을 안타까워하였다.(惜其立
功而不侯, 同於李廣.)
53) 灌嬰(관영) : 서한 초기 명장이자 개국공신. 유방이 칭제할 때 거기장군이 되었으며
나중에 영음후(潁陰侯)에 봉해졌다. ○韓信(한신) : 서한의 개국공신. 처음에는 항우
아래 있었으나 유방에 귀순하여 대장이 되었으며, 제왕(齊王)이 되었고, 한나라가
건국되자 초왕(楚王)이 되었다. 나중에는 회음후(淮陰侯)로 강등되었다.
54) 西南(서남) : 칠석의 달은 보름달이 아니므로 서남쪽에서 뜬다. 고대에 음력 칠월은
초가을로 쳤다.
55) 綺寮(기료) : 조각이나 그림으로 장식한 아름다운 창문. 또는 무늬 있는 비단으로 장
식한 방. ○河漢(하한) : 은하수. ○針樓(침루) : 남조 제 무제(齊武帝)가 층성관(層城
觀)을 짓고는 칠석에 궁녀들이 올라가 바늘에 실 꽂는 행사를 하였기에 '천침루'(穿
針樓)라 하였다. 남조 양나라 고야왕(顧野王) 『여지지』(輿地志) 참조. 이후 여인이
거처하는 누대를 가리킨다. 당대 궁중에서는 칠석날 비단을 높은 누대에 걸어 그 속
에 수십 명이 들어갈 수 있도록 해 놓고, 과일과 술과 산적 등을 차리고서는, 비빈들
이 바늘에 실을 꿰며 견우성과 직녀성에 바느질 솜씨를 증진시켜 줄 것을 빌었다.
음악과 놀이로 새벽까지 보냈는데 민간에서 이를 따라 하였다.

楊家繡作鴛鴦幔,⁵⁶⁾　　양씨 집안에선 원앙 휘장에 수를 놓고
張氏金爲翡翠鉤.⁵⁷⁾　　장씨 집안에선 비취옥 갈고리에 금을 상감하네
銀燭有光妨宿燕,⁵⁸⁾　　은촛대의 불빛에 깃들어 자는 제비들이 놀라고
畵屛無睡待牽牛.　　그림 병풍 앞에선 잠 못 들며 견우를 기다리네
萬家砧杵三篙水,⁵⁹⁾　　집집마다 다듬이소리 들릴 때 상앗대로 배를 밀어
一夕橫塘是舊遊.　　한밤 내 연못을 오가며 예 놀던 곳을 다녀라

해설 칠석날 밤 연못가의 만남을 그린 염정시(艷情詩)이다. 배경은 부염한 집으로, 제6구에서 여인이 정인을 기다린다. 말 2구에서 남자가 작은 배를 타고 여인의 거처에 다가온다. 가을의 정취가 깊은 가운데, 별도로 풍자의 뜻이 있을 듯하나 명료하지 않다.

친구의 「계곡 별장에서 살며」에 화답하며(和友溪居別業)

積潤初銷碧草新,⁶⁰⁾　　묵은 습기가 사라지자 푸른 풀 새로우니
鳳陽晴日帶雕輪.⁶¹⁾　　아침 해 맑은 빛이 화려한 수레바퀴에 비치어라
風飄弱柳平橋晚,　　여린 버들이 바람에 나부끼는 다리의 저녁

---

56) 楊家(양가) : 귀족이나 부호의 집. 양국충의 집을 연상시킨다. ○ 鴛鴦幔(원앙만) : 원
　　앙을 수놓은 휘장.
57) 張氏(장씨) : 권문세가. 현달한 고관. 한대 장안세(張安世)를 연상시킨다. 부평후(富
　　平侯)에 봉해지고 식읍이 만호였으며, 칠 대에 걸쳐 현관을 누렸다. ○ 翡翠鉤(비취
　　구) : 비취옥을 상감한 금으로 만든 갈고리.
58) 宿燕(숙연) : 깃들어 사는 제비.
59) 砧杵(침저) : 다듬잇돌과 다듬잇방망이. ○三篙水(삼고수) : 상앗대 세 개 높이의 물.
　　여기서는 연못에서 상앗대로 배를 밀다.
60) 積潤(적윤) : 비가 오래 오면서 생긴 습윤한 기운.
61) 鳳陽(봉양) : 아침 해. 『시경』 「권아」(卷阿)의 "봉황이 우네, 저 높은 언덕에서. 오동
　　나무 자라네, 저 아침 해 아래서"(鳳皇鳴矣, 于彼高岡. 梧桐生矣, 于彼朝陽.)라는 구
　　절에서 유래했다. ○ 雕輪(조륜) : 조각으로 장식한 수레.

雪點寒梅小院春.　　추운 매화가 눈송이로 피어나는 작은 정원의 봄
屛上樓臺陳後主,[62]　누대는 병풍 속 진 후주의 누각과 같고
鏡中金翠李夫人.[63][64]　연못에 비친 여인은 금은으로 장식한 이부인과 같아라
花房透露紅珠落,　　꽃송이에 이슬이 구르다가 붉은 구슬로 떨어지니
蛺蝶雙飛護粉塵.　　나비는 날개의 꽃가루 지키려 나란히 날아오른다

해설 친구 별장의 아름다운 풍광을 묘사하였다. 제5, 6구의 발상과 구성이 참신하다. 전체적으로 언어가 염려(艶麗)하고 섬교(纖巧)하며, 의태가 한가하고 유연하여 완약(婉約)한 미감을 나타내었다. 이러한 시풍은 완약한 그의 사풍(詞風)과 유사하다.

봄날 우연히 지음(春日偶作)

西園一曲艶陽歌,[65]　서쪽 정원에 화창한 봄노래 들리는데
擾擾車塵負薛蘿.[66]　어지러운 수레 먼지에 은거의 뜻 저버렸어라
自欲放懷猶未得,[67]　마음을 풀어보려 하나 뜻대로 안 되고

---

62) 陳後主(진후주) : 남조 진(陳)나라의 마지막 황제 진숙보(陳叔寶). 재위 8년만에 수나라에 멸망하였다. 진 후주는 광조전(光照殿) 앞에 임춘각(臨春閣), 결기각(結綺閣), 망선각(望仙閣)을 세웠는데, 난간을 침향목에 금과 옥으로 장식하여 바람이 일면 향기가 수 리 밖에서도 맡을 수 있고, 아침 해에 반사된 그 빛이 후정을 비추었다고 한다.

63) 심주 : 별장의 빼어남을 형용한 것이지 실제의 모습을 그린 것이 아니다.(形別業之勝, 非實寫也.)

64) 鏡中(경중) : 거울 속. 여기서는 수면. ○金翠(금취) : 황금과 비취옥으로 장식한 머리. ○李夫人(이부인) : 서한 이연년(李延年)의 여동생으로, 용모가 빼어났고 가무에 능하였다. 이연년이 한 무제에게 「이부인가」(李夫人歌)를 부르고 평양(平陽) 공주가 이연년에게 누이동생이 있다고 추천하였다. 무제는 그녀를 불러 보고는 첫눈에 반하여 그녀를 부인(夫人)으로 봉하고 총애하였다.

65) 艶陽歌(염양가) : 봄을 찬미하는 노래.

66) 擾擾(요요) : 어지러운 모양. ○薛蘿(벽라) : 승검초와 새삼 덩굴. 은사의 옷을 가리킨다.

不知經世竟如何?[68]　　세상도 다스릴 줄 모르니 어이할 건가?
夜聞猛雨拌花盡,[69][70]　　밤새 세찬 빗소리 들리더니 꽃들이 다 꺾이고
寒戀重衾覺夢多.　　추위에 두꺼운 이불 찾다가 자주 꿈에서 깨어
釣渚別來應更好,　　떠나온 낚시터 응당 풍광이 더 좋아졌으려니
春風還爲起微波.　　봄바람 불어오면 잔물결 일어나리라

해설 봄날 은거의 뜻을 나타내었다. 제3와 제4구에서 각각 은거와 출사
두 방면의 모색이 모두 이루어지지 않은 데 대한 고민을 드러내었다. 담
담한 언어에 자유로운 전환으로 시를 구성하여, 온정균 시의 또 다른 풍
격을 보였다.

지음에게(贈知音)

翠羽花冠碧樹鷄,　　비췻빛 깃털에 꽃 벼슬을 한 나무 위의 닭
未明先向短牆啼.　　미명에 먼저 일어나 낮은 담장에 올라 우네
窓間謝女靑蛾斂,[71]　　창문 사이 사도온 같은 여인이 푸른 아미를 찡그리고
門外蕭郞白馬嘶.[72]　　문밖의 소연(蕭衍) 같은 남자가 타고 갈 백마가 울어라

---

67) 放懷(방회) : 마음을 풀다. 마음대로 하다.
68) 經世(경세) : 세상을 다스리다.
69) 심주 : 여러 판본에선 '判花盡'이라 되어있다. 判은 나눈다는 뜻이며 평성이 없으므
로, 응당 '拌'자의 와전일 터이므로 지금 고친다.(諸本作'判花盡', 判, 分也, 無平音, 應
是'拌'字之訛, 今改正.)
70) 拌(반) : 뒤섞다. 꺾다.
71) 謝女(사녀) : 남조의 사도온(謝道韞). 여기서는 젊고 재능 있는 여자.
72) 蕭郞(소랑) : 양 무제 소연(蕭衍). 처음에 위군 왕검(王儉)의 동각좨주(東閣祭酒)가 되
었을 때, 왕검이 노강 하헌(何憲)에게 말했다. "이 소랑은 삼십 년 안에 분명 시중이
될 것이며, 그 이상으로는 말할 수 없을 정도로 귀하게 될 것이오."(此蕭郞三十年內
當作侍中, 出此則貴不可言.) 『양서』「무제기」 참조. 여기서는 여자가 사랑하는 젊은
남자.

殘曙微星當戶沒,　　날이 새며 남은 별들이 문 앞에서 쓰러지고

澹煙斜月照樓低.　　엷은 안개 사이 비낀 달이 누대에 낮게 비치네

上陽宮裏鐘初動,[73]　상양궁에 종소리 처음 울릴 때

不語垂鞭過柳堤.　　말없이 채찍 내리치며 버들 선 언덕을 지나가네

평석 제5, 6구는 새벽에 헤어질 때의 광경으로, 사람으로 하여금 문득 '어찌 할거나'라며 탄식하게 만든다.(頸聯寫曉別之景, 令人輒喚奈何!)

해설 정인 사이의 새벽 이별을 읊었다. 이른 새벽의 이별을 안타까워하는 모습이 '미명선향'(未明先向)에서 뚜렷하다. 제3, 4구에서 헤어지는 남녀의 모습을 각각 그렸고, 제5, 6구에서 새벽이 다가온 모습을 묘사했다. 온정균이 지은 염정시의 일면을 보여주는 것으로, 외설적인 해석도 가능한 작품이다.

---

73) 上陽宮(상양궁) : 고종 때 낙양에 세운 궁. 무측천이 낙양으로 천도하면서 이곳에 거주하였고, 현종 때는 궁인들이 물러나면 이곳에 거주하였다.

허혼(許渾)

금릉 회고(金陵懷古)

玉樹歌殘王氣終,[1]	〈옥수후정화〉 노래 잦아드니 국운이 다해
景陽兵合戌樓空.[2]	경양전에 수나라 군대 닥치니 수루(戌樓)가 비었더라
楸梧遠近千官塚,[3]	오동나무 원근으로 선 곳은 문무백관 무덤이요

---

[1] 玉樹(옥수) : 〈옥수후정화〉. 진 후주가 지었다는 노래. 이상은의 「수나라 궁전」(隋宮) 제8구 참조. ○王氣(왕기) : 왕이 될 상서로운 기운. 여기서는 국운(國運).

[2] 景陽(경양) : 경양전. 남조의 궁중에 있던 전각. 지금의 남경시 현무호 옆에 소재했다. 589년 수나라 군대가 대성(臺城)을 함락하자 진 후주, 장여화, 공귀비는 경양전의 우물에 숨었다가 붙잡혔다.

[3] 楸梧(추오) : 가래나무와 오동나무. 묘지에 있는 나무.

禾黍高低六代宮,[4]　　　벼와 기장 위아래로 난 곳은 육조의 궁전이라

石燕拂雲晴亦雨,[5]　　　돌 제비에 구름이 스치면 개었다가 비가 오고

江豚吹浪夜還風[6]　　　강돈이 물에서 뛰어오르면 밤에도 바람 불어

英雄一去豪華盡,　　　영웅이 한 번 떠나니 호화로움도 사라지고

惟有靑山似洛中.　　　오로지 남아있는 청산만이 낙양과 비슷하여라

평석 육조는 금릉에 도읍하였고 진 후주 때 멸망했으니 이로부터 발단을 삼았다.(六朝建都金陵, 至陳後主始滅, 故以此發端.)

해설 폐허가 된 금릉(지금의 남경시)의 모습을 둘러보고 육조의 역사를 회고한 영사시이다. 제3, 4구는 금석지감을 나타내었고, 제5, 6구는 자연의 변화로 시대의 성쇠를 환기하였다. 같은 제재로 쓴 유우석의 「서새산 회고」와 비교해볼 수 있다. 원대 마치원(馬致遠)은 소령 「발부단」(拔不斷)에서 제3, 4구를 그대로 인용하면서, 나라를 세우고 즐긴 게 한 바탕 악몽과 같은데 그런 왕업이 무슨 소용이 있느냐고 반문하였다.(布衣中, 問英雄, 王圖霸業成何用? 禾黍高低六代宮, 楸梧遠近千官塚. 一場惡夢.)

---

4) 禾黍(화서) : 벼와 기장. 『시경』 「서리」(黍離)에 "저 기장은 우거지고, 기장의 싹도 돋아났네. 가는 길 느리기만 한데, 마음이 흔들리네"(彼黍離離, 彼稷之苗. 行邁靡靡, 中心搖搖.)『모시서』(毛詩序)에서 말하길, "주 대부가 행역을 가다가 주나라 도성에서 옛 종묘의 궁실을 지나가다 곳곳에 벼와 기장이 자란 것을 보고 주 왕실이 넘어진 것을 슬퍼하여 차마 떠나지 못하고 서성거리다가 이 시를 지었다."(周大夫行役, 至於宗周, 過故宗廟宮室, 盡爲禾黍. 閔周室之顚覆, 傍徨不忍離去, 而作是詩也.)고 해제하였다. ○六代(육대) : 육조. 강남에 도읍을 둔 동오, 동진, 송, 제, 양, 진 등 여섯 왕조를 말한다.

5) 石燕(석연) : 돌로 된 제비. 『상중기』(湘中記)에 "영릉의 산에 있는 돌 제비는 비바람이 불면 곧 살아나 날다가, 비바람이 그치면 다시 돌이 된다"(零陵山有石燕, 遇風雨卽飛, 止還爲石.)는 기록이 있다.

6) 江豚(강돈) : 장강 돌고래. 포유동물로 온몸이 검으며 머리가 작고 등에 지느러미가 없다. 『남월지』(南越志)에 "강돈은 돼지와 같고, 물속에 살며, 파도 사이에 뛰어오를 때마다 바람이 일어난다"(江豚似猪, 居水中, 每於浪間跳躍, 風輒起.)는 기록이 있다.

함양성 동루(咸陽城東樓)[7]

一上高樓萬里愁,	높은 성루에 오르니 만 리 멀리 생각나는데
蒹葭楊柳似汀洲.[8][9]	갈대와 버들이 강남의 모래톱 같아라
溪雲初起日沈閣,[10]	계곡에 구름 일어나자 절 누각 뒤로 해가 지고
山雨欲來風滿樓.	산에 비가 오려는지 누대에 바람이 가득하다
鳥下綠蕪秦苑夕,	저녁 새들이 내려앉는 우거진 풀은 진나라 정원이요
蟬鳴黃葉漢宮秋.	가을 매미가 우는 누런 나무는 한나라 궁전이라
行人莫問當年事,[11]	행인이여 나라가 망한 당시 일 묻지 말아라
故國東來渭水流.[12]	도읍은 동으로 위수 따라 흘러갔으니

평석 회고의 상투어에 떨어질까 염려되니, 두보의 회고시는 각 시마다 마무리가 있다.(恐落弔古套語, 少陵懷古詩每章各有結束.)

해설 함양성에 올라 멀리 바라보며 일어나는 감개를 썼다. 그 감개에는 '만리수'(萬里愁)와 같이 고향 생각과 '당년사'(當年事)와 같이 나라의 널망에 대한 탄식이 섞여 있다. 제4구 '산우욕래풍만루'는 비가 오기 전의 상황을 잘 그려낸, 역대로 음송되는 명구이다.

---

7) 咸陽(함양) : 진나라와 한나라의 도읍지. 지금의 섬서성 함양시. 당대에는 위하를 두고 장안과 마주하였다.
8) 심주 : 함양의 어느 곳이 물가의 모래톱 같은가?(咸陽何地, 而竟如汀洲耶?)
9) 汀洲(정주) : 모래톱. 시인의 상상 중의 물가를 가리키는 듯하다. 허혼은 단양(丹陽) 사람으로 고향 강남을 연상하는 듯하다.
10) 시인의 자주(自注)에 "남으로 반계가 가까이 있으며, 서쪽으로 자복사각을 마주하고 있다"(南近磻溪, 西對慈福寺閣.)고 하였다.
11) 當年事(당년사) : 당시의 일. 진나라와 한나라가 멸망할 때의 일.
12) 故國(고국) : 옛 도읍지. 함양을 가리킨다.

새벽에 백운루에서 일어나 용흥의 강준 상인에게 부치며, 더불어 두 수재에게 보임(晨起白雲樓寄龍興江準上人, 兼呈寶秀才)[13]

玆樓今是望鄕臺,	이 누대는 지금 망향대라
鄕信全稀曉雁哀.	고향 소식 전혀 없어 새벽 기러기 애절해라
山翠萬重當檻出,	만 겹의 푸른 산이 난간을 마주하여 펼쳐지고
水光千里抱城來.	천 리 밖에서 흘러온 강물이 성을 둘러쌓아라
東巖月在僧初定,[14]	동쪽 바위에 달 떠오를 때 스님은 선정에 들고
南浦花殘客未回.[15]	남포에 꽃이 지는데 나그네는 돌아오지 않아
欲弔靈均能賦否?[16]	굴원을 조문하려 가의처럼 부(賦)를 쓰려는가?
秋風還有木蘭開.[17]	가을바람에 아직도 목련이 피어나는데

해설 가을 새벽 타지에서 고향을 그리며 주위 사람들에게 준 시이다. 만년에 영주자사(郢州刺史)로 있을 때 지은 것으로 보인다.

---

13) 白雲樓(백운루) : 영주(郢州)에 있는 누각. ○江準上人(강준상인) : 법명이 강준인 승려. 자주(自注)에 "수재는 경릉에서 이제 돌아왔다"(秀才方自竟陵回.)고 하였다.

14) 심주 : 상인.(上人.)

15) 심주 : 수재.(秀才.)

16) 靈均(영균) : 굴원의 자(字). 서한 초기 가의(賈誼)가 장사왕(長沙王)의 태부로 좌천되어 상수를 건너면서 「조굴원부」(弔屈原賦)를 지어 굴원을 애도하였다.

17) 木蘭(목란) : 목련. 굴원이 지은 「이소」에 "아침에는 언덕에서 목련꽃을 따고, 저녁에는 모래톱에서 숙망을 뜯네"(朝搴阰之木蘭兮, 夕攬洲之宿莽.)라는 구절이 있다.

조대에서 나그네를 보내며(朝臺送客)[18][19]

趙佗西拜已登壇,[20]	조타가 한나라에 엎드려 왕으로 봉해지고
馬援南征土宇寬.[21]	마원이 남정하여 강토를 넓혔지
越國舊無唐印綬,[22]	남월에는 예전에 당나라 관리 없었다가
蠻鄉今有漢衣冠.	남만에 지금에야 한나라 관리가 있게 되었네
江雲帶日秋偏熱,	강가의 구름에 햇빛 비치면 가을에도 무더운데
海雨隨風夏亦寒.	바람 따라 바다에 비 내리면 여름에도 서늘하다
嶺北歸人莫回首,[23]	대유령 넘어 북으로 가는 사람은 고개 돌리지 마소
蓼花楓葉萬重灘.[24]	여뀌와 단풍잎에 만 겹의 여울이 가로 놓였으니

해설 남방의 광주(廣州)에서 북으로 돌아가는 사람을 보내며 쓴 시이다.
주로 남방의 역사와 기후를 쓰고 말미에서 객을 보내는 뜻을 나타내었

---

18) 심주 : 조대는 광주부 성 서쪽에 있다. 한 문제가 육가를 남월로 파견하여 성심으로
감화시키니, 조타가 신하를 자처하며 조대를 세웠다.(臺在廣州府城西. 漢文帝遣陸賈
使南粵, 以誠感之, 趙佗稱臣, 因築朝臺.)

19) 朝臺(조대) : 조한대(朝漢臺)라고도 한다. 지금의 광동성 남해현(南海縣) 동북 소재.
한 문제 때 육가(陸賈)가 남월(南粵)에 사신으로 갔을 때, 남월의 왕 조타(趙佗)가 이
해관계를 파악하고 한나라에 신복하였다. 언덕 위에 누대를 세우고 초하루와 십오
일에 북쪽으로 한나라를 향해 절하였기에 조대라 하였다.

20) 趙佗(조타) : 진정(眞定, 하북 正定) 사람으로, 진나라 말기 장수. 기원전 219년 부원
수로 주원수 임효(任囂)를 따라 영남을 공격하였으며, 임효가 죽은 후 기원전 204년
계림군, 남해군, 상군(象郡)을 통합하여 남월(南粵)을 건국하고 번우(番禺, 광주시)를
도읍으로 하여 초대 황제가 되었다. 기원전 179년 한나라의 회유정책에 응하여 남
월왕으로 격하되었다. 재위 기원전 203~137년. 남월은 기원전 111년에 망하였다.

21) 馬援(마원) : 동한 초기의 명장. 광무제를 도와 난을 평정하였으며, 이후 주로 서북
지방 평정에 공을 세워 농서(隴西) 태수가 되었다. 41년 복파장군(伏波將軍)으로 임
명되어 남방 교지(交趾, 지금의 광서성 일대)를 평정하고 동주(銅柱)를 세웠다. ○土
宇(토우) : 땅과 집, 강역. 국토.

22) 印綬(인수) : 도장과 인끈. 관리를 가리킨다.

23) 심주 : 모두 조대에 착안하여 서술하였고, 나그네를 보내는 뜻은 한 점뿐이다.(俱着
意朝臺, 送客意只一點.)

24) 蓼花(요화) : 여뀌. 물가에 자라며 가을에 담홍색 또는 흰색의 꽃이 핀다.

다. 제3, 4구로 보아 떠나는 나그네는 임무를 마치고 입경하는 관리로 보인다. 허혼이 공무로 영남절도사 막부에 갔을 때인 845년(56세)에 지었다.

시골 집(村舍)

제1수

自剪靑莎織雨衣,[25]	사초를 잘라 도롱이 만들어 입나니
南村煙火是柴扉.	남촌에 연기 오르는 곳이 바로 내 사립문이라네
萊妻早報蒸藜熟,[26]	노래자의 처는 명아주 쪘다고 알려오고
童子遙迎種豆歸.[27]	동자는 콩 심고 돌아가는 나를 맞이하네
魚下碧潭當鏡躍,	비췻빛 연못 속의 물고기는 거울 속에서 뛰는 듯하고
鳥還靑嶂拂屛飛.	봉우리로 돌아가는 새는 병풍으로 날아가는 듯해라
花時未免人來往,	꽃 필 적이면 사람들이 오는 것을 막을 수 없으니
欲買嚴光舊釣磯.[28]	엄광이 낚시하던 조어대를 살까 하여라

---

25) 靑莎(청사) : 사초(莎草). 향부자. 뿌리는 약용한다.

26) 萊妻(래처) : 춘추시대 노래자(老萊子)의 처. 노래자는 몽산(蒙山)의 남면에서 농사지으며 살았는데, 초나라 왕이 그가 현능하다는 말을 듣고 찾아가 출사를 권하자 그 처가 거절하기를 권하였다. 두 사람은 강남으로 도망갔다. 『열녀전』 권2 참조. 곽박(郭璞)의 「유선시」에도 "노래자에게는 은일을 권하는 현명한 처가 있다"(萊氏有逸妻)는 구절이 있다.

27) 童子(동자) 구 : 도연명의 「귀거래사」(歸去來辭)에 나오는 "머슴아이 나와서 나를 반기고, 어린 아이 문에서 기다리네"(僮僕歡迎, 稚子候門.)와 「전원에 돌아와 살며」(歸園田居) 제3수의 "남산 아래에 콩을 심었더니, 잡초만 무성하고 콩 싹은 드물다"(種豆南山下, 草盛豆苗稀.)는 구절을 환기한다.

28) 嚴光(엄광) : 엄자릉(嚴子陵). 동한 초기 은자. 젊어서 유수(劉秀, 나중의 광무제)와 동문수학하였으며, 광무제가 그에게 벼슬을 내렸으나 받지 않고 부춘산(富春山)으로 들어가 농사짓고 전당강(錢塘江) 강가에서 낚시하며 은거하였다.

제2수

尚平多累自歸難,[29]　　상평(尚平)이 집안 일로 은거하기 힘들었는데

一日身閑一日安.　　하루 동안 일 없으면 하루 동안 편안해라

山徑曉雲收獵網,　　산길의 새벽 구름은 그물을 끌어당기는 듯하고

水門凉月挂魚竿.[30]　　물가의 문 위에 뜬 달엔 낚싯대 걸어둘 만해라

花間酒氣春風暖,　　봄바람 온화하면 꽃 사이에서 술을 마시고

竹裏棋聲夜雨寒.　　밤비가 차가우면 대숲 속에서 바둑을 둔다네

三頃水田秋更熟,　　세 마지기 무논이 가을이라 익었는데

北窓誰拂舊塵冠?[31]　　북쪽 창가의 관모에 얹힌 먼지 뭐 하러 떨어내리오?

해설 은거의 즐거움을 노래하였다. 세사에 매이지 않는 소탈함과 시골의
소박한 생활을 형상화하였다. 849년(55세) 허혼이 칭병하며 감찰어사에서
물러나 윤주 정묘간(丁卯澗)에서 한거할 때 쓴 시로 보인다.

병으로 누워서(臥病)

寒窓燈盡月斜暉,　　차가운 창가에 등불 다하고 달도 기울면

珮馬朝天獨掩扉.[32]　　말 타고 조회 갔다 돌아와 혼자 사립 닫아라

淸露已凋秦塞柳,[33]　　맑은 이슬에 장안 인근 버들이 벌써 시들고

白雲空長越山薇.　　흰 구름은 멀리 월 지방의 고비와 이어졌어라

---

29)　尚平(상평) : 동한 상장(尚長). 자는 자평(子平). 자식들을 결혼시키고 나서 더 이상
　　집안일을 하지 않고 오악 명산을 찾아 유람하였다. 혜강의 『고사전』 및 『후한서』
　　참조.

30)　水門(수문) : 물가의 문.

31)　塵冠(진관) : 먼지 앉은 예관.

32)　珮馬(패마) : 말의 굴레에 방울이나 옥가로 장식한 것. ○朝天(조천) : 천자를 조견하다.

33)　秦塞(진새) : 진나라 때 세워진 관새. 여기서는 장안 일대.

病中送客難爲別,　　병든 몸에 나그네 보내려니 헤어지기 더욱 어려운데

夢裏還家不當歸.　　꿈속에서 집에 돌아가도 막상 돌아간 게 아니어라

惟有寄書書未得,　　그저 편지를 부쳐보나 답장은 받지 못해

臥聞燕雁向南飛.　　누워서 들리는 건 남으로 날아가는 기러기 소리

평석 시의 의미는 전대 시인들도 썼지만, 이 시는 특히 새롭다.(意亦前人所有, 而寫來獨新.)

해설 병들어 누워있기에 더욱 절실해지는 고향 생각을 표현하였다. 장안에서 겨우 조회만 하면서 멀리 강남을 그렸다. 제4구의 '월 지방의 고비'는 남방 고향에서의 은거를 환기한다.

남해부에서 돌아가는 중 남강에서 물이 얕아 배가 나가지 못하매 일행이 전부 뭍으로 올라가니, 주인이 자주 잔치를 벌여주어 저녁에 동계에서 묵다(南海府罷, 南康阻淺, 行侶稍稍登陸, 主人燕餞至頻, 暮宿東溪)[34]

暗灘水落漲虛沙.[35][36]　　퇴적된 여울에 물이 빠져 모래에 막혔으니

灘去秦吳萬里賒.[37][38]　　육로로는 진이나 오 지방까지 만 리나 멀다

馬上折殘江北柳,[39]　　말 위에서 강북의 버들을 다 꺾었고

舟中開盡嶺南花.[40]　　배 안에서 영남의 피는 꽃들 다 보았네

---

34)　南海府(남해부) : 영남절도사 치소. 지금의 광동성 광주. ○ 南康(남강) : 건주(虔州, 강소성)의 속현. ○ 阻淺(조천) : 물이 얕아 배가 나가지 못함. ○ 燕餞(연전) : 배웅 또는 마중의 뜻으로 차린 잔치. ○ 東溪(동계) : 장수(章水). 남강성 동쪽을 흐르는 강.

35)　심주 : 물이 얕아 배가 나가지 못하다.(阻淺.)

36)　暗灘(암탄) : 강바닥에 퇴적물이 쌓여 만들어진 얕은 여울. 강물의 흐름이 더디거나 막히고 선박의 통행이 어렵게 된다.

37)　심주 : 뭍으로 오르다.(登陸.)

38)　賒(사) : 멀다.

39)　심주 : 잔치를 벌이다.(燕餞.)

離歌不斷如留客,　　끝없이 이어지는 이별 노래는 나그네를 불잡는 듯
歸夢初驚似到家.[41]　고향을 꿈에 보고 막 깨어나니 마치 집에 이른 듯
山鳥一聲人未起,　　산새 소리 한 마디에 아직 사람들 깨지 않았는데
半床春月在天涯.　　침상 반을 비치는 봄 달에 하늘 끝에 있음을 알겠어라

해설 영남절도사 막부에서 일을 마치고 북으로 돌아가면서 846년 봄 건주를 지날 때 지었다. 배를 타고 가는 도중에 일어난 일을 기행시 형식으로 간단히 메모하였다. 말 2구가 특히 풍치가 있다.

저녁에 조대에서 위 은거의 정원에 이르러(晚自朝臺至韋隱居郊園)[42]

秋來鳧雁下方塘,　　가을이 오니 기러기가 연못에 내려앉는데
繫馬朝臺步夕陽.　　조대에 말을 묶고 석양을 걷노라
村徑繞山松葉暗,　　산 둘레 시골 길엔 솔잎이 짙고
柴門臨水稻花香.　　물가 사립문엔 벼꽃이 향기로워
雲連海氣琴書潤,　　구름에 이어진 바다 기운에 거문고와 책이 윤기 나고
風帶潮聲枕簟涼.　　해조음을 품은 바람에 베개와 자리가 서늘하다
西下磻溪猶萬里,[43]　서쪽으로 반계(磻溪)까지 아직 만 리인데
可能垂白待文王?[44]　백발이 될 때까지 기다려 문왕을 만날 수 있으리오?

---

40)　심주 : 오래 머무르게 됨을 보이다.(見留滯之久.)
41)　심주 : 저녁에 묵다.(暮宿.)
42)　朝臺(조대) : 지금의 광동성 남해현(南海縣) 동북 소재. 앞의 「조대에서 나그네를 보내며」 참조.
43)　磻溪(반계) : 섬서성 보계시(寶鷄市) 동남에 소재한 계곡. 진령에서 발원하여 위하로 흘러든다. 전설에 의하면, 서주 초기 강태공이 이곳에서 낚시하다가 주 문왕을 만났다고 한다. 여기서는 장안.
44)　可能(가능) : 기능(豈能)과 같다. 어찌 할 수 있으리오?

해설 은거하는 위씨를 찾아가 쓴 시이다. 제3, 4구는 위씨의 집을 묘사하였고, 제5, 6구는 위씨의 집기를 원경과 결합하여 썼다. 남방의 지방색이 있으면서도 자연스러운 필치로 운필하여 탈속의 멋이 있다. 말 2구는 독선기신(獨善其身)하면서 남에게 자신을 적극적으로 알리지 않는 위씨를 위로하면서 동시에 탓하는 듯하다. 영남의 조대에 갔을 때인 845년 썼다.

이원(李遠)

학을 잃고(失鶴)

秋風吹却九皐禽,[1]	가을바람이 깊은 연못의 학을 불어 가버리니
一片閑雲萬里心.	한 조각 구름처럼 만 리 먼 곳을 그리워했던가
碧海有情應悵望,	비췻빛 바다도 응당 슬퍼할 터인데
青天無路可追尋.	푸른 하늘이라 어디인지 찾을 길 없어라
來時白雪翎猶短,	올 때에는 구름같이 흰 깃털이 짧더니만
去日丹砂頂漸深.	떠나는 날 정수리가 단사같이 붉었더라
華表柱頭留語後,[2]	화표 위에 정령위(丁令威)처럼 말을 남긴 후
更無消息到如今.	떠나간 후 지금까지 아무 소식 없어라

---

[1] 九皐禽(구고금) : 학. 『시경』 「학명」(鶴鳴)에 "저 깊은 연못에서 학이 우니, 그 소리 하늘 높이 울려퍼지네"(鶴鳴於九皐, 聲聞於天.)라는 말이 있다.

[2] 華表(화표) 구 : 정령위(丁令威) 고사를 가리킨다. 요동 사람 정령위가 도를 닦아 학이 되었는데, 성문의 화표(華表) 위에 앉아 노래불렀다. "새가 있어 새가 있어 나는 정령위라는 새로다, 집 떠난 지 천 년 만에 지금 내가 돌아왔단다. 성곽은 의구한데 사람은 바뀌었네, 어찌하여 신선술 아니 배워 무덤이 총총하느냐!"(有鳥有鳥丁令威, 去家千年今來歸. 城郭如古人民非, 何不學仙塚累累.) 『수신후기』 권1 참조.

해설 학을 잃고 쓴 영물시이다. 학이 지닌 고매한 이미지는 시인들이 시종 숭상하는 것으로, 미감적으로도 옥, 옥호병, 검, 음악, 달 등과 같이 '허(虛)의 대상물'로 여기는 경우가 많다. 이 시는 그러한 대상이 사라지고 없는 데서 오는 상실감에서 이상적인 대상의 부재를 더욱 아쉬워하였다.

어진을 그린 이 장사에게(贈寫御容李長史)[3]

玉座煙銷研水清,	옥좌에 안개 사라지고 벼루의 먹이 맑아져
龍鬚不動彩毫輕.	용의 수염 멈추어서면 채색 붓이 가벼워라
初分隆準山河秀,[4]	먼저 높은 코를 그리니 산하가 빼어나
再點重瞳日月明.[5]	다시 쌍 눈동자를 찍으니 해와 달이 밝아라
宮女卷簾皆暗認,	궁녀들이 주렴을 걷으니 하나같이 군주가 있는 줄 알고
侍臣開殿盡遙驚.	신하들이 전각에 들어서니 모두가 멀리서도 놀라네
三朝供奉應無敵,[6]	세 군주를 공봉으로 모셔오며 대적할 자 없으니
始覺僧繇浪得名.[7][8]	비로소 알겠노라, 장승요가 너무 쉽게 이름을 얻었음을

---

3) 御容(어용) : 황제의 형상.

4) 隆準(융절) : 높은 콧날. 『사기』「고조본기」에서 한 고조 유방을 묘사하여 "고조의 모습은 콧날이 높고, 눈썹 뼈가 둥글게 솟아났으며, 수염이 아름답고, 왼쪽 다리에 72개의 검은 점이 있다"(高祖爲人, 隆準而龍顏, 美鬚髥, 左股有七十二黑子.)고 하였다.

5) 重瞳(중동) : 눈동자가 쌍으로 된 눈. 순 임금과 항우의 눈이 눈동자가 두 개였다고 한다. 여기서는 제왕의 눈.

6) 供奉(공봉) : 황제의 신변에서 근무하는 사람. 높은 기예를 가진 문인이나 예술가. 여기서는 궁정 화가.

7) 심주 : 지나치게 칭찬하다.(過譽.)

8) 僧繇(승요) : 장승요(張僧繇). 남조 양(梁)의 화가. 인물화와 도석화에 능하였으며, 인도의 화법을 도입하여 입체감을 나타내는 요철법(凹凸法)을 사용하였다. '화룡점정'은 그가 남경의 안락사(安樂寺)에서 용을 그리면서 만들어진 일화이다. 양 무제(梁武帝)가 지방에 있는 왕들이 보고 싶어 장승요를 보내 그려오게 했는데, 그림을 본무제가 얼굴을 마주하는 듯 바라보았다.(時諸王在外, 武帝思之, 遣僧繇乘傳寫貌, 對

평석 소식의 「어진을 그린 묘선 스님에게」에서 묘사했다. "올려다보면 어지러워 눈이 미혹되고, 보이는 건 새벽빛에 부상나무 열려라." 또 "야인이 일각과 월각이 무엇인지 몰라, 기억나는 건 두 눈동자 빛나는 것이라"고도 했다. 이 시와 비교하면 표리 관계로, 후인들은 소식을 높이고 이원을 낮추는데 그럴 필요가 없다.(東坡贈寫御容妙善師中云 : "仰觀眩晃目生暈, 但見曉色開扶桑." 又云 : "野人不識日月角, 仿佛尙記重瞳光." 與此詩正相表裏, 後人揚蘇抑李, 殊不必也.)

해설 어진(御眞)을 그리는 이 장사의 빼어난 재능을 예찬한 시이다. 전반부는 그리는 과정을 묘사하고, 후반부는 그린 후의 효과와 재능을 찬미하였다. 구성이 짜임새 있고 묘사가 적절하여 마치 옆에서 그림을 보는 듯한 현장감을 준다.

옹도(雍陶)

막 개인 변경의 길(塞路初晴)

晩虹斜日塞天昏,	저녁 무지개, 지는 해, 변경 하늘이 어두워가는데
一半山川帶雨痕.	산천의 반에는 비 지나간 흔적 있어라
新水亂侵靑草路,	새로 난 물줄기는 푸른 초원을 침범하고
殘煙猶傍綠楊村.	남은 안개는 녹색 버들 선 마을 옆에 흩어지네
胡人羊馬休南牧,[1]	호인들은 남으로 내려와 양과 말을 방목하지 마소

之如面.) 『역대명화기』 참조. ○ 浪(낭) : 제멋대로.

1) 胡人(호인) 구 : 가의(賈誼)가 「과진론」(過秦論)에서 말한 진나라의 강성한 모습을 말한다. "이에 몽념을 시켜 북으로 장성을 쌓아 변방을 지키게 하였고, 흉노를 칠백여

漢將旌旗在北門,²⁾　　한나라 장수의 깃발이 북방의 문호에 있으니
行子喜聞無戰伐,³⁾　　나그네는 전쟁이 그쳤다는 소식 기쁘게 듣고
閑看遊騎獵秋原.　　가을들에서 사냥하는 기병들 한가히 바라보네

해설 비 갠 후의 변방을 그렸다. 웅혼한 기상을 숭상하고 애국심을 고취하는 유형적인 변새시가 아니라 구체적이고 일상적인 변새의 모습을 사실적으로 그린 데서 이전과는 다르다. 전반부는 비 그친 후의 변경의 길에서 바라본 조용한 풍광을 그렸고, 후반부는 전쟁이 없기를 바라는 마음과 휴전에 대한 기쁨을 표현하였다. 같은 반전이라 해도 제5, 6구에서 언급하는 기원은 성당의 변새시에서 반전을 희구하는 것보다 훨씬 인간적이다.

항사(項斯)

도관에 들어가는 궁인을 보내며(送宮人入道)

願隨仙女董雙成,¹⁾　　원컨대 선녀 동쌍성을 따라

리 밀어내어 호인들이 감히 남하하여 말을 기르지 못하게 했다."(乃使蒙恬北築長城
而守藩籬, 却匈奴七百餘里, 胡人不敢南下而牧馬.)
2) 北門(북문) : 북방의 문호.
3) 無戰伐(무전벌) : 전쟁이 없다. 당 선종(唐宣宗, 재위 847~859년) 때는 해(奚), 당항(黨項), 회흘, 티베트와 단기간 휴전이 있었다.
1) 董雙成(동쌍성) : 신화에 나오는 서왕모의 시녀. 상나라가 망한 후 서호 옆에서 수련하여 신선이 되었으며 하늘에 날아올라 서왕모 옆에 가 옥녀가 되었다. 먹으면 장생불사하는 복숭아가 열리는 반도원(蟠桃園)을 관리하며 서왕모와 한 무제가 만날 때 반도를 가져온다. 『한무내전』(漢武內傳) 참조.

王母前頭作伴行.　　서왕모의 앞에서 나란히 서고자 하나니
初戴玉冠多誤拜,[2]　　처음 쓰는 옥관이라 절 할 때 자주 떨어지고
欲辭金殿別稱名.　　궁궐을 떠나려 하니 부르는 이름이 달라졌네
將敲碧落新齋磬,[3]　　장차 하늘 향해 경쇠를 두드리며 새로 재를 올리려니
却進昭陽舊賜箏.[4]　　지난날 소양전에선 하사받은 고쟁을 들고 갔었지
旦暮焚香繞壇上,[5]　　아침저녁으로 태운 향이 단상을 감돌고
步虛猶作按歌聲.[6]　　경전을 음창하며 박자 맞춰 노래하리

평석 이 제목의 시로 당시 가운데 가작이 없는데, 그나마 이 시가 조금 낫다.(此題唐人詩無
佳者, 此篇差勝.) ○ 본조의 태사 왕완의 시에 "얼굴은 연액이 생겨 다시 아리땁게 변하고,
몸은 채식을 하여 점점 가벼워짐을 느낀다"고 했으니 쌍관의 말이 절묘하다. 또 "이승에서
소양궁의 꿈이 다시 없으니, 군왕을 위해 밤새워 기도하여라"로 전대 시인들보다 더 충군애
국의 뜻을 나타내었다.(本朝汪太史琬詩有云: "顔逢煉液重疑艷, 身爲持齋轉覺輕", 雙關語妙.
又云: "此生無復昭陽夢, 猶爲君王夜祝釐", 傳出忠愛, 過於前人矣.)

해설 도관에 들어가는 궁인에게 준 시이다. 제6구에서 소양전을 언급한
것을 보면 황제의 총애를 받았고 가무에도 뛰어난 후궁으로 보인다. 그
밖에는 주로 도관에서의 낯선 생활에 대한 소개로, 그러한 생활이 결코
바라고 원해서 이루어진 일이 아님을 암시한다. 중만당에 위와 같은 제
재로 쓴 시가 많은데 장적, 대숙륜, 왕건, 우곡, 이상은 등의 작품이 있다.

---

2)　玉冠(옥관) : 도사의 모자.
3)　碧落(벽락) : 도교에서 말하는 동방 제1천. 하늘을 가리킨다.
4)　昭陽(소양) : 소양전. 한대 궁전 이름. 여기서는 궁인이 원래 거주하던 궁전.
5)　壇(단) : 도사가 기도하고 종교 의식을 거행하는 장소.
6)　步虛(보허) : 도사가 단에서 경전을 음창할 때 사용하는 곡조. 그 선율이 신선들이
　　허공을 너울거리며 걷는 것을 연상시킨다 하여 이름 붙여졌다. ○ 按歌(안가) : 박자
　　에 맞춰 노래하다.

설봉(薛逢)

후대에 듣는 개원 음악(開元後樂)[1]

莫奏開元舊樂章,	개원시대의 옛 악장을 연주하지 마소
樂中歌曲斷人腸.	음악 중의 노래가 사람의 애간장을 끊어놓으니
邠王玉笛三更咽,[2]	빈왕의 피리 소리 삼경에 흐느끼고
虢國金車十里香.[3]	곽국부인 금 마차는 십리 멀리 향기 퍼졌지
一自犬戎生蘇北,[4]	한 번 계북에서 견융 같은 안록산이 일어나고부터
便從征戰老汾陽.[5]	곽자의 같은 노장도 전쟁을 할 수밖에 없었지
中原駿馬搜求盡,	중원의 준마는 남김없이 다 구하여
沙苑年來草又芳.[6]	올해에도 사원감의 풀을 먹고 전장에 나가리

해설 개원 연간의 음악을 듣고, 전성기의 성황에 비추어 이후의 쇠락을 탄식하였다. 예상우의무곡(霓裳羽衣舞曲)이나 진왕파진무곡(秦王破陣舞曲)에서 연상되는 휘황한 시대적 형상은 안사의 난 이후 전란으로 삼켜지고 남은 것은 피폐한 모습 뿐이다. 제3, 4구는 개원의 전성기를 그렸으며, 제5, 6구는 성쇠의 전환이 되는 안사의 난을 그렸으며, 말 2구에서는 아

---

1) 開元(개원): 당 현종의 연호. 713~741년.
2) 邠王(빈왕): 이승녕(李承寧). 피리를 잘 불었으며 빈왕에 봉해졌다.
3) 虢國(곽국): 곽국부인. 양귀비의 셋째 언니. 748년 곽국부인에 봉해졌다.
4) 犬戎(견융): 畎戎(견융)이라고도 쓰며, 畎夷(견이), 犬夷(견이), 昆夷(곤이), 緄夷(곤이) 등으로도 쓴다. 고대 민족 이름으로, 서융의 일족. 은주(殷周)시대에 중국의 서편에 있었던 강력한 민족으로 서주 말기 주나라를 침입하여 유왕(周幽王)을 죽였다. 주나라는 이 때문에 낙양으로 천도했다. 여기서는 안록산과 사사명을 가리킨다.
5) 汾陽(분양): 곽자의(郭子儀). 안사의 난을 평정한 공으로 분양군왕(汾陽郡王)에 봉해졌다.
6) 沙苑(사원): 지금의 섬서성 대려현(大荔縣) 남쪽 위수와 낙수 사이. 방목하기 좋아서 당대에 사원감(沙苑監)이 설치되었다.

직도 계속되는 전란을 묘사하였다. 시대의 흥망성쇠를 음악을 통해 그려 내었다는 점에서 눈여겨 볼만하다.

영주 전 상서를 보내며(送靈州田尙書)[7]

陰風獵獵滿旌竿,[8]	음산한 바람 펄럭이며 깃폭에 가득하고
白草颼颼劍戟攢.[9]	백초를 스치는 바람 검과 창날에 모여드네
九姓羌渾隨漢節,[10]	아홉 성씨의 강족과 토욕혼이 한나라 부절을 따르고
六州蕃落從戎鞍.[11]	여섯 주의 이민족이 전마 탄 전 상서를 쫓는구나
霜中入塞凋弓響,	서리 찬 변새에 들어서면 활이 울리고
月下翻營玉帳寒.[12]	달 아래 병영에선 옥 휘장이 서늘하리
今日路傍誰不指,	오늘 길 가의 사람 중에 그 누가 모르리
穰苴門戶慣登壇.[13]	사마양저의 후손이라 자주 장수로 등단함을

평석 여전히 성당 시인의 분위기가 있다.(猶有盛唐人氣息.)

---

7) 靈州(영주) : 지금의 영하회족자치구 영무. 당대에 삭방절도사 치소 소재지. ○ 田尙書(전상서) : 전모(田牟). 전모는 851년에 금오대장군에서 검교이부상서 및 삭방절도사로 나갔다.
8) 獵獵(렵렵) : 의성어. 바람에 나부끼는 소리.
9) 颼颼(수수) : 바람 부는 소리. ○ 攢(찬) : 모이다.
10) 九姓羌渾(구성강혼) : 서북의 여러 민족들. 당대 철륵족에는 회흘 등 아홉 개 부족이 있었고, 회흘 또한 아홉 개의 부족이 있었다. 혼(渾)은 토욕혼(吐谷渾)의 약칭.
11) 六州(육주) : 679년(調露 원년) 영주 남방에 항복한 돌궐의 민호를 안치하고 설치한 노주(魯州), 여주(麗州), 함주(含州), 새주(塞州), 의주(依州), 계주(契州) 6주. 당시 육호주(六胡州)라 했다. ○ 蕃落(번락) : 비한족이 사는 부락.
12) 翻營(번영) : 병영을 비우고 전군이 출동하다.
13) 穰苴(양저) : 사마양저(司馬穰苴). 춘추시대의 제나라 명장. 본명은 전양저(田穰苴)로, 공을 세워 대사마에 봉해졌으므로 세칭 사마양저라 한다. 전모(田牟)는 위박절도사 전홍정(田弘正)의 아들이므로 전양저의 문호(門戶)이다.

해설 삭방절도사로 영주에 부임하는 전모(田牟)를 보내며 쓴 시이다. 첫 2구는 성당 변새시의 유풍으로 삼엄한 분위기를 전한다. 제3, 4구는 이민족의 병사들과 잘 단결하는 모습을 그렸다. 제5구의 긴장감이 제6구에서 다소 약화되었다. 말 2구는 가문의 내력으로 전모를 칭송하였다.

한 무제 궁사(漢武宮詞)

漢武淸齋夜築壇,[14]	한 무제가 밤에 단을 쌓고 재계하며
自斟明水醮仙官.[15]	몸소 맑은 물 따르며 신선께 제사 올렸지
殿前童女移香案,	전각 앞에 동녀들이 향안을 옮기고
雲際金人捧露盤.[16]	구름 위 청동선인이 승로반을 받쳤지
絳節有時還入夢,[17]	붉은 부절 든 신선이 때로 꿈에 나타나
碧桃何處更驂鸞?[18]	선도 복숭아 찾아 난새 타고 오르리라 기대했지
茂陵煙雨埋弓劍,[19]	안개 덮인 무릉엔 활과 칼이 묻혔는데
石馬無聲蔓草寒.	석마는 말이 없고 능묘 위 덩굴만 차가워라

평석 다만 신선술을 구하는 일만 가지고 말하였다.(獨擧求仙一事言之.)

---

14) 淸齋(청재) : 제사나 의식을 거행하기 전 정성을 표시하기 위해 심신을 깨끗이 하는 일.

15) 明水(명수) : 제사 때 시용하는 맑은 물. 여기서는 승로반에 받은 이슬. ○ 醮(초) : 제사지내다. ○ 仙官(선관) : 도교에서 말하는 신선.

16) 金人(금인) : 한 무제가 방사의 말을 믿고 건장궁 앞에 신명대(神明臺)를 만들고 그 위에 올려놓은 청동의 신선. 높이 이십 장에 크기 칠 길의 금동선인(金銅仙人)은 팔을 벌려 승로반을 받들고 있는 형상이다. 하늘의 이슬을 받아 옥가루와 섞어 먹으면 장생할 수 있다고 한다.

17) 絳節(강절) : 붉은 부절. 일반적으로 사람이 수련하여 신선이 될 때 하늘에서 신선이 붉은 부절을 들고 맞이하러 온다고 한다.

18) 碧桃(벽도) : 서왕모가 심은 선도. ○ 驂鸞(참란) : 난새를 타고 하늘에 오르다.

19) 茂陵(무릉) : 한 무제의 무덤. ○ 弓劍(궁검) : 전설에 의하면, 황제(黃帝)가 용을 타고 승천할 때 활을 떨어뜨렸는데, 신하들이 그 활과 의관을 함께 묻었다고 한다. 『사기』「봉선서」참조.

해설 신선술에 경도된 한 무제를 비판하였다. 균형 잡힌 전개에 구체적인 묘사로 무제의 장생 추구가 지닌 어리석음을 드러내었다. 당대의 왕들도 신선술에 도취된 경우가 많아 일정한 의의가 있다. 비록 궁사라는 제목을 썼지만 궁녀의 원망으로 현인의 실의를 비유하는 전통적인 '궁원'(宮怨)에서 벗어나, 황제의 과실을 드러내 역사의 거울로 삼는 영사시의 범주로 볼 수 있다.

장안의 밤비(長安夜雨)

滯雨通宵又徹明,[20]	궂은 비 밤새 오고 새벽까지 내려
百憂如草雨中生.	온갖 근심이 빗속의 풀처럼 자라나네
心關桂玉天難曉,[21]	치솟는 물가 걱정에 하늘은 밝아오지 않고
運落風波夢亦驚.[22]	하는 일도 운이 나빠 꿈마저 자주 깨네
壓樹早鴉飛不散,	나무에 앉은 아침 까마귀 흩어지지 않고
到窓寒鼓濕無聲.	창에 들려오는 북소리 젖어서 소리가 없어라
當年志氣俱消盡,[23]	한창때의 품은 뜻은 모두가 소진되고
白髮新添四五莖.	백발만 네댓 가닥 새로이 늘어났어라

해설 비오는 밤에 떠오르는 시름을 썼다. 장맛비가 그칠 줄 모르고 내리는 밤에 하는 일도 안 풀리고, 젊은 시절의 뜻도 이루지 못하고, 나이만 먹어가는 자신의 처지를 돌아보았다. 젖은 나무 위의 까마귀와 낮게 들리는 북소리로 눌린 마음을 표현하였다.

---

20) 滯雨(체우) : 장마. 비 때문에 머무르게 된다는 뜻이 들어 있다.
21) 桂玉(계옥) : 값비싼 땔감과 쌀. 전국시대 때 소진(蘇秦)이 초나라에 가니 밥이 옥보다 비싸고 땔감이 계수나무보다 비싸 사흘 만에 떠나야 했다. 『전국책』「초책」 참조.
22) 運落(운락) : 운이 나쁘다. ○ 風波(풍파) : 분란.
23) 當年(당년) : 한창 젊을 때.

조하(趙嘏)

장안의 달밤에 친구와 고향 이야기를 하며(長安月夜與友人話故山)

宅邊秋水浸苔磯,[1]	집 옆의 가을 강엔 이끼 덮인 낚시터
日日持竿去不歸.	날마다 장대 들고 가서는 돌아올 줄 몰랐지
楊柳風多潮未落,	버들에 바람이 많아지면 물이 불기 시작하고
蒹葭霜冷雁初飛.[2]	갈대에 서리가 내릴 때면 기러기 처음 날아갔지
重嘶匹馬吟紅葉,	필마가 다시 우니 붉은 단풍 읊조리고
却聽疎鐘憶翠微.[3]	멀리서 들리는 성긴 종소리에 푸른 산 생각나네
今夜秦城滿樓月,[4]	오늘 밤 장안에는 누대에 달빛 가득한데
故人相見一沾衣.	친구를 만났더니 눈물로 옷이 온통 젖는구나

해설 장안에서 고향 친구를 만난 기쁨을 썼다. 조하는 고향이 초주 산양 (山陽, 강소성 淮安市)으로 전반부는 고향의 봄가을의 모습을 그렸고, 후반 부는 장안에서의 만남을 그렸다. 함께 낚시한 것으로 보아 어렸을 때의 이웃집 친구로 보인다. 제5구에서 필마가 다시 울며 떠나자고 재촉하는 데서 잠시 만났다가 헤어졌음을 알 수 있다.

---

1) 苔磯(태기) : 물가에 돌출한 이끼 낀 바위.
2) 蒹葭(겸가) : 갈대. 『시경』 「겸가」(蒹葭)에 "갈대는 아직 푸른데, 이슬은 서리가 되었 네"(蒹葭蒼蒼, 白露爲霜.)라는 구절이 있다.
3) 翠微(취미) : 비취색의 푸른 산.
4) 秦城(진성) : 장안을 가리킨다. 장안은 전국시대 진나라의 강역이었다.

장안의 가을 조망(長安秋望)

雲物凄淸拂曙流,[5]	구름은 맑고 차갑게 새벽하늘에 흐르고
漢家宮闕動高秋.[6]	한나라 궁궐에 가을 기운이 퍼졌어라
殘星幾點雁橫塞,	몇 점 성긴 별 아래 기러기가 관새를 횡단하고
長笛一聲人倚樓.	피리 소리 울리는데 사람이 누대에 기대 듣고 있네
紫艶半開籬菊靜,[7]	울타리 옆 국화는 자줏빛 얼굴을 반쯤 열었고
紅衣落盡渚蓮愁.[8]	물가의 연꽃은 붉은 옷을 다 벗었어라
鱸魚正美不歸去,[9]	농어회가 마침 맛있을 때인데도 돌아가지 못하고
空戴南冠學楚囚.[10]	부질없이 남관(南冠)을 쓰고 죄수인양 머물러 있어라

평석 두목이 '피리 소리' 구를 상찬하였기에, 사람들이 '조의루'라 불렀다.(杜紫薇賞'長笛'句,
人因稱趙倚樓.)

해설 가을날 장안성을 둘러보고 지은 시이다. 주로 새벽녘 누대에 올라
조망한 모습을 그리면서 뜻을 펴지 못한 처지에 은거를 생각하였다. 제3,

---

5) 雲物(운물) : 구름. ○拂曙(불서) : 새벽.
6) 漢家宮闕(한가궁궐) : 한나라 궁궐. 여기서는 당 장안의 궁궐. ○動(동) : 일어나기 시
   작한다. ○高秋(고추) : 하늘이 높은 가을.
7) 紫艶(자염) : 자줏빛 고운 색채와 모습. 국화를 묘사한다.
8) 紅衣(홍의) : 붉은 옷. 연꽃을 묘사한다.
9) 鱸魚(노어) : 농어. 이 구는 서진의 장한(張翰)의 고사를 반대로 사용하였다. 낙양에
   서 벼슬하던 장한이 제왕(齊王, 司馬冏)의 동조연(東曹掾)으로 초빙되었다. 당시 왕
   실에서는 권력 투쟁이 심하였으므로 고향이 오중(吳中)이었던 장한은 가을바람이
   불어오자 오 지방의 순채국(蓴羹)과 농어회(鱸魚膾)를 생각하고는 말했다. "사람이
   살아가며 편하고 자유로운 게 중요한데, 어찌 수천 리 멀리에서 벼슬에 묶여 이름과
   작위를 구한단 말인가?"(人生貴得適志, 何能羈宦數千里, 以邀名爵乎?) 그리하여 벼
   슬을 그만두고 고향으로 돌아갔다.
10) 南冠(남관) : 춘추시대 초나라 사람의 관. 춘추시대 초나라 종의(鍾儀)가 포로로 붙잡
   혔는데, 진후(晉侯)가 그를 보고 주위에 물었다. "남관을 쓴 채 잡혀 있는 저 자는
   누구인가?"(南冠而縶者誰也?) 관리가 말했다. "정나라 사람이 잡아다 바친 초나라 죄
   수입니다." 『좌전』 '성공 9년'조 참조.

4구는 별－기러기－피리 소리－누대의 나그네 순으로 원경에서 점점 근경으로 수렴하여, 정취 넘치는 광경을 보여주는 명구이다. 두목(杜牧)이 제3, 4구를 보고는 읊조리기를 그치지 않으며, 시구 중의 말을 따와 조하를 '조의루'(趙倚樓)라 불렀다는 일화가 전한다.

사공도(司空圖)

물러나 살며(退棲)

宦遊蕭索爲無能,[1]	벼슬살이 적막하고 더구나 무능하여
移住中條最上層.[2]	중조산 가장 높은 곳에 옮겨와 사노라
得劍乍如添健僕,	검을 얻으면 마치 건장한 노복이 들어온 듯하고
亡書久似憶良朋.	책을 잃으면 좋은 친구인양 오랫동안 회상한다
燕昭不是空憐馬,[3]	연 소왕은 쓸데없이 천리마를 아낀 것이 아니었으니
支遁何妨亦愛鷹.[4]	지둔같이 나 또한 진취적으로 솔개를 좋아하노라

---

[1] 宦遊(환유) : 객지에서 벼슬함. ○蕭索(소삭) : 적막하고 쓸쓸하다.

[2] 中條(중조) : 중조산. 산서성 남부에 소재하며, 동북에서 서남으로 길게 가로놓인 산. 주봉 설화산은 영제시 동남에 있다. 동북으로 왕옥산(王屋山)과 이어져 있다.

[3] 燕昭(연소) : 전국시대 연나라 소왕. 연 소왕(燕昭王)에게 곽외(郭隗)가 현능한 인재를 구하라며 말한 우언을 가리킨다. 왕이 삼 년 동안 천금을 걸고 천리마를 구했으나 구하지 못하는데 왕의 시종이 오백 금으로 죽은 말의 머리를 사들고 왔다. 왕이 화를 내자 시종이 말하기를 사람들이 분명 왕께서 말을 볼 줄 안다며 천리마를 팔러 올 것이라고 하였다. 과연 일 년이 지나지 않아 천리마가 세 필이나 왔다. 『전국책』「연책」(燕策) 참조.

[4] 支遁(지둔) : 동진(東晉)의 고승. 지둔은 매와 말을 기르기를 좋아했지만 날리거나 타지는 않았다. 어떤 사람이 왜 그런지 묻자 "그 웅건하고 굳셈을 좋아하기 때문이오"(貧道重其神俊)라 대답했다. 『세설신어』「언어」(言語) 참조.

自此致身繩檢外,[5] 이로부터 내 몸을 세상의 구속 밖에 둘 터이니
肯教世路日凌兢?[6] 어찌 세상 사람들과 날마다 따지며 살겠는가?

평석 '검을 얻으면'으로 시작되는 제3, 4구는 당시 문단에서 널리 음송되었다.('得劍'―聯, 當時藝林傳誦.)

해설 중조산 왕관곡에서 은거하면서 쓴 시이다. 황소의 난이 일어나 880년 말 장안이 함락될 때 사공도는 예부랑중으로 있었고, 난을 피해 고향으로 갔다. 나중에 희종이 촉에서 돌아와 봉상 행재소에 돌아왔을 때는 지제고, 중서사인이 되었다. 난이 평정되고서도 나라가 혼란에 빠지며 왕조의 몰락이 점점 뚜렷해지자 사공도는 887년(51세) 봄에 중조산으로 은거하였다. 제1구, 제5구, 제8구에서 자신의 은거가 전란보다는 불공정한 세상에서 비롯되었음을 말하고 있다.

왕관곡에 돌아온 다음 해 지음(歸王官次年作)

亂後燒殘滿架書, 난리에 서가 가득 책들이 불에 타도
峰前猶自戀吾廬. 봉우리 앞에는 내가 아끼는 초막이 있어라
忘機漸喜逢人少,[7] 기심(機心)이 없기에 만나는 사람 적음을 기뻐하는데
缺粒空憐待鶴疏.[8] 알곡이 부족하여 부질없이 조정의 부름을 기다렸었지
孤嶼池痕春漲滿, 외딴 섬이 있는 봄 연못에 물이 불어나고
小欄花韻午晴初.[9] 막 개인 정오의 작은 꽃밭에 꽃들이 가득해라

---

5) 繩檢(승검) : 구속하다. 제약하다.
6) 凌兢(능긍) : 춥다. 벌벌 떠는 모습. 여기서는 조심하다.
7) 忘機(망기) : 욕심과 이해득실을 버리고 세상과 다투지 않으며 자적함.
8) 鶴疏(학소) : 학서(鶴書). 학두서(鶴頭書)라고도 한다. 서체의 일종. 고대에 현인을 징초할 때 쓰는 조서의 글씨체이다.

酣歌自適逃名久,¹⁰⁾   실컷 노래 부르고 자적하며 이름 내지 않기 오래니
不必門多長者車.¹¹⁾   문 앞에 고관귀족의 수레가 많을 필요 없으리

해설 은일의 즐거움을 노래하고 은일에 대한 관점을 드러내었다. 비록 은일을 하고 있다고 해도 여전히 벼슬과 세상에 대한 시각을 보이고 있다. 제4구는 도연명이 오두미를 얻기 위한 것과 마찬가지로, 대다수 문인들이 벼슬을 하는 기본적인 이유이기도 하다. 중조산 왕관곡에 은거한 다음 해인 888년 봄에 썼다.

이군옥(李群玉)

구자판에서 자고새 울음을 들으며(九子坂聞鷓鴣)¹⁾

落照蒼茫秋草明,   낙조가 아득하여 가을 풀이 환해오는데
鷓鴣啼處遠人行.   자고새가 우는 곳에 먼 길 가는 사람 있네

---

9) 심주 : 아름다운 풍경을 그린 좋은 구이다.(佳景佳句.)
10) 逃名(도명) : 이름을 드러내지 않다. 왕망(王莽)의 출사 권유를 거절하고 두릉(杜陵)에 은거한 장후(蔣詡)의 고사에서 유래했다. "장후의 자는 원경인데, 집 안에 오솔길 세 개를 두고, 오로지 양중(羊仲)과 구중(求仲)하고만 사귀었다. 두 사람도 모두 염결하며 이름을 드러내지 않고 나오지 않았다."(蔣詡字元卿, 舍中三逕, 唯羊仲求仲從之游. 二仲皆挫廉逃名不出.) 동한 조기(趙岐)의 『삼보결록』 참조.
11) 長者車(장자거) : 현달한 고관과 귀족의 수레. 『사기』「진승상세가」(陳丞相世家)에서 유래했다. 진평(陳平)이 사는 "집은 성곽을 등진 깊은 골목에 있으며, 헤어진 자리로 문을 삼았지만, 문밖에는 고관들의 수레바퀴 흔적이 많았다."(家乃負郭窮巷, 以弊席爲門, 然門外多有長者車轍.)
1) 九子坂(구자판) : 지금의 안휘성 구화산 소재. ○鷓鴣(자고) : 메추리 비슷하면서 몸집은 꿩만큼 큰 새. 주로 강남에 산다. 그 울음 소리가 떠나지 말라는 뜻으로 들려 길 가는 사람에게 시름을 일으키는 새로 알려졌다.

正穿屈曲崎嶇路,[2][3]　굽이지고 험한 길을 관통해가야 하는데
又聽鉤輈格磔聲.[4][5]　또 다시 구구 꺽꺽거리는 소리 들려오는구나
曾泊桂江深岸雨,[6]　일찍이 계림 이강의 깊은 기슭에 비가 올 때
亦於梅嶺阻歸程.[7]　또 대유령에서 돌아가는 길 지체될 때 들었으니
此時爲爾腸千斷,　지금 너 때문에 애간장이 천 마디로 끊어지니
乞放今霄白髮生.[8]　오늘 밤 백발이 나지 않도록 울지 말아주게나

해설 자고새 울음을 듣고 쓴 시이다. 자고새의 특이한 울음소리는 현대인에게 별다른 의미가 없어도, 고대인에게는 길 가기가 어렵다고 말해주는 새여서 시름을 안겨준다. 이는 마치 두견새의 울음이 빨리 집으로 돌아가라고 말해주는 것과 같이 유사한 문화적 의미 부호로 작용한다. 시인은 굽이지는 험한 고갯길에서 예전에도 들은 울음소리를 연상하면서 오늘은 울지 말아달라고 자고새에게 하소연하였다.

황릉묘(黃陵廟)[9]

小姑洲北浦雲邊,[10]　소고주(小姑洲) 북쪽 구름 낀 포구 옆

---

2)　심주: 구자판.(九子坂.)
3)　屈曲崎嶇(굴곡기구): 굽이지고 험한 모양.
4)　심주: 자고새 울음을 듣다.(聞鷓鴣.)
5)　鉤輈格磔(구주격책): 구구 꺽꺽. 의성어. 메추리 울음소리.
6)　桂江(계강): 지금의 광서 계림을 흐르는 이강(漓江). 자고새가 많이 서식하며, 자고새는 비올 때 잘 운다.
7)　梅嶺(매령): 대유령. 오령의 하나. 강서성과 광동성의 경계에 있다. 고개 위에 매화를 많이 심었기에 이름 붙여졌다. 자고새가 많이 서식한다.
8)　乞放(걸방): 나를 놓아주기를 바라다. 나를 용서해주기 바라다. 자고새에게 울지 말라고 부탁하는 어투이다.
9)　黃陵廟(황릉묘): 이비묘(二妃廟). 지금의 호남성 상음현(湘陰縣) 소재. 동정호 호반에 위치하며 이곳에 순 임금의 두 비인 아황(娥皇)과 여영(女英)이 묻혔다고 한다.
10)　小姑洲(소고주): 황릉묘 앞의 주도(洲島) 이름.

二女明粧共儼然.[11]　　　아황과 여영이 환한 단장으로 살아있는 듯해라

野廟向江春寂寂,　　　강을 향한 들의 사당은 봄 되어 적막하고

古碑無字草芊芊.[12]　　　글자 없는 비석에는 풀들이 무성하다

風回日暮吹芳芷,[13]　　　바람이 휘도는 저녁에는 구릿대 향기 불어오고

月落山深哭杜鵑.　　　달이 지는 깊은 산에선 두견새가 곡을 하네

猶似含嚬望巡狩,[14]　　　아직도 근심스레 순 임금을 기다리는 듯

九疑如黛隔湘川.[15][16]　　구의산이 눈썹먹처럼 상수를 두고 멀리 있어라

해설 황릉묘의 풍광과 두 비의 전설을 회고하였다. 순 임금이 남순 중에 죽자 두 비인 아황과 여영이 상수 강가에서 울다가 몸을 던져 죽었으며, 눈물이 댓잎에 떨어져 반죽(斑竹)이 되었고, 두 여인은 상수의 여신이 되었다고 한다. 비극적인 미감을 지닌 이 전설은 역대로 시인들에게 깊은 인상을 주었다. 제3, 4구는 사당의 모습을 그렸다. 제5, 6구는 사당 주위의 경관을 묘사하였지만, 구릿대 향기로 고결한 사람을 나타내고, 두견새로 돌아오길 바라는 뜻을 완곡하게 표현하였다. 말미에서는 두 비의 수심에 찬 눈썹은 이제 구의산이 되어 전설의 모든 장소를 바라보게 된다. 고향이 호남인 시인은 황릉묘에 대해 여러 편의 시를 썼고 이 시는 그중 한 수이다.

---

11)　二女(이녀) : 순 임금의 두 비인 아황과 여영. ○明粧(명장) : 밝고 아름다운 단장. ○儼然(엄연) : 마치 살아있는 듯. 뚜렷하게.

12)　芊芊(천천) : 초목이 우거진 모양.

13)　芳芷(방지) : 향기로운 구릿대. 향초이다.

14)　含嚬(함빈) : 含顰(함빈)이라고도 쓴다. 눈썹을 찡그리다. ○望巡狩(망순수) : 순 임금이 남순을 나가 창오의 들에서 죽으니, 두 비가 상강에 빠져 죽은 일을 가리킨다.

15)　심주 : 순 임금이 구의산에 묻혔다.(舜葬九疑.)

16)　九疑(구의) : 구의산(九嶷山) 또는 창오(蒼梧)라고 한다. 호남성 남단인 영원현(寧遠縣)에 소재. ○黛(대) : 여인들이 눈썹을 그릴 때 쓰는 눈썹먹. 이것으로 먼 산을 비유한다.

배 평사를 보내며(送裴評事)[17]

塞垣從事識兵機,[18]	변방에 임직했기에 용병의 계책을 알아
只擬平戎不擬歸.[19]	서융을 평정할 생각 뿐 돌아올 생각 없어라
入夜笳聲驚白髮,	밤에 들리는 호가 소리에 백발이 놀라고
報秋楡葉落征衣.	느릅나무 잎이 옷에 떨어지면 가을임을 알리라
城臨戰壘黃雲晚,	성채 옆의 보루 위 누런 구름에 날이 저물고
馬渡寒沙夕照微.	말이 추운 사막을 건널 때 석양빛이 희미하리
此別不應書斷絶,	이번 이별로 편지가 끊어지면 안 되니
滿天霜雪有鴻飛.[20]	하늘 가득 눈서리 날리면 기러기처럼 날아오르리

해설 변새로 가는 배 평사를 보내며 쓴 시이다. 시의 내용으로 보아 배 평사는 변방에서 생활을 오래 한 나이가 있는 사람이다. 이 시의 저자에 대해『문원영화』에선 설봉(薛逢)과 조하(趙嘏)의 작품으로 모두 기록하였는데, 남송 때 팽숙하(彭叔夏)는 조하 시집을 교감하면서 조하의 작품으로 편입하였다. 이 때문에 심덕잠은 조하의 작품으로 잘못 분류하였다.

---

17) 評事(평사) : 대리평사(大理評事). 대리시(大理寺)의 속관으로 형옥(刑獄)을 담당한다.
18) 塞垣(새원) : 변방의 벽담. 일반적으로 장성(長城)을 말한다. ○兵機(병기) : 용병의 계책.
19) 平戎(평융) : 서융을 평정하다.
20) 鴻飛(홍비) : 기러기가 날다. 업적을 이루어 승진하다.

피일휴(皮日休)

관왜궁 회고(館娃宮懷古)¹⁾²⁾

艶骨已成蘭麝土,³⁾	미인의 뼈는 이미 향기로운 흙이 되었는데
宮牆依舊壓層崖.	궁궐의 벽은 예와 같이 절벽 위에 있어라
弩臺雨壞逢金鏃,⁴⁾	쇠뇌대는 비에 어그러져 활촉이 나오고
香徑泥銷露玉釵.⁵⁾	채향경은 진흙에 묻히어 옥비녀가 드러났네
研沼只留溪鳥浴,⁶⁾	연소에는 지금도 계곡의 새들만 목욕하고
屧廊空任野花埋.⁷⁾	향섭랑은 부질없이 내버려진 채 들꽃에 묻혔어라
姑蘇麋鹿眞閑事,⁸⁾	왕조는 사라지고 고소대에 사슴만 뛰어노니
須爲當時一愴懷.⁹⁾	마땅히 당시를 생각하니 마음 온통 아파라

---

1) 원주: "연석산에 있다. 아마도 서시 때문에 이름 붙여졌을 것이다."(原注: "在研石山, 蓋以西施得名.")
2) 館娃宮(관왜궁): 춘추시대 오나라 궁전. 오왕 부차가 연석산에 궁전을 만들고 서시를 살게 했다. 오나라 사람들은 미녀를 왜(娃)라 불렀으므로 관왜궁이라 하였다. 지금의 강소성 소주시 서남 영암산(靈巖山)의 영암사 절터.
3) 蘭麝(난사): 난초와 사향. 귀한 향료. 여기서는 향.
4) 弩臺(노대): 쇠뇌 발사대. 관왜궁의 유적지 가운데 하나. ○ 金鏃(금족): 화살촉.
5) 香徑(향경): 채향경(採香徑). 소주 서남의 향산(香山) 옆에 작은 시내에 있었는데, 오왕 부차가 향산에 향초를 심고 미인들이 배를 타고 향을 따게 하였다.
6) 研沼(연소): 관왜궁의 유적지 가운데 하나.
7) 屧廊(섭랑): 관왜궁 내의 향섭랑(響屧廊). 오왕이 서시에게 나막신을 신게 하였는데, 그 소리가 회랑을 울리므로 이름 붙였다. 범성대 『오군지』(吳郡志) 참조.
8) 姑蘇麋鹿(고소미록): 고소대의 사슴들. 서한 회남왕 유안이 모반하려 하자 참모 오피(伍被)가 간언을 올렸다. "소신이 듣건대, 오자서가 오왕에게 간언을 하였지만 오왕이 듣지 않자 '지금 고소대에 사슴들이 놀고 있는 게 보입니다(臣今見麋鹿遊姑蘇之臺也.)'고 했습니다. 지금 소신 또한 궁에 가시덤불이 자란 게 보이니 눈물이 옷을 적십니다." 『사기』「회남왕전」 참조.
9) 愴懷(창회): 상회(傷懷). 마음이 아프다.

해설 관왜궁의 유적지를 둘러보고 지은 영사시이다. 고대의 존재와 현재의 부재 사이를 오가며 세상의 거대한 변화를 느끼고 역사의 흥망성쇠를 생각하였다. 제3, 4구는 이러한 존재와 부재 사이의 공간을 잘 형상화하였으며, 말미에서 일말의 비판도 끼워넣었다.

유창(劉滄)

양제 행궁을 지나며(經煬帝行宮)[1]

此地曾經翠輦過,[2]	이 땅은 일찍이 보련(寶輦)이 지나갔는데
浮雲流水竟如何?	뜬 구름과 강물처럼 결국 어디로 갔나?
香銷南國美人盡,[3]	남국에 향기가 사라지고 미인들도 모두 사라졌는데
怨入東風芳草多.[4][5]	원망이 깃든 봄바람에 향기로운 꽃으로 피어나네
殘柳宮前空露葉,	궁 앞의 남은 버들은 부질없이 이슬에 잎이 시들고
夕陽川上浩煙波.	강 위에 저녁 햇살은 드넓게 안개 낀 물결을 비추네

---

1) 煬帝行宮(양제행궁) : 수 양제의 강도(江都) 행궁. 618년(大業 14년) 양제가 강도로 내려가 궁원을 크게 짓고 이곳으로 천도하려 하였다.

2) 翠輦(취련) : 물총새 깃털로 장식한 황제가 타는 가마.

3) 香銷(향소) 구 : 수 양제의 비빈들이 살해되었음을 말한다. 수 양제가 광릉으로 내려갈 때는 많은 궁비들을 데리고 갔으며, 가는 도중에도 미녀들을 널리 구하였다. 나중에 양제는 호분랑장 사마덕감(司馬德戡) 등에 의해 살해되었으며 총애하던 주귀아(朱貴兒)도 살해되었다.

4) 심주 : 양제의 후궁은 아주 많아서, 평생 한 번도 보지 못하거나 자살하는 사람도 있었다. 제3, 4구는 이 뜻을 암용하였다.(煬帝後宮太多, 終身不一見, 有自經者. 三四暗用此意.)

5) 怨(원) : 백성의 원망. 양제가 운하를 개착할 때도 수십만 명의 백성이 동원되었고, 용주를 끌고 광릉에 가 행궁을 축조할 때도 백성의 원망이 비등하였다.

行人遙起廣陵思,[6]　　　행인은 오래 전 광릉의 일을 생각하는데

古渡月明聞棹歌.[7]　　　옛 나루터에 달 밝은데 뱃노래 소리 들려온다

평석 「함양」, 「업도」, 「장주」 등과 같은 회고시는 언어와 풍경 묘사가 서로 교체될 수 있거니와, 시의 수준은 허혼의 아래이다. 다만 이 시만이 약간 전아하고 적절하여 여운을 아직 보존하고 있다.(懷古詩如咸陽、鄴都、長洲諸作, 設色寫景, 可以互相統易, 詩品在許用晦下. 惟此首稍見典切, 餘韻猶存.)

해설 양주에 있던 수 양제 때의 행궁을 둘러보고 지은 영사시이다. 제3, 4구는 미인은 모두 사라졌어도 그 원망은 아직도 남아있음을 말하였고, 제5, 6구는 지금의 황량한 풍경을 묘사하였다. 제2구의 뜬 구름과 흐르는 강물은 말미에서 달과 뱃노래로 이어지면서 수미쌍관의 구성을 이루며 역사의 무상함을 환기한다.

　　　　　최각(崔珏)

친구의 「원앙지습」에 화답하며(和友人鴛鴦之什)[1]

翠鬣紅毛舞夕暉,[2]　　　비취색 머리털에 붉은 깃털 석양에 춤추는데

水禽情似此禽稀.　　　물새 가운데 이처럼 다정한 새도 없다네

---

6)　廣陵(광릉) : 당대의 양주. 강도(江都)라고도 했다. 지금의 강소성 양주시.

7)　棹歌(도가) : 뱃노래. 노를 저으면서 이에 박자를 맞추어 부르는 노래.

1)　什(습) : 시편. 본래 『시경』중의 「아」(雅)와 「송」(頌)의 많은 부분은 열 편을 묶어 일습(什)이라 하였다. 위 제목으로 쓴 최각의 시는 현재 3수가 전한다.

2)　鬣(렵) : 새의 머리털.

暫分煙島猶回首,   잠시 바위를 두고 나뉘어도 고개를 돌려보고
只渡寒塘亦幷飛.   차가운 연못을 건널 때도 함께 날아가는구나
映霧盡迷珠殿瓦,[3]   안개 속 희미하게 전각 위의 원앙와로 앉아있고
逐梭齊上玉人機.[4]   직녀가 짜는 베틀 위 비단 속에 나란히 들어갔네
採蓮無限蘭橈女,[5]   연밥 가득 딴 목련나무 노 젓는 아가씨들
笑指中流羨爾歸.[6]   웃으며 가리키다 부러워하며 돌아가네

평석 제3, 4구는 정을 묘사했으며, 제5, 6구는 영친(映襯)의 방법을 사용하였다. 이는 차제법 (次第法)으로 중복을 범하지 않는다. 이 시로 이름이 나 '최원앙'(崔鴛鴦)이라 불려졌다.(三四 寫情, 五六映襯, 此次第法, 不犯復也. 以此詩得名, 稱崔鴛鴦.)

해설 원앙을 노래한 시이다. 구체적인 새의 깃털 색부터 묘사하여, 제3, 4 구에서 물가에서 움직이는 모습을 실경으로 그리고, 제5, 6구에서는 기 물 속에 깃든 원앙의 모습을 형용하였다. 특히 제5, 6구는 원앙이 지닌 특징과 습성을 사람들이 만든 물건을 통해 정면이 아닌 측면에서 반영 하였다는 점에서 허실이 어울리고 정취가 있다. 말미에서는 저물녘의 연 밥 따는 아가씨들의 관점으로 돌아와 원앙으로 상징되는 행복한 삶에 대한 동경을 그렸다. 최각은 이 시로 인해 '최원앙'(崔鴛鴦)이란 이름을 얻었다.

---

3) 映霧(영무) 구 : 암키와와 수키와가 한 쌍으로 된 원앙 기와(鴛鴦瓦)를 가리킨다. 백 거이의 「장한가」 가운데 "차가운 원앙 기와에 된 서리 내리고, 비취금 서늘한데 누 구와 함께 자나"(鴛鴦瓦冷霜華重, 翡翠衾寒誰與共?)란 구절이 있다.
4) 逐梭(축사) 구 : 베틀을 원앙기(鴛鴦機)라고도 한다. 또 여인이 베틀 위에 한 쌍의 원 앙 문양으로 짜는 비단인 원앙금(鴛鴦錦)을 말한다고 볼 수도 있다. 진자앙의 「원앙 편」에 "원앙 비단이 있다고 들었고 또 원앙 이불이 있다고도 들었지"(聞有鴛鴦綺, 復 有鴛鴦衾.)란 말이 있다. 梭(사)는 북. ○玉人(옥인) : 미인 또는 직녀.
5) 蘭橈(난요) : 목련나무로 만든 노.
6) 爾(이) : 너. 너희들. 원앙을 가리킨다.

이빈(李頻)

상수에서 친구를 보내며(湘中送友人)[1]

中流欲暮見湘煙,	강물이 저물어가니 상수에 안개 퍼지고
岸葦無窮接楚天.	언덕 위 끝없는 갈대는 초 지방 하늘과 잇닿았네
去雁遠衝雲夢雪,[2]	떠나는 기러기 멀리 운몽택의 눈발을 뚫고
離人獨上洞庭船.	헤어지는 사람 홀로 동정호 가는 배에 오르네
風波盡日依山轉,	풍파는 진종일 산을 따라 돌고
星漢通霄向水懸.	은하수는 밤새 강물에 걸려 있으리
零落梅花過殘臘,[3]	연말이 지나면 매화꽃 날리니
故園歸去又新年.	그대 고향에 닿으면 새해가 되리라

평석 대력십재자의 시풍과 가깝다.(猶近大曆十子.)

해설 연말에 상수에서 친구와 헤어지며 쓴 시이다. 기상이 활달하며 시원스럽다. 제3구에서 북쪽으로 날아가는 기러기로 동정호로 가는 친구를 형상화하였다. 말미에서는 고향에 가지 못하는 시인의 쓸쓸함이 깔려 있다.

---

1) 湘中(상중) : 상수(湘水) 일대. 지금의 호남성.
2) 雲夢(운몽) : 운몽택. 대략 호북성 중부의 장강 남북을 포괄한다.
3) 殘臘(잔랍) : 납월(臘月, 음력 십이월) 말미.

이산보(李山甫)

공자의 저택(公子家)[1]

柳底花陰壓露塵,[2]	버들 아래 꽃그늘이 먼지를 가라앉히고
瑞煙輕罩一團春.[3]	상서로운 안개가 봄을 감싸고 있어라
鴛鴦占水能嗔客,	원앙은 물에서 손님에게 화낼 수 있고
鸚鵡嫌籠解罵人.	앵무는 조롱에서 사람을 욕할 줄 아네
騕褭似龍隨日換,[4]	용 같은 준마를 날마다 바꾸고
輕盈如燕逐年新.[5]	제비같이 날렵한 무희는 해마다 새로워라
不知買盡長安笑,[6]	알지 못하는구나, 장안의 기녀의 웃음을 모두 사면
活得蒼生幾戶貧?	가난한 백성의 집을 몇이나 살릴 수 있을지를

해설 장안에 있는 공자의 저택과 그 호사로움과 위세를 그렸다. 제3, 4구의 원앙과 앵무는 대저택에서 일하는 노복들을 비유하는 것으로 보인다.

---

1) 심주 : 당대 공자 저택의 번성함은 시인들이 종종 언급하였다. 예컨대 이상은의 '외척으로 서강을 평정하여 가장 높은 공 세웠는데'나 '일곱 나라 변방 일 몰라 근심 없는데' 등이다. 그러나 곽자의 저택은 얼마 지나지 않아 쓸쓸해졌고, 마수의 저택은 봉성원이 되었으며, 그 후예들은 거지가 되었으므로 한 마디로 개괄할 수 없다.(唐代公子家之盛, 詩人往往言之, 如李義山之'外戚平羌第一功', '七國三邊未到憂'之類是也. 然郭令公宅未幾寥落, 馬北平宅爲奉誠園, 後人至爲乞丐矣, 此又不可槪論.)

2) 花陰(화음) : 꽃들이 많이 피어 햇빛이 안 보이는 곳. ○露塵(노진) : 노천의 먼지. 집 밖의 먼지.

3) 瑞煙(서연) : 상서로운 안개.

4) 騕褭(요뇨) : 준마의 이름. 주둥이는 붉고 몸은 검으며, 하루에 오천 리를 간다고 한다.

5) 輕盈(경영) : 여성의 자태가 부드럽고 행동이 가벼운 모양. 경영여연(輕盈如燕)은 춤추는 여인을 가리킨다. 한 성제(漢成帝) 황후 조비연(趙飛燕)이 몸이 제비처럼 가볍고 춤을 잘 춘다는 뜻을 환기한다.

6) 買盡長安笑(매진장안소) : 장안의 웃음을 모두 사다. 장안의 기녀를 모두 다 희롱하다는 뜻.

제5, 6구는 자주 교체하는 말과 무희로 사치와 낭비를 전형화시켜 나타
내었다. 말미에서는 대조법으로 이들의 행락과 사치를 비판하였다.

한식(寒食)

柳帶東風一向斜,	동풍을 안은 버들이 한쪽으로 쏠리고
春陰澹澹蔽人家.[7]	흐린 봄날의 구름이 인가를 덮고 있네
有時三點兩點雨,[8]	때때로 두 점 세 점 내리는 비
到處十枝五枝花.	여기저기 다섯 가지 열 가지 피어나는 꽃
萬井樓臺疑繡畫,[9]	천가만호 누대는 수놓아 만든 그림 같고
九原珠翠似煙霞.[10][11]	넓은 들녘 여인들의 머리 장식은 노을인 듯하여라
年年今日誰相問,	해마다 한식날 안부 묻는 사람도 없어
獨臥長安泣歲華.[12]	홀로 장안에 누워 가는 세월을 우는구나

해설 한식날의 봄 풍경을 그렸다. 전반부는 비록 동풍이 불어도 아직 날
씨는 흐리고 차가운 때의 모습을 감각적으로 잘 묘사하였다. 특히 제3, 4
구는 유신(庾信)의 「소원부」(小園賦)에 나오는 "한 치 두 치의 물고기, 두
그루 세 그루의 대나무"(一寸二寸之魚, 三杆兩杆之竹.)를 연상시킨다. 제5, 6
구는 평범하지만 말 2구의 낙백을 상대적으로 강조하는 효과가 있다.

---

7)   春陰(춘음) : 봄철에 하늘이 흐릴 때의 어두운 기운.
8)   심주 : 힘을 주지 않은 곳에 공교함이 드러난다.(於不着力處見工.)
9)   萬井(만정) : 성읍의 인구가 조밀함을 말한다. 고대에는 팔 가호를 일 정(井)이라 했
     는데, 나중에 정(井)으로 마을을 가리켰다.
10) 심주 : 밝지 않다.(不明.)
11) 九原(구원) : 구주(九州)의 땅. 넓은 대지. ○珠翠(주취) : 보옥과 비취옥. 여인들의 화
     려하고 귀한 장식. 여기서는 봄놀이 나온 성장한 여인.
12) 歲華(세화) : 해, 세월.

수제의 버들(隋堤柳)[13]

曾傍龍舟拂翠華,[14]	일찍이 용주 옆에서 황제의 깃발이 스쳤갔는데
至今凝恨倚天涯.	지금은 한을 안고 하늘 끝에 서 있어라
但經春色還秋色,	다만 봄빛과 가을빛이 거쳐갔으니
不覺楊家是李家.[15]	양씨의 수나라가 아니라 이씨의 당나라이로다
背日古陰從北朽,	해를 등진 오랜 그늘에 북쪽부터 썩어들고
逐波疎影向南斜.	물결 따라 성긴 그림자 남쪽으로 쏠렸어라
年年只有晴風便,	해마다 오로지 비 갠 후 맑은 바람 편으로
遙爲雷塘送雪花.[16]	저 멀리 뇌당(雷塘)으로 버들개지 날려 보내는구나

해설 수제(隋堤)의 버들로 수 양제를 풍자하였다. 버들은 그대로이나 사람과 시대는 달라진 데서 오는 무상감을 표현하였다. 보다 직접적으로는 수 양제의 황음과 행락으로 빚어진 망국을 경계하는 것인데, 백거이가

---

13) 隋堤柳(수제류) : 수제에 심어진 버들. 수제는 수 양제가 통제거(通濟渠)와 한구(邗溝, 汴口에서 장강까지의 구간) 강가의 천삼백 리에 둑을 만들고 그 위에 심은 버들을 말한다. 『자치통감』 권180에 운하에 대해 잘 요약되어 있다. "대업 원년(605년) 통제거를 개통하여 낙양 서원(西苑)에서 곡수(穀水)와 낙수(洛水)를 끌어 황하까지 이어졌고, 다시 판저(板渚)에서 황하를 끌어들여 형택(滎澤)을 거쳐 변수(汴水)로 들어갔다. 또 양(梁)의 동쪽에서 변수를 끌어들여 사수(泗水)로 들어가 회수에 이르렀다. 또 회남의 백성 십여만 명으로 징발하여 한구(邗溝)를 열었는데 산양(山陽)에서 양자(揚子)까지 가서 장강에 들어갔다. 운하는 너비 사십 보이며, 강 옆으로 모두 어도(御道)를 쌓았고 버들을 심었다. 장안에서 강도까지 이궁 사십여 소를 지었다. (…중략…) 용주와 여러 선박을 수만 척 건조하였다."

14) 翠華(취화) : 깃대 위에 물총새 깃털을 장식한 깃발. 황제의 의장.

15) 楊家(양가) : 수나라. 양견(楊堅)이 수나라를 세웠다. ○李家(이가) : 당나라. 이연(李淵)이 당나라를 세웠다.

16) 雷塘(뇌당) : 지금의 강소성 양주 성북 소재. 수나라 때 명승지. 수 양제가 이곳에 묻혔다. 『자치통감』 권190에 "무덕 5년 수 양제를 양주 뇌당으로 옮겨 묻었다"고 하였다. ○雪花(설화) : 버들개지. 동진의 사안(謝安)이 분분히 내리는 눈은 무엇과 같냐고 묻자 사랑(謝朗)이 "공중에 뿌려진 소금과 아주 비슷하네요"(散鹽空中差可擬)라고 하자, 사도온(謝道韞)이 "바람에 일어나는 버들개지라 하는 것만 못하네요"(未若柳絮因風起)라고 하였다. 『세설신어』 「언어」 참조.

같은 제목의 시에서 "후세의 왕들이 앞의 왕을 거울삼으려면, 부디 나라를 망친 수제의 버들을 보기 바라오"(後王何以鑒前王, 請看隋堤亡國柳.)에서 뚜렷하다.

이함용(李咸用)

왕 처사 산거에 적다(題王處士山居)

雲木沈沈夏亦寒,[1]	구름까지 솟은 나무 여름에도 서늘한데
此中幽隱幾經年.	이곳에서 은거한지 몇 해가 지났는가
無多別業供王稅,	별다른 사업 없어 왕에게 낼 세금도 없는데
大半生涯在釣船.[2]	생애의 대부분을 고깃배에서 지냈어라
蜀魄叫廻芳草色,[3]	촉백(蜀魄)이 향기로운 풀 속에 우짖고
鷺鷥飛破夕陽煙.	왜가리가 석양의 안개를 뚫고 날아가
干戈猬起能高臥,[4]	전란이 분분한데 베개 높이 벨 수 있으니
眞個逍遙是謫仙.[5]	정말로 소요하는 그대는 귀양 온 신선이구료

---

1) 雲木(운목) : 구름까지 높이 치솟은 나무. ○ 沈沈(침침) : 무성한 모양.
2) 大半(대반) : 반보다 많음. 대부분.
3) 蜀魄(촉백) : 두견새. 전설에 따르면, 두견새는 전국시대 촉나라 왕 두우(杜宇)의 혼백이 변한 거라고 한다.
4) 猬起(위기) : 고슴도치의 가시처럼 일어나다. 분분히 일어남을 비유한다. 가의(賈誼)의 『신서』 「익양」(益壤)에 "한 고조께서 나라를 손톱처럼 나누어, 공신들에게 왕을 봉하셨는데, 오히려 고슴도치의 가시처럼 분분히 일어났습니다"(高皇帝瓜分天下, 以王功臣, 反者如蝟毛而起.)는 말이 있다.
5) 眞個(진개) : 정말. 확실히. ○ 謫仙(적선) : 인간 세상에 귀양 온 신선. 일반적으로 재능 있고 행동이 고매한 사람을 비유한다.

해설 산 속에서 은거하며 한가하고 자유롭게 사는 왕 처사를 칭송하였다. 말미에서 전란의 시대에 은거하는 일에 대해서는, 현실을 외면하는 것으로 보지 않고 오히려 현실 속에 균형을 잡는 것으로 보았다.

방간(方干)

진운에서 군의 치소로 가면서, 호계 백리를 작은 배로 떠나니 아침이 되기 전에 도착하매, 4운으로 이 일을 서술하여 단 낭중께 부쳐 바침(自縉雲赴郡, 溪流百里, 輕棹一發, 曾不崇朝, 敍事四韻, 寄獻段郎中)[1]

激箭溪湍勢莫憑,[2]	쏜살같은 급류라 그 기세 멈출 수 없는데
飄然一葉若爲乘.[3]	표연히 나르는 나뭇잎 하나 어찌 탔나 모르겠네
仰瞻靑壁開天罅,[4][5]	우러러보니 푸른 석벽에 하늘의 틈이 찢어져있고
斗轉寒灣避石棱.	북두성도 물굽이를 돌아 바위 모서리를 피해가네
巢鳥夜驚離島樹,	둥지의 새들은 밤중에 놀라 물가 나무를 떠나고
啼猿晝怯下巖藤.	원숭이는 대낮에 겁에 질려 바위 덩굴에서 내려오네

---

1) 縉雲(진운) : 처주(處州)의 속현. 지금의 절강성 진운현. ○ 郡(군) : 처주의 치소인 여수(麗水). 지금의 절강성 여수. ○ 溪(계) : 지금의 호계(好溪). ○ 曾不崇朝(증불숭조) : 아직 아침 시간이 안 끝나다. 『시경』 「하광」(河廣)에 "누가 송나라를 멀다고 하나, 아침 전에 갈 수 있는 걸"(誰謂宋遠, 曾不崇朝.)이란 말에서 나왔다. 숭조(崇朝)는 새벽부터 아침 식사 사이의 시간. ○ 段郎中(단낭중) : 단성식(段成式). 855년 처주자사가 되었다.

2) 激箭(격전) : 나르는 화살. ○ 溪湍(계단) : 빠른 여울물. 폭포나 여울 등 급류.

3) 一葉(일엽) : 나뭇잎 하나. 작은 배. ○ 若爲乘(약위승) : 어떻게 탈 수 있는가.

4) 심주 : 절벽이 협중과 비슷함을 형용하였다.(形容峭壁與峽中相似.)

5) 罅(하) : 틈.

此中明日尋知己,　　　이러는 중에 내일은 지기를 찾아가니
恐似龍門不易登.[6]　　아마도 용문에 오르기가 쉽지 않은 듯해라

해설 처주자사 단성식을 찾아가며 지은 시이다. 급류에 뱃길을 타고 가는 과정을 경쾌하게 그려, 상대를 만나는 기대를 나타내었다. 방간은 평생 포의로 지내면서 주로 고향인 목주를 중심으로 화동 지역에서 은거하거나 유력하였다. 이 시는 855년 방간(약 47세)이 무주(婺州)를 거쳐 처주(處州)로 놀러가는 길에 미리 처사 단성식(약 53세)에게 보낸 시이다. 방간은 이보다 사 년 전에 호주(湖州) 동계(東溪)에서 은거할 때도 길주자사 단성식에게 시를 보낸 적이 있다.

양주에서 잠시 머물며, 학씨 임정에서 객거하다(旅次洋州, 寓居郝氏林亭)[7]

擧目縱然非我有,[8]　　눈을 들어 둘러봐도 내 고향은 아니나
思量似在故山時.[9]　　생각은 마치 고향의 신수 속에 있는 듯
鶴盤遠勢投孤嶼,　　학은 멀리서 돌아오며 외딴 섬에 내려앉고
蟬曳殘聲過別枝.[10]　매미는 쉰 목소리 이끌고 다른 가지로 건너가네
涼月照窓欹枕倦,[11]　창문에 비치는 서늘한 달빛에 베개에 기대 쉬고
澄泉繞石泛觴遲.[12]　바위를 돌아오는 맑은 샘물에 띄운 술잔이 느리구나

---

6)　龍門(용문) : 응문(膺門). 동한 이응(李膺)의 문. 이응은 관직이 사예교위에 이르렀으며 성망이 높아, 아무나 손님으로 맞이하지 않았으므로, 그의 초대를 받는 사람은 '용문에 올랐다'(登龍門)고 하였다.

7)　旅次(여차) : 나그네가 잠시 거주하는 곳. ○洋州(양주) : 치소는 지금의 섬서성 양현(洋縣). 한수(漢水) 북안에 소재한다.

8)　非我有(비아유) : 나의 것이 아니다. 여기서는 제목과 관련하여 보면, 나의 고향의 풍광이 아니다는 뜻.

9)　故山(고산) : 고향의 산수. 고향.

10)　심주 : 모습과 소리가 모두 나타났다.(形與聲俱出.)

11)　欹(의) : 비스듬히 기대다.

青雲未得平行去,¹³⁾　　청운의 꿈을 순조롭게 이루어나가지 못했으니

夢到江南身旅羈.¹⁴⁾　　꿈속에 강남을 그리며 몸은 객지에 묶여 있어라

해설 강남의 산수와 비슷한 양주(洋州)에서 고향을 그린 시이다. 양주는 한수의 북안에 있어 강남의 풍광과 비슷하다. 고향이 절강 순안(淳安)인 시인은 금방 고향 생각이 떠올랐다. 그러나 문인에게 있어 고향은 벼슬을 갖지 못하면 쉽게 갈 수 있는 곳이 아니었다. 고대 문인들이 공통적으로 가진 고향과 출세의 갈등이 이 시에서도 심각하다. 제3, 4구에 대해 남송 우무(尤袤)는 제량(齊梁) 이래 없었던 가구(佳句)라고 칭송하였다.

내곡(來鵠)

완릉에서 임기를 마치고
강주로 가는 이 명부를 보내며(宛陵送李明府罷任歸江州)¹⁾

菊花村晚雁來天,　　기러기가 날아오는 국화 핀 마을의 저녁

共把離杯向水邊.　　물가를 바라보며 함께 이별의 술잔 드노라

官滿便尋垂釣侶,²⁾　　임기가 만료되어 낚시질할 친구 찾았는데

---

12)　泛觴(범상): 곡수유상(曲水流觴). 술을 마시는 놀이의 하나. 사람들이 굽이진 도랑의 여기저기 앉아서 술잔을 띄우면, 술잔이 흐르다가 멈추는 곳의 앞에 있는 사람이 마신다. 원래 삼월 삼일에 계제의 일부로 진행되었으나, 나중에는 문인들의 놀이가 되었다. ○ 遲(지): 술잔이 곡수에서 천천히 흐르다.

13)　靑雲(청운): 높은 지위. ○ 平行(평행): 평지 위를 걷다. 순조롭게 이루다.

14)　심주: 결말이 약하다.(結弱.)

1)　宛陵(완릉): 선주 선성(宣城). 한대에는 완릉이라 하였다. 지금의 안휘성 선성. ○ 江州(강주): 지금의 강서성 구강시.

家貧已用賣琴錢. 집이 가난하여 거문고 판 돈마저 이미 써버렸어라
浪生湓浦千層雪,[3] 구강에선 파도가 천 층의 눈처럼 높이 일어나고
雲起爐峰一炷煙.[4] 향로봉의 구름은 한 줄기 연기처럼 곧장 올라가리
倘見吾鄉舊知己, 만약에 내 고향에서 친구들을 만나면
爲言憔悴過年年. 초췌히 한 해 한 해 지내고 있다 전해주게

해설 현령으로 강주로 부임하는 이씨를 보내며 쓴 시이다. 제3, 4구로 보아 이씨와 함께 은거하기로 했는데 자신이 가난한 탓에 미관밀직이라도 해야겠기에 계획이 무산된 것으로 보인다. 내곡은 친구 이씨가 고향인 강주로 부임하기에 마음이 각별하였다. 말미에서 시인의 속마음이 가감없이 드러나 처연하다. 만당시에는 이러한 직설적 표현이 자주 보인다.

고병(高騈)

왕소부 진사의 「동정호 조선생에게」에 화답하며(和王昭符進士贈洞庭趙先生)

爲愛君山景最靈,[1] 군산을 사랑하는 건 경관이 가장 신령하기 때문
角冠秋禮一壇星.[2] 각관을 쓰고 단을 세워 별에 제사를 올린다

---

2) 官滿(관만) : 관리의 임직 기간이 만료되다.
3) 湓浦(분포) : 강주(江州) 치소 심양현(潯陽縣). 분수(湓水)가 장강으로 들어가는 곳을 분구(湓口)라 하였고, 이곳에 분구성(湓口城)이 있었다.
4) 爐峰(노봉) : 향로봉. 여산(廬山)의 동남쪽에 있으며, 정상이 곧잘 안개로 덮여 있어 그 모양이 향로 같기에 이름 붙여졌다.
1) 君山(군산) : 상산(湘山)이라고도 한다. 동정호 가운데에 있는 작은 산.
2) 角冠(각관) : 도사들이 쓰는 모자. ○秋禮一壇星(추례일단성) : 도교에서 단을 세우고 제사를 지내며 별에 예배하는 일.

藥將雞犬雲間試,³⁾　　　단약으로 닭과 개들도 구름 위에 오르고

琴許魚龍月下聽.⁴⁾　　　거문고를 연주하자 물고기가 달 아래서 듣는다지

自要乘風隨羽客,⁵⁾　　　스스로 바람 타고 신선 따라 가려 하는데

誰同種玉驗仙經?⁶⁾　　　그 누가 함께 옥을 심어 경전 기록을 증험하려나?

煙霞寂寞無人到,　　　노을 진 곳은 적막하고 찾는 사람 없는데

惟有漁翁過洞庭.　　　오로지 어옹만이 동정호를 지나가네

해설 신선의 세계를 선망한 유선시(遊仙詩)이다. 고병은 무장 출신으로 무공을 많이 세웠으면서도 신선술을 좋아하여 「보허사」(步虛詞)와 같은 유선시도 지었다. 이 시는 신선세계에 대한 강한 믿음을 나타내는 동시에 세인들의 무관심을 아쉬워하였다.

장갈(章碣)

봄 이별(春別)

擲下離觴指亂山,　　　이별의 잔을 내려놓고 어지러운 산을 가리키니

---

3) 藥將(약장) 구: 회남왕 유안(劉安)이 약을 먹고 승천할 때 개와 닭도 약그릇을 핥아 먹고는 함께 승천한 일을 가리킨다.
4) 琴許(금허) 구: 춘추시대 초나라의 거문고 명수 호파(瓠巴)가 거문고를 연주하자 물고기가 나와서 들은 일을 가리킨다. 『순자』, 『열자』, 『회남자』 등에 관련 기록이 있다.
5) 羽客(우객): 신선. 도사.
6) 種玉(종옥): 양백옹(楊伯雍)이 옥을 심어 벽옥을 길러낸 이야기를 가리킨다. 양백옹은 물이 없는 무종산(無終山)에 물을 길어놓고 행인들이 마시게 하는 선행을 베풀었다. 이 물을 마시고는 어떤 신선이 양백옹에게 자갈 한 되를 주면서 좋은 돌밭에 심으라고 하였다. 과연 돌에서는 옥이 자라났다. 간보(干寶)의 『수신기』 권11 참조.

趨程不待鳳笙殘.[1]　　가야 할 여정이 생황 곡이 끝나길 기다리지 않더라

花邊馬嚼金銜去,[2]　　꽃밭 가에선 말이 금 재갈을 물고 떠나고

樓上人垂玉箸看.[3]　　누각 위에선 사람이 옥 같은 눈물 흘리며 보누나

柳陌雖然風裊裊,　　버들 늘어선 길에 바람 비록 한들거려도

葱河猶自雪漫漫.[4]　　천산의 끝에선 아직도 눈발이 망망하리라

殷勤莫厭貂裘重,　　부디 담비 가죽 옷이 무겁다 싫어하지 마소

恐犯三邊五月寒.[5]　　아마도 변방에선 오월에도 추울까 싶어라

평석 결말의 뜻이 온후하다.(結意溫厚.)

해설 여인과 변방으로 떠나는 남자의 이별을 그린 송별시이다. 떠나는 사람은 금 재갈과 담비 가죽에서 알 수 있듯 신분이 높다. 제3, 4구는 남자와 여인을 각각 대비시켰고, 제5, 6구는 장안과 서역을 대비시켜 이별의 정한을 강조하였다.

---

1) 鳳笙(봉생) : 봉황처럼 생긴 생황. 또는 봉황 울음 같은 소리가 나는 생황. 여기서는 생황으로 연주하는 음악.

2) 金銜(금함) : 금속제의 재갈.

3) 玉箸(옥저) : 옥 젓가락. 여인의 눈물을 비유한다. 『백공육첩』(白孔六帖) 권64에 "견후의 얼굴이 희었는데, 눈물이 두 줄기 흐르면 옥 젓가락 같다"(甄后面白, 漏雙垂, 如玉箸.)는 기록이 있다.

4) 葱河(총하) : 총령과 황하의 발원지. 고대에는 파미르고원, 곤륜산, 천산 서단을 통칭하여 총령(葱嶺)이라 하였다. 그러므로 총령의 동단은 황하의 발원지가 되므로 총하(葱河)라고 하였다. 현종 때까지 이 지역은 안서도호부에 속했다.

5) 三邊(삼변) : 변방지역을 통칭하는 말. 한대에는 유주(幽州), 병주(幷州), 양주(凉州)를 가리켰다.

최도(崔塗)

봄밤 나그네 회포(春夕旅懷)

水流花謝兩無情,	흐르는 강물과 떨어지는 꽃은 서로 미련이 없어
送盡東風過楚城.	동풍에 모두 불려 초 지방 성을 지나가네
蝴蝶夢中家萬里,[1]	꿈속에서 나비되어도 집은 만 리 밖이요
杜鵑枝上月三更.	가지 위에 두견새 우는 달밤은 삼경이어라
故園書動經年絕,[2]	고향의 편지는 매번 해가 다하도록 오지 않고
華髮春催兩鬢生.	센 머리카락은 봄 되니 양쪽 살쩍에서 생겨나네
自是不歸歸便得,	내 지금 돌아가지 않지만 돌아가려면 갈 수 있으니
五湖煙景有誰爭?[3]	오호(五湖)의 안개 낀 풍광을 그 누가 빼앗아가리오?

해설 봄밤에 객지에서 고향을 그린 시이다. 최도는 오랫동안 여러 곳을 떠돌아 다녔기에 고향에 대한 그리움도 더욱 간절하였다. 제2구로 보아서 호남 지역에 있을 때 쓴 것으로 보인다.

---

1) 蝴蝶夢(호접몽): 장자의 '나비 꿈'을 가리킨다. 『장자』「제물론」(齊物論)에 장자가 꿈에 나비가 되어 훨훨 날았는데, 꿈에 깨어난 후 장자가 나비 꿈을 꾼 것인지 나비가 장자를 꿈꾼 것인지 의아해했다.

2) 動(동): 걸핏하면. 매번.

3) 五湖(오호): 오월(吳越) 지방의 호수들. 춘추 말기 월(越)의 범려(范蠡)가 월왕 구천을 도와 월나라를 부흥시킨 후 배를 타고 오호(五湖)에 은거하였다. 『국어』「월어」(越語) 참조. 지금의 소주, 무석, 오홍 일대.

이영(李郢)

강에서 우림 왕 장군을 만나(江上逢羽林王將軍)[1]

虯鬚憔悴羽林郎,[2]	규룡 수염 그대로인데 늙어 초췌한 우림 장군
曾入甘泉侍武皇.[3]	일찍이 감천궁에 들어가 한 무제를 보위했지
雕沒夜雲知御苑,	수리가 밤 구름에 사라져도 어원을 찾아왔고
馬隨仙仗識天香.[4][5]	말이 천자의 호위를 뒤따르며 향기를 맡았지
五湖歸去孤舟月,[6]	오호(五湖)로 돌아가는 쪽배에서 달을 바라보고
六國平來兩鬢霜.[7][8]	여섯 나라 평정하고 돌아오니 두 살쩍만 희어졌어라
唯有桓伊江上笛,[9]	이제는 환이 장군처럼 강 위에서 피리만 있어
臥吹三弄送殘陽.[10][11]	누워서 '삼농'을 연주하며 석양을 보내는구나

---

1) 羽林(우림) : 우림군. 금군의 이름. 한대에는 우림기(羽林騎)를 설치하여 우림중랑장
   이 통솔하고 아래에는 우림랑을 두었다. 당대에는 좌우우림군(左右羽林軍)을 설치
   하여 대장군, 장군 등의 관직을 두었다.
2) 虯鬚(규수) : 규룡의 수염 모양으로 호를 그리며 난 수염.
3) 甘泉(감천) : 진한 때의 궁전. 섬서성 순화현(淳化縣) 서북 감천산에 소재.
4) 심주 : 제2구의 '들어가 보위하다'는 뜻을 이었다.(承'入侍'.)
5) 仙仗(선장) : 천자의 의장. ○天香(천향) : 궁중에서 사용하는 향.
6) 五湖(오호) 구 : 춘추시대 월나라 범려가 월왕 구천을 도와 오나라를 멸망시킨 후 강
   호에 은거한 일을 가리킨다.
7) 심주 : 제1구의 '초췌하다'는 뜻을 이었다.(承'憔悴'.)
8) 六國(육국) 구 : 진나라 장수 왕전(王翦)은 전국시대의 여섯 나라를 평정하였다. 여기
   서는 적대 국가에 대한 범칭.
9) 桓伊(환이) : 동진의 장수로 피리의 고수. 왕휘지(王徽之)가 남경에 갔을 때 우연히
   강가에서 환이를 만나 연주를 청하였다. 당시 환이는 이미 고관이 되었을 때이나 풍
   도가 있어 수레에 내려 피리 연주를 하였고, 곡이 끝나자 두 사람은 말 한 마디 나
   누지 않고 헤어졌다.
10) 심주 : 말미에서 강에서 사람을 보내는 뜻을 드러내었다.(末點江上送人.)
11) 三弄(삼농) : 같은 곡을 다른 음휘(音徽)로 세 번 반복하여 연주함.

평석 '오호' 구는 범려에 비유했고, '여섯 나라' 구는 왕전에 비유했다.('五湖'句比范蠡, '六國'句比王翦.)

해설 강에서 우연히 은퇴한 우림 장군을 만난 일을 그렸다. 제3, 4구는 수리와 말로 우림장군의 휘황한 생활과 빛나는 총애를 그렸다. 그러나 이제는 가진 거라곤 제5, 6구에서처럼 '고주월'(孤舟月)과 '양빈상'(兩鬢霜) 밖에 없다. 지난날의 호화로움은 모두 사라지고 피리를 불며 석양을 바라볼 뿐이다.

배 진공께 올림(上裴晉公)[12]

四朝憂國鬢如絲,[13]	네 군주 모시며 나라 걱정에 살쩍이 희었으나
龍馬精神海鶴姿.[14]	준마같이 활달하고 모습은 바다의 학이라
天上玉書傳詔夜,	천상에서 조서를 내리는 밤에
陣前金甲受降時.[15]	진영에서 갑옷 차림으로 항복을 받았지
曾經庾亮三秋月,[16]	유량처럼 막료와 함께 가을 달을 보는 아량이 있고

---

12) 裴晉公(배진공) : 배도(裴度). 당 헌종 때 회서절도사 오원제의 반군을 채주에서 평정한 공으로 817년 진국공(晉國公)에 봉해졌다.

13) 四朝(사조) : 네 군주. 배도는 헌종(805~820년), 목종(820~824년), 경종(825~827년), 문종(827~840년) 등 네 군주의 재상으로 근 이십 년 동안 국정을 담당하면서 탁월한 업적을 세웠다.

14) 龍馬精神(용마정신) : 준마와 같이 정신이 생기가 있고 활달함. 늙어가면서 더욱 건장한 정신을 비유한다. 용마(龍馬)는 전설 속에 나오는 머리가 용이고 몸은 말인 준마. ○海鶴(해학) : 해조의 일종. 갈매기라는 설도 있다.

15) 陣前(진전) 구 : 817년 8월 배도가 오원제의 반군을 평정하러 나가기 전 헌종이 그를 연영전(延英殿)에 불러 조서를 내렸다. 10월에 오원제는 생포되었다.

16) 庾亮(유량) : 동진(東晉) 황실의 외척이자 대신. 이 구는 유량이 도간(陶侃)의 후임으로 6주의 도독으로 무창에 주둔하였을 때의 일화를 말한다. 어느 가을밤 은호(殷浩) 등 막료들이 남루(南樓)에 올라가 있었는데, 조금 후 유량이 올라오자 여러 사람들이 일어나 자리를 피하려 하였다. 이에 유량이 천천히 말했다. "제군들 잠시 있게.

下盡羊曇兩路棋.[17]　　사안이 조카 양담에게 바둑내기로 별장을 주는 풍도
　　　　　　　　　　　　가 있어

惆悵舊堂扃綠野,[18]　　옛집에서 슬퍼하며 녹야 별장 문을 닫았으니

夕陽無限鳥飛遲.　　　석양 빛 무한한데 새들만 느리게 날아가네

평석 진공이 나중에 채용되지 않아 전원으로 돌아가기를 바랐음은 말 2구를 음미하면 알 수 있다.(晉公後不得於君, 故望其歸田, 玩末二句可見.)

해설 대장군이자 재상이었던 배도를 칭송한 시이다. 제3, 4구는 회서 전역(戰役)의 승리를 형상화하였고, 제5, 6구는 유량과 사안의 고사를 이용하여 배도의 아량과 풍도를 표현하였다. 말미에서 석양 속의 새로 배도의 만년을 형상화하였다.

강가 정자의 갠 봄날(江亭春霽)

江蘺漠漠荇田田,[19]　　궁궁이 가득하고 노랑어리연꽃 무성한데

江上雲亭霽景鮮.　　　강가의 정자에 갠 날 풍광 신선해라

늙은이도 이곳에 대한 흥이 가볍지 않다네."(諸君少住, 老子於此處興復不淺.) 그리하여 은호 등과 이야기를 나누고 시를 읊었다. 『세설신어』「용지(容止)」 참조.

17)　羊曇(양담) : 동진 사안(謝安)의 조카로 사안의 중시를 받았다. 전진의 부견이 백만 군사를 이끌고 비수에 주둔하자 동진의 도성은 비상에 들어갔고 사안에게 정토대도독이 제수되었다. 사현(謝玄)이 계책을 묻자 사안이 두려운 기색도 없이 "이미 별도의 방안이 있네"라고 하였다. 사안이 수레를 명하여 산의 별장에 가니 친구들이 모두 모였고, 사현과 별장을 걸고 내기 바둑을 두었다. 평소 사안은 바둑에서 사현에게 졌는데, 이날 사현이 두려워하는 마음이었으므로 사안이 이길 수 있었다. 이에 사안이 조카 양담을 돌아보며 "별장을 자네에게 주겠네"라고 하였다. 『진서』「사안전」 참조. 여기서는 배도를 사안에 비유하였다.

18)　綠野(녹야) : 배도가 은퇴하여 낙양에 지은 별장 이름.

19)　江蘺(강리) : 蘪蕪(미무), 천궁(川芎), 궁궁이. 향초이다. ○荇(행) : 노랑머리연꽃. 수생 식물이다. ○田田(전전) : 연잎이 무성한 모양.

蜀客帆檣背歸燕,　　촉 지방 나그네 탄 돛폭 위로 제비가 돌아가고
楚山花木怨啼鵑.　　초 지방 산 꽃나무에 두견새가 원망하며 우네
春風掩映千門柳,[20]　봄바람에 집집마다 문들은 버들에 뒤덮이고
曉色凄涼萬井煙.　　새벽빛에 천가만호 안개가 차가워
金磬泠泠水南寺,[21]　청동 경쇠 소리 찌렁찌렁 강 남쪽 절에서 들려오는데
上方僧室翠微連.[22]　높디높은 승방이 푸른 산 기운과 이어져있네

해설 비 그친 봄날의 강변 풍경을 그렸다. 그 위치는 '초산'(楚山)이라 하였으므로 강남으로 보인다. 제5, 6구에서 봄바람과 버들, 새벽빛과 안개로 봄이 온 풍광을 잡아냈다.

정곡(鄭谷)

표박(漂泊)

槿墮蓮疎池館清,　　무궁화 지고 연잎 성겨 연못가 객관이 말끔한데
日光風緖淡無情.　　햇빛에 바람이 담담하기만 없어라
鱸魚斫膾輸張翰,[1]　농어를 회로 친 장한(張翰)에게 못 미치고

---

20)　掩映(엄영) : 가리다. 때로 가리고 때로 드러내다.
21)　金磬(금경) : 절에서 쓰는 청동 바라와 같은 악기. ○泠泠(영령) : 찌렁찌렁. 맑고 높은 소리를 나타내는 의성어.
22)　上方(상방) : 도가에서 말하는 천상의 선계(仙界). 절의 가장 높은 곳을 가리키기도 한다.
1)　鱸魚(노어) 구 : 농어. 서진의 장한(張翰)이 가을바람이 불자 고향인 오 지방의 순채국과 농어회 맛이 생각나 벼슬을 버리고 귀향했다는 이야기를 가리킨다. ○輸(수) : 못하다.

橘樹呼奴羨李衡.[2]   귤나무를 목노(木奴)라 한 이형(李衡)이 부러워

十口飄零猶寄食,[3]   열 식구가 떠돌며 밥도 얻어서 먹는데

兩川消息未休兵.[4]   동천과 서천의 소식은 아직도 병란 중이라

黃花催促重陽酒,   노란 꽃이 중양절 술 빚기 재촉하는데

何處登高望二京?[5]   어느 곳에 높이 올라 도성 쪽을 바라볼까?

해설 촉 지방을 떠돌며 지은 시이다. 황소의 난으로 희종이 촉 지방으로 피난가면서 과거도 성도에서 보게 되었고, 정곡 역시 33세부터 일생 동안 네 번 촉 지방에 들어갔다. 그러나 촉 지방의 군벌 동향은 복잡했고 점점 왕건이 세력을 넓히는 과정에서 887년부터 888년 사이에 서천절도사 진경선(陳敬瑄)과 서로 싸우게 되었다. 이 때문에 촉 지방은 불안하였고 정곡은 가족을 데리고 떠돌아다녀야 했다. 당시의 불안정한 시국 속에 헤매는 문인의 처지를 볼 수 있다.

---

2)   橘樹(귤수) 구 : 삼국시대 동오의 단양태수 이형(李衡)이 아내 때문에 가산을 모으지 못하자 몰래 사람을 보내 무릉 용양사주(龍陽氾洲)에 집을 짓고 감귤 천 주를 심게 하였다. 나중에 임종 때 아들에게 말했다. "나의 주(州)에 목노(木奴) 천 명이 있으니 너에게 옷과 밥을 달라고 하지도 않을 것이다. 매년 견사 한 필 만들기는 충분할 것이다."(吾州里有千頭木奴, 不責汝衣食, 歲上一匹絹, 亦可足用矣.) 『양양기』 참조.

3)   飄零(표령) : 나부끼고 흩어짐. 여기서는 떠돌아다님.

4)   兩川(양천) 구 : 촉 지방의 크고 작은 분란을 말한다. 황소의 난으로 희종이 촉에 있던 881~885년 사이의 기간에는 환관 전령자(田令孜)가 신책군을 통솔하였고, 부장으로 있던 왕건(王建, 환관 田令孜의 양아들)이 이주자사로 나갔다. 왕건은 이후 이 주를 중심으로 낭주(閬州) 등지로 세력을 뻗혔다. 이 과정에서 880년부터 서천절도사로 와 있던 진경선(陳敬瑄, 환관 田令孜의 친형)과 대립하게 되었고, 887년 11월 진경선을 공격하여 녹두관(鹿頭關)을 치고 한주(漢州)와 덕양(德陽)을 함락시켰다. 이후 장안에서 희종을 조종하다 중신들의 분노를 산 전령자가 성도로 왔지만, 893년 4월 진경선과 함께 왕건에 의해 살해되었다.

5)   二京(이경) : 장안과 낙양.

소화산 감로사(少華甘露寺)⁶⁾

石門蘿徑與天鄰,⁷⁾	석문의 여라 깔린 길은 하늘과 가까운데
雨檜風篁遠近聞.⁸⁾	노송과 대나무에 치는 비바람 소리 원근에서 들리네
飲澗鹿喧雙派水,	두 갈래 계곡 물에 사슴들이 마시느라 소란스럽고
上樓僧踏一梯雲.⁹⁾	한 가닥 구름다리 위로 스님이 누대에 오른다
孤煙薄暮關城沒,¹⁰⁾	외줄기 연기 피어오르는 황혼에 동관이 잠기고
遠色初晴渭曲分.¹¹⁾	멀리 막 개인 풍광에 위곡이 뚜렷이 보인다
長欲燃燈來此宿,	오래 전부터 등불 켜고 이곳에 묵으려 했으니
北林猿鶴舊同群.¹²⁾	북쪽 숲 속의 원숭이와 학들은 옛 친구들이라

해설 소화산 감로사를 그렸다. 말미에서 은거의 뜻을 나타내었다. 정곡은
896년부터 3년간 소종(昭宗)이 화주(華州)에 연금되었을 때 수행하여 행재
소에 있었다. 당시 직책은 우보궐에서 도관랑중으로 옮겼다. 위 시는 이
시기, 특히 897년(50세) 경에 지은 것으로 보인다.

---

6) 少華(소화) : 소화산. 화주(華州, 섬서성 華縣) 동남 소재. 화산의 서쪽에 있는 작은
  산이므로 이름 붙여졌다. ○ 甘露寺(감로사) : 소화산의 서쪽에 소재한 절.
7) 石門(석문) : 소화산 소재. "옥천원(玉泉院)에서 관문까지 오 리를 가면 거대한 돌이
  튀어나와 골짜기 입구를 막고 있는데 곧 석문이다. 사람들이 몸을 구부리고 올라야
  하는데, 굴과 같다." 『산서통지』 권13 참조.
8) 檜(회) : 노송나무. ○ 篁(황) : 조릿대.
9) 구 : 명구.(名句.)
10) 關城(관성) : 동관(潼關).
11) 渭曲(위곡) : 지명. 섬서성 대려현(大荔縣) 동남.
12) 北林(북림) 구 : 이 구는 남조 제나라 공치규(孔稚珪)의 「북산이문」(北山移文)에 나오
  는 "혜초로 만든 휘장이 텅 비니 밤의 학이 원망하고, 산인이 떠나니 새벽 원숭이가
  놀라라"(蕙帳空兮夜鶴怨, 山人去兮曉猿驚.)를 변형시켜 사용하였다.

자고새(鷓鴣)

暖戲煙蕪錦翼齊,	따뜻한 풀숲에 놀며 비단 깃털 나란해
品流應得近山鷄.[13]	그 종류는 응당 까투리에 가깝다고 해야 하리
雨昏靑草湖邊過,[14]	비 내리는 저녁이면 청초호 물가에서 날고
花落黃陵廟裏啼.[15]	꽃이 떨어지면 황릉묘 안에 날아와 울어
遊子乍聞征袖濕,[16]	나그네는 잠깐 들어도 옷소매 적시고
佳人才唱翠眉低.[17]	미인은 노래 부르며 비췻빛 아미를 숙인다
相呼相喚湘江曲,	상수의 굽이진 곳에서 서로 부르고 답하니
苦竹叢深春日西.[18]	참대 우거진 곳에 봄날의 해가 서쪽으로 지는구나

평석 영물시는 자세한 묘사보다 오히려 신운이 나으니, 제3, 4구는 이군옥의 '구구 꺽꺽'보다 뛰어나다. 시인들이 이 시로 인해 '정자고'라 불렀다.(詠物詩刻露不如神韻, 三四語勝於'鉤輈格磔'也. 詩家稱鄭鷓鴣以此.)

해설 자고새를 세재로 한 엉물시이다. 제3, 4구는 대상을 각화하지 않고 지명을 사용한 풍경 속에 두고 담담히 사경(寫景)으로 처리하였다. 이 점이 이 시의 특색이라 할 것이다. 제5, 6구는 자고새 울음을 듣는 사람에 대해 측면으로 자고새를 묘사하였다. 제8구는 종결로서는 괜찮은 편이다. 이 시가 당시 많이 알려져 정곡을 '정자고'(鄭鷓鴣)라 불렀다.

---

13) 品流(품류) : 사물의 등급이나 종류. ○山鷄(산계) : 꿩. 자고는 까투리와 비슷하다.
14) 靑草湖(청초호) : 파구호(巴丘湖). 지금의 동정호 동남부 소재. 당대에는 사주와 동정호가 나뉘어져 있다가 물이 불면 동정호와 연결되었다.
15) 黃陵廟(황릉묘) : 동정호 호반에 있는 아황과 여영의 사당.
16) 遊子(유자) 구 : 자고새의 울음소리를 "썽부더이에 꺼꺼"(行不得也哥哥)라 들어 "가지 말아요, 형아"로 이해하였기에, 나그네에게 고향 생각을 일으키는 새로 여겨졌다.
17) 佳人(가인) 구 : 악곡「산자고」(山鷓鴣)를 노래하다. "그 곡은 자고새의 소리를 흉내 내어 만들었다."(其曲效鷓鴣之聲爲之.)『당음계첨』권13 참조.
18) 苦竹(고죽) : 대나무의 일종. 참대.

나은(羅隱)

곡강에서의 봄의 감회(曲江春感)

江頭日暖花又開,	강가에 해가 따뜻하자 꽃이 다시 피어
江東行客心悠哉.[1]	강동에서 온 나그네의 마음이 한가로워라
高陽酒徒半凋落,[2]	'고양의 술꾼'은 이미 반은 시들었는데
終南山色空崔嵬.[3]	'종남산 첩경'은 부질없이 드높기만 하여라
聖代也知無棄物,	성대(聖代)라서 버려지는 인재 없는 줄 알지만
侯門未必用非才.[4]	제후의 집에선 꼭 뛰어난 인재만 쓰진 않더라
一船明月一竿竹,	명월을 배에 싣고 낚싯대 하나 들고
家住五湖歸去來.	강호에 살면서 고향으로 돌아갈거나

해설 벼슬길에 나서지 못해 은거를 생각한 시이다. 제목의 '곡강'이나 '봄의 감회'와는 그다지 관련이 없다. 제5, 6구를 보면 세상이 공정하지 않은데 대해 깊은 분노를 나타내지만, 제1구에서 '마음이 한가롭다'고 하여 오히려 울 일에 대해 웃고 있고, 제4구에서 종남산이 높다고 하여 무한한 상심을 나타내었다. 나은은 자신의 글에서 "859년부터 870년까지 세상의 변화를 보았다"고 하였는데, 이 기간 동안 열 번 과거 시험을 보

---

1) 江東行客(강동행객) : 강동의 나그네. 시인 자신을 가리킨다. 나은은 자신을 '강동생' (江東生)이라 하였다.

2) 高陽酒徒(고양주도) : 고양의 술꾼. 서한 초기 유방이 군사를 이끌고 진류(陳留)에 가서 머물게 되었을 때, 진류의 고양 사람 역이기(酈食其)가 찾아가 자신을 '고양주도' 라고 한 데서 유래하였다. 여기서는 시인이 술을 좋아하고 구속을 싫어한다는 뜻에서 자신을 가리킨다.

3) 終南山(종남산) 구 : 종남산에 은거하여 청명한 이름을 얻은 후 관리로 들어가는 가장 간편한 방법인 '남산 첩경'(南山捷徑)을 말한다. 여기서 자기에게는 이러한 방법이 통하지 않음을 말했다.

4) 侯門(후문) : 제후의 문. 현달한 고관이나 귀족의 집. ○非才(비재) : 비범한 인재.

았지만 급제하지 못하고 귀향하였다. 아마도 870년(48세) 경에 쓴 것으로 보인다.

구화산 옛 거처를 생각하다(憶九華故居)[5]

九華巉崒蔭柴扉,[6]　구화산 험준한 그림자 사립문을 덮었던
長憶前時此息機.[7]　예전에 그곳에서 마음 다스린 일 자주 생각하네
黃菊倚風村酒熟,　노란 국화 바람에 흔들리면 마을 술이 익고
綠蒲低雨釣船歸.[8]　녹색 창포 비에 기울면 낚싯배 타고 돌아왔지
干戈已是三年別,[9]　전란으로 이미 3년이나 떨어져 있는데
塵土那堪萬事違?　홍진 속에 온갖 일 어그러졌음을 어찌 견디랴?
回首佳期恨多少,[10]　좋았던 시절 되돌아보니 아쉬움 가득한데
夜闌霜露又沾衣.[11]　밤늦도록 서리와 이슬에 또 옷이 젖는구나

해설 구화산의 은거 생활을 회상하였다. 전반부는 구화산에서 은거할 때를 그렸고, 후반부는 그에 대한 회상이다. 제2구의 '식기'(息機)는 결국 제3, 4구로 자연 속에서 술 마시고 낚시하며 자유자재로 살던 모습을 가리킨다. 제5구의 '간과'(干戈)는 황소의 난을 가리키는 듯하다.

---

5) 九華(구화): 구화산. 지금의 안휘성 청양현 서남 소재. 당대에 신라의 왕자 김교각(金喬覺)이 입적한 곳으로도 유명하다.
6) 巉崒(참줄): 산이 높고 험한 모양.
7) 長憶(장억): 자주 생각하다. ○息機(식기): 세속의 욕심과 생각 등 일체의 기심(機心)을 없애다.
8) 심주: 강마을의 풍경이 그림 같다.(江鄕景如繪.)
9) 干戈(간과): 방패와 창. 전란. 이 구는 삼 년 전에는 구화산에 은거하였는데, 전란으로 삼 년간 가지 못했다는 뜻이다.
10) 佳期(가기): 좋은 시절. 구화산에 은거하던 때.
11) 夜闌(야란): 밤의 절반이 지난 때. 밤늦도록.

하주 성루에 올라(登夏州城樓)[12)13]

寒城獵獵戍旗風,	차가운 성 위의 깃발이 바람에 펄럭이는데
獨倚危樓悵望中.[14]	홀로 높은 누대에 기대 아득히 바라보노라
萬里山川唐土地,	만 리 산천은 당나라의 땅
千年魂魄晉英雄.[15]	천 년 전 혼백은 진(晉)나라의 영웅
離心不忍聽邊馬,	고향 떠난 마음 차마 북방의 말울음 들을 수 없는데
往事應須問塞鴻.	지난 일들은 응당 변새의 기러기에 물어야 하리
好脫儒冠從校尉,[16]	선비의 관을 벗고 교위를 따르려니
一枝長戟六鈞弓.[17]	긴 창 한 자루에 여섯 균의 활을 들어라

평석 당말 나은의 시는 울퉁불퉁 뼈가 있다.(唐末昭諫詩, 猶棱棱有骨.)

해설 하주의 성루에 올라 바라본 풍광을 노래했다. 강개한 정신과 비장한 정조가 두보와 이상은의 운을 잇고 있다. 말미에서 보인 종군의 뜻은 상투적이라기보다는 변방의 기상을 바라보니 절로 분발의 정신이 일어남을 표현한 것이라 할 수 있다.

---

12) **심주**: 즉 지금의 유림군 지역이다.(卽今楡林郡地.)
13) 夏州(하주): 유림(楡林)이라고도 한다. 치소는 지금의 섬서성 횡산현(橫山縣) 서쪽이며, 때로 그 서남의 정변현(靖邊縣)에 두기도 했다. 성은 무정하(無定河) 지류인 청수(淸水)의 동안과 장성 사이에 있다. 고대부터 험애한 곳으로 이름 높다.
14) 危樓(위루): 높은 누대.
15) 晉(진): 흉노족 혁련발발(赫連勃勃)이 통만성(統萬城, 즉 하주)을 세웠고, 407년 하(夏)나라를 세우면서 진(晉)과 전쟁을 하였다.
16) 校尉(교위): 무관. 장군 아래 직급이다.
17) 六鈞弓(육균궁): 잡아당기는 힘이 육 균이 되는 활. 일 균은 삼십 근. 강궁을 말한다. 『좌전』 '정공 8년'조에 "안고(顏高)의 활은 육 균이 나간다"고 하였다.

면곡에서 채씨 형제에게 부침(綿谷廻寄蔡氏昆仲)[18]

一年兩度錦江遊,[19]　　일 년에 두 번 금강에서 놀았으니
前値東風後値秋.　　한 번은 봄바람 속인데 나중은 가을이라
芳草有情皆礙馬,[20]　　초목은 정이 있어 말 타고 떠나지 못하게 하고
好雲無處不遮樓.　　좋은 구름은 어디든 그대들 있는 누대를 가리는구나
山將別恨和心斷,　　산은 헤어지는 한으로 심장과 섞여 끊어지고
水帶離聲入夢流.　　강물은 이별의 소리로 꿈속에 들어와 흘러라
今日因君試回首,　　오늘 그대들 때문에 고개 돌려 바라보니
澹煙喬木隔綿州.[21]　　담담한 안개 속 높은 나무가 면주에 있다네

해설 면곡에서 성도의 친구를 그리워한 시이다. 친구란 곧 성도에서 만난 채씨 형제로 봄가을 두 번에 걸쳐 함께 유람했던 것으로 보인다. 중간 4구가 모두 인정을 자연을 통해 드러낸 것으로, 초목도 일부러 말이 떠나지 못하게 잡고, 구름도 바라보지 못하게 하고, 산은 헤어지는 한으로 스스로 끊어져 있고, 강물은 이별이 아쉬워 우는 소리를 낸다. 말미에서는 아쉽고 안타까운 자신을 안개 속의 높은 나무로 형상화시켜 친구들을 시종 바라보는 것으로 나타내었다. 이 시는 제목이 「위성에서 친구를 만나」(魏城逢故人)로 되어 있기도 한데, 위성은 곧 면주(綿州, 면양시)의 동편에 있는 현이다. 884년경 나은이 촉 지방에 갔을 때 지은 시이다.

---

18) 綿谷(면곡): 지금의 사천성 광원시(廣元市). ○ 蔡氏昆仲(채씨곤중): 채씨 형제. 나은이 성도를 유람할 때 만난 사람이다.
19) 錦江(금강): 탁금강(濯錦江). 민강의 지류로, 성도 서남을 거쳐 성의 동남에서 꺾여져 남쪽으로 흐른다.
20) 芳草(방초) 구: 초목이 아름다워 나그네가 떠나지 못하게 하다.
21) 喬木(교목): 높은 나무. ○ 綿州(면주): 지금의 사천성 면양시(綿陽市).

살구꽃(杏花)

暖觸衣襟漠漠香,[22]	옷깃에 따뜻한 온기가 감돌면 향기 가득한데
間梅遮柳不勝芳.	매화 있고 버들 덮여도 그 향기 이기지 못해
數枝艶拂文君酒,[23]	몇몇 가지는 탁문군의 술 위에 곱게 흔들리고
半里紅欹宋玉牆.[24]	반 리 길게 송옥의 담장에 붉게 기대어 있어라
盡日無人疑悵望,	해종일 사람이 없으면 시름에 멀리 바라보고
有時經雨乍凄涼.	때때로 비가 지나가면 갑자기 처량해지네
舊山山下還如此,[25]	내 고향 산 아래도 이와 같았으니
廻首東風一斷腸.	봄바람 속 고개 돌리니 애간장이 끊어지네

해설 살구꽃을 노래한 영물시이다. 전반부는 꽃을 묘사했는데, 제1구에서 꽃 향기에 대한 감각이 잘 포착되었고, 제3, 4구에서 탁문군과 송옥의 이미지를 잘 살렸다. '염불'(艶拂)이나 '반리'(半里) 등의 어휘도 한아하고

---

22) 漠漠(막막) : 가득 들어찬 모양.

23) 文君酒(문군주) : 서한 탁문군(卓文君)이 파는 술. 탁문군은 촉 지방 임공(臨邛)의 부호의 딸로 사마상여와 사랑에 빠져 성도로 도망쳤다. 그러나 가난하여 먹고 살 방도가 없자 다시 임공으로 돌아가 사마상여는 저자에서 일하고 탁문군은 술집을 열어 술을 팔았다.

24) 宋玉牆(송옥장) : 송옥의 담. 전국시대 초나라 송옥의 「등도자호색부」(登徒子好色賦)에서 말하는, 송옥의 집과 담을 사이에 두고 사는 천하제일의 미녀. "천하의 미인은 초나라가 가장 뛰어나고, 초나라의 미인은 신이 사는 마을이 가장 뛰어납니다. 신이 사는 마을에서도 저의 동쪽 이웃에 사는 여인이 제일이지요. 동쪽 이웃의 이 여인은 키로 치면, 일 푼을 보태면 너무 크고 일 푼을 빼면 너무 짧습니다. 피부로 치면, 분을 바르면 너무 희고 붉은 분을 바르면 너무 붉습니다. 눈썹은 물총새의 깃털 같고, 살갗은 백설같이 하얗고, 허리는 비단 한 필을 묶은 듯하고, 가지런한 이는 오므린 조개 같아, 한 번 감미롭게 웃으면 양성의 사람을 미혹시키고 하채의 사람들이 넘어집니다. 이렇게 아름다운 여인이 담장 너머로 소신에게 삼 년을 추파를 던졌어도 소신은 지금까지 응답하지 않았습니다."(天下之佳人莫若楚國, 楚國之麗者莫若臣里, 臣里之美者莫若臣東家之子. 東家之子, 增之一分則太長, 減之一分則太短; 著粉則太白, 施朱則太赤; 眉如翠羽, 肌如白雪; 腰如束素, 齒如含貝; 嫣然一笑, 惑陽城, 迷下蔡. 然此女登牆窺臣三年, 至今未許也.)

25) 舊山(구산) : 고향의 산. 또는 살던 집.

적절하다. 제5, 6구 역시 살구꽃을 말하고 있지만, 타향에 있는 시인의 모습과 겹치며, 이는 말미의 고향 생각으로 이어진다. 다른 판본에서는 제목이 「복사꽃」(桃花)이라 되어 있다.

모란(牡丹)

艶多煙重欲開難,[26]	여러 꽃들 피어날 때 함께 피기가 싫더니
紅蕊當心一抹檀.[27]	온통 분홍색 가운데 붉은 꽃술로 피었어라
公子醉歸燈下見,	귀공자는 취해 돌아가다 등불 들고 살펴보고
美人朝插鏡中看.	미인은 아침에 꺾어 꽂고는 거울 속을 바라본다
當庭始覺春風貴,	정원에선 봄바람이 귀한 줄 비로소 느끼고
帶雨方知國色寒.[28]	비가 뿌리면 국색이 추운 줄 그제사 아는구나
日晚更將何所似?	날 저물 땐 더욱이 무엇으로 비유하랴?
太眞無力憑欄干.[29]	양귀비가 힘없이 난간에 기댄 것 같아

평석 당대 시인의 모란 시는 모두 가볍고 천박해지기 쉬운데, 예컨대 나업의 '자손을 보는 집안 몇 곳이나 되겠는가'도 아예 흥을 깨뜨려 버린다. 오직 이 시만이 그나마 아음(雅音)에 가까워 여기 남긴다.(唐人牡丹詩, 每失之浮膩淺薄, 然如羅鄴之'看到子孫能幾家', 又索然興盡矣. 獨存此篇, 尙近雅音.)

해설 모란을 노래한 영물시이다. 양귀비가 난간에 기댄 모습은 이백의

---

26) 艶(염) : 꽃.
27) 一抹(일말) : 한 줄기. 한 조각. ○ 檀(단) : 옅은 붉은색.
28) 國色(국색) : 한 나라에서 가장 뛰어난 미모. 모란을 가리킨다. 유우석의 「모란을 감상하며」(賞牡丹)에 "오로지 모란만이 진정한 국색이다"(惟有牡丹眞國色)는 구절이 있다.
29) 太眞(태진) : 양귀비가 입궁하기 전 여도사로 있을 때의 법호.

「청평락」에 보이고, 목욕한 후 힘없는 모습의 교태는 백거이의 「장한가」
에 나온다. 말미에서 날 저물어 시들어가는 모습을 양귀비가 힘없이 난
간에 기댄 모습으로 비유하였다.

중원날 밤에 회수 어구에서 배를 대고(中元夜泊淮口)[30]

木葉廻飄水面平,	나뭇잎 휘돌다 물 위에 떨어져
偶停孤棹已三更.[31]	우연히 쪽배 멈추니 벌써 삼경이라
秋凉霧露侵燈下,	가을의 서늘한 이슬이 등불 아래 내리고
夜靜魚龍逼岸行.	밤 깊이 고요한 어족들이 물가에 몰리네
欹枕正牽題柱思,[32]	베개에 기대니 떠나기 전 출세의 다짐 떠오르는데
隔樓誰轉繞梁聲?[33]	누대 건너 그 누가 들보를 감는 노래 부르나?
錦帆天子狂魂魄,[34]	비단 돛배 끌고 가던 천자의 미친 혼백이
應過揚州看月明.	양주를 지나가며 응당 밝은 달을 보리라

---

30) 中元(중원) : 중원절. 음력 7월 15일. 도가에서는 재를 지내고, 불가에서는 우란분재
(盂蘭盆齋)를 지낸다. 민간에서는 조상께 제사를 지낸다. ○ 淮口(회구) : 회음(淮陰).
지금의 강소성 청강시(淸江市) 서남.

31) 孤棹(고도) : 고주(孤舟). 쪽배.

32) 題柱(제주) : 기둥에 쓰다. 서한시기 사마상여가 성도를 떠나 장안에 갈 때 성 북쪽
승선교(升仙橋) 다리 기둥에 "붉은 수레와 사마를 타지 않으면 이 다리를 지나오지
않겠다"(不乘赤車駟馬, 不過汝下也!)고 썼다. 진(晉) 상거(常璩)의 『화양국지』(華陽國
志) 참조.

33) 繞梁聲(요량성) : 들보를 울리며 도는 여운. 전국시대 한국(韓國)의 가인 한아(韓娥)
는 제나라 임치에 갔는데 노자가 떨어져 옹문(雍門)에서 노래를 불러 음식을 구하였
다. 그녀의 노래는 아름답고 감동적이었다. 그녀가 떠난 뒤 노래의 여운이 사흘 동
안 계속 들보를 울려 마치 그 노래가 계속 들리는 것 같았다. 『열자』「탕문」(湯問)
참조.

34) 錦帆(금범) : 비단으로 만든 돛. 수 양제가 용주를 타고 남방을 순유할 때 화려한 궁
금(宮錦)으로 돛폭을 만들었다.

해설 중원날 밤 회음(淮陰)에 배를 대며 쓴 기행시이다. 여로의 고적함과 이루지 못한 뜻을 되새기며 생각을 자유롭게 펼쳤다. 일정한 초점이 없는 그러한 운필이 오히려 강렬한 실감을 안겨준다.

최동(崔峒)

동료 이 명부에게(贈同官李明府)

訟堂寂寂對煙霞,[1]	송당(訟堂)은 적막히 노을을 마주하고
五柳門前聚曉鴉.[2]	도연명 같은 그대 집 앞에 새벽 까마귀 모였어라
流水聲中視公事,[3]	흐르는 물소리 속에서 공무를 보고
寒山影裏見人家.	산 그림자 속에서 인가가 드러난다
觀風競美新爲政,[4]	민풍을 살피고 미풍양속 살리며 새로이 다스리니
計日還知舊觸邪.[5]	조만간 이전의 어사(御史)로 돌아갈 것을 알겠네
可惜陶潛無限酒,	아쉽게도 도연명의 술이 많긴 한데
不逢籬菊正開花.[6]	울타리 아래 국화가 아직 피지 않았네

---

1) 訟堂(송당): 소송 사건을 심리하는 곳. 법정.
2) 五柳(오류): 도연명의 「오류선생전」에서 말한, 오류선생의 집 앞에 있는 다섯 그루 버들. 도연명이 팽택현령을 했기 때문에, 여기서는 같은 현령인 이 명부의 관사를 가리킨다.
3) 流水(유수) 구: 공자 제자 복자천(宓子賤)이 선보(單父, 산동성 單縣)를 다스린 일을 암용하였다. "거문고를 뜯으며, 당 밑으로 내려가지 않고도 선보가 다스려졌다."(鳴琴, 身不下堂而單父治.) 『설원』「정리」(政理) 등에 보인다.
4) 觀風(관풍): 백성의 풍속을 살피다.
5) 觸邪(촉사): 간사한 사람을 판별하다. 어사를 가리킨다. 전설 중의 해치(獬豸)는 옳고 그른 바를 분별할 줄 알아 외뿔로 사악한 사람을 쳐서 가려낸다고 한다. 어사가 쓰고 있는 관을 해치관이라 한다. 『진서』「여복지」(興服志) 참조.

해설 이 명부를 칭송한 시이다. 제6구로 보아 원래 어사였는데 좌천되어 현령이 된 것으로 보인다. 한대 이래 지방관의 치적을 칭송하거나 잘못을 비판하는 일은 시의 주요한 역할로 쳤다. 이 시는 전적으로 이 명부의 선정과 그의 인품에 집중하였다.

오융(吳融)

보이는 대로(卽事)

抵鵲山前雲掩扉,[1]	저작산 앞 구름이 사립문을 가리면
便甘終老脫朝衣.[2]	늦도록 관복을 벗고 여기 살아도 좋아라
曉窺淸鏡千峰入,	새벽에 거울 보면 천 개의 봉우리 들어오고
暮倚長松獨鶴歸.	저녁에 장송에 기대면 학 한 마리 돌아오네
雲裏引來泉脈細,[3]	구름 아래에서 가느다란 우물을 끌어오고
雨中移得藥苗肥.	빗속에서 잘 자란 약초를 옮겨 심는다네
何須一箸鱸魚膾,[4]	한 젓가락 농어회 먹으러 가야 한다면
始挂孤帆問釣磯!	쪽배의 돛폭 걸고 낚시터를 찾으리라

---

6) 籬菊(이국) : 울타리 옆의 국화. 도연명의 「술을 마시며」(飮酒) 제5수에 "동쪽 울타리 아래에서 국화를 따고, 고개 들어 멀리 남산을 바라본다"(采菊東籬下, 悠然見南山.)는 구절이 있다.
1) 抵鵲山(저작산) : 형주에 소재한 산.
2) 脫朝衣(탈조의) : 조복을 벗다. 관직을 그만 두고 은거하다.
3) 泉脈(천맥) : 땅속에 흐르는 샘물의 길.
4) 何須(하수) 구 : 장한(張翰)이 가을바람이 불 때 농어회가 먹고 싶어 낙양의 벼슬을 그만 두고 강남의 고향으로 돌아간 일을 환기한다.

해설 은일의 즐거움을 노래하였다. 오융이 시어사로 있다가 형남에 폄적되었던 895년 반관반은(半官半隱)생활을 할 때 지었다. 중간 4구가 소탈한 은일의 정취를 경쾌하게 잘 나타내었다.

봄에 돌아가다 금릉에 머물며(春歸次金陵)[5]

春陰漠漠覆江城,[6]	흐린 봄 막막한 구름이 강 옆의 성을 덮었는데
南國歸橈趁晚程.	남으로 돌아가는 배 밤을 도와 가노라
水上驛流初過雨,	역참 위를 흘러가는 강에 빗줄기 막 지나가고
樹籠堤處不離鶯.	둑을 감싼 나무에 꾀꼬리들 떠나지 않아라
迹疎冠蓋兼無夢,[7]	벼슬과 인연이 멀어 꿈에도 생각지 않았고
地近鄉園自有情.	고향이 가까우니 절로 정감이 생겨나는구나
更被東風動離思,	더구나 동풍이 불면 고향 떠난 그리움 더하니
楊花千里雪中行.[8]	천 리에 휘날리는 버들개지 그 눈발 속을 가노라

해설 뱃길로 고향 가는 길에 남경에서 지은 시이다. 시인의 고향은 월주 산음(山陰, 절강 소흥시)으로 북방에서 남경에 이르면 이미 강남의 문화권이라 멀지 않은 기분이 든다. 고향에 대한 생각으로 밤을 도와 가는 나그네의 들뜬 기분이 봄의 풍경으로 펼쳐졌다.

---

5) 金陵(금릉) : 지금의 남경시.
6) 春陰(춘음) : 봄철에 하늘이 흐릴 때의 어두운 기운. ○漠漠(막막) : 흐릿한 모양.
7) 冠蓋(관개) : 관과 차개. 관리의 복장과 탈것. 벼슬을 가리킨다.
8) 楊花(양화) : 버들개지.

한악(韓偓)

봄이 다하고(春盡)

惜春連日醉昏昏,	봄날이 아쉬워 날마다 술에 취했더니
醒後衣裳見酒痕.	깨어난 뒤 옷에는 술 자국이 남았구나
細水浮花歸別浦,	작은 강에 떠 흐르는 꽃은 이별의 포구로 돌아가고
斷雲含雨入孤村.[1]	조각구름은 비를 머금고 외딴 마을로 들어가네
人閑易得芳時恨,[2]	사람이 한가하니 꽃 피는 시절의 정한을 갖기 쉽고
地勝難招自古魂.	풍광이 아름다우니 예부터 초혼하기 어려워라
慚愧流鶯相厚意,	꾀꼬리가 베푸는 두터운 마음에 부끄러우니
清晨猶爲到西園.	맑은 아침에도 나를 위해 서쪽 정원에 날아오네

해설 봄날의 풍광을 예찬하였다. 첫 구의 '석춘'(惜春)에 시의 주지가 다 담겼다. 제5구의 '꽃 피는 시절의 정한'(芳時恨)이 무엇인지는 명확하지 않으나, 역대 시평가들은 당의 멸망과 연관시키는 경우가 많았다. 제3, 4 구는 비록 신운(神韻)은 부족하나 만당으로 갈수록 대구가 공정(工整)해지는 추세를 보여준다.

중추절 숙직하며(中秋禁直)[3]

星斗疎明禁漏殘,[4]　　별들이 성기고 물시계소리 잦아드는데

---

1) 斷雲(단운) : 조각구름.
2) 芳時(방시) : 꽃이 피는 아름다운 때.
3) 中秋(중추) : 중추절. 음력 8월 15일. ○ 禁直(금직) : 궁정의 관서에서 숙직함.
4) 疎明(소명) : 성기고 밝음.

紫泥封後獨憑欄.[5]	조서를 기초한 후 홀로 난간에 기대노라
露和玉屑金盤冷,[6]	이슬에 섞인 옥 가루에 승로반이 차갑고
月射珠光貝闕寒.[7]	달이 쏘는 진주 빛 광채에 패궐이 서늘해라
天襯樓臺籠苑外,[8]	하늘은 어원 밖을 감싼 채 누대를 돋보이게 하고
風吹歌管下雲端.	바람은 구름에서 내려와 노랫소리에 실리네
長卿只爲長門賦,[9]	사마상여는 오로지 「장문부」를 지을 줄 알았을 뿐
未識君臣際會難.[10]	군주와 신하의 만남이 쉽지 않음을 몰랐어라

해설 중추절 밤 궁중에서 숙직하며 보고 들은 바를 썼다. 한악의 시 가운데 가장 뛰어난 시는 당대 말기 정치적 변란 속에 쓴 것들로, 적절한 전고와 청려한 언어로 기사와 술회를 결합하여 약한 가운데 강한 운미가 있고, 슬픈 가운데 부드러운 정서가 있는 작품들이다. 이들은 비록 때로 섬약한 면이 있지만 침울돈좌한 풍미를 낸다. 위 시 역시 소종(昭宗) 때인 901년 한림학사로 재직할 때 지은 것으로 보인다. 황소의 난 이후 황실은 실권이 없어져 변란이 잦아지는 중, 900년 11월 소종이 장안성 동내(東內)에 감금되었다가 재상 최윤(崔胤) 등에 의해 복벽되었다. 이리하여 재상 최윤과 선무절도사 주전충(朱全忠)을 축으로 하는 세력과 환관 한전회(韓全誨)와 봉상절도사 이무정(李茂貞)을 중심으로 하는 세력 사이에 대

---

5) 紫泥(자니) : 군주가 편지를 봉할 때 쓰는 도장 인주. 여기서는 황제의 조서를 기초하다는 뜻.
6) 玉屑(옥설) : 옥 가루. 옥을 빻아 만든 가루. ○ 金盤(금반) : 승로반.
7) 珠光(주광) : 진주의 광채. 달빛을 형용하였다. ○ 貝闕(패궐) : 패각으로 장식한 궁궐. 『초사』 「하백」(河伯)에 "비늘로 장식한 방에 용이 그려진 전당, 자주색 패각으로 장식한 궁문에 주칠한 궁전"(魚鱗屋兮龍堂, 紫貝闕兮朱宮.)이란 구절이 있다. 일반적으로 장려한 궁궐을 형용한다.
8) 襯(친) : 바탕으로 하여 다른 것을 돋보이게 하다.
9) 長卿(장경) : 서한의 사마상여. 자가 장경이다. ○ 長門賦(장문부) : 사마상여가 진황후(陳皇后)를 위해 대필한 부. 한 무제를 향한 원망과 애모를 내용으로 한다. 사마상여는 이 작품을 통해 자신의 처지도 기탁하였다.
10) 際會(제회) : 만남. 군주와 신하 사이에 뜻이 잘 맞음.

립이 격화되었다. 이런 가운데 소종은 간의대부이자 한림학사인 한악과 자주 독대하며 정견을 나누고 기밀을 토의하였고, 한악은 소종의 신임과 지우(知遇)에 깊은 은혜를 느꼈다. 위 시의 앞 6구의 서술에 비해 말 2구는 갑자기 무거워지는데 그 주지는 결국 '군신제회난'(君臣際會難)이라 할 것이다. 군신의 만남이 본디 어려운데 그러한 만남에 감격한다는 뜻이 깃들어 있다.

가난을 편안히 여기며(安貧)

手風慵展八行書,[11]	손에는 풍이 들어 여덟 줄 편지를 게으르게 펼치고
眼暗休尋九局圖.[12]	눈은 어두워 바둑 기보 찾기도 그만 두었네
窓裏日光飛野馬,[13]	창문 안은 햇빛에 아지랑이 날아오르고
案頭筠管長蒲盧.[14][15]	책상머리 붓 대롱엔 벌의 애벌레 자란다
謀身拙爲安蛇足,[16]	제 몸을 돌보는데 졸렬하여 뱀의 발을 그리고
報國危曾抒虎鬚.[17]	나랏일 하다가 위태롭게도 호랑이 수염을 잡아당겼지
擧世可能無黙識,[18]	세상에 기밀을 알고 있는 사람 없는 듯한데

---

11) 手風(수풍): 손의 풍질. 손에 풍이 들다. ○八行書(팔항서): 편지. 고대에는 편지지가 여덟 줄로 되어 있었다. 동한 마융(馬融)의 「두장(竇章)에게 주는 편지」에서 "편지는 비록 두 장이나, 한 장에 여덟 줄, 각 줄은 일곱 자입니다"(書雖兩紙, 紙八行, 行七字.)는 말에서 유래했다.

12) 眼暗(안암): 나이 들어 눈이 어둡다. ○九局圖(구국도): 기보(棋譜).

13) 野馬(야마): 아지랑이. 봄날 야외에서 수증기가 아른거리며 오르는 현상. 『장자』「소요유」에 "아지랑이와 먼지는 살아 있는 것들이 내쉬는 숨이다"(野馬也, 塵埃也. 生物之以息相吹也.)라 하였다.

14) 심주: 즉 나나니벌이다.(卽螟蛉蟲.)

15) 筠管(균관): 대나무 관. 여기서는 붓 대롱. ○蒲盧(포로): 벌의 일종.

16) 安蛇足(안사족): '화사첨족(畵蛇添足)에 편안해 하다. 불필요한 일을 하여 오히려 손해를 입음을 가리킨다.

17) 抒虎鬚(랄호수): 호랑이 수염을 잡아당기다. 한악이 우복야 조숭(趙崇)을 재상으로 추천하여 주전충(朱全忠)의 분노를 산 일을 가리킨다.

未知誰擬試齊竽?[19]　　그 누가 제 혼왕처럼 진지하게 사람을 임용할까?

해설 주전충에 의탁하지 않고 차라리 가난에 편안히 지내겠다는 뜻을 나타내었다. 이 시에 관해 오대 왕정보(王定保)의 『당척언』(唐摭言)에 기록이 있다. 901년 11월 주전충이 장안을 공격하자 환관 한전회는 소종을 겁박하여 봉상으로 데려갔으나, 주전충이 우세한 전력으로 903년 정월 소종을 다시 장안으로 데려왔다. 이때 소종이 자신을 호종한 공으로 한악을 재상으로 면전에서 제의하자, 한악은 조숭(趙崇)과 왕찬(王贊)을 추천하였다.(이는 곧 재상 최윤과 주전충의 세력을 줄이는 것이다.) 이에 주전충이 달려와 소종에게 조숭과 왕찬의 단점을 말하자, 소종은 "조숭은 한악이 추천했소"라고 하였다. 당시 한악이 자리에 있었기에 주전충이 한악을 질책하였다. 소종은 주전충의 분노에 어쩔 수 없이 한악을 민(閩) 지방으로 좌천을 보냈다. 위 시는 한악이 복주(福州)에 이른 후에 지은 것으로 보인다.

---

18)　可能(가능) : 기능(豈能). 어찌 ~하겠는가? ○ 默識(묵식) : 기억하다. 『후한서』「예형전」(禰衡傳)의 '안세묵식'(安世默識)에 대한 주석을 환기한다. "상서랑 장안세(張安世)가 주상의 하동 행차에 따랐다. 책 세 상자를 잃어버렸는데 주상이 물어도 그 내용을 아는 사람이 없었고 오로지 장안세만이 기억하고 있었다." 이로 보면 한악은 자신을 장안세에 비유하여, 일찍이 소종의 자문에 응하면서 기밀을 알고 있음을 말하는 듯하다.

19)　齊竽(제우) : '남우충수'(濫竽充數) 고사를 가리킨다. "제 선왕(齊宣王)이 악공들에게 우생(竽笙)을 불게 할 때는 반드시 삼백 명이 함께 연주하도록 했다. 남곽 처사가 우생을 불겠다고 청하자 제 선왕이 기뻐하였다. 관아에서는 그에 대해 수백 명의 악공과 같은 대우를 하였다. 제 선왕이 죽고 그의 아들 제 혼왕(齊湣王)이 계위하였다. 제 혼왕은 악공이 한 사람씩 연주하는 것을 좋아하였다. 이에 남곽 처사는 달아났다."(齊宣王使人吹竽, 必三百人. 南郭處士請爲王吹竽, 宣王說之. 廩食以數百人. 宣王死, 湣王立, 好一一聽之, 處士逃.) 『한비자』「내저설」(內儲說) 참조.

위장(韋莊)

유곡 가는 길에 지어 뒤로 부침(柳谷道中作却寄)[1]

馬前紅葉正紛紛,	말 앞에선 붉은 단풍이 마침 분분히 날리는데
馬上離情欲斷魂.	말 위에선 이별의 정에 혼이 끊어질 듯 아득해
曉發獨辭殘月店,	새벽에는 달이 지는 객점에서 홀로 떠나고
暮程遙宿隔雲村.	저녁에는 구름 너머 먼 마을에 투숙하네
心如岳色留秦地,	마음은 산악의 풍광처럼 진 지방에 머물고
夢逐河聲出禹門.[2]	꿈은 황하 물소리를 따라 용문을 나선다네
莫怪苦吟鞭拂地,	애타게 읊조리며 채찍으로 땅 치는 걸 이상타 마소
有誰傾蓋待王孫?[3]	그 누가 왕손을 기다려 차개를 기울이며 맞이하리?

해설 하동(산서성) 지방으로 갈 때 유곡을 지나며 지은 시이다. 시의 내용
으로 보아 장안에 두고 온 친구에게 부치는 시로 보인다.

변경의 장수에게(贈邊將)

曾因征遠向金微,[4]	일찍이 원정으로 멀리 금미산으로 향했고

---

1) 柳谷(유곡) : 해주(解州) 하현(夏縣, 산서성) 중조산에 소재.
2) 禹門(우문) : 용문. 지금의 산서성 하진현(河津縣) 서북과 섬서성 한성현(韓城縣) 동
   북 사이의 황하를 말한다. 전설에 우 임금이 치수할 때 굴착하였다고 해서 이름 붙
   여졌다.
3) 傾蓋(경개) : 수레의 산개를 서로 맞대거나 한쪽으로 기울다. 처음 만나 친해진 경우
   를 형용한다. ○ 王孫(왕손) : 왕의 후손이나 귀족의 자제. 여기서는 위장 자신을 가
   리킨다. 위장은 현종 때의 재상 위현소(韋見素)의 후손이다.
4) 金微(금미) : 금미산. 지금의 알타이산. 여기서는 변경을 가리킨다.

馬出楡關一鳥飛.[5]　　　말 타고 유관을 나서며 한 마리 새처럼 내달렸지

萬里只携孤劍去,　　　　만 리 멀리 오로지 검 한 자루 들고 떠났고

十年空逐塞鴻歸.　　　　십 년 동안 변새의 기러기 부질없이 쫓았어라

手招都護新降虜,[6]　　　손으로는 도호부에 항복한 포로들을 지휘하고

身著文皇舊賜衣.[7]　　　몸에는 당 태종이 하사하신 옷을 입었어라

只待[8]煙塵報天子,[9]　　다만 전쟁으로 천자께 보답하길 기다리며

滿頭霜雪爲兵機.[10]　　머리에 온통 서리와 눈발 내린 채 용병에 몰두하네

해설 변방의 장수를 칭송한 시이다. 전반부는 과거의 일을 서술했고, 후반부는 현재의 모습을 나타냈다. 제2, 3구에서 뛰어난 무예와 영웅적 기상을 그렸고, 제4구와 제8구에서 공적을 세웠으나 충분히 인정받지 못한 면을 드러내었다. 별다른 전고나 조탁 없이 변방에서 늙은 노장의 형상을 그려내었다.

수주에서 지음(綏州作)[11][12]

雕陰無樹水難流,[13]　　수주에는 나무도 없고 강물도 흐르지 않는데

---

5)　楡關(유관): 渝關(유관)이라고도 쓴다. 지금의 산해관으로, 하북성 진황도시 소재. 이 구는 두보의 시에 나오는 "몸이 가벼워 한 마리 새처럼 지나간다"(身輕一鳥過)는 말을 활용하였다.

6)　都護(도호): 도호부의 지휘관.

7)　文皇(문황): 당 태종 이세민. 시호가 문무대성황제(文武大聖皇帝)였다.

8)　심주: '只待' 두 글자는 잘못 쓴 글자이다.('只待'二字語病.)

9)　煙塵(연진): 봉홧불의 연기와 말굽의 먼지. 전쟁을 가리킨다.

10)　兵機(병기): 용병의 모략.

11)　심주: 수주는 연안부에 속하며, 진시황의 태자 부소가 군사를 감독한 곳이다.(州屬延安府, 卽秦太子扶蘇監軍處.)

12)　綏州(수주): 치소는 지금의 섬서성 수덕현(綏德縣) 서남.

13)　雕陰(조음): 수주(綏州). 수나라 초기에 수주를 조음군(雕陰郡)이라 개명했다. 조산(雕山)의 북쪽에 있어 조음이라 했다.

雉堞連雲古帝州.[14]　　구름과 잇닿은 성벽은 옛 황제(黃帝)의 고을이로다

帶雨晩駝鳴遠戍,　　비가 내린 저녁에 낙타 울음이 먼 수루 밖에서 퍼지면

望鄕孤客倚高樓.　　고향을 그리는 외로운 나그네 높은 누대에 기대있네

明妃去日花應笑.[15]　　왕소군 떠나던 날 꽃들은 웃었을 터이고

蔡琰歸時鬢已秋.[16]　　채염이 돌아올 때는 귀밑머리 이미 세었으리

一曲單于暮烽起,[17]　　한 곡조 '선우'가 저녁 봉화대에 일어나는데

扶蘇城上月如鉤.[18]　　부소성 위에 뜬 달은 갈고리 같아라

해설 섬서성의 북방에 있는 황량한 수주에 대해 읊었다. 제3, 4구는 변방에 나간 시인의 고적감을 표현하였고, 제5, 6구는 왕소군과 채염을 통해 자신의 불우를 토로하였다. 제5구에서 '꽃들이 웃었을 터'는 봄날의 꽃들이 피어 만발한데 이와 어울리지 않게 황막한 곳으로 떠난다는 뜻을 말하였다. 말미에서는 음악과 달로 나그네의 상심을 나타내었다.

돌아갈 생각(思歸)

暖絲無力自悠揚,[19]　　봄날의 버들가지 힘없으니 절로 흔들리는데

---

14)　雉堞(치첩) : 성 위의 여장. 성벽을 가리킨다. ○古帝州(고제주) : 고제(古帝)의 고을. 전설에 나오는 황제(黃帝)의 무덤이 성남 교산(橋山)에 있다.

15)　明妃(명비) : 서한의 왕소군(王昭君). 본명은 왕장(王嬙). 소군(昭君)은 자(字)였는데 서진 때 사마소(司馬昭)의 이름을 피휘하기 위해 명군(明君)이라 했고, 이로부터 명비(明妃)라고도 칭했다.

16)　蔡琰(채염) : 동한 말기 채옹(蔡邕)의 딸. 초평(初平) 연간(190~193년)에 흉노의 포로로 끌려가 십이 년간 살면서 두 아들을 낳았다. 조조(曹操)가 채옹의 후사가 없음을 걱정하여 흉노에 사신을 파견하여 재물을 주고 데려왔다.

17)　單于(선우) : 악곡 이름. 「대선우」와 「소선우」 등의 곡이 있다.

18)　扶蘇城(부소성) : 진(秦)의 상군성(上郡城). 진시황의 태자 부소(扶蘇)가 군사를 감독한 곳이다. 수주는 742년 상군(上郡)으로 개명하였다.

19)　暖絲(난사) : 봄날 버들의 가지.

牽引東風斷客腸.　　봄바람이 끌어오니 나그네의 애간장이 끊어지는구나
外地見花終寂寞,　　외지에서 꽃을 보아도 결국은 적막하고
異鄕聞樂更凄凉.　　타향에서 음악을 들어도 더욱 처량하더라
紅垂野岸櫻還熟,　　들녘의 언덕에 늘어진 가지에 앵도가 붉게 익었고
綠染廻汀草又芳.　　굽이지는 모래톱에 푸르게 물든 풀이 향기로워
舊里若爲歸去好?　　고향에는 어찌 돌아가야 좋은 것인가?
子期凋謝呂安亡.[20]　향수(向秀)도 여안(呂安)도 모두 죽었을 터인데

해설 객지에서 고향을 그리워하였다. 봄날의 꽃과 음악이 위로가 되지
못하며, 고향 생각에 더욱 적막해짐을 말하였다. 말미의 구절로 보아 만
년에 지은 것으로 보인다.

입춘(立春)[21]

靑帝東來日馭遲,[22]　　청제(靑帝)가 동쪽에서 오고 희화가 해 수레를 미니
暖煙輕逐曉風吹.　　　따뜻한 아지랑이 새벽바람 따라가네
罽袍公子樽前覺,[23][24]　모직 도포 입은 공자는 술잔 앞에서 알아채고

---

[20]　子期(자기) : 삼국시대 위(魏)의 향수(向秀). 자가 자기(子期)이다. 특히 혜강(嵇康)과
　　여안(呂安)과 친했는데, 그들이 살해된 후 혜강의 옛집을 지나가다 이웃집에서 나는
　　피리 소리를 듣고 「사구부」(思舊賦)를 지은 일이 유명하다. ○ 呂安(여안) : 혜강과
　　친하였으며, 매번 생각이 나면 천 리라 하더라도 수레를 타고 찾아갔다. 그의 형 여
　　손(呂巽)이 미모의 아내 서씨를 범한 일이 발생하자, 여손이 오히려 여안이 불효하
　　다고 밀고하였다. 혜강이 이를 변론하려 하였으나, 혜강과 사이가 안 좋던 종회(鍾
　　會)가 사마소(司馬昭)에게 참훼하였다. 결국 사마소는 혜강과 여안을 사형시켰다.
[21]　立春(입춘) : 이십사절기 가운데 하나. 양력 2월 4일 또는 5일이다.
[22]　靑帝(청제) : 신화 속의 봄을 다스리는 동방의 신. ○ 日馭(일어) : 전설에서 태양을 싣
　　고 달리는 신 희화(羲和). 봄이 되면 날이 길어지므로 태양이 더디 간다고 하였다.
[23]　심주 : 기운으로 서로 느낀다.(以氣相感也.)
[24]　罽(계) : 모직물.

錦帳佳人夢裏知.　　　　비단 휘장 속 가인은 꿈속에서 깨닫는다네

雪圃乍開紅菜甲,²⁵⁾　　잔설 남은 채마밭에 붉은 새싹 움트고

綵幡新翦綠楊絲.²⁶⁾　　채색 깃발 새로 오려 푸른 버들가지에 걸어두네

殷勤爲作宜春曲,²⁷⁾　　정성들여 둥그런 '의춘' 글자 만들고

題向花箋帖繡楣.²⁸⁾　　화전에 글씨 써서 수놓인 상인방에 붙이네

해설 입춘날의 풍속을 그린 시이다. 제3, 4구는 부염하지 않으면서도 봄날의 정취를 뛰어나게 묘사하였다. 말 2구는 당시 문의 상인방에 문전(門箋)을 붙이는 풍속이 있었음을 보여준다.

장안 청명절(長安淸明)

早是傷春夢雨天,²⁹⁾　　어느 사이 가는 비 날리는 봄이 왔으니

可堪芳草更芊芊!³⁰⁾　　무성히 우거지는 풀들을 어찌 견딜 수 있으랴!

內官初賜淸明火,³¹⁾　　궁중에서는 청명날 불을 막 내려주고

---

25)　雪圃(설포) : 아직 잔설이 있는 채마밭. ○菜甲(채갑) : 채소의 새로 나온 싹.

26)　綵幡(채번) : 채색 깃발. 춘번(春幡). "입춘일에 사대부 집에서는 채색 베를 잘라 작은 깃발을 만드는데 이를 '춘번'이라 한다. 또는 집안의 여인들 머리에 걸거나 꽃가지에 엮어두기도 한다."(立春之日, 士大夫之家, 剪彩爲小幡, 謂之春幡. 或懸於家人之頭, 或綴於花枝之下.) 『세시풍토기』(歲時風土記) 참조.

27)　宜春(의춘) : 봄에 어울리다. 봄을 맞이한다는 뜻에서 입춘일에 宜春(의춘)이라고 오리는 글자. 『형초세시기』에 "입춘일에 사람들은 오색 비단을 오려 제비 모양으로 만들고 '宜春'이란 두 글자를 붙인다"(立春之日, 悉剪綵爲燕戴之, 貼'宜春'二字.)고 하였다.

28)　花箋(화전) : 꽃 문양이 있는 채색 편지지. ○繡楣(수미) : 수를 장식한 창문의 상인방.

29)　早是(조시) : 이미. ○夢雨(몽우) : 부슬부슬 내리는 가는 비. 『설문해자』에 "몽은 어둡다"(夢, 不明也)는 풀이가 있다.

30)　芊芊(천천) : 풀이 무성한 모양. 이 구는 무성한 봄풀이 견딜 수 없을 정도로 아름답다는 뜻이다.

31)　內官(내관) 구 : 당대에는 한식일에 불을 금지했기에 겨울 동안 보존해온 불씨를 꺼뜨렸다. 바로 이어지는 청명일에 황제가 느릅나무 불씨를 근신들에게 나누어주었다.

上相閑分白打錢.³²⁾³³⁾　대신들은 한가히 축국에 이긴 자에 돈을 나누어주네
紫陌亂嘶紅叱撥,³⁴⁾　도성의 교외에선 붉은 명마가 어지러이 울고
綠楊高映畵秋千.³⁵⁾　푸른 버들 배경으로 높다란 그네가 돋보이네
遊人記得承平事,　나그네는 태평 시절의 일을 기억하여
暗喜風光似昔年.　남 몰래 풍광이 예와 같음을 기뻐하노라

해설 장안 청명절의 풍광을 그렸다. 청신한 언어와 완곡한 묘사로 성당
(盛唐)에 대한 그리움을 나타내었다. 다만 지금의 장안이 예전과 같지 않
으므로, 기쁨도 내놓고 표현하지 못하고 '남 몰래 기뻐하는'(暗喜) 말로
그 반대의 상황을 말하는 듯하다.

같이 급제한 위 학사의 「화산 아래 도중에서」를 받고

화답하며(和同年韋學士華下途中見寄)³⁶⁾

綠楊城郭雨凄凄,　푸른 버들 덮인 성곽에 추적추적 비 내리는데
過盡千輪與萬蹄.　수많은 수레와 말들을 다 지나쳐 왔네
送我獨遊三蜀路,³⁷⁾　홀로 촉 지방 가는 길에 오르는 나를 보내고
羡君新上九霄梯.³⁸⁾　새로이 하늘의 사다리를 오르는 그대가 부러워

---

32)　심주 : 축국 놀이가 '백타'이다.(蹴鞠戱爲'白打.)
33)　上相(상상) : 재상. 여기서는 대신들. ○ 白打(백타) : 축국(蹴鞠)에서 두 사람이 차는
　　놀이.
34)　紫陌(자맥) : 도성 교외의 길. ○ 紅叱撥(홍질발) : 천보 연간에 대완국에서 공물로 당
　　나라에 보낸 한혈마.
35)　畵秋千(화추천) : 그림이 그려진 그네.
36)　同年(동년) : 과거 시험 때 함께 급제한 사람. ○ 韋學士(위학사) : 미상. 『등과기고』
　　(登科記考)에 894년 급제한 사람으로 위(韋)씨는 위장 외에는 없다. ○ 華下(화하) :
　　화주에 속한 지명. 여기서는 의미를 살려 번역하였다.
37)　三蜀(삼촉) : 촉군(蜀郡), 광한군(廣漢郡), 건위군(犍爲郡)을 통칭한 말. 원래 촉국(蜀
　　國)이었으나, 한 고조 때 광한군을 분리하였고, 한 무제 때 건위군을 분리하였다.

馬驚門外山如活,　　문밖에 산이 살아 오르는 듯해 말이 놀라고

花笑尊前客似泥.[39]　술잔 앞에 나그네는 진흙처럼 취해 꽃이 웃어라

正是清和好時節,[40]　마침 맑고 온화한 사월이라 좋은 시절

不堪離恨劍門西.[41]　검각의 서쪽에 이르면 이별의 정한 견디기 어려우리

해설 친구와 헤어지며 쓴 시이다. 위장은 894년(59세) 과거에 급제하였고, 897년(62세)에 양천선유화협사(兩川宣諭和協使) 이순(李洵)의 판관으로 처음 촉 지방으로 가게 되었다. 이때 아마도 소종(昭宗)이 연금되어 있는 화주(華州)에 있었던 모양으로 여기에서 길을 떠나며 시를 썼다. 왕조의 몰락과 시대의 격동 속에서도 출로를 찾아 분주히 헤매는 문인들의 모습이 그려졌다.

예전을 생각하며(憶昔)

昔年曾向五陵遊,[42]　여러 해 전 일찍이 오릉에서 노닐 때

午夜清歌月滿樓.　　한밤에 높은 노래 부르고 누대에 달빛 가득했지

銀燭樹前長似畫,　　은촛대 앞에 잔치는 대낮처럼 길었고

露桃花下不知秋.[43]　복사꽃 아래에서 가을이 있는지도 몰랐어라

---

38) 九霄(구소) : 하늘에서 가장 높은 곳. 조정을 가리킨다.

39) 客似泥(객사니) : 사람이 크게 취함.

40) 清和(청화) : 날씨가 맑고 온화하다. 사령운 「적석에서 놀다가 바다로 배 띄우고 들어가며」(遊赤石進帆海)에 "초여름이라 아직 맑고 온화하여, 풀들도 아직 시들지 않았어라"(首夏猶清和, 芳草亦未歇.)고 한 이후, '청화'로 초여름(4월)의 날씨를 가리켰다.

41) 劍門(검문) : 검문현. 지금의 사천성 검각현 동북.

42) 五陵(오릉) : 한대의 다섯 황제의 능묘. 모두 장안의 북쪽에 위치한다. 한대 부호와 귀족들이 모여 사는 곳으로 귀족사회를 가리킨다.

43) 露桃(노도) : 복숭아나무 또는 복사꽃. 한대 악부 「닭은 울고」(鷄鳴)에 "우물가에 복숭아나무가 자라고, 오얏나무가 복숭아나무 옆에 자라네"(桃生露井上, 李樹生桃傍.)에서 유래했다. 여기서는 아리따운 여인들을 비유한다.

西園公子名無忌,⁴⁴⁾   서원의 공자는 이름이 무기(無忌)이고

南國佳人字莫愁.⁴⁵⁾   남국의 가인은 이름자가 막수(莫愁)라

今日亂離俱是夢,   오늘의 난리에서 보니 모두가 꿈인데

夕陽唯見水東流.   석양에 보이는 건 동으로 흐르는 강물뿐

평석 이 시는 난리를 만나 예전을 생각하며 지었는데, 지극히 시풍이 아름답고 흐름이 부드럽다. 다만 제5구의 '서원의 공자'에 대해 혹자는 조식을 가리킨다고 하는데, 위무기 또는 공손무기와 대입하면 모두 적절하지 않아 구를 얽어 만든 혐의를 벗어나기 어렵다.(此詩時遭亂離, 追憶昔時而作, 極風美流發. 惟第五語'西園公子', 或指陳思, 然與魏無忌‧長孫無忌俱不相合, 不免有湊句之病.)

해설 장안의 번화한 예전을 그렸다. 앞 6구가 모두 화려한 언어로 번화한 면모를 그렸고, 말 2구에서 갑자기 가락을 바꾸어 무한한 탄식을 드러냈다. 제3, 4구는 비유와 상징으로 의미를 풍부하게 하였고, 제5, 6구는 적절한 전고와 중의법으로 귀족의 생활을 풍자하였다. 말미에서는 동으로 흐르는 강물처럼 당왕조의 붕괴는 피할 수 없고, 동시에 애석한 마음 또한 강물처럼 무한함으로 표현하였다. 두보가 쓴 같은 제목의 시가 군왕에게 나라를 흥성해달라는 권유를 담았다면, 이 시는 기울어지는 사직에 대한 감개에 초점을 두었다.

---

44) 西園公子(서원공자) : 삼국시대 위나라 조비(曹丕). 서원은 조조가 임장(臨漳)에 지은 정원. 조식(曹植)의 「공연」(公讌)에 당시의 모습을 잘 그렸다. "공자는 빈객을 아끼고 존중하여, 연회가 끝나도록 피로할 줄 모른다네. 맑은 밤에 서원에서 노니니, 높은 산개가 줄지어 왔다네"(公子敬愛客, 終宴不知疲. 清夜遊西園, 飛蓋相追隨.) ○ 無忌(무기) : 전국시대 위나라의 공자 신릉군 위무기(魏無忌). 맹상군과 평원군을 배워 식객을 초청하고 무사를 양성해 스스로 세력을 키웠다. 여기서는 '거리낌이 없다'는 뜻을 중의적으로 사용하였다.

45) 莫愁(막수) : 고악부(古樂府)에 등장하는 여인으로 노래를 잘 불렀다. 여기서는 '근심이 없다'는 뜻을 중의적으로 사용하였다.

금릉 부상을 모시고 대청 밤잔치에 참가하여(陪金陵府相中堂夜宴)[46]

滿耳笙歌滿眼花,	귀에는 노래 가득하고 눈에는 온통 현란한 꽃이라
滿樓珠翠勝吳娃.[47]	누대 가득 주옥의 여인들 오 지방 미녀보다 뛰어나
因知海上神仙窟,[48]	그리하여 알겠나니, 바다의 신선이 사는 곳이
只似人間富貴家.	인간세상의 호화로운 대갓집과 비슷한 것을
繡戶夜攢紅燭市,	수놓인 방은 밤 시장의 붉은 촛불을 모은 듯하고
舞衣晴曳碧天霞.	춤추는 옷은 낮의 푸른 하늘 노을을 끄는 듯해라
却愁宴罷靑蛾散,[49]	오히려 시름겨워라, 잔치 끝나고 푸른 아미 흩어진 뒤
揚子江頭月半斜.	장강 강가에는 달이 이미 반이나 기울었으니

평석 인간세상의 대갓집이 바다의 신선 사는 곳과 비슷하다고 하였으니, 거꾸로 비유함으로써 갑자기 시경을 바꾸었다.(只是說人間富貴, 幾如海上神仙, 一用倒說, 頓然換境.)

해설 진해군절도사 주보(周寶)가 연 성대한 연회에 참가하여 지은 시이다. 앞 6구는 눈을 현혹하는 진설과 가무로 군벌의 지극히 사치스러운 연회를 그렸고, 말 2구에서 갑자기 어조를 바꾸어 냉정하게 하늘 밖을 바라보고 있다. 이런 까닭에 앞 6구는 풍자의 대상으로 변하여 전란의 시대에 밤낮을 가리지 않고 주색에 빠져 호사스런 연회를 여는 격이 되어버렸다. 그 풍자는 보는 각도에 따라 달라질 수 있지만 얼마간의 우국의 정이 배어있음은 부정할 수 없다.

---

46) 金陵府相(금릉부상) : 진해군절도사 주보(周寶). 금릉은 진해군절도 치소인 윤주(潤州, 강소성 鎭江市)를 가리키며, 부상은 절도사이자 재상을 말한다. 당대에는 절도사에게 동평장사(同平章事)를 추가하는 경우가 많았는데 이를 부상(府相) 또는 상공(相公)이라 칭했다. ○中堂(중당) : 대청.
47) 吳娃(오왜) : 오 지방 미녀.
48) 神仙窟(신선굴) : 신선들이 모여 사는 곳.
49) 靑蛾(청아) : 청색 눈썹먹으로 그린 눈썹. 미인을 가리킨다.

유위(劉威)

동호 왕 처사의 원림에서 놀며(遊東湖王處士園林)

偶向東湖更向東,	어쩌다가 동호에 갔다가 더욱 동쪽으로 가면
數聲鷄犬翠微中.	개와 닭 울음이 푸른 산 속에서 들려오지
遙知楊柳是門處,	멀리서도 버드나무가 문인 줄 알겠으나
似隔芙蓉無路通.	연꽃 너머로는 마치 길이 없는 듯해라
樵客出來山帶雨,	나무꾼이 나타나면 산에 비가 내리고
漁舟過去水生風.	고깃배가 지나가면 강물에 바람이 일어
物情多與閑相稱,[1]	사람과 사물이 모두 한가로이 어울리지만
所恨求安計不同.	아쉬운 바는 살아가는 방법이 다른 점이라네

해설 왕 처사의 은거지를 그렸다. 전반부는 은거지로 가는 길의 풍광을 소탈하고 시원스럽게 묘사하였고, 후반부는 사람의 살아가는 방식이 다름을 말하였다. 즉 나무꾼과 어부가 각각 어려운 때가 있고 그래도 한가하다고 할 수 있지만, 그들의 생계 방식이 다른 데 주의하였다. 말하자면 자신의 기술로 살아가면 그 기술에 제한된다는 뜻을 나타내는 듯하다.

---

1) 物情(물정) : 사물의 성질과 모습.

진도옥(秦韜玉)

가난한 여자(貧女)

蓬門未識綺羅香,[1]	집이 가난하여 아직 비단의 향기 모르는데
擬托良媒益自傷.	좋은 중매인 찾으려 하나 가난해 더욱 마음 슬퍼라
誰愛風流高格調?[2]	그 누가 격조 높은 사람을 사랑하리오?
共憐時世儉梳粧.[3]	세상 사람 모두가 특이한 치장 좋아하는 걸
敢將十指誇纖巧,	감히 열 손가락이 솜씨 좋다고 자랑하지만
不把雙眉鬪畵長.[4]	두 눈썹을 길게 그려 미모를 다투고 싶진 않아라
苦恨年年壓金線,[5]	지독히도 한스러운 건 해마다 금실 눌러 일해도
爲他人作嫁衣裳.	다른 이 시집갈 때 입을 신부복만 만들 뿐

평석 말마다 가난한 선비의 실제 모습이다.(語語爲貧士寫照.)

해설 가난한 여인의 입을 빌려 비참과 고충을 말하였다. 솜씨가 뛰어나고 품성이 고결한 여인이 진한 화장에 비단 옷을 입어보지 않고 유행에 물들지 않은 탓에 시집갈 대상도 찾지 못하는 모습에서 한사(寒士)로 살아가는 시인 자신의 불평과 감개를 표현하였다. 『당어림』(唐語林)에서

---

1) 蓬門(봉문) : 쑥대로 짜 만든 문.
2) 風流(풍류) : 뜻과 태도가 아름답고 고아하다.
3) 憐(련) : 사랑하다. 아끼다. ○時世(시세) : 시세장(時世粧). 유행하는 화장. 백거이의 작품 가운데 「유행하는 화장」(時世粧)이란 시가 있다. ○儉(검) : 險(험)과 통한다. 험장(險粧)은 기이한 화장.
4) 鬪畵長(투화장) : 눈썹을 길게 그려 아름다움을 다투다. 최표『고금주』에 "위나라 궁인들은 눈썹을 길게 그리기를 좋아했는데, 지금도 많은 사람들이 비취색 눈썹에 경학계(학이 놀라 두 날개를 펴듯 타래를 두 갈래로 튼 모양)를 한다."(魏宮人好畵長眉, 今多作翠眉驚鶴髻.)고 하였다.
5) 壓金線(압금선) : 자수할 때 매듭을 짓기 위하여 손가락으로 금실을 누르다.

"진도옥은 진사 시험을 보았으나 빈한한 출신이라 여러 차례 주관 관리에 의해 배제되었다"(秦韜玉應進士擧, 出於單素, 屢爲有司所斥.)고 했는데, 바로 가난한 여인과 같은 처지였음을 알 수 있다. 말구는 잘 알려진 명구이다.

봄눈(春雪)

雲重寒空思寂寥,	구름 짙은 찬 하늘에 생각이 적막한데
玉塵如糝滿春朝.[6]	쌀알 같은 옥가루 봄 아침에 가득해라
片才著地輕輕陷,	한 점씩 땅에 닿으면 가볍게 가라앉고
力不禁風旋旋銷.[7]	힘이 없어 바람을 이기지 못하고 천천히 녹는구나
惹砌任他香粉妬,	섬돌에 붙어 향분이 시샘하도록 내버려두고
縈叢自學小梅嬌.	풀숲에 얽히어 스스로 매화 꽃인양 아리따워
誰家醉卷珠簾看,	어느 누가 술에 취해 주렴 걷고 바라보나
弦管堂深暖易調.[8]	깊은 대청 따뜻하여 악기가 쉽게 연주되누나

해설 봄눈 내리는 풍광을 그렸다. 제3, 4구는 내리는 모습을 섬세하게 포착하였고, 제5, 6구는 내린 후의 모습을 향분과 매화에 비유하였다. 말 2구는 앞의 어조와 다르고, 제1구의 적막감과도 달라 풍자의 뜻이 깃들어 있는 듯하다.

---

6) 玉塵(옥진) : 눈. 남조 양나라 하손(何遜) 「영설」(詠雪)에서 "만약에 미풍을 따라 일어난다면, 그 누가 옥진이 아니라 말할 수 있으리"(若逐微風起, 誰言非玉塵.)라 하였다. ○糝(삼) : 국에 쌀을 넣다. 또는 쌀알.
7) 旋旋銷(선선소) : 천천히 녹다.
8) 暖易調(난이조) : 악기가 따뜻한 곳에서 쉽게 연주됨. 음악 소리가 아름다움을 뜻한다.

조당(曹唐)

병든 말(病馬)

제1수

綠耳何年別渥洼,[1]	천하의 준마 녹이(綠耳)가 악와에서 온 이래
病來顔色半塵沙.	병든 얼굴이 먼지와 모래에 뒤범벅이라
四蹄不鑿金砧裂,[2]	네 발굽 남은 징은 갈지 않아 갈라지고
雙眼慵開玉箸斜.[3]	느리게 끔벅이는 두 눈엔 눈물이 비스듬히 흘러라
墮月兎毛乾鷇觫,[4]	달 속의 토끼였으나 털빛은 마르고 벌벌 떨어
失雲龍骨瘦査牙.[5]	구름 잃은 용처럼 말라서 골격이 튀어나왔네
平原好放無人放,	좋은 들판이 있어도 사람들이 방목하지 않으니
嘶向秋風苜蓿花.[6]	개자리꽃 뜯으며 가을바람 향하여 우는구나

제2수

隴上沙葱葉正齊,[7]	농산의 사막에 파 잎이 마침 가지런해도

---

1) 綠耳(녹이) : 준마의 이름. 주 목왕(周穆王)의 여덟 마리 준마의 하나. ○渥洼(악와) :
   호수 이름. 지금의 감숙성 안서현(安西縣)에 소재한다. 『한서』「예악지」에 "원수 삼
   년(기원전 120년) 말이 악와로부터 왔기에 지음"(元狩三年馬生渥洼水中作.)이란 주
   석 아래 무제가 지었다는 「천마」를 싣고 있다.
2) 鑿(착) : 말발굽에 징을 박다. ○金砧(금침) : 말발굽 징.
3) 玉箸(옥저) : 옥 젓가락. 눈물을 비유한다.
4) 墮月(타월) 구 : 달 속의 토끼가 인간 세상에 내려와 말이 되었으나 불행히도 병이
   들었다. ○鷇觫(곡속) : 떠는 모양.
5) 失雲龍(실운룡) : 구름을 떠난 용과 같이 의지할 곳을 잃은 준마. ○査牙(사아) : 들쭉
   날쭉한 모양. 여기서는 말이 말라서 뼈가 이리저리 튀어나온 모양을 형용하였다.
6) 苜蓿(목숙) : 개자리. 말이 잘 먹는 풀.
7) 隴上(농상) : 농산(隴山) 일대. 지금의 감숙성 동부. ○沙葱(사총) : 사막 지대에서 자

騰黃猶自跼嬴蹄.8) 등황은 오히려 발굽이 병들고 구부러졌구나

尾蟠夜雨紅絲脆,9) 꼬리를 감으니 밤비에 붉은 털이 물러진 듯

頭掉秋風白練低.10) 머리를 숙이면 가을바람에 흰 비단이 내려진 듯

力憊未思金絡腦,11) 힘이 파하여 황금 장식의 굴레는 생각지도 못하는데

影寒空望錦障泥.12) 그림자 차가워 부질없이 비단 말다래를 바라네

階前莫怪垂雙淚, 섬돌 앞에서 두 줄기 눈물 흘리는 걸 이상타 마소

不遇孫陽不敢嘶.13) 백락을 만나지 못해 울지도 못하고 있으니

해설 말에 대해 노래한 영마시(詠馬詩)이다. 제1수는 있어야 할 곳을 찾지 못한 준마의 비참한 모습을 그렸고, 제2수는 주인을 만나지 못해 능력을 발휘하지 못하는 천리마의 절망을 서술했다. 한유가 「마설」(馬說)에서 말한 "세상에 백락이 있고 난 뒤에 천리마가 있으니, 천리마는 항상 있으나 백락은 항상 있는 게 아니다"(世有伯樂, 然後有千里馬. 千里馬常有, 而伯樂不常有.)는 관점을 시화한 것으로, 능력을 알아주지 않는 불공정한 사회에 대한 강한 울분을 담았다.

라는 파.

8) 騰黃(등황) : 노란 색의 신마(神馬)로 승황(乘黃), 취황(翠黃), 자황(紫黃), 비황(飛黃), 訾黃(자황) 등 이명이 많다. 황제(黃帝)가 탔다고 하는, 말 몸에 용 날개를 지닌 전설상의 동물이다. ○ 跼(국) : 구부리다. ○ 嬴(리) : 여위다.

9) 尾蟠(미반) : 꼬리를 감다. ○ 紅絲(홍사) : 붉은 색 말꼬리.

10) 白練(백련) : 흰 비단. 백마를 가리킨다.

11) 憊(비) : 고달프다. 피곤하다. ○ 金絡腦(금락뇌) : 황금 장식의 말굴레. 한대 악부시 「길가의 뽕」(陌上桑)에 "말꼬리는 푸른 줄로 묶었고, 말 머리는 황금 굴레로 감쌌지요"(靑絲繫馬尾, 黃金絡馬頭.)라는 구절이 있다.

12) 障泥(장니) : 말다래. 말을 탄 사람의 옷에 흙이 튀지 않도록 등자와 말 옆구리 사이에 드리운 가죽 같은 것.

13) 孫陽(손양) : 백락(伯樂). 손양은 그의 본명이다. 춘추시대 진나라 사람으로 말을 감정하는데 뛰어났다.

장빈(張蠙)

전당의 밤잔치, 군수를 두고 떠나며(錢塘夜宴, 留別郡守)[1]

四方騷動一州安,[2]	사방이 소란한데도 이 주(州)는 온통 조용해
夜列樽罍伴客歡.[3]	밤에 술동이를 벌려 놓고 손님과 어울려 즐기는구나
篳篥調高山閣逈,[4]	피리 가락 드높아 산 누각 멀리에서 돌아오고
蝦蟆更促海濤寒.[5)6)]	딱따기의 두꺼비 소리 촉급한데 바다 파도가 차가워
屛間珮響藏歌妓,[7]	병풍 속 패옥 소리에 알고 보니 가기가 숨어있고
幕外刀光立從官.	휘장 밖에 칼 빛에 살펴보니 관리들이 서 있다네
沈醉不愁歸棹遠,	실컷 취한지라 돌아갈 뱃길이 멀어도 걱정 않으니
晩風吹上子陵灘.[8]	저녁 되니 바람이 엄자릉 낚시터에 불어오더라

해설 전당에서의 밤잔치를 그렸다. 당대 말기 사방이 전란에 빠져들 때 항주만은 비교적 안정되어 있었다. 당시 은거하고 있을 때 자사의 초청을 받고 밤잔치에 참가하였다.

---

1) 錢塘(전당) : 남조 진(陳)의 전당군(錢塘郡). 당대에는 항주(杭州)라 하였다. 지금의 절강성 항주시.
2) 심주 : 전씨는 군사를 쓰지 않았으므로, 전당만 안정될 수 있었다.(錢氏不用兵, 故錢 塘獨安.)
3) 樽罍(준뢰) : 술통과 술항아리.
4) 篳篥(필률) : 피리.
5) 주 : 밤잔치.(夜宴.)
6) 蝦蟆更(하마경) : 강남에서는 딱따기를 치면서 야경을 하므로 하마경이라 했다. 하마 (蝦蟆)는 두꺼비.
7) 屛(병) : 병풍. ○ 珮(패) : 옥패.
8) 子陵灘(자릉탄) : 엄릉수(嚴陵漱)라고도 한다. 동한 초기 엄자릉이 은거하며 낚시했 다는 곳. 지금의 절강성 동려현(桐廬縣) 남쪽 소재.

여름날 노장의 숲 속 정자에 적다(夏日題老將林亭)

百戰功成翻愛靜,	백전노장에 공을 세웠어도 오히려 조용함을 좋아해
侯門漸欲似仙家.[9]	후작의 저택이라 해도 점점 신선의 거처 같아라
墻頭細雨垂纖草,	담장 위 가는 비에 잔풀이 드리우고
水面廻風聚落花.	수면 위 돌개바람에 낙화가 모여들어
井放轆轤閑浸酒,	우물에 두레박을 놓아 한가히 술을 담고
籠開鸚鵡報煎茶.	조롱을 여니 앵무새 와서 차를 끓인다고 알리네
幾人圖在凌煙閣,[10]	능연각에 그려진 사람 중에 몇 명이나
曾不交鋒向塞沙.[11]	일찍이 사막에서 공을 세우지 않은 사람 있었던가?

평석 만당시 가운데 가구는 예컨대 '녹양교에 꽃이 날려 온 계곡이 화사하다', '비에 연잎 뒤집히고 원앙에 뿌려져'와 같이 모두 소품에 가깝다. 오직 '수면 위 돌개바람에 낙화가 모여들어'가 자연스러워, 왕연과 서태후가 이를 보고 관직을 수여하려 했을 만하다.(晚唐佳句, 如'綠楊花撲一溪煙', 如'芰荷翻雨潑鴛鴦', 皆近小樣, 惟'水面廻風聚落花', 歸於自然, 宜王衍與徐后見其詩而欲官之也.)

해설 은퇴한 노장을 위로한 시이다. 백전노장인데 '조용함을 좋아하고' 저택이 '신선의 거처' 같다고 하는 것은 그만큼 만년에 냉담한 대우를 받은 것을 그린 듯하다. 실제 907년에 전촉(前蜀)이 건국된 이래 선주 왕건(王建, 재위 903~918년)이 병으로 눕자 중신과 환관들은 왕건의 세력을 없애기 위해 노장들을 제거하기로 밀모하였고, 왕건 역시 만년에 의심이

---

9) 侯門(후문) : 제후의 문. 현달한 고관이나 귀족의 집.
10) 凌煙閣(능연각) : 공신과 명장의 화상을 보존한 누각. 643년 당 태종이 염립본(閻立本)에게 장손무기, 위징, 방현령, 두여회, 위지경덕, 이적, 진숙보 등 스물네 명의 화상을 그려 능연각에 모시게 하였다. 『신오대사』(新五代史)에 의하면, 왕건도 일찍이 용흥궁(龍興宮)에 수창전(壽昌殿)을 짓고 공신들의 화상을 그려 두게 하였다.
11) 曾(증) : 끝내. 곧.

심해지고 살인을 좋아해 장수들을 일에 연루시켜 살해하는 경우가 많았다. 제위를 이은 후주 왕연(王衍, 재위 918~925년)도 원로와 노장은 일체 임용하지 않았다. 이렇게 보면 말 2구는 공이 이미 빛나니 비록 대우가 부족해도 대수롭지 않게 여기라고 위로하는 것으로 해석할 수 있다. 장빈은 당대 말기 난리를 피해 촉 지방으로 들어가 왕건 아래에 벼슬을 했다. 후주 왕연이 서태후(徐太后)와 성도의 대자사(大慈寺)에 놀러갔을 때 벽에 적힌 위 시에서 특히 제3, 4구를 무척 좋아하였다. 이에 장빈에게 시를 헌상하라고 하고 지제고로 승진시키려 하였으나 환관의 참언을 받아 중지되었다.

담용지(譚用之)

가을에 상강에서 묵으며 비를 만나(秋宿湘江遇雨)

江上陰雲鎖夢魂,	강 위의 흐린 구름에 혼이 아스라해지는데
江邊深夜舞劉琨.[1]	강가의 깊은 밤 유곤처럼 일어나 검무를 춘다
秋風萬里芙蓉國,	만 리 멀리 가을바람 부는 연꽃 핀 지방
暮雨千家薜荔村.	집집마다 저녁 비 뿌리는 승검초의 마을
鄕思不堪悲橘柚,[2]	고향 생각에 귤을 생각하니 슬픔 견디기 어려운데

---

[1] 劉琨(유곤) : 서진의 문인이자 정치가. 젊어서 조적(祖逖)과 친하였으며, 함께 사주주부(司州主簿)에 임명되었다. 두 사람은 함께 지냈는데, 한 번은 한밤에 닭 우는 소리가 들리자 조적이 말하기는 "이는 불길한 소리가 아니라네. 차라리 일어나 검무를 추는 게 어떻겠나?"고 하였다. 이로부터 두 사람은 새벽부터 검술을 단련하였다. '문계기무'(聞鷄起舞) 또는 '야반기무'(夜半起舞)라는 이 고사는 포부가 큰 사람이 면려한다는 뜻으로 쓰인다. 『진서』「조적전」참조.

旅遊誰肯重王孫?[3]　　떠돌며 다니는데 누가 나그네를 위해주랴?

漁人相見不相問,[4]　　어부가 나를 만나도 물어보지 않은 채

長笛一聲歸島門.[5]　　피리 소리 울리며 섬 어귀로 돌아가네

해설 가을비 내리는 상강에서 나그네의 시름을 말하였다. 제2구의 유곤을 인용한 것으로 보아 마음속에 큰 포부를 가졌음을 알 수 있는데, 제7구에서 초췌한 굴원은 어부의 위로를 받았지만 자신의 큰 뜻은 어부조차 이해해주지 않으니 그 비탄이 깊음을 알 수 있다. 객지의 나그네 신세에 뜻을 이루지 못하는 불평이 비바람과 피리 소리에 뒤섞인다.

---

2) 悲橘柚(비귤유) : 한 곳에서 자라는 귤을 보니 상대적으로 떠도는 자신의 처지가 슬퍼진다. 굴원의 「귤송」(橘頌)에 "타고난 성품은 변하지 않으니 남국에서 자라는구나. 깊고 단단하여 옮기기 어려우니, 한결같은 뜻을 가졌음이라"(受命不遷, 生南國兮. 深固難徙, 更壹志兮.)고 하였다.

3) 王孫(왕손) : 원래 왕의 후손이나 귀족의 자제를 의미하였으나, 서한 회남소산(淮南小山)의 「은사를 부르다」(招隱士)에서 나그네를 의미한 이래 고향을 떠나 객지에서 떠도는 사람을 가리키기도 한다.

4) 漁人(어인) 구 : 『초사』「어부」(漁父)에서 굴원과 어부 사이의 대화를 가리킨다. 어부가 초췌한 굴원을 보고 "그대는 삼려대부가 아니오. 어찌하여 이곳에 오셨소?"라고 묻자, 굴원이 "세상이 모두 혼탁한데 나 홀로 맑고, 사람들이 모두 취했는데 나만 깨어있으니, 그런 연유로 내쳐졌소"(擧世皆濁我獨淸, 衆人皆醉我獨醒, 是以見放.)라고 대답하였다.

5) 島門(도문) : 섬에 사는 어민들이 드나드는 문. 여기서 섬은 상수 가운데 있는 귤자주(橘子洲).

장필(張泌)

가을 저녁 동정호를 지나며(秋晩過洞庭)[1]

征帆初挂酒初酣,	떠나는 배가 돛을 올리니 술이 막 거나해졌는데
暮景離情兩不堪.	저녁 풍경과 이별의 마음 둘 다 견디기 어려워라
千里晚霞雲夢北,[2]	운몽택의 북으로는 천 리에 저녁 노을이요
一洲霜橘洞庭南.[3]	동정호의 남으로는 섬 가득 귤이 열렸어라
溪風送雨過秋寺,	시내의 바람은 비를 몰아 가을 절을 지나가고
硐石驚瀧落夜潭.	바위 사이 빠른 여울은 밤에 연못으로 떨어지네
莫把羈魂弔湘魄,[4]	나그네에게 상수의 여신에게 조문하라 하지 말게
九疑愁絶銷煙嵐.[5]	구의산 바라보면 슬픔에 안개마저 사라지니

해설 동정호를 지나며 본 풍광을 그렸다. 제3, 4구는 동정호의 남북을 광활한 배경 속에 그렸고, 제5, 6구는 동정호를 건너 닿는 곳의 절과 못을 묘사하였다. 말미에서는 동정호 북쪽에 있는 이비묘(二妃廟)에 닿았기에 언급한 듯하다.

---

1) 洞庭(동정) : 동정호. 지금의 호남성 남부, 장강 남안에 위치한다.
2) 雲夢(운몽) : 운몽택. 여기서는 동정호를 가리킨다.
3) 一洲(일주) : 귤자주(橘子洲)를 가리킨다. 귤이 많이 자라 이름 붙여졌다.
4) 羈魂(기혼) : 객지를 떠도는 혼. 자신을 가리킨다. ○湘魄(상백) : 상령(湘靈). 상수의 신. 전설에서는 아황과 여영이 죽어서 화한 상군(湘君)과 상부인(湘夫人)을 말한다.
5) 九疑(구의) : 구의산. 호남성 남부 소재. ○煙嵐(연람) : 산속에 피어나는 안개.

동정호에서 바람에 막혀(洞庭阻風)

空江浩蕩景蕭然,　　빈 강 드넓어 풍광이 쓸쓸한데

盡日菰蒲泊釣船.[6]　　해종일 줄풀과 창포 지나 낚싯배를 대어라

青草浪高三月渡,[7]　　청초호에 물결 높아 삼월에 건넜고

綠楊花撲一溪煙.[8]　　녹양교에 꽃이 날려 온 계곡이 화사해라

情多莫舉傷春目,　　다감하여 봄을 슬퍼할까 차마 눈을 들지 못하고

愁極兼無買酒錢.　　시름이 지극해도 술을 살 돈이 없어라

猶有漁人數家住,　　그래도 어부들이 몇몇 집에 흩어져 살아

不成村落夕陽邊.　　마을은 이루지 못한 채 석양 아래 있어라

평석 밤에 동정호 옆의 작은 개울에 배를 대었기 때문에 '녹양교에 꽃이 날려 온 계곡이 화사하다'는 구가 있게 된다. 그렇지 않으면 풍경이 전혀 부합되지 않으니, 말구를 완상하면 절로 자명해진다.(夜泊洞庭湖邊港汊, 故有'綠楊花撲一溪煙'句, 否則風景全不合矣, 玩末句自明.)

해설 동정호를 지나다 바람에 막혀 머물며 쓴 시이다. 제3, 4구는 지명을 끌어와 구체적인 계절감을 나타냈고, 제5, 6구는 배를 타고 다니는 나그네로 감정과 시름이 많은 자신의 모습을 형상화하였다.

---

6)　菰蒲(고포) : 교백(茭白, 줄풀쌀)과 창포. 모두 물가에서 자란다.

7)　靑草(청초) : 청초호. 파구호(巴丘湖)라고도 한다. 지금의 동정호 동남부에 소재하며 남으로 상수와 접한다. 물이 빠지면 별도의 호수가 되고, 물이 불면 동정호와 연결되었다.

8)　綠楊(녹양) : 출구의 청초호와 대응되는 지명으로 보인다. 녹양교(綠楊橋) 또는 녹양제(綠楊堤)로 추측된다.

왕인유(王仁裕)

원숭이를 놓아주며(放猿)[1]

放爾丁寧復故林,[2]	너를 예 살던 숲으로 보내며 당부하니
舊來行處好追尋.	전에 태어나 살던 곳을 잘 찾아가거라
月明巫峽堪憐靜,[3]	달 밝은 무협에선 고요함을 좋아하고
路隔巴山莫厭深.[4]	길 건너 파산에는 계곡이 깊어도 싫어하지 말아라
棲宿免勞靑嶂夢,	깃들어 자면서 푸른 산을 꿈에 그리지 않아도 되고
躋攀應愜白雲心.[5]	디디고 오르면서 흰 구름 같은 마음이 즐거우리라
三秋松子纍纍熟,	가을 내내 솔방울이 주렁주렁 열리면
任抱高枝採不禁.	마음껏 높은 가지에 올라 따내어도 막을 자 없으리

해설 기르던 원숭이를 놓아주며 써서 목에 걸어준 시이다. 야생의 원숭이에 대한 사랑과 배려가 지극하며, 이는 곧 시인이 청산에서 누리고 싶은 소망을 투영한 것으로 볼 수 있다. 이 시와 아래 시는『태평광기』권 446에 실린『왕씨견문』(王氏見聞)에서 유래하였으며, 그 시작(詩作)의 동기는 시인의 원주(原注)에 자세하다.

---

1) 원주 : "왕인유가 한중에서 임직하고 있을 때 어떤 사람이 새끼 원숭이 한 마리를 내게 주었다. 보기에 영리하고 활발해서 데려다 기르면서 이름을 '야빈'(野賓)이라 하였다. 일 년이 지나 점점 자라다보니 도처에 뛰어다녀 상당히 귀찮게 되었다. 이에 목에 붉은 명주를 걸어 시를 한 수 써주고는 산속으로 보냈다."(原注 : "仁裕從事漢中, 有獻小猿者, 憐其黠慧, 育之, 名曰野賓. 經年壯大, 跳躑頗爲患, 繫紅綃於頸, 題詩送之.")
2) 丁寧(정녕) : 叮嚀(정녕)이라고도 쓴다. 당부하다. 경고하다.
3) 巫峽(무협) : 삼협의 하나. 장강을 끼고 중경시와 호북성 사이에 있는 협곡. 원숭이가 많은 것으로 유명하다.
4) 巴山(파산) : 대파산(大巴山). 섬서성 서향현(西鄕縣) 서남. 삼협의 북쪽에 접해있다.
5) 躋攀(제반) : 발로 오르고 손으로 잡다. ○ 愜(협) : 상쾌하다. 흡족하다.

놓아준 원숭이를 만나고 지음(遇所放猿作)[6]

嶓冢祠前漢水濱,[7]	파총산 사당 앞 한수의 강가
飲猿連臂下嶙峋.[8]	원숭이들 물 마시려 팔 붙들고 절벽에서 내려와
漸來子細窺行客,[9]	점점 다가와 지나가는 나그네를 자세히 엿보는데
認得依稀是野賓.[10]	멀찍이 바라보니 그 모습이 '야빈'인 줄 알겠어라
月宿縱勞羈絏夢,[11]	달밤에 잠자면서 고삐에 묶였던 꿈에서 벗어났고
松餐非復稻粱身.[12]	솔방울 먹으니 이제는 곡식 먹는 몸이 아니어라
數聲腸斷和雲叫,	몇 마디 애 끊는 울음 구름 속으로 올라가니
識是前時舊主人.	예전에 길러준 주인임을 알아보았으리라

해설 예전에 놓아준 원숭이를 다시 만난 일을 기록하였다. 만날 때의 장
소와 상황부터 헤어질 때까지의 경과를 시간 순으로 전개하였다. 다시
만난 반가운 장면을 자세히 그렸고, 야생으로 돌아간 모습을 애정 있는
눈길로 확인하였다.

---

6) 원주 : "왕인유가 관직을 그만 두고 촉 지방으로 들어갈 때, 한강 강가의 파총산 사당
 앞에서 큰 원숭이 한 마리를 보았는데 무리를 떠나 내 쪽으로 왔다. 길가의 오래된
 나무 사이에서 몸을 거꾸로 매달고 아래를 내려다보았다. 그의 목에는 붉은 명주가
 뚜렷이 걸려 있어 나는 '야빈! 야빈!'이라며 크게 불렀다. 원숭이는 그때마다 한번씩
 울면서 마치 나의 부름에 대답하는 듯했다. 나는 말을 세우고 한동안 있었는데 저도
 모르게 슬퍼졌다. 이에 다시 시 한 수를 쓴다."(原注 : "仁裕罷職入蜀, 行次漢江壖嶓
 冢廟前, 見一巨猿舍群而前, 於道畔古木間垂身下顧, 紅綃宛在, 以野賓呼之, 聲聲如應.
 立馬移時, 不覺潸然, 遂繼題一篇云.")
7) 嶓冢祠(파총사) : 파총산의 사당. 섬서성 영강현(寧强縣) 북에 소재. 한수의 발원지이다.
8) 嶙峋(인순) : 가파르게 삐쭉삐쭉 솟은 바위.
9) 子細(자세) : 자세하다.
10) 依稀(의희) : 마치 ~와 같다. 흐릿하다.
11) 羈絏(기설) : 굴레와 고삐. 묶다.
12) 稻粱(도량) : 쌀과 기장. 양식. 여기서는 기르다.

심빈(沈彬)

새하(塞下)

塞葉聲悲秋欲霜,[1]	변경에 나뭇잎 소리 슬프고 서리가 내리려는데
寒山數點下牛羊.	차가운 산에선 점점이 소와 양이 내려오네
映霞旅雁隨疎雨,	노을에 돋보이는 기러기가 성긴 비를 따라가고
向磧行人帶夕陽.[2]	사막으로 떠나는 행인들에 석양이 비치어라
邊騎不來沙路失,	변방에 기병이 다니지 않으니 사막 길이 사라지고
國恩深後海城荒.[3]	나라의 은혜 깊어지자 변방의 성(城)도 황폐해져
胡兒向化新成長,[4]	오랑캐 아이 귀화하여 새로이 자라나
猶自千回問漢王.	아직도 한나라 왕의 일을 수없이 묻는구나

평석 변새시는 거칠어선 안 되니 이 시가 그러한 풍격을 가장 잘 보인다.(塞下詩防其粗豪, 此首最見品格.) ○ 하반부는 군사적 대비가 소홀하여 오랑캐가 엿보는 일을 말했으나 언어 가 완곡하다. 당말에 이러한 시는 더욱 드물다.(下半說武備廢弛, 胡人窺伺, 而措語婉曲, 於唐 末得之, 尤爲僅見.)

해설 변방의 모습을 그린 변새시이다. 다만 이전의 웅장한 변새시와는 달리 당대 말기의 달라진 국면을 묘사하였다. 어두운 전운은 걷히고 한 가하게 소와 양이 산에서 내려오고 군사들이 다니지 않다보니 사막에 길도 없어졌다. 오랑캐들마저 중원 문화를 좋아해 귀화하였다. 그러나

---

1) 塞葉(새엽) : 변경에서 자라는 나무의 잎.
2) 磧(적) : 원래 자갈밭을 의미하나 일반적으로 사막의 뜻으로 쓰인다.
3) 海城(해성) : 사막지대의 호수 옆에 세운 성.
4) 向化(향화) : 귀순하다.

이들은 여전히 한나라의 상황에 대해 예의 주시하고 있다. 다시 말해 변방에 대한 대비가 소홀하며 여전히 오랑캐들이 엿보는 상황임을 상기시켰다. 변경의 장면을 전개하다가 말미에서 주제를 완곡하게 드러내었다.

변경에 들어가며(入塞)

年少辭鄉事冠軍,[5]	어려서 고향 떠나 관군장군을 모시고
戍樓獨上望星文.[6]	수루에 홀로 올라 별자리를 바라보네
生希沙漠禽驕虜,	살아서는 사막에서 교만한 오랑캐를 잡고자 했고
死奪河源答聖君.[7]	죽더라도 황하의 발원지를 빼앗아 성군에 보답하려 했지
鳶覷敗兵橫白草,[8]	패하여 백초에 드러누운 병사를 솔개가 엿보고
馬驚邊鬼哭陰雲.	어두운 구름 향해 곡하는 귀신 울음에 말이 놀라네
功多地遠無人紀,	공이 많아도 땅이 멀어 기록하는 사람도 없어
漢閣笙歌日又曛.[9]	한나라 궁전의 생황과 노래에 날이 또 저무네

해설 변경에서 평생을 보낸 병사의 울분을 기록하였다. 앞 6구가 모두 변방에서의 활동을 그렸으나, 말 2구에서 갑자기 그 모든 것이 보답 없는 일이었음을 밝혔다. 그러므로 제3, 4구도 충정어린 결심이 아니라 회환에

---

5) 冠軍(관군) : 관군장군. 위진남북조에 설치된 장군의 명호. 당대에도 관군대장군이 있었다.

6) 星文(성문) : 별들의 배열과 형상.

7) 河源(하원) : 황하의 수원. 지금의 청해성. 한대에 하원군(河源郡)을 설치하였다. 치소는 지금의 청해성 흥해현(興海縣) 적수성(赤水城). 당대 중기 이후에는 티베트의 강역이 되었다.

8) 白草(백초) : 수크렁 종류의 들풀. 속칭으로 낭미초(狼尾草)라고 한다. 건조한 지역의 산비탈이나 길가에 자란다.

9) 漢閣(한각) : 한나라 누각. 궁전을 가리킨다. ○曛(훈) : 저녁 해. 어둡다. 저물다.

찬 회상이며, 제5, 6구도 단순한 변새의 참담한 광경이 아니라 수많은 공을 세운 결사의 장면이다. 말구는 다양한 의미를 환기한다. 중앙에서는 변방의 노고에는 관심을 두지 않으며, 병사들은 돌아갈 기약이 묘연하며, 게다가 무엇보다도 그러한 왕조가 날로 기울어가고 있다는 점이다.